THE DICE MAN

**THE DICE MAN**
by Luke Rhinehart

LUKE RHINEHART

루크 라인하트
장편소설

다이스맨

김승욱 옮김

비채

A.

J.

M.

그리고 '4'에게.

이 중 하나라도 없었다면,

책도 없다.

태초에 운運이 있었다. 운은 신과 함께였고, 운이 곧 신이
었다. 태초에 운은 신과 함께였다. 운이 만물을 만들었으
며, 운이 없으면 그 무엇도 만들어지지 못했다. 운 속에 생
명이 있었고, 생명은 인류의 빛이었다.

운이 보낸 남자가 있었다. 그의 이름은 루크. 변덕의 증인
이 되기 위해 온 그를 통해 모든 인류가 믿게 될 것이다. 그
는 운이 아니라 운을 증거하기 위해 파견된 자였다. 그것
이 진정한 우연이었다. 세상에 태어난 모든 사람에게 무작
위로 작용하는 우연. 그는 이 세상에 있었고 이 세상은 그
의 손에 만들어졌으나, 세상은 그를 몰랐다. 그는 자신의

피조물들을 찾아왔으나, 피조물들은 그를 받아들이지 않았다. 그는 자신을 받아들인 자들에게 운의 아들이 될 수 있는 힘을 주었다. 심지어 우연히 믿게 된 자들에게도. 그들은 혈연도 아니고, 육체의 의지나 인간의 의지로 태어난 것도 아닌, 운의 자식이었다. 그리하여 육체를 얻은 운(우리는 그의 영광, 위대한 변덕쟁이 아버지가 낳은 유일한 아들인 그의 영광을 보았다)은 혼돈과 거짓과 변덕으로 가득 찬 채 우리 가운데에서 살았다.

《주사위의 서書》에서

# 서문

"문체는 곧 남자다." 예전에 리처드 닉슨은 이런 말을 한 적이 있다. 그러고는 독자들에게 지루함을 안겨주는 데 평생을 바쳤다.

하지만 남자가 항상 같은 게 아니라면? 자신의 이야기를 쓰는 남자가 달라지는 만큼, 또는 남자가 글로 쓰는 과거의 남자가 달라지는 만큼 문체도 달라지는 것인가? 문학 비평가는 문체가 그 문체로 묘사하고 있는 사람의 삶과 어울려야 한다고 단언할 것이다. 상당히 합리적인 명령인 만큼, 반드시 몇 번이나 거듭 어겨야 하는 명령이기도 하다. 햄릿이 우스꽝스러운 삶을 그려낸다거나, 처칠이 부엌의 일상적인 모습을 묘사한다거나, 아인슈타인이 사랑에 빠진 남자의 모습을 묘사한다거나, 하는 식으로. 반드시 그렇게 되어야 할 것이다. 이제 문체에 대해서는 더 이상 쓸데없는 소리를 하지 말자. 만약 문체와 글의 주제가 이 책의 어느 지점에서든 우연히 서로 착 달라붙는 일이 생긴다 해도, 그것은 우연한 행운일 뿐이다. 그리고 나는 그런 행운이 곧 다시 되풀이되지 않기를 바라고 싶다.

나는 내 자서전이 교묘한 혼돈이 되기를 바란다. 나는 시간의 순서를 따라갈 것이다. 요즘은 감히 따르는 사람이 거의 없는 혁신적인 방법이다. 하지만 내 문체는 주사위님의 지혜로 무작위해질 것이다. 부루퉁하다가 하늘로 솟아오르고, 최고의 칭찬을 퍼붓다가 이죽거릴 것이다. 일인칭 시점이 삼인칭 시점으로 바뀌기도 할 것이다. 나는 전지적 일인칭 시점을 쓸 생각이다. 작가들이 보통 내가 아닌 남들이 써주기를 바라는 방식 말이다. 내 인생의 이야기를 하다가 이야기가 왜곡되거나 엉뚱한 샛길로 빠지는 일이 일어나더라도 나는 전부 끌어안을 것이다. 훌륭한 말솜씨로 들려주는 거짓말은 신들의 선물이니까. 하지만 주사위맨의 실제 삶은 내가 가장 야심차게 꾸며낸 이야기보다 더 재미있다. 그러니 흥미를 위해 현실이 이 이야기를 지배하게 할 것이다.

나의 이야기를 털어놓는 것은, 자서전이라는 형태를 채택한 모든 사람과 똑같은 겸손한 이유 때문이다. 내가 위대한 사람임을 세상 사람들에게 증명하고 싶다는 의지. 물론 나도 다른 사람들처럼 실패할 것이다. "위대해지는 것은 곧 오해를 받는 것이다." 엘비스 프레슬리가 이런 말을 한 적이 있다. 아무도 반박할 수 없는 말이다. 내가 새로운 방식으로 자아를 실현하려고 애쓰는 남자의 본능적인 노력을 이야기한다면, 남들은 내게 미쳤다는 판정을 내릴 것이다. 그럴 테면 그러라지. 만약 다른 반응이 나온다면, 나는 오히려 내가 실패한 것이 아닌지 불안해질 것이다.

우리는 우리 자신이 아니다. 사실 우리가 '자신' 또는 '자아'라고 부를 수 있는 것이 이제는 존재하지 않는다. 우리는 여러 겹으로 이루어져 있기 때문이다. 자신이 속한 집단의 수만큼이나 자아가 많다…… 신경증은 분명히 모든 사람이 앓고 있는 질병이다…….

J. H. 반 덴 베르크

내 환자들이 자신의 본성을 가지고 실험을 시작하는 심리 상태를 만들어내는 것이 나의 목표다. 영원히 고정돼 돌처럼 굳어진 것은 하나도 없는 유동적인 상태, 변화와 성장의 상태가 그것이다.

카를 융

혼돈과 회의의 횃불…… 이것이 현자를 이끈다.

장자

나는 신을 믿지 않는 자 자라투스트라다. 나는 지금도 모든 운을 냄비에 넣고 요리한다.

니체

누구나 아무라도 될 수 있다.

주사위맨

# 1

나는 덩치가 큰 남자다. 손은 푸줏간 주인처럼 커다랗고, 허벅지는 굵은 떡갈나무 같고, 턱은 바위 같고, 얼굴에는 두껍고 육중한 안경을 썼다. 키는 190센티미터, 몸무게는 104킬로그램에 육박한다. 클라크 켄트*를 조금 닮았지만, 양복을 벗고 나면 날래기는 아내보다 간신히 조금 더 나은 정도고 힘은 내 몸의 절반밖에 안 되는 남자보다 아주 조금 더 센 정도다. 그리고 아무리 기회가 많이 주어져도 건물 사이를 펄쩍펄쩍 뛰어다니는 일은 전혀 못 한다.

운동 능력은 모든 주요 종목과 여러 비인기 종목에서 너무 평범하다 못해 놀라울 정도다. 포커를 칠 때는 대담하게 굴다가 재앙을 당하고, 주식시장에서는 조심스럽고 유능하다. 나는 전직 치어리더이자 로큰롤 가수인 예쁜 여자와 결혼해서 신경증은 아니지만 정상도 아닌 예쁜 아이를 둘 낳았다. 신앙심이 아주 깊고, 멋진 일급 포르노소설 《마야의 춤》을 썼으며, 예나 지금이나 유대교를 믿은 적이 없다.

이 모든 사실을 바탕으로 믿을 만하고 일관성 있는 패턴을 만들어내는 것은 독자인 여러분의 몫이라는 것을 나도 알지만, 내가 보통은 무신론자이고, 수천 달러를 아무렇게나 주어버린 적이 있고, 미국, 뉴욕 시, 브롱크스, 스카스데일 정부에 대해 때때로 혁명가가 되며, 여전히 공화당 당원증을 가지고 다니는 당원이라는 말을 반드시 덧붙여야 할 것 같다. 여러분도 대체로 알고 있겠지만, 인간의 행동에 대한 실험을 위해 저 사악한 주사위센터를 만

* 슈퍼맨이 평소에 사용하는 이름.

든 사람이 나다. 〈비정상 심리학저널〉은 우리 실험에 대해 "터무니없다" "비윤리적이다" "유익하다"라고 말했고, 〈뉴욕타임스〉는 "믿을 수 없을 만큼 잘못되고 타락했다"라고 말했으며, 〈타임〉지는 "하수구 같다"라고 말했고, 〈에버그린리뷰〉는 "훌륭하고 재미있다"라고 말했다. 나는 헌신적인 남편이지만 여러 번 간통을 저질렀고, 실험 삼아 동성애도 해보았다. 나는 능력 있고 많은 찬사를 받는 분석가이지만, 뉴욕 정신과의사협회PANY와 미국 의학협회에서 축출당한 유일한 인물이기도 하다("부적절한 활동"과 "예상되는 무능"이 그 이유였다). 전국의 주사위족 수천 명이 나를 우러러보고 찬양하지만, 나는 두 번 정신과 치료를 받은 적이 있다. 감옥에 수감된 적도 한 번 있고, 지금은 도망자 신세다. 주사위님이 보우하사, 적어도 내가 이 305쪽짜리 자서전을 완성할 때까지는 계속 도망자 신세로 머물 수 있기를 바란다.

나의 주 직업은 정신과의사다. 정신과의사로서도 주사위맨으로서도 나는 사람의 성격을 바꾸는 데 열정을 바쳤다. 내 성격. 다른 사람들의 성격. 모두의 성격. 사람들에게 자유, 유쾌함, 즐거움을 느끼게 해주고 싶었다. 새벽녘에 맨발로 처음 땅을 밟을 때나 산의 나무들 사이로 해가 수평으로 누운 번개처럼 갈라지는 모습을 볼 때나, 소녀가 처음으로 키스를 받기 위해 입술을 추어올릴 때나, 갑자기 좋은 아이디어가 머릿속에 떠올라 평생의 경험을 순식간에 다시 정돈할 때와 똑같은 충격을 되살려내고 싶었다.

생은 권태의 대양에 떠 있는 희열의 군도다. 하지만 서른을 넘기고 나면 육지를 보기가 아주 힘들어진다. 기껏해야 많이 닳아버린 모래톱들을 전전하면서 곧 모래알 하나하나를 다 알아볼 수 있는 지경에 이르고 만다.

내가 동료들에게 이 '문제'를 제기했더니, 그들은 즐거움이 점점 시들해지는 것은 정상적인 사람에게 육체가 쇠퇴하는 것만큼이나 자연스러운 일이라고 단언했다. 둘 다 아주 비슷한 생리적 변화에 따른 것이라는 말도 했다. 그들은 불행을 줄이고, 생산성을 높이고, 개인과 사회를 연결해주고, 사람이 자신을 깨닫고 받아들일 수 있게 도와주는 것이 심리학의 목적임을 내게 일깨워주었다. 굳이 자아의 습관, 가치관, 관심사를 바꾸려 하는 대신 있는 그대로 바라보고 받아들여야 한다는 것이었다.

나도 항상 그것이 심리치료의 아주 분명하고 바람직한 목표라고 생각했지만, '성공적인' 분석을 받은 뒤, 그리고 평범한 아내와 평범한 가정을 이루어 그럭저럭 성공을 거둔 그럭저럭 행복한 사람의 삶을 칠 년 동안 살고 난 뒤, 서른두 번째 생일 무렵에 갑자기 내게 자살욕구가 있음을 깨달았다. 나뿐만 아니라 다른 사람도 여러 명 죽이고 싶었다.

나는 퀸즈버러 다리를 한참 동안 걷다가 물을 내려다보며 생각해보았다. 부조리한 세상에서 자살이 논리적인 선택이라고 설파한 카뮈의 책도 다시 읽어보았다. 지하철역에서는 항상 플랫폼 가장자리에서 8센티미터쯤 떨어진 곳에 서서 흔들렸다. 월요일 아침이면 내 캐비닛 선반에 있는 스트리크닌* 병을 빤히 바라보곤 했다. 핵무기가 맨해튼 거리를 깨끗하게 태워버리는 모습, 증기롤러가 사고로 내 아내를 납작하게 깔아버리는 모습, 택시들이 내 라이벌인 엑스타인 박사를 태우고 이스트 강으로 뛰어드는 모습, 우리 아이들을 봐주는 십대 소녀가 고통에 겨워 비명을 질러대는

* 독약의 일종.

데도 내가 그녀의 처녀지를 파고드는 모습 등을 몽상하며 몇 시간을 흘려보낼 때도 있었다.

자살욕구, 남을 죽이거나 독살하거나 말살하거나 강간하고자 하는 욕구는 우리 정신과의사들 사이에서 보통 '불건전하다'라고 여겨진다. 나쁘고 사악한 것, 더 정확히 말하면 '죄악'이다. 자살욕구가 생길 때면, 그것을 제대로 바라보고 '인정'해야 한다. 하지만 정말로 자살하면 절대로 안 된다. 아직 사춘기도 되지 않은 무기력한 어린아이와 육체를 접하고 싶은 욕망이 생길 때면, 그 욕망을 인정하되 아이의 엄지발가락에라도 손가락 하나 까딱하면 안 된다. 아버지를 싫어하는 것은 괜찮지만, 그 망할 놈을 야구방망이로 두드리는 것은 안 된다. 자신을 이해하고 받아들이되 자신의 진정한 모습을 실현해서는 안 되는 것이다.

이 보수적인 이론은 환자들이 폭력적이고 열정적이고 유별난 행동을 피할 수 있게 해주고, 그리 심하지 않은 불행을 안은 채 오랫동안 존경받는 삶을 살아갈 수 있게 해주는 확실한 방법으로 알려져 있다. 사실 이 이론의 목표는 모든 사람이 심리치료사처럼 살게 만드는 것이다. 하지만 나는 이것을 생각만 해도 구역질이 날 것 같았다.

이런 사소한 통찰이 머릿속에 등장하기 시작한 것은 내가 처음으로 원인을 알 수 없는 우울증에 빠져든 뒤 몇 주 동안이었다. 겉으로 보기에 내 우울증의 원인은 내 '책'에 대한 긴 글인 것 같았지만, 사실은 오랫동안 쌓여온 영혼의 전반적인 침체가 문제였다. 매일 아침식사를 마친 뒤 첫 번째 환자를 맞이하기 전에 커다란 떡갈나무 책상에 앉아 내가 과거에 이룩한 일과 미래의 희망을 다시 살펴보며 경멸을 느끼던 기억이 난다. 나는 안경을 벗은 뒤 갑자기 초현실적인 안개처럼 변한 시야와 머릿속 생각들에 반응해서 극적인 어조로 "안 보여! 안 보여! 안 보여!"라고 읊조리며 권투 글러브만 한 주먹으로 책상을 쾅 하고 내리치곤 했다.

나는 학교에 다니는 내내 뛰어난 학생이었기 때문에, 요즘 내 아들이 풍선껌에 들어 있는 야구카드를 모으듯이 갖가지 우등상장을 쌓아 올렸다. 나는 의대 시절에 이미 심리치료에 대해 첫 논문을 발표했으며, 〈신경증적인 긴장의 생리학〉이라는 제목의 이 작은 논문은 호의적인 반응을 얻었다. 책상에 앉아서 생각할 때는 내가 발표한 모든 논문이 딱 다른 사람들의 논문 수준으로만 보였다. 쳇. 환자 치료에서 거둔 성공도 동료들과 다를 바 없이 하찮은 것 같았다. 나는 불안과 갈등에서 환자를 해방시키는 일, 괴롭고 정체된 삶을 만족스럽고 정체된 삶으로 바꾸는 일만이라도 해낼 수 있으면 좋겠다는 생각을 하게 되었다. 아직 개발되지 않은 창의력이나 추진력을 지닌 환자를 만나도, 나의 분석방법은 그런 능력을 발굴해내지 못했다. 정신분석은 값비싸고, 효과가 느리고, 믿을 수 없는 안정제에 지나지 않는 것 같았다. 만약 LSD의 효과가 정말로 앨퍼트와 리리*의 주장과 같다면, 모든 정신과의사들이 하루아침에 실직자가 될 것이다. 이런 생각을 하니 기분이 좋았다.

이렇게 한창 냉소주의에 빠진 나는 가끔 미래에 대한 몽상을 했다. 나의 희망이 무엇이었느냐고? 과거에 내가 하던 모든 일에서 뛰어난 능력을 발휘하는 것, 널리 찬사를 받는 논문과 책을 쓰는 것, 내가 저지른 실수들을 피할 수 있는 사람으로 자식들을 기르는 것, 평생 영혼의 동반자가 되어줄 총천연색 영화 같은 여자

* 두 사람 모두 하버드 대학 심리학과 교수. LSD로 여러 정신병을 고칠 수 있다고 믿고 학생들에게 복용시키는 실험을 했다가 파면되었다.

를 만나는 것. 하지만 불행히도 이런 꿈이 모두 실현될지도 모른다고 생각하면 나는 절망에 빠졌다.

진퇴양난이었다. 아무리 발버둥쳐봐도 가슴속에 닻이 박혀서 나를 단단히 붙들고 있는 것 같았다. 기울어진 바닷속으로 이어진 긴 밧줄이 팽팽했다. 마치 지구의 거대한 핵 속에 단단히 묶여 있는 것 같았다. 그것이 나를 묶어두었다. 권태와 괴로움이라는 폭풍이 불어오면 나는 거칠게 나를 잡아당기는 밧줄에 맞서서 펄쩍 뛰어올랐다. 이곳에서 멀어져 바람보다 앞서 날아가고 싶었지만, 밧줄의 매듭은 더욱 단단해지기만 할 뿐이었다. 닻도 가슴속에 더욱 깊이 박혀들었다. 그래서 나는 그 자리에 머물렀다. 나의 자아라는 짐을 영원히 피할 수 없을 것 같았다.

하지만 우울한 기분에 빠져 뒹굴며 몇 달을 보낸 뒤(나는 38구경 권총과 탄환 9개를 몰래 사두었다), 카렌 호나이*가 나를 이끌어준 덕분에 D. T. 스즈키**, 앨런 와츠***, 선불교, 격심한 경쟁의 세계를 발견하게 되었다. 나는 격심한 경쟁이 포부가 큰 젊은이에게는 건전하고 정상적인 것이라고 생각했지만, 갑자기 그렇지 않다는 생각이 들었다.

나는 아연실색해서 완전히 다른 사람이 되었다. 그것은 지독히 권태에 질린 사람만이 할 수 있는 일이다. 동료들의 추진력, 탐욕, 지적인 포부가 무의미하고 역겹게 보였으므로, 나는 그 유별난 시각을 내게도 적용할 수 있었다. 나 역시 그들과 마찬가지로 환상을 좇고 있었으니까. 신경 쓰지 않는 것, 인생의 한계와 갈등과 모호

---

* 독일 태생의 미국 정신분석학자.
** 일본의 불교 종파인 정토진종, 선불교 등에 대한 글을 써서 서구에 알리는 데 기여한 인물.
*** 동양철학을 서구사회에 맞게 해석해 대중화한 영국 철학자.

함을 즐겁고 만족스럽게 받아들이는 것, 충동의 흐름에 저항하지 않고 함께 떠다니는 것이 삶의 비결인 것 같았다. 그렇다면 인생은 무의미한가? 그러면 어떤가. 나의 포부는 하찮은 것인가? 그래도 포부를 추구하면 된다. 인생이 지루하게 보이는가? 하품하라.

나는 충동을 따라 떠돌았다. 신경 쓰지 않았다.

그래도 삶은 더욱더 지루해지는 것 같았다. 나의 지루함은 그래도 유쾌한 것이었음을, 심지어 때로는 즐겁기까지 했음을 인정한다. 전에는 지루함에 우울증이 섞여 있었으니 다행스러운 일이지만, 그래도 나는 여전히 인생에 흥미를 느낄 수 없었다. 이론적으로 봤을 때, 남을 강간하고 죽이고 싶다는 욕망보다는 유쾌한 지루함을 느끼는 편이 더 낫기는 하다. 하지만 개인적인 관점에서 보면 크게 다를 것이 없었다. 이렇게 진리를 향해 칙칙한 길을 걷던 중에 나는 주사위맨을 발견하게 되었다.


## 2


디데이 이전 나의 삶은 변함없고, 단조롭고, 반복적이고, 하찮고, 강박적이고, 무질서하고, 짜증스러웠다. 성공한 유부남의 전형적인 삶이었다. 나의 새로운 인생은 1968년 7월 초의 어느 뜨거운 날 시작되었다.

나는 7시 조금 전에 깨어나 아내 릴리언을 바싹 끌어안았다. 아내는 옆에서 몸을 Z자 모양으로 접은 채 누워 있었다. 나는 크고 부드러운 앞발로 아내의 젖가슴, 허벅지, 엉덩이를 기분 좋게 쓰다듬기 시작했다. 하루를 이렇게 시작하는 것이 좋았다. 이 순간부터 점차 쇠퇴의 길을 걸어갈 하루를 측정하는 기준이 되어주었다. 이렇게 사 분이나 오 분쯤 시간을 보낸 뒤 우리는 몸을 돌려 누웠고, 아내가 자신의 손으로 나를 쓰다듬기 시작했다. 그다음에는 입술과 혀가 동원되었다.

"잘 잤어, 여보?" 우리 둘 중 하나가 결국 이렇게 말했다.

"응." 나머지 하나가 대답했다.

이 순간부터 하루 종일 대화는 내리막길을 걸었다. 하지만 따스하고 늘쩍지근한 손과 입술이 가장 민감한 부위를 떠다니는 이 순간에는 세상이 거의 완벽한 곳 같았다. 프로이트는 이것을 에고가 없는 다형의 도착 상태라고 부르며 눈살을 찌푸렸지만, 릴의 손, 아니 자기 아내의 손이 자신을 어루만지는 느낌을 한 번도 경험한 적이 없기 때문에 그런 말을 했음이 분명하다. 프로이트는 아주 위대한 사람이지만, 누구든 그의 음경을 효과적으로 애무해준 적이 있었을 것 같지는 않다.

릴과 내가 장난기가 열기로 바뀌는 단계를 향해 천천히 나아가고 있는데 복도에서 두 번, 세 번, 네 번 쿵쿵거리는 소리가 들리더니 침실 문이 열리고 27킬로그램짜리 에너지 덩어리가 침대를 향해 왈칵 뛰어들었다.

"일어나세요!" 아이가 소리쳤다.

릴은 쿵쿵거리는 소리를 듣고는 본능적으로 내게서 떨어진 상태였다. 비록 그녀의 아름다운 허리와 엉덩이가 아직 내 몸에 붙어 영리하게 꿈틀거렸지만, 나는 게임이 이미 끝났음을 오랜 경험으로 알고 있었다. 예전에 나는 이상적인 사회에서는 부모가 아이들 앞에서 식사를 하거나 이야기를 하는 것처럼 자연스럽게 사랑을 나누며, 아이들 또한 부모를 어루만지고 애무하고 사랑을 나누는 것이 이상적이라고 릴리언을 설득하려 했지만, 그녀의 생각은 달랐다. 그녀는 남편과 단둘이서 이불을 덮은 채 누구의 방해도 없이 사랑을 나누고 싶어 했다. 내가 그녀의 무의식적인 수치심이 여기에 드러나 있다고 지적하자 그녀는 동의하면서도 아이들에게 서로를 애무하는 우리의 손길을 계속 감췄다. 마침 몸무게 20킬로그램의 우리 딸이 먼저 뛰어든 제 오빠보다 조금 더 큰 목소리로 외치고 있었다.

"꼬끼오! 일어날 시간이에요."

이렇게 되면 우리가 일어나는 것이 보통이다. 가끔 9시 예약환자가 없을 때면 우리는 아들 래리에게 여동생 몫까지 아침식사를 직접 만들어 먹으라고 부추기지만, 유리 깨지는 소리가 나거나 부엌이 지나치게 조용한 상태가 이어지면 결국 호기심을 이기지 못해 침대에서 추가로 머물 수 있게 된 몇 분의 시간을 제대로 즐기지 못한다. 부엌에 불이 났음을 확신하면서 관능적인 기쁨을 즐기기란 어려운 법이다. 지금 내가 말하는 그날 아침에 릴은 아이들이 자신의 몸 앞부분을 볼 수 없게 주의하면서 즉시 일어나 얇은 나이트가운을 걸치고 졸린 발걸음으로 아침식사를 준비하러 갔다.

릴이 키가 크고 날씬한 여자임을 여기에 밝혀두어야 할 것 같다. 그녀는 팔꿈치, 귀, 코, 치아, 그리고 (은유적인 의미의) 혀가 모두 날카롭고 뾰족하지만 젖가슴, 엉덩이, 허벅지는 부드럽고 둥글다. 자연스럽게 구불거리는 금발과 차분한 기품을 지닌 그녀가 미인이라는 데에는 모두가 동의한다. 하지만 그녀의 아름다운 얼굴이 장난꾸러기 요정 같은 독특한 표정을 지을 때가 있다. 나는 그 얼굴을 생쥐 같다고 표현하고 싶지만, 그러면 여러분은 그녀의 눈이 빨간 구슬처럼 생긴 줄 알 것이다. 실제로는 파란 구슬처럼 생겼는데도. 게다가 생쥐는 177센티미터의 키에 나긋나긋한 몸매를 지닌 경우가 아주 드물고, 남자를 공격하는 경우도 거의 없다. 릴과는 달리.

어린 이비는 재잘거리며 제 엄마의 뒤를 따라 부엌으로 쪼르르 가버렸지만, 래리는 여전히 커다란 킹사이즈 침대에서 내 옆에 네 활개를 펼치고 누워 있었다. 래리는 우리 침대가 커서 온 식구가 누워도 충분하다는 철학을 지니고 있었으므로, 아빠와 엄마의 덩치가 워낙 크기 때문에 침대가 전부 필요하다는, 누가 봐도 위선적인 릴의 주장에 깊이 분개했다. 그래서 최근에는 침대로 풍덩 뛰어들어 어른들이 모두 나가버릴 때까지 버티는 전략을 쓰고 있었다. 래리는 그 뒤에야 의기양양하게 침대에서 일어나곤 했다.

"일어날 시간이에요, 아빠." 래리가 아무래도 다리를 잘라야겠다고 환자에게 선언하는 의사처럼 조용하고 위엄 있게 말했다.

"아직 8시 안 됐어." 내가 말했다.

"으으응." 래리는 이렇게 말하고 나서 서랍장 위의 시계를 말없이 가리켰다.

나는 눈을 가늘게 뜨고 시계를 바라보았다. "6시 이십오 분 전이잖아." 나는 이렇게 말하고 나서 몸을 굴려 아이에게서 멀어졌다. 그리고 몇 초 뒤 아이가 주먹으로 내 이마를 찔러댔다.

"여기 안경요." 아이가 말했다. "이거 쓰고 보세요."

나는 시계를 보았다. "안 보는 사이에 네가 시간을 바꿔놨구나." 나는 이렇게 말하고 나서 반대 방향으로 몸을 굴렸다.

래리는 다시 침대 위로 올라오더니 틀림없이 이렇다 할 목적 없이 펄쩍펄쩍 뛰면서 콧노래를 부르기 시작했다.

나는 모든 부모가 아주 잘 알고 있듯이, 갑자기 솟아오르는 짜증을 느끼며 빽 하고 소리를 질렀다. "당장 나갓!"

래리가 부엌으로 뛰어가버린 뒤 약 십삼 초 동안 나는 비교적 만족스러운 기분으로 침대에 누워 있었다. 이비가 한없이 재잘거리는 소리, 가끔 릴이 고함치는 소리가 들렸다. 저 아래의 맨해튼 거리에서는 자동차 경적들이 한없이 수다를 떨어댔다. 그렇게 십삼 초 동안 감각 속에 빠져 있는 것이 좋았다. 그러고 나서 나는 생각하기 시작했고, 기분이 망가졌다.

나는 오전에 예약된 두 환자, 점심을 함께 하기로 한 엑스타인 박사와 펠로니 박사, 내가 써야 하는 사디즘에 관한 책, 우리 아이들, 릴리언 등에 대해 생각했다. 그러자 지루해졌다. 몇 달 전부터 나는 다형의 도착 상태가 끝나고 십 초 내지 십오 초 뒤부터 밤에 잠들 때까지 또 다른 다형의 도착을 느꼈다. 아니, 그런 도착 상태에 빠져들었다. 내려가는 에스컬레이터를 걸어서 올라가는 것 같은 우울한 기분이었다. 아이젠하워 장군의 말이 생각났다. "삶의 기쁨은 어째서, 어디로 모두 날아가버린 건가?"

"아침식사예요, 아빠!"

"달걀이야, 여보."

나는 일어나서 나의 13사이즈 슬리퍼에 발을 푹 집어넣고, 포럼을 준비하는 로마인처럼 목욕가운을 몸에 두른 뒤 아침 식탁으로 갔다. 아마 겉으로는 햇살 같은 표정이었겠지만, 속으로는 아이젠하워의 영원한 의문을 심오하게 생각하는 중이었다.

우리는 센트럴파크 근처, 그 검은 땅 근처, 유행의 거리 어퍼이스트사이드 근처에 있는 살짝 비싼 동네의 방 여섯 개짜리 아파트에 살고 있다. 위치가 워낙 어중간해서 친구들은 우리를 부러워해야 할지 가엾게 여겨야 할지 아직도 마음을 정하지 못했다.

릴은 작은 부엌의 렌지 옆에 서서 프라이팬 안의 달걀을 맹렬히 휘젓고 있었다. 두 아이는 식탁 반대편에 얌전히 앉아 칭얼거리는 중이었다. 래리는 등 뒤의 커튼을 가지고 장난을 쳤고(우리 집 부엌 창문에서 밖을 내다보면 멋진 창문이 보였다. 그 집에 사는 사람들도 부엌 창문을 통해 우리 집의 멋진 부엌 창문을 볼 수 있었다), 이비는 잠자리에서 일어난 뒤로 한시도 쉬지 않고 앞뒤도 맞지 않는 말을 계속 종알거리고 있었다. 우리는 체벌을 싫어하는 부모이므로 릴은 아이들을 말로만 나무랐다.

그녀가 스크램블드에그와 베이컨이 담긴 접시를 식탁으로 가져오면서 나를 흘깃 바라보더니 이렇게 물었다.

"오늘 퀸즈버러에서 몇 시에 돌아와?"

"4시 30분쯤. 왜?" 나는 아이들 맞은편에서 자그마한 식탁 의자에 섬세하게 몸을 앉히며 말했다.

"알린이 오늘 오후에 또 이야기를 나누고 싶다고 해서."

"오빠가 내 스푼을 가져갔어!"

"이비한테 스푼 돌려줘라, 래리." 내가 말했다.

릴이 이비에게 스푼을 돌려주었다.

"알린은 아마도 아이를 낳고 싶다는 꿈에 대해 더 이야기하고 싶은 모양이야." 릴이 말했다.

"음."

"당신이 제이크랑 얘기해보면 어때?" 릴이 내 옆에 앉으며 말했다.

"뭐라고 할 말이 없잖아." 내가 말했다. "제이크, 자네 아내가 아이를 몹시 원하는 모양인데 내가 좀 도와줄까? 이럴까?"

"할렘에 공룡이 살아요?" 이비가 물었다.

"맞아." 릴이 말했다. "정확히 그렇게 말하면 되지. 제이크는 배우자로서 책임이 있어. 알린은 곧 서른세 살인데 오래전부터 아기를…… 이비, 스푼을 써야지."

"제이크는 오늘 필라델피아에 갈 거야." 내가 말했다.

"나도 알아. 그래서 알린이 오겠다는 거야. 그래도 오늘 밤 포커는 칠 거잖아, 안 그래?"

"음."

"엄마, 처녀가 뭐예요?" 래리가 조용히 물었다.

"처녀는 젊은 여자를 말하는 거야." 아내가 대답했다.

"아주 젊은 여자야." 내가 말을 덧붙였다.

"이상한데요." 아이가 말했다.

"뭐가?" 릴이 물었다.

"바니 골드필드가 나더러 멍청한 처녀라고 했단 말이에요."

"바니가 말을 잘못한 거야." 릴이 말했다. "포커를 미루면 어때, 루크. 그게……."

"왜?"

"포커보다는 연극을 보고 싶어."

"몇 번 봤는데 재미없었잖아."

"그래도 그 사람들이랑 포커를 치는 것보다는 나아."

잠시 침묵이 흘렀다.

"재미없어?"

"당신이랑 팀이랑 레나타가 심리학이나 주식시장 말고 다른 이야기를 할 수 있다면 좀 낫겠지."

"주식시장의 심리학 말이야?"

"그리고 주식시장도! 진짜, 한 번만이라도 좋으니 귀를 좀 열고 들어."

나는 포크로 달걀요리를 들어 품위 있게 입에 넣었다. 그리고 철학자처럼 초연한 태도로 인스턴트커피를 한 모금 마셨다. 신비한 선불교의 세계에 입문한 이후 나는 많은 것을 배웠지만, 그중에서 가장 중요한 깨달음은 아내와 말다툼을 하지 말아야 한다는 것이었다. 위대한 현자 오보코는 "흐름을 따르라"라고 말했다. 그리고 나는 오 개월째 그 가르침을 따르는 중이었다. 그동안 릴은 점점 더 화를 냈다.

약 이십 초 동안 침묵이 흐른 뒤 내가 조용히 말했다(이론적으로는, 전면 공격이 시작되기 전에 항복하는 것이 다툼을 피하는 방법이다).

"미안해, 릴."

"망할 선불교 같으니. 내 말을 제대로 좀 들어. 난 우리가 여가를 즐긴다면서 하는 일들이 싫어. 좀 새로운 일이나 색다른 일을 하면 안 돼? 혁명적인 일이라든가, 내가 원하는 일 말이야."

"그렇게 하고 있잖아, 여보. 그동안 세 번 연극을……."

"내가 억지로 끌고 간 거지. 당신은 정말이지……."

"여보, 애들이 있어."

사실 아이들은 우리의 다툼에 별로 영향을 받지 않은 것 같았다. 코끼리가 모기의 말다툼에 신경을 쓰지 않는 것과 같았다. 하지만 아이들을 들먹이면 언제나 릴의 입을 막을 수 있었다.

모두 아침식사를 마친 뒤, 릴은 아이들을 방으로 데려가서 옷을 입혔고, 나는 세수와 면도를 하러 갔다. 거품이 인 칫솔을 '하우!' 하고 말하는 인디언처럼 오른손에 뻣뻣이 들어 올린 채로 뚱하니 거울을 바라보았다. 이틀치 턱수염을 깎는 일이 나는 항상 싫었다. 입 주위에 거뭇한 수염이 자란 내 모습은 마치 돈 조반니, 파우스트, 메피스토펠레스, 찰턴 헤스턴, 또는 예수 같았다. 적어도 그런 잠재력이 보이기는 했다. 면도를 마치고 나면 소년처럼 잘생기고 잘나가는 홍보 전문가처럼 보일 것이다. 나는 부르주아 정신과의사이고 거울을 보려면 안경을 써야 하는 처지라서, 턱수염을 기르고 싶다는 충동을 계속 억누르고 있었다. 하지만 구레나룻은 길렀다. 그 덕분에 잘나가는 홍보 전문가 같은 모습이 좀 숨을 죽이고, 대신 성공하지 못해서 일거리가 없는 배우 같은 모습이 살짝 고개를 들었다.

면도를 하면서 턱 끝에 난 자그마한 털 세 가닥에 특히 신경을 집중하고 있는데, 릴이 들어왔다. 아직 수수하고 외설적인 나이트가운 차림인 그녀가 문간에 몸을 기댔다.

"내가 꼼짝없이 아이들을 맡게 되지 않을 거라는 보장만 있으면 당신이랑 이혼할 텐데." 그녀가 반은 비꼬는 것 같고 반은 진지한 목소리로 말했다.

"응."

"당신은 정신과의사잖아. 그것도 실력 좋은 의사라며. 그런데 어떻게 나나 당신 자신에 대해서는 엘리베이터맨보다도 통찰력이 없어?"

"아, 여보……."

"당신은 정말 몰라! 포옹해주고, 말다툼 전후에 사과를 하고, 물감이며 타이츠며 기타며 레코드를 사주고 새 북클럽에 가입하게 해주면 내가 행복해질 줄 알지? 난 미치겠어."

"내가 어떻게 해줄까?"

"나도 몰라. 정신분석가는 당신이잖아. 그러니 당신이 알아야지. 난 권태로워. 낭만적인 희망이 없다는 점만 빼고 나는 모든 면에서 에마 보바리야."

"그럼 난 시골뜨기 의사인 거네."

"나도 알아. 그걸 알아차려주니 반갑네. 당신이 내 말을 알아듣지 못하면 공격을 해봤자 재미가 없으니까. 보통 문학에 대한 당신의 지식은 고작해야 엘리베이터맨 수준이잖아."

"이봐, 그 엘리베이터맨이 도대체 누구기에……."

"나 요가 그만뒀어."

"왜?"

"몸이 더 굳는 것 같아서."

"이상하네. 원래는……."

"나도 알아! 하지만 내 몸은 굳어진다고. 나도 어쩔 수 없어."

나는 면도를 끝내고 안경을 벗은 뒤 머리를 다듬는 중이었다. 그런데 머리에 바르고 있는 것이 아무래도 아이들이나 쓰는 기름진 크림인 것 같았다. 릴이 욕실 안으로 들어와서 나무로 된 빨래 바구니에 앉았다. 정수리를 거울로 보려고 몸을 상당히 웅크린 나는 무릎 근육이 벌써 욱신거리는 것을 알아차렸다. 게다가 안경을 벗은 내 모습이 오늘따라 늙어 보였다. 안경이 없어 흐릿하게 보이는 모습이 심하게 쇠잔해진 듯했다. 담배도 피우지 않고 술도 많이 마시지 않기 때문에, 이른 아침에 지나친 애무를 즐겨서 몸이 쇠약해진 건가 하는 생각이 들었다.

"나 히피가 될까 봐." 릴이 멍하니 중얼거렸다.

"내 환자들 중 몇 명도 그걸 시도하고 있는데, 결과가 아주 마음에 드는 눈치는 아니야."

"아니면 마약을 하거나."

"아, 귀엽고 사랑스러운 릴……."

"나 건드리지 마."

"아……."

"싫다고!"

릴은 싸구려 신파극에서 낯선 사람에게 위협을 느낀 배우처럼 욕조와 샤워커튼 쪽으로 뒷걸음쳤다. 나는 역력하게 드러난 그녀의 두려움에 살짝 경악해서 힘없이 뒤로 물러났다.

"삼십 분 뒤에 환자 예약이 있어. 그만 가봐야 돼."

"난 부정을 저지를 거야!" 릴이 뒤에서 소리쳤다. "에마 보바리도 그렇게 했어."

나는 다시 돌아섰다. 릴은 가슴에 팔짱을 끼고 서 있었다. 길고 호리호리한 몸에서 두 팔꿈치가 날카롭고 뾰족하게 튀어나와 있었다. 표정은 쓸쓸하고, 생쥐 같고, 무기력했다. 방금 담요 속으로 내던져진 여자 돈키호테 같았다. 나는 다가가서 그녀를 품에 안았다.

"가엾은 부자 아가씨, 누구랑 바람을 피우시려고? 엘리베이터 맨?" [그녀가 흐느꼈다.] "아니면 다른 사람? 예순세 살인 만 박사나 번지르르하고 쾌활한 제이크 엑스타인[제이크는 여자들에게 눈길을 주는 법이 없었다]? 자, 자, 우리 시골로 나갈까? 당신한테는 휴식이 필요해. 자……."

그녀는 머리를 여전히 내 가슴에 편안히 기댄 자세였지만, 숨소리는 고르게 변해 있었다. 그냥 잠깐 흐느꼈을 뿐이다.

"자…… 턱을 들고…… 가슴을 내밀고…… 배는 집어넣고……" 내가 말했다. "엉덩이는 단단하게…… 이제 다시 세상과 마주할 준비가 됐네. 오늘 아주 짜릿한 아침이 될 거야. 이비랑 수다를 떨고, 마 케틀[우리 가정부]과 아방가르드 예술을 논하고, 〈타임〉지를 읽고, 슈베르트의 〈미완성 교향곡〉을 들어. 모두 생기 있고, 생각을 자극하는 경험이 될 거야."

"래리가…… [그녀는 내 가슴에 코를 비벼댔다]…… 래리가 학교에서 돌아오면 같이 색칠하기를 해도 된다는 말도 해야지."

"맞아. 집에서 즐길 수 있는 방법에는 정말이지 끝이 없다니까. 이비가 휴식을 취하고 있다면, 엘리베이터맨을 불러서 잠깐 노는 것도 잊지 마."

나는 오른팔로 아내를 감싼 채 침실로 들어갔다. 내가 옷을 갈아입는 동안 아내는 커다란 침대 옆에 팔꿈치가 튀어나오도록 팔짱을 끼고 서서 조용히 지켜보았다. 그리고 문 앞까지 나를 배웅했다. 작별의 입맞춤을 나눈 뒤, 아내는 뭔가 흥미가 생긴 것 같은 표정으로 조용히 말했다.

"난 이제 요가도 안 해."


# 3


나는 57번가에서 제이컵 엑스타인 박사와 함께 정신과의원을 운영하고 있었다. 그는 젊고(서른세 살), 정력적이고(저서 두 권 출간), 머리가 좋고(보통 나와 의견이 같았다), 사교성이 좋고(모두 그를 좋아했다), 매력이 없고(아무도 그를 사랑하지 않았다), 항문기에 고착되어 있고(강박적으로 주식을 한다), 구강기에도 고착되어 있고(담배를 아주 많이 피운다), 성기기에는 진입하지 못했고(여자의 존재를 알아차리지도 못한다), 유대인(이디시어의 속어 단어 두 개를 알고 있다)이었다. 우리 둘의 공동비서인 미스 레인골드, 즉 메리 제인 레인골드는 나이 많고(서른여섯 살), 정력적이지 않고(그녀는 우리 둘을 위해 일하는 사람이었다), 머리가 좋지 않고(나보다 엑스타인을 더 좋아한다), 사교성이 좋고(모두 그녀를 안쓰럽게 생각했다), 매력이 없고(키가 크고 깡마른 몸에 안경을 썼으며, 아무도 그녀를 사랑하지 않았다), 항문기에 고착되어 있고(강박적으로 깔끔하다), 구강기에도 고착되어 있고(항상 먹는다), 성기기에도 고착되어 있고(이 방면으로 열심히 노력한다), 유대인이 아니었다(이디시어의 속어 단어 두 개를 아주 지적으로 사용하는 방법을 알고 있다). 미스 레인골드가 유능한 비서처럼 나를 맞이했다.

"젱킨스 씨가 기다리고 계십니다, 라인하트 박사님."

"고마워요, 미스 레인골드. 어제 나한테 전화온 거 있어요?"

"만 박사님이 오늘 오후 점심식사 약속을 확인하고 싶다고 하셔서 확인해드렸습니다."

"잘했어요."

환자를 만나러 가려는데, 제이크 엑스타인이 자기 상담실에서 씩씩하게 걸어 나와 명랑한 얼굴로 내게 "루크 군, 왔어? 책 쓰는 일은 잘 되나?"하고 말했다. 대부분의 남자들이 친구 아내의 안부를 물을 때와 같은 태도였다. 그러고 나서 그는 레인골드에게 환자 기록 두 건을 요청했다. 앞에서 제이크의 '성격'을 설명했으니 이제 '몸'을 설명하자면, 그는 키가 작고, 둥글둥글하고, 토실토실했다. '얼굴'은 둥글고, 기민하고, 쾌활했으며, 뿔테안경을 쓴 눈은 '나는 당신을 꿰뚫어볼 수 있다'는 듯이 상대를 바라보았다. 그는 중고차 판매원처럼 서글서글하게 굴었으며, 구두가 항상 어찌나 반짝거리는지 가끔은 발광 구두약을 몰래 사용하는 게 아닌가 싶을 정도였다.

"내 책은 빈사 상태야." 내가 대답했다. 제이크는 조금 당황한 레인골드에게서 서류 한 줌을 받아들고 있었다.

"잘됐네." 그가 말했다. "방금 〈AP저널〉이 나의 《분석: 목적과 수단》에 대해 논평을 보내왔어. 내 글이 훌륭하다는 거야." 그는 천천히 서류를 훑어보며 가끔 한 장씩 비서의 책상에 빼놓기 시작했다.

"반가운 소식이군, 제이크. 그 글로 대박을 터뜨릴 것 같은데."

"아마 호평을 받을 거야…… 어쩌면 분석가 몇 명이 내 편으로 돌아설지도 모르겠어."

"오늘 점심에 시간 낼 수 있나?" 내가 물었다. "필라델피아로 떠나는 건 언제야?"

"아, 그렇지. 만한테 그 논평을 보여주고 싶은데. 비행기 출발시각은 2시야. 오늘 밤 자네의 포커파티에는 못 나가겠군. 그것 말고 내 책을 읽어본 적이 있나?" 제이크는 말을 이으면서, 눈을 가늘게 뜨고 예의 상대를 꿰뚫는 듯한 시선으로 나를 바라보았다. 만약 내가 그의 환자였다면, 지금 마음속에 품고 있는 모든 것을 십 년쯤 억압하고 싶어지게 만드는 시선이었다.

"아니, 아니, 읽은 적 없어. 난 아직도 심리적인 걸림돌이 있는 모양이야. 직업적인 질투심이니 뭐니 하는 것들."

"흠. 그렇군. 필리*에서 내가 전에 말했던 그 항문기 검안사를 만날 예정이야. 우리가 곧 획기적인 성과를 거둘 것 같네. 그 친구가 관음증에서는 벗어났는데, 아직도 시야가 암전되는 현상이 있어. 하기야 아직 석 달밖에 안 됐으니까. 내가 그 친구를 제대로 잡을 걸세. 완전 정상으로 돌려놓을 거야." 그는 씩 웃더니, 서류

---

•   필라델피아의 애칭.

한 줌을 여전히 손에 든 채로 자신의 상담실을 향해 씩씩하게 걸어가 퇴장했다.

내가 마침내 내 의자에 앉은 시각은 9시 7분이었다. 소파에는 레지널드 젱킨스가 몸을 쭉 펴고 누워 있었다. 보통 상담시간에 분석가가 늦는 일만큼 환자의 화를 부추기는 일이 없지만, 젱킨스는 마조히스트였다. 틀림없이 자기는 이런 대접을 받아도 싸다고 생각하고 있을 터였다.

"먼저 들어와 있어서 죄송합니다." 그가 말했다. "하지만 들어가서 누워 있으라고 선생님 비서님이 밀어 넣으셨어요."

"괜찮습니다, 젱킨스 씨. 제가 늦어서 죄송하죠. 우리 둘 다 긴장을 풀고, 곧바로 본론으로 들어갈까요?"

이쯤에서 호기심 많은 독자 여러분은 내가 어떤 종류의 분석가인지 알고 싶을 것이다. 공교롭게도 내 전공은 비非지시적 치료였다. 잘 모르는 사람들을 위해 설명하자면, 비지시적 분석가는 수동적인 태도로 환자에게 측은지심을 보이며, 환자의 말을 해석하려 들지도 않고, 환자에게 직접적인 지시를 내리지도 않는다. 좀 더 정확히 말해서, 쓸모없는 얼간이랑 비슷하다. 예를 들어 젱킨스 같은 환자와의 상담은 보통 다음과 같이 진행된다.

젱킨스: "제가 아무리 열심히 노력해도 항상 실패만 할 것 같아요. 일종의 내적인 메커니즘 같은 것이 제가 하려는 일을 항상 망치거든요."

[잠시 침묵]

분석가: "당신의 일부가 항상 당신을 실패하게 만드는 것 같다는 거로군요."

젱킨스: "네. 예를 들어, 전에 좋은 여자랑 데이트했을 때 말이

에요, 그 여자 정말로 매력적이었는데, 기억하시죠? 사서라던 여자요. 그런데 그날 저녁 내내 제가 한 얘기라고는 뉴욕 제츠*에 대한 것뿐이었어요. 그 팀 수비수들이 끝내준다는 얘기요. 책 이야기를 하거나, 여자한테 질문을 던져야 한다는 걸 아는데도 어쩔 수가 없더라고요."

분석가: "그 여자분과 좋은 관계를 맺을 수도 있었는데, 당신의 일부가 그 가능성을 의식적으로 망가뜨린 것 같다는 거로군요."

젱킨스: "웨센, 웨센앤드우프와의 일도 그래요. 거기 취직할 수도 있었는데, 자메이카로 한 달 휴가를 가버렸어요. 그쪽에서 면접을 보자고 할 것 같다는 생각을 하면서도요."

"그렇군요."

"어떻게 생각하세요, 선생님? 제 생각엔 마조히스트 같은데요."

"마조히스트인 것 같다는 생각이 드는군요."

"잘 모르겠어요. 선생님 생각은 어때요?"

"당신이 마조히스트인지는 당신도 잘 모르지만, 자기파괴적인 행동을 자주 한다는 사실은 잘 아시는 거로군요."

"맞아요, 맞아요. 하지만 저는 자살성향은 없어요. 그런 꿈을 꿀 때만 빼고요. 하마 떼의 발 아래로 몸을 던진다든가, 웨센, 웨센앤드우프 건물 앞에서 제 몸에 불을 지른다든가 하는 꿈. 어쨌든 저는 항상 '진짜' 기회를 망쳐버려요."

"의식적으로 자살을 생각한 적은 한 번도 없는데도 자살에 관한 꿈을 꾸는 거로군요."

"네. 그런 꿈을 꾸는 거야 보통 아닌가요? 누구나 꿈에서는 황

---

* 미국의 프로 미식축구팀.

당한 짓을 하잖아요."

"자기파괴적인 꿈이 보통이라고 생각하는 건……."

머리 좋은 독자라면 감을 잡았을 것이다. 비지시적 치료의 목적은 환자의 솔직한 발언을 더욱 많이 이끌어내고, 환자의 모든 것을 받아주며 전혀 위협적이지 않은 태도를 취하는 멍청한 분석가를 환자가 완전히 신뢰하게 만들어 스스로 문제를 진단하고 해결하게 하는 것이다. 소파 옆에 앉아서 환자의 말을 앵무새처럼 따라하기만 하는 일에 시간당 35달러를 받는 것이다.

그런데 이 방법이 효과가 있다. 여러 시험을 거친 다른 모든 심리치료 방법과 거의 똑같은 효과를 낸다. 가끔 실패하는 경우도 있지만, 다른 분석가들도 실패하는 경우가 있으니 마찬가지다. 물론 가끔은 환자와의 대화가 코미디처럼 들리기도 한다. 그날 오전 나의 두 번째 환자는 소액의 유산을 상속받은 덩치 큰 남자였는데, 프로레슬링 선수 같은 몸집과 정신을 갖고 있었다.

내가 정신분석 치료를 시작한 뒤 오 년 동안 받은 환자들 중에서 프랭크 오스터플러드는 가장 기운 빠지는 케이스였다. 처음 두 달 동안 그는 비교적 친절하고 알맹이 없는 사교계 인사처럼 보였다. 그는 무엇에도 집중하지 못하는 자신의 성격을 건성으로 걱정하고 있었다. 그는 평균 일 년에 두세 번씩 직장을 옮겨 다녔다. 상담시간에는 자신의 직장과 생쥐 같은 아버지, 지긋지긋한 형제들 이야기를 많이 했는데, 항상 칵테일파티에서 쓸데없는 수다를 떨 때 같은 태도를 취했기 때문에 나는 그에게서 정말로 마음에 걸리는 일에 대한 이야기를 끌어낼 때까지 갈 길이 멀다는 것을 알고 있었다. 그것도 정말로 마음에 걸리는 일이 있을 때의 얘기지만. 그가 알맹이 없는 근육질 바보가 아니라고 짐작할 만한 유일한 근거는 가끔 여자들에 대해 내뱉는 독설뿐이었다(보통 일반적인 얘기였다). 내가 어느 날 오전 그에게 여자들과의 관계에 대해 물었더니, 그는 잠시 망설이다가 여자들이 지루하다고 말했다. 그래서 성적인 욕구를 어떻게 충족하느냐고 다시 묻자, 그는 멀쩡한 얼굴로 대답했다. "창녀들이죠."

나중에 두세 번 정도 그는 자신이 부른 콜걸들에게 어떤 모욕을 주는지 자세히 설명했다. 하지만 자신의 행동을 분석해보려는 생각은 전혀 없는 것 같았다. 그는 세상물정에 밝은 사람 행세를 하며, 여자에게 모욕을 주는 것이 평범하고 아주 미국적인 행동이며 아무런 문제도 없다고 생각하는 것 같았다. 오히려 자신이 직장을 그만둔 이유를 분석하는 데 더 커다란 흥미를 보이며, 사무실에서 "웃기는 냄새"가 났다고 말했다.

7월의 그날 상담이 절반쯤 진행되었을 때, 그는 이스트사이드의 어떤 술집을 간단히 부숴버렸다는 이야기를 기분 좋게 늘어놓다가 갑자기 멈추더니, 누워 있던 소파에서 일어나 앉아 바닥을 바라보았다. 강렬한 눈빛인 것 같았지만, 전문가인 내가 보기에는 멍청한 눈빛이었다. 그는 심지어 얼굴에도 근육이 울룩불룩 발달한 것 같은 사람이었다. 그는 몇 분 동안 같은 자세로 앉아서 혼자 조용히 툴툴거렸는데, 그 소리가 마치 시끄러운 냉장고 소리 같았다. 마침내 그가 내게 말했다.

"속이 너무 갑갑해서 뭐든…… 하지 않으면 폭발할 것 같아요."

[잠시 침묵]

"뭐든…… 성적인 행동을 하지 않으면 폭발할 거예요."

"갑갑해서 성적으로 자신을 표현해야겠다는 생각이 드는군요."

"네."

[잠시 침묵]

“어떻게 할 건지 알고 싶으세요?” 그가 물었다.

“말해주고 싶다면요.”

“알고 싶으세요? 저를 도우려면 그걸 알아야 하지 않아요?”

“당신은 말하고 싶은 이야기만 저한테 해주시면 됩니다.”

“음, 선생님은 분명히 알고 싶으실 거예요. 하지만 말 안 할래요. 내가 떡을 쳤던 그 시팔년들 이야기는 이미 해드렸죠? 그년들이 뱀같이 축축하게 오르가슴을 느끼는 바람에 토할 것 같았다고 했잖아요. 하지만 이 이야기는 혼자만 알고 있어야 할 것 같아요.”

[잠시 침묵]

“비록 내가 알고 싶어 하더라도, 당신이 여자들과의 관계에 대해 이미 내게 말해주었기 때문에 그 이야기는 해주지 않겠다는 거로군요.”

“사실, 난 뒷구멍으로 그 짓을 할 거예요. 진짜 갑갑할 때는, 하얀 공단 같은 창녀와 떡을 친 직후에, 내가…… 그러니까…… 내가 여자들의 그 망할 내장이 뒤집힐 정도로 쾅쾅 박아버리고 싶거든요…… 어린 여자들…… 어릴수록 좋아요.”

“마음이 아주 갑갑할 때는 여자들의 내장이 뒤집힐 정도로 쾅쾅 박고 싶군요.”

“‘망할’ 내장이에요. 내 좆을 내장에 박아서 배를 통해 식도를 뚫고, 목구멍도 뚫어서 망할 정수리까지 쾅 곧바로 꿰뚫어버리고 싶어요.”

[잠시 침묵]

“여자의 온몸을 꿰뚫고 싶은 거군요.”

“네. 엉덩이를 통해서요. 여자가 비명을 지르고, 피를 흘리고,

겁에 질렸으면 좋겠어요."

[침묵. 긴 침묵]

"여자의 항문을 꿰뚫어서, 여자가 피를 흘리고, 비명을 지르고, 겁에 질리기를 바라는군요."

"네. 창녀들을 데리고 해봤는데, 그년들은 껌을 질겅질겅 씹으면서 콧구멍만 후비더라고요."

[잠시 침묵]

"당신이 시도해본 창녀들은 다치지도 않고 겁내지도 않았군요."

"제장, 그년들은 75달러를 받고서 엉덩이를 공중으로 쑥 쳐들고는, 껌을 질겅거리거나 만화책을 읽었어요. 내가 좀 거칠게 굴려고 하면, 나보다 키가 15센티미터나 더 큰 남자가 커다란 망치 같은 걸 들고 문간에 나타나는 거예요. [잠시 침묵] 그래서 뒷구멍으로 하는 것만으로는[그가 어색한 미소를 지었다] 내 갑갑함을 풀어주지 못한다는 걸 알았어요."

"창녀와 관계를 해봤지만, 여자들이 고통도 모욕감도 느끼지 않는 것 같아서 갑갑함을 풀지 못했군요."

"그래서 비명을 지를 것 같은 사람을 찾아야 한다는 걸 알게 됐죠."[잠시 침묵]

[긴 침묵]

"갑갑함을 풀기 위해 다른 대안을 찾았군요."

"네. 사실 여자애들을 강간하고 죽이기 시작했어요."[잠시 침묵]

[긴 침묵]

[더 긴 침묵]

"갑갑함을 풀기 위해 어린 여자아이들을 강간하고 죽이기 시작했군요."

"네. 선생님은 이런 얘기 남한테 하면 안 되죠? 직업윤리 때문에 내 말을 누구한테도 옮기지 못한다고 했잖아요, 맞죠?"

"네."

[잠시 침묵]

"여자애들을 강간하고 죽이는 게 갑갑함을 푸는 데 상당히 효과가 있어서 기분이 다시 좋아져요."

"그렇군요."

"문제는 이러다 잡힐까 봐 조금 불안해지기 시작했다는 거예요. 그래서 갑갑함을 풀 수 있는 좀 더 정상적인 방법을 찾는 데 심리치료가 도움이 될까 했거든요."

"여자아이들을 강간하고 죽이는 일 말고, 갑갑함을 풀 수 있는 다른 방법을 찾고 싶은 거로군요."

"네. 아니면 잡힐까 봐 걱정하는 마음을 없애줄까 하는 생각도 있었고요……."

기민한 독자라면, 상담실의 전형적인 하루라고 하기에는 이것이 조금 지나치게 선정적인 이야기가 아닌가 하는 생각이 들 것이다. 하지만 미스터 오스터플러드는 실존 인물이다. 아니, 실존했다. 더 자세한 이야기는 나중에 하겠다. 사실 나는 그때 《사디스트-마조히스트 성격 변이》라는 제목의 책을 쓰는 중이었다. 사디스트가 마조히스트로 변하는 사례나 그 반대의 사례를 다룬 책이었다. 그래서 동료들은 항상 사디스트나 마조히스트 성향이 뚜렷이 드러나는 환자를 내게 보내주었다. 오스터플러드는 확실히 내가 치료한 환자 중에서 가장 활발하게 활동하는 사디스트였지만, 정신병원에 가면 그런 환자는 얼마든지 있다.

오스터플러드에게서 주목할 만한 점은, 그가 자유로이 돌아다 닌다는 사실일 것이다. 그의 고백 이후 나는 그에게 시설에 들어가라고 권유했지만, 그는 거부했다. 그리고 나는 직업적인 비밀유지 의무를 위반하지 않은 채 그에게 입원을 '명령'할 방법이 없었다. 게다가 누구도 그가 '공공의 적'이라는 사실을 짐작하지 못하는 것 같았다. 내가 할 수 있는 일이라고는 고작해야 어린 딸을 키우는 친구들에게 아이를 할렘의 운동장(오스터플러드가 그곳에서 피해자를 구했다)에 보내지 말라고 경고해주고, 그를 치료하려고 열심히 노력하는 것뿐이었다. 그런데 내 친구들은 검둥이 강간범을 만날까 봐 애당초 아이들이 할렘의 운동장에 얼씬거리지도 못하게 했기 때문에, 내 경고조차 사실은 불필요한 것이었다.

오스터플러드가 상담을 마치고 나간 뒤, 나는 그에게 아무런 조치도 취할 수 없는 무력함을 잠시 고민하면서 몇 가지 메모를 한 뒤, 책의 원고를 계속 쓰기로 했다. 원고에는 작지만 의미심장한 실수가 있었다. 할 말이 없다는 것. 두툼한 원고는 원래 사디스트 행동을 보이던 사람들이 마조히스트로 변한 경우를 경험론적으로 묘사한 글로 채울 예정이었다. 나는 환자가 사디즘에서 멀어졌지만 아직 마조히스트가 되지는 않은 바로 그 순간에 환자의 행동을 고착시키는 방법을 찾아내고 싶다는 꿈이 있었다. 그런 순간이 과연 존재하는지는 아직 알 수 없었지만, 나는 성향이 완전히 변한 사례들에 대해 상당히 극적인 증거를 갖고 있었다. 하지만 '얼어붙은 자유의 순간,' 즉 환자가 이상적인 중간 상태에 도달한 순간에 대한 증거는 전혀 없었다. '얼어붙은 자유의 순간'은 어느 날 오전 젱킨스 씨의 말을 앵무새처럼 받아주다가 갑자기 눈이 번쩍 뜨이는 것처럼 떠오른 표현이었다.

문제는 자동차 판매원처럼 구는 제이크 엑스타인이 내가 읽은 정신분석 치료법 책 중에 가장 합리적이고 정직한 책 두 권을 썼다는 점이었다. 그리고 그 두 책은 우리 중 누구도 자신이 하는 일을 제대로 알지 못한다는 사실을 근본적으로 증명했다. 제이크는 환자를 치료하는 실력이 다른 사람들만큼이나 좋았는데, 그가 쓴 책에는 그의 성공이 순전히 우연이라는 사실이 분명하고 눈부시게 묘사되어 있었다. 이 책에서 그는 자신의 이론을 따르다가 실패했을 때 그런 실패가 '돌파구'로 이어져 환자의 증상 개선을 이끌어낸 적이 많다고 말했다. 제이크는 치료에서 우연의 중요성을 몇 번이나 거듭 증명했다. 이 점을 가장 극적으로 보여주는 말은 아마도 그의 유명한 '연필 깎기 치료'일 것이다.

제이크는 신경증적인 냉정함을 보이는 여성 환자를 십오 개월 동안 이렇다 할 성과 없이 치료한 적이 있었다. 너무 성과가 없어서 제이크조차 지루해질 정도였는데, 그가 실수로 그녀를 비서로 착각하고는 연필을 깎아 오라고 지시한 순간 환자가 완전히 변신하는 성과를 거뒀다. 부유한 가정주부인 환자는 명령에 따르기 위해 상담실 바깥의 사무실로 나가서 연필을 연필깎이에 집어넣으려다가 갑자기 찢어지는 비명을 질러대며 머리카락을 쥐어뜯고 배변을 하기 시작했다. 그로부터 삼 주 뒤, 이 'P 부인'(환자의 가명을 짓는 제이크의 능력은 그의 틀림없는 여러 재능 중 하나에 불과하다)은 완전히 치유되었다.

그 뒤로 나는 공들여 원고를 쓰겠다고 노력을 기울이고 있지만, 사실은 출판을 위해 보란 듯이 단어를 고르며 빈둥거리기만 하는 것 같다는 생각을 하게 되었다.

그래서 점심식사 전의 일과를 다음과 같이 보냈다. (a) 〈뉴욕타임스)의 금융기사 읽기 (b) 미스터 오스터플러드의 한 장 반짜리 사례 보고서를 재정과 예산 보고서 형식으로 쓰기("매춘부들에게는 내림세 전망." "할렘 운동장의 소녀들에게는 활황.") (c) 폭주족이 조종하는 오토바이 비행기들이 공들여 지은 빅토리아 양식 주택을 폭격하는 그림을 내 원고에 그리기.

# 4

　나는 그날 가장 가까운 동료 세 명과 점심을 먹었다. 엑스타인 박사, 최근 뉴욕에서 활약하는 분석가 중 유일한 이탈리아 태생 여성인 레나타 펠로니 박사, 그리고 키가 작고 뚱뚱하고 후줄근한 아버지 같은 생김새의 티머시 만 박사. 전에 사 년 동안 나의 정신분석을 맡아준 만 박사는 그 뒤로도 줄곧 정신적 스승이 되어주는 인물이었다.

　제이크와 내가 약속장소에 도착했을 때, 만 박사는 탁자 위로 몸을 웅크린 채 뭔가를 둘둘 만 형태의 음식을 무겁게 씹으며 맞은편의 펠로니 박사를 향해 자애롭게 눈을 깜박이고 있었다. 만 박사는 거물이었다. 내가 일주일에 두 번씩 나가는 퀸즈버러 주립병원의 과장이자 PANY 실행위원인 그는 그때까지 열일곱 편의 논문과 세 권의 책을 썼는데, 그중 한 권은 현존하는 실존주의 치료법 서적 중 가장 자주 교과서로 이용되는 책이었다. 만 박사에게 정신분석을 받는 것은 대단한 영광이었으므로 나 또한 그에게 몹시 감사한 마음을 품었지만, 점점 싫증이 나고 불만이 생기는 바람에 정신분석이 내게는 아무런 효과도 없었다는 망상에 빠지고 말았다. 만 박사는 음식을 먹는 일에 워낙 열중하고 있어서 펠로니 박사의 품위 있는 말을 제대로 듣는 건지 아닌 건지 잘 알 수 없었다.

레나타 펠로니는 장로교에서 설립한 여대의 노처녀 학장을 연상시켰다. 희끗희끗한 머리는 항상 깔끔하게 정돈되어 있고, 얼굴에는 안경을 썼으며, 이탈리아어의 발음이 섞인 뉴잉글랜드식 콧소리로 느릿느릿 품위 있게 말하는 모습 덕분에 음경이니 오르가슴이니 항문성교니 펠라티오니 하는 말을 입에 담아도 대학 강의와 가정경제에 대해 논하는 것처럼 보였다. 게다가 그녀는 적어도 남들이 알기에는 한 번도 결혼한 적이 없으며, 그보다 덜 확실하긴 해도 어쨌든 지난 칠 년 동안 남자를 '아는' 듯한(성경에 나오는 '남자를 알다'라는 의미) 기색을 단 한 번도 드러낸 적이 없었다. 사람들은 그 품위 있는 모습 때문에 그녀의 과거에 대해 직접적으로든 간접적으로든 조사해볼 엄두를 내지 못했다. 우리가 그녀에게 자유롭게 말을 건넬 수 있는 주제는 날씨, 주식, 음경, 오르가슴, 항문성교, 펠라티오뿐이었다.

식당은 값비싸고 시끄러운 곳이었다. 어느 구유에서 음식을 먹든 항상 좋아하는 만 박사만 빼고 우리는 모두 이 식당을 싫어했다. 그런데도 그날 그곳에 간 것은 편한 거리에 있는 다른 식당 역시 모두 북적거리고 시끄럽고 비싸기 때문이었다.

"수음이 하느님께 영원한 벌을 받을 죄라고 생각하는 사람은 우리 연구대상 중 10퍼센트에 불과했어요." 제이크와 나는 펠로니 박사의 이 말을 들으며 자그마한 탁자를 사이에 두고 서로 마주 보는 자리에 앉았다. 그녀는 나와 공동으로 이끌고 있는 연구 프로젝트에 대해 이야기하고 있음이 분명했다. 그녀가 왼편의 제이크와 오른편의 내게 똑같이 예의바른 미소를 지어 보이고는 말을 이었다. "33과 3분의 1퍼센트는 수음이 '하느님에게 유한한 벌을 받을 죄'라고 생각하고, 40퍼센트는 신체적으로 건전하지 못한 일이라고 생각하고, 2와 2분의 1퍼센트는 임신의 위험이 있다고 생각하고, 75퍼……."

"임신의 위험이라고요?" 제이크가 메뉴판을 받다가 몸을 돌리며 끼어들었다.

"우리는 항상 똑같은 선택지를 줘요." 펠로니 박사가 빙긋 웃으며 설명했다. "수음, 키스, 애무, 결혼 전과 후의 이성성교, 동성 애무, 동성 항문성교에 대해서 모두. 지금까지 연구대상들은 수음, 오르가슴에 이르는 애무, 이성성교에 대해서만 임신의 위험이 있다는 답을 내놓았어요."

나는 제이크를 향해 빙긋 웃었지만, 그는 눈을 가늘게 뜨고 펠로니 박사를 바라보고 있었다.

"그럼……" 제이크가 말했다. "지금은 어떤 질문에 대한 퍼센트를 그렇게 줄줄 늘어놓고 있는 겁니까?"

"우리가 한 질문은 이거예요. '성적인 흥분을 위해 공상, 독서, 그림이나 사진, 손을 이용하는 것이 나쁘다고 생각하는 이유가 있다면 무엇인지 말해보시오.'"

"수음이 왜 좋은 일인지 이유를 대보라는 질문도 던지나?" 만 박사가 음식 한 조각으로 아랫입술을 닦으며 물었다.

"물론이죠." 펠로니 박사가 대답했다. "사람들은 수음을 긍정적으로 생각하는 이유로 여섯 가지 중 하나를 마음대로 고를 수 있어요. (1) 즐겁다 (2) 긴장을 풀어준다 (3) 사랑을 표현하는 자연스러운 방법이다 (4) 사람이 완전해지기 위해 반드시 경험해야 하는 일이다 (5) 종족번식을 할 수 있다 (6) 사회적인 행동이다."

제이크와 나는 함께 웃기 시작했다. 웃음이 잦아들자, 펠로니 박사는 사람들이 앞의 두 가지 이유만 골랐다고 제이크에게 말해 주었다. 딱 한 사람만 수음이 사랑을 표현하는 방법으로서 가치가 있다고 답했을 뿐이었다. 하지만 펠로니 박사는 최근의 대면조사에서 그 사람이 냉소적인 기분으로 그 답을 택했음을 알아냈다고 덧붙였다.

"자네가 왜 이런 연구에 휘말렸는지 모르겠군." 제이크가 갑자기 나를 바라보며 말했다. "사회심리학자들이 벌써 수십 년 전부터 이런 연구 결과들을 내놓고 있잖아. 자네는 지금 불모의 땅을 파헤치고 있어."

펠로니 박사가 제이크를 향해 예의 바르게 고갯짓을 했다. 누군가가 자신이나 자신의 연구에 대해 어렴풋하게라도 비판으로 여겨질 법한 말을 할 때마다 그녀가 보이는 반응이었다. 비판이 직접적이고 강력할수록, 고갯짓도 강해졌다. 나는 만약 어떤 검사가 꼬박 한 시간 동안 그녀를 공격하는 일이 생긴다면 굳이 단두대를 동원하지 않아도 이미 목이 다 녹아서 머리가 계속 끄덕거리는 채로 검사의 발치를 구를 것이라는 가설을 세워놓고 있었다. 그녀가 제이크에게 대꾸했다.

"모든 연구대상에게 심층면접을 실시하겠다는 우리 계획은 학문연구에 진정한 기여를 할 겁니다."

"뻔한 사실, 그러니까 여러 선택지를 주고 하나를 선택하게 하는 설문조사 결과는 믿을 수 없다는 사실을 확인하는 데 백이십 시간을 쓰게 되겠죠."

"하지만 우리는 재단에서 연구지원금을 받았어." 내가 말했다.

"그게 뭐? 독창적이고 가치 있는 연구로 지원을 요청했어야지."

"우리는 연구지원금을 받고 싶었거든." 내가 얄궂은 표정으로 대답했다.

제이크가 영혼까지 들여다볼 것 같은 특유의 눈빛으로 눈을 가늘게 뜨고 나를 보더니 이내 웃음을 터뜨렸다.

"독창적이거나 가치 있는 연구가 생각나지 않지 뭐야." 나는 이 말을 덧붙이며 함께 웃음을 터뜨렸다. "그래서 이 연구를 하기로 했지."

펠로니 박사는 몹시 활기차게 고개를 끄덕이며 동시에 인상을 찌푸리는 일을 해냈다.

"결혼 전보다는 결혼 후의 성교를 긍정적으로 생각하는 사람이 더 많다는 사실을 발견하게 되겠군." 제이크가 말했다. "동성애자는 동성애를 긍정적으로 생각할 테고……."

"우리 결과가……" 펠로니 박사가 조용히 말했다. "일반적인 기대를 충족하지 못할 수도 있지요. 설문대상들이 예전 연구자들은 짐작하지 못한 방식으로 자신의 경험과 태도를 잘못 표현한다는 사실을 심층면접에서 발견하게 될 수도 있어요."

"맞는 말이야, 제이크. 우리 연구가 기가 막히게 지루해 보이는 것도, 결국 뻔한 사실을 확인하는 결과로 이어질 가능성이 있다는 것도 다 인정하지만……."

"그럼 왜 시간을 낭비하나?" 만 박사가 처음으로 고개를 들어 나를 바라보며 말했다. 박사의 턱이 산타클로스처럼 불그스름하게 달아오른 것이 술기운 때문인지 분노 때문인지 나는 알 수 없었다. "레나타는 자네 도움이 없어도 혼자서 그 연구를 다 해낼 수 있어."

"즐겁게 시간을 때울 수 있어서요. 연구결과를 과장되게 윤색해서 이런 실험을 패러디한 자료를 발표하는 몽상을 자주 합니다. 이런 것 있잖아요. '미국 젊은이 중 95퍼센트는 우정과 사랑을 표현하는 데 성교보다는 수음이 더 좋은 방법이라고 생각한다.'"

"자네들의 실험은 윤색하지 않아도 이미 패러디야." 만 박사가 말했다.

침묵이 흘렀다. 주위에서 북적거리는 사람들의 목소리, 접시 소리, 음악 소리의 불협화음을 제외한다면.

"우리 실험은……" 펠로니 박사가 고개를 빠르게 끄덕거리면서 마침내 입을 열었다. "성적인 행동, 성적인 관용, 성격의 안정성 사이에 어떤 관계가 있는지 새로운 통찰력을 제공해줄 거예요."

"자네가 에소 재단에 보낸 편지를 읽었네." 만 박사가 말했다.

"나는 여기 있는 우리 중 대다수에게 지적으로 한 방 먹일 수 있는 십대 소녀를 한 사람 알고 있어요." 제이크가 눈 하나 깜짝하지 않고 화제를 바꿨다. "모르는 게 없는 아이죠. 뇌가 몇 개나 되는 것 같아요. 몇 주만 더 있으면 내가 중대하고 획기적인 성과를 거둘 뻔했는데, 그 아이가 죽어버렸습니다."

"죽었다고?" 내가 물었다.

"윌리엄스버그 다리에서 이스트 강으로 떨어졌어. 솔직히 그 아이를 나의 실패작이라고 할 수 있는 환자 두세 명 중 하나로 보고 있네."

"저기요, 팀." 나는 만 박사에게 시선을 돌렸다. "저희 실험이 헛소리처럼 보인다는 건 저도 압니다. 하지만 부조리한 세상에서는 흐름을 따르는 수밖에요."

"난 자네의 형이상학적인 고찰에는 관심 없네."

"과학적인 고찰에도 마찬가지시잖아요. 그냥 주식시장 얘기나

하는 게 나을 것 같네요."

"아이, 왜들 이러세요." 제이크가 말했다. "루크가 〈도교와 선불교, 그리고 정신분석〉이라는 논문을 쓴 뒤로, 만 박사님은 마치 점성술로 개종한 사람을 대하듯이 구시네요."

"적어도 점성술의 경우에는……" 만 박사가 나를 차갑게 바라보며 말했다. "그래도 뭔가 중요한 예언을 해보려고 애쓸 수나 있지. 선불교를 하면 생각이나 노력 없이 열반의 경지로 떠가는 거고."

"열반의 경지로 떠가는 게 아니에요." 내가 친절하게 말했다. "떠다니는 것이 열반이죠."

"편리한 이론이로군." 만 박사가 말했다.

"좋은 이론은 다 그래요."

"정부의 금 보유고와 제너럴 모터스 주가가 이번 달에 매주 평균 2포인트씩 올랐어요." 펠로니 박사가 고개를 끄덕이며 말했다.

"맞아요." 제이크가 말했다. "잘 보면 웨이스트 프로덕츠, 돌리스 더즈, 네이더 테크놀로지도 모두 오르고 있어요."

만 박사와 나는 계속 서로를 바라보았다. 만 박사는 따스하고 불그스름한 얼굴과 차가운 파란색 눈으로, 나는 쾌활하고 초연한 척하는 표정으로.

"제 주식은 요새 좀 내려간 것 같아요." 내가 말했다.

"어쩌면 제 본연의 주가를 향해 자연스레 끌리고 있는 건지도 모르지." 만 박사가 대꾸했다.

"어쩌면 다시 시세를 회복할 수도 있습니다."

"떠도는 것들은 시세를 회복하지 못해."

"아뇨, 회복해요." 내가 말했다. "팀은 선불교가 뭔지 잘 모르시네요."

"난 축복받은 기분이야." 만 박사가 말했다.

"팀은 먹는 걸 좋아하시죠. 그러니 저도 선불교와 섹스 실험을 즐기게 해주세요."

"나는 먹는 것 때문에 생산성이 떨어지지 않아."

"오히려 생산성이 늘어날 것 같은데요."

만 박사는 더욱더 얼굴을 붉히며 의자를 뒤로 밀었다.

웨이트리스가 다시 우리 탁자로 다가오자 우리는 모두 분주히 디저트를 주문했지만, 펠로니 박사는 우리 모두를 향해 큰 소리로 이렇게 말했다.

"지난 석 달 동안 전체 주가가 2퍼센트 감소했는데도, 내 포트폴리오는 14퍼센트 올랐어요."

"곧 자네가 직접 재단을 설립하게 되겠군, 레나타." 만 박사가 말했다.

"신중한 투자는 신중한 실험과 같아요." 그녀가 대꾸했다. "뻔한 경로를 벗어나지 않는다는 점에서."

그 뒤로 점심식사가 끝날 때까지 우리의 대화는 줄곧 내리막길이었다.


# 5


점심식사를 마친 뒤 나는 동네 주차장에 내 자동차의 몸값을 지불하고 빗속에서 차를 몰아 병원으로 향했다. 내 차는 램블러 아메리칸이었다. 동료들은 재규어, 메르세데스, 캐딜락, 콜벳, 포르셰, 선더버드, 머스탱(가끔 빈민구제에 나서는 사람들)을 몰았다. 나는 램블러를 모는데. 당시 내가 뉴욕 시 정신분석협회에 가장 독창적으로 기여한 부분이 바로 그것이었다.

나는 맨해튼을 동쪽으로 가로질러 퀸즈버러 다리를 건넌 뒤 이스트 강의 섬으로 들어갔다. 주립병원이 그곳에 있었다. 낡은 병원 건물이 황폐하고 불길하게 보였다. 폐가처럼 보이는 건물도 있었다. 신축 건물 세 동, 유쾌한 노란색 벽돌과 보기 좋게 번쩍거리는 철근으로 지은 이 건물들과 폐가 같은 낡은 건물들 때문에 병원 전체가 〈우리 어머니가 미쳤어요〉와 〈감옥 폭동〉이라는 영화 두 편을 동시에 촬영하는 할리우드 영화 세트장 같았다.

나는 접수동으로 곧장 갔다. 낡고, 나지막하고, 검게 변색된 건물 중 하나인 접수동은 순전히 건물 내부 벽과 천장을 덮은 서른일곱 겹 연초록 페인트의 힘만으로 무너지지 않고 서 있다는 믿을 만한 이야기가 돌고 있었다. 나는 매주 월요일과 수요일 오후에 이 건물의 작은 사무실에서 선택된 환자들을 상담했다. 여기서 '선택된'이라는 말에는 두 가지 의미가 있었다. 첫째, 내가 그들을 선택했다. 둘째, 그들은 치료다운 치료를 받게 되었다. 내가 맡은 환자는 보통 두 명이었는데, 상담시간은 일주일에 두 번, 각각 한 시간씩이었다.

퀸즈버러 주립병원에서 내가 가장 처음 담당한 환자는 아르투로 토스카니니 존스로, 매순간 곡사포로 무장한 백인 사냥꾼이 득시글거리는 2000제곱미터짜리 섬에 홀로 떨어진 블랙팬서* 조직원처럼 구는 검둥이였다. 그를 대할 때 나의 가장 큰 어려움은 그가 자신의 삶을 대단히 사실적으로 평가하는 것 같은 시선으로 세

___
* 1965년에 미국에서 설립된 과격파 흑인운동단체.

상을 바라본다는 점이었다. 우리의 상담은 보통 조용히 진행되었다. 아르투로 토스카니니 존스가 백인 사냥꾼들에게 하고 싶은 말이 별로 없기 때문이었다. 나는 비지시적 치료사로서 그를 비난하지는 않았지만, 상대의 말을 앵무새처럼 따라하려면 먼저 상대가 말을 해야 한다는 점에서 애로가 있었다.

존스는 뉴욕 시티칼리지에서 삼 년 동안 우등생으로 공부하다가 어느 날 보수주의 청년클럽 회합에 수류탄 두 개를 투척했다. 원래대로라면 교도소의 장기 거주권을 얻을 만한 행동이었지만, 존스의 '정신병력'(마리화나와 LSD를 사용한 적이 있고, 2학년 때 신경쇠약 발작을 일으켜서 정치학 수업시간에 교수에게 욕설을 퍼부으며 수업을 방해한 전력이 있었다)과 그가 던진 두 개의 수류탄이 배리 골드워터*의 초상화 외에는 가치 있는 물건을 전혀 손상시키지 않았다는 사실 덕분에 그는 교도소 대신 퀸즈버러 주립병원에 무기한 머무르게 되었다. 그가 내 환자가 된 것은, 보수주의 청년클럽에 수류탄을 던지는 사람이라면 틀림없이 사디스트일 것이라는 이상한 논리 때문이었다. 그날 오후에 나는 정해진 형식에서 조금 벗어나, 대화를 이끌어내기 위해 그를 자극해보기로 했다.

"존스 씨." 내가 입을 열었다(완전한 침묵 속에서 벌써 십오 분이 흐른 뒤였다). "내가 당신을 도울 수 없거나 돕지 않을 것이라고 생각하시는 이유가 뭡니까?"

내게 옆구리를 향한 채로 등받이가 곧은 나무 의자에 앉아 있던 존스가 고개를 돌려 고요한 경멸을 담은 눈으로 나를 바라보았다. "경험이죠." 그가 말했다.

---

• 　미국의 보수주의 정치인.

"백인 남자 열아홉 명이 연달아 당신의 사타구니에 발길질을 했다고 해서, 스무 번째 백인 남자 역시 반드시 똑같은 행동을 할 것이라고 볼 수는 없습니다."

"맞아요." 그가 말했다. "하지만 스무 번째 남자에게 다가가면서 자기 사타구니를 손으로 보호하지 않는 사람은 진짜 멍청한 바보 천치죠."

"맞는 말이지만, 그래도 대화를 시도할 수는 있잖아요."

"천만에! 우리 검둥이들은 말할 때 꼭 손을 쓰거든. 그래! 우리는 몸이 먼저야!"

"하지만 당신은 그때 말을 하면서 손을 사용하지 않았어요."

"난 백인이야, 몰랐어? 난 CIA랑 같이 NAACP*를 조사한다고. 검둥이 놈들이 그 단체에 남몰래 영향을 미치지는 않는지 보려고 말이지." 그의 이와 눈이 나를 향해 번들거렸다. 그것이 연기인지 진짜 증오인지는 알 수 없었다.

"아, 그렇다면 당신은 내 변장을 알아볼 수 있겠네요." 내가 말했다. "난 흑인이야, 몰랐어? 나는……."

"당신은 흑인이 아니야, 라인하트." 그가 날카로운 목소리로 내 말을 잘랐다. "당신이 흑인이었다면, 우리 둘 다 그걸 알아차렸을 거고 지금쯤 둘 중 한 사람만 여기 남아 있었겠지."

"흑인이든 백인이든, 난 여전히 당신을 돕고 싶습니다."

"흑인이라면 당신이 날 돕는 걸 놈들이 가만두지 않을 거고, 백인이라면 당신은 날 도울 수 없어."

"마음대로 하세요."

---

•　미국의 대표적인 흑인인권단체.

"그게 가능한 일인가."

내가 입을 다물자, 그도 다시 침묵했다. 마지막 십오 분 동안 우리는 코스몰드관(館) 어딘가에서 어떤 남자가 일정한 리듬으로 질러대는 고함 소리를 들으며 시간을 보냈다.

존스 씨가 나간 뒤 나는 회색 창문을 통해 비 내리는 풍경을 물끄러미 바라보았다. 얼마 뒤 자그맣고 예쁜 간호과 학생이 다음 환자의 진료차트를 가져다주며 환자의 가족을 상담실로 데려오겠다고 말했다. 학생이 나간 뒤 나는 의료계 종사자들이 'p' 현상이라고 부르는 것에 대해 몇 초 동안 생각해보았다. 'p' 현상이란 풀을 먹인 간호사 제복 때문에 모든 간호사의 가슴이 풍만함이라는 축복을 받아 알파벳 'p'자 형상을 이룬 것처럼 보이는 것을 뜻한다. 다시 말해서, 의사가 간호사에게 작업을 걸 때 그녀의 몸매가 정말로 막대기에 자몽 두 개를 붙여놓은 형상인지 아니면 다리미판에 완두콩 두 개를 붙여놓은 형상인지 결코 확실히 알 수 없다는 뜻이었다. 어떤 사람들은 이것이야말로 의료계 직군이 지닌 신비와 매력의 정수라고 주장했다.

만 박사가 내게 예수 그리스도 행세를 하는 열일곱 살짜리 소년 환자를 보내주었다. 에릭 캐넌이라는 그 환자의 증세는 아직 초기 단계였는데, 진료차트에는 늑대 탈을 쓴 최후 심판일의 양의 모습이 꽤 상세하게 적혀 있었다. 그는 다섯 살 때부터 놀라울 정도로 조숙하면서도 조금 지능이 떨어지는 듯한 모습을 보여주었다. 아버지가 루터파 목사인데도, 그는 교사들과 논쟁을 벌이고, 학교에 무단결석하고, 교사들과 부모의 말을 잘 따르지 않고, 아홉 살 때부터 여섯 번이나 가출을 감행했다. 마지막 가출은 그가 내게 오기 겨우 육 개월 전이었는데, 당시 그는 사라진 지 팔 주

만에 쿠바에서 모습을 드러냈다. 열두 살 때부터는 성직자를 괴롭히기 시작하더니, 결국 다시는 교회에 발을 들여놓지 않겠다고 선언하기에 이르렀다. 그는 등교도 거부했다. 마리화나를 소지하고 있다가 발각되었고, 센트럴 브루클린 모병센터 앞에서 자신의 몸을 산 제물로 바치려는 듯한 행동을 하다가 제지당했다.

그의 아버지인 캐넌 목사는 좋은 사람인 것 같았다. 전통적인 의미에서. 그는 보수적이었으며, 기존 체제를 묵묵히 지지했다. 하지만 그의 아들은 반항을 일삼았으며, 개업 정신과의사의 치료를 거부했다. 일도 거부하고, 자기가 편할 때만 집에 들어왔다. 결국 아버지는 아들을 퀸즈버러 주립병원에 보내기로 결정했다. 내가 아들을 치료하게 될 것임을 그는 알고 있었다.

"라인하트 박사님." 자그맣고 예쁜 간호과 학생의 목소리가 갑자기 내 팔꿈치 옆에서 들려왔다. "캐넌 목사님과 캐넌 부인이세요."

"안녕하십니까." 나는 자동적으로 손을 내밀어, 머리가 희끗희끗하고 숱이 풍성하며 얼굴이 다정해 보이는 남자의 통통한 손을 붙잡았다. 그는 나와 악수하며 환한 미소를 지었다.

"만나서 반갑습니다, 선생님. 만 박사님께 말씀 많이 들었습니다."

"안녕하세요, 선생님." 여자의 음악 같은 목소리가 들려왔다. 나는 캐넌 부인에게 시선을 돌렸다. 자그맣고 깔끔한 여자가 남편의 왼쪽 어깨 뒤편에 서서 무시무시한 미소를 짓고 있었다. 그녀는 자꾸만 눈을 깜박거리면서, 문밖 복도에서 소란을 피우며 줄지어 지나가는 할망구들을 힐끔거렸다. 문밖 환자들은 옷차림이 형언할 수 없을 만큼 흉악해서, 마치 연극 〈마라 사드〉*의 오디션에서

<hr>

* 원제는 〈사드 후작의 연출로 샤랑통 정신병원의 환자들이 연기한 장 폴 마라의 박해와 암살〉.

과잉연기를 했다는 이유로 떨어진 성격배우들 같았다.

부인 뒤에 아들 에릭이 있었다. 그는 정장에 넥타이를 맨 차림이었지만 기나긴 머리, 무테안경, 멍청하지도 않고 신성하지도 않은 눈의 반짝임 때문에 근교에 사는 중산층으로는 결코 보이지 않았다.

"이 아이입니다." 캐넌 목사가 정말로 유쾌해 보이는 미소를 지으며 말했다.

나는 정중하게 고개를 끄덕하고는 캐넌 일가에게 의자를 가리켰다. 목사 부부가 내 옆을 지나 의자에 앉았지만, 에릭은 복도를 지나가는 여자들을 끝까지 바라보았다. 그중 못생기고, 치아도 전혀 없고, 머리카락은 대걸레 같은 여자가 걸음을 멈추고 소년을 향해 수줍게 미소 짓고 있었다.

"안녕, 귀염둥이." 여자가 말했다. "언제 날 만나러 와."

소년은 일 초쯤 여자를 바라보다가 빙긋 웃으며 말했다. "그러죠." 그러고는 웃음을 터뜨리며 밝은 얼굴로 나를 휙 바라본 뒤 의자가 있는 곳으로 갔다. 멍청한 청소년이었다.

나는 캐넌 일가 맞은편의 책상 위에 커다란 몸집을 털썩 주저앉히고, '아이고, 이렇게 만나게 돼서 정말 좋네요'라고 말하는 듯한 미소를 지어 보였다. 소년은 내 오른편 창가 근처에 앉아 있었다. 제 부모보다 살짝 뒤편이었다. 나를 바라보는 소년의 얼굴에는 호의적인 기대가 어려 있었다.

"아시겠지만, 캐넌 목사님, 에릭을 이 병원에 보내신다는 것은 곧 아드님을 전적으로 저희에게 맡기신다는 뜻입니다."

"물론 알고 있습니다, 라인하트 박사님. 저는 만 박사님을 전적으로 믿습니다."

"좋습니다. 그럼 두 분과 에릭 모두 여기는 결코 여름캠프 같은 곳이 아니라는 사실도 잘 아시겠군요. 여기는 주립 정신병원이고······."

"여긴 좋은 곳입니다, 라인하트 박사님." 캐넌 목사가 말했다. "뉴욕 주의 주민인 우리가 정말로 자랑스러워할 만한 곳이에요."

"흠, 그렇죠." 나는 이렇게 말하고 나서 에릭을 바라보았다. "네 생각은 어떠니?"

"창문 검댕에 멋진 무늬가 있어요."

"제 아들은 온 세상이 제정신이 아니라고 믿고 있습니다."

에릭은 여전히 기분 좋은 얼굴로 창밖을 바라보고 있었다. "요즘은 그럴듯한 말이기도 하지." 내가 소년에게 말했다. "하지만 그것만으로는 이 병원에서 벗어날 수 없어."

"맞아요, 그것 때문에 여기에 왔으니까요." 에릭이 대답했다. 우리는 처음으로 서로 눈을 마주 보았다.

"내가 널 도와주면 좋겠니?" 내가 물었다.

"남을 어떻게 도울 수 있는데요?"

"그 대가로 내가 두둑한 보수를 받거든."

소년의 미소는 냉소적으로 보이지 않았다. 오로지 호의적일 뿐이었다.

"우리 아버지는 진리를 널리 알리는 일로 돈을 받아요."

"여기 생활이 아주 힘들 수도 있어." 내가 말했다.

"아닐걸요. 여기가 제 집처럼 느껴질 것 같아요."

"더 나은 세상을 만들겠다는 사람이 여기엔 많지 않을 거다." 소년의 아버지가 말했다.

"누구나 더 나은 세상을 만들고 싶어 해요." 에릭이 대꾸했다.

목소리에 살짝 날이 서 있었다.

나는 천천히 책상에서 일어나 그 뒤로 돌아가서 에릭의 차트를 집어 들었다. 그리고 마치 안경이 없어도 잘 보인다는 듯이 안경 너머로 캐넌 목사를 바라보며 말했다.

"에릭에 대해 의논할 것이 있으니 가시기 전에 시간을 내주십시오. 우리끼리 이야기하는 편이 좋습니까, 아니면 에릭도 함께 있는 편이 좋습니까?"

"저는 아무래도 좋습니다." 그가 말했다. "에릭은 내 생각을 알아요. 아마 아이가 조금 제 성질대로 굴지도 모르지만, 저야 익숙합니다. 그냥 여기 있으라고 하지요."

"에릭, 넌 여기 있고 싶니 아니면 지금 병동으로 가고 싶니?"

"우리 아버지 거짓말이에요." 에릭이 창밖을 바라보며 말했다. 에릭의 어머니가 움찔했지만, 아버지는 고개를 절레절레 저으며 안경을 고쳐 쓸 뿐이었다. 나는 아들이 부모에게 보이는 반응을 직접 보고 싶었기 때문에 에릭이 함께 있는 것을 허락했다.

"아드님에 대해 이야기해보세요, 캐넌 목사님." 나는 책상 뒤의 나무의자에 앉아 진지한 전문가다운 표정으로 몸을 앞으로 기울이며 말했다. 캐넌 목사는 신중한 얼굴로 고개를 살짝 기울인 채 다리를 꼬고 헛기침을 했다.

"제 아들을 통 알 수 없습니다." 그가 말했다. "저 아이가 존재한다는 사실을 믿을 수 없어요. 녀석은 다른 사람을 조금도 참아주지 못합니다. 선생님도…… 선생님도 그 차트를 읽으면 자세히 알 수 있을 겁니다. 이 주 전에도 그런 일이 또 있었어요. 에릭은 [그는 불안한 표정으로 아들을 흘깃 보았다. 에릭은 창밖 또는 창문을 바라보는 것 같았다] 지난 한 달 동안 음식을 잘 먹지 않았습니다. 글을 읽거나 쓰지도 않았고요. 두어 달 전에 자기가 쓴 글을 모조리 태워버리기만 했죠. 믿을 수 없을 만큼 양이 많았습니다. 에릭은 이제 누구에게든 말도 별로 하지 않습니다. 아까 저 아이가 선생님께 대답한 것이 놀라울 정도예요…… 이 주 전, 저녁 식탁에서 에릭이 물잔을 들고 성자 흉내를 냈습니다. 저는 그날 손님으로 오신 페이스 인더스트리스의 휴스턴 부사장에게 이렇게 말했습니다. 이 세상에서 공산주의를 없앨 방법이 도무지 보이지 않으니 차라리 3차 세계대전이 일어났으면 좋겠다는 생각이 가끔 들 정도라고요. 우리 모두 가끔 그런 생각을 하지 않습니까. 그런데 에릭이 제 얼굴에 물을 끼얹고, 잔을 바닥에 던졌습니다."

그는 나를 열심히 살피며 반응을 기다렸다. 하지만 내가 가만히 마주 보기만 하자 그가 말을 이었다.

"저야 상관없지만, 아내가 그날 얼마나 당황했을지 짐작하실 겁니다. 그런 일이 비일비재해요."

"그렇군요." 내가 말했다. "아드님이 왜 그런 행동을 한 것 같습니까?"

"녀석은 병적인 자기중심주의자입니다. 세상을 보는 시각이 우리와 달라요. 우리처럼 살고 싶어 하지도 않고요. 녀석은 모든 가톨릭 신부들, 대부분의 교사들과 아비인 제가 틀렸다고 생각합니다. 뭐, 그런 생각을 하는 사람이야 많지만 그 사람들이 항상 그런 이유로 문제를 일으키지는 않죠. 그것이 핵심입니다. 에릭은 삶을 너무 진지하게 바라봐요. 생전 노는 법이 없습니다. 적어도, 대다수의 사람들이 원하는 방식으로는 놀지 않아요. 항상 놀기는 하는데, 그 방식이 사람들의 기대와 다르다는 뜻입니다. 항상 자신이 원하는 생활방식을 위해 싸움을 벌이거든요. 여긴 위대하고 자유로운 나라지만, 우리의 자유는 남에게 자기 생각을 강요하는 사람들을 위한 것이 아닙니다. 관용이 우리의 기준이라면, 에릭은 관용이 전혀 없어요."

"그것 참 미안하네요, 아버지." 에릭이 갑자기 말했다. 그러고는 상냥한 미소를 지으며 일어서서 제 부모의 뒤로 돌아가 두 사람 사이에 자리를 잡더니, 양손으로 두 사람의 의자 등받이를 짚었다. 캐넌 목사는 자기 수명이 얼마나 남았는지 내 얼굴에서 읽어내려는 사람처럼 나를 바라보았다.

"넌 관용이 없니, 에릭?" 내가 물었다.

"난 사악함과 멍청함을 참을 수 없어요." 그가 말했다.

"누가 너한테 그런 권리를 줬어?" 그의 아버지가 아들을 향해 조금 몸을 돌리며 말했다. "네가 무슨 권리로 모든 사람에게 선과 악을 판단해준다는 거냐?"

"그건 왕들의 신성한 권리예요." 에릭이 빙긋 웃으며 대꾸했다.

그의 아버지가 고개를 돌려 나를 바라보며 어깨를 으쓱했다. "보세요." 그가 말했다. "사례를 하나 더 말씀드리죠. 에릭이 열세 살 때, 많은 신자들이 성찬식을 진행하고 있는 제 교회 한복판에 서서 무릎을 꿇은 신자들에게 커다란 소리로 이렇게 말했습니다. '이런 꼴이라니.' 그러고는 나가버렸어요."

우리 모두 아무 말 없이 움직이지 않았다. 마치 그들은 가족사진을 찍으러 온 사람들이고, 나는 사진을 찍느라 여념이 없는 사진사가 된 것 같았다.

"현대 기독교가 마음에 들지 않는 거니?" 마침내 내가 에릭에게 물었다.

그는 손가락으로 길고 검은 머리를 빗어 내리고는 천장을 흘깃 올려다본 뒤 비명처럼 소리를 질렀다.

그의 아버지와 어머니는 전선 위의 생쥐처럼 벌떡 일어나 부들부들 떨면서 아들을 지켜보았다. 에릭은 양손을 옆으로 늘어뜨리고, 얼굴에는 살짝 미소를 띤 채 악을 써댔다.

하얀 정장 차림의 검둥이 조수가 한 명, 또 한 명 안으로 들어왔다. 그리고 나를 바라보며 지시를 기다렸다. 나는 에릭의 두 번째 비명이 끝난 뒤, 그가 또 소리를 지르는지 기다려보았다. 그는 조용했다. 그는 잠시 조용히 서 있다가 말했다. "이제 갈 시간이에요." 누구에게 하는 말인지는 알 수 없었다.

"데려가서 입원수속을 해요. 우선 베너 박사에게 신체검사부터. 이 처방전을 베너 박사에게 전해줘요." 나는 가벼운 진정제 처방전을 갈겨써서 건넨 뒤, 경계의 눈빛으로 소년을 바라보는 두 조수를 지켜보았다.

"환자가 조용히 따라올까요?" 둘 중 덩치가 작은 쪽이 물었다.

에릭은 잠시 더 가만히 서 있다가 빠른 투스텝에 이어 불규칙한 지그스텝을 밟으며 문으로 향했다. 그러면서 노래를 불렀다. "우리는 마법사를 만나러 간다네, 놀라운 오즈의 마법사. 우리는 마법사를⋯⋯."

퇴장의 춤이었다. 조수들이 그 뒤를 따라갔다. 내가 마지막으로 본 것은 그 둘이 각각 에릭의 양팔을 향해 손을 뻗는 모습이었다. 캐넌 목사는 아내를 위로하듯 어깨를 감싸안고 있었다. 내가 부른 것은 간호학과 학생이었는데.

"죄송합니다, 라인하트 박사님." 캐넌 목사가 말했다. "이런 일이 벌어질지 모른다고 생각하긴 했지만, 박사님도 녀석의 행동을 직접 보셔야 할 것 같아서요."

"맞는 말씀입니다." 내가 말했다.

"아내와 제가 말씀드릴 것이 한 가지 더 있습니다." 캐넌 목사가 말했다. "혹시…… 제가 알기로 가끔은 환자에게 일인실을 주는 것이 가능하다고 하던데요."

나는 책상 옆을 돌아서 캐넌 목사에게 상당히 가까이 다가갔다. 그는 여전히 아내의 어깨를 감싸안고 있었다.

"여기는 기독교 기관입니다, 목사님." 내가 말했다. "그러니 모든 사람의 형제애를 굳건히 믿지요. 아드님은 건강하고 평범한 미국의 정신병 환자 열다섯 명과 함께 방을 쓰게 될 겁니다. 그러면 소속감과 일체감을 느낄 수 있거든요. 만약 아드님이 일인실을 원한다면 조수 한두 명에게 주먹질을 하라고 하세요. 그러면 독방을 줄 겁니다. 그런 경우에는 주 정부가 겉옷까지 제공해줘요."

목사의 아내가 움찔하며 시선을 피했지만, 목사는 아주 잠깐 머뭇거리다가 고개를 끄덕였다.

"맞는 말씀입니다. 아들 녀석에게 인생이 무엇인지 가르쳐주세요. 그 녀석 옷가지는……."

"캐넌 목사님." 내가 날카롭게 말했다. "여기는 주일학교가 아닙니다. 정신병원이에요. 평범하게 살아가는 일상을 거부한 사람들이 오는 곳입니다. 아드님은 이미 병동에 들어갔습니다. 두 분이 아드님을 다시 만날 때는 달라져 있을 겁니다. 좋은 쪽으로든, 나쁜 쪽으로든. 아드님의 방이나 옷가지에 대해 경솔한 말씀은 마세요. 아드님은 사라졌으니까요."

목사는 순간적으로 겁에 질린 눈빛을 하더니 곧 차갑게 나를 쏘아보며 아내의 어깨에서 팔을 내렸다.

"난 처음부터 아들이 없었습니다." 그가 말했다.

그리고 아내와 함께 나갔다.

## 6

집에 돌아오니 릴리언과 알린 엑스타인이 바지 차림으로 소파에 나란히 쓰러져서 웃고 있었다. 마치 방금 진 한 병을 둘이서 나눠 마신 것 같았다. 그건 그렇고, 알린은 밝게 빙글빙글 도는 불빛 같은 남편 옆에서 항상 그림자에 가려진 것처럼 보인다. 키가 190센티미터인 내 관점에서 보자면 키가 약간 작은 편인 그녀는 대개 새침한 숙녀처럼 굴었으며, 굵은 뿔테안경은 제이크의 것과 비슷했다. 이렇다 할 특징이 없는 검은 머리는 둥글게 말아 고정해두었다. 호리호리한 몸에 비해 가슴이 놀라울 정도로 풍만하다는 미확인 소문이 있었지만, 그녀가 언제나 헐렁한 스웨터, 남자 셔츠, 헐렁한 블라우스, 지나치게 큰 겉옷을 입고 다녔기 때문에 사람들은 그녀와 알고 지낸 지 몇 달이 되도록 그녀의 가슴을 알아차리지 못했다. 그리고 그때쯤이면 모두 그녀에 대해 잊어버렸다.

내 생각에 그녀는 단순하고 귀여운 자신만의 방식으로 내게 한 번 유부녀다운 유혹을 했던 것 같지만, 품위 있는 직업을 가진 유부남이자 의리 있는 친구이며 이미 그녀에 대해 모든 것을 잊어버린 나는 그 유혹에 저항했다(내 기억에 저녁 내내 자기 겉옷에서 실보무라지를 떼어달라고 조른 것이 그녀의 유혹이었던 것 같다. 그래서 나는 저녁 내내 그녀의 겉옷에서 실을 떼어주었다). 하지만 정신병원에서 힘든 하루를 보낸 날 늦은 밤이나 릴과 아이들이 모두 독감이나 설사나 홍역으로 드러누워 있을 때면 품위 있는 직업을 가진 유부남이나 의리 있는 친구가 된 것을 어렴풋이 후회하곤 했다. 앨린의 젖가슴 한쪽을 완전히 입으로 집어삼키는 백일몽을 꾼 것이 두 번이다. 만약 운명이 내게 그럴듯한 기회를 준다면, 그러니까 예를 들어 그녀가 알몸으로 나와 함께 침대에 오르는 일이 일어난다면, 틀림없이 나는 운명 앞에 무릎을 꿇을 터였다. 우리는 처음 불륜을 저지르는 사람들답게 짧은 순간 멋들어진 불꽃을 느낀 뒤 은밀하게 정사를 나누는 지루한 일상 속으로 빠져들 것이다. 하지만 먼저 행동에 나서는 것이 내 몫이라면, 나는 결코 어떤 행동도 취할 생각이 없었다. 나의 정체성 중 3분의 2를 차지하는 전문직 유부남 친구라는 일면이 항상 권태에 지친 짐승을 압도하기 때문이다. 여러분도 알다시피, 이 둘을 하나로 합친 결과는 비참할 뿐이다.

"우리 둘이 진 한 병을 나눠 마셨어." 릴이 소파에 널브러져 미소를 짓고 키득거리고 나를 노려보는 일을 모두 한꺼번에 해치우면서 말했다.

"술 아니면 약인데, 약은 아무리 찾아도 없더라고요." 앨린이 말을 덧붙였다. "제이크는 LSD를 안 믿고, 릴은 당신의 약을 찾아내지 못했으니까요."

"그거 이상하네요." 내가 비옷을 벗으며 말했다. "내가 항상 아들 녀석의 장난감장 안에 그걸 놔두는 걸 릴이 아는데요."

"어쩐지 오늘 아침에 래리가 얌전히 학교에 가더라니." 릴은 이렇게 말하고 나서, 재미있는 말을 했다 싶었는지 웃음을 그쳤다.

"그래, 무슨 일로 마신 거야? 두 사람 중 하나가 이혼이나 낙태라도 하는 거야?" 나는 아직 3분의 2나 남아 있는 진으로 마티니를 만들면서 물었다.

"웃기는 소리 마." 릴이 말했다. "우린 그런 엄청난 일은 꿈도

꾼 적 없어. 우리 인생이 질질 새고 있어. 짜릿한 흥분이나 성적인 매력이 새는 게 아니라, 그냥 질질 새고 있다고."

"튜브에서 질 윤활제가 새어나오는 것처럼요." 알린이 말을 덧붙였다.

두 사람은 슬픔에 지친 얼굴로 삼십 초쯤 소파에 늘어져 있었다. 그러다 릴이 퍼뜩 고개를 들었다.

"우리 정신과의사 아내 초청클럽을 만들까, 알린?" 그녀가 말했다. "루크랑 제이크는 거기 초대하지 않는 거야."

"나도 초대받기 싫어." 나는 이렇게 말하고 나서 책상 의자 하나를 끌어내 방향을 돌리고는 연극 같은 동작으로 의자에 거꾸로 앉았다. 그리고 술잔을 손에 든 채 피곤한 얼굴로 두 여자를 바라보았다.

"우리가 그 클럽의 설립위원이 되자." 릴이 인상을 찌푸리며 말을 이었다. "근데 그러면 뭐가 좋은지 모르겠네." 그녀가 키득거렸다. "하지만 어쩌면 우리 클럽이 당신 클럽보다 커질지도 몰라." 두 여자는 몇 초 동안 기분 좋은 얼굴로 나를 빤히 바라보다가 바보처럼 키득거리기 시작했다.

"일주일 동안 남편을 바꾸는 걸 첫 번째 사교 프로젝트로 하자." 알린이 말했다.

"우리 둘 다 뭐가 달라졌는지 알아차리지도 못할걸." 릴이 말했다.

"아냐. 제이크는 아주 독창적으로 이를 닦는단 말이야. 루크도 내가 모르는 능력을 틀림없이 갖고 있을걸."

"내가 장담해." 릴이 말했다. "그런 거 없어."

"쓱." 알린이 말했다. "남 앞에서 대놓고 남편을 무시하면 안 돼. 남편의 자아가 상처를 입는다고."

"고마워요, 알린." 내가 말했다.

"루크는 머-리-좋-은 남자야." 알린이 힘들게 말했다. "난 하다 못해 교양과목도 공부한 적이 없는 여자인데, 루크는 공부를…… 루크는 공부를……."

"소변과 대변을 공부했지." 릴이 대신 말을 맺고는 알린과 함께 웃음을 터뜨렸다.

내가 아는 여자들은 대부분 조용한 절망의 삶을 시끄럽게 살겠다고 고집을 피우는데, 나는 조용한 절망의 삶을 완벽한 자세와 품위와 우아함으로 살아낼 수 있는 것은 어찌 된 일인가. 이 의문을 진지하게 생각하다가 릴과 알린이 무릎걸음으로 내게 다가오고 있는 것을 발견했다. 두 사람은 탄원하듯 양손을 꽉 맞잡고 있었다.

"우리를 구하소서, 대변의 마스티이시여, 우리는 지루하나이다."

"말씀을 주소서!"

정신적인 문제가 있는 사람들과 힘든 하루를 보낸 뒤 조용한 집으로 돌아와 벽난롯가에 앉아 있는 것은 기분 좋은 일이었다.

"아, 마스터, 도와주세요. 저희 삶이 당신의 것입니다."

술에 취한 두 여자가 꿈틀꿈틀 무릎걸음으로 다가오며 애원하는 모습은 내게 발기라는 결과를 낳았다. 직업적으로도 유부남으로서도 그리 바람직한 반응은 아니지만, 진실한 반응이긴 했다. 왠지 두 여자가 내게 기대하는 것이 더 있다는 기분이 들었다.

"일어나라." 나는 부드럽게 말한 뒤, 나 역시 일어서서 두 사람 앞에 섰다.

"아, 마스터, 말씀을!" 알린이 무릎을 꿇고 말했다.

"구원을 원하는가? 거듭나고 싶은가?"

"네!"

"새로운 삶을 바라는가?"

"네, 네!"

"새로 나온 올을 봉사와 섞어 시험해 보았나?"

두 사람은 키득거리며 앞으로 쓰러졌다가 재빨리 몸을 세우며 "해봤습니다, 해봤어요. 그래도 깨달음이 없었습니다"(릴), "미스터 클린도 시험해봤어요"(알린)라고 말했다.

"마음을 비워라." 내가 말했다. "모든 것을 놓아야 한다. 모든 것을."

"아, 마스터, 여기, 당신의 아내가 앞에 있나이다!" 두 사람은 또 키득거리며 발정기의 참새처럼 퍼덕거렸다.

"모든 것이라고 했다." 내가 짜증스럽게 외쳤다. "모든 희망, 모든 환상, 모든 욕망을 포기하라."

"해봤습니다."

"해봤는데 아직도 욕망이 있어요."

"욕망하지 않게 되기를 욕망하고, 희망이 사라지기를 희망하고, 환상을 없앨 수 있다는 환상이 있습니다."

"포기하라고 했다. 모든 것을 포기해. 구원의 욕망까지도. 들판에서 아무도 모르게 자라고 죽어가는 잡초처럼 되어라. 바람에 몸을 맡겨."

릴리언이 갑자기 벌떡 일어서서 술을 넣어둔 수납장으로 걸어갔다.

"다 전에 들은 소리야." 그녀가 말했다. "바람이라고 해봤자 뜨거운 바람인걸."

"당신 취한 줄 알았는데."

"당신이 설교하는 모습을 보면 누구라도 정신이 번쩍 들걸."

여전히 무릎을 꿇고 있는 알린이 두꺼운 안경 너머에서 눈을 깜박이며 이상한 목소리로 말했다. "난 아직 구원받지 못했어. 난 구원받고 싶어."

"저 사람이 하는 말 들었잖아. 포기해."

"그게 구원이야?"

"저 사람이 내놓을 게 그것밖에 없어. 제이크는 뭐 다른가?"

"그야 그렇지만, 제이크한테는 가족할인을 받을 수 있거든."

두 사람은 웃음을 터뜨렸다.

"둘 다 정말로 취한 거야?" 내가 물었다.

"난 취한 거 맞지만, 릴은 당신보다 한 계단 높은 곳에 있으려면 정신을 바짝 차려야 한다네요. 나는 제이크가 집에 없어서 내정신에게 휴가를 주고 있는 중이고요."

"루크는 정신이 조금이라도 느슨해지는 법이 없어." 릴이 말했다. "그래서 머리가 늙어버린 거지." 릴이 빙긋 웃었다. 처음에는 쓸쓸한 미소였지만 곧 흡족한 미소로 바뀌더니, 릴이 새로 만든 마티니잔을 들어 나의 늙어버린 머리를 위해 건배하는 시늉을 했다. 나는 느리고 품위 있게 서재로 물러났다. 때로는 파이프 담배로도 품위를 부여할 수 없는 순간이 있는 법이다.

7

그날 저녁의 포커 게임은 재앙이었다. 릴과 알린은 처음에는 지나치게 쾌활하게 굴더니(둘이서 진 한 병을 거의 다 비웠다), 무모하게 몇 번 판돈을 올린 뒤에는 지나치게 빈털터리 행세를 했다. 그러다가 릴이 조금 전보다 훨씬 더 무모하게 판돈을 올렸고, 알린은 아예 감각을 차단하려는지 무심한 태도를 취했다. 만 박사의 운은 무서울 정도였다. 겉으로는 재미가 없어서 완전히 지루해진 척하면서도 판돈을 급격하게 올려서 이기거나, 허세를 떨어서 이기거나, 일찌감치 판을 접었다. 그 덕분에 그가 놓친 승리라 해도 모두 소소한 것에 불과했다. 그는 머리가 좋은 사람이었다. 원하는 카드가 손에 들어왔을 때에도 지루한 표정을 짓는 것을 보면 슈퍼맨 같았다. 이 뚱뚱한 신께서 감자칩을 가루로 만드는 바람에 탁자가 온통 지저분해지고 있다는 사실 또한 우리를 우울하게 하는 요인 중 하나였다. 릴은 내가 아니라 만 박사가 크게 따고 있다는 사실이 좋은 것 같았지만, 펠로니 박사는 만 박사에게 한 판을 진 뒤 고개를 심하게 끄덕거리는 것으로 보아 엄청나게 짜증이 난 듯했다.

11시쯤 알린이 게임에서 빠지고 싶다고 말했다. 그리고 포커에서 지면 섹시함과 졸음이 자신을 찾아온다며, 아래층에 있는 자신의 아파트로 돌아갔다. 릴은 술을 마시며 싸움을 계속했다. 자기가 좋아하는 세븐카드 스터드* 게임에서 주사위로 두 번 엄청난 돈을 따더니 다시 명랑해진 릴은 내게 다정한 장난을 치며 짜증스럽게 굴어서 미안하다고 사과했다. 만 박사에게도 돈을 그렇게 많이 따는 게 어디 있느냐며 장난을 걸다가 갑자기 욕실로 뛰어가 욕조에 먹은 것을 토했다. 몇 분 뒤에 탁자로 돌아온 그녀는 이제

---

• 포커의 게임 방식 중 하나.

포커에 관심이 없었다. 릴은 포커에 지면 불감증과 불면증이 자신을 찾아온다며 침실로 물러갔다.

박사학위를 지닌 우리 세 사람은 그 뒤로 삼십 분쯤 포커를 더 치면서 엑스타인 박사의 최신 저서에 대해 이야기했다. 나는 그 책에 눈부신 비판을 가하면서 점차 포커에 흥미를 잃었다. 자정이 가까워졌을 때 펠로니 박사가 그만 가봐야겠다고 말했다. 만 박사는 시내를 지나갈 그녀의 차를 타고 가는 대신, 우리 집에 조금 더 있다가 택시를 타고 돌아가겠다고 말했다. 펠로니 박사가 떠난 뒤에 우리는 스터드 게임을 네 판 더 했는데, 기쁘게도 내가 세 판을 이겼다.

게임이 끝난 뒤, 만 박사는 등받이가 곧은 의자에서 일어나 긴 책꽂이 근처의 빵빵한 의자로 옮겨갔다. 복도 저편에서 화장실 물 내리는 소리가 들려와서, 릴이 또 속이 안 좋아진 건가 하는 생각이 들었다. 만 박사는 파이프를 꺼내서 담배를 채운 뒤 불을 붙였다. 슬로모션으로 움직이는 기계를 슬로모션으로 찍은 것 같은 속도였다. 만 박사는 불을 붙이면서 파이프를 한없이 빨더니 마침내 중간 메가톤급 핵폭탄을 천장으로 뿜어냈다. 그 바람에 옆에 있는 책꽂이의 책들이 보이지 않게 되었고, 나는 그 엄청난 규모에 기함했다.

"책 쓰는 작업은 잘 되고 있나, 루크?" 만 박사가 묵직하고 탁한 노인의 목소리로 물었다.

"전혀요." 나는 포커를 치던 탁자에 앉은 채 말했다.

"으으음."

"제가 쓰려는 주제가 그리 가치 있는 것 같지……"

"음…… 음. 허."

"처음에 쓰기 시작했을 때는, 환자가 사디즘에서 마조히즘으로 옮겨가는 과정에서 중요한 결론이 나올지도 모른다고 생각했습니다." 나는 탁자를 덮은 부드러운 초록색 벨벳 천을 손가락으로 쓸었다. "하지만 그냥 사디즘에서 마조히즘으로 옮겨가는 것에 불과했어요." 나는 빙긋 웃었다.

만 박사는 담배연기를 가볍게 뿜어내고, 맞은편 벽에 걸린 프로이트의 사진을 바라보면서 내게 물었다.

"자네가 분석해서 자세히 쓴 사례가 몇 건이나 되지?"

"세 건입니다."

"그 세 건?"

"네, 그 세 건. 지금 제가 하는 일은 고작해야 해석이 들어가지 않은 사례 설명일 뿐입니다. 어느 도서관에나 그런 건 넘치도록 있어요."

"으음."

나는 만 박사를 바라보았다. 그는 계속 프로이트만 올려다보았다. 저 아래 거리에서 경찰차 사이렌이 매디슨 애비뉴 북쪽으로 왱왱거리며 달려갔다.

"그건 그렇고, 선생님이 제게 보내신 그 아이와 일차 면담을 했습니다. 제가 보기에 그 아이는……."

"자네가 퀸즈버러 병원에서 보는 환자에는 관심 없네, 루크. 책으로 출판될 사례라면 모를까."

만 박사는 여전히 나를 보지 않았다. 나는 그의 퉁명스러운 말에 말문이 막혔다.

"글을 쓰지 않는다는 건 곧 생각을 하지 않는다는 뜻이야." 그가 말을 이었다. "그리고 생각하지 않는 사람은 죽은 사람이지."

"저도 옛날에는 그렇게 생각했죠."

"그래, 맞아. 그러다 선불교를 발견했지."

"네, 그렇죠."

"그래서 이제는 글을 쓰는 일이 지루하다?"

"네."

"생각하는 일은?"

"그것도요." 내가 말했다.

"어쩌면 선불교에 문제가 있는 건지도 모르겠군."

"어쩌면 생각하는 일에 문제가 있는 건지도 모르지요." 나는 이렇게 대답하고 나서 웃음을 터뜨렸다.

"아, 정말이지, 웃지 말게, 루크." 만 박사가 큰 소리로 말했다. "자네는 요즘 인생을 낭비하고 있어."

"누구는 안 그런가요?"

"안 그러지. 제이크도, 나도. 직업을 막론하고 훌륭한 사람들은 그러지 않네. 자네도 일 년 전까지는 그러지 않았고."

"내가 어렸을 때에는 말하는 것이 어린아이와 같고……."

"루크, 루크, 내 말을 들어." 늙은 만 박사가 화를 냈다.

"네……?"

"내게 다시 분석을 받게."

나는 손등에 초록색 주사위를 문지르다가, 뚜렷한 생각 없이 그에게 대답했다.

"싫습니다."

"도대체 뭐가 문제야?" 만 박사가 날카롭게 말했다.

---

• 〈고린도전서〉 13장 11절.

나는 무작정 의자에서 벌떡 일어났다. 쿼터백에게 공이 날아가는 것을 보고 달려드는 수비수 같았다. 나는 만 박사 앞을 성큼성큼 가로질러 센트럴파크가 내다보이는 커다란 창문으로 갔다.

　"저는 지루합니다. 지루해요. 죄송하지만 그래서 그러는 겁니다. 우울한 환자들을 정상으로 끌어올린답시고 권태롭게 만드는 것도 신물이 나고, 하잘것없는 실험이나 알맹이 없는 논문도 신물이 나고……."

　"그건 증상이지, 분석이 아니잖아."

　"뭔가를 처음으로 경험하는 것. 처음 풍선을 날리거나, 외국에 가는 것. 새로 만난 여자와 격렬하고 즐겁게 불륜을 저지르는 것. 처음으로 받은 봉급. 처음으로 포커나 경마로 큰돈을 따고 깜짝 놀라는 것. 고속도로에서 히치하이킹을 하려고 애쓰면서 누군가 차를 멈추고 날 태워주겠다고 하기를 기다릴 때 느끼는 짜릿한 고립감. 어쩌면 5킬로미터쯤 떨어진 소도시까지만 갈 수도 있고, 새로운 친구를 만날 수도 있고, 아예 죽음을 향하는 길이 될 수도 있다는 느낌. 내가 마침내 좋은 논문을 썼다거나 뛰어난 분석을 해냈다거나 뛰어난 백핸드 솜씨를 보였다는 확신이 들 때의 그 반짝이는 기분. 새로운 인생철학을 찾아냈을 때의 흥분. 새 집이나 첫 아이를 만났을 때의 짜릿함. 우리가 인생에서 원하는 건 이런 것들이지요. 그런데 지금은…… 모두 사라진 것 같습니다. 선불교도 정신분석도 되돌려놓지 못하는 것 같아요."

　"환멸을 느낀 대학 2학년생 같은 소리를 하는군."

　"외국에 가도, 불륜을 저질러도 만날 똑같은 기분입니다. 돈을 벌어 쓰는 것도 그렇죠. 분석을 받겠다고 찾아오는 사람들은 죄다 약에 취했거나, 절망에 빠졌거나, 만날 보던 얼굴들이고요. 제 일은 효과는 있지만 아무 의미도 없습니다. 새로운 철학이라는 것도 결국 그게 그거고, 제가 자부심으로 삼았던 정신분석도 이 문제에는 별로 효과가 없는 것 같아요."

"효과가 없긴 왜 없어."

"정신분석이 정말로 효과가 있는 거라면, 저를 바꿔놓을 수 있어야지요. 누구든 바꿔놓을 수 있어야지요. 바람직하지 않은 신경증 증상들을 없앨 수 있어야지요. 그것도 사람들에게서 측정할 수 있는 변화를 이끌어내는 데 필요한 이 년이라는 시간보다 훨씬 더 빨리요."

"꿈같은 소리를 하는군, 루크. 그건 이론적으로도 실제로도 불가능한 일이야."

"그럼 그 이론과 실제가 틀렸을 수도 있습니다."

"그거야 의심의 여지가 없지."

"인간이란 선생님이나 저보다 틀림없이 더 나은 존재일 겁니다."

"무슨 소리야!" 만 박사가 청동 재떨이에 파이프를 세게 두드리고는 화난 얼굴로 나를 노려보았다. "자넨 꿈을 꾸고 있어. 세상에 유토피아는 없네. 완벽한 사람도 있을 수 없고. 우리 각자의 삶은 유한한 실수의 연속이고, 그 실수들은 점점 굳어져서 반복적이고 필요한 것이 되는 경향이 있어. 누구나 자신에 대한 금언이라는 건 이런 걸세. '무엇이든 존재하는 것은 옳고, 모두에게 최선이다.' 인간의 성격……인간의 성격은 언제나 시체처럼 굳어지는 경향이 있네. 시체는 변하지 않는 법이지. 열정으로 끓어오르는 일도 없고. 우리는 그 시체를 좀 말쑥하게 다듬어서 볼만한 몰골로 만들어주는 걸세."

"맞습니다." 내가 대답했다. "정신분석은 이렇게 성격이 굳어지는 과정을 깨뜨리는 일이 별로 없지요. 그러니 사람들에게 새로이 내놓을 것이 하나도 없습니다."

만 박사는 흥인지 콩인지 알 수 없는 소리를 냈고, 나는 창가에서 멀어져 프로이트를 올려다보았다. 프로이트도 진지한 얼굴로 나를 내려다보았다. 별로 즐거운 표정이 아니었다.

"틀림없이 다른…… 다른 비밀이나 [이건 신성모독이야!] 다른…… 마법의 약 같은 것이 있어서 사람들이 자신의 삶을 급격히 바꿀 수 있을지도 모릅니다." 나는 말을 이었다.

"점성술이나 《역경易經》이나 LSD 같은 걸 한번 시험해보지 그러나."

"시체라서 어쩔 수 없다는 사실을 받아들이고 자포자기하는 게 정신적으로 건강한 태도라고 보십니까?" 내가 말했다.

"으으음."

나는 그를 마주 보고 서서 속에서 기묘한 분노가 치받아 오르는 것을 느꼈다. 10톤짜리 콘크리트 덩어리로 만 박사를 후려치고 싶었다. 나는 침을 뱉듯이 말을 이었다.

"우리가 틀렸음이 분명합니다. 모든 심리치료는 지루한 재앙이에요. 우리가 아주 근본적인 실수를 저지르고 있고, 그게 우리 모두의 생각에 독이 되고 있음이 분명해요. 세월이 흐른 뒤 사람들은 지금 우리가 19세기의 방혈요법을 바라보는 시각으로 우리의 이론과 치료기법을 바라볼 겁니다."

"자넨 정상이 아니야, 루크." 만 박사가 조용히 말했다.

"선생님과 제이크는 최고의 학자이지만, 인간으로서는 아무것도 아닙니다." 만 박사는 의자에 꼿꼿이 앉아 있었다.

"자넨 정상이 아니야." 그가 말했다. "키득거리는 남학생 같은 모습이 절반, 건방진 얼간이 같은 모습이 절반."

"저는 심리치료사입니다. 그리고 인간으로서는 확실히 재앙이죠. 의사여, 네 자신을 치료하라."

"자네는 세상에서 가장 중요한 직업에 대한 신뢰를 잃었군. 심지어 선불교에서도 비현실적이라고 여겨지는 이상적인 기대 때문에. 자네는 사람들을 조금씩 낫게 만드는 일상의 기적에 싫증을 느끼고 있어. 그럼 사람들을 조금씩 나빠지게 만드는 게 자랑스러운 일인가?"

"자랑스럽다는 게 아니……."

"아니, 자랑스러워하고 있네. 자네는 호나이의 전형적인 사례와 똑같아. 자신의 성취가 아니라 성취에 대한 꿈으로 자신을 위로하는 사람이란 말일세."

"맞습니다." 내가 단호하게 말했다. 그의 말은 공교롭게도 사실이었으니까. "그리고 선생님은 정상적인 인간의 전형적인 사례지요. 제게는 그리 인상적이지 않습니다."

그가 붉게 달아오른 얼굴로 나를 노려보다가, 끙 하는 소리를 내며 통통 튀어 오르는 커다란 풍선처럼 벌떡 일어섰다.

"그거 유감이군." 그는 이렇게 말하고는 문을 향해 걸음을 재촉했다.

"사람을 더 급격하게 바꿔놓을 방법이 틀림없이 있을……."

"그걸 찾아내거든 내게도 알려주게."

만 박사는 문 앞에서 걸음을 멈추고 나를 바라보았다. 우리는 서로 다른 세계에 있었다. 그의 얼굴에 지독한 경멸의 표정이 나타났다.

"그러지요." 내가 말했다.

"그걸 찾아내거든 전화만 한 통 해주면 돼. 옥스퍼드 4-0300번으로."

우리는 서로를 마주 보며 서 있었다.

"안녕히 가십시오." 내가 말했다.

"잘 있게." 만 박사는 몸을 돌렸다. "아침에 릴에게 인사 전해줘. 그리고 루크……" 그가 다시 내게 시선을 돌렸다. "제이크의 책을 한번 끝까지 읽어보게. 책을 비판하려면, 다 읽은 다음에 하는 편이 언제나 좋으니까."

"저는……."

"잘 있게."

그는 문을 열고 비척비척 밖으로 나가 엘리베이터 앞에서 머뭇거리다가 계단으로 걸어가 사라져버렸다.


# 8


나는 문을 닫은 뒤 기계처럼 거실로 돌아왔다. 그리고 창가에 서서 몇 개 되지 않는 불빛과 텅 빈 새벽 거리를 내다보았다. 만 박사가 건물에서 나와 매디슨 애비뉴 쪽으로 움직였다. 3층에서 내려다보는 그의 모습은 난쟁이 봉제인형 같았다. 나는 만 박사가 앉았던 안락의자를 들어 그를 향해 창밖으로 던져버리고 싶었다. 일그러진 이미지들이 머릿속에서 소용돌이쳤다. 제이크의 책이 점심 식탁의 하얀 식탁보 위에 어둡게 누워 있는 모습. 에릭의 검은 눈이 나를 따뜻하게 바라보는 모습. 릴과 알린이 나를 향해 꿈틀꿈틀 다가오는 모습. 내 책상에 놓여 있는 백지들. 만 박사의 담배연기가 버섯구름처럼 천장으로 올라가는 모습. 몇 시간 전 입을 벌리고 관능적인 하품을 하며 방을 나서던 알린의 모습. 이유는 잘 모르겠지만, 방 한쪽 끝에서 반대편 끝까지 전속력으로 달려가 프로이트의 초상화를 정면으로 들이받고 싶다는 생각이 들었다.

하지만 나는 그냥 창가에서 돌아서서 서성거리다가 프로이트의 초상화를 올려다보았다. 프로이트는 품위 있고, 진지하고, 생산적이고, 합리적이고, 안정적인 얼굴로 나를 내려다보았다. 그는 이성적인 사람이 원하는 모든 것을 갖추고 있었다. 나는 손을 뻗어 초상화를 조심스럽게 쥐고 얼굴이 벽을 향하게 돌려놓았다. 액자 뒤편의 갈색 마분지를 바라보고 있자니 점점 만족감이 들었다. 나는 한숨을 내쉬며 포커 탁자로 돌아가 카드와 칩과 의자를 정리했다. 주사위 두 개 중 한 개가 행방이 묘연했다. 바닥을 훑어보아도 보이지 않았다. 침실을 향해 몸을 돌리는데, 만 박사가 앉아서 내게 설교를 하던 의자 옆의 작은 탁자가 눈에 들어왔다. 스페이드퀸 카드가 뒤에 받침대가 있는 것처럼 비스듬히 세워져 있었다. 다가가서 카드를 살펴보니 그 밑에 주사위가 있었다.

나는 꼬박 일 분 동안 그대로 서 있었다. 이해할 수 없는 분노가 솟았다. 오스터플러드의 분노, 또는 릴이 오후에 느꼈던 분노와 비슷한 것 같았지만 이 분노에는 대상이 없었다. 그저 아무 생각도 목표도 없는 분노였다. 벽난로 선반에서 전기시계가 울리던 소리가 어렴풋이 기억난다. 그러고는 이스트 강에서 방 안으로 무적霧笛 소리가 신음처럼 들어왔고, 공포가 내 심장의 동맥들을 뜯어내 그것으로 내 배를 묶었다. 만약 저 주사위 윗면이 1이라면 아래층으로 내려가 알린을 강간하자. 나는 이렇게 생각했다. "1이면 알린을 강간할 거야." 이 말이 거대한 네온사인처럼 머릿속에서 계속 깜박거렸고, 공포는 점점 커졌다. 하지만 만약 1이 아니면 침실로 가서 잠자리에 들겠다는 생각을 하자, 기분 좋은 흥분에 밀려 공포가 증발해버리고 내 입이 크게 벌어져 헤벌쭉 웃음을 지었다. 1은 강간, 다른 숫자는 침실. 주사위는 던져졌다. 내가 뭐라고 주사위에게 의문을 표할까.

나는 퀸 카드를 들어 올리고 주사위를 보았다. 키클롭스의 외눈이 나를 마주 보았다. 1이었다.

나는 너무나 충격을 받아 아마도 오 초 동안 꼼짝도 하지 못했다. 하지만 마침내 군인처럼 절도 있게 방향을 돌려 아파트 문으로 진군해서 문을 열고 한 발을 밖으로 내디뎠다가 홱 돌아서서 기계처럼 정확한 걸음으로 기쁘게 안으로 다시 진군해 들어왔다. 그리고 복도를 걸어 우리 침실의 문을 살짝 열고 큰 소리로 선언했다. "산책 다녀올게, 릴." 나는 다시 몸을 돌려 아파트 밖으로 척척 걸어 나갔다.

나무처럼 뻣뻣하게 계단을 걸어 두 층 아래로 내려가는 동안 난간의 녹슨 부분들과 구석에 처박힌 광고전단이 눈에 들어왔다. '생각은 크게.' 전단이 내게 촉구했다. 엑스타인이 사는 층에서 나는 꼭두각시 인형처럼 홱 방향을 바꿔 그의 아파트로 진군해서 초인종을 눌렀다. 품위 있는 공포와 함께 한 가지 뚜렷한 생각이 머릿속을 휩쓸었다. '알린이 정말로 피임약을 먹을까?' 잭더리퍼가 또 다른 여자를 강간하고 죽이려고 가면서 여자가 피임을 하는지 걱정하는 모습을 생각하니 머릿속이 미소로 물들었다.

이십 초가 흐른 뒤 나는 다시 초인종을 울렸다.

두 번째 미소(얼굴은 여전히 나무처럼 딱딱했다)가 흘러나왔다. 다른 누군가가 그 주사위를 발견하고 지금 이 문 안에서 알린을 바닥에 쓰러뜨린 채 바삐 허리를 놀리고 있을지도 모른다는 생각 때문이었다.

문의 걸쇠가 열리더니, 문틈이 살짝 벌어졌다.

"제이크?" 졸린 목소리가 말했다.

"나예요, 알린." 내가 말했다.

"무슨 일이에요?" 문은 여전히 아주 조금만 열린 채였다.

"당신을 강간하려고 내려왔어요." 내가 말했다.

"어머." 그녀가 말했다. "잠깐만요."

그녀는 걸쇠를 풀고 문을 열었다. 별로 매력이 없는 면 목욕가운 차림이었는데, 어쩌면 제이크의 옷인 것 같기도 했다. 검은 머리카락은 이마에 헝클어져 있고, 콜드크림이 얼굴에 허옇게 발라져 있었다. 게다가 안경을 끼지 않아서 눈을 가늘게 뜨고 나를 바라보는 모습이, 그리스도의 일생을 그린 신파극에 나오는 눈먼 여자 거지 같았다.

나는 등 뒤로 문을 닫으며 그녀를 향해 돌아서서 반응을 기다렸다. 이제부터 무엇을 할지 나도 알 수 없었다.

"뭘 하러 왔다고 했죠?" 알린이 졸음에 겨운 목소리로 물었다.

"당신을 강간하려고 내려왔어요." 나는 그녀에게 다가갔다. 가만히 선 그녀의 눈이 점점 커지면서, 호기심 때문에 잠이 깨는 것 같은 표정을 지었다. 처음으로 미약한 성욕이 느껴진 나는 양팔을 그녀의 몸에 두르고 고개를 숙여 그녀의 목에 입술을 묻었다.

그러자마자 그녀의 손이 내 가슴을 강하게 밀어내더니, 곧 "루우우우크" 하고 길게 늘어진 내 이름이 들렸다. 두려움과 의문과 키득거리는 웃음이 뒤섞인 목소리였다. 나는 등 위쪽에 축축하고 야하게 한참 동안 입을 맞춘 뒤에야 그녀를 놓아주었다. 그녀는 한 걸음 뒤로 물러나서 볼품없는 목욕가운의 매무새를 가다듬었다. 우리는 각자 서로 다른 종류의 최면에 걸린 사람들처럼 서로를 빤히 바라보았다. 두 주정뱅이가 함께 춤을 추어야 한다는 사실을 알고 대결하듯 서로를 바라보는 것 같기도 했다.

"이리 와요." 나도 모르게 입이 열렸다. 나는 그녀의 허리를 왼팔로 감고, 침실로 그녀를 끌고 가기 시작했다.

"이거 놔요." 그녀가 날카롭게 말하며 내 팔을 밀어냈다.

솜씨가 엄청 좋은 인형사의 줄에 매달린 꼭두각시 인형처럼 기계적이고 재빠른 동작으로 내 오른손이 그녀의 뺨을 때렸다. 그녀는 공포에 질렸다. 나도 공포에 질렸다. 또다시 우리는 서로를 마주 보았다. 그녀의 왼뺨이 벌겋게 부어 있었다. 나는 손가락에 묻은 콜드크림을 기계적으로 바지에 문질러 닦은 뒤, 손을 뻗어 그녀의 목욕가운 앞섶을 움켜쥐고 잡아당겼다.

"이리 와요." 내가 다시 말했다.

"제이크의 목욕가운에서 손 떼." 그녀가 불분명한 발음으로 숨 죽여 소리쳤다.

나는 손을 놓고 말했다. "난 당신을 강간하고 싶어요, 알린. 지금 당장. 갑시다."

그녀는 겁에 질린 새끼고양이처럼 몸을 움츠리며 내게서 멀어져 목까지 가려지도록 목욕가운 앞섶을 잡아당겼다. 그러고는 허리를 곧게 폈다.

"알았어요." 그녀는 이렇게 말하고 나서, 정의로운 분노라고밖에는 설명할 길이 없는 표정으로 복도를 걷기 시작했다. 그렇게 침실로 다가가며 그녀는 말을 덧붙였다. "제이크의 목욕가운은 건드리지 말아요."

그렇게 해서 강간은 내가 최소한의 폭력을 동원하는 수준에서 이루어졌다. 솔직히 상상력이나 열정이나 쾌락은 그리 많이 느껴지지 않았다. 쾌락을 주로 느낀 사람은 알린이었다. 나는 제대로 순서에 맞춰 그녀의 가슴에 입을 대고, 엉덩이를 움켜쥐고, 음순을 애무하고, 평범하게 그녀의 몸을 올라탔다. 그리고 평소보다 더 오랫동안 쿵쿵 허리를 놀린 뒤(이런 절차를 밟는 내내 아둔한 십대들에게 정상적인 성교 시범을 보이도록 훈련받은 인형이 된 것 같은 기분이었다) 끝을 맞했다. 알린은 길게만 느껴지는 몇 초 동안 더 몸부림치다가 한숨을 내쉬었다. 그리고 얼마 뒤 그녀가 나를 올려다보았다.

　"왜 그랬어요, 루크?"

　"그럴 수밖에 없었어요, 알린. 나도 몰린 거예요."

　"제이크가 알면 좋아하지 않을 거예요."

　"아…… 제이크?"

　"난 그 사람한테 숨기는 게 없어요. 내 얘기가 자기한테 소중한 자료가 된대요."

　"하지만…… 이건…… 전에 강간당한 적이…… 있어요?"

　"아뇨. 결혼한 뒤로는 없어요. 제이크가 유일한 상대인데, 그 사람은 강간 같은 건 안 하니까요."

　"꼭 제이크한테 말해야겠어요?"

　"물론이죠. 제이크도 알고 싶어 할 거예요."

　"엄청 화낼 것 같은데요."

　"제이크가요? 아뇨. 재미있다고 할 걸요. 뭐든 재미있다고 생각하는 사람이니까요. 만약 우리가 항문으로 그걸 했다면, 더 재미있다고 했을 거예요."

"앨린, 그렇게 자조할 필요 없어요."

"자조하는 게 아니에요. 제이크는 학자라서 그래요."

"뭐, 그 말이 맞을지도 모르지만……."

"당연하죠. 옛날에 한번은……."

"옛날이라니요?"

"벨뷰의 제이크 동료가 파티에서 팔꿈치로 내 가슴을 만진 적이 있어요. 제이크가 술병으로 그 사람 머리를 부숴버렸는데…… 그게…… 코냑이었던가."

"머리를 부숴요?"

"브랜디였어요. 또 한번은 어떤 남자가 겨우살이 밑에서 내게 키스한 적이 있는데, 제이크가, 당신도 기억하죠? 당신도 그 자리에 있었잖아요. 제이크가 그 사람한테……."

"그래요, 기억해요. 그러니까, 앨린, 멍청한 짓 말고 제이크한테는 말하지 말아요."

그녀는 잠시 생각에 잠겼다.

"하지만 말하지 않는다면, 마치 내가 잘못을 저지른 것처럼 되는데요."

"아뇨. 잘못을 저지른 사람은 나예요, 앨린. 난 당신을 강간했다는 이유만으로 제이크의 우정과 신뢰를 잃고 싶지 않아요."

"알았어요."

"제이크가 상처받을 거예요."

"맞아요, 그럴 거예요. 객관적인 태도를 유지할 수 없겠죠. 혹시 술이라도 마셨다면……."

"그래요, 그랬다가는……."

"말 안 할게요."

우리는 몇 마디 말을 더 주고받았고, 그것으로 끝이었다. 나는 이 집에 발을 들여놓은 지 약 사십 분 만에 다시 밖으로 나갔다. 아, 한 가지 사건이 더 있었다. 문을 나서기 전에 나는 문간에서 알린과 서로를 어루만졌다. 알린이 입은 하늘하늘한 나이트가운 밖으로 묵직한 한쪽 가슴이 튀어나와 내 손에 잡혀 있었다. 나는 대략 이곳에 들어올 때와 비슷한 옷차림이었다. 그때 열쇠 돌아가는 소리가 갑자기 관능적인 분위기를 쪼개놓는 바람에 우리는 펄쩍 뛰듯이 서로에게서 떨어졌다. 아파트 문이 열리자 제이크 엑스타인의 모습이 나타났다.

십육 분 삽십 초쯤은 되는 것 같은 시간 동안(실제로는 아마 오륙 초쯤이었을 것이다) 그는 두꺼운 안경 너머에서 나를 샅샅이 훑듯이 바라보더니 큰 소리로 말했다.

"루크, 이 친구, 마침 만나고 싶었는데. 그 항문기 검안사 있지? 완전히 치료됐어. 내가 해냈다고. 난 이제 유명인이야."

# 9

다시 내 집 거실로 돌아온 나는 위에 드러나 있는 주사위의 점 하나를 몽롱하게 바라보았다. 그리고 사타구니를 긁으며 멍하니 고개를 저었다. 다리와 허리는 묵직했지만 마음은 가벼웠다. 강간은 오래전부터, 수십 년 전부터 가능한 일이었는데도, 내가 과연 그것이 가능한 일인지 분별 있는 일인지 바람직한 일인지 고민하는 것을 그만둔 뒤에야 실현되었다. 미리 계획을 짜지 않은 채 그 일을 실행한 나는 스스로 행동에 책임을 질 수 있는 사람이라기보다는 외부의 힘에 휘둘리는 꼭두각시, 신들(주사위)의 피조물이 된 것 같은 기분이었다. 그 일의 원인은 내가 아니라 우연 또는 운명이었다. 주사위 눈이 1이 나올 확률은 겨우 6분의 1에 불과했다. 주사위가 그 카드 밑에 있을 확률은 아마도 100만분의 1쯤 될 것이다. 그러니 내가 강간을 저지른 것은 운명의 지시임이 분명했다. 고로 나는 무죄다.

하지만 나는 직업적인 공부를 한 덕분에, 모든 명백한 원인의 인과적 무의미성을 찾아보는 방법을 알고 있었다. 나는 거실을 서성거리며 주사위 눈이 1이거나 4였다면, 주사위 대신 성냥갑이 놓여 있었다면 내가 알린에게 내려갔을지 생각해보았다. 힘차게 뛰는 내 심장을 걸고, 나는 알린의 아파트 문을 향해 계단을 내려가도록 나를 밀어댈 수 있었던 것은 그 주사위뿐임을 확신했다.

카드에 가려지기 전에, 또는 주사위의 윗면이 1이면 신성한 강간을 저지르겠다고 엄숙한 맹세를 하기 전에 혹시 내가 그 주사위를 탁자 위에서 보았던가? 나는 누가 그곳에 카드와 주사위를 놓아두었는지 열심히 추측해보다가 틀림없이 릴이 욕실로 뛰어가는 와중에 그랬을 것이라는 결론을 얻었다. 그때 내가 앉은 자리에서 주사위 옆면을 보고, 윗면이 1 아니면 6일 것이라는 사실을 무의식적으로 알았던 걸까? 나는 주사위가 놓여 있던 작은 탁자로 다가가서 그 위로 주사위를 굴렸다. 그리고 윗면을 확인하지 않은 채 아까와 비슷하게 스페이드퀸으로 주사위를 가린 다음 다시 포커 탁자로 돌아와 앉았다. 그 자리에서 안경을 쓴 채로 눈을 가늘게 뜨고 열심히 탁자를 바라보며 초인적인 노력을 기울이자, 탁자와 살짝 휘어진 카드를 알아볼 수 있었다. 그 카드 밑에 주사위가 있다 해도, 내 눈에는 전혀 보이지 않았다. 포커 탁자의 내

자리에서 그 주사위를 보려면, 내 무의식의 시력이 망원경만큼 뛰어나야 했다. 결론은 분명했다. 나는 스페이드퀸 카드 밑에 무엇이 있는지 도저히 알 수 없었다. 그러니 나의 강간은 운명이 정한 일이었다.

물론 주사위의 지시를 따르겠다는 나의 약속을 간단히 깨뜨릴 수도 있었다. 맞지? 맞다. 하지만 약속인데! 주사위에게 복종하겠다고 엄숙하게 약속했는데! 내 명예가 걸려 있었다! 전문직 종사자이며 PANY 회원인 내가, 희박한 확률에도 불구하고 주사위가 강간을 결정해주었다는 이유로 약속을 깨도 되는 건가? 아니, 그럴 수는 없다. 나는 절대로 죄가 없다. 나는 배심원들 앞에 편리하게 마련된 타구唾具에 깔끔히 침을 뱉고 싶었다.

하지만 전체적으로 봤을 때 이것은 취약한 방어논리였다. 그래서 나는 새로운 방어논리를 어영부영 찾아 헤매다가 어떤 생각을 떠올리고는 화르르 불타올랐다. '앞으로 항상 주사위에게 복종해야겠다. 주사위가 이끄는 곳이라면 반드시 따라가리라. 주사위에게 전권을!'

나는 흥분과 자부심을 느끼며 나만의 루비콘 강 앞에 잠시 서 있다가 곧 발을 내디뎠다. 그 순간 내 마음속에 결코 흔들리지 않을 원칙이 확립되었다. 주사위의 명령을 수행하겠다는 원칙.

주사위가 내게 또 무엇을 명령할 수 있을까? 음, 정신분석학에 대한 한심한 논문을 쓰지 말라는 명령. 주식을 모두 팔거나 아니면 가진 돈을 모두 동원해서 주식을 사라는 명령. 아내가 자고 있는 더블베드 한편에서 알린과 사랑을 나누라는 명령. 샌프란시스코, 하와이, 베이징 등으로 여행을 떠나라는 명령. 포커를 칠 때마다 허세를 부리라는 명령. 내 가정, 내 친구, 내 직업을 포기하라는 명령. 정신과의사로서 환자를 보는 일을 포기한 뒤 내가 될 수 있는 것은 아마도 대학교수…… 주식 중개인…… 부동산 중개인…… 참선 스승…… 중고차 판매원…… 여행사 직원…… 엘리베이터 맨…… 내가 선택할 수 있는 직업이 갑자기 무한히 많아진 것 같았다. 중고차 판매원은 내가 원하는 직업도 아니고 존중하는 직업도 아니라는 사실은 오히려 나만의 특이한 문제점처럼 보였다.

머릿속에서 온갖 가능성이 폭발했다. 오래전부터 느끼고 있던 권태는 이제 불필요해진 것 같았다. 나는 어떤 결정을 내릴 때마다 "주사위는 던져졌다"라고 말하며 점점 넓어지기만 하는 새로운 루비콘 강을 철벅철벅 금욕적으로 건너는 내 모습을 상상했다. 지금의 삶이 죽은 것처럼 지루한들 무슨 문제겠는가? 새로운 삶이 또 있는데. 만세!

그런데 무슨 새로운 삶? 지난 몇 달 동안 나는 가치 있는 일을 하나도 찾아내지 못했다. 주사위가 그것을 바꿔놓았는가? 구체적으로 내가 하고 싶은 일이 뭐지? 음, 구체적인 것은 하나도 없었다. 그럼 일반적인 것은? 주사위에게 전권을! 다 좋은데, 주사위가 무엇을 결정할 수 있을까? 모든 것을.

모든 것을?

모든 것을.

그러고 나니 조금 김이 빠졌다. 나는 주사위를 들고 선언했다. "1, 3, 5 중 하나가 나오면 나는 잠자리에 든다. 2가 나오면 아래층으로 내려가서 제이크에게 알린과 다시 관계를 맺어도 되냐고 묻는다. 4나 6이 나오면 잠을 자지 않고 이 문제에 대해 조금 더 생각해본다." 나는 양손을 오목하게 맞대고 주사위를 격렬하게 흔들다가 포커 탁자로 획 던졌다. 주사위가 구르다가 멈췄다. 5. 나는 놀라움과 약간의 실망을 느끼며 잠자리에 들었다. 그 뒤로도 주사위를 던질 때마다 나는 같은 교훈을 얻었다. '주사위가 때로는 거의 인간과 맞먹을 만큼 형편없는 판단력을 보여주기도 한다.'


## 10


처음에는 매번 힘든 결정이 나오지는 않았다.

그날 오후 주사위는 온갖 짜릿한 선택지를 무시해버리고, 나를 구석진 잡화점으로 이끌어 아무거나 읽을거리를 고르게 했다. 내가 고른 잡지 네 권(《고통스러운 고백》《프로 미식축구 안내서》《우라질!》《건강과 당신》)을 쭉 훑어보는 일이 평소처럼 정신분석 문헌을 읽는 것보다 더 재미있었던 것은 사실이다. 하지만 나는 주사위가 이보다 더 중요하거나 더 터무니없는 일을 시키지 않은 것을 어렴풋이 유감스러워하고 있었다.

그날 저녁과 다음 날에는 대략 주사위를 피해 다녔다. 그 결과, 그 위대했던 날로부터 이틀이 지난 밤에 나는 침대에 누워 알린을 어떻게 할 건지 고민하고 있었다. 그녀를 다시 한 번 품에 안고 싶다는 사실에는 의심의 여지가 없었지만, 그 대가로 감수해야 할 위험과 복잡한 일들과 희극적인 상황이 너무 지나친 것 같았다. 내가 마음을 정하지 못하고 불안과 욕망에 시달리며 계속 뒤척거리자, 결국 릴이 나더러 수면제를 먹든지 아니면 욕조에 가서 자라고 명령했다.

나는 침대에서 일어나 내 서재로 후퇴했다. 그리고 제이크에게 내가 그의 침대에서 무슨 짓을 했는지 설명하고 살인이라는 행위의 법적인 문제점을 아주 분명하게 설명해주는 상상을 했다. 하지만 상상 속의 그 복잡한 대화가 중간쯤에 이르렀을 때, 그냥 주사위에게 결정을 맡기면 된다는 사실을 깨닫고 안도감에 휩싸였다. 결정을 내리기가 힘든가? 확신이 서지 않는가? 걱정스러운가? 그럼 저 상아색 주사위를 굴려 모든 짐을 벗어버려라. 주사위 한 쌍에 겨우 2달러 50센트밖에 하지 않는다.

나는 펜을 꺼내 1에서 6까지 숫자를 썼다. 근본적으로 보수적인 내가 가장 먼저 떠올린 선택지는 알린과의 일을 모두 이대로 포기해버리는 것이었다. 그 짧은 불륜을 잊어버리고 아무 일도 없었던 것처럼 알린을 대하면 된다. 사실 남의 아내와 산발적으로 정을 통하다가는 복잡한 일이 생길 가능성이 있지 않은가. 게다가 그 여자가 나의 가장 절친한 친구이자 가장 가까운 이웃이며 사업 파트너의 아내라면, 그 불륜이 완벽한 배신행위가 되기 때문에 굳이 목적을 이루겠다고 애쓸 가치가 없을 것 같았다. 알린의 목적은 릴의 목적과 크게 다르지 않았으므로, 나는 주사위의 결정에 이 문제를 어떤 식으로 맡길지 계획을 짜느라 당연히 고통스러운 시간을 보내고, 그렇게 주사위에게 결정을 맡겼다는 사실에 대해 고민해야 할지 고민하느라 또 고통스러운 시간을 보냈다. 알린의 영혼이 경련한다 해도 그 몸이 보여주는 경련에 비해 그리 독창적일 것 같지는 않았다.

알린과 제이크는 십칠 년 전, 둘 다 고등학교 2학년일 때 결혼했다. 제이크는 대단히 조숙한 청소년이었으므로 어느 여름에 알린을 유혹한 뒤 가을에 '소년 영재를 위한 태퍼스 기숙학교'에 가게 되자 자신이 성적으로 불편해졌음을 깨달았다. 아무리 몽상을 하고 스스로 몸을 더듬어도 알린의 둥근 젖가슴을 손으로 오목하게 쥐었을 때나 입으로 한가득 물었을 때의 느낌과는 거리가 멀었으므로, 자위행위는 좌절감과 분노를 일으킬 뿐이었다. 크리스마스 때 그는 부모에게 공립학교로 다시 돌아가든지 알린과 결혼하지 않으면 자살하겠다고 선언했다. 부모는 자살과 결혼을 놓고 잠시 고민하다가 마지못해 결혼을 허락해주었다.

알린은 대수학과 화학 기말시험을 치르지 않고 학교를 그만두게 되어 아주 기뻐했다. 부활절 연휴에 결혼식을 올린 뒤 알린은 제이크의 학비를 돕기 위해 일을 시작했다. 따라서 알린의 교육은 삶의 현장에서 이루어진 셈이었다. 그녀는 김벨스의 사무원, 배치사의 여직원, 울워스의 타이피스트, 패션 기술대학의 교환원으로 인생을 보냈으므로, 그녀의 교육에는 한계가 있었다. 일을 그만둔 뒤 칠 년 동안 그녀는 누구도 들어보지 못한 자선단체(강아지를 위한 페니퍼레이드, 당뇨환자를 위한 음식, 아프가니스탄 목동 돕기!)에 헌신하고, 무서운 소설과 정신분석 학술지를 읽었다. 하지만 그녀가 이런 자선사업과 독서 내용을 얼마나 이해했는지는 분명치 않다.

제이크는 결혼식 날을 마지막으로 여자들을 쫓아다니는 일에 대해서는 결코 신경을 쓰지 않았음이 분명하다. 그는 평생 먹어도 될 아스피린이나 변비약을 미리 사두었을 때와 같은 마음가짐으로 알린을 손에 넣은 것 같았다. 게다가 아스피린과 변비약에 짜증스러운 부작용이 전혀 없다는 보증이 붙어 있는 것처럼, 그는 알린을 주기적으로 이용하는 일에도 부작용이 없도록 주의를 기울였다. 그가 알린에게 피임약을 복용시키고 자궁에 피임장치를 삽입시키고 뒷물을 하게 만들 뿐만 아니라, 자신도 피임도구를 사용하면서도 항상 그녀의 항문을 이용하고, 그것으로도 모자라 언제나 질외사정을 한다는 질 나쁜 소문이 돌아다녔다. 그가 쓰는 방법이 무엇이든 효과는 있었다. 제이크는 아이가 없는 결혼생활에 만족했지만, 알린은 지루해하면서 아이를 갈망했다.

따라서 나의 첫 번째 선택지는 분명했다. 불륜을 그만두는 것. 하지만 반항심이 일어서 나는 2번 선택지를 다음과 같이 썼다. "무엇이든 알린이 말하는 대로 한다(당시로서는 다소 용기 있는 생각이었다)." 3번 선택지는 '최대한 빨리 알린을 다시 유혹하려고 시도한다'였다. 하지만 너무 애매했다. 그녀를 다시 유혹하려고 시도한다, 흠, 토요일 저녁이 좋겠군. (엑스타인 부부가 칵테일파티에 갈 예정이었다.)

4번 선택지…… 내가…… 내가 취할 수 있는 행동은 위의 세 가지가 전부인 것 같았다…… 아니, 잠깐, 4번 선택지: 언제든 그녀와 단둘이 있게 되면, 비록 내가 그녀를 형언할 수 없을 만큼 사랑하지만 아이들을 위해 플라토닉한 사랑만 해야 할 것 같다고 말한다. 5번: 그때그때 상황을 봐서 충동에 행동을 맡긴다(이것도 겁쟁이의 헛소리). 6번: 화요일 오후(그녀가 다시 혼자가 되는 시기)에 그녀의 아파트로 가서 좀 더 사실적으로 강간한다(즉 부드러운 행동이나 유혹을 시도하지 않는다).

나는 이 선택지들을 보고 기쁘게 웃으며 주사위를 던졌다. 4번, 플라토닉러브. 플라토닉러브? 내가 왜 저런 걸 써넣었지? 나는 순간적으로 경악했다. 그리고 4번은 알린의 설득으로 내가 플라토닉러브를 포기할지도 모른다는 뜻일 거라고 결정했다.

토요일 저녁에 알린은 아름다운 파란색 칵테일드레스 차림으로 문간에서 나를 맞이했다. 내가 한 번도 본 적이 없는 옷이었다(제이크도 마찬가지였다). 그녀는 스카치 한 잔을 손에 들고 휘둥그렇게 뜬 눈으로 나를 바라보았다. 경외감 때문인지, 두려움 때문인지, 안경을 쓰지 않아 앞이 보이지 않기 때문인지는 알 수 없었다. 알린은 내게 스카치잔을 넘긴 뒤(릴은 우리 아파트에서 아직도 단장 중이었다) 방의 반대편으로 도망갔다. 나는 제이크가 이끄는 정신과의사 집단에게 한들한들 다가가 소득세를 회피하는 방법에 대해 그들이 연달아 내어놓는 독백에 귀를 기울였다.

그러다 우울해져서 한들한들 알린의 뒤를 쫓았다. 시 구절들이 쿠키 부스러기처럼 내 입술에 걸려 있었다. 알린은 알맹이 없는 미소를 활짝 지으며 주방의 바와 손님들 사이를 오가다가, 누군가가 말을 하는 중간에 누군가에게 마실 것을 가져다주는 척하며 도망쳤다. 그녀가 그렇게 조증 환자처럼 구는 모습은 처음 보았다. 내가 마침내 그녀를 따라 주방으로 들어갔을 때, 그녀는 엠파이어스테이트빌딩의 사진을 빤히 바라보고 있었다. 아니, 은행의 휴일이 전부 오렌지색 사각형으로 표시되어 있는, 사진 밑의 달력을 보고 있는 것 같았다.

몸을 돌린 그녀는 아까처럼 경외감인지 두려움인지 앞이 보이지 않는 탓인지 알 수 없는 표정으로 눈을 크게 뜨고 나를 바라보다가 무서울 만큼 크고 불안한 목소리로 물었다.

"내가 임신했으면 어쩌죠?"

"쉬이이." 내가 말했다.

"내가 임신하면, 제이크는 절대 날 용서하지 않을 거예요."

"매일 아침 피임약을 먹는 줄 알았는데요."

"제이크가 그러라고 했지만, 이 년 전부터는 피임약을 먹는 척하면서 비타민C를 먹고 있어요."

"세상에, 언제, 어, 언제…… 임신한 것 같아요?"

"내가 피임약을 먹지 않고 거짓말한 걸 제이크가 알아차릴 거예요."

"하지만 자기 아이라고 생각하지 않을까요?"

"당연하죠. 그럼 누구 아이겠어요?"

"그게…… 어…….."

"하지만 제이크가 아이를 얼마나 싫어하는지 아시잖아요."

"네, 알죠. 알린…….."

"실례할게요. 손님들한테 음료를 갖다드려야 해요."

그녀는 마티니 두 잔을 들고 뛰어나갔다가 빈 하이볼잔을 들고 돌아왔다.

"다시는 내 몸에 손대지 마세요." 그녀가 다시 술을 만들면서 말했다.

"저, 알린, 어떻게 그런 말을 해요? 내 사랑은…….."

"돌아오는 화요일에 제이크는 지금 쓰고 있는 책 때문에 도서관 별관에 하루 종일 있을 거예요. 그때 당신이 감히 어젯밤 같은 행동을 한다면, 경찰에 신고할 거예요."

"알린…….."

"내가 경찰서 번호를 알아두었어요. 전화기도 항상 가까이에 둘 생각이고요."

"알린, 내가 당신에게 느끼는 감정은…….."

"어제 릴한테는 내가 미리엄 숙모님을 뵈러 웨스트체스터에 갈 거라고 말해두었어요."

"당신이 내 마음을 알기만 한다면…….."

그녀는 다시 가득 찬 위스키 한 잔과 치즈를 얹은 셀러리 두 조각을 들고 나갔다. 그녀가 돌아오기 전에 릴이 도착했고, 나는 시

드니 옵트라는 남자에게 붙들려 비틀스가 미국문화에 미친 영향에 대한 분석을 한없이 들어야 했다. 그날 밤 내가 접한 이야기 중에 그나마 시詩와 비슷한 것이라고는 그 대화밖에 없었다. 다시는 앨린과 이야기를 나누지 못했다. 그 화요일 오후가 될 때까지.

"앨린." 그녀가 문으로 내 발을 당당히 누르고 있었기 때문에 나는 힘들게 비명을 참았다. "날 좀 들여보내줘요."

"싫어요."

"그럼 내 계획을 말해주지 않을 거예요."

"계획요?"

"내가 무슨 말을 하려고 했는지 당신은 영원히 모르겠죠."

한참 침묵이 흐르더니 문이 천천히 열렸다. 나는 절룩거리며 그녀의 아파트로 들어갔다. 그녀는 단호하게 전화기 옆으로 물러나서 수화기를 들고 손가락 하나를 다이얼 구멍에 끼워 넣은 자세로 뻣뻣하게 서서 말했다.

"그 이상 다가오지 말아요."

"안 갈게요, 안 갈게요. 그러니까 수화기는 내려놔요."

"천만에요."

"수화기를 너무 오래 들고 있으면, 전화 연결이 끊어질 거예요."

그녀는 머뭇머뭇 수화기를 내려놓고, 소파 끝(전화기 옆)에 앉았다. 나는 반대편 끝에 앉았다.

몇 분 동안 멍하니 나를 바라보던 그녀가(나는 플라토닉러브 선언을 준비하고 있었다) 갑자기 손에 얼굴을 묻고 울음을 터뜨렸다.

"난 당신을 막을 수 없어요." 그녀가 신음하듯 말했다.

"난 뭘 어쩌려는 게 아니에요!"

"난 당신을 막을 수 없어요. 틀림없어요. 난 약해요."

"난 당신한테 손대지 않을 거예요."

"당신은 너무 힘이 세고, 너무 강압적이고……."

"난 당신한테 손대지 않을 거예요."

그녀가 시선을 들었다.

"손대지 않아요?"

"알린, 난 당신을 사랑해요……."

"그럴 줄 알았어! 아, 난 너무 약해요."

"내 사랑은 말로 표현할 수 없는 수준이에요."

"이 못된 남자."

"하지만 나는 [그녀에게 짜증이 나서 말을 하기가 싫어졌다] 우리 사랑이 언제나 플라토닉러브여야 한다고 마음을 정했어요."

그녀는 화가 난 표정으로 눈을 가늘게 뜨고 나를 바라보았다. 상대를 꿰뚫어버릴 듯이 눈을 가늘게 뜨는 제이크의 표정을 나름대로 흉내 낸 것 같았지만, 실제로는 옛날 이탈리아 영화의 자막을 읽으려고 애쓰는 것처럼 보였다.

"플루토닉러브요?" 그녀가 물었다.

"네, 언제나 플라토닉해야 돼요."

"플루토닉이라." 그녀는 생각에 잠긴 표정을 지었다. "플루토는 명계의 신이었죠."

"아뇨, 잠깐, 플루토가 아니라 플라……."

"이 더러운 정신병자 같으니."

"알린, 잠깐." 나는 일어서서 그녀 앞으로 걸어갔다. 그녀는 수화기를 들어 귀에 댔다. "나는 서로 몸을 만지거나 말을 주고받는 수준 이상의 사랑을 당신과 하고 싶은 거예요. 정신적인 사랑요."

"그럼 뭘 해야 하는 건데요?"

"옛날처럼 서로 만나는 거죠. 하지만 이제는 우리가 원래 연인이 될 운명이었는데 십칠 년 전에 운명의 여신이 실수로 당신을 제이크에게 줘버렸다는 사실을 알고 있는 게 달라요."

"그래서 뭘 해야 하는 건데요?" 그녀는 수화기를 계속 귀에 대고 있었다.

"아이들을 위해서 우리는 각자 배우자에게 충실해야죠. 다시는 열정에 굴복하지 말고."

"그건 알아요. 그래서 뭘 해야 하는 건데요?"

"아무것도."

"아무것도?"

"어…… 평범하지 않은 일은…… 아무것도."

"앞으로도 서로 만난다면서요."

"네."

"적어도 우리가 서로 사랑하는 건 맞아요?"

"네, 그런 것 같아요."

"적어도 당신이 잊은 건 아니죠?"

"그럴걸요."

"날 만지고 싶지 않아요?"

"아, 알린, 그럼요, 그럼요, 만지고 싶어요. 하지만 아이들 때문에……."

"아이들이라니요?"

"내 아이들요."

"아."

그녀는 소파에 앉아 한 손을 무릎에 놓고 다른 손은 오른쪽 귀에 댄 수화기를 쥐고 있었다. 무슨 이유에서인지 목이 깊이 파인 칵테일드레스를 다시 입고 있었는데, 그 옷 때문에 나는 점점 더 플라토닉과는 거리가 먼 기분이 되었다.

"하지만……" 그녀는 말을 고르는 것 같았다. "당신이…… 당신이 날…… 강간하는 게 어떻게 당신 아이들에게 상처가 돼요?"

"그건…… 내가 당신을 강간하는 게 어떻게 내 아이들에게 상처가 되냐고요?"

"네."

"그건…… 내가 마법 같은 당신 몸에 다시 손을 댄다면, 내 가족에게 다시는 돌아갈 수 없게 될지도 몰라요. 당신을 질질 끌고 가서 새로운 삶을 시작하려 할지도 모른다고요."

"아." 그녀는 눈을 커다랗게 뜨고 나를 바라보았다.

"참 이상하게 구시네요." 그녀가 말했다.

"사랑 때문에 이상해졌어요."

"정말로 날 사랑해요?"

"그럼요…… 당신의 겉모습 속에 얼마나 많은 것이 숨어 있는지, 당신의 영혼이 얼마나 깊고 풍요로운지 깨달았을 때부터 나는 줄곧…… 당신을 사랑했어요."

"무슨 말인지 도통 모르겠네요."

그녀는 수화기를 소파 팔걸이에 내려놓고 손을 들어 다시 얼굴을 가렸지만 울지는 않았다.

"알린, 난 이제 가봐야 돼요. 다시는 우리 사랑을 입에 담으면 안 돼요."

그녀는 안경 너머에서 새로운 표정으로 나를 올려다보았다. 피곤한 표정인지 슬픈 표정인지 나는 알 수 없었다.

"십칠 년이에요."

나는 소파에서 머뭇머뭇 멀어졌다. 그녀는 내가 있던 자리만 계속 뚫어지게 바라보았다.

"십칠 년이라고요."

"내 말을 들어줘서 고마워요."

그녀가 일어서서 안경을 벗어 전화기 옆에 놓았다. 그리고 내게 다가와 떨리는 손으로 내 팔을 잡았다.

"가면 안 돼요." 그녀가 말했다.

"아뇨, 가야 돼요."

"당신이 아이들을 버리게 하지는 않을게요."

"내가 너무 힘이 세요. 아무것도 날 막지 못할 거예요."

그녀는 내 얼굴에서 뭔가를 찾으려는 듯이 나를 바라보며 머뭇거렸다.

"참 이상하게 구시네요."

"알린, 정말이지……."

"여기 있어요."

"있어요?"

"제발."

"뭣 때문에요?"

그녀는 내 머리를 잡아당겨 내게 입을 맞췄다.

"난 참지 못할 거예요." 내가 말했다.

"노력해봐요." 그녀가 몽롱하게 말했다. "난 다시는 당신과 침대에 들지 않겠다고 맹세했어요."

"뭘 했다고요?"

"다시는 당신과 침대에 들지 않겠다고 내 남편의 명예를 걸고 맹세했어요."

"그럼 당신을 강간해야겠군요."

그녀가 슬픈 얼굴로 날 올려다보았다.

"네, 그런 것 같아요."


# 11


처음 한 달 동안 주사위는 내게 그리 많은 영향을 미치지 않았다. 나도 주사위에 내 삶을 온통 맡길 생각은 전혀 없었다. 그때 그런 생각을 했다면 나는 겁을 먹었을 것이다. 나는 릴이나 동료들에게 조금이라도 이단적인 일에 빠져 있는 것 같다는 의심을 사지 않으려고 행동을 조심했다. 은은한 초록색 주사위들을 아무도 보지 못하는 곳에 조심스레 숨겨두고, 필요할 때만 몰래 주사위의 의견을 구했다.

나는 여가시간을 보내는 법을 선택할 때, 정상적인 '나'가 그다지 내켜하지 않는 대안들을 선택할 때 주사위를 이용했다. 주사위는 릴과 내가 비평가상을 받은 연극보다 에드워드 올비*의 연극을 봐야 한다고 결정했고, 내가 엄청나게 많은 장서 중 임의로 어떤 책을 골라 읽어야 하는지도 결정해주었다. 내가 저서 집필을 중단하고 〈정신분석이 대개 실패하는 이유〉라는 논문을 써야 한다고 결정해준 것도, 원더필드 인더스트리스나 다이내믹고 사보다 제너럴 인벨롭먼트 사의 주식을 사야 한다고 결정해준 것도, 시카고의 학회에 가지 말라고 결정해준 것도, 카마수트라 체

---

* 미국의 극작가. 대표작은 〈누가 버지니아 울프를 두려워하랴?〉

위 23번, 52번, 8번 등으로 아내와 사랑을 나눠야 한다고 결정해준 것도, 알린을 만나라고 결정해준 것도, 알린을 만나지 말라고 결정해준 것도, 알린을 Y라는 장소가 아니라 X라는 장소에서 만나라고 결정해준 것도 주사위였다.

간단히 말해서 주사위는 별로 중요하지 않은 일들을 결정해주었다. 나의 선택지들은 대부분 내 취향과 성격에서 중도에 속하는 것이었다. 내가 만들어내는 다양한 선택지에 내가 부여하는 확률로 장난을 치며 노는 것이 점점 좋아졌다. 예를 들어 하룻밤 수작을 걸 여자로 누구를 선택할지 주사위에게 결정을 맡길 때, 릴에게는 6분의 1의 가능성을, 임의로 고른 낯선 여자에게는 6분의 2의 가능성을, 알린에게는 6분의 3의 가능성을 주는 식이었다. 주사위 두 개를 굴린다면, 확률은 더욱더 섬세해졌다. 나는 항상 두 가지 원칙을 따르려고 주의를 기울였다. 첫째, 내키지 않는 선택지는 포함시키지 않는다. 둘째, 언제나 다른 생각을 하거나 핑계를 대지 않고 주사위의 결정을 따른다. 성공적인 주사위 인생의 비결은 주사위의 줄에 매달린 꼭두각시가 되는 것이다.

알린에게 빠져들고 약 한 달이 지났을 때 나는 주사위의 결정에 따라 온 시내 여기저기의 술집에 들러 술을 마시고, 사람들의 이야기를 듣고, 수다를 떨었다. 주사위는 내가 어떤 낯선 사람에게 말을 걸어야 하는지, 그 사람들과 어떤 역할 놀이를 해야 하는지 선택해주었다. 나는 양키스와의 연속 게임을 위해 원정 온 디트로이트 타이거스의 베테랑 외야수도 되었다가(브롱크스 술집), 〈가디언〉지의 영국인 기자도 되었다가(바바이즌 플라자), 동성애자 극작가도 되었다가, 알코올에 중독된 교수도 되었다가, 죄를 짓고 도망친 범인도 되었다. 술집, 식당, 극장, 택시, 상점 등 나를 아는 사람들이 없는 곳이라면 언제 어디서든 나는 평소의 모습, '정상적인 자아'를 곧 벗어버렸다. 볼링을 치러 다니고, 복부 근육 단련을 위해 헬스클럽에 등록하고, 콘서트와 야구경기와 연좌농성과 개방형 파티에 다녔다. 나는 내가 해본 적이 없는 모든 일을 선택지로 만들어냈고, 주사위는 나를 이리저리 굴려댔다. 나는 거의 매일 다른 사람이 되었다.

나는 괴상한 행동에 대해 언제나 릴에게 '합리적인' 설명을 할 수 있게 행동을 주의했지만, 가끔 주사위가 일을 어렵게 만들기도 했다. 주사위는 그녀에게 관심과 너그러움을 보여주라고 명령했다. 주사위의 명령으로 나는 육 년 만에 처음으로 그녀에게 보석을 사주었다. 그랬더니 그녀는 바람을 피우는 거냐고 나를 비난했다. 내게서 아니라는 확답을 들은 뒤에는 아주 좋아했다. 주사위의 결정으로 우리는 사흘 동안 밤마다 연극을 보러 갔다(나는 일 년에 평균 세 편의 연극을 보는 사람이었다. 그중 두 편은 공연이 기록적으로 짧게 끝나버린 뮤지컬이었다). 그 덕분에 우리는 교양 있고, 아방가르드하고, 속물이 된 것 같은 기분이 들었다. 우리는 일 년 내내 일주일에 한 편씩 연극을 보기로 다짐했다. 하지만 주사위의 명령은 달랐다.

주사위가 한 번은 일주일 동안 릴의 모든 변덕을 들어주라고 내게 요구했다. 그녀가 나를 두 번이나 줏대 없다고 비난하고 일주일이 끝나갈 무렵에는 나의 흐물흐물한 태도에 역정을 내는 것 같았지만, 나는 평소라면 그녀가 옆에 있는지도 몰랐을 순간에 그녀의 말을 들어주고 대꾸해주었다. 때로는 나의 배려로 그녀에게 감동을 주기도 했다.

릴은 주사위의 명령에 따라 내가 갑자기 어색한 체위에 열정을 보이는 것도 아주 좋아했다. 하지만 주사위가 내게 사정하기 전에 열세 가지 체위로 삽입하라는 지시를 내렸을 때는, 열한 번째 체위에서 그녀가 몹시 화를 냈다. 그녀가 내게 요즘 왜 이렇게 이상한 변덕을 부리느냐고 물었을 때, 나는 아마 임신이라도 한 모양이라고 대답했다. 하지만 중요한 것은 주사위의 메시지였다. 릴이나 알린이나 다른 사람들이 가끔 주사위의 결정을 즐기기는 했지만, 주사위는 내가 다른 사람들과 육체적으로 아주 가까이 있을 때에도 그들과 나를 떼어놓는 역할을 했다.

그다음으로 흥미로운 일이 벌어진 것은 주사위가 내 환자들에게 손을 대기 시작했을 때였다. 그것은 결정적인 변화였다. 나는 감이 왔을 때 환자에게 적극적으로 내 의견을 말한다는 선택지를 포함시키기 시작했다. 내 분야가 아닌 다른 분석 이론과 방법론을 다시 공부해서 미리 정한 시간 동안 그 방법을 채택한다는 선택지, 환자에게 잔소리를 한다는 선택지도 만들어냈다.

궁극적으로 나는 감독이 운동선수를 훈련시키듯이, 환자들에게 심리적인 훈련을 시키겠다는 선택지도 만들었다. 수줍음을 타는 소녀에게는 난봉꾼과 데이트하라는 숙제를 주고, 공격적으로 남을 괴롭히는 사람에게는 몸무게가 43킬로그램밖에 안 되는 약골에게 싸움을 걸어 일부러 져주라는 숙제를 주고, 공부벌레에게는 영화 다섯 편을 보고 두 번 춤추러 가고 브리지 게임을 일주일 동안 하루에 최소한 다섯 시간씩 하라는 숙제를 주었다. 여기서 가장 의미 있는 것은 물론 이런 행동이 정신과의사의 윤리규정을 위반한다는 점이었다. 나는 환자들에게 행동을 지시함으로써, 그로 인해 발생할 수 있는 모든 나쁜 결과에 대해서도 법적인 책임을 지게 되었다. 전형적인 신경증환자의 행동은 결국 언제나 나쁜 결과를 낳게 마련이므로, 나의 행동은 문제가 될 수밖에 없었다. 사실, 의사로서 내 인생이 끝장날 가능성이 높았다. 그런데 이런 생각을 하면 왠지 마구 신이 났다. 프로 미식축구팀의 쿼터백이 경기 작전과 공을 던질 곳의 선택을 운에 맡기는 것과 같았다. 나는 점점 전문적인 정신과의사의 모습에서 벗어나고 있었다. 그것이 나의 기본적인 자아에서 가장 소중한 곳을 보호해주고 있었는데도. 나는 점점 변덕에 나를 맡기고 있었다.

처음 며칠 동안 주사위는 대개 환자에게 내 생각을 자유로이 표현하라는 결정을 내려주었다. 사실상 모든 심리치료의 기본 규칙인 '함부로 판단하지 말라'를 어기는 짓이었다. 나는 코를 훌쩍이고 몸을 움츠리는 환자들에게서 초라한 약점이 눈에 띌 때마다 노골적으로 비난을 퍼붓기 시작했다. 그런데, 세상에, 얼마나 재미있던지. 나는 사 년 동안 이해심 깊고, 너그럽고, 인간의 모든 어리석음과 잔인성과 헛소리를 받아주는 성자처럼 굴었다. 그동안 정상적으로 반응하고 싶은 충동을 계속 억눌렀다는 뜻이다. 이것을 아는 사람이라면, 환자들에게 사디스트니 멍청이니 나쁜 새끼니 창녀니 겁쟁이니 바보니 하는 말을 쏟아내도 된다고 허락해준 주사위에게 내가 얼마나 기쁘게 응답했는지 상상할 수 있을 것이다. 기뻤다. 내가 찾아낸 것은 또 다른 기쁨의 땅이었다.

환자들과 동료들은 나의 새로운 모습들이 마음에 들지 않는 모양이었다. 그날부터 나의 평판은 내리막길을 걷기 시작하고, 대신 악명이 높아졌다. 예일 대학 시절의 영어 교수 오빌 보글스가 가장 먼저 문제를 일으켰다.

덩치가 크고, 이가 많이 드러나는 편이며, 눈이 작고 둔한 그는 글쓰기 장애를 극복하기 위해 육 개월 동안 간헐적으로 내게 상담을 받고 있었다. 삼 년 전부터 자기 이름을 서명하는 것 외에는 아무것도 쓰지 못하는 상태에서 학문적인 평판을 유지하기 위해 그는 미시건 주립대학 2학년 시절에 제출했던 기말 리포트들을 다시 꺼내 조금씩 손을 봐서 학술지에 내는 신세가 되고 말았다. 어차피 그런 글을 두 문단 이상 읽는 사람은 없으므로, 그는 들키지 않고 무사히 지나갈 수 있었다. 오히려 인상적인 논문 게재 목록 덕분에 나를 찾아오기 전해에 종신교수직을 획득할 정도였다.

나는 그가 아버지, 잠재적인 동성애 성향, 거짓된 자아 이미지에 대해 품고 있는 양면적인 감정들을 건성으로 다루다가, 주사위의 명령에 따라 어느 날 충동적으로 속내를 터뜨렸다.

"보글스." 어느 날 오전 내가 말했다(그전에는 항상 그를 보글스 교수님이라고 불렀다). "보글스, 잡소리는 그만두고 톡 까놓고 이야기하죠? 의식적으로, 그리고 공개적으로 집필을 그만두겠다고 결심하는 게 어때요?"

막 소파에 누워 아직 한 마디도 하지 못한 보글스 교수는 폭풍의 첫 숨결을 맞은 커다란 해바라기 이파리처럼 부르르 떨었다.

"뭐라고?"

"왜 글을 쓰려고 하세요?"

"그거야 오래전부터 즐기던 일이니까……."

"젠장."

그는 일어나 앉아서 문을 바라보았다. 금방이라도 배트맨이 그 문을 부수고 들어와 자기를 구해줄 거라고 기대하는 듯한 표정이었다.

"내가 여기에 온 건 신경증 때문이 아니라, 아주 간단한 집필 장애를 치료하기 위해서야. 그런데……."

"당신은 감기인 줄 알고 의사를 찾아 왔는데, 사실은 암으로 죽어가는 환자예요."

"그런데 자네는 나의 장애를 치료하지 못할 것 같으니까 아예 글을 쓰지 말라고 설득하려 하는군. 이건……."

"불만스럽다고 하시려고요? 만약 글을 발표하려고 애쓰는 걸 포기한다면, 얼마나 즐거워질 수 있을지 상상해보시죠. 지난 육 년 동안 나무 한 그루 제대로 본 적이 있습니까?"

"나무야 많이 봤지. 나는 글을 발표하고 싶네. 오늘 자네가 왜 이러는지 정말 모르겠군."

"가면을 벗기로 한 겁니다, 보글스. 그동안 정신과의사 놀이를 하며 우리가 항문기니 대상부착이니 잠재적인 이성애 성향이니 하는 대단한 주제를 다루는 척했지만, 당신은 이런 겉치레 뒤에 숨은 신비에 입문해야만 치료될 수 있다는 결론을 얻었습니다. 말하자면, 진실을 똑바로 보자는 거죠. 보글스, 그러니까……."

"난 그런 데 입문할 생각이 전혀……."

"압니다. 그런 걸 원하는 사람이 어디 있어요? 하지만 나는 당신한테서 시간당 35달러를 받고 있으니 그 돈만큼의 가치를 보여주고 싶어요. 우선, 대학을 그만두고, 학과장과 이사회와 언론을 향해 아프리카로 가서 당신의 동물적인 본질을 되찾겠다고 선언하세요."

"그게 무슨 소리야!"

"물론 허튼소리죠. 바로 그게 요점입니다. 그런 선언으로 얼마나 유명해질지 생각해보세요. '예일대 교수가 진리를 추구하기 위해 사직하다.' 당신이 〈계간 로드아일랜드〉에 발표한 최신 논문 〈헨리 제임스와 런던의 버스 시스템〉보다 훨씬 더 주목을 받을걸요. 게다가…….”

“왜 하필 아프리카인데?”

“문학이니, 학문적인 발전이니, 정교수니 하는 것들과 전혀 관계가 없는 곳이니까요. 거기서는 논문을 위해 자료를 수집하는 중이라고 자신을 속일 수 없을 겁니다. 콩고에서 일 년을 보내면서 거기 혁명집단이나 반혁명집단과 어울려보세요. 사람들을 총으로 쏘아보고, 그 동네 토산품 마약에도 취해보고, 남자든 여자든 동물이든 식물이든 광물이든 그냥 눈앞에 나타난 것에 유혹도 당해보세요. 그러고 나서도 계간지에 헨리 제임스에 대한 글을 쓰고 싶다는 생각이 여전히 남아 있다면, 내가 당신을 돕겠습니다.”

그는 소파 가장자리에 앉아 점잖지만 불안한 표정으로 나를 바라보며 말했다.

“왜 나더러 글을 쓰고 싶다는 생각을 버리라는 거지?”

“당신은 아무짝에도 쓸모없는 사람이니까요, 보글스. 지금도 그렇고, 지난 사십삼 년 동안에도 줄곧 그랬습니다. 그렇고말고요. 당신을 비판할 생각은 없지만, 내 말은 진실이에요. 당신도 내심 그걸 알고 있습니다. 당신 동료들도 알고, 나도 속속들이 알아요. 당신이 어딘가에서 돈을 받는 만큼 능력을 발휘할 수 있게 되려면 완전히 변해야 합니다. 평소 같으면 학생과 바람을 피워보라고 권했겠지만, 당신 같은 성격의 사람에게 마음을 열 학생이라면 당신보다 더 못한 사람일 테니 도움이 되지 않을 겁니다.”

보글스가 일어섰지만, 나는 침착하게 말을 이었다.

“당신은 잔혹함, 고통, 굶주림, 두려움, 섹스를 좀 더 광범위하게 직접 경험할 필요가 있습니다. 이런 기본적인 것들을 제대로 경험하고 나면, 중대한 돌파구가 마련될지도 모르죠. 그러지 않으면 희망이 없습니다."

늙은 보글스는 이미 겉옷을 입고, 이가 다 드러나도록 얼굴을 우그러뜨린 채 문을 향해 뒷걸음질 치고 있었다.

"잘 있게, 라인하트 박사. 자네가 빨리 낫길 바라네."

"안녕히 가세요, 보글스. 당신한테도 같은 말을 해주고 싶지만, 당신이 콩고 반군에게 사로잡히거나 정글에서 팔 개월 동안 병을 앓거나 상아 밀수꾼이 되지 않는 이상 희망이 별로 없을 것 같네요."

나는 그와 악수를 하려고 책상에서 일어섰지만, 그는 뒷걸음질로 문을 나섰다. 엿새 뒤 미국 정신과임상의협회AAPP 회장에게서 정중한 편지가 날아왔다. 내 환자인 예일 대학의 오빌 보글스 박사라는 사람이 나와 관련한 편집증적인 환각에 시달리다가 AAPP에 나의 행동에 대해 아주 길고 고약하고 대단히 문학적인 불만 편지를 보냈다는 내용이었다. 나는 와인스틴 회장에게 이해해줘서 고맙다는 편지를 보내고, 보글스에게는 AAPP에 장문의 편지를 보낸 것을 보니 집필 장애와 관련해서 진전이 있는 것 같다는 편지를 보냈다. 또한 〈계간 사우스다코타 리뷰저널〉에 그 편지를 기고해보라고 허락해주었다. 그는 육 개월 동안 소식이 없다가 다시 나를 찾아와서 나의 주사위 제자가 되었다. 그는 일찌감치 나를 만나 가장 성공을 거둔 제자 중 하나였다.


## 12


"젱킨스." 어느 날 오전 나는 매디슨 애비뉴의 변변치 못한 남자이자 마조히스트인 젱킨스에게 말했다. "강간을 생각해본 적 있습니까?"

"무슨 말씀인가요?" 그가 말했다.

"강제적인 육체관계 말입니다."

"내가…… 내가 그런 걸 생각해봐야 한다는 말씀이 무슨 뜻인지 잘……."

"사람을 죽이거나 강간하는 상상을 해본 적 있습니까?"

"아뇨, 아뇨, 그런 적 없어요. 난 누구도 공격하고 싶지 않아요." 그가 잠시 가만히 있다가 말을 이었다. "나 자신만 빼고."

"그럴 줄 알았습니다, 젱킨스. 바로 그 때문에 강간이나 절도나 살인을 진지하게 생각해봐야 하는 겁니다."

젱킨스는 상담시간 내내 소파에 깔끔하고 조용하게 누워 있었다. 언성을 높이지도 않고, 근육 하나 움찔거리지도 않았다.

"그러니까…… 그러니까 그런 행동을 상상하라는 건가요?" 그가 물었다.

"직접 저지르라는 겁니다."

"그렇지만 나는 사람들을 돕고 싶어요. 공격하는 건 싫어요. 절대로."

"이봐요, 젱킨스, 당신의 수동적인 태도와 공상에는 이제 질렸어요. 뭐든 실제로 해본 적 있습니까?"

"그럴 기회가 전혀……."

"다른 사람을 해친 적 있습니까?"

"못 해요. 그러고 싶지도 않아요. 나는 사람들을 구하고……."

"그러려면 먼저 당신 자신을 구해야죠. 그 방법은 타성을 깨뜨리는 것뿐이고요. 금요일 상담을 위해 숙제를 내주겠습니다. 날 위해서 숙제를 하겠습니까?"

"글쎄요. 난 사람들을 해치고 싶지 않아요. 내 영혼 전체를 받치는 게 바로 그 원칙이라고요."

"그건 나도 알아요. 하지만 당신 영혼은 병들었잖아요. 그래서 날 찾아왔고요."

"제발요, 나는 강간 같은 건……."

"저 밖의 접수원이 새로 온 걸 당신도 알아차렸죠? 새로 보충된 접수원 말이에요."(그녀는 중년의 콜걸로, 내가 젱킨스 씨와 데이트를 시키기 위해 일부러 고용한 사람이었다.)

"어, 네, 봤어요."

"예쁜 여자죠, 안 그래요?"

"네, 맞아요."

"성격도 좋아요."

"네."

"그 여자를 강간하세요."

"아, 안 돼요, 안 돼요, 나는, 안 돼요. 그런 건 좋지 않아요."

"좋습니다. 그럼 그 여자와 데이트하고 싶어요?"

"그게…… 윤리에 어긋나지 않나요?"

"그 여자한테 뭘 할 생각이죠?"

"내 말은…… 그 사람은 여기 접수원이잖아요…… 그래서……."

"윤리에 전혀 어긋나지 않습니다. 그 여자의 사생활은 내가 신경 쓸 문제가 아니죠. [틀림없는 사실이었다.] 그 여자랑 데이트하세요. 오늘 밤에. 함께 저녁식사를 한 뒤에 당신 아파트로 그 여자를 데려가서 일이 어떻게 풀리는지 보세요. 만약 강간하고 싶다는 충동이 들면, 그대로 해요. 그것도 치료의 일부라고 여자한테 말하

107

면 됩니다."

"안 돼요, 안 돼요. 난 절대 그분을 해치고 싶지 않아요. 정말 예쁜 사람 같던데요."

"예쁘죠. 그러니 더욱더 강간할 만하고요. 하지만 당신이 원하는 대로 하세요. 다만 최선을 다해 공격적인 태도를 취하면 됩니다."

"내가 조금 공격적으로 구는 게 정말로 도움이 될까요?"

"물론이죠. 당신의 삶 전체를 바꿔줄 겁니다. 열심히 노력하면 엄청난 일을 해낼지도 모르죠. 하지만 처음에는 기껏해야 행인들에게 작은 소리로 욕설을 하는 데 그치더라도 너무 고민하지는 마세요." 나는 일어섰다. "이제 가요. 몇 분 동안 감언이설로 유혹해야 리타가 데이트 신청을 받아들일 겁니다."

그는 이십 분이 걸렸다. 그가 그녀에게 자기 이름을 말해준 순간부터 리타는 데이트를 받아들인다는 말을 하려고 애썼는데도 그랬다. 젱킨스 스타일의 구애가 삼 주 반 동안 이어진 뒤, 그는 마침내 그녀를 자신의 폭스바겐 조수석으로 끌어들이는 데 성공했다. 관계자 모두 마음이 놓이는 순간이었다. 그런데 거기서 그치지 않고 두 사람은 실내에서 한 걸음 더 나아간 작업을 하기 위해 젱킨스의 아파트로 장소를 바꿨다. 나는 젱킨스가 공격성을 표현한 증거를 딱 하나밖에 알아낼 수 없었다. 실수로 팔꿈치로 리타의 코를 때리고는 미안하다는 말을 하지 않았다고 했다. 리타는 "어머, 정말 주인님 같으세요. 날 때려주세요"라는 진부한 대사를 읊었지만, 젱킨스는 자신이 아무리 주인님 같은 사람이라도 남을 때리는 일은 없을 것이라고 그녀를 안심시켰다. 그녀는 그에게 자신의 젖가슴을 깨물어보라고 했지만, 그는 잇몸이 약하다는 핑계를 댔다. 그녀는 일부러 그를 흥분시킨 뒤 성관계를 거부하는 방법으로 화를 부채질해보려고 했지만, 젱킨스는 결국 그녀가 포기하고 뜻을 굽힐 때까지 뚱한 표정만 짓고 있었다.

오히려 그는 리타에게서 절교 선언을 얻어내려고 마조히스트들의 모든 술수를 시도했다. 두 번 그녀를 바람맞히고(리타는 시간당 비용 청구서를 보냈다), 실수로 그녀의 손목시계를 부수고(내게 청구서가 날아왔다), 그녀가 지루해서 하품을 하고 있을 때 자기만 혼자서 절정에 이르렀다. 그런데도 리타는 사랑스럽게 그에게 매달렸다(주급 300달러).

젱킨스는 한 달 동안 리타에게서 단단히 성공을 맛본 뒤 여자들을 한결 편안히 대할 수 있게 되었다. 심지어 미스 레인골드에게 오 분 동안 작업을 걸기도 했다. 하지만 그는 또한 완전한 신경쇠약 발작을 일으키기 직전이었다. 성병에 걸리지도 못하고, 리타를 임신시키지도 못하고, 그녀의 화를 부추기지도 못하고, 절교 선언을 듣거나 다른 식의 뻔한 실패를 이끌어내지도 못한 그는 필사적이었다. 물론 삶의 다른 모든 분야에서 실패의 속도를 높이는 것이 그에게는 보상이 될 터였다. 그래서 그는 지갑을 두 번 잃어버렸고, 외출하면서 욕조의 물을 잠그지 않아 아파트에 물난리가 나게 만들었다. 결국 어느 날 그는 스스로 투자를 책임지기 시작한 뒤 주식시장에서 너무나 많은 돈을 잃었기 때문에 치료를 그만 둬야겠다고 내게 말했다.

나는 치료를 계속 받으라고 권했지만, 그날 오후 그는 어떤 공사현장을 구경하다가 불도저에 얻어맞아 육 주 동안 입원하게 되었다. 몇 달 뒤 주사위는 내게 리타의 서비스에 대한 청구서를 그에게 보내라고 명령했다. 그런데 유감스럽게도 그는 그 비용을 즉시 지불했다. 나는 그를 임시로 실패사례로 분류해두었다.

처음에는 환자들에게 주사위 사용법을 소개하지 않은 탓에 치료결과가 대체로 재앙이었다. 소송 두 건, 자살 한 건(시간당 35달러가 창밖으로 날아갔다), 경범죄 체포 한 건, 세일링카누를 타고 타히티로 가다가 바다에서 실종된 사례 한 건. 하지만 이런 실패사례들이 나중에는 성공사례가 될 수도 있었다.

예를 들어, 린다 라이크먼이 그랬다. 호리호리하고, 젊고, 부유한 아가씨인 그녀는 사 년 동안 그리니치빌리지에 살면서, 부유하고 해방된 여자가 그리니치빌리지에서 할 거라고 생각되는 모든 행동을 했다. 나는 그 여자에게서 자유로워지기 전에 사 주 동안 치료를 하면서 내가 그녀의 세 번째 정신분석의라는 것, 그녀가 자기 얘기를 하는 걸 좋아한다는 것, 특히 남자들과의 문란한 관계나 남자들에 대한 무심함이나 잔혹성에 대한 이야기를 좋아한다는 것, 남자들이 자신에게 상처를 주려고 애쓰지만 멍청해서 효과가 없다는 이야기도 좋아한다는 것을 알게 되었다. 그녀의 독백은 때로 문학적인 비유, 철학적인 비유, 프로이트적인 비유로 흘러넘치다가 갑자기 모든 비유가 뚝 사라지곤 했다. 상담 때마다 그녀는 부르주아답게 점잖은 내게 어떻게든 충격을 줄 만한 말을 하는 데 성공했다.

주사위의 지시에 나를 맡기고 무질서를 방치한 지 겨우 삼 주만에 나는 그녀와의 상담에서 놀라움을 맛보았다. 그녀는 평소보다 훨씬 더 들뜬 상태로 상담실에 들어와 엉덩이를 실룩거리며 방을 가로질러 소파에 전투적으로 털썩 몸을 던졌다. 그러고는 놀랍게도 삼 분 동안 아무 말도 하지 않았다. 그녀에게 이것은 사상 최고기록이었다. 그러다 마침내 그녀가 날선 목소리로 말했다.

"이건 이제 신물이 나…… 시팔. [잠시 침묵] 내가 왜 여길 왔는지 모르겠네. [잠시 침묵] 도움이 안 되는 건 당신이나 척추 지압사나 마찬가지야. 젠장, 언젠가 진짜 남자를 만날 수만 있다면 뭐든 내놓을 텐데. 내가 만나는 것들이라고는…… 좆도 없이 수음만 하는 놈들뿐이야. [잠시 침묵] 무슨…… 세상이 이 모양이야. 다른 사람들은 이 부스러질 것 같은 세상을 어떻게 사는 거냐고. 난 돈도 있고, 머리도 있고, 섹스도 있는데…… 지루해 죽겠어. 그런데 가진 게 하나도 없는 저 멍청이들은, 저 멍청이들은 뭘로 살아가는 거야? [잠시 침묵] 전부 날려버리고 싶어…… 이 망할 도시를 산산조각내고 싶다고. [오랜 침묵]

나는 주말을 커트 롤린스랑 보냈어. 참고로 말해주는데, 얼마 전에 〈파르티잔리뷰〉에서 '몇 년 만에 처음 나온, 말문이 막힐 정도로 시적인 소설'이라고 평한 작품을 발표한 남자야. [잠시 침묵] 그 사람은 재능이 있어. 문체가 번개 같다고. 예리하고, 기민하고 눈부시지. 헨리 밀러의 에너지를 지닌 조이스라고나 할까. [잠시 침묵] 지금은 어떤 소년의 삶 중 십오 분을 다룬 새 소설을 집필중이야. 소년은 얼마 전 아버지를 잃었는데, 소설 전체가 그 십오 분 동안 일어난 일이야. 커트는 미남이기도 해. 많은 여자들이 그 사람한테 스스로 몸을 던질 정도니까. [잠시 침묵] 그 사람은 돈이 필요해. [잠시 침묵] 웃기지, 그 사람은 섹스를 별로 좋아하는 것 같지 않아. 그냥 몇 번 쿵쿵거리고는 다시 책상에 앉는 거야. 쿵쿵. [잠시 침묵] 하지만 내가 정신이 나갈 정도로 빨아주는 건 좋대. 그래도…….

난 그 사람 양손을 잘라버리고 싶어. 싹둑싹둑. 그러면 나한테 자기 소설을 구술하게 되겠지. [잠시 침묵] 양손을 싹둑싹둑 잘라버리는 거야. 아마 이건 내가 그 사람을 거세하고 싶어 한다는 뜻이겠지? 그럴 수도 있을 것 같아. 그래도 그 사람은 별로 신경 쓰지 않을걸. 아마 그 소중한 글을 쓸 시간이 더 생긴다고 생각하겠지. 어떤 어린놈의 삶에서 중요하기 짝이 없는 십오 분을 다룬 글 말이야. [잠시 침묵] '말문이 막히는 소설'이라니. 젠장, 고 허먼 멜빌의 우아함과 죽어가는 에밀리 디킨슨의 힘을 지닌 작품이래. 그 소설 내용은 뭔지 알아? 어떤 감수성 예민한 소년이 어머니의 불륜을 알아차려. 불륜상대는 소년에게 연시戀詩를 가르치는 남자지. 감수성 예민한 소년은 절망해. '오, 셸리, 그대는 어찌 나를 버리셨습니까?' [잠시 침묵] 그놈도 좆도 없이 수음만 하는 놈이야. [잠시 침묵]

당신 오늘은 진짜 조용하네. 하다못해 '아아'라든가 '네'라든가 하는 말을 몇 번 던져줄 수도 있잖아. 나는 시간당 40달러를 당신한테 내고 있다고. 그러니 적어도 일 분에 두세 번씩 '네'라는 말 정도는 들어야겠어."

"오늘은 그러고 싶지 않아요."

"오늘은 그러고 싶지 않다고! 그게 무슨 상관이야? 나는 뭐 일주일에 세 번씩 내 쓰레기 같은 속을 다 쏟아내고 싶은 줄 알아? 왜 이러시나, 라이하트 박사님, 그런 기분이 들어야 할 텐데. 세상을 받치는 원칙은, 모든 인간이 맛에 신경 쓰지 말고 똥을 처먹어야 한다는 거야. 자, 얼른 말해봐. 정신과의사답게 좀 굴어봐. 그 충실한 맞장구를 좀 쳐보라고."

"오늘은 당신이 당신 자신의…… 고상하기 짝이 없는 꿈에 맞게 세상을 재창조할 수 있다면 무엇을 하고 싶은지 듣고 싶습니다."

"웃기시네. 나야 세상을 거대한 고환으로 바꿔버리겠지. 또 뭐가 있겠어?"

[잠시 침묵] [오랜 침묵]

"나는…… 나는 먼저 인간을 모조리 없애버릴 거야…… 다만…… 어…… 아마 몇 명만 빼고. 인간이 만든 것도 모두 파괴할 거야. **모든 것을.** 그리고 나는…… 짐승들은 계속 존재할 거야…… 아냐, 아냐, 걔들도 없을 거야. 난 걔들도 전부 없애버릴 거야. 하지만 풀은 남을 거야. 꽃도. [잠시 침묵]

인간들이 있는 모습은 상상이 안 가. [잠시 침묵] 심지어 내 모습도 상상할 수 없으니까. 나도 세상에서 쓸려나가야 돼. 하! 우. 나의 고상하기 짝이 없는 꿈이 텅 빈 세상이라니. 와, 대단하다. 레모스의 풋내기들이 아주 좋아하겠는데? 하지만 내가 만든 세상에 걔들이 어디 있겠어? 걔들도 사라졌지. 텅, 텅, 텅 빈 세상인데."

"당신이 좋아할 만한 사람을 상상할 수 있습니까?"

"이봐요, 의사선생님, 난 인간이 싫어요. 확실해. 스위프트도 인간을 싫어했고, 마크 트웨인도 인간을 싫어했어. 내 친구들이 아주 많다고. 얼간이를 제대로 알아보는 건 얼간이이고, 떼거리를 알아보는 건 떼거리지. 내가 다른 건 몰라도, 최고의 인간이라고 해봤자 약골이거나 가짜라는 걸 알아볼 수 있을 정도는 된다고. 당신도 마찬가지인 것 같은데. 사실 정신과의사들은 가짜 중의 가짜지."

"왜 그런 말을 하는 거죠?"

"당신들의 가짜 윤리규정. 당신들은 그 뒤에 숨어 있잖아. 난 사주 동안 여기 앉아서 나의 멍청하고, 잔인하고, 문란하고, 분별없는 행동에 대해 이야기했는데, 당신은 거기 가만히 앉아서 인형처럼 고개만 끄덕이고 내가 무슨 말을 하든 맞장구만 쳤어. 내가 당신한테 엉덩이도 실룩거리고, 허벅지도 살짝 보여줬는데, 당신은 전혀 모르는 척했지? 당신은 내가 말로 표현하는 것 외에는 전부 모르는 척했어. 좋아. 난 당신 좆을 만져보고 싶어. [잠시 침묵] 자, 이제 훌륭한 의사선생님은 조용하고 고집스러운 목소리로 이렇게 말하겠지? '당신은 내 좆을 만져보고 싶다고 하는군요.' 그러면 나는 '네, 거슬러 올라가면 내가 세 살 때 있었던 일 때문인데 우리 아버지가……' 이런 얘기를 늘어놓을 거야. 그러면 당신은 '내 좆을 만져보고 싶다는 욕망을 거슬러 올라가면……' 운운하겠지. 그러고는 우리 둘 다 말의 내용 따위 중요하지 않은 척할 거야."

미스 라이크먼은 잠시 가만히 있다가 몸을 일으켜 팔꿈치를 괴고는 나를 보지 않은 채 침을 선명하게 잔뜩 뱉어 내 책상 앞 러그까지 높은 아치를 그려냈다.

"당신을 탓할 생각은 없습니다. 내가 그동안 자동인형처럼 굴었으니까요. 아니, 더 구체적으로 말하자면, 얼간이처럼 굴었죠."

미스 라이크먼은 벌떡 일어나 앉아서 허리를 돌려 나를 빤히 바라보았다.

"지금 뭐라고 했어요?"

"내가 무슨 말을 했는지 모른다고 말하는 겁니까?" 나는 이 말을 하면서 짐짓 정신과의사다운 표정을 지으며 아주 친밀한 미소를 지어 보이려고 했다.

"세상에, 당신한테도 사람다운 면이 있기는 했네. [잠시 침묵] 뭐, 다른 말도 해봐요. 당신의 말을 들은 건 오늘이 처음인 것 같으니까."

"음, 린다, 이제 비지시적 치료는 끝낼 때가 됐다고 말하고 싶습니다. 이젠 내가 당신을 어떻게 생각하는지 좀 들려줄 때가 됐어요. 그렇죠?"

"내 말이 그 말이에요."

"첫째, 당신이 현저히 우쭐거리는 성격이라는 사실을 우리 둘 다 인정해야 할 것 같습니다. 둘째, 몸이 마른 편이라서 당신은 성적으로 다른 여자들에 비해 남자에게 내놓을 것이 훨씬 적습니다. 피상적인 외모만으로 판단하자면, 가슴이 작은 편이라 패드를 넣어야 할 것 같고 [그녀는 조소했다], 남자가 앞섶의 지퍼를 전부 열기도 전에 절정으로 질주하게 만들어버릴 여자 같습니다. 셋째, 지적인 면에서 독서와 지식의 깊이와 폭이 지극히 얕고 좁습니다. 요약하자면, 인간으로서 당신은 타고난 재산만 제외하면 모든 면에서 그저 평범한 수준이에요. 당신이 지금까지 함께 잔 남자의 숫자, 그리고 당신이 유혹한 남자의 숫자는 당신이 다리와 지갑을 어떻게 벌렸는지를 반영합니다. 당신의 성격을 반영하는 게 아니에요."

그녀의 조소가 커지고 커져서 얼굴을 몽땅 차지하더니 어깨와 등까지 번졌다. 그녀는 경멸스러운 표정으로 어깨와 등을 과장되게 꿈틀거리며 내게서 멀어졌다. 내 말이 끝났을 무렵, 그녀는 얼굴이 벌겋게 달아오른 채 일부러 평소보다 훨씬 더 느리고 차분하게 입을 열었다.

"아유, 가엾고 가엾은 린다. 덩치 큰 루키 라인하트만이 그 똥구덩이 같은 영혼이 콘크리트처럼 딱딱해지기 전에 구해줄 수 있단다. [그녀의 말투가 갑자기 바뀌었다] 그래, 너 잘났다. 네가 뭔데 날 그딴 식으로 말해? 네가 날 알아? 고작 선정적이고 피상적인 사실 몇 가지만 말해줬을 뿐인데, 그걸로 날 판단하려고 들어?"

"당신 가슴을 내게 보여주고 싶습니까?"

"웃기지 마."

"나에게 보여줄 수 있는 에세이, 소설, 시, 그림 같은 것이 있습니까?"

"몸매나 에세이 같은 걸로 사람을 판단하겠다는 거야? 나랑 잔 남자들은 그 잠자리를 잊지 못해. 몸만 빵빵한 빙산이 아니라 진짜 여자랑 잤다는 걸 아니까. 그런데 당신은 고작 겉만 보고 그 귀하신 윤리규정 뒤에 숨어 잘난 척하겠다는 거지?"

"당신에게 다른 좋은 점이 또 뭐가 있습니까?"

"난 콩을 콩이라고 말해. 내가 완벽하지 않다는 걸 분명히 알고 있고, 남들한테도 그렇게 말한다고. 당신네 정신과의사들은 건방진 관음증환자이지. 당신들이 죄다 결국 날 공격하는 이유도 바로 그거야. 진실을 견디지 못하니까."

"내가 윤리 때문에 당신과 자지 못한다고요?"

"그래, 당신이 요정이라면 또 모를까. 내가 전에 상담을 받았던 정신과의사처럼 말이지."

"그럼 정식으로 선언하죠. 앞으로는 당신과의 관계에서 전통적인 환자-의사 관계를 유지하려 하지 않겠습니다. AAPP 규정이 정한 윤리기준을 지키지 않을 겁니다. 지금부터 나는 당신을 인간 대 인간으로 대하겠습니다. 정신과의사인 인간으로서 난 당신에게 조언만 할 겁니다. 그뿐이에요. 어떻습니까?"

린다는 자세를 바꿔 발을 바닥으로 내려놓고, 나를 바라보며 천천히 미소를 지었다. 저건 섹시함을 은근히 표현하려는 건가? 사실 그녀는 적당히 섹시한 편이었다. 몸매가 호리호리하고, 피부가 깨끗하고, 입술이 도톰했다. 하지만 그녀가 내 환자인 동안 나는 그녀에게 성적인 반응을 손톱만큼도 보이지 않았다. 지난 오 년 동안 만난 다른 여자 환자들에게도 마찬가지였다. 그들이 몸을 꿈틀거리고, 대놓고 선언하고, 유혹하고, 옷을 벗고, 강간을 시도했어도 나는 반응하지 않았다. 이 모든 것이 상담시간 중에 일어난 일이었다. 의사-환자 관계가 찬물이 쏟아지는 샤워기 밑에서 팔 굽혀펴기를 오십 번쯤 했을 때처럼 나의 성적인 의식을 완전히 동결시켜버린 덕분이었다. 린다 라이크먼이 미소를 지으며 등을 둥글게 구부려 가슴을(진짜 가슴일까 가짜 가슴일까?) 앞으로 내미는 모습을 지켜보며 나는 정신분석의로 살아온 지난 세월 중 처음으로 사타구니가 반응하는 것을 느꼈다.

그녀의 미소는 천천히 일그러져 조소로 바뀌었다.

"전보다는 낫지만, 그렇다고 대단한 건 아니네요."

"내 좆을 만져보고 싶다고 하지 않았어요?"

"굳이 그러고 싶지 않아요."

"그럼 당신 얘기로 돌아가지요. 다시 누워서 마음의 긴장을 푸세요."

"무슨 뜻이에요? 다시 누우라니. 인간답게 굴겠다고 했잖아요. 사람들은 서로 등진 채 말하지 않아요."

"맞아요. 그럼 우리도…… 눈과 눈을 마주 보며 말합시다."

그녀는 다시 나를 바라보았다. 눈이 살짝 가늘어지고, 윗입술이 두 번 움찔거렸다. 그녀는 일어서서 나를 마주 보았다. 내 책상 위의 불빛이 그녀의 얼굴에 살짝 맺힌 땀방울을 잡아냈다. 그녀는 이제 유혹적인 미소를 짓지 않았다. 그런 미소를 지을 생각이었는지 몰라도, 실제로 얼굴에 나타난 것은 긴장 때문에 일그러진 표정에 가까웠다. 그녀는 천천히 내게 다가오며 치마 옆 단추를 풀었다.

"우리가 서로를 육체적으로 알게 된다면…… 우리 둘에게 모두…… 좋은 일일 것 같은데요. 안 그래요?"

의자에 다다른 그녀가 치마를 바닥으로 떨어뜨렸다. 반 속치마도 치마와 함께 떨어졌는지, 그녀는 하얀 실크 비키니 팬티만 입은 차림이 되었다. 스타킹도 없었다. 그녀는 내 무릎에 앉아(의자가 점잖지 못하게 삐걱거리는 소리를 내며 8센티미터쯤 뒤로 더 기울어졌다) 눈을 반쯤 감고 내 얼굴을 들여다보며 나른하게 말했다. "안 그래요?"

솔직히 내 대답은 '그렇다'였다. 나는 착실히 발기한 상태였고, 심장박동도 40퍼센트 정도 빨라졌으며, 사타구니에서는 필요한 호르몬이 모두 활동하고 있었고, 머리는 이런 상황에서 자연이 명하는 대로 힘없이 몽롱하게 작동하고 있었다. 그녀의 축축한 입술과 혀가 내 입안으로 들어오고, 손가락은 목을 따라 올라와 머리카락 속으로 들어갔다. 나는 그녀의 브리짓 바르도 흉내에 장단을 맞춰주었다. 길고 만족스러운 입맞춤이 끝난 뒤 그녀는 일어섰다. 그리고 나른하게 설정된 기계적인 미소를 어렴풋이 띤 채, 블라우스와 브래지어(패드가 필요한 몸매가 아니었다)와 팔찌와 손목시계와 팬티를 하나씩 떨어뜨렸다.

내가 황홀경에 빠져 나도 모르게 멍청한 표정을 지은 채 계속 앉아 있었으므로 그녀는 머뭇거렸다. 지금쯤 내가 그녀를 열정적으로 끌어안고 소파로 데려가 결합을 완성해야 한다는 감이 왔다. 하지만 나는 감을 무시하기로 했다. 그녀는 잠시 망설인 뒤(이제 촉촉히 젖은 윗입술이 한 번 움찔거렸다) 내 옆에 무릎을 꿇고 앉아서 내 바지 앞섶을 건드렸다. 그리고 허리띠와 후크를 풀고, 지퍼를 아래로 내렸다. 나는 (자발적으로는) 단 1밀리미터도 움직이지 않았기 때문에 그녀는 자신이 원하는 물건을 나의 사각팬티 속에서 꺼내는 데 조금 애를 먹었다. 그녀가 그 물건을 우리에서 성공적으로 해방시키자, 그것이 빳빳하고 당당하게 우뚝 서서 살짝 떨었다. 졸업식에서 이제 막 박사학위 학사모를 쓰기 직전인 젊은 학자 같았다(나의 다른 부분들은 AAPP의 윤리규정이 권장하는 대로 차갑게 굳어 꼼짝도 하지 않았다). 그녀는 몸을 기울여 그것에 입술을 댔다.

"〈시에라마드레의 보물〉이라는 영화 봤습니까?" 내가 물었다.

그녀는 깜짝 놀라서 멈칫했다가 눈을 완전히 감고, 내 성기를 입안으로 빨아들였다.

그리고 이런 상황에서 똑똑한 여자들이 하는 행동을 했다. 입안의 따스함과 혀의 압력은 예상대로 쾌감을 주었지만, 나는 정신적으로 그다지 흥분하지 않았음을 깨달았다. 미친 과학자 같은 주사위맨이 모든 것을 너무나 열심히 지켜보고 있었다.

시간이 너무 오래 걸리는 것 같아서 슬슬 당혹스러워질 무렵(나는 그동안 내내 아무 말 없이 품위 있는 전문가답게 앉아 있었다) 그녀가 몸을 일으키고 속삭였다. "옷 벗고 이리 와요." 그녀는 소파로 멋지게 옮겨가서 얼굴을 벽 쪽으로 향한 채 엎드렸다.

내가 조금이라도 더 가만히 앉아 있으면, 그녀가 벌떡 일어나 화를 내며 옷을 입고 돈을 돌려달라고 할 것 같았다. 나는 그녀의 두 가지 모습, 즉 도발적인 유혹녀와 똑똑하고 못된 여자의 모습을 보았다. 혹시 세 번째 모습도 있을까? 나는 소파로 다가가(왼손으로는 바지를 꼭 쥐고 있었다) 앉았다. 격식을 갖춘 갈색 가죽 소파 위에서 린다의 하얀 알몸이 차갑고 아이처럼 보였다. 그녀는 날 외면하고 있었지만, 소파의 가장자리에 실리는 무게로 내 존재를 알아차렸을 것이다.

린다가 인간으로서 어떤 약점을 갖고 있든, 둥글고 단단해 보이는 엉덩이가 그 약점을 적절히 보상해주는 것 같았다. 성적으로 흥분했음이 분명한 남자에게 엉덩이를 들이대는 그녀의 본능(또는 아마도 훌륭한 학습을 통해 터득한 버릇)은 올바른 것 같았다. 하지만 내 손이 그 살덩이에서 대략 6센티미터쯤 되는 곳까지 접근했을 때, 미친 과학자 주사위맨이 런던의 안개를 뚫고 내게 메시지를 전달했다.

"돌아누워요." 내가 말했다(그녀가 지닌 최고의 무기가 다른 곳을 겨냥하게 만들기 위해서였다).

그녀는 천천히 돌아누워서 하얀 두 팔을 뻗어 내 목을 끌어당겼다. 우리의 입술이 서로 만날 때까지. 그리고 당당하게 신음하기 시작했다. 그녀는 먼저 자신의 입술을 내 입술에 세게 비볐다. 어찌 된 영문인지 내 두 다리는 어느새 소파로 올라가 그녀의 옆에 자리 잡고 있었다. 그녀가 자신의 배를 내 배에 세게 밀어붙였다. 그녀는 똑똑한 사람답게 전혀 거리낌 없이 혀를 놀리고, 몸을 꿈틀거리고, 신음 소리를 냈다. 나는 가만히 누워서 무엇을 해야 할지 적당히 고민하고 있었다.

그러다가 내가 그녀의 신호를 또 놓쳤는지, 그녀가 키스를 뚝 끊어버리고 나를 살짝 밀었다. 순간적으로 그녀가 지금의 모습을 버리려는 건가 하는 생각이 들었지만, 반쯤 감은 눈과 비틀어진 입술을 보니 그건 아닌 것 같았다. 그녀는 이미 두 다리를 벌리고, 혹시 생길지도 모를 2세를 향해 손을 뻗고 있었다.

"린다." 내가 조용히 말했다(이번에는 영화가 어쩌고 하는 헛소리는 늘어놓지 않았다). "린다." 내가 다시 말했다. 그녀의 한 손이 나의 단테에게 베르길리우스 노릇을 하며 지하세계로 이끌어가려고 했지만, 나는 단테를 붙잡았다. "린다." 내가 세 번째로 말했다.

"그걸 넣어요." 그녀가 말했다.

"린다, 잠깐 기다려봐요."

"뭐가 문제예요? 넣어요." 그녀는 눈을 뜨고 나를 강렬하게 올려다보았다. 내가 누군지 모르는 것 같았다.

"린다, 난 생리중이에요."

내가 왜 이런 소리를 했는지 프로이트는 확실히 알 것이다. 나는 부조리를 찾으려고 이 말을 했는데, 여기에 정신분석학적인 의미가 있는 것을 깨닫고 상당히 부끄러워졌다.

린다는 프로이트를 읽지 않았거나, 내 말에 신경을 쓰지 않는 것 같았다. 그녀가 중간 단계의 세 번째 린다를 보여주지 않은 채 바르도에서 똑똑하고 못된 여자로 넘어가기 직전인 것 같아서 나는 유감스러워졌다.

그녀는 눈을 한 번 깜박이고는 코웃음과 비슷한 말을 한 마디 하더니 윗입술을 세 번, 네 번 움찔거리면서 눈을 다시 반쯤 감고 신음했다. "어서 와요. 제발 내 안으로 들어와요. 당장, 당장."

그녀가 손으로 잡아당기지 않았는데도 나의 종마는 그 말에 열렬히 반응해서 별들의 계곡에서 3센티미터도 채 되지 않는 지점까지 달려갔다. 그런데 그때 미친 과학자가 고삐를 잡아당겼다.

"린다, 내가 먼저 당신한테 하고 싶은 일이 있어요." 내가 말했다(그게 뭔데? 뭐야? 도대체 뭐냐고?). 이건 사실 완벽한 말이었다. 그녀는 내가 하고 싶은 일이 성적인 행동인지 아니면 정신과의사라는 내 직업과 관련된 비실용적인 행동인지 알 수 없을 테니까. 만약 내가 성적인 행동을 하려는 것이라면 그녀는 바르도 흉내를 내며 마음껏 즐길 수 있을 것이다. 바르도의 모습보다도, 똑똑하고 못된 여자의 모습보다도 더 힘을 얻은 호기심이 이제 완전히 떠진 그녀의 눈에서 나를 바라보았다.

"뭔데요?" 그녀가 물었다.

"그대로 꼼짝 말고 누워서 눈을 감아요."

그녀는 나를 바라보았다. 우리의 몸은 겨우 10센티미터도 안 되는 공간을 두고 떨어져 있었고, 그녀의 한 손은 여전히 나를 커다란 도가니 속으로 끌어당기고 있었다. 그녀는 다시 바르도도 똑똑하고 못된 여자도 아닌 모습이 되었다. 그녀가 한숨을 내쉬면서 나를 놓고 눈을 감자, 나는 살살 움직여서 다시 소파 가장자리에 앉았다.

"편안히 누워 있어요." 내가 말했다.

그녀가 눈을 번쩍 뜨고는 인형처럼 머리를 치켜들었다.

"도대체 뭣 때문에 그래야 하는데요?"

"부탁이에요. 날 위해서 이번 한 번만…… 그렇게 해줘요. 그 아름다운 모습을 온전히 드러낸 채 누워서, 팔과 다리와 얼굴과 모든 곳에서 힘을 빼요."

"왜요? 당신은 힘을 빼지 않았잖아요." 그녀는 기회를 거부당하고 박탈당했으면서 아직도 휘어지지 않은 나의 가운뎃다리를 향해 차갑게 웃었다.

"부탁이에요, 린다. 난 당신을 원해요. 당신과 자고 싶어요. 하지만 그전에 먼저 당신을 어루만지고 입 맞추고 싶어요. 당신이…… 완전히 긴장을 풀고 내 사랑을 받아들였으면 좋겠어요. 불가능한 일이라는 걸 아니까, 내가 방법을 하나 제안할게요. 들판에서 꽃을 따는 소녀를 떠올려봐요. 할 수 있겠어요?"

똑똑하고 못된 여자가 나를 노려보았다.

"왜요?"

"그런 상상을 하면…… 내 지시를 따른다면 아마 놀라운 경험을 하게 될 거예요. 내가 지금 당신 안으로 들어가면 우리 둘 다 아무것도 배울 수 없어요." 나는 그녀의 얼굴에서 몇 센티미터 떨어진 곳까지 내 얼굴을 급격히 움직였다. "초록색 풀이 무성한 아름다운 들판이지만 인적이 없는 곳에서 어떤 소녀가 꽃을 따고 있어요. 보여요?"

그녀는 조금 더 나를 노려보다가 고개를 다시 소파로 떨어뜨리고 다리를 모았다. 그렇게 이삼 분이 지났다. 미스 레인골드가 탁탁 타자 치는 소리가 아주 멀리서 들려왔다.

"늪 근처에서 어린아이가 참나리를 따고 있어요."

"그 아이는 예쁜 소녀인가요?"

[잠시 침묵]

"네, 예뻐요."

"부모…… 그 소녀의 부모는 어떤 사람들이죠?"

"데이지와 라일락도 있어요."

[잠시 침묵]

"부모는 나쁜 자식들이에요. 아이를 때려요…… 그 어린 소녀요. 긴 목걸이를 사서 그걸로 아이를 때려요. 사슬 모양의 팔찌로 아이를 묶어요. 독이 든 사탕을 먹여서 탈이 나게 만든 다음에, 아이의 토사물을 억지로 먹여요. 아이를 혼자 내버려두는 법이 없어요. 아이가 지금 있는 이 벌판에 나왔다가 집으로 돌아가기만 하면 항상 아이를 때려요."

(나는 한 마디도 하지 않았지만, '집으로 돌아가기만 하면 아이를 때리는군요'라고 말하고 싶은 충동이 헤라클레스만큼이나 강력했다.) 한참 동안 침묵이 흘렀다.

"아이를 책으로 때려요. 책으로 머리를 몇 번이나, 몇 번이나 후려쳐요. 핀과 연필로 아이를 찔러요. 압정으로도. 실컷 때린 뒤에는 아이를 지하실에 던져놔요."

린다는 편안히 긴장을 풀고 있지 않았다. 울고 있었다. 근본적으로 똑똑하고 못된 여자의 모습으로 돌아가 부모에 대해 불평을 늘어놓고 있는 것 같았다. 하지만 아이가 불쌍하다는 생각은 못하는 모양이었다. 오로지 울분을 느낄 뿐이었다.

"들판에 있는 그 소녀를 자세히 봐요, 린다. 아주 자세히 봐요. [잠시 침묵] 그 소녀는……?" [잠시 침묵]

"그 소녀는…… 울고 있어요."

"그 아이는 왜…… 그 아이는…… 그 아이가 꽃을 갖고 있나요?"

"네, 갖고 있어요…… 장미예요. 하얀 장미. 저 꽃이 어디서 났는지……."

[잠시 침묵]

"그 아이는 무슨…… 그 아이는 그 하얀 장미에 대해 어떻게 생각하나요?"

"……하얀 장미는…… 그 아이가 이 세상에서 말을 걸 수 있는 유일한 상대예요…… 그 아이를 사랑해주는…… 유일한 상대…… 아이는 줄기를 잡아 꽃을 눈앞으로 들어 올리고 말을 걸어요…… 아니…… 아예 꽃을 잡고 있지도 않아요. 꽃이 아이를 향해 둥둥 떠가요…… 마법처럼. 아이는 한 번도, 단 한 번도 꽃에 손을 대지 않아요. 입을 맞추지도 않아요. 아이가 꽃을 보면 꽃도 아이를 봐요. 그럴 때…… 그럴 때…… 아이는…… 행복해요. 하얀 장미, 하얀 장미와 함께…… 아이는 행복해요."

일 분이 더 지난 뒤 린다가 눈을 떴다. 그리고 나를 보았다. 나의 시든 성기를, 벽을, 천장을 보았다. 천장을 보았다. 버저가 울렸다. 이제 생각해보니 버저가 울리는 것이 벌써 세 번째나 네 번째쯤 되는 것 같았다. 나는 화들짝 놀랐다.

"시간이 다 됐네요." 린다가 멍하니 말했다. "무슨 그런 멍청하고 웃기는 이야기가 다 있담." 이번에는 울분이 전혀 없는, 몽롱한 목소리였다.

우리는 조용히 옷을 입었다. 상담은 끝났다.


# 13


나는 하루 동안 그리스도가 되었다. 사랑이 넘치는 예수가 되는 것은 확실히 패턴을 깨는 이벤트라고 할 만했다. 나는 정말로 겸손함과 애정과 측은지심이 느껴져 깜짝 놀랐다. 주사위는 내게 "예수가 돼라"라고, 누구를 만나든 항상 기독교도다운 사랑으로 충만하라고 명령했다. 나는 그날 아침 자진해서 아이들을 학교로 데려다주었다. 아이들의 작은 손을 잡고 걸으며 부성애와 자애와 사랑을 느꼈다. 래리가 물었다. "오늘 이상해요, 아빠. 왜 아빠가 우리랑 같이 가요?" 나는 이런 질문에도 전혀 당황하지 않았다. 아파트로 돌아온 뒤에는 서재에서 산상수훈과 〈마가복음〉 대부분을 다시 읽었다. 실컷 쇼핑을 하러 외출하는 릴에게 잘 다녀오라고 인사할 때도 애정이 충만한 태도로 축복을 내려주었다. 릴이 분명히 뭔가 문제가 있다고 의심할 정도였다. 순간적으로 알린과의 불륜을 자백하고 용서를 구하는 무서운 일을 벌일 뻔했지만,

나는 그것이 다른 세상에 사는 다른 사람의 일이라고 마음을 정리했다. 그날 저녁 집에 돌아온 릴은 내 사랑 덕분에 평소보다 세 배나 돈을 쓸 수 있었다고 고백했다.

나는 오전 환자들에게 특별히 측은지심을 보여주려고 애썼지만 그다지 효과는 없는 것 같았다.

린다 라이크먼은 자기가 허리까지 옷을 벗었는데도 내가 함께 기도하자고 말하자 진절머리가 나는 모양이었다. 그녀가 내 귀에 키스하기 시작했을 때, 나는 영적인 사랑의 필요성을 이야기했다. 그녀가 화를 낼 때는 용서를 간청했고, 그녀가 내 바지 앞섶의 지퍼를 내렸을 때는 산상수훈을 다시 읽기 시작했다.

"오늘 도대체 왜 이래요?" 그녀가 이죽거렸다. "지난번보다 훨씬 더 지독하잖아요."

"가장 완벽한 육체적 경험보다 훨씬 더 마음을 풍요롭게 해주는 영적인 사랑이 존재한다는 걸 보여주려는 겁니다."

"그런 헛소리를 정말로 믿는 거예요?" 그녀가 물었다.

"나는 누구나 모든 사람을 향한 위대하고 따스한 사랑, 영적인 사랑, 예수님의 사랑으로 가득 차야만 비로소 길을 찾을 수 있다고 믿습니다."

"그런 헛소리를 정말로 믿는 거예요?"

"네."

"환불해줘요."

한 시간의 상담이 끝나고 상담실을 나간 그녀와 다시 만난 것은 거의 일 년이 흐른 뒤였다.

점심 약속으로 제이크를 만난 날 나는 하마터면 울 뻔했다. 무자비하고 힘이 넘치는 엔진에 사로잡혀 모든 걸 놓쳐버린 채 인생을 질주하는 그를 정말로 도와주고 싶었다. 그는 특히 나를 가득 채운 그 위대하고 따스한 사랑을 전혀 모르고 있었다. 그는 쇠고기 스튜의 커다란 덩어리와 리마콩을 포크로 찍어 먹으면서, 자신의 환자 이야기를 했다. 실수로 자살했다는 환자였다. 나는 난공불락의 갑주를 두른 것처럼 보이는 그의 자아 속으로 뚫고 들어갈 길을 찾아보았지만 도무지 틈이 없었다. 시간이 흐를수록 나는 점점 더 슬퍼졌다. 눈에 눈물이 고이는 것이 느껴졌다. 나는 짜증스러운 마음에 감상을 떨쳐버리고, 다시 그의 마음을 파고들 방법을 찾았다.

"제이크." 내가 말했다. "사람들한테 위대하고 따스한 사랑을 느낀 적이 있나?"

그는 입에 포크를 넣다가 그대로 굳은 채 기가 차다는 표정으로 나를 잠시 바라보았다.

"뭔 소리야?" 그가 말했다.

"특정한 사람이나 인류 전체를 향해 따스함과 사랑이 파도처럼 밀려오는 걸 경험한 적이 있어?"

그는 조금 더 나를 빤히 바라보다가 말했다.

"아니. 프로이트는 그런 감정을 범신론과 연결시켰지. 두 살짜리 아이의 발달단계와도 연결시켰고. 그렇게 비이성적으로 사랑이 밀려드는 현상은 퇴행이야."

"그러니까 그런 걸 느껴본 적이 없다?"

"응. 왜?"

"만약 그런 감정이…… 놀랍고 굉장한 거라면? 다른 상태보다 그런 상태가 더 훌륭하고 바람직한 것 같다면? 그래도 그것이 퇴행적인 감정이라 여전히 바람직하지 않다고 할 건가?"

"당연하지. 어떤 환자야? 전에 말한 그 캐넌이라는 아이인가?"

"모두를 향해 그런 사랑과 따스함이 마구 밀려오는 걸 느끼는 사람이 나라면?"

증기엔진처럼 음식을 열심히 떠먹던 동작이 멈췄다.

"특히 자네한테 사랑을 느껴." 내가 말을 덧붙였다.

제이크는 안경 뒤에서 눈을 깜박였다. 겁을 먹은 것 같은 표정이었다(이건 내가 그에게서 한 번도 본 적이 없는 표정을 내 나름대로 해석한 것이다).

"자네가 퇴행하고 있는 것 같군." 그가 불안한 목소리로 말했다. "어느 지점에서 발전이 멈춰서, 책임으로부터 도망쳐 도움을 구하기 위해 모든 사람에게 그 어린애 같은 위대한 사랑을 느끼는 거야." 그는 다시 음식을 먹기 시작했다. "곧 괜찮아질걸세."

"내가 농담을 하는 것 같은가, 제이크?"

그는 나를 외면했다. 그의 시선이 덫에 걸린 참새처럼 이 물건에서 저 물건으로 마구 건너뛰었다.

"잘 모르겠네, 루크. 요새 자네 좀 이상해. 장난인 것 같기도 하고, 진심인 것 같기도 하고. 다시 정신분석을 받아보면 어떤가? 만 박사님한테 이야기해봐. 난 친구로서 뭐라고 할 말이 없네."

"알았네, 제이크. 하지만 이건 자네가 알아줬으면 좋겠어. 내가 자네를 사랑한다는 것, 그리고 이런 감정이 대상부착이나 항문기와는 아무런 관계가 없다는 것."

그는 식사를 멈춘 채 불안한 표정으로 나를 바라보며 눈만 깜박거렸다.

"이건 기독교도다운 사랑일세. 아니, 유대-기독교의 사랑이지."

내가 말을 덧붙였다.

그는 점점 더 겁에 질린 표정을 지었다. 슬슬 걱정스러워질 정도였다.

"따스하고 열정적인 형제애를 말하는 거야, 제이크. 걱정할 필요 없네."

그가 불안한 미소를 지으며 살짝 눈을 가늘게 뜨고는 물었다.

"이런 발작이 자주 일어나나, 루크?"

"걱정하지 않아도 된다니까. 그 환자 얘기나 더 해보게. 그 사례에 대한 논문은 완성했나?"

제이크는 곧 스로틀을 활짝 열고 간선으로 돌아왔다. 사랑으로 충만한 동료 루셔스 라인하트에게로. 시골 교차점에서 성공적으로 측선으로 갈아타서 대기하다 보면, 라인하트에 대한 논문을 쓰는 것도 가능해질 것 같았다.


"앉아라." 나는 그날 오후 퀸즈버러 주립병원에 있는 나의 초록색 상담실에서 에릭 캐넌에게 말했다. 그는 마치 영혼을 들여다볼 수 있다고 믿는 사람처럼 나를 마주 보았다. 커다란 검은색 눈이 확실히 흥미로 반짝였다. 회색 군복바지와 찢어진 티셔츠 차림인데도 그는 차분하고 품위 있게 보였다. 매일 운동을 하고 동네의 모든 여자애들과 잔 것처럼 보이는, 긴 머리의 나긋나긋한 그리스도라고 해도 될 것 같았다.

그는 언제나 그랬듯이 창가로 의자를 끌고 가서 아무렇게나 주저앉았다. 다리를 앞으로 쭉 뻗자, 왼쪽 운동화 밑창에서 구멍 하나가 말없이 나를 빤히 바라보았다.

나는 고개를 숙이고 말했다. "기도하자."

그는 하품을 하느라 입을 쩍 벌린 채로 굳었다. 양손은 뒤통수에서 깍지를 끼고 있었다. 그는 나를 빤히 바라보다가 다리를 접고, 앞으로 몸을 기울여 고개를 숙였다.

"사랑의 주님." 내가 큰 소리로 말했다. "지금 이 시간 저희가 주님의 의지를 섬기고, 주님의 영혼에 동조하고, 항상 주님의 영광을 위해 숨 쉬게 해주소서. 아멘."

나는 여전히 눈을 내리깐 채로 의자에 앉았다. 이제부터 어떻게 해야 할지 고민이었다. 예전 상담에서는 대부분 에릭에게 평소처럼 비지시적인 태도를 취했다. 그런데 고민스럽게도, 에릭은 정신의학 역사상 처음으로 세 번 연속 상담시간에 완전히 편안한 자세로 말없이 앉아 있는 데 성공한 환자가 되었다. 네 번째 상담시간에는 한 시간 내내 단 한 번도 멈추지 않고 병동과 세상에 대해 떠들어댔다. 그 뒤로 이어진 여러 번의 상담에서 그는 침묵과 독백 사이를 오갔다. 지난 삼 주 동안 나는 그에게 주사위가 지시한 실험을 두 번밖에 시도하지 않았다. 나는 주사위의 지시에 따라 에릭에게 모든 윗사람에게 사랑을 느끼도록 노력해보라는 숙제를 내주었지만, 그는 내가 어떤 작전을 쓰든 침묵으로 대응했다. 내가 숙였던 고개를 들자, 에릭이 기민하게 나를 바라보고 있었다. 검은 눈으로 나를 붙들어둔 채, 그가 주머니에 손을 넣고 몸을 앞으로 기울였다. 그리고 주머니에서 꺼낸 담배를 아무 말 없이 내게 권했다.

"아니, 괜찮다." 내가 말했다.

"예수가 다른 예수한테 주는 거예요." 그가 조롱하듯이 미소를 지으며 말했다.

"아니, 됐어."

"그 기도는 뭐예요?"

"오늘은 내가…… 신앙심을 느껴서. 그리고…….

"훌륭하시네요."

"……너도 나와 같은 감정을 느꼈으면 했어."

"당신이 신앙심을 느낀다고요?" 그가 갑자기 차가워진 목소리로 물었다.

"나는…… 나는…… 나는 예수야."

그는 잠시 동안 서늘하고 기민한 표정을 유지했지만, 곧 그 표정이 무너지며 한심하다는 듯 웃는 표정으로 바뀌었다.

"당신은 의지가 없어요." 그가 말했다.

"무슨 소리야?"

"고통을 경험하지도 않고, 애정이 충분하지도 않고, 열정도 없으니 지상에 내려와 살고 있는 그리스도가 될 수 없다는 얘기예요."

"그럼 너는?"

"나는 될 수 있죠. 이 세상을 깨우고, 망할 자식들에게 채찍을 휘둘러 성전에서 쫓아내야 한다는 생각이 매순간 마음속에서 불길처럼 활활 타고 있는데요."

"하지만 사랑은?"

"사랑!?" 그가 고함을 질렀다. 의자에 앉은 그의 몸이 이제 꼿꼿이 펴져서 긴장하고 있었다. "사랑이라……" 그가 조금 가라앉은 목소리로 말했다. "좋지요, 사랑. 나는 고통을 겪는 사람에게 사랑을 느껴요. 기계라는 고문대에 묶인 사람. 하지만 기계를 조작하는 사람, 고문자에게는 아니에요."

"그게 누군데?"

"당신이죠. 기계를 바꾸거나 부수거나 일을 그만둘 수 있는 위치에 있지만 그러지 않는 모든 사람."

"내가 기계의 일부라고?"

"상담치료라는 이 코미디에 동조할 때마다 당신은 낡은 십자가에 못을 박아 넣는 꼴이에요."

"난 널 돕고 싶어서 그러는 거다. 널 건강하고 행복하게 만들어주고 싶어서."

"조심하세요. 더 듣다가는 토할 것 같아요."

"내가 기계를 위해 일하는 걸 그만둔다면?"

"그럼 당신에게도 조금 희망이 생기겠죠. 그러면 나도 당신 말을 들을지 몰라요. 당신이 조금 의미를 갖게 될 테니까."

"하지만 내가 이 시스템에서 벗어난다면, 어떻게 너를 다시 만날까?"

"면회시간이 있잖아요. 게다가 난 어차피 여기에서 당신과 잠시 동안만 같이 있을 뿐인데요."

우리는 각자 의자에 앉아 서로를 기민하게 힐끔거렸다.

"내가 기도로 상담을 시작한 것이나 예수라고 말한 것에는 놀라지 않는 모양이지?"

"그런 건 모두 장난이잖아요. 이유는 모르겠지만. 그 덕분에 내가 당신을 덜 미워하긴 하지만, 당신을 절대로 믿으면 안 되겠다는 생각도 해요."

"넌 네가 그리스도라고 생각하나?"

그의 눈이 나에게서 검댕 묻은 창문으로 옮겨갔다.

"귀가 있는 자는 듣게 하라." 그가 말했다.

"내가 보기에는 네게 사랑이 부족한 것 같다." 내가 말했다. "난 사랑이 모든 것의 열쇠라고 생각하는데, 넌 증오를 품고 있는 것 같아."

그가 천천히 내게 시선을 되돌렸다.

"싸우셔야 돼요, 라인하트. 장난은 치지 마시고요. 친구가 누군지 파악해서 사랑해주고, 적이 누군지 파악해서 공격해야 돼요."

"그거 어렵군."

"그냥 눈을 뜨면 돼요. 기계 뒤에 서 있는 사람, 기계의 일부인 사람, 이런 사람들을 찾아내는 건 어렵지 않아요, 라인하트. 거짓말을 하고, 남을 속이고, 멋대로 조종하고, 죽이는 사람들. 당신은 이미 그런 사람들을 봤어요. 그냥 거리를 걸으며 눈을 뜨기만 해도 어디서나 그런 사람이 보일걸요."

"그럼 우리가 그 사람들을 죽여야 한다는 거냐?"

"싸워야죠. 세계적인 전쟁이 벌어져 있고, 모두들 징병당한 상태예요. 우리는 기계에 찬성하거나 반대하거나 둘 중 하나일 수밖에 없어요. 기계의 일부가 되든지, 아니면 매일 기계에게 사타구니를 쥐어뜯기든지. 현대의 삶은 전쟁이에요. 우리가 원하든 원하지 않든. 라인하트, 지금까지 당신은 반대편을 위해 일했어요."

"하지만 적을 사랑하라고 했어."

"물론이죠. 하지만 악을 증오하라는 말도 있어요."

"남이 날 함부로 단정하는 게 싫으면, 나도 함부로 단정하지 말아야 해."

"양다리를 걸치다가는 가랑이가 찢어지죠." 그가 웃음기 하나 없는 얼굴로 대꾸했다.

"나한테는 열정이 없어. 난 모두를 좋아하니까." 내가 슬프게 말했다.

"당신에게는 열정이 없죠."

"그럼 난 어디에 쓸모가 있는 거지? 신앙심이 깊은 사람이 되고 싶은데."

"혹시 사도가 되는 건?"

"열두 사도 중 한 명?"

"십중팔구 그렇겠죠. 상담비가 시간당 30달러죠?"

삼십 분 뒤 아르투로 토스카니니 존스와 마주 보고 앉아서 나는 우울함과 피로를 느꼈다. 예수 같은 기분도 들지 않았다. 그래서 나는 말을 별로 하지 않았다. 여느 때처럼 존스도 조용했기 때문에 우리는 각자 자기만의 세상에 기분 좋게 고립된 채 앉아 있었다. 그러다 내가 어떻게든 내 역할을 수행하기 위해 에너지를 긁어모았다.

"존스 씨." 내가 그의 긴장된 몸과 찡그린 얼굴을 보며 말했다. "당신이 백인을 전혀 믿지 않는 건 옳은 판단이라고 나도 생각하지만, 잠시만 이렇게 가정해봅시다. 내가 아마도 일종의 신경증 때문에 당신에게 감당하기 힘들 만큼 따스한 감정을 느껴서 있는 힘껏 당신을 돕고 싶어 한다고요. 그럼 내가 할 수 있는 일이 무엇일까요?"

"날 여기서 꺼내줘요." 그가 말했다.

"내 도움으로 당신이 풀려난 뒤에는 내가 무엇을 할 수 있죠?"

"날 여기서 꺼내줘요. 자유로워지기 전에는 다른 생각을 전혀 할 수 없어요. 밖에 나가면, 음……."

"밖에 나가면 뭘 하고 싶어요?"

그가 날카로운 목소리로 나를 공격했다.

"젠장, 이봐요, 날 꺼내달라고 했잖아요. 괜히 떠들기만 하고 말이야. 날 돕고 싶다면서 수다만 떨면 어떻게 해요." 나는 일어서서 검댕 묻은 창문으로 다가가 밖에서 멍하니 소프트볼 시합을 하는 환자들을 바라보았다.

"좋습니다. 퇴원조치를 취해드리죠. 오늘 오후에 집으로 돌아갈 수 있을 겁니다. 저녁식사 시간 전에. 조금 불법적인 일이라서 내가 곤란해질 가능성도 있지만, 내가 당신에게 줄 수 있는 것이 자유뿐이라면 그걸 줘야죠."

"날 놀리는 거요?"

"만약 내가 직접 차를 몰아 데려다준다면 한 시간 안에 시내로 돌아갈 수 있을 겁니다."

"요점이 뭐야? 오늘 그렇게 날 풀어줄 수 있다면 한 달 전에는 왜 안 됐던 거지? 그동안 나는 한 개도 변한 게 없는데." 그가 자신의 잘못된 말투를 향해 조소를 보냈다.

"네, 압니다. 변한 건 나죠."

그는 수상쩍다는 듯이 나를 빤히 바라보았다. 나도 그를 마주 바라보며 진지하고 고상해진 기분이 들었다. 과장된 연기를 하는 서투른 배우처럼. 이런 행동을 하는 내가 위대하다는 말을 하고 싶은 충동이 강렬했지만, 겸허한 예수가 승리를 거뒀다.

"일어나요." 내가 말했다. "가서 옷을 가져와요."

결과부터 말하자면, 아르투로 토스카니니 존스가 퇴원하는 데는 한 시간이 넘게 걸렸다. 그나마도 내가 걱정했던 것처럼 불법적인 퇴원이었다. 나는 내가 책임지는 조건으로 그가 풀려날 수 있게 손을 써주었지만, 그건 엄밀히 말해서 병원을 떠날 수 있게 해주는 퇴원이 아니었다. 정식 퇴원을 하려면 과장 중 한 명이 공식적인 조치를 취해줘야 하는데, 그날 오후에는 불가능한 일이었다. 나는 금요일 점심 약속 때 만 박사에게 말할 생각이었다. 아니면 그냥 전화로 이야기하든가.

나는 존스를 차에 태워 142번가에 있는 모친의 집으로 데려다주었다. 가는 내내 우리 둘 다 한 마디도 하지 않았다. 차에서 내릴 때 그가 딱 한마디 했을 뿐이었다. "데려다줘서 고맙수."

"천만에요." 내가 대답했다.

그는 거의 알아차리기 힘들 만큼 짧은 순간 동안 멈칫했다가 문을 쾅 닫고 들어갔다.

예수가 또 점수를 올리지 못한 순간이었다.


아르투로를 병원에서 빼낼 무렵에 나는 이미 지칠 대로 지쳐 있었다. 그를 태우고 가는 길에 차 안에서 침묵을 지킨 것도 부분적으로는 피로 때문이었다. 내 성격과 조금 다른 구석이 있는 누군가를 매분 매초 흉내 내려고 애쓰는 것은 힘든 일이었다. 아니, 솔직히 불가능했다. 그날 나는 사랑이 넘치는 예수 노릇을 한 지 약 사십 분 만에 정신이 망가져서 냉담하고 무심해졌음을 깨달았다. 내가 그 뒤로도 예수 역할을 계속한 것은 마음에서 우러난 일이 아니라 순전히 기계적인 행동이었다.

알린과 만나기로 한 장소로 차를 몰고 가는 동안 피곤에 지쳐 흐릿해진 내 머리는 그녀와의 관계를 면밀히 살펴보려고 시도했다. 기독교는 간통에 인상을 찌푸린다. 여기까지는 생각을 진행시킬 수 있었다. 우리의 관계는 죄였다. 예수라면 불륜 애인과의 만남을 무조건 피해야 할까? 아니. 예수라면 그녀에게 사랑을 표현하고 싶을 것이다. 아가페 사랑을. 그리고 그녀에게 우리와 관련된 다양한 계명을 일깨워주려 할 것이다.

그날 오후 할렘 지역인 125번가와 렉싱턴 애비뉴 모퉁이에서 제이컵 엑스타인 부인을 만났을 때 예수의 의도는 그런 것이었다. 예수는 라과디아 공항 주차장으로 차를 몰고 가서 만이 굽어보이는 으슥한 구석을 찾았다. 여자는 편안히 긴장을 풀고 즐거워하면서 차를 타고 오는 동안 《포트노이 씨의 불만》에 대해 이야기했다. 예수가 아직 읽지 않은 책이었다. 하지만 그녀의 이야기를 들어보니, 그 소설의 저자는 아직 사랑을 발견하지 못했음이 분명했다. 엑스타인 부인은 그 책을 읽고 더욱 냉소적으로 변했으며, 죄책감도 줄어들었다. 그래서 염치없이 될 대로 되라는 식으로 죄에 더욱 빠져들게 되었다. 예수가 보기에는 유대-기독교식 사랑에 대해 이야기하기에 영 맞지 않는 분위기였다.

"알린." 예수가 차를 주차한 뒤 말했다. "사람들을 향해 따스함과 커다란 사랑을 느낀 적이 있습니까?"

"당신한테만 느껴요." 그녀가 대답했다.

"특정 인물이나 모든 인류를 향해 따스함과 사랑이 물밀듯 밀려오는 걸 느낀 적이 한 번도 없다고요?"

여자는 고개를 갸우뚱 기울이고 생각에 잠겼다.

"가끔은 그렇죠."

"그런 감정을 느끼는 원인은?"

"술."

여자는 예수의 바지 지퍼를 열고 그 안으로 손을 집어넣어 '신성한 도구'를 감쌌다. 그 도구는 어느 모로 보나 오로지 '아가페'로만 가득 차 있었다.

"나의 딸이여." 그가 말했다. "당신 남편이나 릴리언이 당신 때

137

문에 불행해질까 걱정스럽지 않습니까?"

그녀는 그를 빤히 바라보았다.

"그럴 리가요. 난 이게 좋아요."

"남편의 감정에는 신경도 쓰지 않는다고요?"

"제이크의 감정이라고요!" 그녀가 소리쳤다. "제이크는 아주 잘 적응하며 살고 있어요. 감정 같은 건 없는 사람이라고요."

"심지어 사랑조차도?"

"일주일에 한 번쯤은 느낄지도 모르죠."

"하지만 릴리언은 감정이 있어요. 하느님도 감정이 있습니다."

"알아요. 그래서 당신이 릴리언에게 잔인한 짓을 하고 있다고 생각해요."

"맞습니다. 그러니 당신과 라인하트 박사는 틀림없는 죄이자 릴리언에게 상처를 줄 행동을 반드시 그만둬야 합니다."

"우리가 무슨 짓을 한다고 그래요? 릴리언에게 고통을 주는 건 당신이잖아요."

"라인하트 박사는 더 나은 사람이 될 겁니다."

"잘됐네요. 릴리언이 당신한테 심하게 화를 내는 모습은 보기 싫거든요." 그녀는 '신성한 도구'를 잡은 손에 다정하게 살짝 힘을 준 뒤 그의 무릎으로 고개를 숙여 '영적인 스파게티'를 빨아들였다.

"알린!" 그가 말했다. "라인하트 박사가 당신과 관계를 맺는 건 간음이고, 릴리언에게 상처가 될 겁니다."

여자는 뱀의 혀로 예수를 더욱 유혹했지만, 눈에 띄는 효과가 나타나지 않자 몸을 일으켰다. 죄스러운 쾌락을 거부당한 그녀는 골난 표정이었다.

"무슨 소리를 하는 거예요? 간음은 무슨. 이것 말고도 나쁜 짓을 많이 하는 주제에."

"라인하트 박사와 육체적인 교접을 하는 것은 죄입니다."

"그놈의 라인하트 박사가 누군데요? 오늘 왜 이래요?"

"당신이 지금까지 해온 행동은 잔인하고 이기적이며 하느님의 말씀에 어긋납니다. 당신의 불륜은 릴리언과 그녀의 자식들에게 재앙 같은 영향을 미칠 수 있어요."

"어떻게요?!"

"당신의 행동이 발각된다면 그렇겠지요."

"그래봤자 당신과 이혼만 하면 되는데요."

예수는 여자를 빤히 바라보았다.

"우리는 지금 인간에 대해서, 결혼이라는 신성한 제도에 대해서 이야기하고 있습니다." 그가 말했다.

"도대체 무슨 소리를 하는 건지."

예수는 화가 나서 여자의 손을 불쑥 밀어내고 '거룩한 앞섶'의 지퍼를 올렸다.

"당신은 당신의 죄에 너무나 깊이 파묻혀 있어서 자신의 행동을 보지 못하는 겁니다."

이제는 여자도 화가 났다.

"석 달 동안 실컷 즐겨놓고, 이제야 갑자기 죄를 발견했어요? 게다가 내가 죄인이라고요?"

"라인하트 박사도 죄인이죠."

여자는 다시 '사타구니'를 찔렀다.

"오늘은 별것 없었네요." 그녀가 말했다.

예수는 자동차 앞 유리창을 통해 작은 배 한 척이 느릿느릿 만을 가로지르는 모습을 지켜보았다. 배를 뒤따르던 갈매기 두 마리가 휙 방향을 돌려 나선형을 그리며 15미터쯤 위로 올라갔다가 다시 나선형을 그리며 그를 향해 내려왔다. 그러고는 두 사람이 탄 자동차를 지나 시야에서 사라져버렸다. 일종의 신호일까? 아니면 징조?

예수는 자신이 정신 나간 생각을 하고 있음을 겸허한 마음으로 깨달았다. 몇 달 동안 라인하트 박사의 몸으로 엑스타인 부인과 신나게 뒹군 것이 그녀에게 혼란을 안겨주었다. 그녀가 아는 사람의 몸, 죄인 역할을 하던 사람의 몸에 들어 있는 예수를 그녀는 잘 알아차리지 못했다. 그녀는 삐친 표정으로 바다를 바라보고 있다. 양손은 무릎 위에서 반쯤 먹다 만 아몬드초코바를 꼭 쥐고 있었다. 맨살이 드러난 무릎이 갑자기 아이의 것처럼 보이고, 그녀의 감정 또한 어린 소녀의 것 같았다. 예수는 자신이 아이들에 대해 내린 가르침을 떠올렸다.

"정말 정말 미안해요, 알린. 내가 제정신이 아닙니다. 그건 알겠어요. 내가 나 자신이 아닐 때가 있어요. 나 자신을 잃어버릴 때가 많습니다. 갑자기 릴과 제이크와 죄를 거론하며 당신을 떼어내려고 하는 것이 당신에게는 틀림없이 잔인한 위선으로 보이겠죠."

그를 향해 고개를 돌린 그녀의 얼굴에 눈물이 가득 글썽거렸다.

"난 당신의 물건을 좋아하고 당신은 내 가슴을 좋아해요. 그건 죄가 아니에요."

예수는 잠시 생각해보았다. 합리적인 말 같았다.

"그건 좋죠." 그가 말했다. "하지만 세상에는 그보다 더 훌륭한 것들이 있습니다."

"그건 알지만, 난 당신 것이 좋아요."

두 사람은 서로를 바라보았다. 그들은 영적으로 서로 다른 세계에 속해 있었다.

"이제 가야겠습니다." 그가 말했다. "내가 다시 돌아올지도 몰라요. 나의 광기가 나를 멀리 보냅니다. 나의 광기가 말하기를, 내가 한동안 당신과 사랑을 나눌 수 없을 거라는군요." 예수는 차에 시동을 걸었다.

"세상에." 그녀는 아몬드초코바를 건강하게 한 입 베어 물었다. "당신이야말로 일주일에 다섯 번씩 정신과의사를 만나야 할 것 같네요."

예수는 시내로 차를 몰았다.


# 14


결국 그 일이 일어날 수밖에 없었다. 주사위는 라인하트 박사가 이 병을 퍼뜨려야 한다는 결정을 내렸다. 그가 그의 순진무구한 아이들을 타락시켜 주사위 인생을 살아가게 해야 한다는 지시가 떨어졌다.

아내를 설득해서 데이토나비치에 있는 친정집에 무려 사흘 동안 다녀오게 하는 것은 쉬운 일이었다. 그는 아이들을 돌봐주는 로버츠 부인과 자신이 아이들을 완벽하게 돌보겠다는 무시무시한 전제를 내걸었다. 그러고는 로버츠 부인을 꼬드겨서 라디오시티 뮤직홀로 보내버렸다.

라인하트 박사는 양손을 마주 비비고 히스테리 환자처럼 히죽거리면서 순진무구한 아이들을 병과 타락의 거미줄로 꾀어 들일 끔찍한 계획을 실행하기 시작했다.

"얘들아." 그가 거실 소파에서 아버지다운 목소리로 아이들에게 말했다(아! 악마가 어떤 망토로 자신을 위장하는지!). "오늘 아빠랑 특별한 놀이를 하며 놀자."

로런스와 어린 이비가 치명적인 불꽃으로 날아드는 순진한 나방처럼 아버지 옆으로 옹기종기 다가왔다. 라인하트 박사는 주머니에서 주사위 두 개를 꺼내 소파 팔걸이에 놓았다. 이미 쓰디 쓴 열매를 맺은 끔찍한 씨앗들이었다.

아이들은 눈을 휘둥그렇게 뜨고 주사위를 바라보았다. 지금까지 악과 직접 마주친 적이 없는 아이들이었지만, 주사위가 은은하게 내뿜는 초록색 빛을 보는 순간 그들의 심장이 깊이 경련하듯 전율했다. 로런스가 두려움을 억누르고 용감하게 말했다.

"무슨 놀이예요, 아빠?"

"나도요." 이비가 말했다.

"주사위맨 놀이라는 거야."

"그게 뭔데요?" 로런스가 물었다(겨우 일곱 살이었지만, 곧 악 속에서 나이를 먹을 것이다).

"주사위맨 놀이가 뭐냐면, 우리가 여섯 가지 행동을 종이에 적은 뒤 주사위를 던져서 그중 하나를 고르는 거야."

"네?"

"아니면 자기가 되고 싶은 사람 여섯 명을 종이에 적은 다음에 주사위를 던져서 그중 하나를 골라도 되고."

로런스와 이비는 너무나 어처구니없는 소리에 놀라서 아버지를 빤히 바라보았다.

"좋아요." 로런스가 말했다.

"나도요." 이비가 말했다.

"종이에 뭘 적을지는 어떻게 결정해요?" 로런스가 물었다.

"그냥 재미있겠다 싶은 걸로 아무거나 말해주면 아빠가 종이에 적을 거야."

로런스는 자신이 내딛는 첫 걸음이 추락의 시작일 수 있다는 사실을 전혀 깨닫지 못한 채 생각에 잠겼다.

"동물원 가기." 그가 말했다.

"동물원 가기." 라인하트 박사는 이렇게 말하고 나서 종이와 연필이 있는 책상으로 무심하게 걸어갔다. 이 악명 높은 놀이를 기록하기 위해서였다.

"옥상으로 올라가서 종이 던지기." 로런스가 말했다. 그는 이비와 함께 책상으로 따라와서 아버지가 종이에 자신의 말을 받아 적는 모습을 지켜보았다.

"제리 브래스 때려주기." 로런스가 계속 말을 이었다.

라인하트 박사는 고개를 끄덕이고 받아 적었다.

"이게 3번이야." 그가 말했다.

"아빠랑 말타기 놀이 하기."

"이야!" 이비가 말했다.

"4번."

침묵이 흘렀다.

"더 이상 생각나는 게 없어요."

"넌 어떠니, 이비?"

"아이스크림 먹기."

"아싸." 로런스가 말했다.

"이게 5번이구나. 하나만 더 말해."

"할렘에서 한참 동안 돌아다니기." 로런스가 이렇게 소리치고는 소파로 뛰어가서 주사위를 가져왔다. "이제 던져도 돼요?"

"던져도 돼. 하나만."

로런스가 운명의 바닥 위로 주사위 하나를 던졌다. 4번, 말타기 놀이. 아, 신이시여, 늙은 말의 탈을 쓴 늑대로구나.

그들은 이십 분 동안 잔뜩 소란을 피우며 놀았다. 그러고 나서 로런스는 벌써, 애석하게도, 완전히 홀려서 주사위맨 놀이를 또 하자고 말했다. 아버지는 숨을 헐떡거리고 미소를 지으며 휘청휘청 책상으로 걸어가 파멸의 책을 또 한 장 써내려갔다. 로런스가 몇 가지 선택지를 새로 부르고, 아까 적었던 것 몇 가지를 빼버린 뒤 주사위가 결정을 내렸다. "제리 브래스 때려주기."

로런스는 아버지를 빤히 바라보았다.

"이제 어떻게 해요?" 그가 물었다.

"아래층으로 내려가서 브래스의 집 초인종을 누르고 제리를 보자고 한 뒤에 때려주면 되지."

로런스는 바닥을 내려다보았다. 자신이 얼마나 터무니없는 짓을 저질렀는지 이제야 그 작은 심장이 실감하고 있었다.

"제리가 집에 없으면요?"

"그럼 나중에 다시 가봐."

"걔를 때리면서 뭐라고 해요?"

"그것도 주사위한테 물어볼까?"

아이가 재빨리 아버지를 올려다보았다.

"주사위한테 물어본다고요?"

"넌 제리를 때려줘야 하잖아. 그러니까 그때 무슨 말을 할 건지 여섯 가지를 정해서 주사위한테 물어보면 어때?"

"끝내주는데요. 뭘 적을까요?"

"네가 하느님이야." 아버지가 아까처럼 끔찍한 미소를 지으며 말했다. "네가 불러봐."

"아빠가 시켜서 때리는 거라고 할래요."

라인하트 박사는 기침을 하며 머뭇거렸다. "그게…… 음…… 1번이구나."

"엄마가 시켜서 때리는 거라고 할래요."

"그래."

"내가 술에 취했다."

"그건 3번."

"내가…… 내가 널 참아줄 수 없다."

아이는 잔뜩 신이 나서 정신을 집중하고 있었다.

"내가 권투연습을 하는 중이다……" 아이가 웃음을 터뜨리며 펄쩍펄쩍 뛰었다.

"주사위가 시켰다."

"그게 6번이야. 잘했다, 래리."

"내가 던질게요, 내가."

어리고 순진하며 점점 침몰하고 있는 로런스가 러그 위에 주사위를 던지고는 그 결과를 큰 소리로 아버지에게 알려주었다. "3번!"

"그래, 래리, 넌 술에 취한 거야. 가서 놈을 잡아."

로런스는 갔다. 로런스는 제리 브래스를 때렸다. 여러 번 때리면서 자기가 술에 취했다고 선언하고는 도망쳤다. 집을 비운 브래스의 부모도, 집에 있던 브래스의 가정부도 로런스를 벌하지 못했지만, 이렇게나 무분별하고 사악한 행동을 응징하지 않고는 견딜 수 없는 분노의 힘이 벌써 그를 뒤쫓고 있었다. 집에 돌아온 뒤 로런스가 가장 먼저 한 말은…… 나는 참담한 마음으로 그 말을 기록한다.

"주사위 어디 있어요, 아빠?"

아, 친구들이여, 래리와 함께 보낸 그 순진무구한 오후가 나를 자극해서, 내 주사위 인생에 대해 예전과는 완전히 다른 시각으로 생각해보게 되었다. 나는 주사위의 결정을 따르기 전에 영혼을 헤집는 우울을 자주 느끼는데, 래리는 너무나 쉽고 즐겁게 주사위를 받아들였다. 그래서 나는 일곱 살과 스물일곱 살 사이의 이십 년 동안 사람들에게 도대체 무슨 일이 일어나기에 새끼고양이가 소로 변하는지 궁금증을 품을 수밖에 없었다. 어른들은 억제되고 산만하고 불안으로 가득 차 보이는 반면, 아이들은 왜 자연스럽고 기쁨이 가득하며 한 가지 일에 집중하는 경우가 많은가?

빌어먹을 자아에 대한 의식 때문이었다. 자아의식의 발달이 정상적이고 자연스러운 일이기는 하지만 불가피한 일도 '바람직한' 일도 아니라면(그때는 이것이 독창적인 생각처럼 보였다)? 자아의식이 일종의 심리적인 맹장, 즉 쓸모없고 시대착오적인 옆구리 통증이라면? 달팽이 껍질이나 거북의 등딱지처럼 더 복잡한 생물로 진화하는 데 장애가 되는 진화상 실수라면?

나는 엄청나게 흥분했다. 우리는 한 역할에서 다른 역할로 물 흐르듯이 편안하게 옮겨갈 수 있어야 한다. 그런데 왜 그러지 못하는가?

우리는 영원한 자아의식을 발전시킨다. 아, 심리학자들과 부모들은 아이들을 명확히 규정된 우리에 가두기를 얼마나 갈망하는지. 일관성, 패턴, 분류표를 붙일 수 있는 어떤 것. 우리는 자식에게서 이런 것들을 바란다.

"어머, 우리 조니는 아침마다 식사 후에 장 운동이 얼마나 활발한데요."

"빌리는 항상 독서를 엄청 좋아해서……."

"조앤은 정말 착하지 않아? 항상 다른 사람들한테 승리를 양보하잖아."

"실비아는 얼마나 예쁘고 성숙한지 몰라요. 멋지게 차려입는 걸 항상 엄청 좋아한다니까요."

매년 천 가지쯤 되는 단순분류가 아이들의 심장에 들어 있는 진실을 배반하는 것 같았다. 어느 시점에 이르러서 아이는 아침식사 후에 매번 똥을 싸고 싶어지는 것은 아니지만 엄마가 그것을 몹시 좋아한다는 사실을 알게 된다. 빌리는 밖에 나가 다른 사내아이들과 함께 진흙 웅덩이에서 물장구를 치고 싶어 죽을 지경이지만…… 조앤은 오빠가 이길 때마다 오빠의 고추를 썹어버리고 싶지만…… 실비아는 외모에 신경 쓰지 않아도 되는 나라를 꿈꾸고…….

패턴은 부모의 수다에 굴복한 결과다. 지배자인 어른들이 패턴에 보상을 주기 때문에 패턴을 추구할 수밖에 없다. 그리고 궁극적으로 비참해진다.

만약 우리가 아이들을 다른 방식으로 기른다면? 버릇, 취향, 역할이 다양하게 바뀌는 것에 보상을 준다면? 일관되지 않은 행동에 보상을 준다면? 그러면 어떻게 될까? 아이들이 믿음직하면서도 다양하고, 양심적이면서도 일관성이 없고, 확실히 버릇에서 자유로운 사람이 되게 기를 수 있을 것이다. 심지어 '좋은' 버릇에서도 벗어날 수 있게.

"뭐? 오늘 거짓말을 한 번도 안 했다고? 거짓말을 하나 생각해 낼 때까지, 거짓말을 더 잘하는 법을 배울 때까지 네 방에서 나오지 마."

"우리 조니가 얼마나 굉장한지 아세요? 작년에 모든 과목에서 A를 받더니, 올해는 D와 F가 대부분이지 뭐예요. 정말 대견해요."

"우리 아일린은 지금도 가끔 옷에 오줌을 지려요. 열두 살이 내일모레인데도요.""어머, 굉장하네요! 정말 활기찬 따님인가 봐요."

"내 아들은 정말 골칫덩이야. 일주일 동안 빈둥거린 적이 한 번도 없어. 조만간 잔디밭이 지저분하게 방치되거나 쓰레기통이 흘러넘치는 꼴을 보지 못한다면, 내가 놈을 가만두지 않을 거야."

"래리, 부끄러운 줄 알아라. 여름 내내 이 동네 어린애들을 윽박지른 적이 단 한 번도 없다니.""마음이 내키지 않아서 그랬어요, 엄마.""그래도 노력은 해봤어야지."

"뭘 입을까요, 엄마?""글쎄, 내가 어떻게 아니, 실비아. 가슴이 납작해 보이는 카디건과 할머니가 주신 볼품없는 치마를 입지 그러니?"

교사들도 바뀌어야 할 것이다.

"넌 정말 있는 그대로 그림을 그리는구나. 마음을 자유롭게 풀어놓질 못하는 모양이야."

"이 에세이는 너무 논리적이고 정연해. 엉뚱한 데로 빠져서 전혀 상관없는 이야기를 늘어놓는 법을 좀 배워라."

"아드님 성적이 크게 올랐습니다. 역사 리포트가 다시 멋지게 변덕스러워졌어요. 행동거지도 도무지 미덥지 못합니다(A-). 수학 실력은 아직도 조금 강박적으로 정확하지만, 'student'를 'stuntent'로 쓴 것을 보고 정말 기뻤어요."

"아드님이 항상 남자답게 행동한다는 점을 알려드리게 되어 유감입니다. 아드님은 자신의 여자다운 부분을 드러내지 못하는 것 같아요. 항상 여자아이하고만 데이트를 하고 있으니, 정신과 치료가 필요할 것 같습니다."

"미안하지만, 조지, 이번 주에 9학년 학생 중에 유치원생처럼 행동하지 않은 녀석이 몇 명 있는데 네가 그중 하나구나. 방과 후에 남아야겠다."

사람들은 아이들이 세상에서 질서와 일관성을 경험하지 못하면 불안하고 걱정이 많아진다고 말한다. 하지만 내가 보기에는 일관되고 믿음직한 모순 역시 아이를 훌륭하게 성장시킬 수 있을 것 같다. 사실 인생이 그렇지 않은가. 부모가 앞뒤가 맞지 않는 행동만 용납하고 칭찬한다면, 아이들은 부모의 위선이나 무지에 그토록 겁을 먹지 않을 것이다.

"네가 우유를 엎지른 탓에 나한테 엉덩이를 맞을 때도 있고, 그냥 지나갈 때도 있을 거야."

"가끔은 네가 나한테 반항하는 게 좋구나, 아들아. 하지만 널 흠씬 패주고 싶을 때도 있어."

"네가 학교에서 좋은 성적을 받아오는 게 기쁘지만, 가끔은 정말 끔찍한 공부벌레처럼 보일 때도 있어."

어른들의 기분이 바로 이런 식이다. 아이들도 어른들의 기분이 이렇다는 것을 느낀다. 그런데 왜 우리는 자신의 일관성 없는 행동과 감정을 받아들이고 칭찬하지 못하는가? 우리에게 '자아'가 있다고 생각하기 때문이다. 우리가 능숙하게 익힌 일단의 행동패턴을 자아라고 하는데, 우리는 이것을 버림으로써 실패의 위험을 무릅쓸 생각이 조금도 없다.

주사위맨이 되기는 힘들었다. 어른의 시각으로 볼 때 실패의 위험을 항상 무릅써야 했기 때문이다. 주사위맨으로서 나는 몇 번이나 '실패'했다(어떤 의미에서 보면 그렇다). 나는 릴에게, 아이들에게, 존경받는 동료들에게, 환자에게, 낯선 사람들에게, 삼십 년 동안 내게 각인된 사회의 가치관에게 거부당했다. 어떤 의미에서 나는 계속 실패하며 고통받았지만, 또 다른 의미에서 보면 결코 실패한 적이 없었다. 주사위의 명령을 따를 때마다 나는 성공적으로 집을 한 채 세우거나 일부러 집을 무너뜨렸다. 나의 미로는 항상 돌파되었다. 나는 지속적으로 새로운 문제를 향해 자아를 열고, 그 문제를 즐겁게 풀었다.

어릴 때부터 어른이 될 때까지 우리는 새로운 문제와 실패의 가능성을 피하기 위해 자신을 패턴 속에 가둔다. 그렇게 얼마쯤 시간이 흐르면 사람들은 지루해진다. 새로운 문제가 없기 때문이다. 실패를 두려워하는 삶이 이렇다.

실패하라! 패배하라! 나쁘게 굴어라! 놀고, 위험을 무릅써라.

나는 래리와 이비를 두려워할 줄 모르고, 정해진 틀이 없고, 자아가 없는 인간으로 키우기로 결심했다. 래리는 노자老子 이후 처음으로 자아가 없는 사람이 될 것이다. 나는 래리에게 아버지의 역할을, 이비에게 어머니의 역할을 하게 할 작정이었다. 둘이 역할을 바꾸는 것도 허락할 생각이었다. 아이들은 제가 느끼는 대로 부모의 모습을 흉내 낼 수도 있고, 부모란 마땅히 이래야 한다고 생각하는 모습을 흉내 낼 수도 있었다. 우리 모두 텔레비전 드라마나 만화의 등장인물처럼 굴 수도 있었다. 릴과 나는 하루 걸러 한 번씩, 또는 일주일 걸러 한 번씩 성격을 바꿀 것이다(양심적인 부모라면 모두 그렇게 할 것이다).

"나는 많은 놀이를 할 수 있어." 이것이 행복한 네 살짜리 아이의 기본적인 모습이다. 이런 아이들은 결코 놀이에 졌다는 생각을 하지 않는다. "나는 x, y, z야. x, y, z만이야." 이것은 불행한 어른의 기본적인 모습이다. 나는 아이들의 아이다움을 연장시키려 애쓸 것이다. J. 에드거 후버가 남긴 불멸의 명언을 빌리자면 이렇다. "어린아이가 되지 못하면, 하느님을 볼 수 없을 것이다."

## 15

주사위 소년으로서 래리의 첫날은 두 시간쯤 뒤에 끝났다. 순전히 래리가 장난감 트럭을 가지고 놀고 싶어져서, 공연히 주사위에 선택을 맡기고 싶어 하지 않았기 때문이다. 나도 그런 기분을 느낄 때가 많았으므로(장난감 트럭 때문은 아니다), 주사위맨 놀이는 마음이 내킬 때만 하는 거라고 말해주었다.

하지만 안타깝게도 그 뒤 이틀 동안 래리를 노자로 바꿔놓으려는 나의 노력은 주사위를 보물상자로 이용한 래리 때문에 엉망이 되어버렸다. 래리는 지극히 기분 좋은 것만 선택지에 적어 넣었다. 아이스크림, 영화, 동물원, 말타기 놀이, 장난감 트럭, 자전거, 돈. 결국 나는 주사위맨 게임이 항상 위험을 무릅써야 하는 것이므로 조금은 나쁜 선택지가 반드시 있어야 한다고 래리에게 말했다. 래리가 내 말을 수긍한 것은 놀라운 일이었다. 내가 그 주에 래리를 위해 고안한 주사위 놀이는 나중에 우리의 고전 중 하나가 되었다. 선택지 여섯 개 중 적어도 하나는 반드시 내키지 않는 것으로 적어야 하는 이 놀이의 이름은 러시안룰렛이었다.

그 결과 래리는 그 뒤 대엿새 동안 흥미로운 경험을 하게 되었다(이비는 인형과 로버츠 부인에게 주의를 돌렸다). 래리는 할렘에서 한참 동안 돌아다니다가(나는 오스터플러드라는 덩치 큰 근육질 백인 남자가 사탕을 들고 나와 있지 않은지 조심해야 한다고 말해주었다), 가출 소년으로 경찰에 붙잡혔다. 내가 일곱 살 아들에게 할렘을 돌아다니라고 부추겼다고 제26관할구 경찰서 사람들을 납득시키는 데는 사십 분이 걸렸다.

주사위의 명령으로 래리는 〈난 궁금하다―노랑〉이라는 영화를 몰래 들어가서 보기도 했다. 벌거벗은 사람들의 성적인 교합 장면이 어느 정도 있는 영화인데, 래리는 약간의 호기심과 커다란 지루함을 안고 돌아왔다. 우리 아파트에서부터 계단을 네 발로 기어 4층을 내려가 매디슨 애비뉴를 따라 월그린스까지 가서 아이스크림선디를 주문하기도 했다. 장난감 중 세 개를 버리라는 지시가 떨어진 적도 있고, 새로운 경주차 세트를 갖게 된 적도 있었다. 래리가 체스 경기에서 내게 멀거니 패배를 당한 적은 두 번, 내가 래리에게 멀거니 패배를 당한 적은 세 번이었다. 래리는 한 시간 동안 아주 보란 듯이 말들을 멍청하게 움직여서 내가 패배하기 힘들게 만들면서 몹시 즐거워했다.

주사위는 하루에 한 시간씩 래리에게 아빠 노릇을, 내게는 이비 노릇을 시켰는데 래리가 곧 싫증을 냈다. 이비가 너무 약하고 너무 멍청하다는 것이었다. 하지만 이틀 뒤 릴에게 아빠 흉내를 낼 때는 몹시 즐거워했다.

래리의 주사위 인생 초입인 이때, 처음이자 마지막 위기가 발생한 것은 릴이 플로리다에서 돌아온 지 나흘 째 되던 날이었다. 래리의 주사위는 릴의 지갑에서 3달러를 훔치라고 지시했다. 래리는 그 돈으로 만화책 스물세 권을 샀다(이건 주사위의 변덕이었는데,

래리는 몹시 화가 난다고 내게 말했다. 풍선껌, 막대사탕, 다트 총, 초콜릿 선디를 더 좋아하기 때문이었다). 릴은 래리에게 무슨 돈으로 그 많은 만화책을 샀느냐고 물었지만, 래리는 아빠에게 물어보라며 대답하지 않았다. 그래서 릴이 내게 물었다.

"아주 간단해, 릴." 내가 말했다. 그리고 릴이 한 시간 동안 벌써 다섯 번째로 이비에게 신발을 신기는 동안 주사위를 몰래 한 번 보았다. 주사위는 내게 사실대로 말하라고 지시했다(6분의 1의 확률이었다).

"래리랑 주사위 놀이를 했는데, 래리가 져서 돈을 훔치는 수밖에 없었어."

릴은 나를 빤히 바라보았다. 이마에 금발 한 가닥이 늘어져 있고, 푸른 눈은 당혹감 때문에 순간적으로 멍해졌다.

"아이가 내 지갑에서 돈을 훔치는 수밖에 없었다고?"

나는 안락의자에 앉아 파이프담배를 피우는 중이었다. 무릎에는 〈타임스〉가 한 부 펼쳐져 있었다.

"당신이 없는 동안 래리에게 자기절제를 가르치려고 내가 멍청한 놀이를 하나 만들었거든. 놀이를 하는 사람이 선택지를 스스로 만들어내야 하는데, 그중에는 도둑질처럼 불쾌한 것도 있어. 우리는 주사위가 고른 걸 반드시 해야 하고."

"누가 반드시 해야 한다고?" 릴은 이비를 주방으로 쫓아버리고는 소파 가장자리로 다가가 담배에 불을 붙였다. 데이토나에서 좋은 시간을 보내고 와서 나와 기분 좋게 재회한 참이었지만, 슬슬 피부가 햇볕에 탔다기보다는 붉게 달아오른 것처럼 보이기 시작했다.

"놀이를 하는 사람이지."

"무슨 소리인지 모르겠어."

"간단해." 내가 말했다(나는 이 말을 좋아한다. 이마누엘 칸트가《순수이성비판》의 첫 문장을 쓰기 전에 이 말을 하는 모습이나 미국 대통령이 베트남전 정책에 대한 설명을 시작하기 전에 이 말을 하는 모습을 나는 항상 상상한다). "래리에게 새로운 가능성을 보여……."

"도둑질이야!"

"……주고 뻗어나가게 하려고, 놀이를 고안해서 스스로 선택지를 만들어내고……."

"도둑질이라고, 루크, 내 말은……."

"……주사위가 그중 하나를 선택하게 한 거야."

"그런데 도둑질이 선택지 중에 있었단 말이지."

"식구끼리 하는 놀이잖아." 내가 말했다.

릴은 팔짱을 끼고, 담배를 손가락 사이에 끼운 채 소파 가장자리 근처에서 나를 빤히 바라보았다. 놀라울 정도로 차분한 표정이라는 생각이 들었다.

"루크." 그녀가 천천히 말을 시작했다. "당신이 요즘 무슨 생각을 하는지 모르겠어. 당신이 제정신인지 아닌지도 모르겠고. 당신이 날 망가뜨리려는 건지, 아이들을 망가뜨리려는 건지, 당신 자신을 망가뜨리려는 건지도 모르겠어. 하지만 당신이…… 당신이…… 한 번만 더 래리를 그 역겨운 놀이에 끌어들이면…… 내가…… 내가……."

놀라울 정도로 차분하던 얼굴이 갑자기 깨진 거울처럼 갈라져 수십 개의 긴장된 균열이 만들어졌다. 눈물을 글썽거리면서 그녀는 고개를 옆으로 돌리고 억눌린 비명을 질렀다.

"그러지 마, 제발, 그러지 마." 그녀는 이렇게 속삭이고는 소파 팔걸이에 털썩 앉았다. 얼굴은 여전히 옆으로 돌린 채였다. "래리한테 가서 이제 놀이는 없다고 말해. 절대로 안 한다고."

내가 일어서자 〈타임스〉가 팔랑팔랑 바닥으로 떨어졌다.

"미안해, 릴. 난 이럴 줄은……."

"절대로 안 돼. 래리에게…… 더 이상의 놀이는."

"가서 말할게."

나는 래리의 방으로 가서 말을 전했다. 주사위 소년으로서 래리의 나날은 겨우 여드레 만에 이렇게 끝을 맺었다.

주사위님이 되살릴 때까지.

# 16

내 유년기! 내 유년기! 세상에, 100페이지 하고도 1페이지가 넘게 글을 썼는데도 독자 여러분은 내가 어렸을 때 우유를 먹었는지 모유를 먹었는지도 모르고 있다! 내가 언제 어떻게 젖을 뗐는지도 모르고, 여자애들에게는 고추가 없다는 걸 언제 알았는지도 모르고, 여자애들에게 고추가 없기 때문에 내가 얼마나 고민했는지도 모르고, 여자애들에게 고추가 없다는 사실을 즐기기로 마음먹은 것이 언제인지도 모른다. 내 증조부와 증조모, 조부와 조모가 누구인지도 모르고, 내 어머니와 아버지에 대해서도 모른다! 내 형제자매! 내 주변! 내 사회경제적 배경! 어린 시절의 트라우마! 어린 시절의 즐거움! 내 출생과 관련된 징조들! 친애하는 친구들이여, 여러분은 자서전의 정수인 "데이비드 코퍼필드식 헛소리"(하워드 휴스의 말을 인용한 것이다)를 하나도 모른다!

긴장할 것 없다, 친구들이여, 난 말해줄 생각이 없으니까.

일반적으로 자서전 저자들은 어른이 된 자신의 모습이 어떻게 '형성'되었는지 이해할 수 있게 독자를 도우려고 한다. 내 생각에는 대부분의 인간이 질그릇 요강과 마찬가지로 '형성'되어 그 모습에 맞게 이용되는 것 같다. 그럼 나는? 나는 주사위를 한 번 던질 때마다 새로 태어난다. 주사위를 통해 나의 예전을 없애는 것이다. 과거는 고름이고 오줌이며, 환상 속의 정체된 현재를 정당화하기 위해 돌가면이 만들어낸 환상일 뿐이다. 삶은 흘러가는 것이므로, 자서전에서 정당하게 내놓을 수 있는 유일한 설명은 우연히 그런 일이 일어나 자서전에 적히게 됐다는 것뿐이다. 언젠가 좀 더 고등한 생물이 거의 완벽하고 완전히 정직한 자서전을 쓸 것이다.

"나는 살아 있다"라고.

하지만 내게 사실 인간 어머니가 있었다는 사실은 인정하겠다. 그 정도는 인정한다.


# 17


11월에 만 박사가 전화를 걸어와, 내가 학회 때문에 휴스턴에 가 있던 일주일 동안 에릭 캐넌이 소란을 피우는 바람에 약(진정제)의 복용량을 늘리는 수밖에 없었다며 최대한 빨리 그를 만나보라고 알려주었다. 어쩌면 에릭을 다른 시설로 보내는 수밖에 없을지도 모른다는 것이었다. 나는 병원에 있는 임시 사무실에서 수간호사 허비 플램이 에릭 캐넌에 대해 작성한 보고서를 읽었다. 헨리 제임스가 오십 년 동안 찾아 헤맸지만 찾지 못한 소설의 힘을 지닌 글이었다.

　에릭 캐넌 환자가 고의로 사악한 짓을 저지르는 말썽꾸러 기임을 보고할 필요가 있습니다. 그는 다른 환자들에게 방해가 됩니다. 저는 항상 이 섬에서 가장 조요한* 병동 중 하나를 맡고 있었습니다만, 에릭 캐넌 환자가 온 뒤로 소란스러운 난장판이 되었습니다. 몇 년 동안 한 마디도 하지 않던 환자들이 이제는 입을 다물 줄 모릅니다. 항상 똑같은 구석에 서 있던 환자들이 이제는 의자를 던지고 받는 놀이를 합니다. 많은 환자들이 노래하며 소리 내어 웃습니다. 이것이 건강해지기 위해 평화롭고 조용한 곳에 있고 싶어 하는 환자들에게 방해가 됩니다. 어떤 환자는 계속 텔레비전 수상기를 부수기도 합니다. 제 생각에 캐넌 환자는 조현병인 것 같습니다. 어떤 때는 꿈꾸는 사람처럼 착하고 조용하게 병동을 돌아다니지만, 또 어떤 때는 뱀처럼 몰래 돌아다니면서 저와 다른 환자들을 위협합니다. 마치 병동 책임자가 제가 아니라 캐넌 환자인 것처럼 말입니다.
　불행히도 캐넌 환자에게는 추종자들이 있습니다. 많은 환자가 진정제를 거부합니다. 어떤 환자들은 공장 치료를 위해 공방에 가는 것도 거부합니다. 휠체어 신세인 두 환자는 걷는 척하기도 했습니다. 환자들은 병원 음식에도 못마땅함을 드러내고 있습니다. 병동에는 최고의 경비시설을 갖춘 방이 부

●　　원문 오자.

족합니다. 진정제를 거부하거나 삼키지 않으려 하는 환자들은 또한 우리가 정중히 요청해도 노래와 웃음을 멈추려 하지 않습니다. 사방에서 무례한 짓이 저질러지고 있습니다. 가끔은 병동에 제가 존재하지 않는 것 같은 기분이 들기도 합니다. 아무도 제게 주의를 기울이지 않는다는 뜻입니다. 직원들은 물리력을 사용해서 환자들을 다루고 싶다는 유혹을 자주 느끼지만, 제가 그들에게 히포크라테스 선서를 일깨워주고 있습니다. 환자들은 밤에도 침대에 가만히 있지 않습니다. 서로 대화를 계속합니다. 아마 회의를 하는 것 같습니다. 속닥거리는 소리로. 이런 것을 금하는 규칙이 있는지는 잘 모르겠습니다만, 그런 규칙을 하나 만들어야 한다고 건의합니다. 속닥거리는 행동은 노래 부르기보다 더 나쁩니다.

우리는 캐넌 환자의 추종자 여러 명을 W 병동[가장 폭력적인 곳]으로 보냈지만 캐넌 환자는 애매합니다. 본인은 아무 짓도 하지 않으니까요. 제 생각에는 캐넌 환자가 병동에 불법적인 약을 퍼뜨리는 것 같은데, 그런 약이 실제로 발각된 적은 없습니다. 캐넌 환자는 아무 짓도 하지 않는데 온갖 일들이 벌어집니다.

저는 이런 상황을 보고할 수밖에 없습니다. 심각합니다. 9월 10일 오후 2시 30분, 부서져서 생명을 잃어버린 텔레비전 수상기 바로 앞의 중앙실에 많은 환자들이 모여 서로 끌어안기 시작했습니다. 서로 어깨를 걸고 둥글게 서서 콧노래를 부르거나 신음 소리를 내면서 계속 밀착했습니다. 콧노래를 부르면서 몸을 흔들거나 거대한 해파리나 인간의 심장처럼 박동하듯 움직였습니다. 모두 남자였습니다. 직원 R. 스미스가 해

산시키려고 했지만 그들의 원이 아주 단단했습니다. 저도 나서서 최대한 부드럽게 원을 끊으려고 했지만, 그러는 동안 원이 갑자기 열리더니 남자 두 명이 양팔과 양손으로 저를 단단히 붙잡고 그 무서운 원 안으로 억지로 끌고 들어갔습니다. 뭐라고 형언할 수 없을 만큼 역겨운 일이었습니다.

환자들은 무례하기 짝이 없는 태도로 계속 멋대로 서로를 끌어안았습니다. 결국 T 병동의 직원 네 명이 R. 스미스와 합세해서 최대한 부드럽게 환자들의 원을 끊고 저를 구출했지만, 그 과정에서 불행히도 제 팔이 부러지는 사고가 있었습니다(아래쪽 소경골 같습니다).

이 사건은 캐넌 환자가 온 뒤 저희 병동이 어떻게 변했는지 보여주는 전형적인 사례입니다. 캐넌 환자도 원에 속해 있었지만, 환자가 모두 여덟 명이었으므로 베너 박사는 그들을 모두 W 병동에 보낼 수 없다고 말했습니다. 서로 끌어안는 행동 역시 엄밀히 말하면 규칙에 어긋난 일이 아니므로, 이 점에 대해서도 더 생각해볼 필요가 있을 것 같습니다.

캐넌 환자는 제게 한 마디도 하지 않지만, 제게는 귀가 있습니다. 우호적인 환자들이 있습니다. 그들의 말에 따르면, 캐넌 환자는 정신병원에 반대한다고 합니다. 선생님도 아셔야 할 것 같습니다. 저와 친한 환자들은 캐넌 환자가 모든 말썽의 주동자라고 말합니다. 캐넌 환자는 우리에게는 전혀 신경 쓰지 않고, 모든 환자를 즐겁게 만들어주려고 한답니다. 환자들이 병원을 점령해야 한다고도 했답니다. 저와 친한 환자들의 말입니다.

지금까지 적은 사실들을 바탕으로 저는 다음과 같이 건의합니다.

(1) 환자들이 안정제를 거짓으로 삼킨 척하고는 하루 종일 시끄럽게 구는 일을 막기 위해 주사로 진정제를 투여한다.

(2) 불법적인 약은 모두 엄격히 금지한다.

(3) 노래 부르기, 웃기, 속닥거리기, 포옹하기에 대해 엄격한 규칙을 제정해서 실행한다.

(4) 특수 철창을 만들어 텔레비전 수상기를 보호하고, 바닥에서 3미터 높이에 있는 수상기 전선을 천장으로 직접 연결해, 텔레비전을 부정하는 사람들에게서 텔레비전을 보고 싶어 하는 사람들을 보호한다. 이것은 표현의 자유 문제입니다. 누군가가 물건을 던져 화면을 깰 수 없게 하되, 와플 같은 격자무늬를 통해서라도 화면을 볼 수 있게 철창의 철망 폭은 반드시 2.5센티미터 정도여야 합니다. 텔레비전은 반드시 계속되어야 합니다.

(5) 가장 중요한 문제. 에릭 캐넌 환자를 점잖게 다른 곳으로 보내야 합니다.


수간호사 플램은 이 보고서를 나, 베너 박사, 만 박사, 헤닝스 수석 감독관, 앨프리드 콜스 주립 정신병원장, 존 린지 시장, 넬슨 록펠러 주지사에게 보냈다.

나는 예수가 되어 그와 상담한 뒤로 에릭을 세 번밖에 만나지 않았는데, 에릭은 매번 극도로 긴장해서 거의 말을 하지 않았다. 하지만 그날 오후 내 사무실로 걸어 들어오는 에릭은 풀이 무성한 들판의 어린 양처럼 조용했다.

그는 창가로 걸어가서 밖을 바라보았다. 청바지와 조금 더러워진 티셔츠에 회색 환자복을 단추를 잠그지 않은 채로 걸치고 운동화를 신은 차림이었다. 머리가 상당히 길었지만, 안색은 전보다 창백했다. 일 분쯤 시간이 흐른 뒤 그가 돌아서서 책상 왼편의 짧은 소파에 누웠다.

"네가 환자들을 선동해서 부적절한 행동을 하게 만드는 것 같다고 플램 씨가 보고했다." 내가 말했다.

놀랍게도 곧바로 그의 대답이 날아왔다.

"맞아요, 부적절하죠. 못되고, 비열하고, 그게 나예요." 그가 초록색 천장을 빤히 바라보며 말했다. "그 자식들이 뭘 꾸미고 있는지 깨닫는 데 시간이 많이 걸렸어요. 그 망할 장난질이 이 빌어먹을 시스템을 유지하는 가장 효율적인 방법이라는 걸 깨달은 거죠. 그러고 나니 그동안 속은 게 분해서 화가 났어요. 나의 친절과 용서와 온순함이 모두 시스템에 이용당해, 시스템이 더욱더 편안하게 모두를 짓밟게 했다니. 착한 사람을 사랑하는 건 멋진 일이지만, 경찰을 사랑하는 것, 군대를 사랑하는 것, 닉슨을 사랑하는 것, 교회를 사랑하는 것, 후, 그런 건 망하는 길이에요."

그가 말하는 동안 나는 파이프를 꺼내서 마리화나를 채우기 시작했다. 그가 마침내 말을 끝내자 내가 말했다.

"만 박사 말로는, 플램이 계속 불만을 제기하면 널 W 병동에 보낼 수밖에 없다더군."

"아이고, 흑흑." 그가 나를 보지 않은 채 말했다. "다 똑같아요. 어차피 시스템인걸. 기계라고요. 기계가 계속 돌아가게 하려고 열심히 일하면 좋은 사람이고, 빈둥거리거나 기계를 멈추려고 하면 공산주의자나 정신병자가 되죠. 그 기계가 어쩌면 흑인들을 잡초처럼 갈아버리고 있는지도 몰라요. 베트남 상공에 10톤짜리 폭탄을 폭죽처럼 뿌리기도 하고, 한 달 걸러 한 번씩 라틴아메리카의 개혁적인 정부를 뒤집어버리기도 하죠. 낡은 기계는 반드시 계속 돌아가야 하니까. 아, 진짜, 이걸 깨닫고 일주일 동안 토했어요. 여섯 달 동안 방에서 꼼짝도 안 했고요."

그가 잠시 말을 멈춘 동안 우리는 밖의 단풍나무에서 들려오는 새소리에 귀를 기울였다. 나는 파이프에 불을 붙이고 깊이 연기를 빨아들였다. 숨을 내뱉자 연기가 에릭을 향해 한들한들 떠갔다.

"그동안 내내 나한테 뭔가 중요한 일이 일어나고 있다는 기분이 슬슬 들었죠. 내가 특별한 임무를 위해 선택되었다는 느낌. 나는 단식하면서 기다리기만 하면 됐어요. 그러다 아버지의 얼굴에 주먹질을 했더니 이리로 보내더라고요. 그때 더 확실히 알았죠. 뭔가 일이 벌어질 거라는 걸. 확실히 알았어요."

그는 말을 멈추고 두 번 코를 훌쩍거렸다. 나는 파이프를 한 번 더 빨아들였다.

"그래, 무슨 일이 일어나긴 했어?" 내가 물었다.

에릭은 조용히 누워 있다가 천천히, 내가 두세 번 빨아들인 대마초의 효과가 벌써 나나 싶을 만큼 몽롱하고 느릿하게 고개를 들어 나를 향해 휙 돌렸다. 나는 그쪽으로 연기를 내뱉었다.

우리는 똑같이 무표정한 얼굴로 서로를 바라보았다. 곧 내가 입을 열었다.

"무슨 일이 일어나긴 했어?"

그는 내가 또 연기를 빨아들이는 모습을 지켜보다가 소파에 다시 누웠다. 그리고 머리카락 속에서 직접 만든 마리화나 담배를 꺼냈다.

"성냥 있어요?" 그가 말했다.

"내 걸 피워." 내가 말했다.

에릭이 파이프를 받으려고 몸을 기울였지만 불이 꺼져 있어서 나는 그에게 성냥도 함께 건네주었다. 그가 불을 붙인 뒤 삼 분 동안 우리는 아무 말 없이 파이프를 주거니 받거니 했다. 에릭은 거북의 등딱지가 그렇듯이 초록색 천장의 갈라진 틈새에도 미래의 징조가 들어있기라도 한 것처럼 천장만 빤히 바라보았다. 파이프의 불이 또 꺼졌을 무렵, 나는 기분 좋은 고양감에 젖어 있었다. 새로 항해에 나서는 사람처럼 행복했다. 내 주사위맨 인생을 시작한 뒤 처음으로 피상적인 변화가 아니라 진짜 변화를 만들어줄 항해 같았다.

나는 에릭의 얼굴에 눈의 초점을 맞췄다. 그 역시 대마초에 취한 탓인지 얼굴에서 빛이 났다. 에릭이 충분히 이해할 수 있는 평화로운 모습으로 방긋 웃었다. 그는 양손을 배 위에 포갠 채 죽은 사람처럼 누워 있었지만, 빛이 나고 또 났다. 그가 입을 열자 느릿하고 탁하고 부드러운 목소리가 나왔다. 구름 속 깊숙한 곳에서 나는 목소리 같았다.

"삼 주쯤 전 한밤중에 오줌이 마려워서 깼어요. 직원들은 전부 잠들어 있었죠. 하지만 나는 오줌을 싸러 가는 대신, 자석에 끌리듯이 오락실로 들어가서 창문으로 맨해튼의 스카이라인을 바라봤어요. 맨해튼. 기계의 핵심 톱니. 아니, 그냥 하수도라고나 할까요. 나는 무릎을 꿇고 기도했어요. 네, 기도했어요. 그리스도를 군중 위로 들어 올린 성령에게, 그의 영을 내게로 인도해달라고. 세상을 밝힐 빛을 내게 달라고. 내가 길이요 진리요 빛이 되게 해달라고. 그랬어요."

그는 말을 멈췄고, 나는 재떨이에 재를 털고는 다시 파이프를 채우기 시작했다.

"얼마나 오랫동안 기도를 했는지는 몰라요. 그런데 갑자기 빛이 확 몰려온 거예요. LSD 따위 본드처럼 느껴지게 하는 경험이었죠. 앞이 보이지 않았어요. 몸이 부풀고, 영혼도 부푸는 것 같았어요. 내 몸이 계속 커져서 우주를 가득 채우는 것 같았어요. 세상이 곧 나였어요."

그가 잠시 말을 멈췄다. 어딘가에서 제퍼슨 에어플레인*이 복도를 따라 다가오는 소리가 들렸다.

"나는 사흘 동안 아무것도 피우지 않았어요. 정신이 나가지 않았다고요. 내가 온 우주를 가득 채웠어요."

그가 다시 말을 멈췄다.

"난 울고 있었어요. 기뻐서 울었어요. 아마 일어서 있었을 거예요. 온 세상이 빛이고, 나인데 좋았어요. 나는 모든 것을 끌어안으려고 양팔을 쭉 뻗은 채 서 있었어요. 그러다 내가 미친 사람처럼 히죽거리고 있다는 걸 깨달았죠. 그러고 나니 그 환상이 사라지고 나는 다시 쪼그라들어서 내가 됐어요. 하지만 분명히 느꼈어요. 내게 소명이 주어졌다는 걸 알았어요…… 어떤 역할, 임무…… 맞아요. 이 회녹색 지옥을 이대로 내버려두면 안 돼요. 회색 공장, 회색 사무실, 회색 건물, 회색 인간…… 빛이 없는 건 모두…… 사라져야 해요. 난 봤어요. 지금도 보여요. 내가 기다리던 일이 이미 일어났어요. 내가 찾던 성령이, 나는…… 내가 모두를 위한 존재가 아니라는 건 알아요. 대다수의 사람들은 항상 회색 세상을 보며 그 안에서 살아가겠죠. 하지만 소수는 나를 따를 거예요. 그 소수와 내가, 우리가 세상을 바꿀 거예요."

---

•    1960~1980년대에 인기를 누린 미국의 록그룹.

그가 말을 마치자 나는 다시 불을 붙인 파이프를 건넸다. 그는 그것을 받아 한 번 빨아들인 뒤 내게 돌려주었다. 나와 시선을 마주치지는 않았다.

"그런데 당신은 무슨 속셈이죠?" 그가 말했다. "단순히 대마초를 피우고 싶다는 이유로 나랑 대마초를 피우는 건 아니잖아요."

"그렇지." 내가 말했다.

"그럼 이유가 뭐예요?"

"그냥 우연이야."

에릭은 내가 파이프를 다시 건넬 때까지 초록색 천장만 바라보고 있었다. 그는 연기를 내뿜은 뒤 다시 입을 열었다. 그가 아주 멀리 있는 것 같았다.

"날 따르고 싶다면 모든 걸 포기해야 해요."

"알아."

"환자랑 같이 대마초를 피우며 헤롱거리는 정신과의사는 의사 노릇을 오래 못 해요."

"알아." 나는 키득거리고 싶어졌다.

"부인들, 형제들, 아버지들, 어머니들은 대개 내 방식을 싫어해요."

"그렇겠지."

"언젠가 당신이 날 도와줘야 해요."

이제는 우리 둘 다 천장을 물끄러미 바라보고 있었다. 파이프의 뜨겁고 둥근 부분이 내 손바닥에 가만히 놓여 있었다.

"그래." 내가 말했다.

"우린 끝내주는 게임을 할 거예요. 최고의 게임을." 에릭이 말했다.

"이유는 모르겠지만, 내가 네 것인 것 같구나." 내가 말했다. "무엇이든 네가 내게 원하는 일이라면 나도 하고 싶어질 거야."

"온갖 일들이 일어날 거예요."

"그래."

"그 앞 못 보는 자식들[조용하고 차분하고 초연한 목소리였다]은 겁에 질려서 마구 죽여대겠죠. 통제할 수 없는 걸 통제하고, 살 수밖에 없는 걸 죽이려고."

"우리는 겁에 질려서 죽여댈 거야."

"그리고 나는……" 그가 잠시 말을 끊고 쿡쿡 웃었다. "나는 이 시팔놈의 세상을 구하려고 애쓸 거예요……."

"그래."

"나는 신이에요, 알죠?"

"그래." 나는 그의 말을 믿었다.

"나는 세상을 깨워 악을 깨닫게 만들고, 인간을 찔러 선을 깨닫게 만들려고 왔어요."

"우린 널 미워할 거야……."

"으깬 감자 같은 사람들을 베어서 그들의 죄가 드러나게 할 거예요."

"우리는 눈이 멀 거야……."

"눈 먼 자가 보게 하고, 절름발이가 걷게 하고, 죽은 자가 다시 살아나게 하려고 애쓸 거예요." 그가 웃음을 터뜨렸다.

"우리는 보는 자가 눈 멀게 하고, 걷는 자가 절룩거리게 하고, 산 자가 죽게 하려고 애쓸 거야." 나는 빙긋 웃었다.

"나는 세상의 미친 구세주가 될 거고, 당신이 날 죽일 거예요."

"무엇이든 네가 원하는 일이 이루어질 거야." 나는 슬로모션 거품처럼 몽글거리는 유쾌함에서 살살 빠져나왔다.

"나는……" 그도 슬로모션으로 쿡쿡거리고 있었다. "나는……세상의…… 구세주가 되어서…… 아무것도 하지 않을 거고, 당신은…… 나는…… 나를 죽일 거예요."

"나는…… [젠장, 너무 웃겼다! 이 얼마나 아름다운가!] ……나는 널 죽일 거야."

방이 거품처럼 몽글거리는 우리의 웃음과 부딪혀 아름답고 흐릿하게 통통 튀었다. 눈에 눈물이 맺혀서 나는 안경을 벗고 구부린 양팔에 얼굴을 묻고는 웃음을 터뜨렸다. 내 커다란 몸이 뺨에서부터 배와 무릎까지 우르릉거리며 웃어대고, 눈물이 재킷을 적시고, 부드러운 면 재킷이 곰의 뻣뻣한 털처럼 내 젖은 얼굴을 어루만졌다. 나는 일찍이 경험한 적이 없는 황홀경 속에서 울며 시선을 들었다. 내가 울고 있다는 사실을 믿을 수 없었기 때문에. 에릭의 얼굴이 흐릿하게 번져 있었다. 환했지만 흐릿하게 번져서 나는 안경을 찾아 더듬거렸다. 다시는 앞을 볼 수 없을지도 모른다고 생각하니 너무나 무서웠다. 사십 일 동안 더듬거린 끝에 나는 안경을 찾아 끼고 환하지만 흐릿하게 번진 것을 바라보니 그것은 나처럼 눈물을 줄줄 흘리고 있는 에릭의 거룩한 얼굴이었다. 그는 웃고 있지 않았다.


## 18


순전히 우연으로 선택된 사람의 진화에서 기록할 가치가 있는 다음 사건은 1969년 1월 2일 새벽 1시에 일어났다. 내가 주사위의 결정에 나의 장기적인 운명을 맡기는 것으로 새해를 시작하기로 한 것이다(나는 발동이 늦게 걸리는 편이다).

나는 흔들리는 손과 멍한 눈으로 첫 번째 선택지를 썼다. 두 주사위의 눈이 모두 1이거나 6인 경우, 아내와 아이들을 두고 떠나 별도의 삶을 시작하겠다는 것이었다. 나는 부들부들 떨면서(몸에 고깃덩이가 이렇게 많은 남자에게는 힘든 일이다) 자부심을 느꼈다. 조만간 두 주사위의 눈을 합쳐서 2 또는 12가 되는 날이 올 것이고, 자아를 파괴하는 주사위의 능력에 대한 최후의 대대적인 시험이 시작될 것이다. 릴의 곁을 떠난다면, 내가 다시 돌아오는 일은 없을 것이다. 죽을 때까지 주사위와 함께하는 삶이 될 것이다.

하지만 나는 이내 피곤해졌다. 주사위맨은 지루하고 매력 없는 '타자他者' 같았다. 너무 힘든 일이 될 것 같았다. 그냥 편안히 긴장을 풀고 일상생활을 즐기면 안 되나? 처음에 그랬던 것처럼 주사위로 사소한 즐거움을 누리면서, 자아를 죽인다는 이 무분별하고 과장된 도전을 그냥 포기하면 안 되나? 주사위맨이 된 지 육 개월 만에 처음으로 주사위를 완전히 포기하는 것이 매력적으로 보였다.

나는 주사위 눈이 6, 7, 8이 나올 때의 선택지로 육 개월 동안 주사위가 없는 평범한 생활로 돌아가겠다고 썼다. 흡족했다.

하지만 그 직후 겁이 나고 우울해졌다. 어쩌면 주사위 없이 살아야 할지도 모른다고 생각하니 릴이 없는 삶을 생각할 때와 똑같이 우울해져서 마음이 무거웠다. 주사위를 포기한다는 선택지의 주사위 눈 중에서 7을 제외하자 기분이 조금 나아졌다. 나는 이 선택지를 쓴 종이를 아예 찢어서 쓰레기통에 버렸다. 주사위에 장기적인 결정을 맡기자는 생각 자체를 포기해야 할 것 같았다. 나는 의자에서 힘겹게 몸을 일으켜 천천히 욕실로 걸어가서 이를 닦고 세수를 했다. 그리고 거울에 비친 내 얼굴을 빤히 바라보았다.

클라크 켄트가 나를 마주 보았다. 깨끗하고 평범한 모습이었다. 안경을 벗으니 조금 나았다. 거울 속 얼굴이 흐릿해져서 상상의 여지가 많아졌기 때문이다. 흐릿해진 얼굴에는 눈도 없고 입도 없었다. 얼굴 없는 무명인無名人이었다. 나는 정신을 집중해서 두 개의 좁은 회색 틈과 이가 하나도 없는 입을 만들어냈다. 죽음의 얼굴이었다. 안경을 다시 쓰고 보니 그것은 다시 내 얼굴이 되었다. 의학박사 루크 라인하트, 뉴욕 정신분석학계의 클라크 켄트. 하지만 슈퍼맨은 어디 있지? 사실 그것이 바로 화장실에서 경험한 이 정체성 위기의 전부였다. 내가 잠자리로 돌아간다면, 과연 슈퍼맨은 어디에 있는 걸까?

나는 책상으로 돌아와 처음의 두 선택지를 다시 썼다. 릴과 헤어진다는 선택지와 주사위를 포기한다는 선택지. 그러고는 앞으로 일곱 달 동안(디데이의 생일인 7월 중순까지) 매번 월초에 그달에 전심전력을 다할 일이 무엇인지 결정하겠다는 선택지에 5분의 1 확률을 부여했다. 일곱 달 동안 소설을 써본다는 선택지에도 같은 확률을 주었다. 석 달 동안 유럽 여행을 하고, 나머지 기간에는 주사위의 변덕에 따라 여행하겠다는 선택지에는 그보다 조금 더 나은 확률이 돌아갔다. 마지막 선택지는 펠로니 박사와 공동으로 진행하고 있는 성 연구를 주사위의 상상력에 맡긴다는 것이었다.

일 년에 두 번 있는 운명 결정의 날 중 첫 번째 날이 되었다. 기념비적인 날이었다. 나는 니체, 프로이트, 제이크 엑스타인, 노먼 빈센트 필*의 이름으로 주사위를 축복한 뒤 양손을 오목하게 맞붙

---

* 미국의 목사 겸 저술가. '긍정적인 사고'라는 개념을 알린 것으로 유명하다.

이고 흔들었다. 주사위들이 내 손바닥에 단단히 부딪히며 덜걱거렸다. 기대감에 꼴딱꼴딱 침이 넘어갔다. 앞으로 반년 동안의 내 인생, 어쩌면 그보다 더 길게 이어질 내 인생이 손 안에서 부들부들 떨었다. 주사위가 책상 위를 굴렀다. 하나는 6, 다른 하나는…… 3이었다. 합해서 9. 생존, 용두사미, 우유부단, 실망. 주사위의 지시는 매달 나의 특별한 운명을 새로이 결정하라는 것이었다.

## 19

'한 달 동안 습관 깨기'는 내가 주사위 생활을 편안히 즐기는 데 화가 난 주사위가 순간적인 충동으로 지시한 것임이 분명했다. 그 달에 의학박사 루셔스 라인하트가 백 번이나 작은 바람에 휘말려 부서질 뻔했기 때문이다. 습관을 부순다는 선택지는 (1) 한 달 동안 헌신적인 정신과의사 되기 (2) 한 달 동안 소설 집필하기 (3) 한 달 동안 이탈리아에서 휴가 즐기기 (4) 한 달 동안 누구에게나 친절하기 (5) 한 달 동안 아르투로 X를 돕기를 누르고 승리를 거뒀다. 주사위의 명령을 정확히 옮기면, '이번 달에는 매일 한시도 빼놓지 않고 나의 습관적인 행동패턴을 바꾸려고 노력하겠다'였다.

이 지시는 무엇보다도 먼저, 새벽에 침대에서 릴을 향해 돌아누워 바짝 다가가는 대신 반대로 돌아누워서 벽을 바라보아야 한다는 의미였다. 나는 몇 분 동안 벽을 바라보다가 꾸벅꾸벅 졸기 시작했다. 그러고 보니 지금까지 새벽에 일어난 적이 한 번도 없었다는 생각이 들었다. 그래서 짜증을 내며 힘들게 침대에서 일어났다. 양발에 모두 슬리퍼를 신고 욕실로 터덜터덜 걸어가다가, 내가 또 습관의 손아귀에 잡혔음을 깨달았다. 나는 슬리퍼를 벗어 던지고 터덜터덜 걷다가, 뛰어서 거실로 들어갔다. 하지만 요의가 사라지지 않으므로, 나는 조화 글라디올러스가 꽂힌 꽃병에 의기양양하게 소변을 보았다(사흘 뒤 펠로니 박사는 꽃이 아주 생생하다고 논평했다). 몇 분 뒤 나는 여전히 선 채로 퍼뜩 깨어나서 내가 계속 멍청하게 의기양양한 웃음을 매달고 있음을 의식했다. 내 양심을 세심하게 살펴본 결과, 거실에서 소변을 본 뒤 선 채로 잠이 드는 습관은 내게 없다는 사실을 확인했으므로 나는 다시 마음 놓고 꾸벅꾸벅 졸았다.

"뭐해?" 잠결에 누군가의 목소리가 들려왔다.

"응?"

"루크, 뭐하냐고."

"아." 릴이 알몸으로 팔짱을 끼고 서서 나를 바라보고 있었다.

"생각중이야."

"무슨 생각?"

"공룡."

"침대에 다시 누워."

"알았어."

나는 그녀를 따라 방으로 돌아가다가, 벌거벗은 여자를 따라 침대로 들어가는 것이 습관이라는 사실을 기억해냈다. 릴이 침대에 털썩 드러누워 담요를 덮은 뒤 나는 침대 밑으로 기어 들어갔다.

"루크???"

나는 대답하지 않았다.

스프링이 삐걱거리고 나지막하게 구름이 낀 것 같은 천장이 방황하는 것을 보니, 릴이 처음에는 한쪽 편으로, 그다음에는 반대편으로 몸을 기울여 침대 밑을 들여다보는 모양이었다. 이불이 젖혀지고, 위아래가 뒤집힌 그녀의 얼굴이 내 옆얼굴을 빤히 바라보았다. 우리는 그렇게 삼십 초 동안 눈을 마주쳤다. 아무 말 없이 그녀의 얼굴이 사라지고, 침대가 조용해졌다.

"난 당신을 원해." 내가 말했다. "당신이랑 자고 싶어."(나의 시적인 자세가 이 문장의 무미건조함을 보상해주었다.)

그래도 침묵이 계속되자 나는 릴에게 감탄했다. 정상적이고 평범한 여자라면 이런 경우 (a) 욕을 하거나 (b) 다시 침대 밑을 들여다보거나 (c) 내게 소리를 지를 것이다. 침묵을 지킬 수 있는 것은 대단히 지적이고 감수성이 풍부한 여자뿐이었다.

"나도 당신의 그것이 내 안에 들어오면 좋겠어." 갑자기 그녀의 목소리가 들렸다.

나는 겁을 먹었다. 이것은 의지력 싸움이었다. 습관적인 대답은 절대 금물이었다.

"난 당신의 왼쪽 무릎을 원해." 내가 말했다.

침묵.

"당신의 발가락 사이에 사정하고 싶어." 내가 말을 이었다.

"당신의 목울대가 위아래로 출렁거리는 걸 느끼고 싶어." 그녀가 말했다.

침묵.

나는 콧노래로 〈공화국 전투찬가〉*를 부르기 시작했다. 그리고 내 위의 스프링들을 온 힘을 다해 밀어 올렸다. 릴이 한쪽으로 몸을 굴렸다. 나는 자세를 바꿔 다시 그녀를 밀어내려고 했다. 그녀

●　남북전쟁 때의 군가.

는 다시 몸을 굴려 침대 한가운데로 돌아왔다. 팔에서 힘이 빠졌다. 내가 침대 밑에서 하는 행동은 무엇이든 선험적으로 습관과 거리가 먼 행동이었지만, 등이 아팠다. 나는 침대 밑에서 나와 일어서서 기지개를 켰다.

"그런 장난 치지 마, 루크." 릴이 조용히 말했다.

"피츠버그 파이리츠*가 삼 연승을 거뒀는데도 삼 위를 벗어나지 못했어."

"이상한 짓 그만하고 이제 침대로 올라와."

"이상한 짓?"

"지금 하는 짓 말이야."

습관이 나를 침대로 이끌었고, 주사위가 나를 뒤로 잡아당겼다.

"난 공룡에 대해 생각해야 돼." 나는 이렇게 말하고 나서, 평소 목소리였음을 깨닫고는 고함지르듯이 같은 말을 반복했다. 하지만 그것 역시 고함을 지를 때의 습관을 따랐음을 깨닫고 다시 말하기 시작했지만, 무엇이든 세 번 반복된 일은 습관에 가깝다는 것을 알아차리고 반은 고함지르듯이, 반은 웅얼거리듯이 말했다. "침대에서 공룡과 함께 아침식사를." 그리고 나서 나는 주방으로 갔다.

주방까지 절반쯤 갔을 때 나는 걸음걸이를 바꾸려고 노력한 끝에 마지막 4.5미터를 기어가게 되었다.

"뭐하세요, 아빠?"

래리가 졸린 눈으로 주방 입구에 서 있었다. 잠결에도 홀린 듯한 표정이었다. 나는 아이를 놀라게 하고 싶지 않았기 때문에 조

---

* 메이저리그 야구팀.

심스럽게 말을 골랐다.

"쥐를 찾고 있어."

"와, 내가 봐도 돼요?"

"아니, 위험한 녀석들이거든."

"쥐가요?"

"사람을 먹는 녀석들이라서."

"에이, 아빠……[날 한심하게 보는 것 같은 목소리]."

"장난이야[습관적인 말. 나는 고개를 저었다]."

"방으로 가서 더 ㅈ……[또 습관적인 말!]"

"네 엄마의 침대 밑을 봐라. 쥐들이 그리로 들어간 것 같아."

몇 초 되지도 않아 래리는 우리 방에서 돌아왔다. 목욕가운을 입은 릴과 함께였다. 나는 렌지 옆에 무릎으로 서서 막 물을 끓이려던 참이었다.

"아이들까지 장난에 끌어들이지 마."

지금까지 나는 릴에게 이성을 잃고 화를 낸 적이 없었으므로, 이번에는 화를 냈다.

"닥쳐! 당신 때문에 전부 도망치겠어."

"나한테 닥치라고 했어?"

"한 마디만 더 해. 내가 목구멍에 공룡을 쑤셔 박아버릴 테니."

나는 일어서서 주먹을 불끈 쥐고 릴에게 척척 다가갔다.

둘 다 겁먹은 표정이었다. 나는 감탄했다.

"방에 가서 자, 래리." 릴이 아이를 보호하듯 가리고 뒷걸음질을 치며 말했다.

"무릎 꿇고 빌어, 로런스, 당장!"

래리는 울면서 제 방으로 뛰어갔다.

"세상에, 당신 미쳤어." 릴이 말했다.

"이거 기분 나쁜데."

"감히 날 때리기만 해봐."

나는 그녀의 왼쪽 어깨를, 조금 조심스럽게, 때렸다.

그녀는 내 왼쪽 눈을, 별로 조심스럽지 않게, 때렸다.

나는 주방 바닥에 앉았다.

"뭐야 아침식사는?" 내가 말했다. 적어도 어순을 바꾸기는 했다.

"다 끝났어?"

"무조건 항복이야."

"방으로 가서 자."

"내 명예는 내줄 수 없어."

"속옷 안에 명예를 넣고 지켜도 좋으니까, 얌전히 방으로 가서 자."

나는 릴보다 먼저 방으로 뛰어가서 사십 분 동안 판자처럼 뻣뻣하게 누워 있었다. 결국 릴이 내게 침대에서 일어나라고 명령했다. 나는 즉시 뻣뻣하게 일어서서 로봇처럼 침대 옆에 서 있었다.

"힘 좀 빼." 릴이 화장대 앞에서 짜증을 내며 명령했다.

나는 바닥으로 쓰러졌다. 옆구리와 등이 최대한 아프지 않게. 릴이 다가와서 잠시 나를 내려다보다가 허벅지를 발로 찼다. "정상적으로 굴어." 그녀가 말했다.

나는 일어나서 양팔을 뻗은 채 스쿼트를 여섯 번 하고 주방으로 갔다. 아침식사로 먹은 것은 핫도그 하나, 생당근 두 조각, 레몬과 메이플시럽을 넣은 커피, 두 번 구워 꺼멓게 태운 뒤 땅콩버터를 바르고 무를 올린 토스트였다. 릴은 화를 내며 펄펄 뛰었다. 래리와 이비가 나와 똑같은 아침식사를 먹겠다고 난리를 피우다가 울음을 터뜨린 것이 가장 큰 이유였다. 릴도 울음을 터뜨렸다.

나는 아파트에서 병원까지 5번 애비뉴를 뛰면서 상당히 많은 사람들의 시선을 끌었다. 내가 (1) 뛰고 있기 때문 (2) 육지에 나온 물고기처럼 헐떡거리고 있기 때문 (3) 커다란 하얀색 글자로 'The Big Red'라고 적힌 빨간색 티셔츠 위에 턱시도를 입고 있기 때문이었다.

병원에 들어서자 미스 레인골드가 격식을 갖춰 아무렇지도 않은 듯이 인사했다. 그녀의 비서다운 침착함을 인정할 수밖에 없었다. 그녀의 차갑고 보기 싫은 효율적인 태도에 자극을 받은 나는 우리 관계에 새로운 물꼬를 트기로 했다.

"메리 제인, 베이비." 내가 말했다. "오늘 아침에 깜짝 소식이 있어요. 내가 당신을 해고하기로 했거든."

그녀의 입이 깔끔하게 열리자, 정확히 평행을 이룬 채 안으로 구부러진 두 줄의 이가 드러났다.

"내일 아침 자로."

"하지만…… 하지만, 라인하트 박사님, 무슨 말씀인지……."

"간단해, 할망구야. 지난 몇 주 동안 내가 발정이 나서, 깔아 눕히고 싶은 여자를 쓰기로 했거든."

"라인하트 박사님……."

"당신은 유능하지만, 엉덩이가 납작해. 몸매는 38-24-37이고, 펠라티오, 포스트 오크 프롭테르 이드*, 스와상트 시스**, 몸짓으로 말하기, 제대로 된 서류정리에 대해 모르는 게 없는 여자를 구했지."

---

•      post hoc propter id. 굳이 번역하자면 '이것에 따라, 같은 것에 근거해서'라는 뜻의 라틴어.

••      soixante-six. 프랑스어로 '66'. 앞의 라틴어와 더불어 이렇다 할 의미 없이 뭔가 어려운 말을 하는 것처럼 보이려고 마구 내뱉는 말.

미스 레인골드는 눈을 부릅뜨고 엑스타인 박사의 상담실을 향해 천천히 뒷걸음쳤다. 이가 흐트러진 채 평행으로 늘어선 두 군대처럼 번득였다.

"그 여자가 내일 아침부터 일을 시작할 거야." 내가 말을 이었다. "피임도 알아서 했다지 아마. 이번 세기 말까지는 당신 봉급을 계속 지급할 거야. 행운을 빌어요."

나는 이 독설의 중간쯤부터 제자리뛰기를 하다가, 말을 끝낸 뒤 내 상담실까지 깔끔하게 질주했다. 내가 마지막으로 본 것은 미스 레인골드가 그리 깔끔하지 않게 제이크의 상담실로 질주하는 모습이었다.

나는 책상 위에서 전통적인 가부좌 자세를 취한 뒤 미스 레인골드가 나의 혼란스럽고 잔인한 행동에 대해 어떤 반응을 보일지 생각해보았다. 그리고 최소한의 노력만으로 결론에 이르렀다. 그녀가 그 무미건조한 삶을 채워줄 뭔가를 얻었다는 것. 나는 세월이 흐른 뒤 그녀의 앙상한 무릎 가에 스무 명쯤 되는 조카들이 모여든 모습을 상상해보았다. 그녀는 조카들에게 어느 사악한 의사가 환자를 핀으로 찌르거나 강간했다는 이야기를 들려줄 것이다. 그 의사가 LSD와 수입 스카치에 취해서 열심히 일하는 좋은 사람들을 해고하고, 그 자리에 미쳐 날뛰는 여자 색정광을 앉혔다는 이야기도 들려줄 것이다.

나의 상상력에 우쭐해졌지만, 요가 자세가 불편해서 나는 양팔을 위로 쭉 뻗었다. 문을 두드리는 소리가 났다.

"여!" 나는 여전히 양팔을 위로 뻗은 채 대답했다. 턱시도가 괴상하게 잡아당겨졌다. 제이크가 고개를 빼꼼 내밀었다.

"어, 루크, 있잖아, 미스 레인골드한테서 이상한 얘기……" 그제야 그가 나를 보았다. 상대를 꿰뚫어볼 듯이 눈을 가늘게 뜨는 습관 때문에 시력이 떨어졌을 리 없는데도, 그는 두 번이나 눈을 깜박였다.

"무슨 일인가, 루크?" 그가 조심스럽게 물었다.

나는 웃음을 터뜨렸다. "아, 이거?" 나는 턱시도를 만지작거리며 말했다. "어젯밤 늦게까지 놀았거든. 오스터플러드가 오기 전에 정신을 좀 차리려고. 나 때문에 미스 R이 놀라지 않았으면 좋겠네."

제이크는 머뭇거렸다. 내 방 안으로 살그머니 들어와 있는 것은 여전히 그의 둥근 얼굴과 토실토실한 목뿐이었다.

"뭐, 그렇지." 그가 말했다. "자네한테 해고당했다던데."

"말도 안 돼." 내가 대꾸했다. "어젯밤 술자리에서 들은 농담을 들려준 거야. 조금 천박한 맛이 있긴 해도, 막달라 마리아라면 별로 놀라지 않을 이야기인데."

"그렇군." 여느 때처럼 가늘게 뜬 제이크의 시선에 점점 힘이 돌아왔다. 그의 안경은 치명적인 광선총을 얇은 틈새에 감춘 두 개의 비행접시 같았다. "됐어. 방해해서 미안하네."

그의 얼굴이 사라지고 문이 조용히 닫혔다. 그러고 몇 분 뒤 다시 문이 열리더니 제이크의 안경이 나타나 나의 명상을 방해했다.

"미스 레인골드가 해고당하지 않은 게 맞느냐면서 나한테 확인해달라는데."

"내일도 만반의 준비를 갖추고 일하러 오라고 해."

"알았어."

오스터플러드가 씩씩하게 걸어 들어왔을 때, 나는 저린 발에 다시 피가 돌게 하려고 절룩거리며 방 안을 돌아다니고 있었다. 오스터폴러드는 자동적으로 소파를 향해 걸어갔지만 내가 그를 막았다.

"아니, 아닙니다, 미스터 O. 오늘은 저쪽에 앉아요. 소파는 내가 쓸 테니."

그가 어리둥절한 얼굴로 내 책상 뒤편의 의자로 쿵쿵 걸어가는 동안 나는 편안하게 자세를 잡았다.

"왜 그러세요, 라인하트 박사님. 혹시⋯⋯."

"오늘 내가 아주 들떴어요." 나는 천장 구석의 커다란 거미줄을 가리키며 입을 열었다. 환자들이 저걸 빤히 바라본 게 벌써 몇 년째더라? "새로운 인간이 되는 획기적인 돌파구를 찾아낸 것 같습니다."

"새로운 인간이라니요?"

"무작위 인간이죠. 예측할 수 없는 인간. 오늘 내가 습관은 깨질 수 있다는 걸 증명하고 있는 것 같아요. 그런 사람은 자유예요."

"어린 여자애들을 강간하는 제 버릇도 깰 수 있으면 좋겠네요." 그가 다시 자신을 중심에 놓으려고 애썼다.

"희망이 있어요, O. 희망이 있습니다. 무슨 일이든 당신이 평소에 하던 행동을 반대로 하기만 하면 돼요. 아이들을 강간하고 싶은 생각이 들 때, 사탕과 친절을 아이들에게 듬뿍 베푼 뒤에 그냥 가버리는 겁니다. 창녀를 패고 싶은 생각이 들 때는, 창녀한테 당신을 패라고 하세요. 날 만나고 싶을 때는, 여기에 오는 대신 영화를 보러 가요."

"그게 쉽지 않으니까 그렇죠. 저는 사람들을 해치는 게 좋아요."

"맞는 말이긴 하지만, 친절을 베푸는 데서 재미를 찾을 수 있을지도 모릅니다. 예를 들어 오늘 나는 여느 때처럼 차를 몰고 출근하는 것보다 뛰어오는 편이 훨씬 더 의미 있다는 사실을 알았습니다. 미스 레인골드에게 잔인하게 굴면 기분이 상쾌해진다는 것도 알았고요. 전에는 미스 레인골드에게 친절히 구는 게 즐거웠는데 말이죠."

"어째 울고 있다 했더니. 어떻게 된 겁니까?"

"내가 미스 레인골드에게 입과 몸에서 나쁜 냄새가 난다고 했거든요."

"세상에."

"그렇죠."

"그런 끔찍한 짓을. 저라면 절대 그런 짓을 하지 않을 겁니다."

"그래야죠. 하지만 건물 전체에서 악취가 나기 시작했다고 보건당국에서 공식적으로 문제를 제기했어요. 나도 어쩔 수 없었습니다."

그 뒤로 이어진 침묵 속에서 오스터플러드의 의자가 삐걱거렸다. 아마 의자를 뒤로 기울인 모양이었지만, 내가 누워 있는 자리에서는 알 수 없었다. 보이는 것이라고는 벽 두 개의 일부, 책꽂이, 책, 거미줄, 독배를 마시는 소크라테스의 작은 초상화 하나뿐이었다. 환자를 위해 마음을 달래주는 그림을 고른 나의 취향이 의심스러웠다.

"요즘 저도 상당히 기분이 좋아요." 오스터플러드가 명상에 잠긴 사람처럼 말했다. 나는 다시 내 문제에 초점을 맞추고 싶다는 사실을 깨달았다.

"물론 습관을 깨는 일이 때로는 귀찮은 잡일이 될 수도 있습니다." 내가 말했다. "예를 들어, 소변을 보기 위해 새로운 방법과 장소를 즉흥적으로 마련하는 일은 어려울 겁니다."

"제 생각에는…… 제 생각에는 선생님 덕분에 제가 돌파구에 거의 도달한 것 같은데요." 오스터플러드가 나를 무시하고 말했다.

"나는 특히 대변을 보는 일이 걱정입니다." 나는 말을 이었다. "사회가 참아주는 일에는 분명히 한계가 있는 것 같거든요. 온갖 괴팍한 행동과 터무니없는 일, 그러니까 전쟁, 살인, 결혼, 빈민가 같은 것들이 사회에서 허용되는데도 화장실이 아닌 곳에서 대변을 보는 행동은 거의 모든 곳에서 형편없는 짓으로 받아들여지는 것 같아요."

"저기 제가…… 제가 만약 어린 여자애들에 대한 중독을 뺑 차버리고…… 흥미를 잃을 수 있다면, 문제가 없을 겁니다. 다 큰 여자들은 신경을 쓰지 않거나 돈으로 살 수 있으니까요."

"움직이는 방법도 그렇습니다. A 지점에서 B 지점으로 움직이는 방법이 제한되어 있어요. 예를 들어, 내일 내가 뛰어서 출근할 수 있는 형편이 아니라면 어떻게 할까요? 뒤로 걸을까요?" 나는 진지한 표정으로 미간을 찌푸리고 오스터플러드를 바라보았지만, 그는 자기 생각에 푹 빠져 있었다.

"그런데…… 요즘…… 인정할 수밖에 없어요…… 어린 여자애들한테 점점 흥미를 잃고 있는 것 같아요."

"뒤로 걷는 것은 당연히 하나의 해결책이 될 수 있죠. 하지만 임시방편일 뿐입니다. 그다음에 기어가기와 뒤로 뛰기와 한 발로 깡충깡충 뛰기까지 시도한 뒤에는 한정된 동작만 반복하는 로봇이 된 기분일 겁니다."

"그건 좋은 일이죠. 저도 알아요. 저는 정말 어린 여자애들을 싫어하거든요. 제가 걔들이랑 그 짓을 하고 싶은 생각이 줄어들었으니 정말…… 정말로 상태가 호전되는 것 같아요." 그가 진심 어린 얼굴로 나를 내려다보기에 나도 진심 어린 얼굴로 마주 보았다.

"대화도 문제입니다." 내가 말했다. "구문, 어법, 조리 있는 말 모두가 습관입니다. 나는 반드시 깨버려야 하는, 논리적인 사고라는 습관을 갖고 있어요. 어휘도 그렇고요. 내가 왜 습관적인 단어들의 한계를 받아들여야 합니다. 나는 멍청이야! 멍청이!"

"하지만…… 하지만…… 요즘…… 저는 무서워서…… 느낌이…… 무서워서 말하기가 힘든데……."

"엄프윌리스, 예술 사료, 소원 장수, 기쁨 부루퉁, 파트밍크슨, 좀비, 블릿. 안 될 것 없죠. 사람들은 인위적으로 자신을 과거에 묶어두었습니다. 난 자유로워지는 것을 느껴요."

"……아무래도 제가 남자애들을…… 좋아하게 된 것 같아요."

"돌파구입니다. 확실한 돌파구예요. 만약 내가 오늘 아침에 그랬던 것처럼 습관적인 패턴에 계속 어깃장을 놓을 수 있다면. 그리고 섹스. 섹스 패턴도 반드시 깨버려야 합니다."

"정말로 그 애들이 좋다니까요." 오스터플러드가 강하게 말했다. "강간을 하거나 아프게 하거나 그러고 싶은 게 아니고, 걔들이랑 비역질을 하고 날 빨아달라고 시키고 싶어요."

"어쩌면 이 실험이 나를 위험한 곳으로 이끌지도 모릅니다. 내가 어린 여자애들을 강간하는 일에 관심이 없는 습관이 있으니, 이론적으로는 그걸 한번 시도해봐야 맞을 것 같아요."

"남자아이들…… 어린 남자아이들은 접근하기가 더 쉬워요. 남을 더 잘 믿고, 의심이 적으니까요."

"하지만 정말로 남을 해치는 일은 겁이 납니다. 내 생각에는…… 아니야! 그것도 제한을 두는 행동이야. 이 한계를 나는 반드시 극복해야 합니다. 습관적인 금기에서 자유로워지려면, 난 반드시 강간과 살인을 저질러야 해요."

오스터플러드의 의자가 삐걱거렸다. 그의 한쪽 발이 바닥에 닿는 소리가 들렸다.

"아니에요." 그가 단호하게 말했다. "아니라고요, 라인하트 박사님. 강간과 살인이 이제는 필요 없다고 내가 말하고 있잖아요. 심지어 때리는 일까지도 필요 없을지 몰라요."

"강간, 아니 적어도 살인은 무작위 인간에게 절대적으로 필요합니다. 그걸 피하는 건 명확한 의무를 피하는 거예요."

"남자애들, 어린 남자애들, 심지어 십대 소년으로도 충분할 거예요, 틀림없이. 어린 여자애들은 위험해요, 선생님."

"위험이 필요합니다. 무작위 인간이라는 개념 자체가 인간이 생각해낸 것 중에 가장 위험하고 혁명적이에요. 만약 완전한 승리에 피가 필요하다면 반드시 피를 흘려야지요."

"아니에요, 라인하트 박사님. 아니라니까요. 다른 해결방법을 찾아야 돼요. 덜 위험한 걸로. 인간을 상대로 그런 소리를 하면 안 돼요."

"그건 순전히 우리의 습관적인 인식 패턴 때문이죠. 어린 여자아이들이 사실은 다른 세상에서 우리를 파괴하려고 파견된 마귀일 수도 있습니다."

오스터플러드는 대답하지 않았지만, 의자가 한 번 작게 삐걱거리는 소리가 들렸다.

"확실해요." 내가 말을 이었다. "어린 여자애들이 없으면, 어른 여자도 없을 겁니다. 어른 여자는…… 스노푸 복 클리스팅 란샤우어."

"아니에요, 아니에요, 선생님, 절 유혹하지 마세요. 이젠 저도 알아요. 안다고요. 여자도 인간이에요. 틀림없이."

"당신이 여자를 어떻게 보든 상관없지만, 여자들은 우리와 다릅니다, 오스터플러드. 그건 부정할 수 없을 거예요."

"알아요, 알아요. 그리고 남자애들은 그렇지 않죠. 걔들은 바로 우리예요. 그러니까 좋아요. 남자애들을 사랑하는 법을 배울 수 있을 것 같아요. 그러면 더 이상 경찰에게 그렇게 신경을 쓰지 않아도 되겠죠."

"여자애들에게 사탕과 친절을, O. 그리고 남자애들에게는 빳빳한 좆을. 그게 맞을지도 모르겠네요. 당신에게는 확실히 습관을 깨는 행동이 될 테니까."

"네, 네."

누군가가 문을 두드렸다. 상담시간이 끝났다. 내가 멍하니 몸을 굴려 바닥에 발을 내려놓는데, 오스터플러드가 내 손을 붙잡고 열심히 흔들어대는 것이 느껴졌다. 그의 눈이 기쁨으로 이글거리고 있었다.

"제 인생 최고로 치료효과가 있는 시간이었어요. 선생님은…… 선생님은…… 선생님은 남자아이예요, 라인하트 박사님. 진정한 남자아이."

"고맙습니다, O. 그 말이 맞으면 좋겠네요."


## 20


친구들이여, 나는 천천히 꾸준하게 미쳐가고 있었다. 아직 남아 있는 나의 자아가 변하고 있었다. 잠든 주사위를 내버려두고 나의

'자연스러운 자아'가 되기로 했을 때, 나는 터무니없는 논평, 일화, 행동을 좋아한다는 사실을 알게 되었다. 나는 센트럴파크에서 나무를 타고, 칵테일파티에서 요가 명상 자세를 하고, 이 분마다 한 번씩 난해한 신탁 같은 말을 스멀스멀 뱉어내서 심지어 나조차 혼란과 지루함을 느낄 정도였다. 만 박사와 통화를 끝내면서는 있는 힘껏 "나는 배트맨이다" 하고 소리를 질렀다. 이 모두가 주사위의 명령 때문이 아니라, 순전히 그러고 싶었기 때문에.

나는 아무 이유 없이 웃음을 터뜨리곤 했다. 어떤 상황에서는 평범한 사람들보다 훨씬 더 지나치게 화를 내거나, 겁을 내거나, 연민을 발휘했다. 어떨 때는 명랑하고, 어떨 때는 슬퍼하고, 어떨 때는 진지하고 똑부러지게 굴다가 또 어떨 때는 멍청하고 추상적인 소리만 했다. 다행히 내가 미스 레인골드에게 터무니없는 소리를 한 그날 이후, 제이크가 나더러 자신에게 정신분석을 다시 받아보는 게 어떻겠느냐고 권유했다. 나는 그 제안을 받아들였다. 일주일에 세 번씩 그에게 치료를 받는 덕분에 나는 자유로이 거리를 돌아다닐 수 있었다. 내가 폭력적으로 굴지만 않으면, 사람들은 여전히 비교적 편안하게 굴었다. "라인하트 박사가 가엾기도 하지. 하지만 엑스타인 박사가 돕고 있으니까."

릴은 점점 심하게 나를 걱정했지만, 그녀에게 진실을 말한다는 선택지를 주사위가 항상 거부했기 때문에 나는 나의 황당한 행동들에 대해 항상 말이 잘 안 되는 핑계만 늘어놓았다. 릴은 제이크, 알린, 만 박사와 의논했다. 그들 모두 나의 행동에 대해 완벽히 이성적이고 훌륭한 설명을 제시했지만, 불행히도 나의 증상에 종지부를 찍을 방법은 내놓지 못했다.

"일이 년 뒤에는……" 만 박사가 릴에게 자애롭게 말했다. 릴은 하마터면 비명을 지를 뻔했다고 내게 말해주었다. 나는 더욱 열심히 충동을 조절해보겠다고 그녀에게 다짐했다.

'한 달 동안 버릇 깨뜨리기'는 확실히 상황을 해결하는 데 도움이 되지 않았다. 패턴이 깨지면 사람들이 얼마나 당황하는지. 때로는 얼마나 즐거워하는지. 내가 상담실까지 뛰어가는 것, 터무니없는 소리를 늘어놓는 것, 무슨 일이 있어도 타락하지 않는 무성애자 미스 레인골드를 유혹하려고 불경한 짓을 하는 것, 음주, 환자들에게 말도 안 되는 행동을 하는 것. 이 모두가 목격자들에게 충격과 당혹을 안겨주었지만, 차츰 즐거움도 눈에 띄기 시작했다.

비이성적이고, 아무런 목적도 없고, 황당한 행동에서 우리가 얼마나 즐거움을 느끼는지. 도덕과 이성의 구속에 맞서 이런 짓을 저지르고 싶은 갈망이 우리에게서 터져 나온다. 폭동, 혁명, 대이변이 우리를 얼마나 흥분시키는지. 날이면 날마다 똑같은 뉴스를 읽는 것이 얼마나 우울한 일인지. 아, 하느님, 무슨 일이든 좀 일어나게 해주세요. 이 말은 제발 패턴이 깨지면 좋겠다는 뜻이다.

그달이 끝나갈 무렵, 나는 닉슨이 술에 취해 누군가에게 "좆까"라고 말하면 좋겠다고 생각했다. 윌리엄 버클리*나 빌리 그레이엄이 "내 절친한 친구 중에 공산주의자가 있어"라고 말하거나, 스포츠 중계 아나운서가 한 번만이라도 "이거 정말 지루한 경기네요, 여러분"이라고 말한다면. 하지만 그런 일은 일어나지 않는다. 그래서 우리는 포트로더데일로, 베트남으로, 모로코로 여행을 떠나고, 이혼당하고, 바람을 피우고, 직장을 바꿔보고, 이사를 가보고, 새로운 약을 시험해본다. 모두 뭔가 새로운 것을 찾으려는 필사적

---

* 미국의 보수주의 정치 평론가.

인 노력이다. 패턴, 패턴, 아, 이 사슬을 끊기 위해서. 하지만 우리는 낡은 자아를 끌고 다니면서 그 자아의 단단한 떡갈나무 틀을 모든 경험에 씌운다.

하지만 '한 달 동안 버릇 깨뜨리기'는 여러 면에서 실용적이지 못했다. 결국 나는 언제 잠자리에 들어 얼마나 잘 것인지를 주사위의 결정에 맡기기까지 했다. 무작위로 선택한 때에 무작위로 선택한 시간만큼 자다 보니 나는 금방 짜증을 잘 내고 피곤한 사람이 되었다. 때로는 약이나 술에 취한 사람처럼 되기도 했다. 실제로 약이나 술을 먹었을 때는 더했다. 식사, 목욕, 면도, 양치 또한 모두 사흘 동안 주사위가 결정해주었다. 그 결과 나는 시내 한복판에서 북적거리는 사람들 틈에 끼어 휴대용 면도기를 사용한 적이 한두 번 있고(행인들이 혹시 촬영중인가 하고 카메라를 찾아 두리번거렸다), 나이트클럽 화장실에서 이를 닦았고, 빅 태니 헬스클럽에서 목욕을 하고 마사지를 받았고, 새벽 4시에 네딕 식당에서 푸짐한 식사를 했다.

또 한 번은 주사위님이 나더러 매 순간에 민감하게 반응하며 정신을 바짝 차리고 순간을 경험하라고 지시했다. 대단히 미학적인 일이 될 것 같았다. 나는 월터 페이터, 존 러스킨, 오스카 와일드*가 하나로 합쳐진 내 모습을 상상했다. 이 '미학적인 감수성의 날'에 가장 먼저 알아차린 것은, 내가 코를 훌쩍거린다는 사실이었다. 어쩌면 몇 달 전부터, 아니면 몇 년 전부터 그런 증세가 있었는지 모른다. 그런데도 나는 전혀 알아차리지 못했다. 주사위님이 무작위로 내린 이 명령 덕분에 나는 콧물이 쌓여 있는 콧구멍

---

* 세 사람 모두 19세기 영국의 문학가.

으로 주기적으로 공기를 들이마신다는 사실을 1월에 알게 되었다. 콧물 때문에 공기를 들이마실 때마다 보통 '훌쩍'이라고 표기되는 소리가 났다. 주사위가 아니었다면, 나는 계속 둔감한 멍청이로 살았을 것이다.

그날 나는 그때까지 깨닫지 못한 또 다른 감각적인 경험 하나를 알아차렸다. 현대미술관에 가서 미학적인 환희를 경험해보려고 삼십 분 동안 필사적으로 노력한 끝에, 그냥 단순한 즐거움을 노리기로 했다. 그리고 한 시간 삼십 분 동안 발이 아파서 고생하다가 가벼운 통증에 만족하는 선에서 타협했다. 어느 시점부터 내 시각이 위축되었는지, 위대한 주사위도 되살리지 못했다. 다음 날 나는 주사위가 월터 페이터를 지워버린 것에 만족했다.

그달에 나는 절대로 입지 않던 옷을 입고, 절대로 하지 않던 욕을 하고, 절대로 하지 않던 섹스를 했다.

성적인 습관과 가치관을 깨뜨리는 일이 무엇보다도 힘들었다. 알린과 하나가 되기 위해 계단을 한가로이 내려가는 것은 나의 성적인 가치관을 바꾸는 일이 아니라, 오히려 충족시키는 일이었다. 나는 성적인 습관을 깨뜨리는 것이 곧 즐기는 체위를 바꾸고, 여자를 바꾸고, 상대를 여자에서 남자로 바꾸고, 남자에서 소년으로 바꾸고, 완전한 금욕을 행하는 것을 뜻한다고 여느 때처럼 기계적으로 짐작했다. 다양한 형태를 지닌 나의 변태적인 성향은 이런 변화를 기대하며 막연히 흥분했다. 어느 날 밤 나는 파티에서 돌아오던 길에 새벽 2시의 아파트 엘리베이터에서 아내의 항문을 꿰뚫으려고 시도하는 것으로 첫발을 내디뎠다. 하지만 릴은 화를 내거나 진저리를 치기보다는 무심한 태도로 엘리베이터에서 내려 침실로 가서 잠이나 자자고 고집을 피웠다.

새로운 여자를 찾아나섰을 때, 나는 여자 취향을 바꾸는 것이 나의 임무임을 깨달았다. 따라서 다음 정복대상은 반드시 나이 많고, 마르고, 머리가 하얗게 세고, 안경을 쓰고, 발이 크고, 도리스 데이와 록 허드슨이 나오는 영화를 좋아하는 여자여야 했다. 뉴욕에는 이런 여자들이 많이 살고 있을 테지만, 그들을 찾아내서 데이트하기가 라켈 웰치와 흡사한 여자를 찾아내서 데이트하기만큼이나 힘들다는 사실을 곧 깨달았다. 아무래도 기준을 나이 많고 마르고 영적인 여자로 낮추고, 기타 사소한 부분들은 되는 대로 내버려두어야 할 것 같았다.

그러자 미스 레인골드의 모습이 머리에 떠올라서 나는 부르르 떨었다. 나의 성적인 가치관을 깨뜨리려면 반드시 그녀를 유혹해야 했다. 주사위에게 상의했더니, 역시 맞다는 답이 돌아왔다.

내가 주사위의 판단력을 그때만큼 존중하지 않은 적은 별로 없다. 미스 레인골드는 확실히 내 성적인 취향, 그러니까 다른 세상에서나 만날 수 있을 브리짓 바르도 같은 여자와는 정반대였다. 물론 나이는 많지 않았다. 다만 서른여섯 살이라는 나이에도 예순세 살 같은 인상을 만들어내는 놀라운 능력을 지니고 있을 뿐이었다. 그녀가 소변을 보는 일 같은 것은 상상도 할 수 없었다. 지금 이 말을 쓰면서도 나는 얼굴을 붉히고 있다. 엑스타인과 라인하트의 병원에서 1206일을 함께 보내면서도, 우리가 아는 한 그녀는 단 한 번도 화장실을 사용한 적이 없었다. 그녀에게서 나는 냄새는 온몸에 배어 있는 베이비파우더 냄새뿐이었다. 가슴이 납작한지 아닌지는 알 수 없었다. 원래 어머니나 할머니의 신체 사이즈를 짐작해보는 사람은 없는 법이다.

그녀의 말투는 디킨스의 소설 여주인공보다 더 정숙했고, 초인간적인 여자 색정광의 성적인 행동에 대한 보고서를 읽을 때는 마치 어떤 기업의 엄청난 성장을 보고하는 것처럼 굴었다. 그리고 말미에 이렇게 묻곤 했다. "미스 워너의 다중성교에 관한 문장을 병렬구조로 바꾸기를 원하십니까?"

그래도 주사위님, 나의 뜻이 아니라 당신의 뜻이 이루어지이다. 나는 우울한 매혹을 느끼며 미스 레인골드를 데리고 나가 저녁식사를 했다. '한 달 동안 버릇 깨뜨리기'를 약 삼 주 동안 진행한 어느 날 저녁이었다. 시간이 흐르면서 나는 어쩌면 성공할 것 같다는 느낌을 받고 경악했다. 식사를 마친 뒤 화장실로 가서 여러 선택지를 놓고 주사위와 상의했지만, 주사위의 답은 마리화나 두 대를 피우라는 것뿐이었다. 이를 뽑기 전에 진통제를 주사하는 꼴이었다. 결국 나는 싫다고 몸부림치면서도 소파에 그녀와 나란히 앉아 여자 색정광에 대해 이야기하게 되었다(맹세코 내가 그 화제를 꺼낸 것이 아니다). 시간이 흐를수록 나는 그녀의 미소가 예쁘고(그녀가 입을 완전히 닫고 있을 때), 흰 피부 위에 가슴이 깊이 파인 검은 원피스를 입은 모습이 수직으로 세운 관에 검은 천을 덮어 놓은 것 같다는 생각이 들었다.

"여자 색정광들이 인생을 즐기는 것 같아요?" 대마초와 미스 레인골드 덕분에 자연스레 아무 이야기나 꺼내면서 행복하게 무심한 태도를 취할 수 있는 것 같았다.

"어머, 아뇨." 그녀가 안경을 3밀리미터 남짓 밀어 올리면서 재빨리 말했다. "틀림없이 아주 불행할 거예요."

"어쩌면 그럴지도 모르죠. 하지만 그렇게 많은 남자들에게서 사랑받으며 느끼는 커다란 쾌감이 불행을 보상해주지 않나 하는 생각이 드네요."

"어머, 아니에요. 엑스타인 박사님이 그러시는데, 로저스, 로저스, 힐스먼의 연구에 따르면 82.5퍼센트가 성교에서 쾌감을 느끼지 못한대요." 그녀가 소파에 워낙 뻣뻣하게 앉아 있어서 대마초로 흐려진 내 눈은 주기적으로 그녀를 마네킹으로 착각했다.

"그렇죠." 내가 말했다. "하지만 로저스도 로저스도 힐스먼도 여자 색정광이 되어본 적이 없잖아요. 심지어 여자가 되어본 적도 없을걸요." 나는 의기양양한 미소를 지었다. "내가 지금 연구하는 가설이 있는데, 여자 색정광들은 사실 기쁨이 가득한 쾌락주의자인데 정신과의사를 유혹하려고 쾌감을 느끼지 못한다는 거짓말을 한다는 거예요."

"어머, 아니에요." 그녀가 말했다. "누가 정신과의사를 유혹할 수 있겠어요?"

우리는 순간 믿을 수 없다는 듯이 서로를 바라보았다. 그러다가 그녀의 얼굴이 온갖 색깔로 변하더니, 마지막에는 타자 용지처럼 하얀 색이 되었다.

"맞아요." 내가 말했다. "여자는 환자고, 우리의 윤리규정은 우리가 그들에게 무너지는 걸 막죠. 하지만……" 나는 논리의 가닥을 잃어버리고 말을 흐렸다.

그녀가 양손으로 손수건을 쥐어짜며 작은 목소리로 물었다.

"하지만……?"

"하지만?" 내가 그녀의 말을 따라했다.

"윤리규정이 무너지는 걸 막는다고 하셨어요……."

"아, 그래요. 하지만 힘들어요. 끊임없이 흥분하는데도 윤리적인 방법으로는 그걸 충족시킬 길이 없으니."

"어머, 라인하트 박사님, 결혼하셨잖아요."

"결혼? 아, 그렇죠. 맞아요. 깜박했네요." 나는 비극적인 표정을 가면처럼 쓰고 그녀를 바라보았다. "하지만 아내가 요가를 하기 때문에 요가 스승하고만 성적인 관계를 할 수 있어요."

그녀가 나를 빤히 바라보았다.

"정말인가요?" 그녀가 물었다.

"난 하다못해 완화된 물구나무서기도 못해요. 내가 남자인지조차 의심스러울 지경입니다."

"어머, 세상에, 라인하트 박사님."

"설상가상으로, 당신이 내게 한 번도 성적인 매력을 느끼지 않는 것 같아서 항상 우울해요."

미스 레인골드의 얼굴이 사이키델릭 조명처럼 홱홱 색깔을 바꾸더니 또 타자 용지처럼 새하얀 색이 되었다. 그러고는 간신히 들릴 만큼 작은 목소리로 말했다. 그렇게 작은 목소리는 들어본 적이 없었다.

"느껴요."

"당신이…… 당신이……."

"선생님께 성적인 매력을 느껴요."

"아."

나는 잠시 그대로 있었다. 아직 남아 있는 자아가 모든 힘을 끌어 모아 나를 문으로 달려가게 만들려고 했다. 내가 소파에 계속 앉아 있는 것은 순전히 종교의 힘이었다.

"미스 레인골드!" 내가 충동적으로 소리쳤다. "날 남자로 만들어 주겠어요?" 나는 꼿꼿이 허리를 세우고 그녀를 향해 몸을 기울였다.

그녀는 나를 빤히 보다가 안경을 벗어 소파 옆 러그 위에 내려 놓았다.

"아뇨, 아뇨." 그녀가 부드럽게 말했다. 그녀의 눈은 우리 둘 사이의 소파 위 어딘가를 바라보고 있었다. "그럴 수 없어요."

내 인생에서 유일하게 주사위의 지시를 받지 않은 이때, 처음에는 아무것도 할 수 없었다. 나는 알몸으로 그녀와 나란히 변형된 가부좌 자세로 침대에 앉아 서로를 만지지 않은 채 칠팔 분 동안 요가 수행자의 힘을 모두 끌어 모아서 알린의 젖가슴, 린다 라이크먼의 엉덩이, 릴의 내부에 대해 명상해야 했다. 그러다 마침내 힘이 적절하게 집중된 뒤에는 시체 자세를 취한 미스 레인골드의 몸 위에서 고양이요람 자세를 취하며 사마디(공허) 속으로 나를 낮춰야 했다.

어머니와 관계를 맺는 것은 무서운 경험이다. 어머니가 시체라면 특히 더하다. 프로이트의 상상은 근처에도 다가가지 못했다. 내가 그녀를 어머니 같은 존재로 바라보면서도 제대로 된 자세를 취하고 필요한 동작을 모두 해냈다는 사실은 요가 수행자로서 이제 막 싹트기 시작한 나의 능력에 보내는 찬사와 같다. 그것은 심리적인 장벽을 깨는 위대한 한 걸음이었다. 나는 다음 날 하루 종일 그 일을 생각하며 부들부들 떨었다. 하지만 놀랍게도 그 뒤로 미스 레인골드가 훨씬 더 가깝게 느껴지기도 했다.

# 21

하지만 그렇게 가깝지는 않았다.

# 22

털이 숭숭 난 남자의 항문을 꿰뚫거나 내 항문이 꿰뚫리는 모습을 생각하는 것은, 확실히 AAPP 회원들 앞 단상에서 서로 관장해주는 광경을 상상하는 것과 같았다. 남자의 음경을 애무하고, 입 맞추고, 입에 무는 생각을 하다 보면, 여섯 살 때인가 일곱 살 때 구운 마카로니를 억지로 먹던 일이 어렴풋이 생각났다.

하지만 여자가 되어 어떤 흐릿한 남자의 아래에서 몸부림치는 환상은 짜릿했다. 그러다가 그 흐릿한 남자가 턱수염이 자라고(면도를 했든 하지 않았든 상관없었다), 가슴에 털이 숭숭 나고, 엉덩이에도 털이 숭숭 나고, 보기 싫은 음경에는 혈관이 툭툭 튀어나온 모습으로 변해버리면 모든 흥미가 사라졌다. 가끔 공상을 할 때는, 여자가 되는 것이 짜릿할 수 있다. 남자로서 생김새가 또렷하게 보이는 남자와 '성교'를 하는 공상은 역겨운 것 같았다.

나는 습관 깨기를 실행하던 1월의 그날 이전에도 이 모든 사실을 잘 알고 있었다. 그날 주사위님은 내게 세상으로 나가 남자에게 안기는 짐을 짊어지라고 지시했다. 나는 로어이스트사이드로 갔다. 내 환자 중 하나(정확히 말하자면, 린다 라이크먼)의 말에 따르면, 그곳에 게이바가 여러 군데 있다고 했다. 그중에 특히 고도스라는 이름이 기억에 남아 있었다.

밤 10시 30분쯤, 나는 고도스에 들어갔다. 전혀 위험해 보이지 않는 술집 안에서 남녀가 함께 앉아 술을 마시는 모습에 나는 깜짝 놀랐다. 게다가 손님이 일고여덟 명밖에 되지 않았다. 내게 시선을 돌리는 사람은 하나도 없었다. 나는 맥주를 주문한 뒤, 혹시 진짜 게이바의 이름을 기억 속에서 억압했거나 잘못 들은 것이 아넌지 기억을 뒤지기 시작했다. 고든스였나? 소도스? 소돔스? 고르키스? 모도스? 고곤스? 고곤스! 게이들이 모이는 장소에 얼마나 완벽히 어울리는 이름인가! 나는 공중전화로 가서 맨해튼 전화번호부에서 고곤이라는 이름을 찾았다. 하지만 하나도 없었다. 놀라고 낙담한 나는 공중전화 부스 안에 앉아 부조리하게 정상적인 술집을 바라보며 불퉁하게 고민에 빠졌다. 젊은 남자 네 명이 갑자기 공중전화 부스의 유리문 앞을 지나 바 앞쪽으로 움직였다. 어디서 나타난 사람들이지?

나는 부스에서 나와 뒤쪽으로 걸어갔다. 위층으로 이어진 계단이 보이고, 위에서 음악 소리가 들려왔다. 아무 생각 없이 위로 올라가니 클리블랜드 브라운스*의 전직 수비수처럼 생긴 남자가 강철 같은 눈으로 나를 지그시 바라보았다. 나는 계단 꼭대기에 앉아 있는 그를 지나쳐 작은 방으로 들어갔다. 커다란 문 뒤에서 음악 소리가 들려왔다. 나는 그 문을 열고 안으로 들어갔다.

내게서 1미터쯤 떨어진 곳에서 청년 두 명이 몸을 흔들며 목구멍 깊숙이까지 닿는 열정적인 키스를 하고 있었다. 축축한 보지들이 들어 있는 미끌미끌한 봉지가 내 배를 후려친 것 같기도 하고, 애무한 것 같기도 한 기분이었다.

나는 두 사람을 지나쳐 혼란스럽게 춤추며 얽혀 있는 청년들과 남자들 사이로 들어가서 빈 테이블을 하나 찾아 앉았다. 크기가 5×8센티미터쯤 되는 테이블 위에는 마시다 만 맥주병 세 개, 담배 열한 개비, 립스틱 한 개가 놓여 있었다. 소음과 연기와 남자들로 이루어진 혼란 속을 일이 분 동안 멍하니 무심하게 바라보고

* 미국 프로 미식축구팀.

있는데, 어떤 청년이 술을 마시겠느냐고 물어서 나는 맥주를 주문
했다. 주위를 둘러보니 스무 개가 넘는 테이블에 사람은 몇 명밖
에 없었다. 그리고 내 오른쪽 바로 옆자리의 중년 커플을 빼고는
모두가 남자였다. 중년 커플 중 남자는 병자 같은 미소를 짓고 있
었고, 여자는 아무렇지 않은 태도로 재미있어하는 기색이었다. 내
가 그쪽을 바라보자 그녀가 정신병원에 수용된 환자를 보는 것 같
은 시선으로 나를 빤히 바라보았다. 그녀의 남편은 아무리 봐도
불안하게 긴장한 것 같아서 나는 그에게 윙크를 했다.

내 눈은 어느 한 사람이나 커플을 구분해내지 못했다. 그저 춤
추는 남자들의 몸이 보일 뿐이었다. 결국 나는 눈을 들어 나와 가
장 가까운 곳에서 춤추는 두 남자를 바라보았다. 둘 중 키가 큰 남
자는 이십대 후반이었으며, 다소 촌스럽고 못생긴 얼굴이었다. 휘
어진 매부리코에, 눈썹이 텁수룩했다. 상대는 그보다 젊었으며,
젊은 시절의 피터 폰다를 연상시키는 대단한 미남이었다. 두 사람
은 서로 아무 관심도 없는 사람들처럼 춤을 추며 상대의 어깨 너
머로 다른 커플들을 바라보았다. 그러다 나이가 젊은 쪽이 갑자기
내게 시선을 돌리더니 속눈썹을 내리깔고 한쪽 어깨를 올리고 촉
촉한 입술을 관능적인 여자처럼 살짝 벌렸다. 내게는 성적인 충격
이었다. 그렇게 음란하고 자극적인 표정을 본 적이 없었다.

핑! 이건 내가 평생 잠재적인 동성애자 기질을 남몰래 간직하
고 있었다는 뜻인가? 남자의 몸으로 여성적인 유혹을 하는 저 모
습에 성적인 반응을 보인 것은 내가 건강한 이성애자라는 뜻인가,
타락한 변태라는 뜻인가, 건전한 양성애자라는 뜻인가?

지금은 상황을 살필 때였다. 주사위님은 내가 적극적으로 굴기
를 바라는가 아니면 수동적으로 굴기를 바라는가? 제우스와 가니

메데[*]인가 아니면 하트 크레인[**]과 선원인가? 자신을 따르는 청년 중 한 명과 여느 때처럼 대화를 시작하는 소크라테스가 되어야 하는가 아니면 무심한 주네[***]가 되어 180센티미터 길이로 발기한 걸 어다니는 성기의 무차별 공격 앞에 드러누워야 하는가? 주사위님의 지시는 모호했지만, 공격적이고 남성적으로 굴기보다는 수동적이고 여성적으로 구는 편이 습관을 깨는 데 더 적절할 것 같았다. 하지만 190센티미터의 가니메데를 상대해줄 제우스를 어디서 찾는단 말인가? 나를 둘로 쪼개버릴 수 있는 '위대한 좆'은 어디에 있는가? 내게서 자신이 꿈꾸던 '끔찍한 발기'를 찾아내는 사람을 발견하기가 훨씬 더 쉬울 것이다. 하지만 쉽고 어려운 것은 중요하지 않았다. 나는 여자가 되어 여자의 역할을 해야 했다. 설사 내가 자라다 만 덤불을 굽어보는 에베레스트 산처럼 내 남편을 굽어보는 처지가 된다 하더라도, 그 앞에서 반듯이 드러눕는 법을 배워야 했다. 나의 여성성에 자유를 주어야 했다. 주사위맨은 여자가 되기 전에는 결코 완전해질 수 없었다.

 "술 한 잔 사드릴까?" 남자가 자라다 만 덤불을 굽어보는 에베레스트 산처럼 나를 내려다보며 서서 물었다. 클리블랜드 브라운스의 전직 수비수처럼 생긴 그 남자가, 세상에 닳고 닳아 뭔지 알 만하다는 얼굴로 나를 내려다보고 있었다. 그리고 미소를 지었다.

---

-     제우스는 트로이의 왕자인 가니메데에게 반해서 독수리로 변해 그를 납치했다.
- ••   미국의 시인. 암암리에 동성애자로 알려져 있었고 덴마크 출신 상선 선원과 연인관계였다.
- •••  프랑스의 문인. 부모에게 버림받아 고아로 자라면서 성매매, 구걸, 절도, 마약밀수 등 밑바닥 생활을 전전했다.

# 23

주사위님의 지혜를 절대 의심하지 말라. 주사위님의 길은 불가사의하나니. 주사위님이 우리의 손을 심연으로 이끌자, 보라, 비옥한 벌판이 펼쳐진다. 우리는 주사위님이 지우신 짐의 무게에 휘청거리지만, 보라, 위로 솟아오른다. 주사위님은 결코 도에서 벗어나는 법이 없으며, 우리 또한 그렇다.

이득을 얻기 위해 주사위님에 대한 굴복을 조작하려는 욕망은 무용하다. 그러한 굴복으로는 자아의 고통에서 결코 자유로워질 수 없다. 모든 저항, 모든 목적, 가치관, 목표를 포기해야 한다. 그제야, 자신이 자아의 목적을 위해 주사위님을 이용할 수 있으리라는 믿음을 버린 뒤에야, 비로소 무거운 짐에서 해방되고 삶이 자유로이 흐를 것이다.

타협은 없다. 모든 것을 포기해야 한다.

《주사위의 서》에서


# 24

"난 처음이에요." 내가 가늘고 섬세한 목소리로 말했다. "부드럽게 해주세요."

## 25

두 개의 길이 있다. 주사위를 이용하는 길, 주사위님이 너를 이용하게 하는 길.

《주사위의 서》에서

## 26

"세상에." 내가 무거운 목소리로 말했다. "아플 것 같아요."

## 27

친구들이여, 자아란 역설적인 물건이다. 주사위를 통해 내가 자아를 파괴하려고 애쓰면 애쓸수록, 자아는 점점 크게 자랐다. 주사위를 한 번 굴릴 때마다 옛 자아에서 쪼개져나간 조각이 주사위맨이라는 자아의 조직을 성장시키는 먹이가 되었다. 나는 정신분석가로서, 논문 집필자로서, 잘생기고 남성적인 남자로서, 애정 넘치는 남편으로서 나 자신에게 갖고 있던 자부심을 죽이고 있었지만, 그 자부심의 시체들은 모두 동족의 고기를 먹는 초인간 자아의 먹이가 되었다. 내가 점점 초인간적인 생물로 변해가고 있는 것 같았다. 주사위맨이 된 것이 얼마나 자랑스러운지! 주사위맨의 가장 중요한 목표는 모든 자부심을 죽이는 것이다. 내가 허락하지 않은 유일한 선택지는 주사위맨의 힘과 영광에 맞설 만한 것들이었다. 모든 가치관 따위 똥이었다. 주사위맨의 가치관만 빼고. 내게서 주사위맨의 정체성을 빼앗으면, 나는 텅 빈 우주에 혼자 남아 두려움에 가득 차서 덜덜 떠는 멍청이가 된다. 단호한 의지와 주사위만 있으면, 나는 신이다.

한번은 내가 (한 달 동안) 기분이 내킬 때, 그리고 주사위를 다시 흔들어 원래 나온 숫자의 다음 홀수가 나왔을 때 주사위의 지시를 거역할 수 있다는 선택지를 써넣었다. 실제로 이런 일이 벌어질 가능성을 생각하니 겁이 났다. '거역'이라는 행위가 사실은 복종하는 행위가 될 것이라는 사실을 깨달은 뒤에야 나는 두려움에서 벗어날 수 있었다. 주사위는 이 선택지를 무시했다. 또 한번은 앞으로 주사위의 결정은 모두 지시가 아니라 권고가 될 것이라는 선택지를 고려했다. 그렇게 되면 주사위의 역할이 사령관에서 자문위원회로 바뀔 터였다. 하지만 다시 '자유의지'를 갖게 될 것이라는 위협 앞에서 굳어버린 나는 그 선택지를 적지 않았다.

주사위는 끊임없이 나의 오만을 지적했다. 그래서 어느 토요일에 술에 취하라고 지시했다. 내가 나의 품위와는 어울리지 않는다고 생각한 행동이었다. 술에 취한다는 것은 자제력이 없다는 뜻이고, 그것은 내가 주사위맨으로서 갖춰가고 있는 초연하고 실험적인 모습과도 모순을 이루었다. 하지만 즐거웠다. 모든 것을 놓아버리는 경험은 내가 멀쩡한 정신으로 저지르던 미친 짓과 크게 다르지 않았다. 나는 그날 저녁을 릴, 엑스타인 부부와 함께 보냈고, 한밤중에는 사디즘에 대해 쓰기로 했던 책의 원고로 종이비행기를 접어 창밖의 72번가로 날리기 시작했다. 내가 알린을 마구 만진 것은 술 탓으로 해석되었다. 이 사건은 루셔스 라인하트가 서서히 해체되고 있음을 보여준 또 다른 증거였다.

2월에 주사위는 펠로니-라인하트 섹스 연구로 실험을 하라고 지시했다. 구체적으로 말하자면 "뭔가 새롭고 가치 있는 일을 하라"였다. 나는 작은 상자에 주사위를 정리해놓고 며칠 동안 궁리하다가 우울해졌다.

인간을 상대로 한 실험에는 제한이 너무 많았다. 상대에게서 억지로 무슨 답변이든 이끌어낼 수 있지만, 행동을 강제하는 것은 불가능했다. 물론 다른 동물에게는 질문을 던질 수 없는 대신 무엇이든 시킬 수 있다. 거세할 수도 있고, 뇌의 절반을 잘라낼 수도 있고, 저녁식사나 짝이 있는 곳까지 뜨거운 석탄 위를 걷게 만들 수도 있고, 먹이나 물이나 섹스나 동료를 며칠이나 몇 달 동안 빼앗아버릴 수도 있고, 지나친 황홀경 때문에 죽을 정도로 엄청난 양의 LSD를 투여할 수도 있고, 사지를 하나씩 잘라내며 운동성을 연구할 수도 있다. 이런 실험은 우리에게 거세된 생쥐, 뇌가 없는 쥐, 조현병 햄스터, 외로운 토끼, 황홀경에 빠진 나무늘보, 다리 없는 침팬지에 대해 학술지 하나를 다 채울 수 있을 만큼 많은 이야기를 들려주지만 안타깝게도 사람에 대해서는 아무것도 알려주지 못한다.

윤리적인 이유 때문에 실험대상에게 그들이나 그들이 속한 사회가 비윤리적이라고 여기는 일을 요청하는 것이 금지되어 있다. 내가 인생을 바치고 있던 주제, 즉 사람이 얼마나 변할 수 있는가 하는 문제는 결코 과학자가 손댈 수 없다. 변화에 저항하는 것이 모든 사람의 뼛속에 밴 요소이기 때문이다. 그리고 실험대상에게 원치 않는 일을 강요하는 것은 윤리규정에 어긋난다.

나는 펠로니-라인하트 연구대상 중 일부를 바꿔놓기로 했다. 우리 연구의 주제가 성행동이었으므로, 내가 바꾸려고 시도할 것 역시 연구대상들의 성적인 태도, 성벽, 행동이었다. 불행히도 동성애자를 이성애자로 바꾸는 데에는 이 년 간의 정신분석이 필요하다는 사실을 나는 알고 있었다. 그나마도 그런 변화가 실제로 일어나는 경우는 드물었다. 내가 처녀를 색정광으로 바꿔놓을 수 있을까? 자위나 하던 사람을 난봉꾼으로 바꿔놓을 수 있을까? 충실한 가정주부를 간통녀로 바꿔놓을 수 있을까? 야하게 남을 유혹하는 사람을 금욕주의자로 바꿔놓을 수 있을까? 심하게 자신이 없었지만, 불가능한 일은 아니었다.

사람을 바꾸려면, 그가 자신을 판단할 때 기준으로 삼는 주변 분위기가 바뀌어야 한다. 주위 분위기가 사람을 만든다. 주변 사람, 제도, 글, 잡지, 영화, 영웅으로 추앙받는 사람, 철학자를 기준으로 사람들은 자신에게 쏟아지는 환호나 야유를 상상한다. 커다란 심리적 교란, 즉 '정체성 위기'는 사람이 자신을 판단하는 기준을 부모가 아니라 동료, 동료가 아니라 알베르 카뮈의 작품, 성경이 아니라 휴 헤프너*로 바꿀 때 발생한다. 자신을 '착한 아들'로 정의하던 사람이 '좋은 친구'로 변하는 것은 혁명적인 사건이다. 반면 그 사람의 친구들이 올해는 정절을 찬양하다가 내년에는 바람둥이를 찬양하는 식으로 변하는 바람에 그 사람도 충실한 남편에서 난봉꾼으로 바뀌는 것은 혁명이 아니다. 중요한 규칙은 고스란히 유지한 채, 사소한 규칙만 바뀌었기 때문이다.

처음 주사위맨이 되었을 때, 나의 자기 판단기준은 정신의학 분

<hr />

* 〈플레이보이〉지를 창간한 기업인.

야의 동료들에서 블레이크, 니체, 노자로 바뀌었다. 내 목표는 주변의 판단기준을 모두 파괴해버리는 것이었다. 가치관도, 나를 평가하는 사람도, 욕망도 없는 존재, 비인간적이고 모든 것을 포함하는 신이 되는 것이었다.

하지만 주사위맨 생활을 성 연구에까지 연장하면서 내가 품은 포부는 똥 같은 것이었다. 제우스는 동물로 변신해서 아름다운 여자와 간음을 저지르고 싶어 했다. 하지만 나는 그런 욕망 못지않게, 내 연구대상들의 판단기준이 되고 싶다는 욕망도 강했다. 그렇게 되면 내가 모든 것을 포용하는 너그러운 분위기를 만들어낼 수 있을지도 모른다. 처녀도 자신 안에 잠재되어 있던 색욕을 자유로이 드러낼 수 있는 분위기, 동성애자가 보지에 대한 잠재적인 욕망을 표현할 수 있는 분위기 말이다. 주사위맨은 실험하는 사람에게 거의 모든 것이 허용된다는 사실을 알아냈다. 내 연구에서도 연구대상에게 그렇게 많은 것을 허용하는 실험환경을 만들어줄 수 있을까?

그것이 나의 희망이었다. 유혹은 정상적이고 바람직하고 선하고 보람 있는 일을 비정상적이고 바람직하지 않고 사악하고 보람 없는 일로 바꾸는 기술이다. 유혹은 다른 사람의 주위 판단기준을 바꿔 그 사람의 성격까지 바꿔놓는 기술이다. 물론 내가 말하는 유혹은 문란한 성인들이 서로에게 해주는 자위행위 같은 것이 아니라 '순진한 사람'의 고전적인 유혹을 뜻한다.

펠로니 박사는 여성의 품위를 지키는 수호자였다. 또 수수한 전문가 같은 내 모습은 우리 연구대상들에게 우리가 정말로 존경할 만한 사람들이라는 확신을 심어주었다. 그들은 아무런 비난도 하지 않는 낯선 사람과 성에 대해 온갖 어처구니없는 이야기를 나누는 일에 익숙해졌다. 내 생각에는 이 모든 요인 덕분에, 우리가 아무리 황당한 지시를 하더라도 그들이 받아들일 수 있는 기반이 마련되었던 것 같다.

"자, 미스터 F, 오늘 오후에는 옆방에 당신 또래의 수줍지만 음란한 젊은 여성이 있어요. 그녀는 당신과 관계를 맺는 대가로 돈을 받았습니다. 그분을 부드럽게 대하되, 제대로 하자고 강조하세요. 경험이 끝난 뒤 여기 봉인된 봉투 안에 있는 설문지를 작성해주시면 됩니다. 최대한 솔직한 답변을 해주시기 바랍니다. 익명이 철저히 보장되는 조사예요."

"미스 F, 옆방에 당신 또래의 수줍은 청년 F가 있어요. 당신이 처녀인 것처럼 그도 동정입니다. 우리는 그 사람에게 당신이 사랑의 기술을 가르치기 위해 돈을 받고 온 매춘부라고 말해두었어요. 이번 실험을 위해, 당신이 그 역할을 얼마나 잘할 수 있는지 보고 싶으니 그와 성적인 상호작용을 하면서 우리가 최대한 데이터를 수집할 수 있게 해주세요. 당신이 남자와 함께 알몸이 되어서 성적으로 친밀한 접촉을 하는 것에 대한 금기의식을 극복한다면, 보너스로 100달러를 드릴 거예요. 그에게 성교를 허락한다면 보너스는 200달러가 됩니다. 또 다른 보너스에 대해서는 저희가 드린 설명서와 설문지 5페이지와 6페이지를 읽어보세요. 임신은 걱정할 필요 없습니다. 상대 남자분이 의학적으로 불임임을 확인받았으니까요."

"미스터 J, 내일 오후에 이 카드에 적힌 주소로 가세요. 거기 가면 남자가 한 명 있을 텐데, 우리가 그분에게 당신도 그분처럼 동성애자라고 말해두었습니다. 그 남자가 당신을 유혹하려고 시도할 거예요. 당신은 그 남자를 최대한 부추기면서, 당신 자신의 감정과 반응을 기록하면 됩니다. 만약 그 남자가 오르가슴에 도달한다면, 저희에게 아주 의미 있는 데이터를 주신 공로로 100달러 보너스를 드릴 거예요. 당신도 오르가슴에 도달한다면, 추가로 200달러 보너스를 드리겠습니다. 저희는 당신 같은 정상적인 남자와 동성애자인 남자 사이의 사회적 성적 교접을 연구하려고 합니다. 여기 설명서와⋯⋯."

이런 식의 생각들이 내 머릿속에서 줄줄이 쏟아져 나왔다. 아마도 매춘부와 동성애자를 돈으로 고용해야 할 테지만, 어떤 경우에는 연구대상에게 두 역할을 모두 맡길 수도 있을 터였다(이성애자 남성 두 명이 서로를 박아대며 데이터를 수집하는 경우).

나는 인간이 무엇이든 할 수 있다고 점점 믿게 되었다. 우리 현대인들은 주변 반응을 통해 자기 행동을 판단하는 데 워낙 익숙하기 때문에, 실험 지도자와 상황만 제대로 주어진다면 내가 그들의 습관적인 성역할을 바꿔놓을 수 있을 터였다.

아주 가치 있는 프로젝트가 될 것 같았다. 사드 후작급의 프로젝트. 나는 사람이 변할 수 있다는 내 가설을 확인하고 싶은 한편, 이 실험을 기대하며 악마처럼 비이성적인 기쁨을 느끼고 있는 것 같았다.


## 28


아이고, 바쁘다, 바빠. 실험하는 사람의 삶은 쉽지 않다. 미로를 만들고, 거기에 넣을 쥐를 구하고, 결과를 측정하고, 표를 작성하는 일은 쉽지 않다. 성적인 만남을 마련하고, 그것을 운영할 사람을 구하고, 결과를 측정하고, 모든 것을 믿는 일은 그보다 더욱 힘들다.

그래도 나는 몇 주 만에 그 복잡한 일을 완수했다. 공식적으로는 라인하트-펠로니의 무도덕 관용연구라는 이름이 붙었지만, 뉴욕 정신과의사들은 보통 '아무 걱정 없이 즐겁게 섹스하고 돈도 벌기'라고 불렀다. 〈뉴욕데일리뉴스〉에서는 '컬럼비아 성교잔치'라고 부르기도 했다. 나는 우리의 합동연구가 옳다는 점을 펠로니 박사에게 납득시키느라 조금 애를 먹었지만, 어느 날 그녀와 점심식사를 함께하면서 "실험적인 상황에서 행동패턴과 태도의 안정성 테스트"라는 말과 "동성애자를 정의하는 라이베르비츠-룸 기준"과 "여자 앞에서 오 분 이상 발기를 유지하는 것으로 규정되는 이성애"라는 말을 계속 늘어놓았다. 마지막 결정적인 한마디는 "모든 결과의 완전한 정량화"였다. 펠로니 박사는 결국 나에게 동의하면서, 모든 연구대상의 익명성 보장을 연구자로서 크게 강조했다.

처음 이 주 동안 실험은 믿을 수 없을 만큼 혼란스러웠다. 우리가 고용한 사람들(남녀 매춘부들) 중에 아예 나타나지 않거나 지시를 제대로 따르지 못하는 사람이 너무 많았다. 후자의 경우가 더 일반적이었다. 콧대 높게 튕기는 역할을 하라고 고용한 여자들은 친구를 데려와 우리 연구대상에게 난교파티를 선사해주곤 했다. 돈 후안 타입의 남자를 성적으로 기진맥진하게 만들기 위해 고용한 또 다른 여자는 십오 분 뒤에 잠이 들더니, 허리띠로 가볍게 때리는데도 깨어나지 않았다.

많은 연구대상들은 실험에 동의하는 것 같더니만 사라져버렸다. 나는 연구대상, '실험조교'(예산서와 재단 보고서에 우리 '조력자'를 이렇게 표기했다), 데이터를 구하느라 필사적이었다. 나중에는 아내, 알린, 미스 레인골드까지 고용하고 싶은 생각이 들 정도였다. 펠로니 박사도 자신의 연구대상들과 같은 문제를 겪고 있다고 말했다. 우리가 모든 '실험'에 아파트 두 채를 똑같이 사용해야 한다는 사실이 혼란을 더욱 가중시켰다.

나는 알린에게 외롭고, 얌전하고, 사랑에 번민하는 가정주부 역할을 맡겨 성적으로 궁지에 몰려 있고 금기의식이 강한 대학생을 만나게 했다. 그 대학생에게는 헨리 밀러의 역할을 하라고 지시해 두었다. 알린은 잔뜩 들떠서 돌아와 그날 저녁의 만남이 완벽한 성공이었다고 선언했다. 하지만 처음 두 시간 동안은 이렇다 할 일이 일어나지 않았으며, 자신이 샤워를 하고 알몸으로 거실에 들어 간 것이 자신에게 맡겨진 역할에 완전히 부합하지 않았을 수도 있다고 인정했다. 그녀는 실험에 필요하다면 어떤 식으로든 도움을 주겠다고 자원했으며, 심지어 제이크에게도 알리지 않겠다고 했다.

마침내 나는 나이 많은 감독이 벤치에서 몸을 일으켜 직접 경기장에 뛰어들 필요가 있다는 결론을 내렸다. 경우에 따라 구멍을 메우거나 가운데를 날려버릴 사람이 필요했다. 점수를 내기 위해서. 내가 경기장으로 뛰어 들어가면, 군중은 쥐 죽은 듯이 조용해졌다.

미스 T에게 내린 지시는 다음과 같았다. "서른다섯 살인 미스터 O의 아파트에서 저녁을 보낸다. 남자는 당신과 저녁을 함께 보내기 위해 이미 100달러를 지불한 뒤다. 미스터 O는 일 년 전 아내와 사별한 외로운 대학교수이며, 이 실험에 대해 전혀 모르기 때문에 친구가 젊고 미숙한 콜걸을 불러줬다고만 알고 있다. 당신은 최대한 완전하게 자신을 내어주려고 애써야 한다. 당신의 태도와 감정을 면밀히 관찰하고, 봉투에 들어 있는 설문지를 작성하라."

사전 설문에 따르면, 미스 T는 열아홉 살이며, 성교경험이 없었다. "진하게 끌어안고 애무한" 남자는 둘뿐이고, 키스한 남자도 "열 명이 안 되는" 수준이며, 레즈비언 성향이나 경험은 없었다. 그녀는 "하느님이 유한한 처벌을 내리시기" 때문에, "심리적으로 불건전하기" 때문에, 그리고 "임신의 위험"이 있기 때문에 혼전성교가 나쁘다고 믿었다. 하지만 종을 번식시킨다는 긍정적인 기능 또한 인정했다. 그녀의 주장에 따르면, "하느님이 유한한 처벌을 내리시기" 때문에 자위도 한 적이 없었다. 이성애의 기준에서 벗어나는 모든 성행동에 대해서는 어렴풋이 엄격한 태도를 보였으며, 다른 면에서도 대부분 지극히 보수적인 태도를 보였다. 또한 어머니를 제외한 누구와도 밀접한 관계를 맺지 않은 것 같았다. 어머니와는 몹시 가까운 사이인 듯했다. 그녀는 자신이 독실한 가톨릭 신자이며, 정서적인 장애가 있는 아이들을 돌보는 사회복지사가 되고 싶다고 말했다.

내가 보기에는 미스 T가 과연 약속대로 나타날지도 의심스러웠다. 내가 비슷한 지시(같은 연구대상 또는 돈으로 고용한 사람을 만나라)를 내린 다른 연구대상 일곱 명 중 세 명은 끝내 나타나지 않았는데, 그중 두 명이 미스 T처럼 조용한 타입이었다. 내가 정해준 시각은 '8시경'이었다. 나는 일종의 자영업자다운 넉넉함으로 7시 30분에 도착했다. 그리고 술을 한 잔 만든 뒤 한참 동안 앉아서 기다릴 각오로 자리를 잡았는데 초인종이 울렸다. 문을 여니 어떤 젊은 여자가 "테리 트레이시"라고 자신을 소개했다. 8시 오 분 전이었다.

테리 트레이시는 베이비시터 아르바이트를 하러 온 십대 소녀처럼 밝은 표정으로 나를 올려다보았다. 키가 작고 쾌활해 보이는 인상이었으며 눈은 따스한 갈색, 부드러운 머리카락도 갈색이었다. 불안한 기색이면서도 우아한 모습은 내털리 우드와 비슷한 것 같았다. 옷차림은 치마와 헐렁한 터틀넥 스웨터이고, 구부린 왼팔에는 숙제가 들려 있었다(알고 보니 설문지가 들어 있는 봉인된 마닐라 폴더였다). 나는 어색하게 들어오라는 소리를 하며, 늙어빠진 주제에 어처구니없이 호색하는 노인이 된 기분이었다.

"술 한잔할래요?" 내가 물었다. 어쩌면 이 아가씨가 지시사항을 잘못 이해했을지도 모른다는 생각이 들었다.

"네, 좋아요." 그녀는 방 한가운데로 걸어와 평범하기 그지없는 소파, 의자, 책상, 책꽂이, 러그를 마치 달에서 수입한 물건처럼 둘러보았다.

"내 이름은 로버트 오코너이고, 롱아일랜드 대학에서 역사를 가르치고 있어요."

"저는 테리 트레이시예요." 그녀가 나를 바라보며 밝게 말했다. 아무리 봐도, 이제 곧 바다 이야기로 자신을 홀릴 재미있는 아저씨를 보는 눈길이었다.

나는 짐짓 차분한 척하며 내 술잔을 명상하듯 바라보려고 했지만, 웃기는 짓을 하고 있다는 생각이 들었다.

"최근 본 영화 있어요?" 내가 물었다.

"아뇨. 전 영화 잘 안 봐요."

"요새 영화 값이 비싸긴 하죠."

"네, 맞아요. 그리고 많은 영화가…… 음…… 별로 가치가 없어요."

"맞아요."

그녀는 벽난로를 바라보았다. 나도 벽난로를 바라보았다. 나무가 타는 곳을 막아둔 작은 격자 가림막은 구 년 전 이 아파트가 지어진 이후 한 번도 사용된 적이 없는 것 같았다.

"불을 피울까요?" 내가 물었다.

"아뇨. 지금도 따뜻한데요."

나는 술을 홀짝거리며 차가운 잔의 겉면에 땀방울처럼 맺힌 물기를 혀로 핥았다. 오늘 저녁에 내가 하게 될 행동 중 이것이 가장 관능적일지도 모르겠다는 생각이 들었다.

"이리 와서 내 옆에 앉지 그래요?" 데이지를 먹는 하마가 말했다.

"여기도 편하고 좋아요." 그녀는 벽난로를 불안하게 잠시 바라본 뒤 말을 덧붙였다. "그럴게요."

그녀는 처음 우유잔을 든 아이처럼 조심스레 잔을 들고 다가와 내게서 30센티미터쯤 떨어진 곳에 앉았다. 그리고 미니스커트를 얌전하게 한 번 아래로 잡아당겼다. 그래도 치맛단은 무릎에서 한참 위로 올라가 있었다. 믿을 수 없을 만큼 몸집이 작아 보였다. 나는 키가 190센티미터라서 사람들을 내려다보는 데 익숙했지만, 왼쪽에 앉은 테리 트레이시를 내려다봐도 보이는 것이라고는 곱슬곱슬한 갈색 머리와 벌거벗은 것처럼 보이는 두 다리뿐이었다.

"저기요." 내가 말했다.

그녀가 방긋 웃으며 시선을 들었지만, 눈빛은 조금 모호했다. 마치 이야기를 풀어내는 아저씨가 방금 '매음굴'이라는 말을 하기라도 한 것 같았다.

"키스해도 돼요?" 내가 물었다. 한 번에 100달러니까 지나친 요구는 아닌 것 같았다.

그녀의 눈빛이 더욱 모호해졌다. "네, 그럼요." 그녀가 말했다.

나는 그녀의 자그마한 몸을 끌어당겨 얼굴을 기울였다. 그리고 자연스럽게 그녀의 입술에 입술만으로 키스하기 시작했다. 입은 작고, 입술은 건조했다. 몇 초 뒤 나는 몸을 세웠다.

"엄청 예쁘네요." 내가 말했다.

"고마워요."

"입술도 좋아요."

"선생님 입술도요."

"이제 나한테 키스해요."

그녀는 고개를 들고, 내가 고개를 숙이기를 기다렸다. 하지만 나는 똑바로 허리를 세우다 못해 아예 소파에 등을 기대며 그녀를 섹시하게 내려다보았다.

조금 망설이던 그녀가 술잔을 탁자 위에 놓고 무릎으로 일어섰다. 그리고 양손을 내 목에 올린 뒤 천천히 고개를 숙였다. 내 양 팔이 그녀를 감쌌다. 한 손은 엉덩이를 단단히 붙잡았다. 나는 입술과 혀를 그녀에게 밀어붙였다. 십 초, 십오 초, 이십 초, 삼십 초 동안 그녀의 입속에 혀를 넣은 채 손으로 그녀의 등, 엉덩이, 허벅지를 쓸었다. 그녀의 몸은 작지만 단단했으며, 모직 스커트를 통해 느껴지는 자그마한 엉덩이는 둥글고 고무 같았다. 마침내 내가 몸을 떼어내고 그녀를 바라보았다.

그녀는 올 A를 맞는 학생 같은 미소를 지었다.

"정말 끝내줬어요." 내가 말했다.

"아, 네, 좋았어요." 그녀가 대답했다.

"당신 혀를 내 입에 넣어요." 나는 이렇게 말하고 나서 옆으로 미끄러져 소파에 누우면서 그녀를 내 몸 위로 잡아당겼다. 몸이 놀라울 정도로 가벼웠다. 그녀의 혀가 작은 입속에서 조심스럽게 나왔다. 누군가를 겁주려 하는 뱀 같았다. 나는 양손을 그녀의 치마와 팬티 속으로 밀어 넣고 다리 사이를 탐험하다가 길을 잃었다. 그러니까, 보통 그곳의 덤불 속에 있기 마련인 두 개의 동굴 중 한 개밖에 찾아내지 못했다는 뜻이다. 로버트 프로스트가 남긴 불멸의 표현을 빌리자면, "사람들이 적게 간 길"이었다. 거기를 꿰매버린 건가? 나는 미끈거리는 틈을 찾아 어루만졌지만, 그것은 릴이나 알린처럼 따뜻하고 폭신한 구멍으로 이어지지 않고 막다른 길로 끝났다. 문자 그대로 처녀였다.

그녀가 내게서 10센티미터쯤 몸을 떼었다.

"거긴 만지지 마세요." 그녀가 말했다.

"미안합니다." 나는 손을 부드럽게 빼내고 치마를 정돈해주었다.

그녀는 잠시 망설이다가 따뜻하고 작은 입을 내 입술에 댔다. 그녀의 양손이 내 얼굴을 감싸고 있었다. 내 늘어난 음경을 눌러대는 그녀의 배 때문에 절정이 올 것 같아서 나는 키스를 멈추고 몸을 움직여 둘 다 앉은 자세를 취하게 했다. 그녀가 밝은 표정으로 나를 올려다보았다. 집에 좋은 성적표를 가져와서 흡족해하는 것 같은 표정이었다. 물론, 성적인 흥분 때문에 얼굴이 밝아진 것일 수도 있었다. 나의 끈적거리는 손가락은 확실히 학문적인 관심을 표한 것이 아니었으니까. 조금 술에 취한 기분으로 그녀를 바라보며 나는 갈라진 목소리로 물었다.

"침실로 갈까요?"

"어머, 안 돼요." 그녀가 말했다. "제 술이 아직 남았어요." 그녀는 치마를 더욱 정돈하면서 손을 뻗어 진토닉을 쭉 마셨다. 나도 발치에 놓여 있던 잔을 찾아 비워버렸다.

"교수님이세요?" 그녀가 물었다.

"맞아요."

"무슨 교수님요?"

"역사."

"아, 그렇지, 아까 말해주셨죠. 정말 재미있겠네요. 어떤 역사를 제일 좋아하세요?"

"난 르네상스 시대 교황칙서 전문가예요. 저기, 술을 한 잔 더 줄까요?"

"어머, 정말요? 저는 체사레 보르자와 교황들 얘기를 좋아해요. 술 한 잔 더 하고 싶어요. 교황들이 정말로 책에 나오는 것처럼 나빴나요?"

나는 술이 있는 곳을 향해 조금 공격적으로 걸어갔지만, 그래도 어깨 너머로 대답해주었다. "그거야 '나쁘다'라는 말의 뜻이 뭔가에 따라 다르죠."

"자식도 낳고 그랬느냐는 뜻이에요."

"알렉산데르 1세는 자식이 여럿이었어요. 교황 요한 9세도 마찬가지였고요. 하지만 모두 교황이 되기 전의 일이에요."

"요즘 교회가 훨씬 더 순수하네요."

나는 그녀의 잔에 진을 엄청나게 붓고 토닉을 한 방울 떨어뜨렸다. 내가 먹을 술로는 욕조만큼 커다란 잔에 스카치를 따랐다. 그리고 소파로 척척 걸어갔다.

"대학을 어디까지 다녔어요?" 내가 물었다.

"헌터 대학에서 4학기째예요. 아마 사회학 전공일걸요. 아!……으……."

"왜 그래요?" 순간적으로 내가 잔을 건네면서 술을 엎지른 줄 알았다. 하지만 그게 아니라, 내 바지 앞섶이 열려 있었다. 그녀는 겁을 먹은 표정이었다.

"아무것도 아니에요." 그녀는 진토닉을 길게 한 모금 마셨다. "그런데…… 어떻게…… 그러니까 왜 제가 대학에 다닌다고 생각하셨어요?"

"아는 게 많아 보여서요." 내가 말했다. "고등학교만 나와서는 르네상스에 대해 그렇게 잘 알 수 없거든요."

그녀는 내게서 고개를 돌려 사용한 적이 없는 것 같은 더러운 벽난로를 바라보았다. 조금 전처럼 쾌활한 표정이 아니었다.

"여대생이…… 여기 온 게 좀…… 이상해 보이지 않았어요?"

아, 자신이 맡은 역할이 어긋난 것이 마음에 걸리는 모양이었다.

"그럴 리가요." 내가 단호하게 말했다. "내 친구 말로는, 자기가 아는 콜걸들이 거의 대학생이라던데요. 올 A를 받는 학생들도 수두룩하다고. 등록금이 워낙 비싸니 여학생이 뭘 할 수 있겠어요?"

그녀가 이 말을 받아들여 이해하는 데는 시간이 좀 필요한 모양이었다. 그녀가 '콜걸'이라는 말에 얼굴을 붉히며 시선을 외면했다가, 마침내 조용히 말했다.

"맞아요."

"그리고 여대생들은 성적인 금기의식이 모두 얼마나 비합리적인지 배우죠. 하기에 따라 성교가 안전하며 이윤도 많다는 사실도 배우고요."

"하지만…… 하지만…… 그래도 아직 하느님을 무서워하는 여학생들이…… 섹스는……."

"물론 맞는 말이에요. 하지만 신앙심이 아주 깊은 여대생 중에도 콜걸이 되는 사람이 많아요."

그녀가 무슨 소리냐는 듯이 나를 올려다보았다.

"우리가 하는 모든 행동에 대해 하느님이 항상 그 이유를 조사하신다는 사실을 아는 사람들이죠." 내가 말을 이었다. "어떤 아가씨가 자신의 몸으로 남자에게 쾌감을 주고 돈을 벌어 교육비를 마련함으로써 하느님을 섬길 능력을 더욱 키운다면, 그건 사실 선한 행동인 거예요."

그녀가 불안한 표정으로 나를 외면했다.

"하지만 하느님은 간음이 죄라고 하셨어요." 그녀가 말했다.

"아, 하지만 간음을 뜻하는 히브리어 단어 'fornucatio'는 사실 성교는 오로지 쾌감만을 위한 것이라는 뜻이에요. 그러니까 십계명의 옳은 번역은 '이기적인 마음으로 간음하지 말라'가 되어야 해요. 롱아일랜드 대학에서 성경 역사 162 강의를 듣는 많은 여학생들은 하느님의 명령의 본질이 무엇인지 깨닫고 상당히 놀라면서 즐거워했어요."

그녀는 소파에 나와 나란히 앉아 몸을 웅크린 채 자포자기한 사람처럼 멍하니 진을 마셨다. 그리고 마치 그 안에 궁극적인 답이 들어 있기라도 한 것처럼 잔 안을 빤히 들여다보았다.

"하지만 하느님은……" 그녀가 입을 열었다. "사도 바울은…… 교회는……."

"문제가 되는 건 이기적인 쾌감뿐이에요. 히브리어로는 아주 분명하게 드러나 있어요. 〈고린도후서〉 8절은 이렇게 말합니다. '하느님의 영광을 위해 남자에게 자신을 허락하는 여인은 축복을 받을 것이나, 이기심에서 간음을 행하는 여인에게는 화가 있으리라. 바로 땅이 그 여인을 집어삼킬 것이다.'*"

이번에도 그녀는 머뭇거리다가 입을 열었다.

---

* 실제 성경에는 없는 구절.

"하느님의 영광요?"

"성 토머스 아퀴나스는 이것을 하느님께 영광을 돌리는 개인의 능력을 더욱 높이기 위한 모든 행동을 뜻하는 구절이라고 해석합니다. 그는 밧세바*의 딸이 아람인을 개종시키기 위해 그에게 자신의 몸을 내어준 사례를 인용하죠. 신약성서에 나오는 매춘부 막달라의 경우도 인용합니다. 그녀는 남자들을 더 잘 파악하고, 그리스도의 신성을 증거하기 위해 전통에 따라 계속 몸을 팔았어요."

"정말로요?" 그녀가 날카로운 목소리로 말했다. 최후의 '진리'를 접한 사람 같았다.

"단테의 〈낙원〉에서, 아가씨도 아마 읽었겠지만, 신앙심이 깊은 매춘부가 세 번째 천국으로 가잖아요. 성자들이 있는 천국의 바로 아래이자 수녀와 처녀가 있는 천국보다는 위인 곳. 단테를 안내한 베아트리스는 '도망쳐서 은거하여 미덕을 추구하는 것으로는 적극적으로 행동하는 자만큼 하느님께 가까이 다가갈 수 없다. 영혼이 순수하다면, 몸은 더럽혀질 수 없다'라고 말해요."

"아, 저도 읽었어요. 그게 단테였나요?"

"〈낙원〉, 17편이었을 거예요. 밀턴이 이혼에 관한 유명한 에세이에서 이 구절을 자기 말로 바꿔서 다시 썼죠."

"재미있네요……" 그녀는 이렇게 말하고 나서 잔에 남은 얼음 덩어리들을 찰랑찰랑 흔들다가 술을 한 번 더 마셨다.

"교회는 당연히 이런 전통을 깎아내렸죠." 나도 내 잔을 만족스럽게 마시면서 말을 이었다. "젊은 아가씨들이 남자들을 개종시키겠다는 꿈 때문에 불필요한 유혹에 흔들릴지도 모른다고 생각

---

• 솔로몬의 어머니.

했거든요. 비록 그런 행동이 죄는 아니지만, 모든 섹스가 사악하다는 인상을 만들어낸다는 결론이 내려졌어요. 그렇게 해서 대중은 하느님의 진정한 목적을 모르는 채로 살아온 겁니다."

마침내 그녀가 시선을 들어 나를 바라보며 슬픈 미소를 지었다.

"앞으로 역사 강의를 더 들어야겠어요." 그녀가 말했다.

나는 그녀에게 고개를 돌리고는 오른손으로 뺨에 흘러내린 머리카락을 넘겨주었다.

"내 강의에 당신 같은 학생이 들어오면 좋을 것 같네요. 이야기를 나눌 사람이 없어서 아주 외롭거든요."

"그래요?"

"영적으로 길을 잃고 외로이 헤매는 것 같아요. 아내를 잃은 뒤로 줄곧. 내게는 여자의 몸과 마음이 주는 온기가 필요한데, 오늘 저녁까지 만난 사람이라고는 둔하고 현학적인 여자들뿐이었어요. 모두…… 내게 이타적으로 자신을 내어줄 수 없는 사람들."

"저는 선생님이 아주 좋아요." 그녀가 조심스럽게 말했다.

"아, 테리, 테리……."

나는 그녀를 품에 안았다. 그 바람에 그녀의 잔에 남아 있던 술이 소파와 바닥에 쏟아졌지만, 나는 그녀를 부드럽게 끌어안았다. 그녀의 머리보다 한참 위에 있는 내 눈은 책꽂이 위에 놓인 마닐라폴더에 한가롭게 고정되어 있었다. 라디오에서 〈왜 길에서 그걸 하면 안 되나?〉라는 노래가 쾅쾅 울려 나왔다.

"아, 귀여운 테리." 내가 말했다. "이제 나랑 같이 침실로 가요."

그녀는 내 품 안에서 몸을 굳힌 채 아무 대답도 하지 않았다. 음악이 끝나고, 라디오 아나운서는 글림 치약의 믿을 수 없는 장점에 대해 줄줄 말을 늘어놓기 시작했다. 그다음에는 숨 돌릴 틈도 없이 로버트 홀스에 대한 칭찬이 이어졌다.

"선생님은 너무 커요." 그녀가 마침내 말했다.

"난 당신이 간절히 필요해요."

그녀는 꼼짝도 하지 않았다. 나는 포옹을 풀고 그녀를 내려다보았다. 그녀가 불안한 얼굴로 나를 올려다보며 말했다. "먼저 키스해주세요." 그녀가 팔을 뻗어 내 목을 감았다. 키스를 하면서 나는 그녀의 몸 위로 묵직하게 몸을 기울였다. 우리는 일 분이 넘도록 함께 바르작거렸다.

"내가 너무 무거워?" 내가 물었다.

"조금요." 그녀가 말했다.

"침실로 가자."

우리는 서로에게서 떨어져나와 일어섰다. "어느 쪽이에요?" 그녀가 물었다. 마치 긴 등산을 시작하는 사람 같았다.

"이쪽." 내가 말했다. 우리가 침실 안으로 열 걸음 들어갔을 때 내가 말을 덧붙였다. "저긴 욕실이야." 우리는 서로를 바라보았다. "거기서 옷을 벗어. 난 여기서 벗을 테니."

"고마워요." 그녀는 이렇게 말하고 나서 욕실로 들어갔다. 도중에 그녀의 어깨가 문설주에 부딪혔다. 나는 옷을 벗어 침대와 낡은 호두나무 화장대 사이에 종류별로 깔끔하게 쌓아두었다. 킹사이즈 침대에 누운 나는 양손으로 뒤통수를 받치고 성운처럼 소용돌이치는 천장을 바라보았다. 오 분이 지난 뒤에도 내 앞에서 움직이며 즐거움을 안겨주는 것은 그 성운뿐이었다.

"테리?" 내가 아무렇지도 않게 그녀를 불렀다.

"안 되겠어요." 그녀가 욕실 안에서 말했다.

"뭐?" 내가 큰 소리로 말했다.

그녀는 옷을 완전히 입은 채로 나왔다. 눈이 빨갛게 충혈되고, 아랫입술을 얼마나 깨물었는지 립스틱이 완전히 지워진 모습이었다. 그녀는 욕실 문과 침대 사이 중간쯤에 뻣뻣하게 서서 말했다.

"제가 잘못 생각했어요. 저는 선생님이 생각하는 그런 사람이 아니에요."

"그럼 어떤 사람인데?"

"저는…… 저는 아무것도 아닌 사람이에요."

"아냐, 테리. 당신은 놀라운 사람이야. 당신이 어떤 사람이든 상관없어."

"저는…… 하지만 저는 선생님과 잠자리에 들 수 없어요."

"아, 테리." 나는 침대에서 벗어나려다가 그녀의 표정을 보고 그녀가 도망칠지도 모른다는 생각이 들었다. 그래서 그냥 일어나 앉아서 말했다. "뭐, 그렇다면, 당신은 어떤 사람이지?"

"저는…… 저는…… 컬럼비아 의대의 실……실험을 위해 지시를 받고 왔어요."

"설마!" 내가 당황해서 말했다.

"맞아요. 사실 저는 그냥 여대생이에요. 그것도 상당히 순진한 여대생일걸요. 실험에 최대한 협조하고 싶었지만, 못하겠어요."

"세상에, 테리, 믿을 수가 없군요. 이런 굉장한 일이. 나도 마찬가지예요."

그녀가 멍하니 나를 바라보았다.

"마찬……가지라니…… 뭐가요?"

"나도 컬럼비아 의대가 실시하는 인간의 성 본질에 대한 연구의 일환으로 지시를 받고 왔어요. 사실은 성 요한 성당 소속 포브스 신부예요."

그녀는 옷을 벗은 나의 덩치 좋은 상체를 빤히 바라보았다.

"그렇군요." 그녀가 말했다.

"운명의 장난으로 순진한 사람 둘이 이렇게 만나다니!" 나는 잠깐 천장을 바라보았다. 천장은 소용돌이로 내게 응답했다.

"전 가봐야겠어요." 그녀가 대답했다.

"자매님, 가면 안 돼요. 여기에 하느님의 손길이 작용하고 있다는 걸 모르겠어요? 혹시 남자에게 자신을 준 적이 있나요?"

"아뇨, 신부님. 전 정말 가봐야 돼요."

"자매님, 꼭 여기 있어야 돼요. 모든 거룩한 것을 걸고, 꼭 여기 있어야 돼요." 나는 당당하고 품위 있게 침대에서 일어나 훌륭한 아버지 같고 아가페 같은 표정으로 양팔을 뻗은 채 미스 T에게 다가갔다.

"싫어요." 그녀가 한 팔을 힘없이 들어 올렸다.

나는 단 한 번도 머뭇거리지 않고 그녀를 완전히 껴안은 뒤, 아버지 같은 손길로 그녀의 머리카락과 등을 쓰다듬었다.

"상냥한 자매님, 당신은 나의 구원이에요. 만약 내가 매춘부와 죄를 지었다면, 영원히 저주받았을 겁니다. 그 여성은 이기적인 행위를 한 것이고, 나는 그녀가 죄를 짓는 원인이 되었을 테니까요. 하지만 자신의 의사에 반해서, 즉 이타적인 마음에서 몸을 내어주는 가톨릭 신자와의 성적인 관계는 당신을 죄에서 해방시키고, 나를 타락에서 해방시킵니다."

그녀는 뻣뻣하게 선 채로 나의 느슨한 포옹에 몸을 맡기지 않았다. 그러더니 울기 시작했다.

"당신은 신부님이 아닌 것 같아요. 집에 갈래요." 그녀는 나의 상복부로 파고들면서 흐느꼈다.

*"In domine Pater incubus dolorarum, et filia spiritu gran-dus magnum est. Non solere sanctum raro punctilius in-sularum, noncunninglingus variorun delictim. Habere est cogitare."*•

그녀가 나를 올려다보았다.

"당신은 왜 여기에 왔어요?"

"마누스 파트리, 마누스 파트리••. 당신을 위해서예요, 자매님. 우리가 사랑의 스피리투스 델리티 에트 코르푸스 보너•••로 결합할 수 있도록."

"당신은 정말 이상한 사람이에요."

"지금은 신성한 순간이에요. 다녀와요."

이 분 뒤 다시 욕실에서 나온 그녀는 정숙하게 배에 수건을 대고 있었지만, 명랑하고 둥근 분홍색 젖가슴이 드러나 있었다.

내가 한쪽 이불을 젖혀주자 그녀가 폴짝 뛰어 들어왔다. 테디베어를 안고 침대로 뛰어드는 열 살짜리 아이 같았다.

친구들이여, 테리 트레이시는 감탄스러운 온기와 자세와 순종과 솜씨로 자신의 영적인 의무를 수행했다. 솜씨가 지나치게 좋았지만, 처음에 삽입이 잘 되지 않아 애를 먹던 나는 그녀에게 그녀의 입안에 있는 성수로 할례받지 않은 아이에게 세례를 내려달라고 부추겼다. 그녀가 이 일을 어찌나 헌신적으로 해냈는지, 나는 몇 분이 흐른 뒤에야 나의 가장 중요한 공략대상을 떠올릴 정

---

•　신부인 척 읊어대는 엉터리 라틴어.

••　manus patri. 라틴어로 '아버지의 손'을 뜻한다.

•••　spiritus delicti et corpus boner. 엉터리 라틴어. 다만, corpus delicti는 라틴어로 '범죄가 되는 사실', boner는 영어로 '발기'를 뜻한다.

도였다. 그때 나는 영적으로 지나치게 준비가 되어 있었기 때문에, 조금만 힘을 주면 즉각적이고 완전한 신의 은총을 성취하게 될 것 같았다. 그녀는 나를 가엾게 여기는 듯 손으로 위로해준 뒤, 떨고 있는 아이를 향해 자신의 신성한 입을 내려 씻겨주었다. 그녀의 혀가 내게 말을 건넸다. 나는 전혀 점잖지 못한 자세로 앞뒤가 전혀 맞지 않는 소리를 내며 신음했다. 이런 정서적 미사를 드리는 사람들이 으레 그렇듯이. 그러다가 성령이 승천하시는 것을 느끼고, 할례받지 않은 나의 아이를 거룩한 성전에서 빼내려고 애쓰면서 히스테리 환자처럼 "그만!" 하고 속삭였다. 하지만 천사는 행동을 멈추지 않았다. 성운, 나의 아이, 내가 전부 감정의 신성한 융합 속에서 동시에 폭발했다. 나는 그녀의 입안에서 솟아올랐다. 보잘것없는 인간들의 세상에서 완전히 벗어나 십 초에서 십오 초를 보낸 뒤 나는 영적인 여행에서 돌아왔다.

그녀의 입과 손은 아무 일도 없었다는 듯이 내 음경과 고환을 여전히 따뜻하게 감싸고 있었다. 나는 삼십 초 동안 가만히 누워 있다가 테리의 머리에 한 손을 얹었다.

"테리."

그녀가 삼사 분 만에 처음으로 고개를 들었지만, 내게 시선을 돌리지 않은 채 엉덩이를 돌려 내게 가깝게 들이대고는 이렇게 말했다.

"만져주세요. 제발 만져주세요."

내가 양손을 그녀의 다리 사이에 넣어 어루만지며 찔러대기 시작하자 그녀가 사납게 몸을 밀착했다. 이번에는 내가 구멍에 제대로 손가락을 밀어 넣었다. 그녀의 입은 완전히 세례를 받고 비교적 편안해진 나의 아이를 삼키려고 애썼다. 그러다가 그녀가 몸을 옆으로 굴리며 처음으로 신음 소리를 냈다. 그런 것 같았다. 확실히 실망감이 담겨 있는 것 같았지만.

나는 우울하고, 화가 났다. 내가 모자란 사람이 된 것 같고, 죄책감도 느껴졌다. 하지만 교수-신부-고객 역할을 하는 주사위맨으로서 나는 그냥 그녀에게서 몸을 굴려 떨어져서 즐거웠다고 말해주었다.

그녀는 아무 말도 하지 않았다. 우리는 십 분 동안 침묵 속에 누워 있었다. 나는 나의 붉은 군대를 다시 모아 반도로 들어갈 수 있게 되자마자 승리를 향해 진군하기로 결심했지만, 그때까지 할 수 있는 일이라고는 가만히 누워 모자란 사람이 된 것 같은 기분을 느끼는 것뿐이었다. 심지어 그녀가 무슨 생각을 하는지도 궁금하지 않았다.

"다시 할 수 있어요?" 그녀가 말했다.

우리는 서로를 향해 돌아누워서 열정적인 것 같으면서도 냉담한 포옹을 했다. 그러다가 그녀가 내 어깨를 손톱으로 할퀴는 방법으로 내가 너무 힘을 주고 있다고 알려주었다. 몇 분 동안 애무를 한 뒤, 나는 그녀에게 네 발로 엎드리라고 했다. 그러고는 뒤에서 그녀의 몸속으로 들어가려고 시도했다. 우리는 용머리를 동굴 입구에 대고 용에게 안으로 들어가라고 부추겼다. 마치 목욕을 시키려고 개를 지하실 계단 아래로 밀어대는 것 같은 기분이었다. 우리는 다시 밀착했다. 그때 놀라운 일이 벌어졌다. 나의 용이 바깥쪽 장벽을 갑자기 뚫고 2센티미터쯤 안으로 들어간 것이다. 그녀는 소리를 지르며 앞으로 쓰러졌다. 나는 사과했지만, 그녀는 즉시 무릎으로 엎드려서 자신의 다리 사이를 더듬었다. 방향을 알려주는 운영위원회 같았다. 용은 몇 번 더 돌진한 끝에 동굴 안으로 깊숙이 사라져 그녀의 배에 흡족하게 코를 비벼대고 있는 것 같았다. 나의 커다란 손이 그녀의 허리를 손쉽게 움직였고, 나는 그동안 기다린 가치가 있었다고 생각했다. 정말 굉장했다. 그때 아파트 초인종이 울렸다.

그 순간 우리는 그녀의 안을 내가 가득 채운 쾌감에 열중하고 있었기 때문에 그 소리를 알아차리지 못했다. 그러다 소리가 귀에 들어오자 그녀가 총 냄새를 맡은 사슴처럼 고개를 들고 말했다.

"저게 뭐죠?"

나의 멍청한 대답. "초인종."

그녀는 몸을 빼서 내게서 멀어졌다. 겁에 질린 얼굴이었다.

"누군데요?"

나의 멍청한 대답. "모르지."

그러다 슈퍼맨 자아를 되찾은 대답. "틀림없이 집을 잘못 찾아온 사람일 거야."

"아니에요. 가서 한번 확인해보세요."

문 앞에 서 있는 것은 땅딸막한 안경잡이 청년이었다. 그는 나를 보고 말문이 막힌 것 같았다.

"여기가……" 그는 내가 살짝 열어 붙잡고 있는 문을 다시 흘깃 바라보았다. "여기가 4-G호 아닌가요?"

나는 주소가 기억나지 않아서 벗은 상체를 밖으로 내밀어 그가 방금 본 곳을 보았다. 4-G호 맞았다.

"네, 맞아요." 내가 친절하게 말했다.

그가 나를 빤히 바라보았다.

"저는…… 그러니까…… 여기서 9시에 누굴 만나기로 돼 있는데요."

"9시?" 무슨 소리인지 알 것 같았다.

"아마 제가 조금 늦은 것 같은…… 아마도……."

"혹시 여기서…… 만나기로 한 사람이 여자……."

"네." 그가 끼어들었다. "여기서 여자를 만나기로 했어요." 그가 불안하게 웃으며, 금테 안경을 고쳐 썼다. 이마에 여드름 두 개가 눈에 띄었다.

"이름이 뭐죠?" 내가 여전히 문을 붙잡은 채 물었다.

"어…… 레이 스미스입니다."

"그렇군." 내가 기억하기로 그의 본명은 오라일리였다. 사전 설문지에 적은 내용에 따르면, 그는 여자에 대해 금기의식이 없는 매끈한 청년이었다. 그가 여기에서 만나기로 되어 있는 매춘부는 내가 직접 고용한 사람인데, 나는 그에게 최대한 모자란 사람 같은 느낌을 안겨주라는 지시를 그녀에게 해두었다. 그런데 그가 예정된 시간보다 일찍 온 것이다.

"들어와요, 레이." 내가 문을 활짝 열었다. "나는 네드 피터슨입니다. 테리…… 그러니까 당신이 여기서 만나기로 한 여자가 당신에게 돈을 받은 만큼 확실히 가치를 보여주게 하려고 왔습니다."

그는 나를 바라보았다(나는 알몸이었다). 그리고 자기 스웨터 어깨 근처의 완전히 평범한 뭔가를 바라보았다. 그다지 매끈한 모습은 아니었다.

"테리는 이미 침대에 누워 있어요. 내가 그녀를 달궈놓는 중이었죠. 지금 그녀를 올라타고 싶어요?"

"아뇨, 아뇨. 먼저 하세요. 저는 책을 읽고 있을게요." 그는 책꽂이로 걸어가려고 했다.

"웃기는 소리." 내가 말했다. "테리는 당신을 위해 온 사람이에요. 난 그저 그녀를 길들여 준비시키려던 중이고."

"하지만 당신이……" 그는 양심적인 표정으로 나를 바라보았다. 그의 스웨터 어깨 근처에 달걀 비슷한 뭔가가 있었다. 그다지 매끈한 모습은 아니었다.

"그럼 이렇게 하죠." 내가 말했다. "우리 둘이 같이 들어가는 거예요. 둘 중 한 사람만 여기 남는 건 외로우니까."

"아뇨, 아뇨. 먼저 하세요."

"그렇게는 안 돼요. 거실에 당신만 혼자 두고 갈 수는 없어요. 자, 갑시다. 어서."

나는 그의 팔꿈치를 붙들고 침실로 갔다. 침대가 비어 있었다.

"테리?"

"네." 욕실에서 심하게 부자연스러운 목소리가 들려왔다.

"내 제자가 와 있어. 젊은 신학생이지. 아주 외로운 청년이라서 함께 있어줄 사람이 절실히 필요해요. 우리와 함께하자고 해도 될까?"

레이 스미스 오라일리가 이 모습을 보고 무슨 생각을 했는지 나는 알 수 없었다. 욕실에서는 침묵이 이어질 뿐이었다.

"누구라고요?" 그녀가 한참 만에 물었다.

나는 문 가까이 다가갔다.

"아주 외로운 은둔자 청년이 당신의 관심을 원하고 있어요. 마음속 깊이. 거의 울기 직전이에요. 침대에서 우리와 함께하자고 해도 될까요?"

"아, 그럼요." 그녀가 곧바로 대답했다.

스미스는 침대 옆에 그대로 서서 전구를 잃어 버림받은 램프 같은 표정을 짓고 있었다. 나는 아주 부드럽게 그를 도와 옷을 벗게 하고, 그를 침대로 이끌었다. 그는 영하의 날씨를 대비하는 여든 살 노인처럼 이불을 턱까지 끌어 올렸다. 곧 테리가 아까처럼 수건을 배에 댄 채 욕실에서 얌전하게 나왔다. 스미스는 화성의 가구를 보듯이 그녀를 빤히 바라보았다.

"테리 스러시, 이쪽은 조지 러브레이스예요. 조지, 이쪽은 테리예요."

"아, 안녕." 테리가 밝게 웃으며 말했다.

"안녕하세요?" 조지 레이 스미스 오라일리 러브레이스가 말했다.

"테리랑 섹스하고 싶어요, 조지?" 내가 물었다. 내 음경도 한가로운 호기심 이상의 것을 드러내며 고개를 들고 있었다.

"먼저 하세요." 그가 불쑥 말했다.

"오케이. 나 먼저, 테리. 다시 엉덩이를 대요." 테리는 조금 놀란 표정이었지만, 곧 청년 옆으로 뛰어올라와 자그마한 엉덩이를 포동포동하게 허공으로 쳐들었다. 그리고 베개에 얼굴을 댄 채로 조지를 돌아보며 밝게 웃었다. 조지의 머리는 30센티미터 떨어진 다른 베개 위에서 천장을 바라보고 있었다. 아픈 사람 같았다.

나는 음경을 자리에 대고 쿡쿡 찔러댔다. 그리고 신중하게 속도를 내서 테리의 따뜻하고 촉촉한 몸속으로 깊게 들어갔다. 세상에, 어찌나 기분이 좋던지. 테리는 손으로 내가 조준을 잘 할 수 있게 도와줬지만, 내가 서서히 출입을 시작하자 팔꿈치를 움직여 말없는 조지에게 다가갔다. 틀림없이 끝까지 밝게 웃는 얼굴이었을 것이다. 그녀는 그의 얼굴 위에서 자신의 얼굴을 움직이며 섹시하고 뱀 같은 키스를 하기 시작했다.

조지는 마른 짚처럼 뻣뻣하게 누워 있었지만, 그의 가운뎃다리는 예외였다. 그것은 젖은 지푸라기처럼 늘어져 있었다. 나는 자그마한 테리의 허벅지를 내게로 잡아당긴 뒤 그녀의 몸을 대충 들어 올려 얼굴이 조지의 배에 닿게 했다. 그녀는 가엾게도 사랑받지 못한 외로운 물건을 발견하고 자신의 임무를 수행했다.

길고 짧게, 독자 여러분, 그런 것이 보통 이런 일을 하는 방식이니까, 나는 테리의 안에서 화려하게 철벅거렸고, 테리는 확실히 딱 알맞은 신음과 조임으로 모두를 즐겁게 해주었다. 아마 그녀 자신도 즐거웠을 것이다. 그녀가 조지 경을 마침내 놓아주었을 때, 그의 그것은 조금 전과 똑같이 흐물흐물했다. 하지만 테리가 그에게 등을 돌리며 돌아누울 때, 나는 그의 다른 부분들도 흐물흐물해진 것을 보았다. 조지 경 역시 성배를 본 것이다.

"테리의 입은 아주 좋지, 안 그래요, 조지?"

"어, 네, 맞아요." 그가 말했다.

"당신의 몸속은 유난히 아름다워요, 테리." 내가 말을 이었다.

"고마워요." 그녀가 말했다. 나의 젊은 친구 두 사람은 나란히 누워 있었고, 나는 침대 발치에서 무릎으로 섰다. 몹시 피곤하고 우울해서, 고압적이고 냉소적인 말이 나왔다.

"당신 엉덩이도 보지처럼 따뜻하고 질척거리나요, 테리?"

"모르겠어요." 그녀는 이렇게 말하고 나서 키득거렸다.

"살면서 배우라. 레오나르도 다 빈치가 남긴 불후의 명언을 인용하자면, '아누스 델리크토리스 안테 우투루시 세크.'* 말해봐요, 조지, 이제 사랑받는 느낌이 드나요? 인생에 의미가 있는 것 같아요?"

"네…… 네?"

"당신이 아주 불행하고 고독하고 사랑받지 못한 사람이라고 여

---

•      anus delictoris ante uturusi sec. 엉터리 라틴어.

기 트러스 양에게 말했어요. 그녀가 당신에게 필요한 영적인 양분을 주던가요?"

"조금은요."

"들었죠, 테리? 조금뿐이랍니다. 조지는 정말로 우울한 모양이에요. 당신이 부탁하지도 않았는데 테리가 당신에게 키스하고 당신을 어루만져준 걸 몰랐어요, 조지? 그녀는 당신의 쾌감과 깨달음을 위해 부탁받지 않았는데도 이타적으로 자신을 바쳤습니다. 어때요?"

그의 얼굴이 불안하게 일그러졌다. 나를 바라보던 그가 입을 열었다. "고마운 것 같아요."

"천만에요." 테리가 말했다. "난 사람들을 돕는 걸 좋아해요."

"테리는 몹시 친절하죠. 안 그래요, 레이?"

"네, 맞아요."

"자, 다 같이 한잔하죠. 스카치 좋아요, 미스터 러브레이스?"

"네, 감사합니다."

나는 알몸으로 술이 있는 곳을 향해 터벅터벅 걸어가면서 나도 모르게 우리 설문지의 신뢰성에 대해 처음으로 의심을 품었다. 자그마한 미스 T, 금기의식이 강하고 가톨릭을 믿는 처녀가 마흔세 살 색정광 같은 질펀함과 테크닉을 보여주다니. 그리고 연애꾼이라던 오라일리는…… 음, 구식 데이터시트로 돌아가자.

술을 마시면서 우리는 (a) 날씨(눈이 와야 하는데요) (b) 르네상스 시대의 역사(라블레는 정말로 진지한 사상가였어요) (c) 종교(사람들이 종교를 자주 오해해요)에 대해 산발적으로 몇 번 대화를 나눴다. 그러고 나서 내가 조지에게 단호하게 말했다.

"이제 당신 차례예요, 러브레이스."

"아, 네. 감사합니다."

테리는 그를 받아들이기 위해 똑바로 누웠다. 러브레이스는 젊은 나이답게 몇 번 키득거리다가 약속의 땅으로 들어가는 것 같았다. 초인종이 울렸다.

순간적으로 나는 미스 트레이시의 자궁 속 깊은 곳에 모종의 전자장치가 있어서 그것이 초인종을 울리는 게 아닌가 하는 생각이 들었다. 터무니없는 생각이었지만…….

나는 이번에는 목욕가운을 찾아 입고 어린 친구들에게 내가 없더라도 계속하라고 일러두고는 금욕적인 얼굴로 문을 향해 진군했다. 문 너머로 아주 조금 방탕해 보이는 얼굴을 내밀자, 펠로니박사가 서 있었다. 우리는 꼬박 오 초 동안 경악한 얼굴로 시선을 교환했다. 그러고 나서 그녀의 얼굴이 새빨갛게 달아올랐다. 아무리 봐도 그녀의 머리가(당연히 기운차게 끄덕거리고 있었다) 절정을 경험한 것처럼 보였다. 그녀는 돌아서서 복도를 달려갔다. 다음 날 그녀의 비서가 전화를 걸어, 그녀가 취리히의 학회에 참석하러 갔으며, 이 주 뒤에나 돌아올 것이라고 말해주었다.

## 29

테리 트레이시와의 경험, 그리고 컬럼비아 성교잔치의 전반적인 결과는 내게 계시와도 같았다. 그날 밤 펠로니 박사가 도망쳐 택시를 타고 대서양을 가로질러 취리히로 가버린 뒤, 내가 침실로 돌아가자 테리와 조지가 침대에서 힘차게 움직이고 있었다. 내가 없을 때와 마찬가지로, 내 존재를 아예 잊어버린 것 같았다.

나는 가만히 서서, 조지의 엉덩이를 덮은 이불이 규칙적으로 오르락내리락하는 것을 지켜보았다. 그 이불이 부르르 떨 때, 나는 종교적 계시 같은 것을 느꼈다. 다른 사람들도 인위적으로 부여된 역할을 수행할 수 있었다. 따라서 주사위가 지시하는 역할 역시 가능할 터였다. 만약 테리가 실제로 처녀에 가까운 상태였다면, 오늘 밤 새로운 경험에 자신을 개방하는 능력이 대단하다는 사실을 보여주고 있었다. 반대로 그녀가 사실 색정광이었다면, 초저녁에 보여준 수줍음과 금기의식은 선천적인 개방성과 놀라울 정도로 대조를 이루었다. 조지 러브레이스 역시 학습이 빠른 청년 같았다. 삼십 분 만에 촌스러운 멍청이에서 정사꾼으로 변했으니 말이다.

그 자리에 서서 나는 지금껏 주사위맨 행세를 놀이로만 생각했음을 슬슬 깨달았다. 나는 그것을 자랑스러운 두뇌 게임으로만 생각했다. 사회 부적응자가 부르주아들 몰래 그들을 기절초풍하게 만드는 방법으로 그것을 택했을 뿐이다. 나야 아무것도 모른 채 화약을 발견해서 폭죽놀이에 사용한 꼴이지만, 만약 나보다 덩치가 커다란 남자가 그것을 폭약으로 사용했다면? 나는 확대경을 이용해서 기분 좋은 이미지를 만들어냈지만, 다른 사람은 그것으로 뭔가 새로운 것을 볼 수 있다면?

다른 사람들을 주사위맨으로 바꾸려고 노력해야 하지 않을까? 만약 알린이 하루 동안 음란한 가정주부 역할을 하면서 즐거워했다면, 테리가 하루 동안 콜걸 역할을 즐겼다면, 각자 주사위가 던져주는 다른 역할들 역시 나처럼 즐길 수 있지 않을까? 내가 친구와 환자를 위해 주사위 게임을 주사위 치료법으로 사용해야 하지 않을까?

나의 주사위 인생은 거의 장난처럼 변해 있었다. 하지만 그 순간에는 그것이 임무처럼 보였다. 다른 사람들을 새로운 높이로 끌어 올리기 위해 추구해야 하는 임무. 나는 세상에 맞서서 쓰라린 기분으로 주사위를 던졌다. 하지만 앞으로는 무작위 인간이라는 새로운 자아를 구축하려고 주사위를 던질 것이다. 주사위 백신을 맞으면 권태가 소아마비처럼 쓸려나갈 것이다. 나는 지금보다 더 나은 새로운 세상, 즐거움과 다양성과 자연스러움이 있는 곳을 만들어 낼 것이다. 주사위족이라는 새로운 종족의 아버지가 될 것이다.

"수건 좀 가져다주실래요?" 테리가 말했다. 얼굴과 몸 대부분이 조지의 널찍한 몸과 이불에 가려져 있었다.

하지만 그녀의 무례한 방해도 나의 고양감을 깨뜨리지 못했다. 이 찬란한 몇 분 동안 나는 나 자신을 온전히 진지하게 대하고 있었다. 나는 욕실에서 수건을 가져다주었다. 두 사람은 한두 번 키득거린 뒤 말없이 함께 누워 있었다. 또다시 내 존재를 잊어버린 것 같았다. 여전히 말이 없는 두 사람의 몸 위에 이불이 힘없이 덮여 있었다. 나는 내 바지를 떨어뜨린 곳으로 살금살금 다가가 주머니에서 주사위를 꺼냈다. "홀수." 나는 오늘 밤 조지와 테리에게 주사위 치료를 시작할 것이다. "짝수." 아니, 시작하지 않을 것이다. 나는 자신 있게 침대 발치로 주사위를 던졌다. 6. 흠. 베개 밑에 동전을 넣어둔 착한 요정처럼, 나는 옷을 들고 밤의 어둠 속으로 살금살금 사라졌다. 그리스도가 남긴 불멸의 말이 귓가에 메아리쳤다. "의사여, 자신을 도움으로써 환자들 또한 도우라. 이것이 그에게 최고의 도움이 되어, 그가 스스로 고치는 자를 제 눈으로 볼 수 있게 하라." 나는 몸에서 루셔스 라인하트 박사의 평범한 옷을 찢어버리고 환자들 앞에 알몸으로 서서 주사위맨의 실체를 드러내기로 결심했다.


# 30


라인하트 박사가 가장 먼저 주사위 인생으로 이끈 성인은 주목받는 정신분석가 겸 저술가인 제이컵 엑스타인 박사의 옆에서 눈에 잘 띄지 않는 아내 알린 엑스타인이었다. 엑스타인 부인은 몇 년 전부터 다양한 신경증을 호소하면서, 남편의 산발적인 관심으로 인한 성적인 좌절감을 원인으로 꼽았다. 바빠서 시간이 없는 엑스타인 박사는 정신분석을 받으면 아내의 문제를 깊숙이 치료할 수 있을 것이라고 1월 중순에 결정을 내렸다. 남편의 격려로("자네가 해봐, 루크.") 그녀는 라인하트 박사에게 정신분석을 받기 시작했다. 처음 몇 번의 상담이 그녀를 꿰뚫었기 때문에, 그녀는 전보다 자주 마음을 열 수 있게 되었다. 남편은 그녀의 신경증이 줄어들거나 사라졌으며, 성에 대한 강박관념도 느슨해진 것 같다고 말했다.

치료(일주일에 세 번)를 시작한 지 육 주가 조금 넘었을 때, 라인하트 박사는 라인하트-펠로니의 무도덕 관용연구 도중 느낀 종교적 계시에 따라 주사위 치료를 개시하기로 결정했다. 그는 그의 인생에서 이 시기의 두드러진 특징인, 조용하고 품위 있는 태도로 입을 열었다.

"브래지어 벗지 말아요, 알린. 중요한 이야기가 있어요."

"나중에 하면 안 돼요?"

"안 돼요." 그는 은색의 새 주사위 두 개를 꺼냈다. 멕시코 타스

코의 공장에서 막 나온 신품이었다. 그는 그것을 책상 위에 놓고, 엑스타인 부인에게 책상 앞에 앉으라고 말했다.

"무슨 일이에요, 루키?"

"이건 주사위예요."

"그렇죠."

"이제부터 주사위 치료를 시작할 거예요."

"주사위 치료요?"

라인하트 박사는 주사위를 던져 행동을 결정하는 이론과 실제를 아주 명확하게 설명했다. 엑스타인 부인은 주의 깊게 귀를 기울였지만 의자에서 자주 몸을 꼼지락거렸다. 그의 말이 끝났음을 확인한 뒤에도 그녀는 한동안 조용히 앉아 있다가 깊은 한숨을 내쉬었다.

"난 여전히 이유를 모르겠어요." 그녀가 말했다. "우리가 오늘 오전에 섹스를 할 건지 말 건지를 주사위의 결정에 맡기라고요? 바보스럽지 않아요? 난 섹스하고 싶어요. 당신도 섹스를 원해요. 그런데 왜 주사위를 동원해요?"

"당신의 작은 일부들 중 많은 부분이 섹스를 원하지 않으니까요. 그 작은 부분들 중 하나는 날 때리고 싶어 하거나, 제이크에게 달려가고 싶어 하거나, 내게 정신분석에 대해 이야기하고 싶어 할 거예요. 하지만 그런 부분들은 한 번도 목소리를 허락받지 못했죠. 당신의 일부들 중 대부분이 오로지 섹스를 원하기 때문에 당신이 그 목소리를 억압하고 있어요."

"그게 작은 부분들이라면, 그냥 작게 내버려둬요."

라인하트 박사는 의자를 뒤로 기울이고 한숨을 내쉬었다. 그리고 파이프를 꺼내 담배를 채우기 시작했다. 그는 은색 주사위 하나를 들어 한 손으로 흔들다가 책상에 던지더니 인상을 찌푸렸다.

"이제부터 내가 하느님이 어떻게 태어났는지 말해줄 거예요. 주사위맨의 탄생이에요."

라인하트 박사는 자신이 주사위를 발견한 일, 엑스타인 부인을 처음에 강간한 일을 살짝 편집해서 들려주었다. 그리고 이렇게 결론지었다.

"내가 나의 작은 부분 하나에게 주사위의 선택을 받을 기회를 주지 않았다면, 지금 우리가 이렇게 앉아 있지 못했을 거예요."

"여섯 개의 눈 중 한 번의 기회만 줬다고요?"

"네. 중요한 건, 내가 내 자아의 작은 부분에게 목소리를 낼 기회를 줬다는 거예요."

"여섯 개 중 하나뿐?"

"우리는 자신의 중요한 일면들을 모두 발전시켜야만 온전한 인간이 될 수 있어요."

"당신의 6분의 1만 나를 원했다고?"

"알린, 그건 역사적인 우연이었어요. 우린 지금 이론을 이야기하고 있어요. 주사위에게 결정을 맡기면, 인생의 새로운 영역이 열린다는 걸 모르겠어요?"

"이용당한 느낌이에요."

"내가 냉혹한 욕망만으로 당신을 유혹했다면, 당신은 기뻐했겠죠. 그런데 내가 우연을 개입시켰기 때문에 이용당한 느낌을 받는 거예요."

"주사위를 사용하기 싫을 만큼 뭔가를 강렬하게 원한 적이 없어요?"

"물론 있죠. 하지만 난 그걸 극복하려고 노력해요."

라인하트 박사와 엑스타인 부인은 꼬박 일 분 동안 서로를 바라보았다. 라인하트 박사는 어색하게 웃었고, 엑스타인 부인은 질린 표정이었다. 마침내 그녀가 판결을 내렸다.

"당신은 미쳤어요."

"물론이죠. 자, 어떻게 하는 건지 내가 보여줄게요. 내가 두 개, 세 개의 선택지를 적어요. 주사위 눈이 1이나 2가 나오면 이 대화를 계속한다, 3이나 4가 나오면 당장 상담을 중단하고 남은 사십오 분 동안 할 일을 주사위의 선택에 맡긴다, 5와……."

"5와 6이 나오면 섹스한다."

"좋아요."

라인하트 박사가 엑스타인 부인에게 주사위 한 개를 건넸다. 부인은 양손으로 주사위를 몇 초 동안 세게 흔들다가 물었다.

"무슨 주문 같은 거라도 외워야 하는 것 아니에요?"

"그냥 '주사위님, 나의 뜻이 아니라 당신의 뜻이 이루어지이다.'라고 하면 돼요."

"주사위님, 우리를 제대로 망가뜨려 봐." 그녀는 이렇게 말하고 나서 주사위를 책상에 던졌다. 5가 나왔다.

"이젠 섹스할 기분이 아니에요." 그녀가 말했다. 그러고는 라인하트 박사가 미간을 찌푸린 것을 보고 미소를 지었다. 주사위 인생의 장점이 무엇인지 이제 알 것 같았다. 하지만 그녀가 자신의 큰 부분을 따르려는데 라인하트 박사가 입을 열었다.

"이제 우리가 '어떻게' 사랑을 나눌지 주사위를 던져 결정하죠."

그녀는 머뭇거렸다.

"뭐라고요?"

"성적인 관계를 하는 방법은 헤아릴 수 없이 많아요. 우리의 여러 부분들이 각각의 방법에 끌리죠. 그러니까 반드시 주사위에게 결정을 맡겨야 해요."

"그렇군요."

"우선, 우리 둘 중 누가 공격적인 역할을 맡을까요? 주사위 눈이 홀수가 나오면……."

"잠깐만요. 이 게임을 나도 이제 조금 이해할 것 같아요. 나도 같이 할래요."

"해보세요."

엑스타인 부인은 주사위 두 개를 집어 들고 말했다.

"1은 당신이 좋아하는 것 같은 웃기는 방식으로 섹스한다."

"좋아요."

"2는 내가 눕고 당신이 손, 입, 목의 그 사과씨로 내 온몸을 더듬어 결국 내가 참지 못하고 다른 것을 요구하게 한다. 3은……."

"차라리 주사위를 다시 던지죠."

"3은…… 어디 보자. 당신이 오 분 동안 내 젖가슴을 지분거린다."

"계속해요."

엑스타인 부인은 잠시 망설이다가 서서히 환한 미소를 지었다.

"항상 주사위에 결정을 맡겨야 하는 거죠?" 그녀가 물었다.

"맞아요."

"하지만 선택지는 우리가 결정하는 거고요."

"잘 아시네요."

그녀는 방금 글을 배운 아이처럼 행복하게 웃었다.

"4나 5나 6이 나오면, 우리가 아기를 만들려고 시도하는 거예요."

"아." 라인하트 박사가 말했다.

"제이크가 시켜서 자궁에 넣은 고무마개 같은 걸 내가 제거했거든요. 그리고 방금 배란이 일어난 것 같아요. 책에서 읽었는데, 아기를 만드는 데 가장 좋은 체위가 두 가지 있대요."

"그렇군요. 알린, 나는……."

"던질까요?"

"잠깐만요."

"왜요?"

"내가…… 내가 생각중이에요."

"주사위 이리 줘요."

"당신이 확률을 너무 높인 것 같아요." 라인하트 박사가 전문가다운 냉정한 태도로 말했다. "6이 나오면 우리가 정한 여섯 가지 체위를 하나씩 차례로 시도해본다. 어때요? 체위당 이 분씩. 오르가슴이야 올 때가 되면 오겠죠."

"그럼 4번과 5번은 여전히 아기를 만든다예요?"

"네."

"좋아요. 던질까요?"

"네."

엑스타인 부인이 주사위를 던졌다. 4가 나왔다.

"아." 라인하트 박사가 말했다.

"이야." 엑스타인 부인이 말했다.

"의사들이 권고한다는 그 두 체위가 정확히 뭐예요?" 라인하트 박사가 살짝 짜증스러운 목소리로 물었다.

"내가 보여줄게요. 누구든 오르가슴을 더 강하게 느끼는 사람이 이기는 거예요."

"이기긴 뭘 이겨요?"

"나도 몰라요. 공짜 주사위 한 쌍이 상품으로 걸리기라도 했나 보죠."

"그렇군요."

"이 치료를 왜 진작 시작하지 않았을까요?" 엑스타인 부인이 물었다. 그녀는 신속하게 옷을 벗고 있었다.

"이건 알아둬요." 의사가 작전을 위해 천천히 준비하면서 말했다. "우리가 한 번 사랑을 나누고 난 뒤에 다시 주사위의 의견을 물어야 한다는 걸."

"그럼요, 그럼요. 이리 와요." 엑스타인 부인이 말했다. 그리고 그녀는 곧 라인하트 박사와 함께 주사위 치료에 열심히 집중하게 되었다. 오전 11시에 라인하트 박사는 버저를 눌러 비서에게 말했다. 오늘 유난히 깊은 곳까지 환자를 탐색하고 있고 자신의 노력이 장기적인 열매를 맺을 가능성이 있으니 엑스타인 부인과 상담을 계속할 수 있도록 다음 환자의 약속을 취소해달라고.

정오에 엑스타인 부인은 반짝반짝 빛나는 모습으로 상담실을 나섰다. 주사위 치료의 역사가 시작되었다.


# 31


[제이컵 엑스타인 박사가 신경증을 앓는 루셔스 라인하트 박사에게 실시한 초기 정신분석 상담 중 한 회분 녹취록 편집본. 한 시간 동안의 상담 중간부분부터 시작한다. 먼저 들리는 목소리는 라인하트 박사의 것이다.]

- 내가 왜 이런 관계를 맺게 됐는지 잘 모르겠지만, 그 남편에 대한 공격성이 부분적으로 영향을 미친 것 같아.

 - 릴리언과의 관계는 어때?

 - 좋아. 아니, 여느 때와 비슷하지. 그러니까 부침이 있지만 기본적으로 행복하다는 뜻이야. 릴에 대한 공격성이 있었던 것 같지는 않아. 적어도 내 생각으로는 그래.

 - 그 남편에게만 그걸 느꼈다는 거로군.

 - 그래. 관련된 사람들이 자네도 아는 사람들이라 이름이나 자세한 신상은 밝힐 수 없지만, 내가 보기에는 그 남편이 지나치게 야망이 크고 우쭐거리고 있어. 난 그를 라이벌로 보고 있네.

 - 이름을 감출 필요는 없어. 이 상담실 밖에서 내가 그 사람들을 달리 취급하지 않으리라는 걸 자네도 알잖아.

 - 뭐, 그럴지도 모르지. 자네 말이 옳은 것 같지만, 내가 다른 걸 전부 솔직하게 말한다면 굳이 이름이 필요한 것 같지는 않아.

 - 자세한 설명은 필요하지.

 - 맞아. 하지만 그러면 그 사람들이 누군지 자네가 바로 알아차릴걸. 그러니까 이름은 감춰야겠어.

 - 관계는 어떻게 시작됐지?

 - 내가…… 어느 날 충동적으로 그녀의 집에 갔더니, 혼자 있어서 강간했어.

 - 강간했다고?

 - 음, 그쪽에서도 많이 협조해주긴 했지. 사실 그녀가 나보다 더 좋아했다고. 원래 그런 생각을 해낸 건 나지만.

 - 음.

 - 간헐적으로 만나기 시작한 지 반년쯤 됐어.

- 음.

- 그녀의 남편이 집에 없을 때 내가 그쪽으로 가지. 아니면 가끔 내 상담실에서 만나기도 하고.

- 아아.

- 성적인 면에서는 좋아. 그녀는 금기의식이 전혀 없는 것 같으니까. 내가 상상할 수 있는 모든 걸 시도해봤는데, 그녀가 나보다 더 메뉴가 다양한 것 같더라고.

- 그렇군.

- 그쪽 남편은 짐작도 못 하는 것 같아.

- 짐작도 못 한단 말이지.

- 응. 자기 일에 푹 빠져 있는 모양이야. 그녀 말로는 이 주마다 한 번씩 재빨리 그걸 해치운다는데, 화장실에서 오랫동안 힘을 쓸 때처럼 열정도 없고 쾌감도 없대.

- 음.

- 한번은 그녀가 욕조 안에 있는 남편에게 수건을 건네주는 중에 내가 그녀 안에서 오르가슴에 도달한 적도 있어.

- 뭘 어쨌다고?

- 그녀가 욕조로 몸을 기울이고 남편과 이야기하면서 수건을 건네는 동안 나는 뒤에서 열심히 펌프질을 했다고.

- 저기, 라인하트, 지금 무슨 소리를 하는 건지 알아?

- 아는 것 같은데.

- 어떻게…… 도대체 어떻게…….

- 왜 그래?

- 이 일이 어떤 의미인지 어떻게 자네가 모를 수가 있어?

- 글쎄. 내 생각에는 그냥…….

- 자유연상.

- 뭐?

- 내가 단어를 말할 테니 자유연상을 해보라고.

- 아, 오케이.

- 검정.

- 하양.

- 달.

- 해.

- 아버지.

- 어머니.

- 물.

- 아…… 욕조.

- 길.

- 도로.

- 초록.

- 노랑.

- 뒤로 하는 섹스.

- 알리……아……아…… 알리다.

- 알리다?

- 알리다.

- 왜?

- 내가 어떻게 알아? 그냥 자유연상을 한 건데.

- 계속하지. 아버지.

- 풍채.

- 호수.

- 타호.

- 갈증.

- 물.

- 사랑.

- 여자.

- 어머니.

- 여자.

- 아버지.

- 여자.

- 하양.

- 여자.

- 검정.

- 깜둥이 여자.

- 뭐, 이 정도면 충분하네. 내 예상대로야.

- 무슨 뜻이야?

- 욕조 안에 있는 사람은 자네 아버지였어.

- 그래?

- 틀림없어. 무엇보다도 자네는 아버지 같은 인물을 연상한 거야. 의식적으로는 이것을 정신분석적으로 설명할 수 있겠지. 하지만 자네의 자유연상은 '풍채', 여기서는 당연히 '여자의 자태'를 말하는 거겠지만, 어쨌든 풍채를 아버지와 연결했어.

- 와.

- 둘째, 자네는 '뒤로 하는 섹스'라는 말에 '알리다'라고 말했지. 한참 머뭇거리다가 불쑥. 처음 떠오른 말이 뭔지 말해보게.

- 그게…….

- 어서.

- 솔직히 난 그때 누군가를 상처 입히려고 그렇게 한 거였어…… 나보다 큰 사람을.

- 바로 그거야. 셋째, 뒤에서 하는 건 확실히 남색 체위지. 남자와 남자가 하는 섹스 말이야.

- 하지만…….

- 넷째, 자네는 호수라는 말에 타호라고 대답했어. 타호. 설사 자네가 의식적으로는 그걸 부정할지 몰라도, 이 말은 체로키어로 '큰 아버지 추장'이라는 뜻이지. 호수는 물을 뜻하는데, 자네는 물이라는 말에 욕조라고 답했어. 따라서 큰 아버지 추장이 욕조 안에 있었다는 거지.

- 와.

- 마지막으로, 이건 이미 분명해진 사실을 확인하는 사소한 증거일 뿐이지만, 자네는 '갈증'이라는 말에 '물'이라고 답했어. 그러니까 자네가 갈증을 느끼는 대상은 여자가 아니라 물, 욕조, 아버지라는 거지. 나중에 자네가 아버지와 어머니를 모두 물과 함께 연상함으로써 자유연상이 깨지는 것 같았지만, 사실 그건 자네의 불륜관계와 이 자유연상의 의미를 더욱 확인해주었을 뿐이야. 자네가 아버지에 대해 근친상간적이고 동성애적인 사랑을 품고 있다는 의미 말이지.

- 믿을 수가 없군. 그건 정말이지…… 헉…… [긴 침묵]…… 하지만 그게…… 그게 전부 무슨 뜻이지?

- 왜 그래? 이미 말해줬잖아.

- 그러니까…… 내가 어떻게 해야 하느냐고.

- 아, 그거. 이제 자네가 진실을 알게 되었으니 아마 그 여자에

대한 충동도 증발해버릴걸.

  - 우리 아버지는 내가 두 살 때 돌아가셨어.

  - 바로 그거야. 내가 더 말할 필요도 없겠군.

  - 아버지는 키가 190센티미터에, 머리는 금발이셨지. 그녀의
남편은 172센티미터에 흑발이고.

  - 감정전이야.

  - 아버지는 절대 목욕을 하는 법이 없었어. 샤워만 하셨지. 어
머니 말씀에 따르면 그래.

  - 그건 중요하지 않아.

  - 여자가 남편에게 수건을 건네면서 이야기를 나누고 있을 때
는, 앞에서 그녀 안으로 들어가기가 여의치 않지.

  - 허튼소리.

  - 타호가 '큰 아버지 추장'이라는 뜻인 줄은 몰랐어.

  - 억압이야.

  - 난 앞으로도 그녀랑 자는 걸 좋아할 것 같은데.

  - 그럼 그때 자네가 어떤 환상을 품는지 잘 살펴봐.

  - 보통 나는 아내랑 섹스하는 공상을 해.

  - 상담시간이 다 됐네.


## 32


  예일 대학의 오빌 보글스 교수는 그것을 시도해보았다. 알린 엑
스타인은 그것이 생산적이라고 생각했고, 테리 트레이시는 그것
을 통해 하느님을 다시 발견했다. 퀸즈버러 주립병원의 환자 조지

프 스페지오는 그것이 자신을 정신병자로 만들려는 음모라고 생각했다. 주사위 치료는 이렇게 느리지만 확실하게, 내 아내와 동료들이 알아차리지 못하는 사이 점점 몸집을 불려갔다. 하지만 저 위대한 컬럼비아 성교잔치는 절정에 도달한 뒤 힘을 잃어버렸다. 바나드 대학의 여학생 두 명이 각각 상대방과 레즈비언 관계를 맺으라는 지시를 받은 뒤 학생과장에게 불만을 제기하자, 학생과장은 즉시 조사에 돌입했다. 나는 펠로니 박사와 내가 미국 의학협회 회원이며 공화당원이고 베트남전에도 아주 가벼운 반대의사만을 표명한 진정한 전문가들이라고 학생과장에게 확인해주었다. 그런데도 그녀는 우리 실험이 "수상쩍을 정도로 터무니없다"라는 결론을 내렸기 때문에 나는 실험을 종료했다.

사실은 우리가 잡아놓은 약속들이 모두 실행된 뒤였다. 예정대로 진행된 사례는 60퍼센트가 채 되지 않았고, 나는 대학원생 두 명과 함께 그 뒤 몇 주 동안 완성된 설문지를 수거하고 연구조교들에 대해 면담조사를 실시하느라 바삐 움직였다. 하지만 실험 자체는 끝난 상태였다. 내가 가을에 이 연구에 대한 논문을 발표하자(펠로니 박사는 이 논문이나 실험에 자신의 이름이 오르내리는 것을 거부했다), 가벼운 동요가 일었다. 이 논문은 나의 적들이 나를 미국 의학협회에서 쫓아내려고 내놓은 증거에도 포함되었다.

우리의 연구대상 중 대부분은 연구에 참여하면서 쾌감을 느꼈던 것 같지만, 정신적인 외상을 입은 사람도 몇 명 있었다. 내가 직접 그 '삼 인조 춤'에 동참한 지 열흘 뒤, 펠로니 박사의 연구대상 중 한 명의 치료를 맡아달라는 요청이 내 상담실로 들어왔다. 미스 비글리오타라는 이 여성은 우리 실험에 참가한 탓에 신경증에 걸렸다며 치료를 요구했다. 다음 날, 나는 정해진 시각에 상담실에 앉아 주사위를 이용하는 새로운 방법에 대해 자세히 설명하는 글을 작성하고 있었다. 상담실 문이 열리더니 자그마한 여자가 들어왔다. 내가 고개를 들어 바라보자, 그녀는 비틀거리며 다가와 소파에 쓰러지듯 앉았다.

그녀는 테리 '트레이시' 비글리오타였다. 내가 정말로 정신과의사 라인하트 박사라는 사실과 내가 그녀와 함께 실험에 참가한 것은 데이터 수집이라는 내 역할의 자연스러운 연장선으로서 아무런 문제가 없다는 사실을 이해시키는 데 이십 분이 걸렸다. 겨우 차분해진 그녀는 치료를 요구하게 된 이유를 말해주었다. 소파 가장자리에 앉은 그녀의 짧은 다리가 바닥에서 한참 떨어진 높이에서 대롱거렸다. 보수적인 회색의 짧은 치마정장을 입고 자신의 문제에 대해 이야기하는 그녀는 이 주쯤 전에 보았을 때보다 더 홀쭉하고, 불안하고, 감정적으로 보였다. 나는 그날은 물론 그 이후로 이어진 여러 번의 상담에서 그녀가 나를 제대로 바라보지 못해서 상담실로 들어올 때나 나갈 때나 항상 부드러운 갈색 눈을 바닥으로 내리깐 채 생각에 몰두한 것 같은 표정을 짓는다는 사실을 알아차렸다.

테리는 나와 조지와 함께 보낸 그날 저녁의 일로 확실히 정체감 위기를 겪고 있었다. 그날 내가 연기한 역사교수, 포브스 신부와 나눈 대화는 그녀에게 가톨릭 신앙에 대한 새로운 시각을 열어주었지만, 그날의 성적인 경험은 "하느님의 더 큰 영광"과 관련이 없다는 생각이 슬슬 드는 모양이었다. 그녀는 하느님의 영광에 점점 무심해지고, 남자에게 점점 더 관심이 간다는 사실을 깨달았다. 하지만 욕망과 섹스는 사악한 것이었다. 적어도 그날 저녁 이전까지 그녀는 줄곧 그렇게 배웠다. 그런데 포브스 신부는 교회가 섹스를 즐긴다는 것을 보여주었다. 그런데 알고 보니 포브스 신부가 정신과의사이자 학자였다. 그리고 그들 역시 섹스를 즐기는 사람들이었다. 그녀는 조지 X의 외로움을 달래주면서 충족감을 느꼈지만, 포브스 신부가 떠난 뒤에는 조지가 그녀에게 자신의 외로움을 한 번 더 달래줘도 좋다고 허락하는 태도를 취하더니 그녀를 창녀로 매도하기 시작했다. 그 결과 그녀는 이제 아무것도 믿을 수 없게 되었다. 그 실험적인 저녁에 느낀 감정들이 그녀의 모든 욕망과 믿음을 산산이 부숴놓은 탓이었다. 그 자리에 새로운 것이 들어서지도 않았다. 모든 것이 믿을 수 없고 무의미하게 보였다.

나는 그녀에게 주사위 치료를 시작하고 싶어 안달하면서도, 첫날과 두 번째 날 각각 한 시간 동안 그녀가 털어놓는 고민을 방해하지 않고 들어주어야 했다. 세 번째 상담시간에야 그녀는 내게 들려줄 고민이 떨어져서(그녀는 여전히 다리를 대롱거리며 앉아서 바닥만 바라보았다), 대부분의 사람들이 후렴구처럼 반복하는 말을 반복하기 시작했다. "어떻게 해야 좋을지 모르겠어요."

"당신은 계속 똑같은 기본 감정으로 되돌아가고 있어요." 내가 말했다. "당신의 욕망과 믿음이 모두 무의미한 환상이라는 느낌 말이에요."

"맞아요. 공허감을 견딜 수 없어서 치료를 요청한 거예요. 그날 저녁 이후로는 내가 누군지 알 수 없었어요. 지난주 선생님이 제 담당의사라는 걸 알았을 때는 내가 정말로 미쳐간다는 생각이 들었고요. 심지어 공허감조차 공허한 것 같아요."

그녀는 슬프고 부드러운 내털리 우드의 미소를 지었다. 시선은 여전히 내리깐 채였다.

"만약 당신 생각이 옳다면요?" 내가 말했다.

"네?"

"모든 욕망을 믿을 수 없고, 모든 믿음은 환상에 불과하다는 느낌이 옳다면요? 그것이 현실을 보는 성숙하고 합당한 시선이며, 모두들 당신이 그날의 경험을 통해 떨쳐버린 그런 환상 속에서 살아간다면요?"

"물론 저도 그렇게 생각해요." 그녀가 말했다.

"그럼 왜 그 생각대로 행동하지 않죠?"

그녀의 얼굴에서 미소가 사라지고, 대신 미간이 찌푸려졌다. 그녀는 여전히 나를 바라보지 않았다.

"그게 무슨 뜻이에요?"

"주사위족이 돼요."

그녀는 고개를 들어 천천히 내 눈을 바라보았다. 얼굴에는 감정이 전혀 없었다.

"뭐라고요?"

"주사위족이 돼요." 내가 말을 반복했다.

"그게 무슨 뜻이에요?"

"나는……" 나는 상황에 알맞게 진지한 표정을 지으며 몸을 앞으로 기울였다. "주사위맨이에요."

그녀는 흐릿하게 웃으며 옆으로 시선을 돌렸다.

"무슨 말씀인지 모르겠어요."

그녀는 다리를 대롱거리며, 선택지를 적은 뒤 주사위에게 선택을 맡기는 나의 생활에 대한 간략한 설명을 열심히 들었다.

"세상에." 그녀는 이렇게 말하고 나서 좀 더 나를 빤히 바라보았다. "굉장해요." 그녀가 잠시 침묵하다가 다시 입을 열었다. "처음에는 역사교수라고 하시더니, 그다음에는 포브스 신부가 되고,

그다음에는 저랑 섹스를 하고, 그다음에는 포주처럼 굴고, 그다음에는 정신과의사가 되고, 이제는…… 주사위맨이라고요?"

나는 승리감에 얼굴을 빛냈다.

"사실 이건 전부 '몰래 카메라'예요." 내가 말했다.

사실 나는 처음에 테리에게서 아무런 소득을 거두지 못했다. 그녀가 너무나 냉담하고 회의적이라서 주사위의 결정에 전혀 열의를 보이지 않았기 때문이다. 냉담함 때문에 그녀는 선택지를 쓸 때도 상상력을 발휘하지 않았고, 내가 좀 더 대담해지라고 압박을 가하자 주사위의 결정에 불복했다.

거의 이 주가 흐른 뒤에야 주사위 인생에 대한 그녀의 태도가 획기적인 변화를 보였다. 문제의 핵심에 도달한 사람은 바로 그녀 자신이었다.

"저는…… 저는…… 무엇도 믿을 수가 없어요. 믿음이…… 있어야 하는데…… 그게 없어요……" 그녀가 말끝을 흐렸다.

"알아요." 내가 천천히 말했다. "주사위 인생은 믿음, 종교, 그러니까 진정한 종교와도 관련되어 있어요."

침묵이 흘렀다.

"네, 신부님." 그녀가 드문 미소를 내게 지어주었다.

나는 마주 미소 지으며 말을 이었다.

"포브스 신부다운 말처럼 들릴지도 모르지만, 그리스도의 말씀은 분명해요. 자신을 잃어야만 자신을 구원할 수 있습니다."

"네, 신부님." 그녀가 다시 말했다.

"개인적이고 세속적인 욕망을 포기하고, 영적으로 빈곤한 사람이 되어야 해요. 개인적인 의지를 주사위의 변덕에 맡김으로써,

당신은 성경에서 명한 자기 부정을 정확히 실행하게 됩니다."

그녀는 내 말을 들으면서도 무슨 소리인지 이해하지 못하는 사람처럼 멍하니 나를 바라보았다.

"잘 들어요, 테리. 스스로 죄라고 생각하는 것을 의지력으로 극복하면, 그 사람의 자아 자부심이 커집니다. 성경에 따르면, 그것이야말로 죄의 초석이에요. 외부적인 힘이 죄를 극복했을 때만, 사람은 자신의 하찮음을 깨달을 수 있습니다. 그래야만 자부심이 제거돼요. 개인적인 자아를 갖고 선을 위해 애쓰는 한, 당신은 실패하거나, 여기에는 죄책감이 동반됩니다, 아니면 자부심을 느끼게 될 거예요. 자부심은 분명히 악의 기본적인 형태입니다. 죄책감 아니면 자부심. 자아가 주는 선물은 이것밖에 없어요. 유일한 구원은 믿음에 있습니다."

"무엇에 대한 믿음인데요?" 그녀가 물었다.

"하느님에 대한 믿음이죠." 내가 대답했다.

그녀는 의아한 표정이었다.

"그럼 주사위는요?" 그녀가 물었다.

나는 점점 발전하고 있는 주사위 이론에 대해 내가 최근 적어둔 메모를 책상에서 꺼내 삼십 초쯤 훑어본 끝에 원하는 대목을 찾아내서 읽기 시작했다.

"나의 가르침은 참으로 신성모독이 아니다. 우연이라는 천국, 무구함이라는 천국, 희롱이라는 천국, 운이라는 천국이 모든 것을 굽어본다. 운은 세상에서 가장 오래된 신이다. 보라, 나는 '목적'이라는 굴레에 묶인 모든 것을 해방시키고, 운이라는 천국이 옥좌에 다시 앉아 모든 것을 다스리게 하려고 왔노라. 정신은 '목적'과 '의지'라는 굴레에 묶여 있으나, 나는 정신을 해방시켜 신성한 우연과 희롱에 이르게 할 것이다. 모든 것 안에서 단 한 가지, 이성은 불가능하다는 나의 가르침이 그것이다. 과연 작은 지혜로 멋진 혼란을 일으키는 것은 가능하나, 나는 모든 원자, 분자, 물질, 식물, 생물, 별에서 다음과 같이 확실한 사실을 찾아냈다. 그 축복받은 사실은, 그들이 차라리 운의 발치에서 춤추리라는 것이다.

아, 저 높은 곳의 순수하고 고귀한 천국이여! 세상에 목적을 지닌 영원한 이성의 거미나 거미줄은 존재하지 않음을 내가 알았으므로, 그대는 나를 위해 신성한 우연이 춤을 출 무도장이 되었도다. 신성한 주사위와 주사위 던지는 사람을 위한 신성한 탁자가 되었도다."

나는 관련된 구절이 더 있는지 확인한 뒤 눈을 들었다.

"난 몰랐어요." 테리가 말했다.

"이해했어요?"

"모르겠어요. 마음에 들기는 해요. 뭔가 아주 마음에 들어요. 하지만 왜 주사위를 믿어야 하는지…… 잘 모르겠어요. 그게 문제인 것 같아요."

"참새 한 마리가 땅에 떨어지는 것도 하느님은 보고 계십니다."

"알아요."

"그럼 주사위가 탁자로 떨어지는 걸 하느님이 보지 못하실까요?"

"아뇨, 그렇지는 않을 것 같아요."

"〈욥기〉의 훌륭한 결말을 기억합니까? 하느님이 회오리바람 속에서 욥에게 어찌 하느님의 일에 의문을 품을 생각을 했느냐고 묻습니다. 길고 아름다운 세 장에 걸쳐서 하느님은 인간의 끝없이 깊은 무지와 무능을 질타하시죠. 가엾은 욥에게 계속 그 점을 상기시킵니다. 아주 세련된 방식으로. 그 구절들은 세상에서 가장 아름다운 시예요. 그러자 욥은 자신이 불평을 늘어놓고 의심을 품은 것이 잘못임을 깨닫습니다. 그리고 주님께 마지막으로 이렇게 말하죠.

주께서는 무소불능하시오며 무슨 경영이든지 못 이루실 것이 없는 줄 아오니……
그러므로 내가 스스로 한하고 티끌과 재 가운데서 회개하나이다.*"

나는 말을 멈추고, 한동안 말없이 테리와 마주 보았다.
"하느님은 무소불능하십니다." 내가 말을 이었다. "무슨 경영이든 이루지 못하는 법이 없죠. 절대로."
"네." 그녀가 대답했다.
"구원받으려면 우리는 반드시 스스로 한탄하며 자아를 잃어버려야 합니다."
"네."
"하느님은 아주 작은 참새가 떨어지는 것도 보십니다."
"네."
"아주 작은 주사위가 탁자 위를 구르는 것도."
"네."
"하느님은 당신이 주사위님에게 어떤 선택지를 주는지 항상 아실 겁니다."

* 〈욥기〉 42장 2절과 6절.

"네."

"테리, 당신이 주사위님을 믿어야 하는 이유는 간단합니다."

"네."

"주사위님이 하느님입니다."

"주사위님이 하느님입니다." 그녀가 말했다.


## 33

그해 봄 어느 수요일 저녁, 퀸즈버러 주립병원 이사회에 참석하고 있을 때, '완전한 무작위 환경 실험센터'를 만들자는 생각이 떠올랐다. 커다란 직사각형 탁자에 박사학위와 수백만 달러의 재산을 지닌 늙은 남자들 열다섯 명이 둘러앉아서 배관 확장공사, 봉급구조, 투약차트, 공공 통행로 등에 대해 토의하는 동안 우리 주위 2.6제곱킬로미터 이내의 환자들은 각각 다양한 종류의 혼수상태에서 편안히 쉬고 있었다. 팔도 다리도 머리도 여럿인 시바 신처럼 낙서나 하고 있는데 펑! 아이디어가 떠올랐다. 주사위센터, 사람들을 무작위 인간으로 바꾸는 기관을 만들자는 생각. 주사위 인생의 원칙과 실제가 내가 몇 달 만에 도달한 수준까지 몇 주 만에 올라올 수 있을 만큼, 단기적으로 완전히 압도적인 환경을 갖춘 곳의 모습이 갑자기 눈에 보이는 듯했다. 그곳은 주사위족들의 사회, 신세계였다.

키가 크고 위엄 있는 이사회 의장 코블스톤이 예산과 관련된 퀸즈버러 법이 복잡하다는 이야기를 몹시 신중하게 하고 있었다. 파이프 여섯 개, 시가 세 개비, 담배 다섯 개비 때문에 초록색 벽이 둘러진 회의실이 물속에 잠긴 듯 뿌옇게 변했다. 내 옆의 젊은 의사(마흔여섯 살)는 사십 분 동안 쉼 없이 발을 똑같은 동작으로 꼼지락거리고 있었다. 펜들은 전부 종이 옆에 얌전히 누워 있었다. 낙서를 하는 사람은 나뿐이었다. 사람들이 하품을 참느라 기침을 하거나, 파이프로 하품하는 입을 가렸다. 코블스톤이 배관 문제를 다루는 관료제도의 비효율성에 대한 윙크 박사의 의견을 받아들이는데, 갑자기 시바 신의 팔 일곱 개, 다리 여섯 개, 머리 세 개에서 주사위센터라는 아이디어가 내게 달려들었다.

나는 조끼 주머니에서 초록색 주사위를 꺼내 그런 기관을 내가 설립할 것이라는 선택지에 50 대 50의 확률을 부여했다. 답은 '그렇다'였다. 나는 비명을 억눌렀다. 그래도 새어나온 소리에 내 옆의 의사가 발을 꼼지락거리는 속도가 느려지기는 했지만, 아주 멈추지는 않았다. 네 사람의 고개가 미세하게 내 쪽으로 움직였다가, 예의바르게 윙크 박사에게로 돌아갔다. 내 머릿속에서 아이디어가 활활 타오르고 있었다. 나는 낙서장에 다시 주사위를 굴렸다.

"여러분!" 나는 큰 소리로 외치며 의자를 밀치고 일어섰다. 내가 윙크 박사보다 키가 컸다. 그는 내 바로 맞은편에서 입을 헤 벌리고 나를 바라보고 있었다. 다른 사람들도 모두 예의바르게 나를 바라보았다. 발을 꼼지락거리던 친구는 계속 꼼지락거렸다.

"여러분." 나는 말을 고르면서 다시 말했다. "하수구를 하나 더 만들어봤자 오물 처리가 손쉬워질 뿐입니다. 문제를 해결해주지는 못합니다."

"맞는 말입니다." 누군가가 응원하듯 말하자, 여러 사람이 고개를 끄덕였다.

"우리가 이사로서 소임을 다하려면, 환자를 변화시켜 세상에 자유인으로 내보낼 수 있는 기관에 대한 비전이 있어야 합니다."
잘난 척하며 천천히 말하는 나를 향해 두 사람이 고개를 끄덕이고, 한 사람이 하품을 했다.

"에즈라 파운드가 말년에 시에 썼듯이, 정신병원은 완전한 기관입니다. 일관된 규칙, 습관, 태도로 각각의 환자를 집어삼켜, 바깥세상의 예측하기 힘든 문제들과 환자를 효과적으로 분리하는 역할을 하죠. 환자가 병원 생활에 성공적으로 적응할 수 있는 것은, 병원의 경악스러운 행동이 예측 가능한 특정 패턴으로만 일어난다는 것을 알기 때문입니다. 바깥세상에서는 그런 걸 희망할 수 없는데 말이죠. 그래서 환자는 병원 생활에 적응하면서도, 언젠가 이곳을 나가야 한다는 생각에 실체가 없는 두려움에 시달립니다. 우리는 환자들이 오로지 정신병원에서만 제대로 살 수 있게 준비시키는 역할을 효과적으로 수행해온 겁니다."

"요점이 있는 거요?" 나이 많은 코블스톤이 상석에서 물었다.

"아, 그럼요, 의장님. 있습니다." 내가 조금 더 빠른 말투로 말했다. 그러고는 품위 있게 말을 이었다. "저한테는 꿈이 있습니다. 환자들이 모든 환경에서 행복하게 자아를 실현할 수 있게 준비시키는 겁니다. 도전과 변화에서 자신을 격려하고 싶어 하는 사람들을 자유롭게 만들어주는 겁니다. 우리는……."

"이건…… 라인하트 박사님." 윙크 박사가 뭐가 뭔지 잘 모르겠다는 듯이 말을 더듬었다.

"우리는 두려움을 모르는 어른 아이들의 세상을 만들 겁니다. 무정부적이고 모순적인 사회가 우리 각자의 안에 구축해놓은 다중성이 자유로이 풀려나기를 원합니다. 사람들이 거리에서 서로 인사를 나누면서도 상대가 누군지 알지도 못하고, 신경도 쓰지 않게 되기를 바랍니다. 개별적인 정체감에서 자유로워지기를 원합니다. 안전과 안정과 조리 있음으로부터의 자유. 창조자들의 공동체, 기쁨으로 가득한 미친놈들의 수도원을 원합니다."

"무슨 소리를 하는 겁니까?" 늙은 코블스톤이 단호하게 말했다. 이제 그는 일어서 있었다.

"제발이지, 루크, 좀 앉아." 만 박사가 말했다. 다들 고개를 돌려 서로를 바라보다가 다시 나를 보았다.

"아, 우린 바보였습니다! 바보였어요!" 나는 주먹으로 탁자를 쾅 쳤다. "우리가 선택할 수 있는 길이 통제와 규율 아니면 자유로운 해방밖에 없다고 백만 년 동안이나 믿어오다니. 둘 다 일관된 습관, 태도, 성격을 유지하는 방법이라는 사실을 알지 못했습니다. 그 망할 놈의 성격!" 나는 이를 갈며 몸을 부르르 떨었다. "우리는 규율이 잡힌 무정부 상태, 통제된 해방이 필요합니다. 일일 여왕, 러시안룰렛, 비토, 누구 것이 더 좋을까 알아맞혀봅시다 하는 노래, 새로운 생활방식, 신세계, 주사위맨들의 공동체가 필요해요." 나는 늙은 코블스톤을 향해 직접 호소했지만, 그는 눈 하나 깜짝하지 않았다.

"무슨 소리를 하는 건가?" 그가 좀 더 부드럽게 다시 물었다.

"우리 병원을 센터로 바꾸자는 얘기를 하는 겁니다. 환자들에게 인생을 걸고 게임하는 법, 모든 공상을 행동으로 옮기는 법, 부정직한 행동을 즐기는 법, 거짓말과 거짓행세를 하는 법, 주사위의 변덕에 따라 증오와 분노와 사랑과 연민을 느끼는 법을 체계적으로 가르쳐주는 센터. 의사들이 주기적으로 며칠씩, 몇 주씩 환자 행세를 하고, 환자들이 의사 행세를 하면서 상담을 진행하고, 직원과 간호사가 환자와 문병객과 의사와 텔레비전 수리공 역할을 하는 기관을 만들자는 얘기예요. 그 망할 놈의 기관 전체가 커다란 무대가 되어, 그 위에서 모두가 자유로이 걷게 될 겁니다."

"자네 어디가 잘못된 것 같군, 라인하트 박사. 그만 앉게." 코블스톤 박사는 탁자 끝에 꼿꼿하게 서서 아무런 감정이 드러나지 않는 얼굴로 이렇게 말했다. 모두 고개를 홱 돌려 나를 바라보는 동안 완전한 침묵이 흘렀다. 나는 거의 혼잣말을 하듯이 다시 입을 열었다.

"이 위대한 망할 놈의 기계 사회는 우리를 모두 햄스터로 만들었습니다. 우리는 우리 안에서 태어나기를 기다리고 있는 세계를 보지 못해요. 오로지 한 가지 역할만 할 수 있는 배우라니, 그런 헛소리가 어디 있습니까? 우리는 무작위 인간, 주사위족을 만들어내야 합니다. 이 세상에 주사위족이 필요합니다. 세상에 주사위족이 생겨날 겁니다."

누군가가 내 한쪽 팔을 단단히 붙잡고 탁자에서 끌어내리려고 잡아당겼다. 자리에서 일어나 서로를 향해 재잘재잘 떠들어대는 의사들이 절반은 되는 것 같았다. 나는 팔을 잡아당기는 손길에 저항하며, 주먹을 꽉 쥔 오른팔을 들어 올리고 늙은 코블스톤을 향해 사자후를 질렀다.

"한 가지 더 있습니다!"

무시무시한 침묵이 뒤를 이었다. 모두들 나를 빤히 바라보았다. 나는 주먹을 내려 내 앞의 낙서장에 초록색 주사위를 풀어놓았다. 5가 나왔다.

"좋습니다." 내가 말했다. "제가 나가죠." 나는 주사위를 집어 조끼 주머니에 다시 넣고 밖으로 나갔다. 나중에 들어보니, 완전히 새로운 하수도 설치안이 만장일치로 부결되었으며, 누구도 만족하지 못하는 임시변통의 수리안이 통과되었다고 했다.


## 34


나는 에릭 캐넌에게 딱 한 번 주사위 치료를 소개하려고 해보았다. 그와 그의 아버지가 모종의 합의에 도달해서 에릭이 사흘 뒤 풀려나기로 되어 있기 때문이었다. 그는 당연히 들떠 있었으므로 주사위 이론에 대한 나의 소크라테스식 대화에 별로 주의를 기울이지 않았다. 애석하게도 소크라테스 방법을 쓰려면 상대방이 하다못해 주기적으로 투덜거리기라도 하는 성의를 보여주어야 하는데, 에릭이 입을 꼭 다물고 있었으므로 나는 그 방법을 포기하고 그에게 주사위 생활에 대한 이십 분짜리 강연을 했다. 그는 상당히 신경을 곤두세웠다. 강연이 끝나자 그는 고개를 천천히 가로저었다.

"당신이 이렇게 자유로이 돌아다니다니." 그가 말했다. "어떻게 아직도 그렇게 책상 뒤편에 앉아 있을 수 있죠?"

"무슨 소리야?"

"왜 병원에 감금되지 않았느냔 말입니다."

나는 빙긋 웃었다.

"난 전문가니까." 내가 대답했다.

"전문적인 미치광이죠. 심리치료를 하는." 그가 다시 고개를 저었다. "아버지가 가엾네요. 내가 점점 낫고 있다고 생각하셨는데."

"주사위 생활에 전혀 마음이 끌리지 않아?"

"물론 마음이 끌리죠. 당신이 일종의 컴퓨터로 변해버렸는데요.

우리 공군이 베트남에서 사용하는 것 같은 컴퓨터. 다만 당신은 최대한 많은 적을 죽이려고 애쓰는 대신, 폭탄을 무작위로 떨어뜨리도록 스스로 프로그램을 짰을 뿐."

"중요한 건 그게 아니야. 진짜 적은 어디에도 없으니, 인생의 전쟁이란 모두 게임이지. 주사위 인생은 참호에서 굼뜨게 치르는 전쟁 같은 전형적인 인생 대신 다양한 전쟁 게임을 할 수 있게 해줘."

"적이 없다고요." 그가 조용히 내 말을 되풀이하며 자기 앞의 바닥을 바라보았다. "적이 없다. 나는 적이 없다고 생각하는 사람을 볼 때만큼 강하게 욕지기가 일 때가 없어요. 그 주사위 인생이라는 건 심지어 우리 아버지보다 백 배나 더 역겹네요. 아버지는 눈이 멀었으니 핑계라도 있지만, 당신은! 적이 없다니!" 에릭은 의자에서 몸부림쳤다. 얼굴도 잔뜩 일그러져 있었다. 그는 근육질 몸을 위로 비틀어 일어섰다. 목은 여전히 긴장 때문에 물결치듯 움직였고, 눈은 천장을 바라보고 있었다. 그가 주먹을 쥐며 마침내 그럭저럭 자신을 다스렸다.

"이 멍청이." 그가 말했다. "세상은 살인자들이 멋대로 돌아다니는 정신병원이에요. 고문자, 병들고 타락한 사디스트가 교회, 기업, 나라를 운영하죠. 지금과는 다른 세상, 더 나은 세상이 될 수 있는데 당신은 뚱뚱한 엉덩이를 깔고 앉아서 주사위나 던진다고요?"

나는 레슬링을 할 기분이 아니었으므로 아무 말도 하지 않았다. 에릭의 말을 듣자니, 왠지 죄책감이 느껴지기도 했다.

"이 병원이 희극이라는 걸 당신은 알아요. 하지만 고통이 있는 비극적인 희극이죠. 정신병자들이 이곳을 운영하고 있다는 것도 당신은 알아요. 정신병자들! 심지어 당신은 거기에서 빠져 있다고요! 거기에 비하면 수용자들은 대부분 오지와 해리엇과 데이비드와 리키*처럼 보이죠. 미국의 인종차별주의를 알면서. 베트남 전쟁에 대해 알면서. 주사위나 던지다니! 주사위나 던지다니!"

그는 양주먹으로 내 앞의 책상을 두 번, 세 번, 네 번 두드렸다. 주먹질을 할 때마다 그의 긴 머리가 검은 베일처럼 앞으로 쏟아졌다. 그가 주먹질을 멈췄다.

"나는 나갈 거예요, 의사선생님." 그가 차분하게 말했다. "세상으로 나가서 더 좋은 세상을 만들려고 애쓸 거예요. 당신은 여기 남아서 무작위 폭탄이나 떨어뜨려요."

"잠깐만, 에릭." 내가 일어섰다. "가기 전에……."

"갈게요. 대마초 고마웠어요. 침묵도 고마웠어요. 심지어 게임도 고마웠어요. 하지만 그 빌어먹을 주사위 얘기를 한 마디만 더 하면 죽여버릴 거예요."

"에릭…… 나는…… 너는……."

그가 나갔다.

## 35

만 박사가 퀸즈버러 주립병원의 자기 방으로 불렀을 때, 라인하트 박사는 문제가 있음을 깨달았어야 했다. 늙은 코블스톤 박사가 꼿꼿하고 엄숙하게 앉아 있는 모습을 보고 라인하트 박사는 문제가 있음을 확신했다. 코블스톤 박사는 키가 크고 마르고 머리가

---

* 1952년부터 1966년까지 방영된 미국 TV의 코미디 드라마 〈오지와 해리엇의 모험〉의 등장 인물들.

센 사람인 반면, 만 박사는 키가 작고 통통하고 머리가 점점 벗어지고 있었다. 하지만 두 사람의 표정은 똑같았다. 엄격하고 단호한 표정. 병원 이사의 방으로 호출당하고 보니, 라인하트는 여덟 살 때 크랩스*로 6학년생들에게서 돈을 딴 일로 교장실에 불려갔던 일이 생각났다. 그때나 지금이나 그의 문제는 크게 변한 것이 없었다.

"그 주사위 이야기는 뭔가, 자네?" 코블스톤 박사가 의자에 앉은 채 앞으로 몸을 기울이며 날카로운 목소리로 물었다. 그리고 다리 사이에 꼿꼿하게 짚고 있는 지팡이로 바닥을 한 번 시끄럽게 쳤다. 그는 병원의 선임이사였다.

"주사위요?" 라인하트 박사가 의아한 표정으로 물었다. 그는 청바지와 흰 티셔츠에 운동화를 신은 차림이었다. 주사위가 정해준 이 옷차림으로 들어서는 그를 보고 만 박사는 조금 전 안색이 창백해졌다. 코블스톤 박사는 알아차리지 못한 것 같았다.

"아까 말씀하신 순서대로 가야 할 것 같습니다." 만 박사가 코블스톤에게 말했다.

"아, 그래요. 그래야죠." 코블스톤 박사가 다시 지팡이로 바닥을 쳤다. 게임의 재시작을 알리는 약속된 신호라도 되는 것 같았다. "자네가 섹스 연구에 매춘부와 동성애자를 이용했다는 이야기가 들리던데, 그게 무슨 소리인가?"

라인하트 박사는 즉답하지 않고, 똑같이 엄격한 표정을 지은 두 사람을 차례로 열심히 바라보았다. 그러고는 조용히 말했다.

"그 연구에 대해서는 자세한 보고서를 작성할 겁니다. 무슨 문

---

* 주사위 두 개로 하는 게임.

제라도 있습니까?"

"펠로니 박사가 그 연구에서 완전히 손을 뗐다고 말했네." 만 박사가 말했다.

"아. 취리히에서 돌아왔나 보죠?"

"연구대상들에게 부도덕한 행위를 요구하는 것을 보고 연구에서 손을 뗐다고 말했어." 코블스톤 박사가 말했다.

"실험주제가 성적인 변화였습니다."

"연구대상들에게 부도덕한 행위를 요구했나?" 코블스톤 박사가 계속 물었다.

"원하지 않는 행동을 할 필요는 없다고 지시사항에 분명히 밝혀두었습니다."

"펠로니 박사는 그 연구가 젊은이들에게 간음을 부추겼다고 보고했네." 만 박사가 감정이 드러나지 않는 표정으로 말했다.

"펠로니 박사도 잘 알 텐데요. 저와 함께 지시사항을 작성했으니까요."

"그 연구가 젊은이들에게 간음을 부추겼나?" 코블스톤 박사가 물었다.

"그리고 나이 많은 사람들에게…… 저기, 제 연구 보고서 작성이 끝나면 한 부 달라고 하시는 게 맞을 것 같은데요."

두 사람의 엄격한 표정은 풀리지 않았다. 코블스톤 박사가 말을 이었다.

"연구대상 중 남성 한 명이 강간당했다고 주장했어."

"그건 사실입니다." 라인하트 박사가 대답했다. "하지만 저희 조사에 따르면, 그는 자신이 불만을 제기한 그 행위에 무의식적으로 적극 참여했던 사실을 억압하기 위해 강간을 공상했거나 얼버

무린 것 같습니다."

"그게 무슨 소리야?" 코블스톤 박사가 짜증스러운 표정으로 손을 오목하게 귀에 갖다 대며 말했다.

"그가 섹스를 당하는 것을 즐겼고, 강간에 대해 거짓말을 하고 있다는 겁니다."

"아, 그렇군. 고맙네."

"자네, 루크." 만 박사가 말했다. "여기 주립병원의 환자 몇 명을 자네 연구에 이용해도 좋다고 허락하면서 우리가 그 연구에 대한 법적, 도덕적 책임을 지게 되었다는 것을 알아야지."

"압니다."

"몇몇 직원과 간호사의 보고에 따르면, 많은 환자가 자네의 성 연구에 자원했다더군. 환자들에게 매춘부가 제공되고 있다는 주장도 있고."

"보고서가 완성되면 읽어보십시오."

코블스톤 박사가 세 번째로 지팡이를 쿵 바닥에 박았다.

"또 다른 보고에 따르면 자네가 직접 그…… 그…… 실험에 참여했다더군."

"당연하지요."

"당연해?" 만 박사가 물었다.

"제가 실험에 참여했습니다."

"하지만 우리 보고서에 따르면……" 코블스톤 박사의 얼굴이 점점 벌겋게 달아올랐다. 알맞은 단어가 생각나지 않아 화가 나는 모양이었다. "……자네가 연구대상들과 상호작용을 했다던데…… 성적으로."

"아." 라인하트 박사가 말했다.

"그래서?" 만 박사가 물었다.

"아마 신경증을 앓는 젊은 사람이 그런 비방을 했겠죠?" 라인하트 박사가 말했다.

"그래, 그래." 코블스톤 박사가 재빨리 말했다.

"자신의 잠재적인 욕망을 무섭고 권위 있는 사람에게 투사한다?" 라인하트 박사가 말을 이었다.

"바로 그거지." 코블스톤 박사가 조금 긴장을 풀었다.

"비극적인 일입니다. 혹시 누가 그 청년을 돕고 있습니까?"

"그래." 코블스톤 박사가 대답했다. "그래. 베너 박사가…… 그 사람이 청년이라는 걸 어찌 알았나?"

"조지 러브레이스 레이 오라일리. 투사, 보상, 감정전이, 항문기 고착."

"아, 그래."

"또 다른 문제가 있습니까?" 라인하트 박사가 가려고 일어서는 시늉을 하며 말했다.

"안타깝게도 있네, 루크." 만 박사가 말했다.

"그렇군요."

코블스톤 박사가 양손으로 지팡이를 세심하게 움켜쥐고 다리 사이의 바닥을 겨냥해서 네 번째로 쿵 소리를 냈다.

"그 주사위 얘기는 뭔가?" 그가 물었다.

"주사위요?"

"자네 환자 한 명이 불만을 제기했네. 자네가 이상한 주사위 게임을 시킨다고."

"새 환자죠? 미스터 스페지오."

"그래."

"환자 중에 찰흙, 천, 종이, 나무, 가죽, 구슬, 마분지, 선반, 철사 등을 다루는 사람들이 있습니다…… 그러니 몇몇 환자가 주사위로 놀이를 하면 안 될 이유가 없다고 생각했습니다."

"그렇군." 코블스톤 박사가 말했다.

"왜?" 만 박사가 덤덤하게 물었다.

"보고서 작성이 끝나면 읽어보십시오."

한동안 아무도 입을 열지 않았다.

"또 하실 말씀이 있습니까?" 결국 라인하트 박사가 질문을 던졌다.

나이 많은 두 남자는 불편한 표정으로 서로를 힐끔 보았다. 그리고 코블스톤 박사가 헛기침을 했다.

"최근 자네의 전반적인 행동 말일세, 루크." 만 박사가 말했다.

"아아."

"지난번 이사회에서 예의 없고…… 이례적인 행동을 했지." 코블스톤 박사가 말했다.

"그렇죠."

"괴팍하고 변덕스러워서 사람들을 당황시키기도 했고." 만 박사가 말했다.

"윙크 박사의 말을 방해하지 않았나." 코블스톤 박사가 말을 덧붙였다.

"간호사 몇 명이 불만을 제기했네. 물론 이사들 여러 명도, 미스터 스페지오도, 그리고……."

"그리고?" 라인하트 박사가 물었다.

"나 역시 눈이 멀지는 않았으니까."

"아."

"통화중에 배트맨을 외치는 걸 농담으로 받아들일 수 없네."

침묵이 흘렀다.

"최근 자네의 행동은 품위도 없고, 전문가답지 못했어." 코블스톤 박사가 말했다.

침묵이 흘렀다.

"보고서가 완성되면 읽어보세요." 마침내 라인하트 박사가 말했다.

침묵.

"자네 보고서?" 코블스톤 박사가 물었다.

"괴팍한 행동에 대한 사람들의 다양한 반응을 다룬 논문을 쓰는 중입니다."

"그래, 그래, 그렇군." 코블스톤 박사가 말했다.

"제가 세운 가설은……."

"그만, 루크." 만 박사가 말했다.

"네?"

"그만. 제이크를 빼고는 모든 사람이 자네가 무너지고 있다고 확신하고 있네. 제이크만이 믿음을……."

"제가 세운 가설은……."

"그만. 자네 친구들이 지금껏 자네를 지켜주었고, 앞으로도 그럴 거야. 그러니 예전의 루크 라인하트로 돌아오게. 그러지 않으면 정신과의사로서 자네는 끝장이야."

코블스톤 박사가 엄숙하게 일어섰다.

"우리 환자들을 도울 수 있는 새로운 센터 이야기를 꺼내고 싶다면, 이사회가 열리기 '전'에 의제로 제출해야 하네."

"알겠습니다." 라인하트 박사가 덩달아 일어서며 말했다.

"이상일세, 루크." 만 박사가 말했다.

라인하트 박사는 그 뜻을 이해했다.


## 36

라인하트 박사는 피우던 대마초를 내미는데도 릴이 거절하고 그를 자기 맞은편 안락의자에 앉힐 때 문제가 있음을 깨달았어야 했다. '한 달 동안 모두에게 친절하기'(6월)를 실천하면서 또한 6분의 1의 확률로 나온 주사위의 결정을 따르는 중이었으므로, 그는 자신이 동원할 수 있는 모든 이타적인 사랑과 낭만적인 사랑으로 그녀에게 새로이 구애하고 있었다. 그 덕분에 지난 한 주는 정말 놀라울 정도였다. 나흘 동안의 전통적인 구애(연극, 콘서트, 오후의 공원 산책, 해시시에 취한 사랑의 저녁)는 주말 사흘 동안 절정에 이르렀다. 라인하트 박사와 릴은 그동안 이스턴롱아일랜드에 있는 자기들 소유의 '크고 낡은 농가'에서 아이들 없이 수영과 일광욕과 뱃놀이를 즐겼다. 그는 그녀를 위해 꽃을 꺾어주고 샴페인을 사주었으며, 그녀와 함께 노를 저어 파이어아일랜드로 가서 대마초를 조금 피우고 모래 언덕에 깔아놓은 담요 위에서 키득거리며 한참 동안 사랑을 나눴다. 두 사람을 방해하는 것은 가끔 감각에 잡히는 쇠등에뿐이었다. 두 사람은 수영을 하다가 파도 속에서 장난을 쳤다. 릴은 예쁘고 눈이 반짝이고 소녀 같고 민첩했으며, 라인하트 박사는 잘생기고 애정이 넘치고 소년 같고 동작이 뒤죽박죽이었다.

두 사람은 농가로 돌아와 6월 초의 서늘한 저녁 기온을 막으려고 이글거리는 불을 피웠다. 그러고는 삐걱거리는 낡은 더블 침대에서 또 달콤한 사랑을 나눈 뒤 정당한 잠을 잤다.

다음 날, 또 그다음 날에도 두 사람은 뱃놀이와 수영을 즐겼다. 그리고 마지막 날 저녁에는 샴페인과 마리화나에 조금 취해서 모닥불 앞에서 손을 꼭 잡은 채 십 분을 보내고, 불을 끈 채 침대에 앉아 창밖을 바라보며 또 십 분을 보냈다. 농가에서 100미터쯤 떨어진 바다에서 달빛이 창백한 파란색 수면을 비췄다. 라인하트 박사는 마리화나에 다시 불을 붙였다. 그러자 따스하고, 완전하고, 차분해졌다. 릴의 손길이 신성하게 느껴졌다. 그런데 릴이 그를 맞은편 안락의자에 앉히더니 그가 건네는 마리화나를 향해 고개를 저었다. 그래서 라인하트 박사는 문제가 있음을 알 수 있었다.

그는 침대 옆 램프를 켠 뒤 시선을 들었다가 릴의 눈에 글썽거리는 눈물을 보고 깜짝 놀랐다. 그녀가 손을 앞으로 뻗어 그의 한 손을 잡고 자신의 얼굴로 가져갔다. 그녀의 입술이 그의 손가락에 부드럽게 닿고, 그녀는 검은 연못 같은 그의 눈을 들여다보았다. 미소 지으려고 했지만, 그녀의 한쪽 뺨에는 눈물이 흘러내리고 있었다.

"루크." 그녀는 이렇게 말하고 나서 몇 초 동안 침묵하며 그의 눈을 살폈다. "왜 이렇게 이상하게 구는 거야? ……너무 오래됐잖아."

"아, 릴." 라인하트 박사는 대답을 시작했다. "당신한테 말하고 싶은 것이……" 여기서 말이 끊겼다. 그가 느끼던 애정이 얼어붙고, 그의 사랑은 굳어져 돌이 되었다. 손을 잡힌 채 말없이 앉아 있는 것은 경계심 강한 주사위맨이었다.

"말해줘, 부탁이야." 릴이 말했다.

그녀는 입술을 축이며 그의 손을 꼭 쥐었다.

"우리가 다시 한마음이 됐어, 루크." 그녀가 말을 이었다. "당신에 대한 사랑이 가득해서 내가 온전해진 것 같은데도…… 내일이면 당신이 또 변할지도 모른다는 생각이 들어. 지난 며칠 동안의 달콤함이 모두 사라지겠지. 그런데 그 이유를 모르겠어."

어쩌면 릴이 주사위우먼이 될 수 있을지도 모르겠다는 생각이 들었다. 배트맨 영화에 나오는 여자 악당의 이름처럼 들리는 말이었지만, 그 순간에 그가 자기 삶의 비밀을 밝히는 이유로 찾아낼 수 있는 것은 그것뿐이었다. 그의 마음이 흔들렸다.

"나는……" 주사위맨의 저항이 계속되었다.

"말해줘." 그녀가 말했다.

"실험중이야, 릴." 그가 또다시 말을 시작했다가 멈췄다. 릴은 눈을 크게 뜬 채 그의 말을 기다렸다. 그는 눈을 가늘게 뜬 채 자신의 말을 기다렸다. 그는 옆으로 손을 뻗어 불을 껐다. 겨우 1미터쯤 떨어져 있는 두 사람의 얼굴이 달빛 덕분에 잘 보였다.

"아직은 말하고 싶지 않아. 나중에…… 이 실험에 가치가 있는지 알게 되면 말해줄게. 당신이 알았다면 이 실험에 저항하고 날 거부했을지도 몰라."

"아냐, 난 안 그래." 그의 손을 쥔 그녀의 힘이 무서울 정도였다. "난 당신과 함께했을 거야." 그녀가 말했다. "그랬을 거야. 멍청한 놈들은 당신이 미쳐가는 줄 아는데, 내가 사정을 알았다면 그놈들을 비웃어줬을 거야. [잠시 침묵] 나한테는 이유를 말해줘도 됐잖아."

"지금 생각해보면 그렇지. 내가 실험에서 자유로워지자마자 알았어. 그 모든 걸 당신과 함께해야 했다는 걸."

"그럼……" 릴은 여전히 반짝이는 눈으로 그를 빤히 바라보며 불안과 호기심이 어린 표정을 지었다. "어떤…… 어떤 종류의 실험이야?"

달빛에 드러난 라인하트 박사의 모습이 어찌나 창백하고 돌처럼 굳어 있는지 마치 버림받은 조각상 같았다.

"아, 전에 한 번도 가본 적이 없는 곳을 가고, 내가 아닌 다른 사람 행세를 하면서 사람들의 반응을 보는 거야. 음식, 금식, 약도 동원하지. 심지어 술에 취하는 것도 의식적인 실험의 일환이야."

"그래?" 릴이 빙긋 웃었다. 빗속에 서 있는 아이처럼 눈물이 그녀의 뺨과 턱을 적셨다.

"내가 술에 취하면 술에 취한 사람처럼 군다는 게 증명되었어."

"그런 얘기를 왜 나한테 안 했어?"

"내 안에 있는 미친 과학자 때문이지. 내가 실험중이라는 사실을 말한다면, 당신의 반응이 실험이라는 관점에서 무용지물이 될 테니 많은 증거를 잃어버리게 될 거라고 주장했거든."

"그럼…… 그럼 실험은…… 끝났어?"

라인하트 박사는 그녀를 빤히 바라보며 미소를 지으려고 애썼다. "물론이지."

그녀가 그를 마주 보았다. 표정이 차가운 분노에서 무력한 간청으로 순간순간 바뀌었다.

"이번 주에." 그녀가 작은 목소리로 말했다. "지난주에." 그녀가 다시 창밖으로 시선을 돌리며 속삭이다가 갑자기 흐느끼며 그의 품으로 묵직하게 안겨들었다.

"난 세상이 변하지 않았으면 좋겠어. 세상이 변하지 않았으면 좋겠어." 그의 품에서 그녀가 몸을 떨며 흑흑 흐느꼈다.

라인하트 박사는 그녀를 어루만지고, 입을 맞추고, 아무 의미

없는 다정한 말을 중얼거렸다. 하지만 사실을 말하자면, 완전히
버림받은 기분이었다.


# 37


라인하트 박사는 엑스타인 부인이 수요일에 그를 자신의 거실
소파로 불렀을 때 문제가 있음을 깨달았어야 했다. 그녀가 그에게
치료받기 시작한 뒤로 두 사람은 그녀의 아파트에서 만난 적이 없
었다. 그녀는 그에게 문을 열어준 뒤 소파에 차분하게 앉아서 양손
을 포개고 바닥을 바라보았다. 남성적인 회색 정장, 안경, 뒤에서
단단히 묶어 틀어 올린 머리 때문에 그녀는 침례교 소책자를 들고
집집마다 돌아다니는 사람과 놀라울 정도로 닮은 모습이었다.

"아이가 생겼어요." 그녀가 조용히 말했다.

라인하트 박사는 소파 반대편 끝에 앉아 등을 기대며 기계적으
로 다리를 꼬았다. 그리고 맞은편 벽을 멍하니 바라보았다. 빅토
리아 여왕을 묘사한 옛 석판화가 벽에 걸려 있었다.

"당신이 좋아하니 잘됐네요, 알린." 그가 말했다.

"생리를 거른 지 두 달째예요."

"기뻐요."

"아이 이름을 뭐라고 지을지 주사위님에게 물어보면서 서른여
섯 가지 선택지를 줬는데, 주사위님이 에드거를 선택했어요."

"에드거."

"에드거 엑스타인."

두 사람은 서로를 외면한 채 조용히 앉아 있었다.

"루셔스에게 열 번이나 기회를 줬는데, 주사위가 고른 이름은 에드거네요."

"아."

침묵이 흘렀다.

"여자애면 어쩌려고요?" 얼마 뒤 라인하트 박사가 물었다.

"에드거리나."

"아."

"에드거리나 엑스타인."

침묵.

"아기가 생겨서 기뻐요, 알린?"

"네."

침묵.

"아버지가 누군지는 아직 결정되지 않았어요." 엑스타인 부인이 말했다.

"아버지가 누군지 몰라요?" 라인하트 박사가 허리를 세우며 물었다.

"물론 알죠." 그녀가 미소를 지으며 라인하트 박사에게 시선을 돌렸다. "하지만 아이 아버지를 누구라고 할지 아직 주사위에게 물어보지 않았어요."

"그렇군요."

"당신을 아버지라고 하는 쪽에 3분의 2의 확률을 줄 생각이었어요."

"아아."

"제이크는 물론 6분의 1의 확률이 될 거고요."

"음."

"그리고 '당신이 모르는 사람'에게 6분의 1의 확률을 줄 생각이었어요."

침묵.

"그럼 제이크에게 아이 아버지를 누구라고 밝힐지 주사위가 결정하는 건가요?"

"네."

"낙태는 어때요? 겨우 두 달째잖아요. 주사위에게 낙태를 물어봤어요?"

"물론이죠." 그녀가 다시 미소를 지었다. "낙태에는 216분의 1의 확률을 줬어요."

"아아."

"주사위가 안 된다고 하더라고요."

"음."

침묵.

"그럼 일곱 달 뒤에 아이를 낳겠네요."

"네. 굉장하죠?"

"당신이 좋아하니 잘됐어요." 라인하트 박사가 말했다.

"아이 아버지가 누군지 알아낸 뒤에는, 그 사람에게 충실하기 위해 제이크와 헤어질지 주사위에게 물어야 할 것 같아요."

"음."

"그다음에는 내가 아이를 더 낳아도 되는지 주사위의 결정에 맡기는 거예요."

"음."

"하지만 그전에 내가 아이를 가졌다는 사실을 릴에게 말해야 하는지 주사위가 결정해줘야 해요."

"아."

"아버지의 이름을 릴에게 밝혀야 하는지도."

"어."

"얼마나 설레는지 몰라요."

침묵.

라인하트 박사는 재킷 주머니에서 주사위를 꺼내 양손으로 비비다가 자신과 엑스타인 부인 사이의 소파 위로 떨어뜨렸다. 2가 나왔다.

라인하트 박사는 한숨을 내쉬었다.

"당신이 좋아하니 잘됐네요, 알린." 이 말을 하고 나서 그는 서서히 소파로 무너졌다. 그의 멍한 눈이 휑한 맞은편 벽을 향해 자동적으로 돌아갔다. 벽에는 빅토리아 여왕을 묘사한 옛 석판화만 걸려 있을 뿐이었다. 여왕은 웃고 있었다.


## 38


옛날에 라인하트 박사는 호박벌이 된 꿈을 꾸었다. 즐겁게 붕붕 돌아다니면서 자기가 하고 싶은 대로 하는 호박벌이었다. 자신이 라인하트 박사라는 생각은 들지 않았다. 그러다 갑자기 잠에서 깨어났더니, 그는 아름다운 릴과 침대에 나란히 누운 루크 라인하트였다. 하지만 자신이 호박벌이 된 꿈을 꾼 라인하트 박사인지, 아니면 라인하트 박사가 된 꿈을 꾼 호박벌인지 알 수 없었다. 알 수 없었다. 그의 머리가 붕붕거렸다. 몇 분 뒤 그는 어깨를 으쓱했다.

"어쩌면 나는 라인하트 박사가 된 꿈을 꾸는 호박벌이 된 꿈을 꾸는 휴버트 험프리*인지도 모르지."

그는 몇 초 더 가만히 있다가 돌아누워서 아내에게 파고들었다.

"어쨌든……" 그가 혼잣말을 했다. "라인하트 박사가 된 이 꿈에서, 내가 호박벌이 아니라 여자와 함께 침대에 누워 있는 것이 다행이군."

## 39

어느 날 나는 여러 꿈속을 걷다가 깨어나, 나의 운명적인 '주사위 발견의 날'로부터 꼬박 일 년이 지났음을 깨달았다. 며칠 전 주사위님이 7월을 '전국적인 역할 놀이의 달'로 정했지만, 나는 그 뒤로 사나흘 동안 내가 무엇을 하고 무슨 말을 했는지 어렴풋한 기억만이 떠오를 뿐이었다. 나는 제이크 엑스타인이 되어 그의 관점에서 주사위맨이라는 개념을 분석했다. 나는 선불교 스승 오보코가 되어 주로 아무 말 없이 미소 짓는 표정으로 앉아 있었다. 그동안 젊은 대학원생 한 명이 내게 정신분석과 삶의 의미에 대해 질문을 던지려고 애썼다. 나는 일곱 살짜리 아이가 되어 센트럴파크에서 자전거를 타기도 하고, 연못의 오리 떼를 빤히 바라보기도 하고, 책상다리로 앉아 늙은 검둥이가 낚시하는 모습을 지켜보기도 하고, 풍선껌을 사서 커다란 풍선을 불기도 하고, 자전거로 다른 사람과 자전거 경주를 벌이다가 넘어져서 무릎이 까져 울기도 했다. 행인들로서는 당혹스러운 일이 아닐 수 없었다. 108킬로그

•   린든 존슨 대통령 시절 부통령을 지낸 미국 정치인.

램의 덩치로 울어대는 아이란 보기 드문 광경이니까.

하지만 어느 날 저녁, 그러니까 센트럴파크에서 릴과 테니스를 치고, 만 박사의 클럽에서 수영을 하고, 57번가에서 열린 장난감 전시회에 래리와 이비를 데리고 가서 신나게 놀고, 환자 두 명에게 주사위 치료를 실험중인 젊은 정신과의사에게서 자부심을 부풀려주는 전화를 받아 만족스러운 하루를 보낸 뒤, 나는 오늘이 사실 내 생일이었음을 기억해내고는 약간의 향수와 자부심을 느꼈다. 나의 평범한 친구들은 주사위 인생에 대해 전혀 몰랐으므로 나는 외로운 생일을 보낼 수밖에 없는 운명이었다. 그래서 고급 마리화나 두 대를 피우며 생일을 자축했다. 내가 의학연구용으로 구해서 새로 감춰둔 마리화나 중 일부였다. 그다음에는 릴과 체스를 두며 패배를 허용했다. 자정쯤 릴이 잠자리에 들었을 때, 나는 거실에 남아 서성거리며 삶의 의미에 대해 생각했다. 일 년 전 나는 권태로웠고 잠시도 가만히 있지 못했다. 그런데 지금은 마음이 들떠서 잠시도 가만히 있지 못했다. 주사위가 나의 여러 모습을 해방시켜주었다. 앞으로도 더 많은 나를 해방시켜줄 터였다. 비록 내 주사위 치료가 세상을 바꾸고 있지는 않지만, 사람들에게 우연히 좋은 영향을 미칠 때가 있었다.

나는 거실을 빠르게 서성거리며 힘이 들어간 배를 즐겁게 주먹으로 치고, 가슴 한가득 숨을 들이쉬고, 땀을 뻘뻘 흘리고(에어컨이 꺼져 있었다), 반신 거울 앞에 멈춰 서서 내 모습에 찬탄했다. 지난 일 년이 아주 좋았다는 생각이 들었다. 그날은 나의 일주년 기념일이기도 했다. 그러니 다시 아래층으로 내려가 알린을 강간하는 선택지를 시험해봐야 할 것 같았다. 나는 내 앞의 러그에 주사위를 굴렸다. 3이 나왔다. 처음에는 놀라웠지만, 곧 어깨를 으쓱했다. 일 년 전에 3이 나왔다면, 난 지금도 주식시장 보고서나 읽고 있을 것이다.

내 생일은 또한, 당연히, 운명의 날이었다. 나는 종이와 펜과 특별한 초록색 주사위 두 개를 가지러 서재로 뛰어 들어갔다. 가는 동안 깽깽거리는 소리가 억눌린 듯 터져 나왔다. 거실로 돌아가는 도중에 릴이 침실 문간에 서 있는 것이 보였다. 내가 움직이는 소리에 깨어난 모양이었다. 그녀가 졸린 목소리로 무슨 일이냐고 물었다.

"모든 게 혼란스럽고 미덥지 않아." 내가 즐겁게 말했다. "마땅히 그래야지."

"얼른 와서 자, 루크." 릴은 날씬한 양팔을 들어 내 목에 감고 졸린 얼굴로 내게 기댔다. 침대에서 따뜻하게 데워진 몸을 내 팔이 저절로 감쌌다. 그 몸은 혼란스럽지 않고 미더웠다. 나는 고개를 숙이고 릴을 끌어안았다.

"하지만 자기 전에 할 일이 아주 많아." 키스가 끝난 뒤 내가 부드럽게 말했다.

"얼른 와서 자." 릴이 말했다. "늦었어."

"만약 내게 세상이 충분하고 시간이……."

"시간은 많아…… 어서 와." 그녀가 나를 침실로 끌었다.

"하지만 자기 전에 할 일이 아주 많아." 나는 문 안쪽으로 1미터쯤 들어간 곳에 멈춰 서서 다시 말했다. 릴은 나의 커다란 손을 쥔 채로 꿈꾸듯 돌아서서 빙긋 웃고는 하품을 했다.

"기다릴게." 그녀는 몸에서 자신 있는 부분을 자기도 모르게 흔들어대면서 걸어가 침대로 들어갔다.

"잘 자, 릴." 나는 건성으로 말했다.

"음. 들어오기 전에 애들 한 번 들여다봐." 릴이 말했다.

나는 여전히 왼손에 종이, 펜, 주사위 두 개를 든 채로 재빨리 아이들 방으로 가서 래리와 이브를 들여다보았다. 둘 다 곤히 잠들어 있었다. 래리는 술에 취한 아이처럼 입을 벌린 채였고, 이비는 이불에 얼굴을 완전히 파묻고 있어서 보이는 거라고는 정수리뿐이었다.

"좋은 꿈 꿔라." 나는 조용히 아이들 방에서 나와 거실로 돌아왔다.

그리고 종이, 펜, 주사위를 안락의자 앞의 바닥에 놓은 뒤 갑자기 벌떡 일어나 침실을 향해 크게 네 걸음을 가다가 멈췄다. 나는 한숨을 내쉬며 다시 도구들 옆 러그에 무릎을 꿇고 앉았다. 내 운명의 날을 준비하며 긴장을 풀기 위해서 내가 개발중이던 일련의 무작위 주사위 놀이를 했다. 무작위 신체운동, 일 분 동안 바짝 죄인-성자 게임 하기, 삼 분 동안 감정 룰렛. 주사위님은 욕망을 골랐다. 내가 열정적으로 느끼는 감정이 바로 그것이었다. 나는 초록색 주사위 두 개를 내 앞의 안락의자에 놓고 무릎꿇은 채 기도를 중얼거렸다.


"위대한 신 주사위님, 당신에게 예배드립니다.
오늘 아침 당신의 초록색 시선으로
나를 깨워주시고,
당신의 플라스틱 숨결로
내 죽어버린 생명에 활기를 주시고,
바싹 마른 제 영혼에
당신의 초록색 식초를 흘려넣어주소서.

굶주린 새 백 마리가 저의 씨앗을 흩어놓습니다…….
당신은 그것을 굴려 정육면체로 만들어서 제게 심으십니다.

저는 당신께 감사하는 항아리입니다, 오 주사위님,
저를 채워주소서."

주사위님 앞에 무릎 꿇을 때마다 느끼는 차분한 기쁨이 느껴졌다. 지식보다 앞서는 평화였다. 나는 백지에 다음 일 년 동안의 인생을 위한 선택지들을 적었다.

두 주사위의 눈 합이 2, 3, 12가 되면 나는 아내와 아이들 곁을 영원히 떠날 것이다. 나는 이 선택지를 적으며 어렴풋하고 막연한 두려움을 느꼈다. 이 선택지가 나올 확률은 9분의 1이었다.

적어도 삼 개월 동안 주사위 사용을 완전히 그만두겠다는 선택지에는 5분의 1의 확률(눈의 합이 4 또는 5)을 주었다.

눈의 합이 6이면(7분의 1의 확률), 기성질서의 불의에 맞서 혁명활동을 시작할 것이다. 내가 무슨 생각으로 이 선택지를 적었는지는 알 수 없었지만, 나는 에릭 캐넌과 어떻게든 힘을 합치는 공상을 하기 시작했다. 그러나 거리에서 들려온 경찰차 사이렌 소리 때문에 재빨리 다음 선택지로 넘어갔다(혁명 운운하는 선택지를 쓰는 것만으로 범죄가 될 것 같았다).

눈의 합이 7이면(6분의 1의 확률), 나는 일 년 내내 주사위 이론과 치료법과 주사위센터를 만드는 데 모든 시간을 바칠 것이다. 이 선택지를 쓰다 보니 아주 즐거운 기대감이 들어서 눈의 합이 8과 9인 경우도 여기에 넣을까 생각해보았지만 이렇게 약한 인간처럼 구는 내가 싫어서 계속 앞으로 나아갔다.

눈의 합이 8이나 11이면(5분의 1의 확률), 나는 일 년 동안 주사위 치료를 포함해서 정신과의사 일을 그만두고, 새로운 직업 선택을 주사위에게 맡길 것이다. 이 선택지를 쓰며 나는 자부심을 느꼈다. 주사위 치료에 대한 매혹이라는 감옥의 죄수가 되지는 않을 테니까.

눈의 합이 9나 10이면(5분의 1의 확률), 나는 자서전을 쓰기 시작할 것이다.

이 여섯 가지 선택지를 다시 훑어보니 흡족했다. 각각 재앙의 위험과 새로운 힘의 가능성을 품고 있었다.

나는 선택지를 적은 종이를 옆에 놓고, 초록색 주사위 두 개를 내 앞의 바닥에 놓았다.

"재워주세요, 아빠." 거실 맞은편 끝에서 누군가가 말했다. 래리가 졸려서 흐려진 눈을 빛 속에서 깜박거리고 있었다.

나는 짜증을 내며 일어나 래리에게 척척 다가가서 품에 안고 아이 방으로 갔다. 목까지 이불을 덮어주자마자 아이는 잠이 들었다. 나는 다시 거실로 돌아와 무릎을 꿇었다.

앞에 주사위를 놓은 채 나는 이 분 동안 소리 없이 기도했다. 그러고는 두 주사위를 들어 오목한 양손에 넣고 흔들었다.

"내 손 안에서 떠시는군요, 오 주사위님,
내가 당신의 손 안에서 흔들리듯이."

나는 주사위를 머리 위로 들고 소리 내어 읊조렸다.

"위대하고 쓸쓸한 신이시여, 이리로 내려와 부르르 떨며 창조하소서.

당신의 손에 내 영혼을 바칩니다."

주사위의 눈은 1과 2였다. 합이 3. 아내와 아이들 곁을 영원히
떠나야 했다.

## 40

어떤가?

## 41

기가 막혔다. 믿을 수 없고, 아무것도 느껴지지 않았다. 무서웠
다. 나는 환자에게 잘못된 약을 주는 바람에 환자가 죽었다는 소
식을 방금 들은 의사 같았다. 나는 이 결과를 마주 보는 대신 어디
서 실수를 저질렀는지 계속 분석했다.

3: 릴과 아이들 곁을 영원히 떠난다. 영원히? 내가 도대체 무슨
멍청한 변덕으로 '영원히'라는 말을 넣었을까? 나는 지금까지 주
사위에게 내 인생을 반년 이상 휘두를 힘을 준 적이 없었다. '영원
히'는 부당했다. 주사위를 다시 던져야 한다고 요구해야겠다.

두려움. 외로움. 들끓는 사람들의 바다가 온전히 내게서 멀어져
나만 혼자 빙산 위에 남은 것 같았다. 내가 어디서 실수를 저질렀
을까? 3의 선택지로 다른 걸 쓴 게 아닌가? 주사위를 충분히 흔들

었나? 릴과 영원히 헤어진다는 선택지를 넣은 것이 정당했나? 나는 서성거리면서 주사위의 결정을 무위로 돌릴 생각만 했다. 그러다 마침내 사고 현장으로 돌아와 안락의자에 늘어지듯 주저앉았다. 그럴 수 없었다.

우울했다. 배가 묵직했다. 릴과 헤어지라는 명령을 따르지 않는 것은 곧 주사위가 하찮다는 뜻이었다. 루크가 다시 고삐를 쥐고, 주사위님은 존재하지 않게 될 것이다. 나는 자유였다. 볼링을 칠 필요도, 미스 레인골드 같은 여자를 만날 필요도, 카마수트라 36번을 시도할 필요도, 자전거 사고를 당할 필요도 없었다…… 나는 자유였다…….

우울하고, 배가 묵직하고, 냉소가 나왔다. 오로지 루셔스 라인하트가 될 자유, 평범한 인간 멍청이가 될 자유. 닥터 펠로니의 로이스 레인에게 영원히 클라크 켄트가 될 자유.

그래도 기분이 내킬 때는 여전히 괴팍한 행동을 할 수 있을 것이다…….

마음 내키는 일을 하는 평범한 인간 멍청이. 주사위맨이 죽을 수도 있다는 가능성 때문에 우울감이 나를 수의처럼 감쌌다.

얼마 뒤, 힘을 잃어버린 시계추처럼 나는 가족을 떠난다는 두려움과 떠나지 않는다는 우울감 사이에 정지했다. 그냥 아무 느낌도 없이 퀭한 눈으로 늘어지듯 앉아 있었다. 깨어 있되 아무 감정이 없는 그런 상태로 거의 삼십 분쯤 있었던 것 같다. 나는 술에 취한 것 같던 래리의 자는 얼굴, 손에 느껴지던 릴의 따뜻한 살, 저녁때 식기세척기가 돌아가던 소리를 생각했다. 이런 것이 현실이었다. 내가 주사위로 창조하던 그 믿을 수 없는 세상은 뭐였지? 나는 몸을 앞으로 기울여 깔끔하고 강력한 선언 두 개를 내려다보았다. 2와 1.

"릴과 헤어져야겠네." 뭐든 말해야 할 것 같아서 나는 이렇게 말했다. 아무런 느낌이 없었다. "그다음에는 뭘 하지?" 이 질문이 한 번 더, 천천히, 굵은 글자로 머릿속을 흘러갔다. 이 혼란을 겪는 동안 마음 밑바닥에 뱀처럼 똬리를 틀고 있던 호기심이 서서히 몸을 풀고 구슬 같은 눈이 달린 기민한 머리를 들었다. "그다음에는 뭘 하지?"

그 답은 오로지 주사위님만이 알고 있었다.

작은 새들이 갑자기 땅에서 날아오를 때처럼, 기쁨이 내 안에서 파닥거리며 솟아올랐다. 나는 의자에서 일어나 잠시 우유부단하게 서서 내 몸을 휩쓰는 기쁨이 증발하듯 사라지거나 두려움으로 바뀌기를 기다렸지만 그런 일은 일어나지 않았다. 주사위님이 주신 것을 주사위님이 가져가신다. 주사위님의 이름에 축복 있으라. 지금 당장 여길 떠나야 하나? 릴이나 래리나 이비에게 마지막 인사나 입맞춤을 해도 될까?

아니. 주사위님은 떠나라고 했다. 감상적인 남편 역할을 명한 것이 아니다. 하지만…… 떠나! 당장! 영원히! 당신의 손에, 오 주사위님, 내 영혼을 바칩니다.

주사위 기록, 수표책, 초록색 주사위 몇 개를 서류가방에 넣고, 신성한 주사위 한 쌍은 재킷 주머니에 넣고, 레인코트를 입은 뒤 나는 아파트를 떠났다. 그리고 이 분 뒤에 돌아와 이런 순간에 어울리는 유일한 메시지를 남겼다. 안락의자 앞 바닥에 2와 1이 위로 올라오게 주사위 두 개를 놓아둔 것이다.

# 42

하늘이 운의 영광을 선포하고

궁창이 그 손으로 하신 일을 나타내는도다

낮은 낮에게 우연을 말하고

밤은 밤에게 변덕을 보이니

언어가 없고 들리는 소리도 없으나

그 소리가 온 땅에 통하고

그 행동이 세계 끝까지 이르도다

운이 해를 위하여 하늘에 장막을 베푸셨도다

운이 하늘 이 끝에서 나와서

하늘 저 끝까지 운행함이여

그 온기에서 피하여 숨은 자 없도다

운의 율법은 완전하여 영혼을 소성케 하고

운의 증거는 확실하여 우둔한 자로 지혜롭게 하며

운의 교훈은 정직하여 마음을 기쁘게 하고

운의 계명은 순결하여 눈을 밝게 하도다

운을 경외하는 도는 정결하여 영원까지 이르고

운의 규례는 확실하여 다 의로우니*

《주사위의 서》에서

---

*  〈시편〉 19편의 변형.

# 43

가족 및 친구들과의 모든 심리적 유대에서 자유로워진 뒤 처음 며칠 동안 나는 의기양양했지만, 솔직히 재앙 같은 나날을 보냈다. 그 주에 주사위님은 매시간, 매일, 매주 내게 다른 사람이 되라고 명했다. 나는 인간 영혼이 어디까지 유연해질 수 있는지 한계를 시험하듯 내 역할을 넓혀가야 했다.

지그문트 프로이트 역할을 이틀째 하던 날, 나는 제이크에게 전화를 걸어 그 주에 그와 예정된 정신분석 상담에 갈 수 없다고 알리고, 며칠 동안 내 환자들과의 약속을 취소하라는 말을 미스 레인골드에게 전해달라고 부탁했다. 불완전한 오이디푸스 발달과 퇴행성 대상부착 때문이었다. 제이크는 릴이 당황하고 화를 내고 있다며, 내게 어디에 있느냐고 물었다. 나는 구강기와 항문기 사이 어디쯤에 있다고 대답했다. 내가 있는 곳에 전화가 있느냐는 물음에는 없다고 대답했다. 나는 월요일에 출근할 수 있을지도 모른다고 말했다.

이렇게 옛 세상과 잠깐 접촉한 것을 제외하면, 주사위를 굴릴 때마다 나는 조현병 환자처럼 어지럽고 극적인 역할들을 연기해야 했다. 그때 내 삶은 형편없는 영화의 조각들을 연달아 붙여놓은 것 같았다. 대본도, 감독도 없이 배우들만 나와서 죄다 정적이고 판에 박힌 연기만 하는 꼴이었다. 다만 주연배우만 즉흥연기를 했다. 완전한 무작위성에 대한 내 첫 번째 실험이 절정에 이른 것은 릴을 떠나고 나흘 뒤, 만 박사가 에이브러햄 크룸 박사를 위해 자신의 친구들과 뉴욕 정신의학계의 저명인사들을 초청해서 주최한 파티에서였다. 나는 주사위님에게 답을 구할 때 항상 내 행동을 되돌릴 가능성을 적어도 형식적으로라도 부여한다.

독일계 미국인 학자인 크룸 박사는 고작 오 년 만에 세 가지 복잡한 실험으로 정신의학계를 놀라게 했다. 세 실험 모두 독특한 사실을 증명해준 덕분이었다. 먼저 그는 세계 역사상 최초로 실험을 위해 닭에게 정신병을 일으킨 사람이 되었다. 그때까지 닭은 지능이 너무 낮아서 정신병에 걸릴 수 없다고 여겨졌다. 두 번째 실험에서 그는 그 정신병의 원인이거나 그 병과 관련되어 있는 화학약품(모라티세마테)를 분리하는 데 성공했다. 닭의 정신병에서 화학적 변화가 중대한 변수로 작용할 수 있음을 결정적으로 밝혀낸 최초의 인간이 된 것이다. 세 번째 실험에서 그는 정신병에 걸린 닭의 93퍼센트를 겨우 사흘 만에 완전히 치유해준 해독제(아모라티세마테)를 발견했다. 세계 역사상 최초로 오로지 화학적인 수단만으로 정신병을 치료한 사람이 된 것이다.

그가 노벨상을 탈 것이라고 추측하는 사람이 상당히 많았다. 비둘기의 조현병에 대해 그가 진행하고 있는 연구에 정신의학계의 많은 사람들이 주식시장 보고서를 보듯이 관심을 기울였다. 아모라티세마테를 독일과 미국의 여러 정신병원에서 환자들에게 실험적으로 투여해 흥미로운 결과를 얻고 있기 때문이었다(혈전과 대장염이 부작용으로 나타난다는 점은 아직 결정적으로 확인되지 않았지만, 그 가능성 또한 완전히 제거된 상태는 아니었다).

크룸 박사를 위한 파티는 중요한 행사였으므로 PANY의 회장(조지프 와인버거 박사), 뉴욕 주 정신위생부장, 내가 도무지 기억할 수 없는 엄청난 거물 두세 명이 참석했다. 주사위는 내게 파티에 참석해서 저녁 내내 대략 십 분 간격으로 여섯 가지 역할을 번갈아 연기하라고 지시했다. 온화한 예수, 철저히 정직한 주사위맨,

금기의식이라고는 없는 섹스광, 벙어리 바보, 허풍쟁이 예술가, 좌익 선동가가 그 여섯 가지 역할이었다.

나는 마리화나에 취한 채로 이 선택지를 썼다. 술에 취해 쓴 선택지 때문에 삼십 분 동안 마리화나를 피웠기 때문이다. 애당초 술에 취한 것 역시 주사위가…… 이렇게 무한히 이어진다. 나의 주사위 생활은 점점 통제불능으로 빠져들고 있었고, 크룸 박사를 위한 파티에서 절정에 이르렀다.

만 박사의 아파트는 어찌 된 영문인지 장례식장과 박물관의 분위기를 모두 풍겼다. 만 박사의 하인이자 해부용 시체인 미스터 손턴이 그날 저녁 기계 해골처럼 문을 열어주고, 내 외투를 벗기고, "안녕하십니까, 라인하트 박사님"이라고 인사했다. 마치 만 박사가 방금 숨을 거두기라도 한 것 같았다. 그는 유명한 정신과의사들의 사진이 가득한 복도를 걸어 거실로 나를 안내했다.

그 방에 들어갈 때마다 나는 그곳에 살아 있는 사람들이 있음을 발견하고 항상 놀랐다. 제이크는 구석에서 벽처럼 늘어선 책꽂이에 몸을 기댄 채 미스 레인골드(제이크를 위해 메모를 대신 해주려고 왔다), 보글스 교수(내 주사위가 그를 초대하라고 말했고, 그의 주사위가 초대를 받아들이라고 말했기 때문에 왔다), 다른 남자 두 명과 이야기를 나누고 있었다. 아마 세계적으로 유명한 정신과의사들인 것 같았다. 빅토리아 양식의 벽난로 앞에 놓인 거대한 동양풍 소파에는 알린, 펠로니 박사(내가 나타나자 빠른 속도로 고개를 끄덕거렸다), 아마도 누군가의 어머니이지 싶은 나이 지긋한 여자가 앉아 있었다. 알린은 목이 깊이 파인 칵테일드레스를 화려하게 소화하고 있었다. 누군가 위에서부터 옷 속으로 쑤셔 넣은 예쁜 하얀색 풍선 두 개 같은 그녀의 관능적인 젖가슴이 언제라도 날아가버릴 것처럼 보였다. 소파 맞은편 안락의자에는 내가 어렴풋이 아는, 나이 많고 은퇴한 거물, 누군가의 아내이지 싶은 통통한 여자, 작고 뾰족한 턱수염을 기른 자그마한 남자가 앉아 있었다. 어깨가 늘어졌지만 강렬해 보이는 그 남자가 바로 내가 사진에서 본 적이 있는 크룸 박사였다. 릴은 보이지 않았다.

만 박사가 와인잔을 손에 들고 불안한 표정으로 나를 맞이했다. 얼굴이 명예, 걱정, 술기운 때문에 살짝 붉게 변해 있었다. 그가 나를 데리고 여자들과 크룸 박사가 앉아 있는 곳으로 갔다. 나는 주머니 속에서 특별히 만든 시계 상자 안에 든 자그마한 주사위를 흔들다가 살살 꺼낸 뒤 결과를 흘긋 확인했다. 앞으로 십 분 동안 내가 여섯 가지 역할 중 어떤 역을 해야 하는지 알아보기 위해서였다. 허풍쟁이 예술가였다.

"크룸 박사님, 저의 옛 제자이자 동료인 루서스 라인하트 박사입니다." 만 박사가 말했다. "루크, 이분은 크룸 박사시네."

"라인하트 박사, 반갑습니다, 반가워요. 박사의 연쿠를 아직 읽어보지는 못했지만, 만 박사께 칭찬을 많이 들었소." 크룸 박사는 짧고 강하게 찌르듯이 악수를 하며 이를 드러내고 과장되게 찡그린 표정을 지었다. 그러면서 거의 30센티미터 위에 있는 내 얼굴을 자신 있게 올려다보았다.

"크룸 박사님, 말문이 막히는군요. 살아생전에 이렇게 훌륭하신 분을 직접 만날 줄이야. 진정, 진정, 영광입니다."

"아니오, 아니오. 몇 년 뒤에 내가 보여주지요…… 이런, 기쁩니다, 기뻐요." 그는 우리에게 다가온 알린에게 살짝 고개를 숙여 인사하고, 발꿈치를 찰칵 붙이며 두 번 재빠르게 펌프질을 하듯이 그녀와 악수했다. 그리고 기뻐서 달아오른 얼굴로 그녀와 나를 차례로 올려다보았다.

"오늘 밤에는 정말 아름다운 숙녀들이 많군요. 아름다워요. 가끔은 닭을 상대로 연쿠하는 것이 유감이랍니다." 그가 웃음을 터뜨렸다.

"크룸 박사님, 박사님의 노고가 세상에 이득이 되는걸요." 내가 이 말을 하는 동안 알린이 나를 흘깃 바라보더니 다소 불안한 미소를 지으며 말했다. "아마 오늘 릴도 올지⋯⋯."

"오늘 정말 끝내주네요, 알린, 정말로. 볼 때마다 점점 더 섹시해지는 것 같아요." 그녀가 예쁘게 얼굴을 붉혔다.

"오늘 밤은 누구 역할이에요?" 그녀가 허리를 조금 더 펴고 풍선 가슴을 조금 더 부풀리며 내게 속삭였다.

"정말 끝내줘요, 알린, 정말로. 정말 모르겠습니다, 크룸 박사님. 우리가 박사님의 연구에 대해 이야기하려고 할 때 이런 여성들이 우리의 주의를 흐트러뜨리려고 하는 이유가 뭔지."

크룸 박사, 래털리라는 이름의 노인, 그리고 내가 홀린 듯 환히 웃으며 알린을 바라보았다. 얼마 뒤 내가 크룸 박사에게 시선을 돌리고 말했다.

"변수들을 분리해내는 박사님의 능력이 정말 놀랍습니다."

"내 연쿠예요, 내 연쿠." 그가 내게 시선을 돌리며 어깨를 으쓱하고, 자그마한 턱수염을 한 번 만졌다. "지금은 비둘기를 가지고 연쿠하고 있소."

"그거야 온 세상이 다 알죠." 내가 말했다.

"뭘 안다고?" 제이크가 다가와 물었다. 그는 내게 줄 스카치와 크룸 박사에게 줄 자주색 음료를 들고 있었다.

"크룸 박사님, 제 동료인 엑스타인 박사는 아시죠?"

"물론, 물론. 우연한 돌파구. 만난 적이 있소."

"제이크는 아마 현재 미국에서 활동중인 이론 분석가 중 최고일 겁니다."

"뭐." 제이크가 무표정한 얼굴로 나를 빤히 바라보며 말했다. "무슨 얘기를 하던 중인가?"

"크룸 박사님이 비둘기 연구로 옮겨가셨는데, 그걸 온 세상이 안다는 얘기."

"아, 그렇지. 연구는 잘 되십니까, 박사님?"

"좋아요, 좋아. 아직 조현병을 완전히 유도하지는 못했지만, 비둘기들이 불안해하고 있어요." 그가 다시 웃음을 터뜨렸다. 껄껄껄 헤헤헤 소리가 빠르게 이어졌다.

"닭에게 썼던 그 약, 그 정신병 유도제 말입니다, 그걸 비둘기에게도 주입해보셨습니까?" 제이크가 물었다.

"아뇨, 아뇨. 그건 비둘기에게 아무 효과가 없어요."

"미로를 사용하는 방법이 실패한 뒤에 연구대상에게 조현병을 유도하기 위해 어떤 방법들을 시도해보셨나요?" 내가 물었다.

"지금은 집을 찾아오는 비둘기들에게 집을 찾는 법을 가르칩니다. 그다음에는 비둘기들을 멀리멀리 데려간 뒤, 집을 옮깁니다. 비둘기들이 아주 걱정해요."

"어떤 문제가 발생했나요?" 내가 물었다.

"비둘기들을 놓쳤어요."

제이크가 웃음을 터뜨렸지만, 내가 흘깃 보자 웃음을 멈추고 불안한 듯 눈을 가늘게 뜨며 나를 보았다. 크룸 박사는 턱수염을 쓰다듬으며 내 무릎에 강렬하게 시선을 고정했다가 말을 이었다.

"비둘기들을 놓쳤어요. 아무것도 아닙니다. 비둘기는 많으니까.

하지만 닭은 날지 못하는데. 비둘기는 영리하지만, 어쩌면 녀석들의 날개를 제거해야 할지도 몰라요." 그가 미간을 찌푸렸다.

만 박사가 손에 잔을 들고 합류했고, 제이크는 질문을 던졌고, 나는 두 번째 역할을 확인하기 위해 시계 상자를 꺼내 그 안에 들어 있는 주사위 한 개를 흘깃 바라보았다.

키가 크고 수척한 미스터 손턴이 와서 작은 전채요리를 나눠주었다. 아주 작은 진주처럼 생긴 것들을 얹은 크래커인데, 그 진주 알들은 수정을 기다리는 물고기 알 같았다. 내 동료 세 명은 각각 기계적으로 크래커를 하나씩 집었다. 제이크는 단숨에 삼켜버렸고, 만 박사는 코 밑에 잠시 대고 있다가 십 분 동안 천천히 씹어 먹었고, 크룸 박사는 씨앗을 쪼는 닭처럼 아주 강하고 실험적으로 한 입 베어 물었다.

"라인하트 박사님?" 미스터 손턴이 물었다. 그러고는 그 얼토당토않은 음식이 놓인 은쟁반을 내가 잘 볼 수 있게 내 가슴 높이로 들어 올렸다.

"음음음음." 나는 시끄럽게 진동하듯 목을 울렸다. 아랫입술이 아래로 늘어지고, 눈은 동물처럼 텅 빈 표정을 지으려고 애썼다. 나는 거대한 오른쪽 앞발을 휘둘러 크래커 예닐곱 개를 움켜쥐었다. 그 바람에 하마터면 쟁반이 기울어질 뻔했다. 크래커를 한꺼번에 입에 쑤셔 넣자, 크래커 조각들이 셔츠 앞섶을 타고 화려하고 마른 폭포처럼 바닥으로 떨어졌다.

나의 텅 빈 눈을 바라보는 미스터 손턴의 표정 없는 얼굴에 인간적인 놀라움이 아주 짧은 순간 나타났다 사라졌다. 내가 서툴게 음식을 씹어대자, 반쯤 씹혀서 축축해진 크래커 조각이 내 입술에 잠깐 매달려 있다가 바닥의 진한 갈색 러그로 영원히 떨어져버렸다.

"음음음." 나는 다시 목을 울렸다.

"감사합니다." 미스터 손턴은 이렇게 말하고 나서 여자 손님들에게 주의를 돌렸다.

크룸 박사는 절개를 하기 전에 모종의 마법의식을 치르는 사람처럼 만 박사의 배 앞쪽 허공을 열심히 찔러대고 있었다.

"증커! 증커! 다들 이 말의 의미도 모르면서 요구해요. 뇌물로 돈을 마련하는 주제에. 다들 은행가, 야만인, 사업가, 짐승입니다. 다들……."

"쳇, 그게 무슨 상관이야?" 제이크가 박사의 말을 잘랐다. "부와 명예를 원한다면, 그렇게 하라고 해요. 진짜 연구를 하는 건 우리니까." 그는 눈을 가늘게 뜨고 나를 바라보았다. 아냐, 혹시 윙크인가?

"맞아요, 맞아요. 우리 같은 과학자와 그들 같은 사업가 사이에는 콩톨점이 하나도 없어요."

"음음." 나는 크룸 박사를 보며 말했다. 갑판 위에서 눈을 커다랗게 뜨고 숨을 헐떡이는 물고기처럼 입을 반쯤 벌린 채였다. 크룸 박사는 진지하고 예의 바른 표정으로 나를 올려다보더니 턱수염을 세 번, 네 번 쓰다듬었다.

"세상에는 두 종류의 사람이 있습니다. 창조자와…… 뭐라고 할까…… 단조로운 일을 꾸역꾸역 하는 사람들. 창조자는 콜바로 알아볼 수 있어요. 꾸역꾸역 일하는 사람들도 콜바로."

"음음음음."

"당신 연구에 대해서는 모릅니다만, 라인하트 박사, 당신이 내게 말을 거는 순간부터 나는 알아요, 알아요."

"음음."

"라인하트 박사는 확실히 머리가 좋습니다." 만 박사가 말했다. "하지만 요즘 글이 막힌 모양이에요. 연구를 꾸준히 하는 것 같지 않아 걱정입니다. 아니, 뭐든 꾸준히 하지 않는 것 같아요. 모든 논문이 프로이트를 능가하기를 바라면서."

"마땅히, 마땅히. 프로이트를 능가하는 건 좋은 일이에요."

"루크는 사디즘 연구로 책을 썼어요." 제이크가 말했다. "거기에 비하면 슈테켈과 라이히는 모지스 할머니*처럼 보일 겁니다."

세 사람 모두 기대에 찬 표정으로 나를 올려다보았다. 나는 여전히 입을 벌린 채 텅 빈 눈으로 크룸 박사를 빤히 바라보았다. 침묵이 흘렀다.

"그래요, 그래요, 흥미롭죠, 사디즘은." 크룸 박사가 말했다. 그의 얼굴이 움찔거렸다.

"음음음음." 이번에는 목을 울리는 소리가 조금 전보다 일정해졌다.

크룸 박사가 기대에 찬 얼굴로 나를 바라보는 동안 만 박사는 불안한 얼굴로 포도주를 한 모금 마시고, 제이크는 알린을 떨쳐버리려고 했다. 알린이 그의 팔을 잡아당기고 있었다.

"사디즘 연쿠를 오래했나요?"

나는 그를 빤히 보았다.

만 박사는 결국 양해를 구하고 새로 도착한 손님 세 명을 맞으러 갔다. 알린은 제이크의 팔을 잡고 귓속말을 하고 있었다. 그가 마지못해 고개를 돌려 그녀와 이야기를 나눴다. 크룸 박사는 여전히 나를 올려다보고 있었다. 나는 대화에 별로 주의를 기울이지

---

• 　미국의 여성화가인 애나 메리 로버트슨 모지스의 별명.

않았다. 내 신경은 온통 그의 턱수염에 묻은 크래커 조각에 쏠려 있었다.

"음음음음." 내가 말했다. 고장 난 변압기와 조금 비슷한 소리였다.

"캥장합니다…… 나도 닭의 사디즘에 관해 실험할 생각을 해봤지만, 드물어요. 드물어요."

만 박사가 남자 한 명과 여자 한 명을 데리고 돌아와 우리에게 소개했다. 남자는 하버드의 젊은 심리학자인 프레드 보이드로, 내가 잘 알고 좋아하는 사람이었다. 여자는 그의 데이트 상대인 통통하고 유쾌한 금발 아가씨였다. 크림처럼 피부가 매끈한 그녀의 이름은 미스 웰리시라고 했다. 그녀가 나를 소개받고 한 손을 내밀었지만 내가 잡아주지 않자 얼굴을 붉혔다. 나는 그녀를 보며 이렇게 말했다.

"음음음음." 그녀가 다시 얼굴을 붉혔다.

"루크, 잘 지냈나?" 프레드 보이드가 물었다. 나는 멍하니 그에게 시선을 돌렸다.

"허더가 스톤월에 연구기금 신청서를 냈다던데, 어떻게 됐나?" 만 박사가 프레드에게 물었다.

"잘 안 됐습니다." 프레드가 대답했다. "올해는 기금에 여유가 없다고……."

"이분이 정말로 그 크룸 박사님이에요?" 내 팔꿈치 옆에서 누군가가 물었다.

나는 시선을 내려 미스 웰리시와 크룸 박사를 차례로 바라보았다. 크래커 조각은 여전히 그의 턱수염에 묻어 있었지만, 아까보다는 몸을 잘 숨긴 상태였다.

"브르르." 내가 말했다.

"프레드도 그렇게 생각해요." 미스 웰리시가 이렇게 말하고는 다른 사람들과 별도로 내게 말을 걸었다. "프레드는 헛소리를 절대 참아넘기지 않는다는 점 때문에 박사님을 존경한다고 했어요."

나는 커다란 한쪽 앞발을 충동적으로 들어 올려 그녀의 어깨 위에 느슨하게 걸쳤다. 그녀는 목이 높이 올라오는 은색 원피스 차림이었는데, 은은하게 반짝이는 비늘이 내 손목을 거칠게 긁었다.

"죄송합니다만……" 그녀가 이렇게 말하고는 뒤로 물러났다. 내 앞발은 그녀의 한쪽 가슴 위로 흘러내렸다가 내 옆구리에서 시계추처럼 잠시 흔들렸다.

그녀는 얼굴을 붉히고, 근처에서 이야기를 나누는 세 남자를 흘깃 보았다.

"프레드는 크룸 박사님이 훌륭한 학자이지만, 그분의 연구가 사실 그리 중요하지는 않다고 말했어요. 어떻게 생각하세요?"

"음." 나는 큰 소리로 이렇게 말하고는 거대한 발을 굴렀다.

"어머, 저도요. 저도 동물실험은 마음에 들지 않아요. 이 년 전부터 스태튼아일랜드에서 사회복지 일을 하고 있는데, 사람들에게 해줘야 할 일이 얼마나 많은지 몰라요."

그녀는 펠로니 박사, 노부인, 마르고 늙은 거물이 함께 이야기를 나누고 있는 소파 쪽을 바라보았다. 나와 이야기를 나누면서 점점 긴장이 풀리는 것 같았다.

"여기, 이 방에도 충족되지 못한 사람들, 도움이 필요한 사람들이 있어요."

나는 아무 말도 하지 않았다. 아랫입술에서 침 한 줄기가 도망쳐 나와 셔츠 앞섶을 타고 순례여행을 시작했다.

"우리는 서로 관계를 맺는 법을 배워야 돼요." 미스 웰리시가 계속 말을 이었다. "서로를 의식하는 법을 배워야 해요. 닭을 치료하는 법을 아무리 연구해봤자 우리에게는 도움되지 않을 거예요."

나는 샹들리에 불빛에 물결치는 알린의 풍선 젖가슴을 빤히 바라보고 있었다. 그녀는 제이크와 말다툼을 하는 중이었다. 내 아랫입술에서 작은 오르가슴을 느끼며 침이 또 새어나왔다.

"정신과의사들이 자신을 단단히 붙잡고 계속 초연한 태도를 취하는 걸 보면 정말 대단해요. 상대방의 고통을 한 번도 함께 느끼지 않나요?" 미스 웰리시는 다시 내게 시선을 돌렸다가 내 넥타이와 셔츠 앞섶의 꼴을 보고 인상을 찌푸렸다.

나는 주사위가 들어 있는 시계 상자를 찾기 위해 주머니 속을 서툴게 더듬거리기 시작했다.

"고통이 느껴지지 않아요?" 미스 웰리시가 다시 물었다.

시계 상자를 꺼내면서 나는 머리를 세 번 옆으로 움찔거리고 한 번 "음" 하고 소리를 냈다.

"아, 정말이지, 남자들은 머리가 너무 굳었어요."

나는 아래턱을 서서히 위로 올렸다. 계속 벌리고 있었던 탓에 턱이 아팠다. 나는 마른 윗입술을 혀로 축이면서 손수건으로 가슴의 침을 닦고 미스 웰리시를 정면으로 바라보았다.

"지금 몇 시예요?" 그녀가 물었다.

"말장난은 그만두고 본론을 이야기할 시간이에요."

"저도 그럴 것 같았어요. 칵테일파티의 수다를 참을 수가 없어요." 그녀는 우리가 마침내 그런 대화를 벗어날 수 있게 된 것이 기쁜 모양이었다.

"그 아름다운 원피스 밑에는 무엇이 있습니까?"

"마음에 드세요? 프레드가 오백 백화점*에서 사주었어요. 이렇게…… 반짝이는 게 좋지 않아요?" 그녀가 상반신을 살짝 흔들자, 옷이 은은히 빛나고 통통한 양팔이 진동했다.

"몸매가 예쁜 아가씨네요. 이름이 뭐예요?"

"조야. 촌스러운 이름이지만 난 마음에 들어요."

"조야. 아름다운 이름입니다. 당신도 아름답고. 피부가 정말 크림처럼 매끈하군요. 혀로 핥아보고 싶어요." 나는 손을 올려 그녀의 뺨과 목덜미를 차례로 어루만졌다. 그녀가 또 얼굴을 붉혔다.

"그건 타고난 것 같아요. 어머니가 피부가 좋으시거든요. 아버지도. 사실 아버지는……."

"당신의 허벅지와 배와 젖가슴도 크림처럼 하얗습니까?"

"글쎄요…… 그럴지도요. 햇볕에 살을 태웠을 때만 빼고."

"당신 온몸을 내 손으로 어루만지면 좋을 텐데요."

"좋지요. 선탠로션을 바를 때 느낌이 정말 매끈하거든요."

나는 눈꺼풀을 살짝 내려뜨고 섹시한 표정을 지으려고 했다.

"이제 침을 안 흘리시네요." 그녀가 말했다.

"저기, 조야, 칵테일파티의 사소한 수다를 듣고 있자니 머리가 아픕니다. 몇 분 동안만이라도 단 둘이 있을 수 있는 곳으로 가면 안 될까요?" 나는 복도 쪽으로 그녀를 살살 유도했다. 내가 알기로 만 박사의 서재로 이어지는 복도였다.

"아, 그저 이야기, 이야기, 이야기. 한참 듣다 보면 속이 뒤집어지죠."

"내가 만 박사님의 서재를 구경시켜줄게요. 원시인들의 성행동

---

• 뉴욕, 뉴저지, 로스앤젤레스 일대에서 성업했던 중급 백화점.

에 대해 매혹적인 그림이 곁들여진 책이 몇 권 있어요."

"닭 그림은 없는 거죠?" 그녀는 자신의 말에 즐거운 웃음을 터뜨렸다. 나도 함께 웃었다. 우리가 소파 옆을 지나갈 때 펠로니 박사가 우리를 향해 고개를 끄덕거렸다. 크룸 그룹 뒤를 지나갈 때는 제이크가 눈을 가늘게 뜨고 그 중요 인물의 어깨 너머로 불안하게 우리를 바라보았다. 알린은 가슴을 살짝 흔들며 입술만 움직여 뭐라고 말했다. 우리는 복도를 걸어가 만 박사의 서재로 들어갔다. 그 순간 날카롭게 꺅 하는 소리가 들려서 살펴보니, 보글스박사와 미스 레인골드가 초록색 주사위 두 개를 사이에 두고 바닥에 앉아 있었다. 보글스 박사는 옷을 3분의 2쯤 벗은 상태로 미스 레인골드(의기양양하게 웃고 있었다)의 블라우스를 벗기려고 의기양양하게 막 손을 뻗던 참이었다.

미스 웰리시가 나와 함께 뒷걸음질을 치면서 말했다. "세상에, 역겨워라. 만 박사님의 서재에서! 역겨워요."

"맞습니다, 조야. 우리 욕실로 가죠."

"욕실요?"

"이쪽입니다."

"무슨 소리예요?"

"둘이서만 이야기할 수 있는 장소예요."

"아." 그녀는 복도 중간에서 걸음을 멈추고 양손으로 잔을 꼭 쥐고 있었다.

"싫어요." 그녀가 말했다. "파티장으로 돌아갈래요."

"조야, 난 그저 당신의 아름다운 몸을 사용하고 싶을 뿐입니다. 오래 걸리지 않을 거예요."

"무슨 얘기를 할 건데요?"

"뭐라고요? 수술 후 증상에 관한 해리 스택 설리번의 이론에 대해 이야기할 겁니다."

그녀가 계속 움직이지 않고 서 있는 동안 나는 금기의식이라고는 하나도 없는 섹스광이라고 하기에는 너무 중산층처럼 굴고 있음을 깨달았다. 미스 웰리시가 다시 거실로 돌아가고 싶다고 말을 꺼내자 나는 성큼성큼 다가가 그녀의 잔을 쳐서 바닥으로 떨어뜨리고 입술에 강압적으로 키스를 시도했다.

내 사타구니에서 폭발한 통증이 너무나 강렬해서 순간적으로 총에 맞은 줄 알았다. 통증에 눈이 먼 채로 나는 휘청휘청 뒤로 물러나 벽에 쿵 부딪혔다. 그러고는 성자처럼 지독한 의지력으로 억지로 눈을 떴더니, 은은하게 빛나는 은색 옷을 입은 미스 웰리시가 내게 등을 보이며 거실로 돌아가고 있었다. 다행이다! 이런 재난을 맞이한 내게 간섭하지 않아서.

지금처럼 몸을 접은 상태로 한 달 동안은 움직일 수 없을 것 같았다. 미스터 손턴이 가끔 내 몸의 먼지를 털어줄지 조금 궁금해졌다. '금기의식이라고는 없는 섹스광'이 이렇게 사타구니를 거하게 차였을 때 어떤 반응을 보일지도 궁금했다. 그의 반응은 두말할 필요도 없을 것 같았다. 섹스광, 온화한 예수, 제정신이 아닌 히피, 벙어리 바보, 제이크 엑스타인, 휴 헤프너, 노자, 노먼 빈센트 필, 빌리 그레이엄. 이들 모두 나처럼, 안경을 쓴 멍청한 루크 라인하트처럼 반응할 것이다. 내 두 손 모두 사고현장에 있었지만, 그 무엇도 만지지 않았다. 뭔가 조치가 필요하면, 아마도 다음 달쯤 행동에 나서려고 대기하고 있는 것 같았다. 하지만 내 손을 억지로 움직일 수 없었다. 크룸 박사와 알린 엑스타인이 복도를 걸어오고 있었다. 나는 몸을 똑바로 펴려다가 하마터면 비명을 지를 뻔했다. 두 사람은 깨진 유리조각들을 내려다보고는 내 앞에서 걸음을 멈췄다.

"복통이 지독해서요." 내가 말했다. "아주 죽겠습니다. 어쩌면 마취제가 필요할지도 몰라요."

"이런, 이런, 폭통이라고요?"

"아랫배, 복부. 도와주세요." 속삭이듯 작은 목소리밖에 나오지 않았다.

"루크, 이번에는 무슨 놀이를 하는 거예요?" 알린이 걱정스럽게 나를 내려다보았다(나는 몸을 구부리는 바람에 원래 키보다 45센티미터 작아져 있었다). "릴이 왔어요."

"정말…… 정말 매력적인 분이군요." 내가 숨을 몰아쉬며 말했다. "그…… 옷을…… 벗어요." 나는 천천히 옆으로 쓰러졌다. 팔꿈치를 바닥에 찧는 바람에 느껴지는 고통이 사타구니의 고통을 잠시 잊게 해주는 축복처럼 느껴질 정도였다.

프레드 보이드가 먼 곳에서 물었다. "어떻게 된 거예요?" 이제 그가 내 머리 바로 위에서 웃어대고 있었다.

"총에 맞은 것 같아요." 크룸 박사가 말했다. "심각합니다."

"아, 죽진 않을 겁니다." 프레드가 말했다. 그와 알린이 각각 내 양팔을 붙잡는 것이 느껴졌다. 프레드가 내 팔을 자기 어깨에 걸치고 침실로 끌고 갔다. 두 사람은 나를 침대로 던졌다.

사실 통증이 점점 가라앉고 있었다. 세 사람이 방을 나간 뒤 나는 조금 움직일 수 있게 되었다. 고작해야 눈을 움직이는 정도였지만 조금이라도 나아진 것은 확실했다. 그러고 나니 다시 주사위 님에게 의견을 물어야 할 때가 됐다는 생각이 들었다. 나는 또 금기의식이라고는 없는 섹스광 역할을 해야 할지도 모른다는 생각에 몸을 떨면서 주머니에서 가짜 시계 상자를 힘들게 꺼내 주사위를 보았다. 3이었다. 정직한 주사위맨.

나는 다시 침대에 누워 한동안 천장을 바라보았다. 복도를 지나가는 여러 사람의 목소리가 들리더니, 곧 이어 거실에서 사람들이 대화를 나누는 소리가 아련하게 붕붕거리는 것처럼 들려왔다. 문이 열리고 누군가가 들어왔다.

나는 금욕적이고 초연한 미소를 지어 보이려고 힘들게 옆으로 돌아누웠다가 릴과 눈이 마주쳤다. 그녀는 목이 깊이 파인 검은 맥시 원피스를 흠 잡을 데 없이 차려입고 있었다. 우리는 침묵 속에서 서로를 응시했다. 나는 버려진 누비이불처럼 침대에 늘어진 자세로도 느긋하고 무심하게 보이려고 애썼다. 그러다가 지금은 정직한 역할을 해야 한다는 사실을 떠올리고 진지해졌다.

그녀는 아무 말도 하지 않았다. 나 역시 아무 말도 하지 않았으므로 우리의 대화는 제한되어 있었다. 결국 그녀가 입을 열었다.

"당신이 아프다고 크룸 박사한테 들었어. 어떻게 된 거야?"

나는 힘들게 일어나 앉아서 다리를 질질 끌어 바닥으로 내렸다. 속이 텅 빈 것 같았다. 하필 지금 이런 곳에서 만나다니.

"말하자면 길어, 릴."

"펠로니 박사 이야기로는 당신이 금발 여자한테 수작을 걸었다던데."

"그보다 더 긴 이야기야. 훨씬."

"난 변호사를 만나러 갔었어."

"그래, 불가피한 일이지."

그녀는 내게서 3미터 떨어진 방 한복판에서 꼼짝도 하지 않았다. 다시 침묵이 흘렀다. 그녀가 눈물을 흘릴 것 같지는 않았다.

"어떻게 된 일인지 설명해줄 거야?"

"난 주사위맨이야."

"그 금발 때문이야? 프레드도 그 여자를 만난 지 얼마 안 됐다고 한 것 같은데."

"오늘 처음 본 여자야. 그 여자가 내 앞에 나타났고, 주사위가 그 여자를 잡으라고 했어."

"주사위? 무슨 소리야?"

"난 주사위맨이야." 흐트러진 몰골로 웅크리고 있는 내가 별로 인상적으로 보이지 않을 것 같아 걱정스러웠다. 우리는 만 박사의 박물관 같은 음침한 저택 안 작은 방에서 겨우 3미터 거리를 두고 서로를 뚫어져라 바라보았다. 릴은 복잡한 생각을 떨쳐버리려는 듯이 고개를 흔들었다.

"주사위맨이 뭔데?"

크룸 박사와 알린이 다시 나타났다. 크룸 박사는 19세기 초 의사들이 들고 다니던 것과 비슷한 검은 가방을 들고 있었다.

"좀 괜찮습니까?" 그가 말했다.

"네, 감사합니다. 곧 일어날 수 있을 겁니다."

"좋아요, 좋아요. 나한테 마취제가 있어요. 필요합니까?"

"아뇨. 괜찮습니다. 감사합니다."

"주사위맨이 뭐야, 루크?" 릴이 다시 물었다. 그녀는 방에 들어와 걸음을 멈춘 그 자리에서 꼼짝하지 않았다. 알린이 화들짝 놀라 나를 바라보는 것을 느끼며 나는 다시 릴에게 시선을 돌렸다.

"주사위맨은……" 내가 천천히 말했다. "성격을 바꾸는 실험, 성격을 파괴하는 실험이야."

"흥미롭군요." 크룸 박사가 말했다.

"계속 말해." 릴이 말했다.

"하나의 지배적인 성격을 파괴하려면, 반드시 여러 성격을 만들어낼 수 있어야 해. 반드시 다중인격이 되어야 한다고."

"시간 끌지 말고." 릴이 말했다. "주사위맨이 뭐야?"

"주사위맨은……" 나는 알린에게 시선을 옮겼다. 그녀는 긴장한 얼굴로 눈을 크게 뜨고 나를 지켜보았다. 마치 영화에 홀린 듯 빠진 사람 같았다. "매일 주사위를 굴려 행동을 결정하는 생물이야. 그 사람이 만들어낸 선택지 중 하나를 주사위가 골라줘."

침묵이 아마도 오 초쯤 이어진 것 같다.

"흥미롭군요." 크룸 박사가 말했다. "하지만 닭에게 시행하긴 힘들겠어요."

또 침묵이 이어졌다. 나는 다시 릴에게 시선을 돌렸다. 릴은 꼿꼿하고, 품위 있고, 아름답게 서서 한 손으로 이마를 짚고 헤어라인 바로 아래를 가볍게 문지르고 있었다. 얼굴에는 여전히 감정이 드러나지 않았다.

"그럼 주사위 때문에 날 떠났다고?"

"그건 확률이 높지 않았어." 내가 말했다.

"영원히?"

"응." 내가 말했다. "그건 그리……" 나는 말을 끊었다. 릴이 손을 힘없이 떨어뜨리고는 나를 살짝 외면했다.

"나는…… 나는 당신에게 아무런 의미도 없었구나." 그녀가 조용히 말했다.

"아냐. 난 지금도 매번 당신에 대한 애정에 맞서 싸우고 있어."

"가시죠, 크룸 박사님. 저희는 밖으로 나가요." 알린이 말했다.

릴이 고개를 돌려 어두워진 창밖을 바라보았다. 알린과 크룸 박사의 존재는 아예 잊어버린 것 같았다.

"당신은 나나 래리나 이비한테 그런 짓을 했잖아." 마침내 그녀가 말했다.

나는 대답하지 못했다. 크룸 박사가 어리둥절한 얼굴로 고개를 저으며 나와 릴을 번갈아 보았다.

"날 이용하고, 내게 거짓말을 하고, 날 배신하고, 조롱하고, 창녀처럼 대하면서도 당신은 계속…… 즐거워했어."

"우리 둘보다 더 큰 것을 위해서야." 내가 말했다.

알린이 크룸 박사를 끌고 문밖으로 사라졌다.

"모든 게……" 릴은 몽롱한 표정으로 천천히 고개를 저었다. "지난 일 년 동안 우리 사이의 모든 게, 아냐. 아냐. 우리가, 우리 모두가 재가 됐어."

"응." 내가 말했다.

"당신이…… 당신이…… 그 게임을 하고 싶어 하니까."

"응."

"그럼, 그럼 이건 어때?" 릴이 말을 이었다. "내가 일 년 동안 바람을 피웠다고 말한다면? 엉뚱한 소리라는 건 아는데, 예를 들어 아래층 주차장 직원과 바람을 피웠다면?"

"릴, 그거 끝내준다."

그녀의 얼굴에 고통이 스쳐 지나갔다.

"오늘 밤 여기 오기 전에 내가 아이들을 재우면서 초연함을 보여주겠다는 나의 이론에 따라 래리와 이비를…… 래리와 이비를 목 졸라 죽였다면?"

우리는 서로를 마주 보고 있었다. 하루의 일을 이야기하는 노부부처럼.

"만약 그게…… 그게 유용한 이론을 위한 일이라면, 그건……."

사람이 이보다 더 위대한 사랑을 품을 수는 없다. 자신의 이론을 위해 자식들의 목숨을 내어놓다니.

"당신은 주사위가 명령했다면, 당연히, 아이들을 죽였겠지." 릴이 말했다.

"내가 주사위의 손에 그런 선택지를 쥐여주는 일은 없을 거야."

"오로지 불륜, 도둑질, 사기, 배신만 주는 거야?"

"래리와 이비를 주사위님의 손에 넘길지도 모르지만, 그건 나도 마찬가지야."

이제 그녀는 몸을 앞뒤로 흔들며 양손을 앞에서 꽉 쥐고 있었다. 여전히 흠 잡을 데 없이 아름다웠다.

"이제 당신에게 고마워해야겠네." 그녀가 말했다. "궁금증이 해결됐어. 하지만…… 세상에서 가장 사랑하던 남자의…… 남자의 시체에게서 그 남자가 죽었다는 소식을 듣는 게 쉽지는 않아."

"흥미로운 지적이군." 내가 말했다.

이 말을 들은 릴이 고개를 내게로 홱 돌리더니, 눈을 천천히 휘둥그렇게 떴다. 그러다가 갑자기 발작처럼 비명을 지르며 달려들어 내 머리카락을 잡아 뜯고 주먹으로 나를 때렸다. 나는 몸을 웅크렸지만, 속이 워낙 허한 기분이라서 릴의 주먹질은 빈 통에 부드럽게 떨어지는 빗방울 같았다. 그러다 문득 주사위님에게 다시 의견을 구해야 하는 시간이 한참 지났다는 생각이 들었다. 하지만 그러고 싶지 않았다. 그 무엇에도 관심이 가지 않았다. 주먹질이 그치고, 릴은 크게 울면서 문으로 달려갔다. 알린이 겁먹은 얼굴로 서 있다가 릴을 품에 안았다. 두 사람이 사라지고, 나는 혼자 남았다.

# 44

그 아련한 밤에 있었던 일들을 쓰고 있는 지금, 비극과 희극이 지금도 내 주위에서 꽃을 피운다. 난 하루하루, 한 해 한 해 계속 역할을 수행한다. 조만간 주사위맨이라는 역할 또한 버리게 될 것이다. 역할이라, 역할. 하루는 화려한 주연, 다음 날은 단역. 보드빌의 스탠드업 코미디, 셰익스피어의 바보. 아침에는 알케스티스*, 낮에는 게리 쿠퍼와 히피, 밤에는 예수. 내가 정확히 언제 연기를 그만뒀는지 이제는 기억도 나지 않는다. 바닥에 굴린 주사위가 명령한 역할들이 언제부터 인생 그 자체가 되었는지도 모르겠다. 내게는 그 역할들에 맞서 싸울 내가 남아 있지 않았다. 자부심을 느낄 주사위맨도 없었다. 그저 여러 삶을 살아갈 뿐이었다. 그날 밤 릴이 떠난 뒤 그 방에 혼자 남았을 때, 내가 금기의식에서 해방된 기쁨이 충만한 슬픔을 느낀 것은 기억난다. 나는 고통스러웠다.

친구여, 당신은 침대에 편안히 눕거나 의자에 앉은 채 캘러번** 처럼 감상에 젖은 나를 보며 키득거리거나, 정직한 내가 고통받는 모습에 미소 짓거나, 내가 답답하게 어릿광대 연기를 하고 철학자 행세를 하며 인생은 연극이라는 은유에 대해 강연을 늘어놓을 때 한숨을 내쉰다. 하지만 나는 진정 정직한 사람이다. 하지만 무분별하게 고통받는 모습을 보며 어떤 사람들은 내가 바보라고 생각할지도 모른다. 나는 계단을 오르는 라스콜니코프***, 시계가 10시

---

* 그리스신화에서 남편을 위해 목숨을 바친 공주.
** 셰익스피어의 작품에 등장하는 반인반수의 노예.
*** 도스토옙스키의 《죄와 벌》의 주인공.

를 치는 소리를 듣는 쥘리앵 소렐[*], 규칙적으로 밀고 들어오는 블레이지스 보일런의 물건 아래에서 몸을 비트는 몰리 블룸[**]이었다. 고녀는 내가 바꿔 입는 의상 중 하나다. 얼룩덜룩한 광대 옷만큼 자주 입지 않는 것이 다행이다.

독자들이여, 좋은 친구이자 나와 같은 어릿광대인 독자들이여, 나의 다정하고 하찮은 인간들이여, 그래, 여러분이 주사위맨이다. 여기까지 읽은 당신들은 내가 여기서 묘사한 자아, 타버린 자아, 즉 주사위맨을 영혼 속에 영원히 담고 가야 하는 운명이다. 당신들은 다중인격이며 그중 하나가 나다. 나는 당신들 속에 영원히 가려움증을 유발할 벼룩 한 마리를 만들어놓았다. 아, 독자들이여, 내가 태어나게 하지 말아야 했다. 다른 자아들도 가끔 무는 것은 확실하다. 하지만 주사위맨이라는 벼룩은 매순간 긁어주기를 요구한다. 도무지 만족할 줄을 모른다. 이제 당신들은 가려움증이 없던 순간을 다시는 경험하지 못할 것이다. 물론, 당신들이 벼룩이 된다면 몰라도.


# 45


침대 가장자리에 혼자서. 밖에서는 파티가 정확히 미리 예고한 대로 사무실의 웅성거림으로 변해가는 것 같았다. 라인하트 박사는 몸을 웅크린 채 멍하니 앉아 있었다. 이제 뒤로 물러날 수는 없

---

[*] 　스탕달의 《적과 흑》의 주인공.
[**] 　제임스 조이스의 《율리시스》의 등장인물로, 보일런과 불륜관계.

었다. 주사위맨이 아니라면 그는 아무것도 아니었다. 루크 라인하트가 존재하는 것은 불가능했다. 달리 갈 곳도 없고, 달리 될 수 있는 사람도 없었으므로 그는 주사위가 들어 있는 시계 상자를 꺼내서 확인했다.

그리고 천천히 허리를 곧추세우다가 일어서서 고개를 숙이고 짧게 기도했다. 그는 옷매무새와 머리 모양을 정리한 뒤 파티장으로 향했다. 먼저 아내를 만나 그 앞에서 자신을 낮추고 싶었다. 그는 복도를 걸어 거실로 가서, 문간에서 눈을 가늘게 뜨고 여기저기 멋대로 뭉쳐 있는 얼굴들 속에서 아내를 찾아보았다. 떠들면서 술을 마셔대는 사람들은 그에게 특별히 주의를 기울이지 않았지만, 엑스타인 부인이 뒤에서 다가와 그의 아내가 만 박사의 서재에 있다고 말해주었다.

그는 엑스타인 부인을 따라 복도에 흩어진 깨진 유리조각을 넘어 서재로 갔다. 만 박사와 엑스타인 박사가 아내의 양편에 어색하게 서 있고, 아내는 만 박사의 상담용 소파 가장자리에 아이처럼 앉아 있었다.

작게 몸을 웅크리고, 창백한 얼굴에 눈 화장이 번져 있고, 머리가 헝클어지고, 어깨에는 볼품없는 남자 스웨터를 대충 걸친 아내의 모습을 보고 라인하트 박사는 자기도 모르게 털썩 무릎을 꿇었다. 가슴과 머리도 조아려 아내의 발치에 넙죽 엎드린 꼴이 되었다.

방 안이 어찌나 조용한지 크룸 박사가 이 집의 중심부에서 껄껄 웃는 소리가 또렷이 들릴 정도였다.

"용서해줘, 릴. 난 제정신이 아니야." 라인하트 박사가 말했다.

아무도 입을 열지 않았다.

라인하트 박사는 머리와 가슴을 들고 아내를 바라보며 말했다.

"내가 한 짓은 도저히 용서받을 수 없지. 하지만 난 회개하고 있어. 나는…… 나는…… 내가 만들어낸 지옥에서 정화됐어. 나는……" 그의 눈이 갑자기 열정을 띠며 환해졌다. "난 당신과 이 자리에 있는 모든 사람에게 오로지 사랑을 느낄 뿐이야. 우리가 서로에게 오로지 사랑만 느낀다면 이 세상은 축복받은 곳이 될 수 있어."

"루크, 그게 무슨……?" 엑스타인 박사가 라인하트 박사를 일으켜 세우려는 듯이 앞으로 한 걸음 내딛다가 멈춰 섰다.

"아름답고 아름다운 제이크, 난 사랑을 이야기하는 거야." 라인하트 박사는 혼란스러운 것처럼 천천히 고개를 젓더니 아이 같은 미소를 지었다. "내가 완전히 헷갈리고 있었어. 전부 틀렸다고. 사랑, 사랑하기, 사랑스러움, 이게 전부야." 그는 고개를 돌려 아내를 향해 양팔을 뻗었다. "릴, 여보, 천국이 지금 여기 있다는 걸 깨달아야 돼. 내가 있든 없든."

아내는 잠시 그를 마주 보다가 천천히 눈을 들어 자기 옆의 만 박사를 보았다. 그녀의 얼굴에 엄청난 안도감이 나타나기 시작했다.

"저 사람 미친 거지요?" 그녀가 물었다.

"엄밀하게 말하자면." 만 박사가 말했다. "하지만 계속 변하고 있으니 일시적인 증상일 수도 있어요."

"이 멍청이들, 우리 모두 제정신이 아니야." 라인하트 박사가 말했다. "난 다만 당신들 각자를 보며 사랑할 뿐이라고. 하느님은 당신들 각자에게서 형광등처럼 빛나고 계셔. 눈을 뜨고 봐."

이제 그는 무릎으로 서서 주먹을 꼭 쥐고 있었다. 묘하게 들뜬 표정이었다.

"저 친구한테 진정제를 주는 게 낫겠어요." 엑스타인 박사가 만 박사에게 속삭였다.

"집에는 알약밖에 없네." 만 박사도 마주 속삭였다.

"부주의하시네요." 엑스타인 박사가 말했다.

"왜 왜 왜." 라인하트 박사가 강압적으로 말을 이었다. "하느님의 입을 막으려는 겁니까? 내가 당신들 사이에 사랑을 퍼뜨리는데도 당신들은 듣지도 보지도 못하고, 사랑의 힘으로 기운을 북돋게 하지도 못해요." 그가 일어섰다. "나는 무구하고 가엾은 아가씨에게 용서를 구하고 나의 새로운 사랑을 보여줘야겠습니다." 그는 갑자기 방에서 걸어 나가버렸다.

복도에서 깨진 유리조각을 다시 넘어 거실로 가자 미스 웰리시가 구석의 책꽂이 옆에 보이드 박사와 함께 있었다. 그가 다가가자 보이드 박사가 여자를 지키려는 듯이 몸으로 그녀를 가렸다.

"이번엔 뭔가, 루크?" 그가 말했다.

"조금 전 정신나간 짓을 저질러서 정말, 정말 미안합니다, 미스 웰리시. 진심으로 뉘우치고 있어요. 이제야 사랑의 진정한 의미를 알 것 같습니다."

미스 웰리시는 눈을 동그랗게 뜨고 보호자의 어깨 너머로 그를 바라보았다.

"아, 그만둬, 루크." 보이드 박사가 말했다.

"아름답습니다. 두 사람 모두 아름다워요. 이렇게 훌륭한 저녁에 내가 오점을 남긴 것을 깊이 후회하고 있어요."

"저 때문에 어디 다치신 건 아니죠?" 미스 웰리시가 말했다.

"고통 덕분에 처음으로 빛을 볼 수 있었습니다. 아무리 감사해도 모자라죠."

"그러든지." 보이드 박사가 말했다. "가요, 조야. 다른 곳으로 갑시다."

"하지만 나는……" 뒤로 물러나는 보이드 박사의 몸 뒤로 미스 웰리시의 목소리가 사라졌다.

"좀 괜찮소, 정말로?" 크룸 박사가 라인하트의 아래쪽 옆에서 갑자기 말했다. 보이드 박사와 미스 웰리시는 자리를 뜨는 중이었다. 마르고 나이 많은 전직 거물은 라인하트 박사 곁에 남았다. 오십대쯤 되어 보이는 중요한 인물 하나도 파이프를 뻐끔거리며 역시 남아 있었다. PANY 회장 와인버거 박사였다. 그들이 이야기를 시작하자 통통한 중년 여성이 합류했다.

"이제야 내가 온전해졌습니다." 라인하트 박사가 대답했다.

"그 주사위맨이라는 건 뭐요? 흥미로웠습니다."

"주사위맨은 몹시도 비정상적인 개념입니다. 사랑이 전혀 없어요."

"크룸 박사의 말을 들어보니 조현병이랑 조금 비슷한 것 같던데." 와인버거 박사가 말했다.

"하지만 성격을 파괴한다는 생각은 흥미로워요." 크룸 박사가 말을 이었다.

"그것이 우리의 사랑을 감추고 있는 껍질을 부술 때만 그렇습니다." 라인하트 박사가 말했다.

"사랑?" 와인버거 박사가 물었다.

"우리의 사랑이죠."

"사랑이 무슨 상관입니까?" 크룸 박사가 물었다.

"사랑은 모든 것과 관련되어 있습니다. 사랑을 하지 않는다면 나는 죽은 사람이에요."

"정말 맞는 말씀이네요." 여자가 말했다.

"최근 저는 차갑고 기계적인 주사위 인생에 제 모든 삶을 내동

댕이쳤습니다. 이제 확실히 알겠어요. 여러분의 아름답고 잘생긴 얼굴이 지금 똑똑히 보이는 것처럼."

"루크, 나랑 잠시 밖으로 좀 나가세." 엑스타인 박사의 목소리가 라인하트 박사의 옆구리에서 들려왔다.

"그래, 제이크. 하지만 먼저 크룸 박사에게 설명할 것이 있어." 그는 따뜻하고 간청하는 듯한 표정으로 자기 옆의 자그마한 남자를 돌아보았다.

"비둘기 연구를 그만두고 오로지 인간만 연구해야 합니다. 닭과 비둘기를 괴롭히는 방식으로는 사람의 건강과 행복에 필수적인 요소에 결코 다가갈 수 없어요. 조현병은 사랑하지 못하고 사랑스러움을 보지 못하는 실패의 증거입니다. 그건 절대 약으로 치료할 수 없습니다."

"아, 라인하트 박사, 마치 시인처럼 감상적이군요." 크룸 박사가 말했다.

"셸리의 시 한 구절이 인간에 대해 박사님의 닭과 비둘기 똥보다 더 많은 것을 알려줍니다."

"사람들은 이천 년 동안 사랑을 노래했어요. 사랑만. 우리는 화학약품으로 세상을 바꿉니다."

"살생하지 말라." 라인하트 박사가 말했다.

"우리는 살생하지 않습니다. 정신병을 만들 뿐이지."

"박사님은 닭을 사랑하지 않아요."

"불가능해요. 닭을 다루는 사람은 절대 닭을 사랑할 수 없어요."

"영적인 사람은 이기적이지도 않고, 소유욕을 품지도 않고, 육욕을 추구하지도 않는 영적인 사랑으로 모두를 사랑합니다."

"아, 정말이지, 루크……" 엑스타인 박사가 말했다.

"바로 그거야." 라인하트 박사가 말했다. "잠시 실례하겠습니다." 저명한 의사들이 지켜보는 가운데 라인하트 박사는 시계 상자를 보고 신음 소리를 냈다.

"늦었습니까?" 크룸 박사가 물었다.

라인하트 박사의 눈이 포격 목표물을 찾는 레이더처럼 방을 휙 훑었다.

"라인하트 박사가 실존주의 인본주의자인 줄은 몰랐네요." 여자가 말했다.

"저 친구 미쳤어요." 엑스타인 박사가 말했다. "비록 내 환자이지만."

"오 분 뒤 밖에서 만나세, 제이크. 잘 있어요, 친구들." 라인하트 박사는 이렇게 말하고 나서 현관을 향해 성큼성큼 걸어갔다. 하지만 소파 뒤에 모여 있는 사람들을 지나친 뒤 오른쪽으로 방향을 틀어 아까 그 복도를 다시 걸어갔다.

그는 깨진 유리 위를 바삭바삭 걸어가면서 미스 웰리시와 엑스타인 부인이 아까 자신이 실려 갔던 방의 맞은편 방에서 나오는 것을 보았다. 두 사람은 복도 끝에 멈춰 서서 경계의 눈빛으로 그를 바라보았다.

"릴은 약을 먹고 쉬고 있어요." 엑스타인 부인이 말했다. "지금은 방해하지 않는 게 좋겠어요."

"세상에, 알린, 당신 젖통을 보니 군침이 도네. 우리 변소로 들어갑시다."

엑스타인 부인은 잠시 그를 빤히 보다가 옆에 있는 미스 웰리시에게 시선을 옮겼다. 그리고 다시 라인하트 박사를 바라보았다. 그렇게 자신의 정신적 스승에게 시선을 고정한 채로, 그녀는 자그마한 가방을 위아래로 세 번 흔들고 살짝 연 뒤 안을 들여다보았다. 그리고 가방을 닫으며 말했다.

"난 당신의 커다란 좆이 좋아, 루크. 가요."

미스 웰리시가 어이없다는 얼굴로 두 사람을 번갈아 보았다.

"아가씨, 당신도." 라인하트 박사가 그녀에게 말했다.

"같이 가, 조야." 엑스타인 부인이 말했다. "재미있을 거야." 그녀는 미스 웰리시의 가슴을 가볍게 건드린 뒤 왼쪽 욕실로 들어갔다. 미스 웰리시는 그 모습을 지켜보다가 갑자기 라인하트 박사가 면전에 와 있음을 깨달았다.

"세상에서 가장 아름다운 몸이네, 아가씨. 무릎만 빼고. 가자."

그녀는 그를 빤히 바라보았다.

"여기서요?" 그녀가 말했다.

"여기서 당장, 아가씨. 인생 뭐 있어?"

그는 그녀의 옆을 돌아 욕실로 가서 문을 열고 기다렸다. 미스 웰리시는 텅 빈 복도를 재빨리 한 번 돌아보고는 욕실을 향해 걸어왔다.

"정말 놀라운 사람들이에요." 그녀가 말했다. "정신과의사들의 파티는 항상 이런가요?"

"만 박사의 파티만 그래요." 라인하트 박사는 이렇게 말하고 나서 그녀를 따라 들어갔다.


# 46


[엑스타인 박사의 사례연구 〈여섯 가지 면모의 사나이〉에서 발췌]

R이 대화를 끊고 나가버린 뒤 남은 세 정신과의사에 M 박사가 합류했다. 그들은 의논 끝에 R을 당장 개인병원으로 데려가야 한다는 결정을 내렸다. M이 ＿＿＿ 클리닉에 전화를 걸었고, 우리는 R을 찾으러 갔다.

　그는 밖에 있지 않았다. M의 서재에도 없었다. 우리는 곧 그가 욕실에 들어가 문을 잠갔음을 확인할 수 있었다. 처음에 의사들은 R이 죽으려고 할까 봐 걱정했지만, 안에서 다른 목소리들이 들려오는 것에 안심했다. 우리는 안에 있는 사람들을 불렀지만 대답이 없었다. M은 이 분 동안 환자와 이성적인 대화를 시도했으나 대답으로 들려오는 것은 끙끙거리는 소리뿐이었다. B는 문을 부수고 들어가자는 의견이었으나, M과 E는 R의 덩치와 힘을 감안해서 주의를 촉구했다. 구급차가 곧 도착할 예정이었다. 그때 욕실 안에서 여자의 비명이 들렸다. 확인해보니 R과 함께 있는 여자들은 E와 B의 여성 지인인 A와 JW일 가능성이 높았다.

　문을 부쉈다. R은 두 여자를 강간하던 중임이 밝혀졌다. 두 여자 모두 옷차림이 극도로 흐트러져 있고, R의 성기가 발기한 채 노출되어 있었다. 그는 욕실 한복판에 서서 호색한처럼 침을 흘리며 끙끙거렸다. 짐승 같은 상태로 퇴행한 듯했다. 우리의 질문에 전혀 대답하지 못했으며, 여자들에게서 떼어놓으려는 우리의 노력에 서투르고 무력하게 반항할 뿐이었다. 그는 이미 얌전해져 있었다.

　두 여자는 충격을 받았는지 도움을 좀 더 빨리 요청하지 않은 이유를 설명하지 못했다. R의 힘이 무서웠는지 아니면 정신적으로 불균형한 사람들이 가끔 행사하는 모종의 설명할 수 없는 최면 효과 때문이었는지는 끝내 밝혀지지 않았다. B는 다른 가설을 내놓았다. 두 여자는 충격에서 벗어난 뒤 눈물을 터뜨렸다.

"무서웠어요." A가 말했다.

"우리한테 그런 짓을 시키려고 하다니." JW가 말했다.

R은 침을 흘리며 끙끙거릴 뿐이었다. 그가 스스로 옷을 입을 능력이 없어 보였기 때문에 의사들이 옷을 입혀주었다. B와 M은 환자가 마비 상태에 빠진 것 같다는 쪽으로 가설을 발전시켰지만, E는 그때 이미 R의 발작이 무작위적이고 산발적이며 증상이 저절로 완화될 것이라는 가설을 내놓았다.

실제로 그러했다. 십 분 뒤 모두 조용히 앉아 엄청난 피로를 느끼며 구급차를 기다리고 있을 때, R이 말을 시작했다. 그는 자신의 행동에 대해 진실하고 사실적으로 사과했으며, 어려운 상황에서 점잖고 지적으로 대처한 의사들에게 찬사를 보냈다. 그리고 이제 제정신이 돌아왔다고 의사들을 안심시켰다. 그래서 이십 분쯤 지난 뒤에는 그 자리에 있던 사람들 대부분이 방금 있었던 일에 대해 웃음을 터뜨릴 수 있었다. 그런데 막 구급차가 도착할 무렵, R이 갑자기 방에 남아 있던 유일한 여성인 F 박사를 덮쳐 성교를 시도하려는 것 같았다. 구급차에 타고 있던 구급요원들과 의사가 들어와 그를 떼어내고 주사를 놓은 뒤 _____ 클리닉으로 데려갔다……

다음 날 그를 만나러 간 E는 R이 지극히 신랄한 히피 청년이 되었다는 환상에 빠졌음을 금방 알아차렸다. R은 E와 이야기를 나누기는 했지만, 말투가 부정적이고 공격적이었다. 환자는 현실을 온전히 인식할 뿐만 아니라 뛰어난 관찰력도 자주 보여주었지만, '평소의 모습'이 아니었으므로 여전히 미쳐 있었다.

7월 17일 클리닉 측에서 환자가 철저히 입을 다문 채 허공을 바라보다가 가끔 끙끙거리기만 한다고 보고했다. 음식도 누군가가 떠먹여주어야 하며, 배설기능도 스스로 통제하지 못했다. 영구적인 마비 상태에 도달한 듯싶었다.

하지만 R의 회복력은 놀라웠다. 다음 날에는 그가 다시 입을 열어 직원들이나 의사들과 잘 이야기하고 있으며, 주로 종교적인 내용의 읽을거리를 요구한다는 보고가 있었다. E는 종교적인 읽을거리라는 말에 당연히 걱정이 들어서 7월 20일에 다시 R을 방문했다.


## 47


내가 콜브 클리닉에서 이 역할 저 역할을 훌륭하게 오가고 있을 때에도, 유감이지만, 세상은 계속 존재했다. 알린은 내게 보낸 편지에서 곧 태어날 아이의 아버지가 나라는 주사위의 명령이 있었다며, 릴과 제이크는 물론 거의 대부분의 사람들에게 진실을 말했다고 알려주었다. 전부는 아닐지언정 대부분 말해주었다는 내용이었다. 그래서 제이크도 우리의 불륜관계와 주사위 인생에 대해 알게 되었다. 알린은 한동안 내게 상담을 받으러 올 수 없다고 말했다.

릴은 딱 한 번 나를 찾아와서 곧 아버지가 될 것을 축하하고는 서류를 준비해서 이혼절차를 밟기 시작했다고 선언했다. 자신의 변호사가 곧 나를 찾아올 것이라는 사실도 알려주었다(그가 오기는 했으나 그때 나는 마비 상태였다). 릴은 별거와 이혼이 우리에게 확실히 최선이라고 말했다. 내가 남은 삶의 대부분을 틀림없이 정신병원에서 보낼 것 같으니 더욱 그렇다고 했다.

퀸즈버러 주립병원의 베너 박사는 내 환자였던 에릭 캐넌이 브루클린과 이스트빌리지에서 두 달 동안 히피들을 이끌며 추종자를 점점 늘려가다가 아버지 손에 이끌려 다시 병원에 입원했다고 알려주었다. 그는 또한 아르투로 토스카니니 존스도 성실한 경찰이 찾아낸 엄밀한 조건에 따라 다시 수감되었으며 나와의 면담을 요청하지 않았다는 사실도 알려주었다.

사실 내게 좋은 소식을 안겨주는 사람은 주사위 치료를 시행중인 내 환자들뿐이었다. 그들은 모두 내가 병원에 갇힌 것에 대해 전혀 동요하지 않고 자기들 나름대로 주사위 인생을 발전시키려고 애쓰며 내가 돌아오기를 참을성 있고 자신 있게 기다렸다. 테리 트레이시는 두 번 문병 와서 두 시간 반 동안 내게 주사위교의 궁극적인 진리를 설파했다. 나는 깊은 감동을 받았다.

보글스 교수는 내게 보낸 장문의 편지에서 주사위님의 명령에 따라 시어도어 드라이저와 서정적인 충동에 대해 유난히 말이 안 되는 논문을 쓴 뒤 센트럴파크에 갔다가 신비로운 경험을 했다고 썼다. 내가 최근에 받아들인 환자 두 명은 입원 이 주째에 자주 나를 찾아와 계속 상담을 받았다.

알린의 편지를 통해 집에서 벌어지는 일을 알게 된 나는 그녀를 몹시 대견스러워하며, 제이크와의 만남에 대비했다. 알린은 제이크가 부정을 저질렀다는 자신의 고백을 상당히 차분하게 받아들였지만, 학문적으로 가치 있는 자료를 자신에게 알려주지 않았다는 점에 대해 호통을 쳤다고 말해주었다. 제이크는 알린에게 자신이 이 상황을 직접 연구할 기회가 생길 때까지 관습적인 부문에서만 주사위 생활을 영위하라고 명령했다. 그래서 그녀는 제이크가 아내인 자신을 상대로 주사위 놀이를 하며 실험을 한다면 내 문제를 이해하는 데 도움이 될지도 모른다는 의견을 내놓았다. 제이크가 이 의견을 받아들였기 때문에 두 사람은 고등학교 시절 이후 최고의 밤을 보낼 수 있었다. 제이크는 흥미롭다고 말했다.

그가 7월 20일 초저녁에 나를 만나러 왔을 때, 나는 과거 그에게 상처를 입혔을지도 모르는 나의 모든 행동에 대해 즉각 사과했다. 우연이지만, 그날은 마침 디데이 이전 과거의 루크 라인하트 주간의 첫날이었다. 나는 그 역할을 연기하기가 몹시 어려웠다. 나는 제이크에게 모든 전통적인 기준에 비추어봤을 때, 내가 그의 아내를 유혹한 것은 용서받을 수 없는 일이지만, 주사위의 지시를 따른 나의 철학적인 목표를 이해해주기 바란다고 말했다.

"그래, 루크." 제이크가 내 침대 맞은편 의자에 앉아 말했다. 그 뒤에는 담장을 굽어보는, 멋진 철창으로 막힌 창문이 있었다. "하지만 자네는 이상해. 인정할 수밖에 없어. 말하자면, 잘 깨지지 않는 호두 같다고나 할까." 그는 작은 메모지와 펜을 꺼냈다. "자네의 그 주사위맨 생활에 대해 좀 더 알고 싶네."

"확신하고 있군, 제이크." 내가 말했다. "내가 자네를 배신하고, 자네에게 거짓말을 하고, 모욕을 주었을지도 모르는데 그 어떤 일에도 전혀 분노하지 않는다고 말이야."

"내게 모욕을 줄 수는 없어, 루크. 사람의 정신은 감정보다 위에 있으니까." 그는 메모지를 내려다보며 뭔가를 적고 있었다. "그 주사위맨 이야기를 해보게."

나는 침대에 앉아 등 뒤에 쌓아둔 베개 네 개에 편안히 몸을 기대고는 제이크에게 그동안 내가 알아낸 사실들을 말해줄 준비를 했다.

"정말 놀랍다네, 제이크. 내가 존재하는 줄도 몰랐던 감정이 내 안에 있다는 걸 알게 됐어." 나는 잠시 멈췄다가 말을 이었다. "내가 중요한 걸 우연히 찾아낸 것 같네. 심리치료사들이 수백 년 동안 찾아 헤매던 것. 주사위 치료를 행하는 학생이 몇 명 있다는 이야기를 알린에게서 들었지? 의사들도 있다네. 그건…… 음, 배경 이론과 역사를 전부 설명하는 게 더 나을지도 모르겠군……."

나는 아주 품위 있는 태도로 약 삼십 분 동안 주사위맨의 이론과 실제를 요약해서 들려주었다. 내 말 중 많은 부분이 상당히 웃기다는 생각이 들었지만, 제이크는 전문가다운 미소 외에는 전혀 웃지 않았다. 그나마 전문가다운 미소도 내게 계속해도 좋다는 자신감을 주기 위해서였다.

마침내 나는 결론에 이르렀다. "그러니까 지난 일 년 동안 내가 보여준 괴팍한 행동, 앞뒤가 맞지 않는 행동, 부조리한 행동, 발작 등은 모두 대단히 독창적이고 대단히 합리적으로 인생, 자유, 행복추구에 접근하는 자세의 논리적인 결과였네."

침묵이 흘렀다.

"주사위 이론을 발전시키면서 내가 나 자신은 물론 다른 사람들에게도 고통이 되는 행동을 했다는 건 알아. 하지만 그 모든 것이 나를 지금의 영적인 상태에 이르게 하는 데 꼭 필요했다는 점을 감안하면, 정당화될 수 있을 걸세."

다시 침묵이 흐르다가 마침내 제이크가 고개를 들었다.

"어떤가?" 나는 팔짱을 끼고, 내 이론과 삶에 대한 제이크의 평가를 기다리며 믿을 수 없을 만큼 긴장하고 있었다.

"그래서?" 그가 말했다.

"그래서?" 내가 대답했다.

"박수라도 쳐줄까?"

"안 될 것도 없지. 나는…… 내가 성격이라는 감옥에 너무 오랫동안 눌려 있던 인간의 일면을 발전시켰잖아."

"방금 자네가 자세히 설명한 건 조현병의 전형적인 증상일 뿐일세. 다중 자아, 초연함, 조증과 울증. 그런데 박수를 원한다고?"

"조현병 환자의 성격이 여럿으로 쪼개지는 건 본인의 의지와는 상관없는 일이잖아. 환자는 오히려 통일을 갈망하지. 나는 의식적으로 조현병 증상을 만들어낸 걸세."

"자네는 누구와도 개인적으로 관계를 맺을 능력이 없음을 보여주고 있어."

"하지만 주사위가 명령한다면 얼마든지 관계를 맺을 수 있어."

"그런 식으로 끄고 켜는 것이 가능하다면, 그건 정상적인 인간관계가 아니지." 그는 무표정한 얼굴로 차분히 나를 바라보고 있는 반면 나는 점점 흥분하고 있었다.

"나처럼 다양한 성격을 오가는 것보다 통제불능의 정상적인 인간관계가 더 바람직하다는 걸 자네가 어떻게 알아?"

그가 한동안 말이 없다가 입을 열었다.

"주사위가 내게 이런 이야기를 해주라고 말하던가?"

"그런 지시를 받은 건 알린이지."

"주사위가 자네와 알린에게 거짓말도 좀 섞으라고 하던가?"

"아냐. 그건 우리가 개인적으로 넣은 걸세."

"주사위가 자네의 경력을 망치고 있어."

"그렇지."

"자네의 결혼생활도 망쳤고."

"물론."

"나나 다른 사람들이 앞으로 자네의 말이나 행동을 신뢰하는 것도 불가능해졌네."

"맞아."

"자네가 무슨 일을 시작하든 주사위가 변덕을 부리면 결실을 맺기 직전에 그냥 내팽개칠 수도 있게 된 거야."

"그래."

"주사위맨 연구도 거기 포함되지."

"아, 제이크, 완벽히 이해했군."

"그런 것 같네."

"그럼 자네도 한번 해보지 그래?" 내가 따뜻하게 말했다.

"가능한 일이긴 하지."

"우리 둘이 다이내믹 주사위 듀오가 되어서 패턴에 지친 현대인에게 꿈과 파괴를 나눠줄 수도 있을 거야."

"그거 흥미롭군."

"자네는 내 주위 사람들 중에서 주사위맨의 본질을 이해할 수 있을 만큼 머리가 좋은 유일한 사람이야."

"그런 것 같네."

"어때?"

"생각을 좀 해봐야겠네, 루크. 상당히 큰 변화라서."

"물론, 이해하네."

"오이디푸스 콤플렉스 때문일 거야. 자네의 그 망할 아버지."

"뭐…… 뭐?"

"자네가 세 살 때 어머니가……."

"제이크! 무슨 소린가?" 나는 짜증을 내며 큰 소리로 물었다.

"내가 방금 인류 역사상 가장 창의적이고 새로운 인생 시스템을 알려줬는데, 낡은 프로이트식 신화 이야기를 꺼내다니."

"허? 아, 미안하네." 그가 전문가다운 미소를 지으며 말했다. "계속해봐."

하지만 나는 웃음을 터뜨렸다. 쓴웃음이었던 것 같다.

"아냐, 됐네. 오늘 이야기를 많이 해서 피곤하군." 내가 말했다.

제이크가 몸을 앞으로 기울여 나를 강렬하게 바라보았다.

"내가 치료해주겠네." 그가 말했다. "자네를 옛날의 루크로 되돌려 동여매지 못한다면 내 이름이 제이크 엑스타인이 아니야. 걱정 말게."

나는 한숨을 내쉬었다.

"그래." 내가 기운 없이 말했다. "걱정하지 않겠네."


# 48


독자여, 자유는 끔찍한 것이다. 장 폴 사르트르, 에리히 프롬, 알베르 카뮈, 그리고 전세계의 독재자들이 계속 우리에게 이렇게 말한다. 나는 그해 여름 내 인생을 어떻게 할 것인지 생각하며 많은 나날을 보냈다. 매시간 기쁨과 우울, 광기와 권태를 오갔다. 콜브 클리닉에 영원히 갇히게 될 가능성이 높았지만, 제이크 엑스타인이 내 담당의였다. 야망이 크고 출세한 다른 의사들과 달리, 제이크는 오로지 제이크 자신의 말에만 귀를 기울였다. 따라서 내가 8월 들어 이 주 동안 완벽히 정상적인 행동을 보이자(그때는 '정상으로 돌아가기' 기간이었다) 제이크는 클리닉에 나의 퇴원을 지시했다. 내가 보기에도 무리한 결정이었다.

나는 이스트빌리지의 음침한 호텔로 갔다. 거기에 비하면 퀸즈버러 주립병원의 노인 병동은 은퇴자를 위한 호화 별장이었다. 나는 땀을 뻘뻘 흘리고 골을 내면서 밖으로 나가 주사위 역할과 주사위 놀이를 했다. 가끔 온전히 즐거운 시간을 보냈지만, 호텔 방에서 혼자 보내는 밤은 내 인생의 좋은 순간이라고 할 수 없었다.

외로웠다. 찾아가서 "나 굉장하지? 주사위를 던져 무작위 인간이 되기 위해 아내와 헤어지고 일도 그만뒀어. 당신이 운이 좋다면, 주사위가 내게 이 대화를 끝내라고 지시할지도 몰라" 하고 말할 사람이 하나도 없었다.

처음에는 어느 순간에도 주사위맨에게 불가능한 일은 없다고 생각했다. 손에 잘 잡히지 않는 '철저한 무작위 인간'이 될 수 있을 줄 알았다. 그 포부를 생각하면 기분이 들떴다. 내가 기관차보다 힘이 좋거나 날아가는 총알보다 빠르거나 단번에 고층건물을 뛰어오를 수는 없을지라도, 어느 순간에든 주사위나 '나'가 자발적으로 지시하는 일을 할 수 있는 자유라는 측면에서는 지금까지 알려진 과거의 모든 인간에 비해 슈퍼맨이었다.

하지만 외로웠다. 슈퍼맨에게는 적어도 정규 직장과 로이스 레인이 있었다. 하지만 현실 속 초인, 그러니까 슈퍼맨과 배트맨의 기계적이고 반복적인 곡예에 비하면 놀라운 기적을 행할 수 있는 나는 외로웠다. 팬들에게는 미안한 말이지만, 그때 내 기분이 정말로 그랬다.

주사위님이 성공적으로 해결해준 권태의 문제가, 이제 철저히 자유로운 상태에 근접해가는 내게 다시 나타나고 있는 것 같았다. 내 가족과 친구들은 예전부터 지루했지만, 이 환락의 도시의 거리와 술집과 호텔에서 마주치는 평범한 사람들이 훨씬 더하다는 생각이 들기 시작했다. 주사위를 통해 이미 아주 다양한 것들을 경험한 나는 솔로몬처럼 해 아래 새것을 발견하기가 힘들다는 사실을 깨닫고 있었다.

나는 부유한 남부 귀족 행세를 하며 젊고 그럭저럭 남들 앞에 내세울 만한 타이피스트를 유혹해 이틀 밤을 함께 보낸 뒤("당신 몸매가 정말 좋구마잉"), 주사위의 명령에 따라 부랑자로 거듭났다. 나는 수중의 현금과 그동안 사들인 새 옷 일부를 보관함에 넣어두고는, 면도를 중단했다. 그리고 이틀 동안 로워이스트사이드에서 구걸하다가 술에 취하는 생활을 했다. 잠을 별로 못 자서 그 어느 때보다 외로웠다. 유일한 친구는 내가 정말로 빈털터리라는 사실을 확인할 때까지 가끔 주위에서 얼쩡거리는 부랑자들뿐이었다. 너무 굶주린 나머지 나는 결국 최대한 옷차림을 다듬고 작은 슈퍼마켓에 들어가 크래커 한 상자와 참치 통조림 두 개를 훔쳤다. 젊은 점원이 아주 수상쩍게 나를 바라보았지만, 나는 '구경'을 마친 뒤 그에게 혹시 아모라티세마테를 파느냐고 물었다. 그렇게 효과적으로 그의 말문을 막아버리고는 그곳을 나왔다.

새로운 하룻밤 상대를 찾아다니는 생명보험 판매원이 된 나는 아무런 소득도 건지지 못하고 또 하룻밤을 외롭게 보냈다. 이틀 동안은 월스트리트 중개소로 1천 달러를 가져가서 주사위님의 결정에 따라 주식을 사고팔거나 보유했다. 잃은 돈은 200달러뿐이었지만, 여전히 권태로웠다.

주사위는 주사위 치료를 행하는 내 환자들을 만나는 것을 계속 금지하고, 제이크와의 상담시간을 일주일에 우연히 한 번으로 줄여버렸다. 만 박사는 퀸즈버러 주립병원에서 내가 계속 일하는 것에 거부권을 행사하려 애썼고, 더 이상 자신의 파티에 나를 초대하지 않았다. 미스 레인골드는 언제든 아침에 내가 우연히 출근하면 인사를 건넸다. 마치 잭더리퍼를 자신의 침실에 들이는 사람 같았다. 그럭저럭 평소처럼 나를 대하는 사람은 제이크뿐이었다. 만약 내가 그의 눈앞에서 모지스 할머니로 변했어도 그는 눈 하나 깜박이지 않았을 것이다.

8월의 어느 더운 날 밤 9시쯤, 나는 이스트빌리지의 북적이는 술집 구석에 혼자 비좁게 앉아 있었다. 지난 이틀 동안 적어도 네 개의 선택지 목록을 수행한 뒤였다. 정말이지 무엇이든 할 수 있는 자유를 얻은 지금, 절대적인 '무無'에 급속히 흥미를 느끼고 있다는 사실과 대면해야 했다. 이건 다소 괴로운 전개였다. 하지만 아주 독창적인 경험이기도 해서 나는 혼자 행복한 웃음을 터뜨렸다. 나의 커다란 배가 천천히 시동이 걸리는 낡은 엔진처럼 부르르 떨렸다. 타르트 하나, 속을 가득 채운 못된 맛의 맥주, 아직 술이 남은 잔을 앞에 둔 채 나는 제이크에게 전화를 걸어 멕시코시티에 있는 에리히 프롬 행세를 해볼까 생각하다가 그것이 고독한 사람의 증세라는 생각이 들어서 그만두었다. "오늘 술값 내가 다 낸다!" 하고 고함을 지를 생각도 해보았지만, 내 고유의 검소함이 그 충동에 거부권을 행사했다. 나는 요트를 사서 세계일주를 하는 공상에 빠졌다.

"이런, 그 '성교중단'님 아니신가요."

날카로운 여자의 목소리가 들리더니(부드럽고 여성적인 사실) 곧 내가 아는(딱딱하고 남성적인 인식) 얼굴이 나타났다. 린다 라이크먼이 희미한 미소를 짓고 있었다.

"어, 안녕, 린다." 그리 상냥한 말씨는 아니었다. 나는 지금 해야 하는 역할이 무엇인지 기억해내려고 본능적으로 애쓰고 있었다.

"여긴 웬일이세요?" 그녀가 물었다.

"아. 나도…… 모르겠습니다. 그냥 어쩌다 보니."

그녀는 내 옆 사람과 나 사이로 들어와 자기 잔을 바 위에 놓았다. 눈 화장이 짙었고, 머리는 내 기억보다 훨씬 더 심하게 탈색된 금발이었다. 몸은…… 그녀의 신체 사이즈를 추측하려고 애쓸 필요는 없었다. 그녀의 젖가슴이 꼭 끼는 총천연색 티셔츠 속에서 브래지어 없이 흔들렸다. 방탕하고 아주 섹시한 모습이었다. 그녀가 호기심 어린 눈으로 나를 보았다.

"어쩌다 보니? 위대한 정신과의사가 어쩌다 보니 들어왔다고요? 당신은 코를 팔 때도 그 가치를 증명하는 논문을 먼저 쓸 사람 같은데요."

"그건 옛날 얘기지. 난 변했어요, 린다."

"그래서 오르가슴을 느낄 수 있게 됐어요?"

내가 웃음을 터뜨리자 그녀도 미소를 지었다.

"당신은 어때요?" 내가 물었다. "어떻게 지냈어요?"

"해체되고 있었죠." 그녀는 이렇게 말하고 나서 잔에 남은 술을 우아하게 삼켰다. "당신도 해봐요. 재미있어요."

"한번 해보고 싶네요."

어떤 남자가 그녀 옆에 나타났다. 작고 연약한 안경잡이 남자로, 유기화학을 전공하는 대학원생처럼 보였다. 그가 나를 한 번 흘깃 보고는 린다에게 말했다.

"일어나. 가자."

린다는 천천히 그 남자에게 시선을 돌리더니, 전에 내가 본 그녀의 모든 표정은 맹목적인 숭배와 찬탄의 표정이었나 싶은 생각이 들 만큼 차가운 표정으로 선언했다.

"난 여기 좀 더 있을 거야."

유기화학 대학원생은 놀란 표정으로 그녀를 바라보다가 나의 인상적인 덩치를 불안하게 한 번 보고는 그녀의 팔꿈치를 잡았다.

"가자니까." 그가 말했다.

린다는 바닥에 몇 방울만 남아 있는 잔을 바에서 조심스레 들어 올려 내 얼굴 앞을 지나 유기화학의 등 쪽 셔츠 안에 천천히 부어버렸다. 얼음까지 전부.

"가서 옷이나 갈아입어." 그녀가 말했다.

유기화학은 눈 하나 깜짝하지 않고, 거의 알아보기 힘들 만큼 살짝 어깨를 으쓱하더니 주위의 수많은 사람들 사이로 섞여 들어가버렸다.

"해체되는 걸 해보고 싶다고요, 응?" 그녀는 내게 이렇게 말하고 나서 바텐더에게 손짓으로 술을 한 잔 더 주문했다.

"그래요. 하지만 무지하게 어려운 일인 것 같네요. 나도 일 년 넘게 노력하고 있는데 엄청 힘들어요."

"일 년이나! 그렇게 보이지 않는데요. 넉 달마다 한 번씩 하룻밤 상대를 찾아 이스트빌리지로 오는 중산층 보험판매원 같아요."

"잘못 봤어요. 난 정말로 나 자신을 해체하려고 애쓰고 있어요. 그보다 당신은 어떻게 해내고 있는지나 말해봐요."

"나요? 언제나 똑같죠. 당신과 마지막으로 만났을 때 이후로 변한 게 없어요. 똑같은 방법으로 재미를 느껴요. 베네수엘라에 석 달 동안 가 있었는데, 거의 한 달 동안 어떤 남자랑 같이 살기도 했어요. 정확히 말하면, 이십사 일 동안. 하지만 새로운 건 하나도 없어요."

"그럼 성과가 없는 거네요." 내가 말했다.

"무슨 뜻이에요?"

"만약 당신이 정말로 해체되려고 노력하는 중이라면, 성과가 없다는 뜻이에요. 변화가 없으니까요. 예전과 똑같으니까요."

린다는 아직 앳되고 깨끗한 이마에 주름을 잡더니, 새로 나온 술을 크게 한 모금 마셨다.

"그냥 말일 뿐이에요. 해체는 아무 의미도 없어요. 난 내 인생을 살고 있을 뿐이에요."

"지금껏 한 번도 경험한 적이 없는 새로운 재미를 느껴볼래요? 정말로 낡은 자아를 해체해볼래요?"

그녀가 불쑥 웃음을 터뜨렸다. "당신이 재미 운운하는 얘기는 이미 들을 만큼 들었어요."

"그 뒤로 새로운 것들을 개발했어요."

"섹스도 지겨워요. 온갖 다양한 남자, 여자, 아이와 섹스를 해봤고, 음경을 비롯해서 비슷하게 생긴 다른 물체들도 모든 구멍에 모든 조합으로 넣어봤어요. 섹스도 지겨워요."

"내가 꼭 섹스 얘기를 하는 건 아닌데."

"그럼 흥미가 생길지도요."

"한동안 나랑 파트너가 되는 거예요."

"어떤 파트너인데요?"

"당신의 자유를 완전히 내 손에 맡기는 거죠. 약…… 음…… 한 달 동안."

그녀는 열심히 나를 바라보며 생각에 잠겼다.

"내가 한 달 동안 당신의 노예가 되는 거예요?" 그녀가 물었다.

"네."

머리를 검게 염색하고 검은 눈이 날카로우며 화장기가 없는 중

년 여자가 물결치는 파도처럼 북적거리는 사람들을 칼처럼 헤치고 뒤쪽에서 나타나 미끄러지듯 린다에게 다가와서 귓속말을 했다. 린다는 나를 계속 지켜보며 그녀의 말을 들었다.

"아뇨, 토니." 린다가 말했다. "싫어요. 계획을 바꿨어요. 어쩌면 그걸 할 수 없을지도 몰라요."

또 귓속말이 이어졌다.

"아뇨. 절대 싫어요. 잘 가요."

새까만 머리칼의 상어가 다시 바닷속으로 들어갔다.

"한 달 동안 무엇이든 당신이 시키는 대로 하는 거예요?"

"그렇기도 하고 아니기도 해요. 내가 개발한 특별한 생활방식을 따르면 되니까. 새로운 종류의 자유를 당신에게 줄 거예요. 하지만 정말로 재미를 느끼려면 시스템을 무조건 따라야 해요."

그녀는 반쯤 빈 잔을 바에 내려놓고, 불안한 듯 내게서 멀어지다가 되돌아왔다. 그리고 자신의 잔이 바에 만들어놓은 둥근 자국을 바라보다가 차가운 시선을 들어 나를 보았다.

"우리 성교중단 씨가 어떻게 된 걸까요?" 그녀가 물었다. "저 유명한, 반쯤 하다 마는 방법의 결과가 좋지 않던가요?"

"난 은퇴했어요." 내가 말했다.

"은퇴라니!"

"아내와 헤어지고, 일도 그만두고, 친구들과도 헤어져서 평생 휴가를 즐기는 중이에요."

그녀가 새삼 존경하는 시선으로 날 바라보았다. 지옥의 시민이 또 다른 지옥 시민을 바라보는 눈빛이었다.

"세상에, 당신 거시기 안에도 뭐가 있긴 있었군요." 그녀가 말했다. 하지만 곧 차가운 조소가 되돌아왔다. "하지만 나더러 한 달 동안 당신 노예가 되라고요? 그럴 수도 있겠죠. 하지만 타석에 먼저 들어서는 건 나예요. 앞으로 이십사 시간 동안 당신이 내 노예가 돼요."

"좋아요." 내가 말했다.

"물리적인 피해가 가는 일만 제외하고, 뭐든 내가 시키는 대로 해야 돼요. 내가 당신 노예가 되었을 때도 마찬가지고. 어때요?"

우리는 서로를 가늠하듯이 바라보았다.

"합의가 이루어진 건가요?" 그녀가 물었다.

"완전한 노예 생활은 새로운 길이고, 우리 둘 다 새로운 길을 가보고 싶어 해요. 그게 바로 해체죠. 당신이 그런 욕망을 가지고 있다니 만족스럽습니다. 합의를 존중할 거예요."

"좋아요. 이제 시작인가요?"

나는 시계를 확인했다. "시작이에요. 내일 밤 9시 45분까지 내가 당신에게 복종할 겁니다. 익명성을 위해 내 이름은 허비 플램이라고 하죠."

"네 이름은 내가 골라. 따라와."

우리는 술집을 나와 택시를 잡아탔다. 린다는 나를 웨스트사이드의 2X번가에 있는 아파트로 데리고 갔다. 아마 그녀의 아파트인 것 같았다. 그녀는 내게 술을 한 잔 만들어오게 한 뒤 소파에서 무릎을 꿇고 앉아 차갑게 분석하는 시선으로 나를 바라보았다.

"물구나무서기를 해."

나는 머리로 균형을 잡으려고 힘들게 애썼다. 최근 요가와 명상을 했는데도 쓰러졌다가 다시 시도하고 또 쓰러지기를 반복했다. 그렇게 다섯 번쯤 쓰러진 뒤 그녀가 말했다.

"됐어. 일어나."

그녀는 담배에 불을 붙였다. 손이 가늘게 떨리고 있었다. 아마 술을 많이 마신 탓인 것 같았다.

"옷 벗어." 그녀가 말했다.

나는 옷을 벗었다.

"자위해." 그녀가 조용히 말했다.

"그건 쓸데없는 짓 같은데요." 내가 말했다.

"너한테 말을 시키고 싶다면 내가 명령을 내릴 거야."

린다의 명령은 말만큼 쉽지 않았다. 붉은 피가 흐르는 미국의 건강한 젊은이가 대부분 그렇듯이, 나도 고등학교 시절 내내, 그리고 대학 시절 중 얼마 동안 자위를 했다. 그러다가 여자들과 사회적으로 성적으로 자주 만날 수 있게 된 다음에는 그 습관이 그럭저럭 사라진 편이었다. 나는 심리학을 공부하면서 내 정신이 뒷걸음질 치고 있는 것이 아니라 죄책감이 어딘가에 남아 있음을 알고 기뻤다. 사실 예수가 자신의 그것을 주무르는 모습은 상상할 수 없지 않은가. 알베르트 슈바이처는 또 어떻고. 린다는 틀림없이 자위행위가 그 자체로 품위 없는 짓이라고 철석같이 믿는 모양이었다. 아니면 내게 그 일을 시키지 않았을 것이다. 그런데 무슨 이유에서인지 나는 나의 오래된 대포를 발사 위치로 일으켜 세울 쾌감의 이미지나 공상을 쉽게 만들어낼 수 없었다. 그래서 야한 생각을 하려고 노력하면서 가만히 서 있기만 했다.

"네 것을 가지고 놀라고 했을 텐데."

린다는 자위가 무엇보다도 자가 애무의 일종이라고 생각하는 모양이었다. 맥아더 장군이 남긴 불멸의 말을 빌리자면, "그보다 더 진실과 거리가 먼 것은 없다." 그래도 나는 내 몸을 애무하기 시작했다. 어느 정도 품위를 지키기가 힘들었기 때문에 나는 린다의 발 옆 바닥만 빤히 바라보았다.

"그걸 하는 동안에는 나를 봐." 그녀가 말했다.

나는 그녀를 보았다. 그 차갑고 긴장되고 모진 표정이 곧바로 내 마음을 휘저어놓았다. 나는 앞으로 한 달 동안 그녀에게 성적으로 복수하는 내 모습을 상상했다. 내 대포가 휙 고개를 들고, 내 머리는 몇 분 동안 상상 속 만남에 집중했다. 그리고 나의 발사 시스템을 손으로 세심하게 조작해서 바닥으로 발사했다. 나는 내내 무심하고 품위 있는 표정을 유지하려고 열심히 노력했다.

"그걸 핥아." 그녀가 말했다.

커다란 피로가 몸을 훑고 지나갔다. 틀림없이 얼굴도 축 처졌을 것이다. 하지만 나는 천천히 무릎을 꿇고, 작게 여기저기 고여 있는 정액을 핥기 시작했다.

"날 봐." 그녀가 말했다.

나는 그녀를 보면서 동시에 명령을 수행하려고 조금 어색한 자세로 최선을 다했다. 러그들 사이의 바닥이 반짝이는 것이 보였다. 안락의자 밑에는 누가 버린 건지 남자 슬리퍼 한 짝이 있었다. 나는 그리 슈퍼맨 같은 기분이 아니었다.

"좋아. 일어서."

나는 일어섰다. 계속 무심한 얼굴로 그녀를 바라보면서. 내 희망사항이었는지도 모르지만.

"부끄러운 줄 알아, 의사선생." 그녀가 빙긋 웃으며 말했다.

나는 부끄러운 생각이 들어서 고개와 어깨가 축 처졌다.

"너도 나한테 이런 걸 할 계획이야?" 그녀가 물었다.

"아뇨." 나는 머뭇거렸다. "전에 남자들이 당신을 가학적으로 대한 모양이군요."

"그러니까 내 솜씨가 별로라는 거지, 응?"

"아닙니다. 나한테 새로운 경험을 줬어요. 잊지 못할 겁니다."

그녀는 가끔 담배를 뻐끔거리며 나를 빤히 바라보았다. 술은 이미 다 마신 뒤였다.

"내가 동성애자 친구를 전화로 불러서 너한테 그 친구와 성적으로 얽히라고 명령하면 어쩔 거야? 할 수 있겠어?"

"당신의 명령이 곧 나의 소망입니다." 내가 말했다.

"그 생각을 하니 흥미가 생겨, 아니면 겁이 나?"

나는 명령대로 얌전히 나의 내면을 들여다보았다.

"지루하고 우울해집니다."

"좋아."

그녀는 다시 술을 만들어오라고 하고는 전화기로 가서 두 군데에 전화를 걸어 두 번 다 제드를 바꿔달라고 하더니, 두 번 다 실망한 표정으로 전화를 끊었다.

"바닥에 엎드려 있어. 내가 생각하는 동안."

엎드린 채로 나는 예전의 루크가 되었던 시간을 즐겁게 돌아보기 시작했다. 얼마 뒤 린다가 말했다.

"좋아. 침대로 가자."

나는 그녀를 따라 침실로 가서 명령대로 무심하게 그녀의 옷을 하나씩 벗기고, 그녀를 따라 좁은 더블침대에 누웠다. 우리 둘 다 몇 분 동안 서로를 만지지 않은 채 조용히 누워 있었다. 나는 그녀가 명령하지 않는 한 아무 짓도 하지 않으려고 양심적으로 애쓰는 중이었다. 그녀의 손이 내 가슴을 쓸고 내려가 배를 가로지른 뒤 음모와 10센티미터쯤 떨어진 곳에서 멈추는 것이 느껴졌다. 그녀가 나를 향해 돌아누워 귀를 오물오물 씹고, 목을 핥고, 내 입과 목구멍에 천천히, 질척하고 나른하게 키스를 했다. 목에도. 가슴에도. 배에도. 기타 등등. 내가 조금 전 부끄러운 행동을 했는데도, 그녀의 동작은 예측대로 효과가 있었다. 그녀는 효과를 확인하고는 침대 반대편으로 돌아누워 아무 말도 하지 않았다. 그리고 한참을 뒤척거렸다. 그러다 내가 그냥 잠이 든 것 같다.

얼마 뒤 나는 목욕하는 꿈을 꿨다. 욕조에 앉다가 동작을 멈추고 고환과 음경에 닿는 기분 좋은 따스함을 느끼고 있는데 잠이 깼다. 알고 보니 린다가 입으로 내 물건을 따뜻하게 감싸서 빳빳하게 만들어놓은 상태였다. 내가 그녀의 머리카락을 만지고 몸을 찾아 더듬더듬 손을 움직이자, 그녀는 내 것을 마지막으로 한 번 핥고 깨문 뒤 내 위로 올라와 몸을 쭉 펴고는 나를 자신의 몸속으로 집어넣었다. 그리고 자신의 입술을 내 입술에 대고 몸을 흔들어대기 시작했다.

비몽사몽 상태는 때로 가볍게 약에 취한 상태와 비슷하기 때문에 나는 린다 혼자 움직이게 내버려두었다. 그녀는 주로 엉덩이와 몸 안쪽을 제멋대로 흔들어 파도 같은 움직임을 만들어냈다. 내 가슴, 어깨, 목을 멋대로 핥고 깨물어대기도 했다. 그녀가 "펌프"라고 말하면 나는 그녀의 완벽한 엉덩이를 뜨겁고 단단한 자몽처럼 꽉 쥐고 펌프질을 했다. 그녀는 신음하며 몸에 힘을 주고, 맷돌처럼 몸을 흔들다가 힘을 주고, 흔들고 흔들다가 힘을 뺐다.

그녀는 내 위에 누웠고 나는 꾸벅꾸벅 졸다가 그녀가 다시 움직이는 것을 느끼고 깨어났다. 나는 그녀 안에서 빳빳했다. 그녀의 입은 내 목에 닿고, 그녀의 내부가 나를 감싼 뜨거운 뱀장어들의 물결처럼 나를 어루만졌다. 그녀는 계속 움직였지만 나는 또 졸다가 그녀의 단단한 입이 내 물건을 감싸는 바람에 깨어났다.

그녀의 손은 아래쪽 성감대를 어루만지고 꼬집고 초토화했다. 내가 머리카락을 만지자 그녀가 신음하며 몸을 굴려 나를 자기 위에 올리고는 부지런히 몸을 움직였다. 그러면서 말하기를 움직이되 사정하지는 말라고 해서 나는 펌프질을 하고 몸을 휘휘 돌리며 1950년대 윌리 메이스의 평균 타율을 생각하려고 애썼다. 얼마 뒤 그녀의 몸이 힘없이 늘어지더니 그녀가 내려가라며 옆구리를 찔러서 나는 내려갔다. 그러고는 졸다가 자다가 또 깨어보니 벌써 그녀 안에 들어가 있었다. 그녀는 다시 내 위에 올라와 편안하고 부드럽게 움직였다. 머리가 좀 더 맑아진 것을 보니 동 틀 때가 가까운 모양이었다. 나도 몸을 움직이기 시작했지만 그녀가 안 된다고 말하고는 내 귀와 목을 혀로 핥고 깨물며 저 아래쪽에서 동시에 세 방향으로 움직였다. 그녀가 오케이라고 말해서 내가 손가락을 엉덩이 틈새로 쑤셔 넣고 마구 박아대자 그녀가 듣기 좋은 소리를 잔뜩 냈다. 나는 그녀의 호수 안에 다른 호수를 비웠다. 우리 둘 다 한동안 계속 움직이다가 서로 떨어져 또 잠에 빠졌다.

나는 무릎이 그녀의 어딘가에 닿은 채로 엎드려 자다가 깨어났다. 해가 뜨고도 한참 지난 시각이라 배가 고팠다. 린다는 완전히 깨서 천장을 바라보고 있었다.

"명령이야." 그녀가 천천히 말했다. "뭐든 당신이 명령하고 싶은 걸 내게 명령해. 그러면 내가 생각이 바뀌어서 다시 당신에게 명령을 내리고 싶어질 때까지 그 명령을 따를게."

"내가 임시 주인이 되는 건가요?"

"맞아. 당신이 내게 정말로 원하는 일을 명령해주면 좋겠어."

"날 봐." 내가 말했다.

그녀가 나를 바라보았다.

"지금 우리는 아주 중요한 일을 하고 있어. 명령은……."

"강의는 필요 없어."

"내 말 들어. 명령이야."

"당신이 나한테 명령할 수 있는 일이 아주 많지만, 강의는 안 돼. 지금 이 이십사 시간 동안에는."

"그렇군." 나는 잠시 가만히 있었다. "부드럽게 내 키스를 되돌려줘. 욕망 없이 애정만으로."

그녀는 일어나 앉아 잠시 내 눈을 차갑게 들여다보다가 눈빛을 누그러뜨리며 내 입술에 부드럽게 입술을 댔다.

나는 베개에 몸을 기대고 말했다.

"내 얼굴에 키스해…… 내 얼굴을 흰 장미라고 생각하고 부드럽게."

그녀의 얼굴이 순간적으로 딱딱해졌지만, 그녀는 눈을 감고 양손으로 내 얼굴을 감싼 뒤 부드럽게 키스하기 시작했다.

"고마워, 린다. 아름다운 키스였어. 당신도 아름다워."

그녀는 눈을 뜨지도, 부드러운 키스를 멈추지도 않았다. 얼마 뒤 내가 말했다.

"이제 침대에 누워서 눈을 감아."

그녀는 시키는 대로 했다. 그녀의 얼굴이 어느 때보다 편안해 보였다.

"아주 과장된 동화에나 나올 만큼 온 영혼을 다해서 당신을 사랑하는 왕자가 바로 나라고 생각해. 왕자는 당신을 숭배하지. 당신의 아름다움은 하느님이 창조한 모든 피조물을 뛰어넘어. 게다가 완벽하고, 완벽해서 영적으로도 신체적으로도 흠이 없어. 오늘은 결혼 첫날밤이고, 당신 남편이 된 왕자는 당신에게 와서 마침내 그 순수하고 종교적이고 신성한 열정을 표현하려고 해. 그의 사랑을 기쁘게 받아들여."

나는 천천히 최면을 걸듯 말하고는, 이 이야기에 걸맞은 섬세함과 거룩함이 내 손길에서 느껴지기를 바라며 그녀의 몸을 어루만지고 무엇보다 영적인 키스를 했다. 평범한 독자의 궁금증을 풀어주자면, 영적인 키스는 비교적 건조하고 온화하며 겨냥이 형편없다. 다시 말해서, 중요한 목표 지점들에 접근하기는 하는데 항상 아슬아슬하게 빗나간다는 뜻이다. 내가 점점 몰두하며 쾌감을 느끼고 있는데 그녀의 몸이 갑자기 사라져버렸다. 그녀가 침대에서 뛰어나간 탓이었다.

"그만 만져." 그녀가 고함을 질렀다.

나는 전날 밤만큼이나 곤혹스럽고 굴욕스러웠다.

"벌써 내게서 힘을 빼앗아가는 거야?" 내가 말했다.

"그래, 그래!" 그녀는 덜덜 떨고 있었다.

나는 네 발로 엎드린 채 그녀를 올려다보았다.

"옷 입어." 그녀가 말했다. "나가."

"린다……."

"거래는 끝났어. 꺼져. 나가."

"우리 거래는……."

"나가!" 그녀가 소리쳤다.

"그래." 나는 침대에서 내려왔다. "지금은 가지만 밤 9시 45분에 다시 올 거야. 거래는 끝나지 않았어."

"아냐. 아냐, 아냐, 아냐. 끝났어. 당신은 미쳤어. 당신이 뭘 원하는지는 모르겠지만, 아냐, 절대로. 끝났어."

나는 천천히 옷을 입었다. 얼굴을 외면하고 앉은 린다가 새로운 명령을 내리지 않았기 때문에 그대로 그 집을 나섰다.

나는 아파트 밖에 서 있다가 한 시간쯤 뒤 그녀가 밖으로 나왔을 때 시내까지 뒤를 밟았다. 그리고 오후 5시 30분까지 이스트빌리지의 어느 아파트 밖에 서 있다가, 또 그녀를 따라 식당으로 갔다. 그녀는 거기서 식사를 했다. 내가 미행한다는 사실은 알지 못하는 것 같았다. 아니, 미행 가능성조차 의심하지 않는 것 같았다. 저녁식사 후에 유기화학이 그녀를 데리러 왔고, 두 사람은 함께 술집을 전전하며 친구들을 만났다가 헤어졌다가 다른 친구를 사귀었다가 하며 술을 잔뜩 마셨다. 전체적으로 흥미로운 일은 하나도 하지 않았다. 밤 9시 45분 정각에 나는 안으로 들어갔다. 린다는 내가 처음 보는 남자 세 명과 함께 앉아 있었다. 술에 취해서 졸린 얼굴이었다. 남자 한 명의 손이 그녀의 치마 속으로 한참 들어가 있었다. 나는 탁자로 다가가 최면을 걸듯이 그녀의 눈을 들여다보며 말했다.

"이제 10시 십오 분 전이야, 린다. 이리 와."

그녀의 흐릿한 눈이 잠깐 맑아지더니 그녀가 콜록거리며 비틀비틀 일어섰다.

"야, 어디 가?" 남자 한 명이 물었다. 다른 남자는 그녀의 팔을 잡았다.

"린다는 나랑 같이 갈 거야." 나는 린다의 팔을 잡은 남자에게 한 걸음 다가가 그를 내려다보며 억눌린 분노를 표현하려고 했다. 그가 그녀를 놓았다.

나는 다른 남자 두 명에게도 짧게 눈을 부라린 뒤 몸을 돌려 밖으로 나갔다. 예수를 따라가는 베드로나 마태보다는 확실히 품위 없는 태도로 린다가 나를 따라왔다.


# 49


린다와 나는 함께 주사위 생활을 시작했다. 역사상 최초의 완전한 주사위 커플이었다. 그녀는 자신의 '진짜' 자아가 막다른 길에 도달했음을 알고 있었으므로, 다양한 자아들을 표현하려 노력하며 즐거워했다. 성적으로도 사회적으로도 문란하게 살아온 것이 주사위 인생을 위한 훌륭한 준비작업이 되었다. 다른 사람들의 경우 자주 걸림돌이 되는 부분에서 금기의식이 사라졌기 때문이다. 하지만 영적인 부분은 모두 억눌려 있었다. 그녀는 내 명령으로 내 앞에서 기도하며 수치심을 느꼈다. 다른 사람들 같으면 영성체 난간 앞에서 69자세를 취했을 때나 느꼈을 법한 수치심이었다. 그래도 기도를 할 수는 있었다(아마 69자세도 할 수 있었을 것이다).

나는 다정하고 따뜻하게 그녀를 대했다. 주사위님의 명령이 있을 때는 싸구려 창녀 취급을 하며 그녀의 몸을 이용해서 변태적이기 짝이 없는 욕망을 채우기도 했다. 그녀는 새로이 종교에 귀의한 사람처럼 강렬하고 광신적으로 주사위님의 명령을 따랐다. 우리는 함께 기도하고, 시와 기도문을 짓고, 주사위 이론에 대해 토론하고, 무작위 인생을 실천했다. 그녀는 성적으로 문란한 생활을 그만두고 싶어 했지만, 나는 그것 역시 그녀의 일부이므로 겉으로 표출될 기회를 주어야 마땅하다고 역설했다.

가을에 주사위님은 뉴욕에 헤아릴 수 없이 많은 집단치료 모임에 침투하라는 임무를 내려주었다. 모임의 구성원 일부에게 주사위 인생을 소개해보라는 것이었다. 우리는 모임마다 다른 사람 행세를 하며 참가했다. 부부 행세를 할 때도 있고, 서로 모르는 사이처럼 굴 때도 있었다.

특히 기억에 남는 일이 하나 있다. 1969년 10월 말의 어느 주말에 파이어아일랜드 집단치료 감수성훈련 본부FISTH에서 마라톤 모임에 참가했을 때의 일이다.

대부분의 심리치료와 마찬가지로, FISTH 역시 부자가 될 가망이 높은 사람들(치료사)이 이미 부자인 사람들(환자)에게 정신적인 응급처치를 제공해주는 곳이었다. 그날 마라톤 모임에 참가한 10여 명의 사람들만 봐도 알 수 있었다. 잡지 편집자, 패션디자이너, 기업체 중역 두 명, 세금 전문 변호사, 부유한 가정주부 세 명, 주식중개인, 프리랜서 작가, 그리 유명하지 않은 방송인, 최신 유행을 따르는 정신과의사. 도합 일곱 명의 남자와 다섯 명의 여자에, 치료비를 면제받고 참가한 젊은 히피 두 명이 더 있었다. 그들은 주말에 200달러를 내고 참가하는 고객을 더 많이 끌어들이기 위한 엑스트라였다. 나는 두 기업체 중역 중 한 명이었고 린다는 부유한 가정주부(이혼녀)였다. 모임 지도자는 스콧(작고 단단한 운동선수 같았다)과 마야(키가 크고 유연하며 천상의 존재 같았다)였는데, 둘 다 완벽하게 자격을 갖춘 심리치료사였다. 우리가 주로 모이는 장소는 파이어아일랜드 쿼퀌 외곽 바닷가에 있는 빅토리아 양식 주택의 커다란 거실이었다.

금요일 저녁과 토요일 하루 내내 우리는 서로 친해지기 위해 서먹함을 줄이는 게임을 몇 가지 했다. 히피 아가씨를 던지고 받는 게임을 하고, 줄다리기도 하고, 중고차 판매원처럼 서로의 눈을 빤히 들여다보기도 하고, 가장 먼저 한참 동안 울음을 터뜨린 여자를 상징적으로 윤간하고, 삼십 분 동안 서로에게 염병할 놈이니 쌍놈이니 하는 소리를 질러가며 기운을 북돋우고, 반반으로 나뉘어 한쪽은 의자가 되고 나머지 한쪽이 그 의자에 앉는 사람이 되어 의자에 먼저 앉기 놀이를 하고, 방송인과 함께 '손님을 잡아라' 게임을 하면서 번갈아가며 그녀에게 가장 밉살스럽게 구는 내기를 하고, 모두 눈을 가린 채 장님 놀이*를 했다(마야만이 옆에 서서 갈라진 목소리로 "진정으로 그를 **느껴**보세요, 조앤. 그를 **손으로** 만져봐요." 하고 속삭였다).

토요일 저녁이 되자 우리는 기진맥진했지만 서로 아주 가까워졌으며, 예전에는 친구끼리 사적인 자리에서 하던 일, 즉 서로의 몸을 더듬거리며 만져보거나 서로에게 염병할 놈이니 쌍놈이니 소리를 질러대는 일을 낯선 사람들과 공개적으로 하면서 크게 해방감을 느꼈다. 비교적 괴상한 게임들을 하면서 나는 주사위센터의 어느 지루한 날을 떠올리고 기분이 좋아졌다. 하지만 내가 긴장을 풀고 패턴 깨기를 즐길 만하면, 두 지도자 중 한 명이 우리에게 기분과 감정을 솔직하게 말하라고 시키는 바람에 진부한 말이 비처럼 쏟아지게 되었다.

자정이 가까울 무렵, 우리는 모두 아무것도 없는 거실 벽에 다양한 자세로 흐트러져서, 이글거리며 타고 있는 장작불이 우리 얼굴에 그려내는 불빛쇼를 지켜보고 있었다. 그동안 마야는 나 외의 다른 기업체 중역, 즉 헨리 호퍼라는 자그마한 대머리 남자에게서 '진정한' 감정에 관한 솔직한 이야기를 끌어내려고 애썼다. 나는 그를 그냥 '자유주의자 새끼'라고 불렀고, 린다는 남자답고 튼실

---

* 한 명이 수건으로 눈을 가리고 주위에 있는 다른 사람 한 명을 붙잡아 누군지 알아맞히는 놀이.

한 사람으로 보았다. 히피 아가씨는 그를 '자본주의자 돼지'라고 불렀다. 이유는 모르겠지만 호퍼는 혼란스러운 기분이라고 주장하고 있었다. 모임 참가자 중 두세 명이 또 '손님을 잡아라' 게임이 시작되었다고 생각하고 마야를 도우려고 했지만, 다른 사람들은 피곤해 보였다. 조금 지루해하는 것 같기도 했다. 그래도 정직성을 광신도처럼 신봉하며 눈을 반짝거리는 호리호리한 지도자 마야는 호퍼를 계속 압박했다. 그녀의 작고 갈라진 목소리를 들으면서 나는 정사장면에서 형편없는 연기를 하는 여배우 같다는 생각이 들었다.

"말해보세요, 행크." 그녀가 말했다. "전부 쏟아내요."

"솔직히 난 지금 아무 말도 하고 싶지 않아요." 그는 신경질적으로 껍질을 깨서 땅콩을 먹고 있었다.

"당신은 겁쟁이야, 행크." 덩치 큰 세금 전문 변호사가 의견을 제시했다.

"난 겁쟁이가 아니야." 호퍼가 조용히 말했다. "그냥 똥도 안 나올 만큼 겁에 질렸을 뿐이야." 린다와 나와 호퍼만이 웃음을 터뜨렸다.

"유머는 방어기제예요, 행크." 지도자 마야가 말했다. "왜 겁에 질렸어요?" 그녀의 파란 눈이 진심으로 이글거렸다.

"우리가 여기서 시간낭비를 하는 것 같다고 말하면, 이 모임 사람들이 날 좋아해주지 않을까 봐 걱정하는 것 같아요."

"그렇군요." 마야가 격려의 미소를 지으며 말했다.

미스터 호퍼는 그냥 바닥만 바라보며 자기 앞의 러그에 땅콩 껍질을 늘어놓았다.

"우리와 공유하지 않는군요." 얼마 뒤 마야가 말하며 미소 지었다. "우리를 믿지 않아요."

미스터 호퍼는 계속 바닥만 바라보았다. 점점 벗어지고 있는 그의 머리에 장작불 빛이 밝게 반사되었다.

몇 분 동안 더 시도해봐도 소용이 없자, 공동 지도자인 스콧이 행크와 신뢰 게임을 해보자고 제안했다. 그가 우리를 신뢰할 수 있게 그를 던지고 받는 게임을 하자는 것이었다. 우리는 원 모양으로 둥글게 서서 그를 이리저리 던지며 주고받았다. 마침내 그의 얼굴에 환한 웃음이 피어나자 마야는 그를 바닥에 내리게 한 뒤, 옆에 무릎을 꿇고 앉아 눈을 반쯤 감은 채 빙긋 웃었다. 그리고 부드러운 목소리로 우리에게 모든 진실을 말해달라고 그에게 말했다. 하지만 그가 말을 시작하기 전에 린다가 끼어들었다.

"거짓말."

"뭐라고요?" 미스터 호퍼는 많은 사람들 사이를 흘러다니며 쓰다듬을 받은 즐거움에 여전히 꿈을 꾸듯 미소 짓고 있었다.

"거짓말을 해요." 린다가 말했다. "그편이 훨씬 쉬워요." 그녀는 장작불 맞은편에 다리를 깔고 앉아 있었다.

"아니, 린다, 무슨 소리예요?" 마야가 물었다.

"행크에게 정말로 모든 걸 내려놓고 우리에게 거짓말을 하라고 말하는 거예요. 이른바 진실이라는 환상에 도달하겠다고 노력하는 데 구애받지 말고 뭐든 하고 싶은 말을 하라고요."

"왜 진실을 무서워해요, 린다?" 마야가 빙긋 웃으며 물었다. 그녀의 미소가 점점 펠로니 박사의 고갯짓처럼 보이기 시작했다.

"난 진실을 무서워하지 않아요." 린다가 마야의 말을 반쯤 흉내 내서 느릿느릿 대답했다. "진실이 거짓말보다 훨씬 재미없고, 해방감이 훨씬 덜하다고 생각할 뿐이에요."

"미쳤군." 덩치 큰 세금 전문 변호사가 의견을 내놓았다.

"글쎄요." 내가 구석에서 말했다. "허클베리 핀은 미국 문학사상 최고의 거짓말쟁이였는데, 아주 자유롭게 돌아다니며 엄청 재미있는 일을 겪지 않았나요?"

정직의 신에게 도전하는 사람이 갑자기 둘이나 나타난 것은 유례없는 일이었다.

"우리 미스터 호퍼에게 다시 돌아가죠." 공동 지도자 스콧이 유쾌하게 말했다. "이제 말해봐요, 행크. 아까는 왜 그렇게 겁에 질렸죠?"

미스터 호퍼가 즉시 대답했다.

"당신들이 진실을 원했기 때문이에요. 내가 하고 싶은 대답이 두 개 있었는데, 둘 다 내가 보기에는 반쯤 거짓말 같기도 했고요. 그래서 혼란스러웠어요."

"혼란은 억압의 증상일 뿐이에요." 마야가 미소를 지으며 말했다. "당신이 부끄러워하는 당신의 진정한 감정에 불쾌한 측면들이 있다는 걸 스스로 알고 있어서 그래요. 하지만 그 감정을 우리에게 털어놓기만 하면, 더 이상 그로 인해 괴롭지 않을 거예요."

"거짓말을 해요." 린다가 아름다운 다리를 가운데로 쭉 뻗으며 말했다. "과장하고, 환상을 섞어요. 우리한테 재미있겠다 싶은 헛소리를 지어내요."

"왜 주목받고 싶어 하죠?" 마야가 긴장된 표정으로 미소를 지으며 린다에게 물었다.

"난 거짓말이 재미있어요." 린다가 대답했다. "그리고 내가 말을 할 수 없다면 거짓말도 못 하는 거잖아요."

"무슨 소리예요?" 잡지 편집자가 말했다. "거짓말이 무슨 재미가 있다고."

"그럼 정직한 척하는 건 뭐가 그리 재미있는데요?" 린다가 대꾸했다.

"우리는 스스로 그런 척하고 있다는 사실을 몰라요, 린다." 스콧이 말했다.

"그래서 다들 그렇게 잔뜩 굳어 있는 건지도 모르죠." 린다가 반격했다.

린다가 마야나 스콧보다 더 느긋한 모습이었기 때문에, 누구보다 완벽했다. 여러 사람이 빙긋 미소를 지었다.

"거짓말은 은폐 방법 중 하나예요." 마야가 말했다.

"여기서 우리가 하고 있는 것처럼 솔직하고 정직해지는 건 싸구려 스트립쇼나 마찬가지예요. 세상에 젖통과 좆과 엉덩이가 존재한다는 걸 보여주려고 몸을 이리저리 많이 움직이는데, 우리는 처음부터 그걸 전부 알고 있었거든요."

"젖통과 좆이 아름답지 않나요, 린다?" 마야가 지금까지 들은 목소리 중에서도 가장 부드럽고 가장 진실한 목소리로 물었다.

"그럴 때도 있고 아닐 때도 있죠. 내가 어떤 환상을 받아들이고 싶은가에 따라 달라져요."

"우리 몸의 성기는 언제나 아름다워요." 마야가 말했다.

"최근 제대로 들여다본 적이 없나 보네요." 린다가 하품을 하며 대답했다.

"당신은 자신의 성적인 수치심과 죄책감을 진심으로 마주 본 적이 없는 것 같은데요." 마야가 말했다.

"해봤는데 지루했어요." 린다가 또 나오려는 하품을 참으며 대꾸했다.

"권태는……."

"당신의 가슴과 보지는 아름다운가요?" 린다가 마야에게 불쑥 물었다.

"그래요. 당신 것도 마찬가지고."

"그럼 그 아름다운 성기를 우리한테 보여줘요."

이제 아무도 그리 지루해하지 않았다. 마야는 불을 등지고 앉아서 그린 듯이 미소를 지으며 모호한 눈빛으로 린다를 바라보았다. 스콧이 시끄럽게 헛기침을 하고 몸을 앞으로 기울이며 구조에 나섰다.

"여긴 미모 경연장이 아니에요, 린다. 설마……."

"마야는 아름다운 보지를 갖고 있어요. 부끄러워하지도 않아요. 우리한테도 부끄러워하지 말라면서요. 그러니까 보여줘요."

"지금은 적절한 때가 아닌 것 같네요." 마야가 말했다. 이제는 미소 짓고 있지 않았다.

"아름다운 것은 언제나 기쁨을 주죠." 린다가 대꾸했다. "우리한테서 기쁨을 빼앗지 말아요."

"내 부분적인 생각으로는 지도자로서 내 역할이……."

"부분적인!" 린다가 반짝 생기를 띠며 말했다. "부분적이라고요? 당신이 말하는 감정과 진실을 여러 부분으로 나눌 수 있다는 뜻인가요?" 린다가 블라우스를 벗기 시작했다.

"난 여기 있는 분들을 곤혹스럽게 만들고 싶지 않아요." 마야가 말했다. "우리의 목적은 진정한 태도, 진정한 감정에 도달해서, 어…… 어…… 탐구를…… 어……."

하지만 아무도 그녀의 말에 주의를 기울이지 않았다. 린다가 차분하게 집중하는 표정으로 브래지어와 치마와 팬티를 벗고 알몸으로 앉아 있었기 때문이다. 벽에 등을 기대고 다리를 벌린 자세였다. 옷을 다 벗은 뒤 그녀는 또 하품을 참았다. 장작불의 빛이 그녀의 하얀 피부에 확실히 찬란한 효과를 일으켰다. 한동안 침묵이 흘렀다.

"곤혹스러운가요, 린다?" 마야가 조용히 물었다. 다시 얼굴에 미소가 얼어붙은 듯 고정되어 있었다.

린다는 벽에 등을 기대고 말없이 앉아서 다리 사이의 러그를 바라보았다. 그녀의 눈에 눈물이 차오르기 시작했다. 그녀는 갑자기 무릎을 끌어 올리고, 양손에 얼굴을 묻으며 흐느꼈다.

"그래요, 그래요." 그녀가 말했다. "부끄러워요! 부끄럽다고요!"

모두 한 마디도 하지 않았다. 움직이는 사람도 없었다.

"그럴 필요 없어요." 마야가 무릎으로 일어서서 린다에게 다가가기 시작했다.

"내 몸은 추악해 추악해 추악해." 린다가 흐느끼며 말했다. "참을 수가 없어요."

"난 추악하다고 생각하지 않아요." 미스터 호퍼가 땅콩을 한쪽 옆으로 밀어내며 말했다.

"추악하지 않아요, 린다." 마야가 그녀의 어깨에 손을 얹었다.

"추악해요. 추악해요. 난 헤퍼요."

"그런 소리 하지 말아요. 설마 진짜로 그런 생각을 하는 건 아니죠?"

"안 되나요?" 린다가 화들짝 놀란 표정으로 고개를 들었다.

"당신 몸은 아름다워요." 마야가 말했다.

"네, 맞아요." 린다는 이렇게 말하면서 갑자기 등을 다시 기대고 다리를 뻗었다. "예쁘고 둥근 젖꼭지, 예쁘고 단단한 엉덩이,

촉촉한 보지. 불평할 게 하나도 없죠. 누구 만져보고 싶은 사람?"

모두 입을 헤 벌리고 눈을 부릅뜬 채 그녀에게 공감하듯 앞으로 몸을 기울이다가 들켰다. 할 말이 없었다.

"이게 아름답다면 만져봐요, 마야." 린다가 말했다.

"내가 해볼게요." 미스터 호퍼가 말했다.

"아직 아니에요, 행크." 린다가 그에게 다정하게 웃어주며 말했다. "마야는 아름다운 성기를 좋아해요."

우리 모두 마야를 바라보았다. 그녀는 망설이다가 입을 꾹 다물고 단호한 표정으로 린다의 어깨에 조심스레 양손을 얹었다. 그다음에는 가슴을 만져보았다. 그녀의 표정이 조금 풀리더니 손이 미끄러지듯 배로 내려가 음모를 가로질러 허벅지에 닿았다.

"당신은 아름다워요, 린다." 그녀가 무릎을 꿇고 앉으면서 느긋하다 못해 거의 의기양양해 보이는 미소를 지었다.

"날 빨아볼래요?" 린다가 물었다.

"아…… 아뇨, 괜찮아요." 마야가 얼굴을 붉히며 대답했다.

"아름다움을 사랑한다면서요?"

"이제 내 차례예요?" 미스터 호퍼가 물었다.

"뭘 증명하고 싶은 겁니까?" 스콧이 린다에게 쏘아붙였다.

린다는 그를 보며, 맨살이 드러난 마야의 무릎을 토닥거렸다.

"아무것도요." 그녀가 스콧에게 말했다. "그냥 이렇게 하고 싶어서 하는 거예요."

"그냥 하고 싶어서 한다는 걸 인정한다고요?" 그가 물었다.

"물론이죠." 그녀는 이렇게 대답하고 나서 허리를 펴고 앉아서 진지한 파란 눈으로 미스터 호퍼를 바라보았다. "당신의 일부는 이 상황을 곤혹스러워하고 있는 것 같은데요, 맞죠, 행크?"

"네." 그가 불안한 미소를 지었다.

"하지만 다른 일부는 즐기고 있어요."

그가 웃음을 터뜨렸다.

"또 다른 일부는 나를 뻔뻔한 년이라고 생각하고요."

그는 머뭇거리다가 고개를 끄덕였다.

"또 다른 일부는 나를 여기서 가장 정직한 사람으로 생각하죠."

"그래, 맞아요." 그가 불쑥 대답했다.

"그중에 뭐가 진정한 당신이죠?"

그는 미간을 찌푸리고 열심히 자기분석을 하는 것 같았다.

"내 생각에 진정한 나는……."

"아, 젠장, 행크. 정직해져야죠."

"정직한데요. 아직 내가 대답도 안 했……."

"그 여러 부분 중에 유난히 진정한 부분이 있어요?"

"이 소피스트 매춘부 같으니!" 내가 불쑥 내뱉었다.

"왜 그래요, 아빠?" 린다가 물었다.

"당신은 위선적이고 정신 나간 소피스트 공산주의자 허무주의자 창녀야."

"당신은 덩치 크고, 잘생기고, 별 볼 일 없는 무뇌아고요."

"얼굴이 좀 반반하다는 이유만으로 가엾은 호퍼를 유혹해서 당신을 좋아하게 만들었어. 하지만 진정한 호퍼는 당신의 정체를 알지. 신경증에 걸린 싸구려 소피스트 반미 이혼녀라는 걸."

"이봐요, 잠깐……" 스콧이 내게 몸을 기울이며 끼어들었다.

"난 저런 여자를 알아요, 스콧." 내가 말을 이었다. "처음 음모가 나기 시작했을 때부터 배우가 되겠다는 꿈을 꾸면서, 몇 푼짜리 싸구려 소피스트 섹스 테크닉으로 훌륭한 남자들의 바지 속에 손을 뻗는 여자들. 그렇게 해서 100퍼센트 미국적인 남자들의 인생을 망가뜨리지. 모두들 알잖아요. 저 여자는 그저 정신 나간 무정부주의 히피 고집쟁이 소피스트 년이라는 걸."

린다의 입이 기괴하게 비틀리고, 눈에 또 눈물이 고이더니 그녀가 앞으로 엎어져 울음을 터뜨렸다. 엉덩이 근육이 슬픔에 잠겨 인상적으로 움찔거렸다. 그녀는 울고 또 울었다.

"그래요, 나도 알아요, 안다고요." 한참 뒤 그녀가 끅끅거리며 말했다. "난 헤픈 여자예요. 맞아요. 당신이 진정한 나를 알아봤어요. 내 몸을 가져다가 마음대로 해요."

"세상에, 저 아가씨 미쳤군." 덩치 큰 세금 변호사가 말했다.

"우리가 위로해줘야 하는 것 아닌가요?" 미스터 호퍼가 물었다.

"연극은 그만둬요!" 스콧이 쏘아붙였다. "당신이 진심으로 죄책감을 느끼는 게 아니라는 걸 모를 줄 알아요?"

하지만 린다는 계속 울면서 다시 옷을 입고 있었다. 옷을 다 입은 뒤에는 구석에서 태아처럼 몸을 둥글게 말았다. 모두들 아주 조용했다.

"내가 저런 여자를 잘 알아요." 내가 자신 있게 말했다. "뜨겁고 끈적거리고 남자를 깔아뭉개는 소싯적의 소피스트 페미니스트 계집. 하지만 바이브레이터처럼 잠시도 가만히 있지 못하죠."

"어느 쪽이 진짜 린다예요?" 미스터 호퍼가 딱히 누구에게라고 할 것도 없이 몽롱한 표정으로 말했다.

"그게 무슨 상관이에요?" 내가 이죽거렸다.

"그게 무슨 상관이에요?" 린다가 내 말을 되풀이하며 다시 일어나 앉아서 하품했다. 그러고는 미스터 호퍼에게 몸을 기울였다.

"이제 당신의 진정한 감정은 뭔가요, 행크?"

그는 순간적으로 허를 찔린 표정이더니 빙긋 웃었다.

"행복한 혼란." 그가 큰 소리로 말했다.

"그럼 지금 당신 기분은 어때요, 린다?" 마야가 물었다. 하지만 방에 둘러앉은 사람 중 예닐곱 명이 끙 하고 신음 소리를 냈을 뿐이었다.

린다는 러그 한복판으로 초록색 주사위 한 쌍을 던지고는, 우리 한 사람 한 사람을 장난꾸러기처럼 바라본 뒤 조용히 물었다.

"누구 게임하고 싶은 사람?"

린다는 놀라웠다. 우리가 집단치료 모임의 구성원들을 원래 지도자에게서 떼어내 우리하고만 만나게 만든 뒤(공교롭게도 그 주말에 파이어아일랜드에서 만났다), 그들은 우리와 함께 있으면 진실이나 정직성이 중요하지 않다는 것을 알게 되었다. 우리는 좋은 행동과 나쁜 행동, 역할 놀이와 역할에서 벗어나는 행동, 나쁜 역할과 좋은 역할, 진실과 거짓을 모두 받아들였다.

어떤 사람이 '진정한' 자아를 찾은 척하면서 다른 사람들에게 '현실'로 돌아오라고 말하면, 우리는 다른 주사위 사용자들에게 그를 무시하고 다시 주사위가 명령한 역할로 돌아가라고 권유했다. 또 다른 사람이 몇 년 동안 속에만 꽉꽉 담아두었던 역할을 하고 난 뒤 무너져서 울부짖으면 처음에 사람들은 그의 주위로 모여들어 위로했다. 전통적인 집단치료 모임에서 익숙히 하던 행동이었다. 우리는 이것이 최악의 행동임을 그들에게 보여주려고 애쓰면서, 우는 사람을 무시하거나 이미 수행하던 역할의 테두리 안에서만 반응을 보이라고 말했다.

우리는 주사위님이 명령할 때가 아니면, '부도덕'에도 '감정적인 붕괴'에도 비난이나 연민을 퍼부을 필요가 없음을 그들이 깨닫기를 바랐다. 집단 주사위 놀이를 할 때는 평범한 게임, 규칙, 행동 패턴에서 자유롭다는 사실 또한 그들이 깨닫기를 바랐다. 모든 것이 거짓이다. 진짜는 하나도 없다. 누구도, 특히 지도자인 우리는 더욱 믿음직스럽지 않다. 자신이 가치라고는 하나도 없고, 진실도 아니고, 불안정하고, 앞뒤가 맞지 않는 세상에서 살고 있다는 확신을 얻은 사람은 자신의 자아들을 모두 표현할 수 있는 자유를 얻는다. 주사위의 명령에 따라서. 이런 경우 다른 구성원들이 무너진 사람에게 전통적인 반응을 보이면, 우리의 노력이 무위로 돌아간다. 무너져서 고통스러워하는 사람이 두려움과 수치심을 느끼게 되기 때문이다. 그는 집단 주사위 놀이에도 '진짜 세상'과 전통적인 규범이 존재한다고 믿게 된다.

그를 제약하는 것은 진짜 세상에 대한 그의 환상이다. 그의 '현실', 그의 '이성', 그의 '사회' 이런 것들을 반드시 부숴버려야 한다.

그해 가을 내내 린다와 나는 최선을 다했다.

린다는 다양한 집단을 상대하는 일 외에, 자선사업가인 H. J. 위플에게도 작업을 시작했다. 내가 남부 캘리포니아에 주사위센터를 짓기 위해 관심을 갖게 된 사람인데, 그 덕분에 곧 건설작업의 속도가 상당히 빨라졌다. 심지어 두 번째 센터를 만들기 위해 캣스킬스의 소년캠프를 새로 꾸미는 공사까지 시작되었다. 세상이 주사위족을 맞을 준비를 하고 있었다.

　세계 최초의 주사위 아기 탄생은, 내 생각에, 역사적으로 중요한 사건이었다. 크리스마스 직후에 알린이 전화를 걸어, 우리의 주사위 아기를 낳으러 제이크와 함께 병원으로 가는 중이라고 말했다. 내가 이틀 전 두 사람에게 크리스마스 선물을 주려고 들렀기 때문에 두 사람은 내 연락처를 알고 있었다. 나는 그날 알린에게는 브리태니커 백과사전 한 질을, 제이크에게는 건달 같은 수영복을 선물로 주었다(주사위님, 나의 뜻이 아니라 당신의 뜻이 이루어지이다).

　알린의 개인 입원실은, 아기 옷만 가득한 여행가방 두 개가 열린 채 놓여 있어서 혼잡하기 그지없었다. 두 개의 초록색 주사위가 각각 상표처럼 찍힌 기저귀가 적어도 서른 개쯤 보였고, 수많은 잠옷, 셔츠, 바지, 자그마한 아기 양말에도 비슷한 표식이 있는 것 같았다. 알린은 베개에 등을 기대고 앉아 있었다. 방금 데려온 듯 보이는 아기는 조금 꼼지락거리면서 딸꾹질을 했지만, 별로 말이 많은 것 같지는 않았다.

　"여자애야." 제이크가 침대 옆에서 얼떨떨하게 웃으며 말했다.

　"축하하네, 제이크." 내가 말했다.

　"에드거리나야." 그가 말을 이었다. "에드거리나 엑스타인." 그가 나를 올려다보았다. "누가 지은 이름이지?"

　"웃기는 질문이네. 아기도 건강하고, 알린도 건강하면 됐지. 어땠어요, 알린?" 내가 말했다.

　"주사위님이 나와 함께했어요." 그녀가 부풀어 오른 젖가슴에 아기를 꺼안고 황홀한 듯 미소를 지으며 말했다. 그녀는 아기를 바라보며 방긋방긋 웃고 또 웃었다.

"엘리너 루스벨트가 아기 때 모습이랑 꼭 닮지 않았어요?" 그녀가 말했다.

제이크와 나는 아기를 보았다. 우리 둘 다 그럴지도 모른다는 결론을 내린 것 같다.

"에드거리나는 품위가 있네요." 내가 말했다.

"위대해질 운명을 타고 난 아이예요." 알린이 아기의 정수리에 입을 맞추며 말했다. "주사위님이 보우하사."

"아니면 무명의 존재가 될 운명일 수도 있죠." 내가 말했다. "아이에게 무엇이든 패턴을 강요하면 안 돼요."

"무슨 일을 하든 항상 주사위를 던지게 하는 것만 빼고, 난 아기를 완전히 자유롭게 키울 거예요."

"아이고, 세상에, 세상에." 제이크가 말했다.

"시작이 빨라야 해요." 알린이 말을 이었다. "내가 서른다섯 해 동안 세상에 물든 것처럼, 우리 아기도 세상에 물드는 건 싫어요."

"그래도, 알린." 내가 말했다. "처음 이삼 년 동안은 주사위 없이 무작위로 자라게 해도 될걸요."

"그건 옳지 않아요." 알린이 대꾸했다. "아이한테 사탕을 먹지 못하게 하는 것과 같아요."

"하지만 아이는 온갖 하찮은 충동을 표현하려 하니까……."

"어느 쪽 젖가슴으로 젖을 먹일지, 산책을 나갈지, 낮잠을 재울지 주사위를 던져 결정하는 내 모습을 아이가 보면 소외감을 느낄 거예요."

"세상에, 세상에." 제이크가 말했다.

조금 뒤 입원실 밖으로 나온 제이크와 나는 아주 천천히 복도를 걸었다.

"난 잘 모르겠네." 얼마 뒤 그가 기대에 찬 표정으로 눈을 가늘게 뜨며 말했다. "그 주사위 문제가 통제를 벗어날지도 몰라."

"내 생각도 그래." 내가 말했다.

"꽉 막힌 어른한테는, 심지어 나한테도 주사위가 좋은 역할을 해줄지 모르지만, 두 살짜리한테는 어떨까 싶어."

"맞는 말이야."

"아이가 패턴을 만들어내기도 전에, 아이 엄마가 저 가엾은 녀석을 혼란에 빠뜨릴 수도 있어."

"맞아."

"아이가 자라서 괴짜가 될 수도 있네."

"그렇지. 아니면 주사위 인생에 반기를 들고, 지배적인 사회규범에 영원히 복종하는 편을 택할 수도 있고."

"그래, 그런 가능성도 있군. 그럴 것 같은가?"

"물론." 내가 말했다. "아이는 항상 엄마에게 반기를 드니까."

제이크가 걸음을 멈추는 바람에 나도 함께 걸음을 멈추고 아래를 내려다보았다. 제이크도 바닥을 보고 있었다.

"주사위를 몇 번 던지는 것쯤 문제가 되지는 않겠지." 제이크가 천천히 말했다.

"앨린의 손에서 에드거리나가 어떤 아이로 자라든, 과학적으로 의미가 있어. 천재든 정신병자든, 새로운 발견의 증거가 될걸세."

제이크가 조금 으쓱거렸다.

"자네 말이 맞아." 그가 말했다.

"어쩌면 이건 〈여섯 가지 면모의 사나이〉 이후 자네의 가장 훌륭한 사례연구가 될 수도 있어."

제이크가 눈을 가늘게 뜨고 나를 바라보았다.

"그럼 제목이 필요할 텐데." 내가 말을 이었다. "무작위 양육 사례." 내가 제안했다. "아니면 '주사위 훈육.'"

제이크는 천천히 고개를 가로저으며 미간을 찌푸렸다.

"자네는 자네 아기가 걱정되지도 않나?" 그가 물었다.

"무슨 소리야, 제이크? 저 애는 '우리' 아기일세. 내 아기가 아니야. 내가 아기 아버지라는 알린의 말은 아무 의미도 없네. 어쩌면 사실 자네가 아버지인데, 주사위가 알린에게 거짓말을 시켰을 수도 있어."

"어, 그거 일리 있는데, 루크."

"아니면 그달에 알린이 수십 명의 남자들과 자서 실제 아버지가 누구인지 모를 수도 있고."

"그것 참 마음이 놓이는군, 그래." 제이크가 말했다.

"그러니까 그냥 우리 아기로 하자고."

"아니, 그냥 알린의 아기로 해."


# 51


"진짜로 원하는 게 뭐예요, 루크?" 린다가 갑자기 물었다.

"원하는 거?" 나는 생각에 잠겼다. 30미터 거리에서 카리브해의 파도가 규칙적으로 철썩거리는 소리를 들으니 수영하고 싶은 마음이 간절해졌지만, 우리는 겨우 십오 분 전에 물에서 나와 막 몸을 말린 참이었다.

"모든 것인가." 나는 꿈틀거리며 뜨거운 모래 속으로 더 깊숙이

들어갔다. "모든 사람이 되고, 모든 것을 해보는 것."

"그것 참 겸손하네요." 그녀가 말했다. 비키니 차림으로 나란히 누워 있는 그녀는 아름다웠다. 예쁜 젖가슴은 끈 같은 천 아래에서 하늘을 향해 숨을 쉬었다. 비키니라고 입은 그 천 아래에서 열매 두 개가 커졌다 작아졌다 하는 것 같았다. 열매가 자라는 모습을 고속으로 촬영한 영화를 보는 듯했다. "그럼 당신의 자연스러운 욕망은요? 진짜로 원하는 게 뭐예요?"

바다갈매기 한 마리가 나의 제한된 시야 속으로 비스듬히 들어왔다가 나갔다.

"난 당신이랑 함께 있고 싶어. 햇빛, 사랑, 애무, 키스. [잠시 침묵] 물. 주사위센터. 좋은 책. 사람들과 주사위 생활을 할 기회."

"키스라니, 누구의 키스인데요? 애무는요?"

"당신이지." 나는 햇빛을 향해 눈을 깜박이며 대답했다. "테리, 알린, 릴, 그렉, 그리고 몇 명 더. 내가 거리에서 만나는 사람들."

린다는 반응이 없었다.

"좋은 음악, 글을 쓸 기회." 내가 말을 이었다. "가끔 보는 좋은 영화, 바다."

"세상에! 낭만과는 옛날 나보다 더 거리가 먼 것 같네요."

"지금의 나는 그래."

"요즘 조용하던데, 이것도 주사위의 결정이에요?"

"요새 좀 졸려서."

"웃기시네. 주사위의 결정이에요?"

"그런다고 뭐가 달라지나?"

린다는 이제 일어나 앉아서 다리를 벌린 채, 뒤를 짚은 양팔로 몸을 지탱하고 있었다.

"당신이 원하는 게 뭔지 궁금해요. 주사위 말고……."

"내가 누군데?"

"내가 알고 싶은 게 그거예요."

"모르겠어?" 내가 말했다. "그런 식으로 '나'를 아는 건, 나를 제한하는 거야. 돌처럼 형태가 있고 예측 가능한 걸로 날 고정하는 거라고."

"주사위 같은 소리! 난 그냥 부드럽고 예측 가능한 당신을 알고 싶을 뿐이에요. 언제든 당신이 주사위의 무작위한 결정에 따라 '펑' 하고 사라질지도 모른다고 생각하면서 어떻게 당신과 함께 있는 걸 즐길 수 있어요?"

나는 끙 하고 앓는 소리를 내며 팔꿈치로 몸을 일으켰다.

"내가 건강하고, 정상적이고, 신경증에 걸린 인간이었다면, 내 사랑이 평생 당신의 숨통을 막았을지도 몰라. 아니면 언제든 주사위처럼 무작위적으로 증발하듯 사라져버릴 수도 있고."

"그래도 내가 조절을……."

"아냐!" 내가 벌떡 일어나 앉으며 말했다. "모든 것은 언제든 증발하듯 사라질 수 있어. 모든 게 그래! 당신, 나, 캘빈 쿨리지 이후 가장 바위처럼 단단한 사람. 살다 보면 죽음, 파괴, 절망이 닥쳐오지. 그렇지 않을 거라고 생각하며 살아가는 건 미친 짓이야."

"루크." 그녀가 따뜻한 손으로 내 어깨를 짚었다. "인생은 그럭저럭 똑같이 흘러가요. 우리도 마찬가지고요. 만약……."

"안 돼!"

그녀는 아무 말도 하지 않고, 어깨에 있던 손을 목덜미로 부드럽게 움직여 내 머리카락을 만지작거렸다. 눈부신 햇빛이 멀리서부터 날아온 그 손길로 산 같은 내 살을 따뜻하고 녹진녹진하게 데워주었다. 나는 천천히 모래 속에 다시 누워 한숨을 내쉬었다.

"그럴 일은 없어." 내가 말했다.

## 52

어조다, 독자여, 어조. 이 책의 어조가 조울증 환자처럼 오락가락하는 것을 독자 여러분도 알게 될 것이다. 나도 어쩔 수 없다. 주사위맨은 날 때부터 일관성이 없어서 우울해하다가 너털웃음을 짓고, 진지하게 포부를 품다가 빙긋 웃으며 어깨를 으쓱해버린다. 보통 소설과 자서전은 3페이지쯤에서 주인공이 울보로 확정되고 나면, 347페이지쯤에서는 책이 완전히 눈물에 잠겨버린다. 주인공이 꽥꽥 고함을 질러대는 사람인 경우에는, 책장을 넘길 때마다 일관되게 고함을 질러대며 앞으로 나아간다. 주사위맨은 이런 자아, 이런 성격을 파괴하기 위해 만들어졌다. 그 과정에서 그는 안타깝게도 성공적인 자서전의 선행조건을 파괴해버린다.

게다가 주사위족이 주사위 인생에 대해 쓰려면 여러 사건의 중요성을 임의적으로 결정해야 할 때가 아주 많다. 책에 무엇을 포함시켜야 할까?

주사위센터의 창조자에게(주사위님은 내게 주사위센터 발전에 1970년을 몽땅 바치라고 지시했다) 무엇보다 중요한 것은, 캣스킬스, 메인 주 홀비, 캘리포니아 주 코퍼스다이에 '완전한 무작위 환경실험센터'가 만들어지는 결과를 이끌어낸 오랫동안의 힘들고 복잡한 과정이었다. 그 뒤에 다른 곳에 만들어진 같은 센터에 대해서도 마찬가지였다. 때로는 내가 주사위 인생을 살면서 겪은 개인적인 모험이 글의 소재로 더 가치 있는 것 같지만, 어쨌든 결정은 주사위님의 몫이다.

주사위님은 주사위센터를 만들기 위해 기울인 노력에 대해 30페이지를 쓰기보다는, 내가 살인을 시도해보라는 주사위의 결정에 따르려고 기울인 노력에 30페이지를 할애하라고 지시했다. 내 팬들이 보내온 편지를 몇 통 인용해도 되겠느냐고 주사위님에게 물었더니, 괜찮다는 답이 돌아왔다. 제이크가 주사위센터에서 경험한 일은? 오케이. 내가 〈플레이보이〉지에 쓴 '인간의 잠재적인 문란함'이라는 글은? 안 돼. 나와 린다 라이크먼의 혼란스럽고 예측 불가능하며 대체로 즐거운 관계는? 이 책에는 안 돼. 혁명가가 되려고 내가 초창기에 기울인 노력, 법적인 문제, 재판, 감옥 경험을 극적으로 써도 될까? 지면에 여유가 있다면. 주사위님은 이런 식으로 결정을 내려주었다. 주사위님에게 순종하는 것은, 주사위를 던질 때마다 사실 중요한 것은 하나도 없음을 암시한다. 중요한 것이 하나도 없다면, 비논리, 변덕, 부적절함, 실패도 문제가 되지 않는다.

그러니 그냥 견뎌라, 친구들이여. 미국 국방장관이 인도차이나에서 돌아오며 한 말을 기억하는가? "내가 나 자신과 모순되게 행동하는가? 좋군, 나는 모순되게 행동한다." 우리 책의 어조가 《카라마조프 가의 형제》에서 마르크스 형제* 사이를 오간다 해도 한탄하지 말라. 그저 우연일 뿐이니. 그리고 우연이야말로 흥미의 정수다. 우연과 다양성을 여러분은 실컷 맛볼 것이다.

---

• 　통칭 '막스 브라더스'. 미국의 가족 코미디단체.

## 53

"내가 도망칠 수 있게 도와줘요." 에릭이 참치샐러드샌드위치를 섬세한 물건 만지듯 양손으로 가볍게 들고 조용히 말했다. 우리는 환자와 방문객으로 북적거리는 W 병동 카페테리아에 있었다. 나는 낡은 검은색 정장과 검은 터틀넥 차림이었고, 에릭은 뻣뻣한 회색 병원 작업복 차림이었다.

"왜?" 나는 주위 소음 때문에 그를 향해 몸을 앞으로 기울였다.

"여기서 나가야 해요. 이제 나는 여기서 할 일이 없어요." 그는 내 어깨 너머 뒤쪽에 줄 지어 서서 혼란스럽게 움직이는 남자들을 바라보고 있었다.

"왜 나야? 난 믿을 사람이 못 되는 것 알잖아." 내가 말했다.

"당신은 믿을 사람이 못 되죠. 나도, 그들도, 아무도 당신을 믿지 못해요."

"고맙군."

"하지만 그들 편에 있는 못 미더운 사람들 중에서 우리를 도울 수 있을 만큼 사정을 아는 건 당신뿐이에요."

"그거 영광이네." 나는 빙긋 웃으며 의자에 다시 등을 기대고, 초콜릿밀크가 든 종이팩의 빨대를 어색하게 한 번 빨았다. 그 바람에 이어진 그의 말의 첫 부분을 놓쳤다.

"……떠날 거예요. 확실해요. 어떻게든 그렇게 될 거예요."

"뭐?" 나는 다시 앞으로 몸을 기울였다.

"내가 도망칠 수 있게 도와줘요."

"아, 그거." 내가 말했다. "언제?"

"오늘 밤."

"아아아." 나는 특별히 흥미로운 증상을 들은 의사처럼 말했다.

"오늘 저녁 8시."

"8시 15분 아니고?"

"맨해튼으로 뮤지컬 〈헤어〉를 보러 가는 환자들을 태운다는 명목으로 버스를 한 대 빌리세요. 버스는 저녁 7시 45분에 도착해야 돼요. 당신이 들어와서 우릴 데리고 나가요."

"왜 〈헤어〉를 봐?"

그의 검은 눈이 순간적으로 나를 향해 홱 움직였다가 다시 내 어깨 너머의 혼란으로 돌아갔다.

"우린 〈헤어〉를 보러 가는 게 아니에요. 탈출하는 거지." 그가 조용히 말을 이었다. "다리를 건넌 뒤에 우릴 모두 버스에서 내려 줘요."

"하지만 만 박사나 다른 과장이 서명한 서면 명령서 없이는 누구도 그런 식으로 병원을 나갈 수 없어."

"당신이 명령서를 위조해요. 의사가 그걸 당직 간호사한테 주면, 아무도 그게 위조인지 짐작하지 못할 거예요."

"네가 자유로워진 다음에 나는 어떻게 되는데?"

그가 차분히 나를 바라보다가 확고한 신념을 갖고 말했다.

"그건 중요하지 않아요. 당신은 수단이니까."

"내가 수단이라." 내가 말했다.

우리는 서로를 바라보았다.

"정확히 말하면, 버스겠군." 내가 덧붙였다.

"당신은 수단이고, 구원받을 거예요."

"그거 안심이네."

우리는 서로를 뚫어져라 바라보았다.

"내가 이 일을 왜 해야 하는데?" 내가 물었다. 주변 소음이 지독해서 우리도 모르게 머리가 점점 더 가까워졌다. 나중에는 둘 사이의 거리가 겨우 15센티미터밖에 되지 않았다. 처음으로 희미한 미소 같은 것이 에릭의 입술을 스쳤다.

"주사위가 당신한테 그러라고 지시할 테니까요." 그가 작은 목소리로 대답했다.

"아아." 나는 모든 증상을 하나로 이어주는 증상을 마침내 발견한 의사처럼 말했다. "주사위가 나한테 지시를 내린다⋯⋯."

"지금 주사위에게 물어봐요." 그가 말했다.

"그러지, 뭐."

나는 재킷 주머니에서 초록색 주사위 두 개를 꺼냈다.

"이미 설명했듯이, 선택지와 확률을 결정하는 건 나야."

"그래도 달라질 건 없어요." 에릭이 말했다.

"난 너를 그런 식으로 탈출시키는 선택지를 그리 대단하게 생각하지 않아."

"그래도 달라질 건 없어요." 그가 다시 희미한 미소를 지었다.

"너랑 같이 〈헤어〉를 보러 데려가야 할 사람이 몇 명인데?"

"서른일곱 명." 그가 조용히 말했다.

내 입이 헤 벌어졌을 거다.

"나, 루셔스 M. 라인하트 박사가 오늘 저녁 8시에 서른일곱 명의 환자를 데리고 미국 역사상 가장 규모가 크고 가장 놀라운 정신병원 탈출사건을 일으킨다고?"

"서른여덟 명." 그가 말했다.

"아, 서른여덟이지." 내가 말했다. 우리는 15센티미터 거리에서 서로의 눈을 탐색했다. 그는 계획한 일의 결과에 대해 티끌만큼도 걱정하지 않는 것 같았다.

"미안." 나는 화가 났다. "내가 할 수 있는 일은 이 정도가 다야." 나는 몇 초 동안 생각에 잠겼다가 말을 이었다. "주사위를 한 개만 던질 거야. 2나 6이 나오면 너와 서른일곱 명의 환자가 오늘 밤 이 병원에서 탈출할 수 있게 돕는다." 그는 대답하지 않았다. "됐지?"

"얼른 주사위를 흔들어서 6이 나오게 해요." 그가 조용히 말했다.

나는 잠시 그를 마주 바라보다가 양손을 오목하게 맞붙이고 주사위를 세게 흔들었다. 그리고 탁자 위의 빈 우유팩과 참치샐러드 두 덩이와 소금 사이로 주사위를 던졌다. 2가 나왔다.

"하!" 내가 본능적으로 말했다.

"돈도 좀 갖다 줘요." 에릭이 다시 살짝 뒤로 몸을 기울이며 말했다. 하지만 얼굴은 무표정했다. "100달러 정도면 될 거예요."

그는 의자를 뒤로 밀며 일어서서 밝은 미소를 띠고 나를 내려다보았다.

"하느님의 역사는 신비해요." 그가 말했다.

나는 그를 마주 보며 나 역시 내 뜻이 아니라 주사위님의 뜻이 이루어지기를 바란다는 사실을 처음으로 깨달았다.

"그래." 내가 말했다. "하느님의 수단은 다양한 형태와 크기로 나타나지."

"오늘 밤에 봐요." 그는 이렇게 말하고 나서 천천히 카페테리아를 빠져나갔다.

사실 나는 〈헤어〉를 다시 본다 해도 괜찮겠다는 생각이 들었다. 오늘 하루 동안 펼쳐질 일에 어이없는 미소를 지으며, 나는 정신 병원 대탈주 계획을 짜기 시작했다.

## 54

"자네는 다 나았어." 제이크가 말했다. "내가 하는 말이니까 확실해."

"난 잘 모르겠어, 제이크." 내가 말했다. 우리는 그날 오후 그의 상담실에 있었다. 그는 이번이 우리의 마지막 정신분석 상담이 될 것이라고 내게 말하는 중이었다.

"주사위 치료에 대한 자네의 관심이 주사위 작업에 합리적인 바탕이 되어주었지. 전에 자네는 책임에서 도망치려고 주사위를 이용했지만, 지금은 주사위가 자네의 책임이 되었어."

"그거 대단히 예리하군. 하지만 주사위님이 나를 새로운 방향으로 이끌지 누가 알겠나?"

"자네한테는 이제 목적이 생겼으니까 괜찮아. 목표가 생겼다고. 선택지를 자네가 정하지?"

"그렇지."

"주사위 치료가 유망하다고 생각하지?"

"때로는."

"멍청한 여자랑 건초 속에서 뒹굴려고 주사위 치료를 발전시킬 기회를 잃어버리는 짓은 하지 않을 거야. 자네는 그럴 사람이 아니야. 이제는 자신이 뭘 원하는지 알고 있으니까."

"똑똑한 여자라면?"

"주사위 치료의 발전. 주사위 치료의 발전. 자네가 프로이트와 만 박사의 모습을 한 아버지를 거부하고 무작위 반항을 시작한 이래로 찾지 못한 토대를 바로 이것이 자네 인생에 제공해줄 거야."

"그렇지만 훌륭한 주사위 치료사는 반드시 무작위 생활을 해야 돼."

"그래도 환자와 정기적으로 만나기는 해야지. 약속을 어기면 안 되잖아."

"흐으으으음."

"환자의 말도 들어줘야 하고, 환자에게 가르침도 줘야 해."

"흐으음."

"게다가 자네 친구들이 주사위 치료를 시도하고 있어. 다른 의사들 말일세. 자네의 새로운 자아를 그들이 받아들이고 있다고. 그러니 더 이상 바보 행세를 할 필요가 없어."

"그렇군."

"심지어 나도 새로운 루크를 받아들이고 있네. 알린이 주사위 치료의 여러 합당한 부분을 내게 알려주었거든. 보글스하고도 이야기를 해봤어. 그 결과, 주사위 치료는 일리가 있다는 결론을 얻었네."

"그래?"

"물론이지."

"하지만 주사위 치료는 사람이 안정감을 느끼는 데 필수적인 안정된 자아인식을 부수려 할 텐데?"

"피상적으로만 그럴 뿐이지. 사실은 주사위 제자가…… 세상에, 내가 벌써 자네의 용어를 그대로 쓰고 있다니…… 환자가 다른 사람들과 지속적으로 갈등을 빚게 만들어서 더욱 강해지게 만드는 방법이잖나."

"자아의 힘을 기른다고?"

"그래. 이제 자네는 아무것도 무서워하지 않지, 안 그런가?"

"글쎄, 잘 모르겠는걸."

"자네가 자신을 워낙 황당한 꼴로 만들어놓았기 때문에 이제는 무슨 일이 벌어져도 상처받지 않을 거야."

"아, 아주 예리하군."

"그게 자아의 힘일세."

"자아가 없는 자아의 힘."

"굳이 표현하자면 그렇지만, 어쨌든 우리가 추구하는 게 그거야. 나는 모든 것을 분석하기 때문에 결코 상처받는 법이 없네. 과학자는 자신의 상처, 그 상처를 입힌 사람, 그 상처를 치유해주는 사람을 똑같이 중립적으로 조사하는 법이야."

"주사위 제자는 좋든 나쁘든 주사위의 결정을 똑같이 열정적으로 따르고."

"그렇지." 제이크가 말했다.

"하지만 사람들이 주사위님의 의견을 물어서 결정을 내린다면, 이 사회는 어떻게 될까?"

"걱정할 필요 없네. 사람들의 기괴한 행동은 결국 스스로 설정한 선택지에 좌우될 테니까. 주사위 치료를 받게 될 사람 중 대부분은 자네처럼 변할 거야. 그래서 자네의 사례가 특히 중요한 걸세. 모두들 혼란스러운 반항기를 거친 다음, 전체적인 목적과 어긋나지 않게 주사위를 사용하는 온건하고 합리적인 삶을 살게 될 거야."

"아주 훌륭해, 제이크." 나는 줄곧 정신을 바짝 차리고 앉아 있다가 느긋하게 소파에 등을 기댔다.

"난 우울하네." 내가 말을 덧붙였다.

"온건하고 합리적인 주사위 사용은 합리적이고 온건하니까, 모두들 시도해봐야 해."

"하지만 주사위 인생은 반드시 예측 불가능하고 비합리적이고 비온건해야 돼. 그렇지 않으면 그건 주사위 인생이 아니야."

"허튼소리. 자네 요즘도 주사위를 따르고 있지?"

"응."

"환자를 보고, 아내와 함께 살고, 나를 정기적으로 만나고, 생활에 필요한 비용을 지출하고, 친구들과 이야기를 나누고, 법을 준수하고 있지. 건전하고 정상적인 삶을 살고 있어. 자네는 완치되었네."

"건전하고 정상적인 삶이라⋯⋯."

"게다가 이제는 권태도 느끼지 않아."

"건전하고 정상적이고 권태도 없는 삶⋯⋯."

"맞아. 자네는 완치되었네."

"믿기 힘들군."

"자네는 힘든 환자였어."

"난 삼 개월 전에 비해 하나도 달라진 것이 없는 것 같은데."

"주사위 치료, 목적, 정기성, 온건함, 한계에 대한 인식. 자네는 완치되었어."

"그러니까 오늘이 내 마지막 격려분석이라고?"

"소리 지르기 빼고는 다 끝났어."

"치료비는 얼마지?"

"나갈 때 미스 R이 청구서를 줄 걸세."

"뭐, 고맙네, 제이크."

"루크, 난 오늘 오후와 포커 게임이 끝난 뒤 밤에 〈여섯 가지 면모의 사나이〉를 완성할 걸세. 내가 자네한테 고마워해야지."

"논문이 잘 나왔나?"

"힘든 사례일수록 훌륭한 논문이 나오지. 그건 그렇고, 내가 아니 와이스먼에게 올가을 AAPP 연례회의에 자네를 초대해서 주사위 치료에 대해 발표하게 하라고 요청했네. 아주 좋지, 응?"

"사려가 깊군, 제이크."

"나도 같은 날에 〈여섯 가지 면모의 사나이〉를 발표하게 될 것 같아."

"다이내믹 듀오로군." 내가 말했다.

"원래는 그 논문에 '미친 과학자의 사례'라는 제목을 붙이려다가 '여섯 가지 면모의 사나이'로 마음을 바꿨지. 자네 생각에는 어떤가?"

"〈여섯 가지 면모의 사나이〉라. 아름다운걸."

제이크가 깔끔한 책상 옆을 돌아나와서 한참 높은 내 어깨에 한 팔을 두르고 나를 올려다보며 환하게 웃었다.

"자넨 천재야, 루크. 나도 그렇고. 하지만 온건함이 필요하지."

"잘 있게." 나는 그와 악수를 했다.

내가 밖으로 나와 부드럽게 문을 닫는 동안, 그가 마지막으로 한 번 더 나와 눈을 마주치며 활짝 웃었다.

"자넨 완치됐어." 그가 말했다.

"글쎄, 그럴까, 제이크? 하기야 그런 건 절대 알 수 없지. 주사위 님이 자네와 함께하기를."

"자네도."


## 55


[〈뉴욕타임스〉 1970년 3월 11일 수요일 자, 최종판에서]

어젯밤 맨해튼 중심부의 블로빌 극장에서 〈헤어〉가 공연되는 동안 퀸즈버러 주립병원 환자 서른세 명이 탈주하는, 뉴욕 주립 정신병원 사상 최대 규모의 집단탈출 사건이 발생했다.

오늘 새벽 2시까지 탈주자 중 열 명이 경찰과 병원 관계자들에게 다시 붙잡혔지만, 스물세 명은 아직 자유로이 돌아다니고 있다.

환자들은 블로빌 극장에서 인기 뮤지컬 〈헤어〉의 1막을 끝까지 관람한 뒤, 2막이 시작될 때 탈주를 감행했다. 대부분의 환자들이 2막 첫 곡인 '나는 어디로 가나?'에 맞춰 뱀처럼 춤을 추며 무대로 올라가 배우들과 뒤섞인 뒤, 무대 뒤편을 통해 거리로 도망친 것이다. 관객들은 환자들의 움직임 또한 공연의 일부로 생각했던 것으로 보인다.

병원 관계자들은 누군가가 티머시 J. 만 박사의 서명을 위조해, 직원들에게 환자 서른여덟 명이 전세버스로 뮤지컬을 보러 갈 수 있게 조치를 취하라는 거짓 명령을 전달한 것으로 보인다고 말했다.

위조 명령서에 이 공연 관람의 기획자 겸 안내인으로 명시된 루셔스 M. 라인하트 박사는, 조수들과 함께 잠재적인 위험이 있는 환자 서너 명을 통제하는 데 온 힘을 쏟느라 무대 뒤편으로 도망치는 다수의 환자들을 추적할 수 없었다고 진술했다. 극장 안에서 붙잡힌 환자는 모두 다섯 명이다.

라인하트 박사는 "외출의 시기도 기획도 형편없었다. 헛웃음이 나올 정도여서 이런 일이 벌어질 줄 알았다"면서 "명령서와 관련해 만 박사에게 문의하기 위해 네 번이나 연락을 시도했으나 연락이 되지 않아 하는 수 없이 명령을 수행했다"고 말했다.

경찰은 이 대량탈주의 규모, 일부 환자의 특징, 위조 서류로 직원들을 속이는 복잡한 과정을 생각할 때, 대규모 음모가 있는 듯하다고 말했다.

탈주자 중에는 흑인당의 구성원인 아르투로 토스카니니 존스도 포함되어 있다. 최근 그는 린지 시장이 할렘을 도보로 순시하던 도중 그의 얼굴에 침을 뱉은 사건으로 뉴스를 장식한 적이 있다. 히피로 알려진 또 다른 탈주자 에릭 캐넌은 지난해 추종자들이 성 요한 성당에서 부활절 미사 도중 소란을 일으킨 사건으로 알려져 있다.

탈주자 전원의 명단은 병원 관계자들이 탈주자의 가족에게 연락할 때까지 보도가 통제된 상태다.

탈주 환자들은 대부분 카키색 바지와 티셔츠를 입고, 운동화, 샌들, 슬리퍼 등 편한 신발을 신은 차림이었다. 믿을 만한 소식통에 따르면, 회색 환자복 겉옷 안에 파자마 윗도리나 목욕가운을 입은 환자도 몇 명 있는 것으로 알려졌다.

경찰은 일부 환자가 궁지에 몰리면 위험한 행동을 할 수 있으니, 그들에게 접근할 때는 신중을 기할 것을 시민들에게 당부했다. 경찰은 또한 탈주자들 중에 존스 씨의 흑인당 추종자 두 명이 포함되어 있음도 밝혔다.

현재 이번 탈주에 대한 철저한 수사가 진행중이다.

블로빌 극장과 뮤지컬 제작사 관계자들은 자신들이 홍보를 위해 집단탈주를 연출했다는 주장을 부인했다.

신문에서 그 사건에 대한 설명을 다시 읽어보니 얼마나 간단하게 보이는지. 서류를 위조하고, 버스를 전세 내서 극장까지 운전하고, 공연중에 도망친다.

정신병원에서 환자 '한 명'을 단 '한 시간' 동안 빼내는 데 얼마나 많은 서류가 필요한지 아는가? 나는 그날 오전 11시 30분에 에릭과 헤어진 뒤 오후 3시로 정해진 제이크와의 분석상담 시각까지 계속 타자기로 문서를 작성하고, 만 박사의 서명을 위조하고, 명령서를 담당자에게 전달하러 뛰어다녔다. 그러다 보니 점점 익숙해져서 나중에는 만 박사의 서명을 본인보다 더 빠르고 정확하게 그릴 수 있었다. 그런데도 그런 외출에 법적으로 필요한 서류 중 여든여섯 종이 빠져 있었다.

서른여덟 명이나 되는 정신병원 환자들을 병동 밖으로 데리고 나와본 적이 있는가? 그것도 그들 중 절반은 어디로 가는지 모르거나, 가고 싶지 않다고 하거나, 적절한 옷을 차려입지 않거나, 텔레비전으로 뉴욕 메츠의 야구경기를 보겠다고 하는 상황에서? 내 배후에 있는 사람이 자유를 안겨주고 싶어 하는 서른여덟 명이 병동 환자 마흔세 명 중 누구인지 몰랐기 때문에 나는 서른여덟 명의 이름을 임의로 고르는 수밖에 없었다. 그리고 그 이름들은 당연히 미스터 캐넌이 염두에 두고 있던 이름과 일치하지 않았다. 수간호사나 루셔스 M. 라인하트 박사가 명단에 포함되지 않은 사람이 대신 나가는 걸 허락할 것 같은가?

"여길 봐요, 라인하트, 내 오른팔 두 명이 이 명단에 없어요." 아르투로가 그날 저녁 7시 53분에 필사적으로 귓속말을 했다.

"그 사람들에게는 다른 날 〈헤어〉를 보라고 해요." 내가 말했다.

"난 이 친구들이 필요해요." 그가 사납게 말했다.

"내가 〈헤어〉를 보러 데려갈 사람은 여기 명단에 있는 서른여덟 명뿐이에요."

아르투로는 나를 구석으로 끌고 갔다.

"하지만 캐넌 말로는 주사위가……."

"주사위는 나더러, 미스터 캐넌과 정신병원 환자 서른일곱 명의 탈주를 도우라고 했을 뿐이에요. 이름은 없었다고요. 당신이 어떻게든 행동에 나서고 싶다면, 분명히 말하는데, 난 스미스니 피터슨이니 클루그니 하는 사람들을 몰라요. 그저 스스로 스미스, 피터슨, 클루그라고 나서는 사람들을 데려갈 뿐이지."

그가 서둘러 사라졌다.


카키색 바지, 운동화, 샌들, 반바지, 병원 환자복, 찢어진 티셔츠, 아프리카식 망토, 목욕가운, 침실용 슬리퍼, 잠옷 윗도리, 외투, 트레이닝복 등 옷차림도 다양한 사람들 서른여덟 명과 섞여 브로드웨이를 걸어본 적이 있는가? 그들을 이끄는 사람이 하얀 병원가운을 입고 휘파람으로 〈공화국 전투찬가〉를 부르는, 더할 나위 없이 차분한 열아홉 살 소년이라면? 축복을 내리는 그 소년과 나란히 걸으며, 한 줄로 늘어선 서른여덟 명을 브로드웨이 극장 안에서 좌석까지 이끈 적이 있는가? 그러면서 자연스럽게 보이려고 애쓴 적은? 느긋하게 보이려고 애쓴 적은? 좌석 중 절반이 맨 앞줄인데?

오백 석 규모의 극장에서 서른여덟 명의 좌석 중 절반이 산탄처럼 사방에 흩어져 있는 상황에서 그들을 자리에 앉히려고 해본 적이 있는가? 환자 세 명이 걸어다니는 좀비고, 네 명은 조울증 환자고, 여섯 명은 날랜 동성애자인데? 이 불운한 사람들 중 한 명이 계속 다가와 언제 탈출할 거냐고 히스테리 환자처럼 속삭이는 상황에서 품위와 단호함과 권위를 유지하려고 애써본 적이 있는가?

"라인하트!" 아르투로 X가 고뇌에 찬 표정으로 내게 숨죽여 소리쳤다. "도대체 〈헤어〉는 왜 보러 온 거야?"

"당신들을 〈헤어〉 공연에 데려오는 것이 내게 내려진 명령이었고, 난 명령을 수행했어요. 주사위님은 내가 당신들을 렉싱턴 애비뉴에서 풀어준다는 선택지를 확실히 거부했습니다. 그러니 공연을 즐기기나 해요."

"저 뒤에 돼지 네 마리가 서 있어요. 들어올 때 봤어. 이거 무슨 함정 같은 것 아니오?"

"난 경찰에 대해서는 아무것도 몰라요. 극장에서 나가는 길은 그곳만이 아닙니다. 공연을 즐겨요. 행복하게."

"아, 이 망할 불이 꺼지고 있잖아. 우리더러 어쩌라는 거요?"

"음악을 들어요. 난 당신들을 〈헤어〉 공연에 데려왔습니다. 즐거운 시간을 보내면서 춤을 춰요. 행복하게."

이 대화가 오가는 동안 내내 에릭 캐넌은 5센티미터짜리 퍼팅을 앞둔 골프 선수처럼 차분함을 잃지 않았다. 내게 다가오지도 않았다. 1막이 끝나고 겨우 이 초 동안 딱 한 번만 예외였다("멋있는 공연이네요, 라인하트 박사님. 오길 잘했어요"). 아르투로 X는 좌석에서 일 초마다 한 번씩 꼼지락거리면서도, 자기 추종자나 내게 말을 걸기 위해 통로를 뛰어올라오지 않았다.

"이봐요, 라인하트." 중간 휴식시간이 거의 끝나갈 무렵 그가 내게 숨죽여 소리쳤다. "우리 모두 일어서서 춤을 추며 무대로 올라가면 당신은 어떻게 할 거요?"

"난 당신들을 〈헤어〉 공연에 데려왔어요. 그러니 즐거운 시간을 보내기 바랍니다. 행복하게. 춤추고 노래해요."

그는 망막박리의 징조를 찾는 안과의사처럼 내 눈을 빤히 바라보다가 짧게 웃었다.

"젠장······" 그가 말했다.

"즐겨요." 내가 자리를 뜨는 그에게 말했다.

"라인하트 박사님, 환자들이 자기들끼리 속닥거리는 것 같은데요." 덩치 큰 조수 한 명이 삼 분쯤 뒤에 말했다.

"보나마나 더러운 농담을 주고받는 거겠지." 내가 말했다.

"아르투로 존스가 사방을 돌아다니면서 속닥거리고 있습니다."

"우리랑 같이 버스를 타고 섬으로 돌아가는 걸 잊지 말라고, 모두에게 다짐해두라고 내가 시켰어요."

"혹시 누가 도망치려고 들면 어쩌죠?"

"부드럽지만 단호하게 붙잡아야죠."

"환자들이 모두 도망치면요?"

"사회적으로 가장 심각한 급성 환자, 간단히 말하자면 좀비들과 살인자들을 붙잡고 나머지는 경찰에 맡겨요." 나는 차분하게 미소를 지었다. "하지만 폭력은 안 됩니다. 병원 직원들이 나쁜 사람처럼 보이면 안 돼요. 관객들을 놀라게 하면 안 됩니다."

"알겠습니다, 박사님."

나는 살인 성향이 가장 뚜렷한 환자들 사이에 앉았다. 우리 줄에 앉은 사람들이 일어서서 춤을 추며 무대로 올라가는 무리에 합류할 때, 나는 커다란 팔로 양쪽에 앉은 그 두 명의 목을 각각 감아 조였다. 그들이 목이 졸려 졸린 듯 몽롱해진 뒤, 나는 2막의 흥미로운 시작 장면을 지켜보았다. 서른 명 남짓 되는 배우들이 이상한 옷을 입고 관객인 척 내 주위에 앉아 있다가 춤을 추며 통로를 내려가 서로 친구처럼 약간 거친 장난을 치며 무대로 올라가는 장면 같았다. 무대에 있던 배우들은 살짝 혼란에 빠진 척하면서도 계속 노래를 불렀다. 새로 합류한 괴짜들은 1막의 괴짜들 틈에 섞여 노래하고 춤추고 장난치며 함께 '나는 어디로 가나?'를 부르다가 사라져버렸다.

경찰은 극장에서 삼십 분 정도 나를 심문했다. 나는 그 뒤에 병원에 전화를 걸어 담당자에게 약간의 문제가 생겼다고 말했다. 만 박사에게도 전화를 걸어 환자 서른세 명이 〈헤어〉 공연장에서 도망쳤다고 알려주었다. 그가 그렇게 당황한 목소리를 내는 것은 처음 들었다.

"세상에, 세상에, 루크, 환자 서른세 명이라니. 자네 무슨 짓을 저지른 건가? 무슨 짓을 저질렀어?"

"하지만 박사님의 명령서에……."

"무슨 명령서? 아냐, 아냐, 아냐. 루크, 내가 서른세 명에게 그런 명령서를 내릴 사람인가? 아! 자네는 날 알지! 어떻게 그런 짓을?"

"저는 박사님을 만나려고도 했고, 전화도 했습니다."

"그런데 전혀 당황한 것 같지 않군. 난 전혀 몰랐네. 환자 서른세 명이라니!"

"다섯 명은 잡았습니다."

"아, 루크, 세상에, 신문기자, 이스터브룩 박사, 정신위생에 관한 상원위원회, 세상에, 세상에."

"그 사람들도 그냥 사람이에요." 내가 말했다.

"왜 낮에 아무도 나한테 알려주지 않은 거지? 메모를 보내든 사람을 보내든. 왜 다들 그렇게 멍청하게 굴어? 환자 서른세 명을 병원 밖으로……."

"서른여덟 명입니다."

"브로드웨이 뮤지컬을 본답시고…….”

"그럼 어디로 데려갑니까? 박사님의 명령서에…….”

"그 소린 그만해! 내 명령서 따윈 입에 담지도 마!”

"하지만 저는 그저…….”

"〈헤어〉라니!” 그가 숨이 막힌 소리를 냈다. "신문기사, 이스터 브룩, 루크 루크 무슨 짓을 한 건가?”

"괜찮을 겁니다, 팀. 정신병원 환자들은 항상 다시 잡히잖아요.”

"하지만 그런 일이 밖으로 알려진 적은 없어. 환자들이 그렇게 도망치면, 그게 바로 뉴스잖나.”

"사람들은 우리의 관대하고 진보적인 방침에 감탄할 겁니다. 박사님이 명령…….”

"그 소린 하지도 마! 다시는 환자를 한 명도 내보내지 않을 걸세. 절대로.”

"긴장 푸세요, 팀. 느긋하게. 저는 경찰이랑 기자들과 할 얘기가 좀 남아서…….”

"한 마디도 하지 마! 내가 가겠네. 자네는 후두염에 걸려서 말을 못 한다고 해.”

"이제 끊겠습니다, 팀. 얼른 오세요.”

"아무 말도 하지…….”

나는 전화를 끊었다. 이 모든 것이 만 박사의 명령서 때문이라고 기자들과 경찰에게 말해주는 일이 즐거웠다.

# 56

친애하는 라인하트 박사님,

저는 박사님의 연구에 크게 감탄하고 있습니다. 남편과 저
는 매일 아침식사를 마친 뒤, 그리고 저녁에 잠자리에 들기 전
에 주사위를 던지는데 몇 살이나 젊어진 기분이 듭니다. 박사
님의 이름으로 텔레비전 프로그램이 나오는 건 언제쯤일까
요? 감정 룰렛과 K 게임을 실행하기 전에 저희는 대화도 거의
나누지 않았지만 지금은 주사위 놀이를 하지 않을 때도 항상
서로 소리를 지르거나 웃어댄답니다. 우리 딸 지니를 주사위
님의 뜻에 맞게 기르려면 어떻게 해야 하는지 조언해주실 수
있는지요?

지니는 고집스러운 아이라서 주사위님에게 정기적으로 기
도를 드리지도 않고, 항상 예전과 똑같이 다정하고 수줍은 소
녀처럼 군답니다. 솔직히 저희는 걱정하고 있어요. 아침에 저
희와 함께하든 아니면 혼자 하든 지니도 주사위 놀이를 하게
만들려고 해보았지만, 무슨 수를 써도 소용이 없습니다. 주사
위님의 명령이 있을 때 남편이 지니를 때리는데도, 그 방법 역
시 별로 소용이 없어요. 이 지역의 유일한 주사위 의사선생님
이 석 달 전 남극으로 떠나셨기 때문에 의지할 분이 선생님밖
에 없습니다.

운의 제자,
A. J. 부인, 미주리 주 켐프턴

친애하는 라인하트 박사님,

오늘 오후에 열여섯 살짜리 딸이 거실 소파에서 집배원과 함께 있는 것을 발견했습니다. 딸이 박사님을 언급하더군요. 이게 다 무슨 일입니까?

존 러시 올림


친애하는 라인하트 박사님,

저는 〈플레이보이〉지에 실린 인터뷰를 읽은 뒤로 쭉 박사님의 팬입니다. 주사위 인생을 실천하려고 노력한 지 일 년이 다 되어가는데, 제 여자친구가 주사위를 사용하기 시작하고 우리가 주사위 섹스를 일부 시도하면서 아주 심각한 문제가 생겼습니다. 주사위 섹스는 괜찮았지만, 여자친구가 한동안 저를 만나는 걸 주사위님이 허락하지 않을 거라고 계속 말하는 겁니다. 어떤 때는 저와 약속을 어기고서도 주사위님에게 탓을 돌립니다. 제가 여자친구에게 적용할 수 있는 규칙 같은 것이 없을까요? 여자들을 위한 주사위 윤리규정 같은 게 있으면 여자친구에게 보여줄 수 있을 텐데요.

제가 주사위 인생을 소개해준 또 다른 여자도 제게 자기와 결혼한다는 선택지를 꼭 포함시켜야 한다고 고집을 부리기 시작했습니다. 저는 그 선택지에 36분의 1 확률만 주는데, 그 여자는 자기와 데이트를 할 때마다 그 선택지를 놓고 주사위를 던져야 한다고 주장하는 겁니다. 제가 그 여자와 열 번 더 데이트를 한다면, 제가 질 확률은 얼마나 될까요? 스무 번 한다면요? 가능하다면 표나 그래프도 함께 보내주세요.

박사님에게 좋은 생각이 있겠지만, 여자 주사위족들에게 적용될 특별규정으로 어떤 걸 만들 수 있을지 조금 더 생각해주시기 바랍니다. 점점 걱정스러워요.

조지 두그 올림


## 57

라인하트 박사는 혹시 돌아온다면 언제 돌아올지 조금의 암시도 주지 않고 아내와 자식들 곁을 떠난 것에 대해 당연히 조금 죄책감을 느꼈다. 하지만 주사위님은 그에게 죄책감은 잊어버리라고 조언했다. 그가 집을 나온 지 팔 개월이 됐을 때, 그러니까 정신병원 대탈주에 대해 다시 심문받기 몇 시간 전에, 변덕이 그의 무작위 변덕 중 하나를 골라, 아파트로 돌아가서 아내를 유혹해보라고 명령했다.

라인하트 부인은 오후 2시에 그가 한 번도 본 적이 없는 세련된 바지정장에 손에는 칵테일잔을 든 모습으로 그를 맞았다.

"지금 손님이 와 있어, 루크." 그녀가 조용히 말했다. "날 만나고 싶으면 4시쯤 다시 와."

사 개월 동안 이유도 없이 잠적해버렸던 라인하트 박사가 기대하던 인사는 이런 것이 아니었다. 그는 적절한 반격을 위해 정신적인 능력을 끌어모으다가 면전에서 아파트 문이 부드럽게 닫혀 버린 것을 깨달았다.

두 시간 뒤 그는 다시 시도해보았다.

"아, 당신이구나." 라인하트 부인은 공구를 가지러 갔다가 돌아온 배관공을 맞이하듯이 말했다. "어서 들어와."

"고마워." 라인하트 박사가 품위 있게 말했다.

그의 아내가 앞장서서 거실로 들어가더니 그에게 자리를 권하고는, 자신은 종이와 책으로 뒤덮인 새 책상에 기대섰다. 라인하트 박사는 거실 복판에 연극처럼 서서 아내를 열렬히 바라보았다.

"어떻게 지냈어?" 그녀가 지겹지만 궁금하기는 하다는 듯이 물었다. 아들 래리가 이십 분 만에 집에 돌아왔을 때 똑같은 질문을 한다면 이런 말투와 비슷할 것 같았다.

라인하트 박사는 몇 초 동안 말문이 막혔지만, 그래도 열심히 아내를 바라보았다.

"아, 요즘은 정신병환자들과 일하고 있는 것 같아. 집단 주사위 치료랑 주사위센터 일도 있고."

"훌륭하네." 라인하트 부인은 책상에서 멀어져 라인하트 박사가 본 적 없는 새 그림 앞에 섰다. 그리고 그림 아래 탁자 위에 놓인 우편물을 흘깃 보더니 다시 그에게 눈을 돌렸다.

"내 마음 한구석은 당신을 그리워했어, 루크." 그녀가 따스한 미소를 지었다. "다른 한구석은 그러지 않았지만."

"응, 나도 그랬어."

"또 다른 한구석은 화가 나서 미칠 것 같았어." 그녀가 미간을 찌푸리며 말을 이었다. "또 다른 한구석은……" 그녀가 다시 빙긋 웃었다. "기뻐서 미칠 것 같았어."

"그래?"

"응. 프레드 보이드가 화가 나서 미칠 것 같은 마음을 내려놓을 수 있게 도와줬는데, 그게 떠나면서…… 기쁜 마음도 가져갔어."

"프레드는 어떻게 지내?"

"크룸의 파티 이틀 뒤에 내가 한 시간 정도 울고불고 난리를 쳤더니 프레드가 이렇게 말했어. '자살을 생각해봐요, 릴.'" 릴은 그 기억을 떠올리며 미소를 지었다. "말하자면 그 말이 내 주의를 끈 거지. 프레드가 계속 말했어. '루크를 죽이려고 해야 하는지도 주사위를 흔들어서 물어봐요.'"

"좋은 친구네, 우리 프레드." 라인하트 박사가 끼어들었다.

"프레드는 다른 선택지도 제안했어. 내가 당신과 이혼하고 프레드와 결혼하려고 애써보는 거."

"진정한 친구로군."

"아니면 내가 이혼하지 않고 프레드랑 자기 시작하는 거."

"인간에게 이보다 더 큰 사랑은 없나니. 가장 친한 친구의 아내와 함께 눕는 자는……."

"그러고 나서 프레드는 당신에 대한 나의 강박적인 유대감이 모든 면에서 날 제한하고 있다고 담담하고 진실하게 일장연설을 했어. 그 유대감 때문에 살 수도 있는 창의적인 자아들이 굶어죽고 있다는 거야."

"내 이론이 나를 공격하는 꼴이군."

"그래서 내가 주사위를 흔들었고, 프레드와 나는 그 뒤로 죽 함께 즐기고 있어."

라인하트 박사는 서성거리기를 멈추고 아내를 빤히 보았다.

"그게 정확히 무슨 뜻이야?" 그가 물었다.

"당신이 당황할까 봐 세심하게 말을 고르는 중이야."

라인하트 박사는 한동안 바닥을 바라보다가(바닥에 깔린 러그가 새것이라는 깨달음이 희미하게 인식되었다), 다시 아내를 향해 시선을 들었다.

"대단한걸." 그가 말했다.

"아주 좋아, 사실." 릴이 대답했다. "며칠 전 밤에도……."

"어, 아냐, 릴, 자세한 이야기까지 할 필요는 없어. 나는…… 흠. 나는…… 저기, 또 새로운 소식 있어?"

"가을부터 컬럼비아 로스쿨에 다녀."

"당신이 뭘 한다고?"

"주사위에게 내가 평생 꿈꾸던 것 중 하나를 고르게 했더니 변호사를 골랐어. 내가 자아를 넓혀가는 걸 원하지 않아?"

"그래도 로스쿨이라니!" 라인하트 박사가 말했다.

"어머, 루크, 해방이니 뭐니 하면서도 나를 여전히 무력하고 아름다운 여자로만 보는구나."

"내가 변호사라면 질색하는 걸 알잖아."

"알지. 그런데 변호사랑 자본 적은 있어?"

라인하트 박사는 멍하니 고개를 저었다.

"당신은 상심하고, 괴롭고, 불안이 가득하고, 무력하고, 필사적이고, 불완……."

"아, 헛소리 집어치워." 라인하트 부인이 말했다.

"그런 소리는 프레드한테서 배웠나?"

"유치하게 굴지 마."

"맞아." 라인하트 박사는 이렇게 말하면서 갑자기 소파에 털썩 주저앉았다. 소파가 예전과 똑같은 것을 보니 반가웠다. "당신이 자랑스러워, 릴."

"그것도 집어치워."

"진정한 독립성을 보여주는군."

"애쓰지 마, 루크." 라인하트 부인이 말했다. "당신의 찬사가 필요했다면, 독립적으로 굴지 않았겠지."

"브래지어는 하고 있는 거야?"

"그런 건 물어볼 가치도 없는 질문이야."

"주사위님이 나더러 당신을 다시 유혹하라고 했는데, 어디서부터 시작해야 할지 도통 모르겠네." 그녀를 바라보니 그녀는 다시 새 책상에 몸을 기대고 있었다. 담배를 피우고 있는데, 구부러진 팔꿈치가 날카로웠다. 이제 보니 그리 쥐를 연상시키는 얼굴이 아니었다. "난 지금 사타구니를 무릎으로 얻어맞을 기분이 아니야."

라인하트 부인은 자기 옆의 책상에 주사위를 던지고 결과를 본 뒤, 남편에게 조용히 말했다.

"얼른 가, 루크."

"어디로 가?"

"그냥 나가."

"하지만 난 아직 당신을 유혹하지 않았어."

"시도했다가 실패했지. 그러니까 가."

"아이들을 못 봤어. 주사위 소년 래리는 잘 지내?"

"당신의 주사위 소년 래리는 잘 지내. 오늘 오후에 학교에서 돌아왔을 때 당신이 들를지도 모른다고 말해주었는데, 래리는 중요한 야구경기가 있다면서 서둘러 나가버렸어."

"착하게 주사위 생활을 실천하고 있나?"

"별로. 선생님들이 주사위의 결정으로 숙제를 해오지 않았다는 말을 정당하게 받아들여주지 않을 거라고 하던걸. 이제 나가, 루크. 얼른 가."

라인하트 박사는 창밖을 바라보며 한숨을 내쉬었다. 그러고는 소파에 주사위를 던지고 결과를 보았다.

"난 가지 않을 거야." 그가 말했다.

라인하트 부인은 거실을 나갔다가 권총을 들고 돌아왔다.

"주사위님이 나더러 당신을 내보내라고 했어. 당신이 날 버렸으니, 법적으로 내 허락 없이 이 방에 있을 권리가 없어."

"아, 하지만 내 주사위님은 여기 있으라고 했어."

라인하트 부인은 자기 옆의 책상에 놓인 주사위를 확인했다.

"다섯까지 셀 거야. 그때까지 나가지 않으면 총을 쏠 거야."

"웃기지 마, 릴." 라인하트 박사가 웃으며 말했다. "나는⋯⋯."

"둘, 셋⋯⋯."

"그렇게 극단적인 대접을 받을 만한 짓을 하지 않았어. 내가 보기에는⋯⋯."

**빵!!** 총소리가 거실 전체를 뒤흔들었다.

라인하트 박사는 지체 없이 소파에서 일어나 문으로 움직이기 시작했다.

"소파에 구멍이⋯⋯" 그는 미소를 지으려고 했지만 라인하트 부인이 다시 주사위를 확인하고 다섯을 세기 시작했다. 라인하트 박사는 그녀가 세는 것을 끝까지 듣고 싶은 욕망이 그리 크지 않았으므로, 침착하게 낼 수 있는 최대 속도로 달려 밖으로 나갔다.

# 58

[뉴욕 시경의 너새니얼 퍼트 경감이 〈헤어〉 공연장에서 정신병환자 서른세 명이 탈주한 불행한 사건과 관련하여 루셔스 라인하트 박사를 심문한 내용. 환자 여섯 명이 아직 잡히지 않은 상태.]

"라인하트 씨, 나는……."

"라인하트 박사입니다." 만 박사가 성마르게 끼어들었다.

"아, 죄송합니다." 퍼트 경감은 서성거리던 것을 잠시 멈추고 만 박사를 바라보았다. 그는 형사의 사무실에 있는 낡고 나지막한 소파에 라인하트 박사와 나란히 앉아 있었다. "라인하트 박사님, 먼저 박사님은 변호사를 부를 권리가 있음을……."

"변호사를 보면 나는 불안해집니다."

"……알려드립니다. 그렇군요. 좋습니다. 진행하죠. 3월 10일 10시 30분에서 11시 15분 사이에 퀸즈버러 주립병원 카페테리아에서 에릭 캐넌을 만났습니까?"

"만났습니다."

"만난 목적은?"

"그쪽에서 날 불렀습니다."

"무슨 이야기를 했습니까?"

"뮤지컬 〈헤어〉를 보고 싶다고 에릭이 말했습니다. 많은 환자들도 〈헤어〉를 보고 싶어 한다고 알려주더군요."

"또 다른 얘기는?"

"나는 주사위를 던져서, 에릭과 환자 서른일곱 명에게 〈헤어〉를 보여주기 위해 최선을 다한다는 결정을 내렸습니다."

"이보게, 루크." 만 박사가 끼어들었다. "자네 대체 지금 상황을 알고……."

"진정하세요, 만 박사님." 퍼트 경감이 말했다. "제가 알아서 하겠습니다." 그가 라인하트 박사에게 다가와 바로 앞에 섰다. 키가 크고 호리호리한 그의 몸이 앞으로 기울어지고, 날카로운 회색 눈이 용의자를 차갑게 내려다보았다. "캐넌과 다른 환자들을 돕기로 결정한 뒤 무엇을 했습니까?"

"만 박사의 서명을 위조해서 박사님이 나를 비롯한 여러 사람에게 문서를 보낸 것으로 꾸민 뒤, 환자들이 일시적으로 풀려날 수 있도록 조치했습니다."

"그 사실을 인정하는 겁니까?"

"물론 인정합니다. 환자들은 〈헤어〉를 보고 싶어 했습니다."

"그래도, 그래도……" 만 박사가 말했다.

"진정하세요, 박사님." 형사가 말했다. "내가 제대로 이해한 거라면, 라인하트 박사님, 당신은 만 박사님의 서명을 위조해서 직접 정신병환자 서른일곱 명을 맨해튼으로 데려갈 허가를 얻었다고 자백하고 있습니다."

"서른여덟 명입니다. 물론입니다. 〈헤어〉를 보기 위해서요."

"왜 전에는 우리에게 거짓말을 했습니까?"

"주사위님이 지시했습니다."

"주……" 형사는 말을 멈추고 라인하트 박사를 노려보았다. "주사위…… 그렇군요. 환자들을 〈헤어〉로 데려간 의도를 설명하세요."

"주사위님이 지시했습니다."

"그럼 만 박사의 서명을 위조하고, 만 박사를 만나려고 시도하는 척하면서 당신의 행동을 은폐한 이유는?"

"주사위님이 지시했습니다."

"그 뒤에 이어진 거짓말은……."

"주사위님이 지시했습니다."

"그리고 지금은……."

"주사위님이 지시했습니다."

한참 동안 침묵이 흘렀다. 형사는 라인하트 박사의 머리 위 벽을 무심하게 빤히 바라보았다.

"만 박사님, 라인하트 박사님의 말이 정확히 무슨 뜻인지 설명해주시겠습니까?"

"이 친구 말은……." 만 박사가 지친 목소리로 작게 말했다. "주사위가 그러라고 했다는 겁니다."

"주사위를 던졌더니?"

"그렇죠."

"그러라고 했다고요?"

"그러라고 했답니다."

"따라서……." 라인하트 박사가 말했다. "나는 환자들의 탈주를 허용할 생각이 전혀 없었습니다. 사소한 문서에 만 박사님의 서명을 위조한 점에 대해서는 죄를 인정합니다. 내가 알기로, 그것은 경범죄죠. 정신병환자들을 다루면서 잘못된 판단을 한 것에 대해서도 죄를 인정합니다. 하지만 정신병원 관계자라면 누구나 그런 판단을 할 때가 있으니, 결코 범죄라고 할 수 없죠."

퍼트 경감이 차가운 미소를 지으며 라인하트 박사를 내려다보았다.

"당신이 캐넌과 존스와 그들의 추종자를 탈주시키겠다고 공모하지 않았다는 증거는?"

"내 진술이 있습니다. 그리고 나중에 캐넌과 이야기를 나눌 수 있게 된다면 그의 진술도 받을 수 있을 겁니다. 그가 무슨 말을 하든 법정에서 증거로 받아들이지는 않겠지만."

"대단히 고마운 말씀이군요." 형사가 비꼬듯이 말했다.

"형사님, 만 박사님의 서명을 위조했다고 말한 것이 주사위님의 지시에 따른 거짓말일 수도 있다는 생각은 안 해 보셨습니까?"

"무슨……."

"내가 처음에 한 진술이 진실일지도 모른다는 생각 말입니다."

"뭐라고요? 무슨 소리를 하는 겁니까?"

"어제 당신이 날 다시 심문하고 싶어 한다는 말을 듣고, 내가 세 가지 선택지를 만들어 주사위님께 선택을 맡겼다고 말하는 겁니다. 나는 〈헤어〉를 보러 가라는 명령서와 아무런 관련이 없다고 말하는 선택지가 하나, 내가 앞장서서 외출을 추진하고 명령서를 위조했다고 말하는 선택지가 하나, 내가 에릭 캐넌과 공모하여 그의 탈주를 도왔다고 말하는 선택지가 하나. 주사위님은 두 번째를 골랐습니다. 하지만 그중에 무엇이 진실인지는 내가 보기에 여전히 확실하지 않은 것 같은데요."

형사는 멍한 표정으로 자기 책상에 돌아가 앉았다.

"루크, 자네 오늘 자로 퀸즈버러 주립병원의 모든 일을 내려놓게." 만 박사가 말했다.

"감사합니다, 팀."

"자네가 아직 우리 이사회에 있는 건 순전히 자네를 거기서 쫓아낼 권한이 내게 없기 때문이야. 하지만 4월 회의 때……."

"코블스톤 박사님의 서명을 위조하시면 됩니다, 팀."

침묵이 흘렀다.

"더 물으실 것이 있습니까, 형사님?" 라인하트 박사가 물었다.

"라인하트 박사를 위조 혐의로 고발하시겠습니까, 박사님?" 형사가 만 박사에게 물었다.

만 박사는 고개를 돌려 검고 진실한 라인하트 박사의 눈을 한참 동안 바라보았다. 라인하트 박사도 그의 시선을 흔들림 없이 마주했다.

"아뇨, 형사님. 그럴 수 없을 것 같습니다. 병원을 위해서, 모두를 위해서, 오늘의 대화를 비밀에 부쳐주시기 바랍니다. 사람들은 이번 탈주사건이 히피와 흑인의 음모라고 생각하고 있습니다. 모르긴 몰라도, 여기 라인하트 박사가 친절하게 지적했듯이, 정말로 히피와 흑인의 음모일 수도 있겠죠. 주사위 운운하는 말은 일반 대중에게 혼란을 안겨줄 뿐입니다."

"나도 혼란스럽습니다, 만 박사님."

"바로 그겁니다. 평범한 사람들을 보호하기 위해 최대한 감춰야 하는 것들이 있는 법입니다."

"맞는 말씀 같군요."

"이제 가도 됩니까?" 라인하트 박사가 물었다.


## 59


주사위님은 우리의 피난처시요 힘이시니
환난중에 만날 큰 도움이시라
그러므로 땅이 변하든지 산이 흔들려 바다 가운데 빠지든지
바닷물이 흉용하고 뛰놀든지

그것이 넘침으로 산이 요동할찌라도

우리는 두려워하지 아니하리로다

일관성의 장막에 거함보다

내 주사위님의 성전 문지기로 있는 것이 좋사오니

우리 주 운님은 해요 방패시라

운께서 은혜와 영화와 어리석음과 부끄러움을 주시며

무작위로 행하는 자에게는 좋은 것을 아끼지 아니하실 것임이

니이다

아, 우리 주 운님이여, 주사위님이여, 주께 의지하는 자는 복이

있나이다˙

《주사위의 서》에서

## 60

제이컵 엑스타인 박사는 코퍼스다이 주사위센터의 놀이방을
처음 보았을 때 깊은 혐오감을 느꼈다고 보고한다. 그는 그곳에
서 요구되는 감정인 분노, 사랑, 자기연민에서 어떤 의미도 찾을
수 없었으므로, 그곳에서 놀이를 할 수 없었다. 그는 분노 대신 연
한 성마름을 발산했고, 사랑 대신 진심에서 우러난 쾌활함을 보여
주었으며, 자기연민 대신 완전한 무표정을 보여주었다. 그는 자기
연민이 도대체 무슨 뜻인지 이해할 수 없음을 드러냈다. 엑스타인

---

˙    〈시편〉46편과 84편 일부를 발췌해서 변형.

박사를 돕기 위해 한 교사(감정을 연기하는 주사위 교사와는 대조적으로 진짜 교사)가 그의 얼굴에 침을 뱉고, 금방 광을 낸 구두에 소변을 보았다. 엑스타인 박사는 즉각적인 반응을 보였다.

"당신의 문제는 무엇입니까?" 그가 조용히 물었다.

교사는 텔레비전과 스크린에서 주목받는 여배우이자 무작위 생활 삼 주 차인 미스 마리 Z를 데려와서 엑스타인 박사가 사랑을 표현할 수 있게 도와주라고 말했다. 사랑스럽고 부드러운 하얀 드레스를 입고, 실제 나이인 스물세 살보다 훨씬 젊어 보이는 얼굴을 한 미스 Z는 눈을 반짝이며 양손을 얌전히 앞으로 포개고는 자신이 낼 수 있는 가장 부드러운 목소리로 E 박사에게 말을 걸었다.

"저를 사랑해주세요. 제게 사랑을 느껴줄 사람이 필요해요. 저를 사랑해주실 건가요?"

E 박사는 눈을 가늘게 뜨고 그녀를 잠시 바라본 뒤 대답했다.

"언제부터 이런 기분이었습니까?"

"부탁이에요." 마리가 간청했다. "저는 당신의 사랑이 필요해요. 저를 사랑해주세요. 저를 필요로 해주세요. 부탁이에요." 그녀의 눈가에서 눈물 한 방울이 반짝거렸다.

"날 보고 누굴 떠올리십니까?" E 박사가 물었다.

"오로지 당신만 떠올려요. 저는 평생 당신의 사랑을 원했어요."

"난 정신과의사입니다."

"이젠 정신과의사처럼 굴지 마세요. 일 분만, 아니 십 초만, 딱 십 초만 제게 사랑을 주세요. 부탁이에요. 당신의 강인한 팔이 나를 감싸는 걸 정말로 느끼고 싶어요. 당신의 사랑을 느끼고……" 마리는 E 박사에게 가까이 다가와 있었다. 그녀의 아름다운 가슴이 사랑받고자 하는 열정적인 바람으로 들썩거리고, 눈물이 양 뺨을 적셨다.

"십 초?" 엑스타인 박사가 물었다.

"칠 초. 오 초. 삼 초. 딱 삼 초만, 부탁이에요. 제발, 제게 사랑을 주세요."

엑스타인 박사는 탄탄하고 딱딱하게 버티고 서 있었다. 얼굴 근육이 격렬하게 움찔거렸다. 그의 얼굴이 벌겋게 변하기 시작했다. 그러다 점차 근육의 움직임이 멈추고, 얼굴이 하얗게 질린 그가 말했다.

"그럴 수 없습니다. 정직. 진실. 사랑이 무엇인지 모릅니다."

"사랑해주세요. 제발 사랑해주세요. 제발, 저는……."

교사가 마리를 데려가 사랑의 방에서 그녀를 요청하고 있다고 알려주었다. 그녀는 여전히 사랑할 줄 모르는 E 박사를 내버려두고 폴짝폴짝 사라졌다.


자기연민은 감정이 없는 사람들이 가장 느끼지 못하는 감정이므로, 교사는 기본적인 감정에 대해 더 이상 애쓰지 않고 E 박사를 결혼 놀이방으로 데려갔다.

"당신은 아내에게 충실하지 못했습니다……" 교사가 말했다.

"무슨 목적으로요?" 그가 물었다.

"저는 그저 선택지를 제안하는 것뿐입니다. 그럼, 당신이 아내에게 충실했다고 하기로 하죠. 하지만……."

키가 작고 살짝 뚱뚱한 중년 여인이 들어오는 바람에 교사의 말이 끊겼다. 여자는 엑스타인 박사에게 척척 다가와 그의 면전에서 고함을 질러댔다.

"이 독사 같은 놈! 이 돼지 같은 놈! 이 짐승! 날 배신했어!"

"잠……잠깐만요." E 박사가 말을 더듬었다.

"그런 매춘부랑 어울리다니! 어떻게 그럴 수가 있어?" 그녀는 E 박사의 뺨을 사납게 때렸다. 하마터면 그의 안경이 깨질 뻔했다.

"확실합니까?" 박사가 뒤로 물러나며 말했다. "왜 이렇게 화를 내는 거죠?"

"화를 내!? 온 동네 사람들이 내 등 뒤에서 당신이랑 그 변소 같은 년 이야기를 한다고."

"하지만 일어나지도 않은 일을 사람들이 어떻게……."

"내가 그 일을 안다는 건 온 세상이 다 안다는 뜻이지." 그녀는 E 박사를 조금 전보다는 약하게 다시 때린 뒤 눈물을 흘리며 소파에 무너지듯 주저앉았다.

"그건 울 일이 아닙니다." E 박사가 그녀를 위로하려고 다가갔다. "배우자의 부정은 사소한 문제예요. 정말 아무것도 아닌……."

"아아아악!!!" 그녀가 소파에서 벌떡 일어나 E 박사의 배를 머리로 들이받았다. 박사는 안락의자 위를 날아가 전화 탁자와 쓰레기통에 처박혔다.

"미안합니다!" E 박사가 소리쳤다. 여자는 그를 깔고 앉아서 그의 얼굴을 할퀴고 있었다. 박사는 필사적으로 몸을 굴려 빠져나오려고 했다.

"이 나쁜 자식!" 여자가 소리쳤다. "냉혈 살인마. 당신은 날 사랑한 적이 없어."

"물론이지요." E 박사가 서둘러 일어서며 말했다. "자, 무엇 때문에 이렇게 소란을 피우는 겁니까?"

"아아아악!!!" 여자는 비명을 지르며 다가와…….

조금 뒤 교사는 E 박사에게 다른 선택지들을 제안하려고 했다.

"당신의 아내가 부정을 저질렀고, 절친한 친구가 당신을 배신했고……."

"그것 말고 새로운 얘기는 없습니까?" 엑스타인 박사가 물었다.

"음, 투자를 잘못해서 돈을 몽땅 잃었다고 하죠."

"천만에."

"천만에라뇨?"

"나는 어떤 식으로든 돈을 몽땅 잃지 않아요."

"상상력을 발휘해보세요, 짐. 그……."

"내 이름은 제이크 엑스타인입니다. 왜 상상력을 발휘하죠? 내가 현실과 닿아 있다면, 현실과 멀어질 이유가 뭡니까?"

"그게 현실이라는 걸 어떻게 아세요?"

"현실이 아니라는 건 또 어떻게 알죠?" E 박사가 물었다.

"그래도 조금이라도 의심 가는 부분이 있다면, 다른 현실들과도 실험을 해봐야죠."

"난 조금의 의심도 없습니다."

"그렇군요."

"이봐요, 난 여기 관찰자로 온 겁니다. 루크 라인하트를 좋아하기 때문에, 그 친구의 공장을 살펴보고 싶어요."

"직접 경험해보지 않는 한, 이 센터를 이해할 수는 없습니다."

"좋습니다, 노력해보죠. 하지만 내가 상상력을 발휘할 거라고 기대하지는 마세요."


조금 뒤 엑스타인 박사는 사랑의 방으로 안내되었다.

"어떤 사랑의 경험을 하고 싶으세요?"

"네??"

"어떤 섹스 경험을 하고 싶으세요?"

"아." 엑스타인 박사가 말했다. "오케이."

"오케이라니, 뭐가요?"

"오케이, 섹스 경험을 해보겠습니다."

"어떤 경험에 흥미가 있으세요?"

"무엇이든. 별로 달라질 것이 없으니까요."

교사는 E 박사에게 서른여섯 가지 사랑의 역할이 담긴 기본 목록을 건넸다.

"특별히 마음이 끌리는 항목이나, 주사위님의 선택지로 넣고 싶지 않은 항목이 있습니까?" 그가 물었다.

E 박사는 목록을 훑어보았다. "_____에게 노예처럼 사랑받고 싶다." "_____를(을) 노예처럼 사랑하고 싶다." "_____에게 다정하게 구애받고 싶다." "_____에게 다정하게 구애하고 싶다." "_____에게 강간당하고 싶다." "_____를(을) 강간하고 싶다." "포르노 영화를 보고 싶다." "다른 사람의 성행동을 지켜보고 싶다." "스트립쇼를 하고 싶다." "스트립쇼를 보고 싶다." "누군가의 정부, 매춘부, 종마, 콜걸, 남창, 행복한 기혼자가 되고 싶다."

대부분의 선택지는 성적인 역할을 수행할 상대로 젊은 여자, 나이 많은 여자, 젊은 남자, 나이 많은 남자, 남녀 한 명씩, 남자 두 명, 여자 두 명 중 하나를 고를 수 있게 되어 있었다.

"이게 다 뭡니까?" 엑스타인 박사가 물었다.

"당신이 하고 싶은 것을 골라서 목록을 만든 뒤, 주사위에게 선택을 맡기면 됩니다."

"'강간하고 싶다'와 '강간당하고 싶다'는 지우는 게 좋겠습니다. 결혼실에서 질리도록 봤으니까요."

"좋습니다. 다른 항목은요, 필?"

"날 이상한 이름으로 부르지 마세요."

"죄송합니다, 로저."

"동성애 관련 항목은 버리는 게 좋겠네요. 내 평판을 해칠지도 모르니까."

"여기 사람들은 당신이 누구인지 모르는데요. 앞으로도 결코 알 일이 없고요."

"난 제이크 엑스타인이에요, 젠장! 여섯 번이나 말했습니다."

"압니다, 일라이저. 하지만 이번 주에는 여기에 제이크 엑스타인이 다섯 분이나 계셔서요. 그 이름이 어디가 어떻게 다른 건지 모르겠습니다."

"다섯 명이나!"

"그럼요. 무작위 섹스를 처음으로 경험하기 전에 그분들 중 일부를 만나보시겠습니까?"

"물론 그래야죠."

교사는 E 박사를 칵테일파티라고 명명된 방으로 데려갔다. 많은 사람들이 북적거리고, 술이 나오는 방이었다. 교사는 풍채 좋은 신사의 팔꿈치를 잡고 말했다.

"제이크, 로저를 소개해드릴게요. 로저, 이분은 제이크 엑스타인이에요."

"젠장." 엑스타인 박사가 말했다. "내가 제이크 엑스타인이야!"

"아, 정말입니까?" 풍채 좋은 신사가 말했다. "나도 그런데. 좋네요. 만나서 반갑습니다, 제이크."

E 박사는 악수를 허락했다.

"키 크고 마른 제이크 엑스타인은 만나봤습니까?" 풍채 좋은 남자가 물었다. "지독하게 유쾌한 친구예요."

"아뇨, 만나지 않았습니다. 만나고 싶지도 않고요."

"뭐, 조금 둔한 친구이긴 해도, 근육질 청년 제이크는 아니랍니다. 그 친구를 꼭 만나봐요, 제이크."

"네, 뭐. 어쨌든 내가 '진짜' 제이크 엑스타인이에요."

"그거 굉장하군요. 나도 그런데."

"바깥세상에서 그렇다고요."

"나도 그 말이에요. 키 크고 마른 제이크도, 근육질 청년 제이크도, 사랑스러운 아가씨 제이크 엑스타인도 다 그렇습니다. 전부."

"내가 진짜로 진짜 제이크 엑스타인이라니까."

"정말 굉장해요! 나도 진짜로 그런데……."


제이크는 사랑의 경험을 건너뛰고 교사를 떼어버린 뒤 훌륭한 저녁식사가 필요하다는 결론을 내렸다. 센터의 '게임 규칙'을 읽었기 때문에, 카페테리아에서 식사할 때 그곳 웨이터들이 어쩌면 진짜 웨이터가 아닐 수도 있다는 사실을 알고 있었다. 조리대 뒤에서 잘게 썬 고기요리를 던지는 사람이 은행장일 수도 있고, 계산원이 유명한 여배우일 수도 있고, 그와 마주 앉은 여자가 동화작가일 수도 있었다. 비록 그 여자는 90킬로그램 가까운 몸으로 마를레네 디트리히* 흉내를 내고 있는 것 같았지만.

"당신은 지루해요, 달링." 그녀가 통통한 입술로 담배를 거칠게

---

\* 독일 출신의 미국 배우.

움직이며 말했다.

"당신도 딱히 뇌쇄적이지는 않아, 베이비." 그는 빠르게 음식을 먹으며 대꾸했다.

"여기 남자들은 다 어디로 갔는지." 그녀가 나른하게 말했다. "내 앞에 나타나는 건 전부 과일들뿐인 것 같네."

"내 앞에는 온통 채소뿐인데. 그래서?" 제이크가 말했다.

"뭐라고요? 당신 누구예요?"

"캐셔스 클레이*. 내 평화로운 식사를 계속 방해한다면, 내가 당신의 이를 주먹으로 때릴 거야."

마를레네 디트리히는 다시 침묵에 빠졌고, 제이크는 이곳에 온 뒤 처음으로 즐거움을 느끼며 식사를 계속했다. 그런데 갑자기 그의 아내가 십대 소년 한 명을 뒤에 매달고 카페테리아로 들어오는 것이 보였다.

"알린!" 그가 반쯤 일어서서 외쳤다.

"조지!" 그녀가 마주 소리쳤다.

마를레네 디트리히는 자리를 떴고, E 박사는 알린을 기다렸지만 그녀는 십대 소년과 함께 구석 자리에 앉았다. E 박사는 기분이 상해서 식사를 마친 뒤 일어나 두 사람의 자리로 갔다.

"그래, 돌아보니 어때?" 그가 물었다.

"조지, 내 아들 존을 소개할게요. 존, 이분은 조지 플라이스 씨야. 아주 잘나가는 중고차 판매원이란다."

"안녕하세요?" 소년이 비쩍 마른 손을 내밀며 말했다. "만나서 반갑습니다."

---

* 권투 선수 무하마드 알리의 본명.

"그래, 뭐, 저기, 사실 나는 캐셔스 클레이야." 그가 말했다.

"어머, 죄송해요." 앨린이 대답했다.

"몸 관리를 잘 못하셨네요." 소년이 무심하게 말했다.

E 박사는 뚱한 기분으로 자리에 앉았다. 정신과의사 제이크 엑스타인으로 인정받고 싶은 마음이 간절했다. 그래서 새로운 방법을 시도해보았다.

"당신 이름이 뭐야?" 그가 아내에게 물었다.

"마리아." 그녀가 방긋 웃으며 대답했다. "그리고 이쪽은 내 아들 존이에요."

"에드거리나는 어디 있어?"

"내 딸은 집에 있어요."

"남편은?"

앨린이 미간을 찌푸렸다.

"불행히도, 세상을 떠났어요." 그녀가 말했다.

"아, 끝내주는군." E 박사가 말했다.

"뭐라고요!" 그녀가 벌떡 일어섰다.

"아, 뭐, 미안. 머릿속이 소란스러워서 말이지." E 박사는 아내에게 앉으라고 손짓했다. "이봐, 난 당신이 마음에 들어. 아주 좋아. 우리 한동안 같이 있는 게 어때?"

"미안하지만……" 앨린이 부드럽게 말했다. "사람들이 떠들어댈 거예요."

"사람들이 떠들어댄다고? 왜?"

"당신은 흑인이고 난 백인이니까."

엑스타인 박사는 입을 쩍 벌렸다. 십구 년 만에 처음으로, 나중에 자기연민이라고 이름 붙여도 될 만한 감정을 느꼈다.

# 61

우리는 누군가의 사진 작업실에 있었다. 환자는 두 친구에게 붙들린 채 탁자 위에 누워 있고, 사진을 찍을 때 사용하는 아주 밝은 조명이 켜져 있었다. 상처가 꽤 또렷이 보였다. 널찍하고 고약한 상처였지만 깊지는 않았다. 나는 누군가의 옆구리에서 어떤 물체를 꺼내본 적이 없었으므로, 십중팔구 솜씨가 엉성했을 것이다. 하지만 물체(길이는 거의 2.5센티미터, 너비는 1센티미터 남짓인 금속조각)를 꺼낼 때 소독약을 사용했으므로, 상처는 훌륭하게 아물 것이다. 나는 또한 에릭 캐넌과 그의 친구들에게 그들이 궁금해하던 사실을 말해줄 수 있었다. 금속조각이 중요한 장기를 건드리지 않았으므로, 상처가 감염되지만 않으면 별도로 치료받지 않아도 친구가 회복할 수 있을 것이라고.

작업이 끝난 뒤 나는 땀으로 몸무게가 3킬로그램쯤 빠졌다. 이 사회가 내게 의학박사 학위를 주고, 의사는 모든 종류의 의학적 문제에 잘 대처할 수 있다고 생각하는 것이 미친 짓이라는 생각이 들었다.

에릭은 처치가 이루어지는 동안 한쪽 옆에 서 있었다. 작업을 끝낸 내가 멍하니 탁자에서 멀어지자 그가 다가와 방 뒤편의 소파로 이끌었다.

"고마워요." 그가 스툴 같은 것을 꺼내서 내 앞에 앉으며 말했다. 이제는 긴 머리가 아니었다. 올이 굵은 무명으로 만든 작업복을 아무렇게나 입었는데도, 훌륭한 사람처럼 보여서 놀라웠다.

"난 정신과의사야." 내가 말했다. "폭탄을 맞지 않은 사람들을 치료하는 의사라고."

"그렇죠. 그래도 콩팥과 심장 정도는 구분할 줄 알잖아요."

"보통은 그렇지."

"이걸 신고할 건가요?" 그가 자신감도 두려움도 없는 차분한 얼굴로 나를 바라보았다.

나는 주사위를 꺼냈다.

"의사의 윤리를 지키는 건 내 6분의 1에 불과해." 나는 주사위를 던졌다. "신고 안 해."

그는 계속 나를 빤히 바라보았다.

"당신은 전혀 믿을 수 없는 사람이에요."

나는 대답하지 않았다. 정신병원 대탈주 사건 이후 넉 달이 흘렀다. 나는 에릭이 갑자기 전화를 걸어 도움을 요청했을 때 받아들인다에 똑같은 확률을 주었다. 그의 집단이 만든 것이 분명한 혁명적인 출판물이 우편물로 날아오기는 했어도, 나는 그들이 수류탄이나 폭탄 같은 것이 동원되는 일에 관련되어 있을 줄은 전혀 몰랐다.

"어떻게 된 거야?" 내가 물었다.

"총을 소제하다가 오발됐어요."

"아."

"낡은 물건이라면 뭐든 손에 들어오는 대로 총알로 쓰거든요."

"그렇군."

어떤 아가씨가 우리에게 커피를 가져다주었고, 어떤 청년은 접시에 샌드위치와 쿠키를 담아 가져다주었다. 고백하건대, 나는 내 몫 이상으로 그 음식을 먹었다. 에릭은 커피만 마시면서 앞으로 '레이'를 어떻게 치료해야 하는지 몇 가지 물어보고는 갑자기 일어섰다가 다시 앉았다. 그가 나를 향해 몸을 기울였다.

"당신은 아르투로와 내가 탈출하는 걸 도왔어요. 레이의 일도 도와주었고." 그는 내 눈에서 자기가 아직 던지지도 않은 질문의 답을 읽어내려고 애쓰는 것 같았다. "당신은 변화를 신봉해요. 당신 나름대로 변화를 위해 노력하는 것 같기도 하고요. 우리도 우리 나름대로 노력중이에요." 그는 다시 머뭇거렸다. "우리와 일관되고 믿음직스럽게 일하는 걸 한번 생각해봐요."

"아아."

"일관되고 믿음직스럽다는 건, 당신이 절대 우리를 배신하지 않을 거라고 믿을 수 있어야 한다는 뜻이에요. 당신 마음이 내키는 대로 우리를 도와도 되고, 돕지 않아도 돼요."

"가능한 일이긴 하지."

우리의 머리는 겨우 15센티미터 떨어져 있었다. 몇 달 전 퀸즈버러 주립병원 카페테리아에서 이야기를 나눌 때와 똑같았다.

"그럼 주사위를 한번 던져봐요."

"홀수가 나오면 결코 배신하지 않는다고 다짐하고, 짝수가 나오면 다짐하지 않는다."

주사위 눈은 4였다.

에릭은 내 옆 소파 위의 주사위를 계속 바라보았다.

"난 믿을 수 없는 사람이야." 내가 말했다.

"그래도 가끔 도움을 청해도 돼요?"

"그럼. 매번 결과를 두고 봐야 하지만."

"우리가 다음 달에 하고 싶은 일이 있는데, 도움이 필요해요. 당신이 도와줄 수 있을까요?"

"아마도."

주사위의 눈은 6이었다.

"안 되겠네."

그는 주사위를 빤히 바라보았다.

"난 믿을 수 없는 사람이야." 내가 말했다. "그것만은 믿어도 돼."

## 62

우리 주사위센터들. 아, 그 추억들, 추억들. 지나간 세월. 신들이 다시 한 번 지상에 내려와 서로 장난을 쳤다. 그런 자유라니! 그런 창의성이라니! 그런 하찮음이라니! 그런 혼돈이라니! 모두 인간 의 손이 아니라 위대하고 맹목적이며 우리 모두를 사랑하는 주사 위님의 인도를 받았다. 한 번, 내 인생에 딱 한 번, 나는 공동체 안 에 살며 친구와 적이 공유하는 더 커다란 목표의 일부가 되는 기 분을 느껴보았다. 내 주사위센터에서만 나는 절대적인 자유를 경 험했다. 완전하고, 충격적이고, 잊을 수 없는 절대적인 계몽을 경 험했다. 지난 일 년 동안 나는 우리 센터에서 한 달을 보낸 사람을 언제나 곧바로 알아볼 수 있었다. 전에 만난 적이 있는 사람이든 아니든 다를 것이 없었다. 우리는 서로를 흘깃 보자마자 얼굴에서 빛이 터져 나오고, 웃음이 흘렀다. 그리고 서로를 끌어안았다. 만 약 우리가 주사위센터를 모두 닫는다면, 세상은 다시 꾸준히 내리 막길을 걸을 것이다.

여러분도 주사위센터에 대해 언론이 쏟아내는 히스테리를 읽 어보았을 것이다. 사랑의 방, 난교파티, 폭력, 마약, 정신병 발병, 범죄, 광기. 〈타임〉지는 우리에 대해 '하수구 주사위센터'라는 객 관적인 제목이 달린 훌륭한 기사를 썼다. 그 내용은 다음과 같다.

인간쓰레기들이 새로운 술수를 찾아냈다. 무슨 일이든 할 수 있는 모텔 정신병원. 1969년에 순진한 자선사업가 호러스 J. 위플이 치료센터를 가장해서 설립한 '완전한 무작위 환경 실험센터CETRE'는 처음부터 난교파티, 약탈, 광기를 향한 뻔뻔한 초대장이나 마찬가지였다. 돌팔이 정신과의사 루셔스 M. 라인하트(〈타임〉지, 1970년 10월 26일 자)가 만들어낸 주사위 이론을 근거로 한 이 센터들의 목적은 고객을 각자의 정체감이라는 짐에서 해방시켜주는 것이라고 한다. 이 센터의 삼십 일 숙박 프로그램에 참가하는 사람들은 일관된 이름, 옷차림, 버릇, 성격특징, 성적인 성향, 종교적인 감정을 모두 버려야 한다. 간단히 말해서, 자신을 버려야 한다는 뜻이다.

'제자'라고 불리는 참가자들은 마스크를 쓴 채로 많은 시간을 보내며, 주사위의 '명령'에 따라 시간을 어떻게 보낼 것인지, 어떤 사람 행세를 할 것인지 등을 정한다. 확실히 치료사로 보였던 사람들이 알고 보니 새로운 역할을 실험하는 제자인 경우가 많고, 질서를 유지하는 것으로 보이는 경찰관은 거의 모두 경찰 놀이를 하는 제자들이다. 대마초와 마약도 만연해 있다. '사랑의 방'이니 '구덩이'니 하는 황당한 이름이 붙은 방들에서는 매시간 난교파티가 벌어진다. '구덩이'는 바닥이 매트리스로 된 완전히 깜깜한 방인데, 제자들은 주사위의 변덕에 따라 알몸으로 이 방에 기어 들어가며, 이 방에서는 무슨 일이든 일어날 수 있다.

이런 상황이 낳는 결과는 뻔하다. 환자들 몇몇은 정말 굉장한 시간을 보내고 있다고 생각하고, 건전한 사람 몇몇은 미쳐버리고, 나머지 사람들은 어떻게든 살아남는다. 보통 자신이

'의미 있는 경험'을 하고 있다고 스스로를 납득시키려고 애쓰면서.

캘리포니아 주 로스앨토스힐스에서 이블린 리처즈와 마이크 오라일리에게 지난주 '의미 있는 경험'은 곧 체포를 의미했다. 두 사람은 주사위의 명령에 따라 스탠퍼드 대학교 휘트모어 예배당 잔디밭에서 사랑의 잔치를 벌였는데, 주민과 경찰이 이를 문제 삼은 것이다.

힐스 CETRE를 자주 찾는 스탠퍼드 학생들은 주사위센터에 대해 심하게 엇갈린 반응을 보인다. 리처즈와 오라일리는 근처 CETRE에 삼 주 동안 다녀온 뒤 정신적인 문제가 사라졌다고 주장한다. 하지만 밥 올리 학생회장은 아마도 대부분의 학생을 대변하는 듯한 말을 했다.

"인류는 자아와 정체감을 포기하라고 외치는 사람들을 따를 때 항상 무너졌다. 꼬임에 넘어가 센터에 발을 디딘 사람들은 유혹에 넘어가 마약에 점점 깊숙이 발을 담그는 사람과 똑같다. 주사위 인생은 진정한 삶을 시도하기에는 너무 약한 사람들이 서서히 자살하는 또 하나의 방법에 지나지 않는다."

주말에 팰로앨토 경찰은 올해 두 번째로 로스앨토스힐스 센터를 기습했으나, 포르노 영화 한 상자 외에는 소득이 없었다. 이 영화들은 센터에서 촬영되었을 가능성이 있다. 센터 관리자인 로렌스 테일러는 경찰의 기습으로 센터가 젊은이들 사이에서 오히려 호감을 얻게 되었다는 점이 유감스럽다고 주장한다. "매주 백여 명의 지원자를 돌려보내고 있다. 배타적으로 보이고 싶지는 않지만, 시설이 부족하다."

〈타임〉지 취재팀은 CETRE 생존자들의 친구와 가족이 한

결같이 사랑하는 사람들의 변화에 화를 내고 있음을 알게 되었다. 뉴헤이븐의 제이컵 블라이스(19)는 아버지가 (뉴욕) 캣스킬 CETRE에 다녀온 뒤 "무책임하고, 변덕스럽고, 파괴적"이 되었다고 표현했다. "직장에 제대로 다니지도 못하고, 집을 아주 자주 비우고, 어머니를 때리고, 하루 중 절반은 약에 취한 것처럼 보이는데 사실은 아무것도 먹거나 피운 것이 없다. 그리고 항상 바보처럼 웃어댄다."

히스테리의 전형적인 증상인 비이성적인 웃음은, 정신과의사들이 차츰 'CETRE병'이라고 부르고 있는 질병의 가장 극적인 증세 중 하나다. 시카고 대학교 호프 의료원의 제롬 로크먼 박사는 지난주 피오리아에서 다음과 같이 말했다.

"만약 누군가가 당당하게 균형 잡혀 있는 사람의 성격, 즉 힘들게 노력을 기울이고, 도덕적 의문과 측은지심을 품을 수 있고, 구체적인 정체감을 느낄 수 있는 능력을 완전히 파괴하는 시설을 만들어달라고 내게 부탁했다면, 나는 아마 CETRE를 만들었을 것이다. 그 결과는 뻔하다. 냉담, 신뢰할 수 없는 성격, 우유부단, 조울증, 관계를 맺지 못함, 사회적으로 파괴적인 성격, 히스테리가 생겨났을 것이다."

산타클라라 지방법원의 호바트 버튼 판사가 리처드와 오라일리에게 한 말은 많은 사람들의 생각을 간결하게 대변하는 듯하다. "사람들로 하여금 자신의 삶을 내던져버리게 만드는 환상은 무시무시하다. 마약과 CETRE에 빠지는 것은 레밍 떼가 바다로 달려가는 것과 같다."

쥐 떼가 하수구로 달려가는 것과 같다고 해도 될 것 같다.

〈타임〉지 기사는, 소설이 정한 필수적인 한도 내에서, 철저히 정확했다. 〈타임〉지 기자 다섯 명은 이 년에 걸쳐 CETRE의 한 달 짜리 프로그램을 경험했다. 기사의 신랄함은 그중 세 명이 〈타임〉지로 돌아가지 않은 데 대한 감정이 부분적으로 반영된 결과인지도 모른다.

위플과 나를 비롯한 여러 사람이 **주사위 인생** 재단에 돈을 기부한 덕분에 첫 번째 주사위센터를 지을 수 있게 된 뒤로, 우리의 CETRE는 사람들을 바꿔놓았다. 센터는 미친 사회에서 정상적으로 기능할 수 있도록 사람들을 파괴한다. 이 모든 일은 그해 가을, 주사위 치료가 대부분의 제자들에게 느리게 작용한다는 사실을 깨달았을 때 린다와 함께 시작되었다. 제자들이 그런 반응을 보이는 것은, 일관적이고 '정상적'으로 행동해야 한다는 다른 사람들의 기대를 잘 알고 있기 때문이다. 이런 기대에 부응하도록 평생에 걸쳐 조건화된 탓에, 주사위 집단의 일시적이고 부분적인 자유 환경만으로는 그들을 부술 수가 없었다. 아무런 기대도 주어지지 않는 '절대적'인 환경에서만 제자들은 살아남기 위해 몸부림치는 수많은 소수 자아들을 표현하는 데 필요한 자유를 느낄 수 있다. 그러고 나서 CETRE의 완전히 무작위적인 환경에서 '중도 거점'을 거쳐 패턴화된 외부사회로 점차 변화해나가는 방식으로, 우리는 제자들이 자유로운 주사위 생활을 패턴화된 세상으로 가지고 나가게 만들어줄 수 있다.

다양한 센터와 우리 이론의 발전이 이런 변화의 뒤에 있다는 이야기는 곧 출간 예정인 조지프 파인먼의 책《주사위센터의 역사와 이론》(랜덤 출판사, 1972)에 자세히 설명되어 있다. 우리 센터들이 절대 변하지 않겠다고 결심한 사람을 어떻게 바꿔놓는지를 가장 훌륭하게 묘사한 글은 제이컵 엑스타인 박사의 자전적 이야기인 〈정육면체가 된 정사각형의 사례〉에서 찾아볼 수 있다. 제이크의 개인적인 이야기를 담은 이 글은 〈변덕의 성좌〉(1971년 4월호, vol. II, no. 4, pp. 17-33)에 처음으로 소개되었으며, 곧 출간 예정인 그의 책 《쓰러진 인간》(랜덤 출판사, 1972)에도 다시 실릴 예정이다. 하지만 일반적인 배경설명을 위해, 주사위님이 내게 파인먼의 책에서 다음을 인용하라고 제안했다.

제자는 최소한 삼십 일 동안 센터에 들어올 수 있으며, 먼저 주사위 인생의 기본 규칙과 CETRE의 구조 및 절차를 이해하고 있음을 구두시험에서 보여주어야 한다. 그는 신원을 알려주는 물품을 하나도 가져오지 말아야 하며, 센터에 있는 동안 무엇이든 자신이 원하는 이름을 사용할 수 있으나 모든 이름이 가짜로 간주된다…….

CETRE는 각각 세세한 부분에서 차이를 보인다. 창의력 방에서 주사위님은 보통 제자에게 우리의 무작위 환경과 여러 절차를 위해 새롭고 더 훌륭한 방안을 창조해보라고 명령한다. 우리 시설들은 이런 식으로 수정되었으므로, 모든 센터가 채택한 변화가 있는가 하면 한 센터에만 독특하게 적용된 변화도 있다. 하지만 모든 CETRE는 남부 캘리포니아에 있는 최초의 코퍼스다이 단지와 비슷하다.

센터 내의 각 방은 제자들이 만들어낸 이름(예를 들어, 구덩이, 하느님 방, 파티 방, 방 방 등)을 갖고 있지만, 이 이름은 센터마다 다양하다. 작업실(빨래방, 사무실, 치료실, 클리닉, 감옥, 주방), 놀이방(감정실, 결혼실, 사랑의 방, 하느님 방, 창의력 방), 생활실(식당, 술집, 거실, 침실, 영사실 등)이 있다. 제자는 하루에 두 시간에서 다섯 시간씩 주사위가 지시하는 다양한 일을 해야 한다. 웨이터, 방 청소, 침대 정리, 바텐더, 경찰관, 치료사, 옷방 관리, 가면 제작, 매춘부, 접수실 직원, 교도관 등이 그것이다. 제자들은 이런 일들을 통해 주사위 생활을 하고, 역할을 연기한다.

처음에는 핵심적인 위치 대부분에 훈련된 상주직원을 두었다. 하지만 설립 이후 삼 년이라는 짧은 기간 동안, 직원들이 점차 사라졌다. 세심하게 준비한 구조와 지시 덕분에, 삼 주나 사 주 차 제자들이 상주직원만큼 핵심적인 역할을 잘 수행할 수 있음을 알게 되었기 때문이다. 직원들 또한 임시 제자들과 마찬가지로 매주 역할이 바뀐다. 따라서 언제든 누가 직원이고 누가 직원이 아닌지 확실히 알 수 없다. [버몬트 센터에서 우리는 상주직원을 한 사람씩 빼내서 나중에는 센터가 훈련된 직원 한 명 없이 돌아가게 되는 실험을 했다. 순전히 임시로 머무는 제자들만이 일을 담당한 지 두 달 뒤, 우리는 상주직원을 다시 몰래 들여보내보았다. 그들은 모든 것이 여느 때와 마찬가지로 혼란스럽게 돌아가고 있다고 보고했다. 다만 '국가'가 완전히 시들어버린 두 달 동안 엄격함과 구조가 아주 조금 스멀스멀 자리를 잡았다고 했다.]

우리의 구조화된 무정부 상태에서 권위는 치료사(대부분의 센터에서 '심판'이라고 불린다)와 경찰관(실제로는 누구인지 몰라도)에게 있다. 규칙(무기 금지, 폭력 금지, 자신이 있는 놀이방에 부적절한 역할이나 행동 금지 등)을 어기는 사람이 나오면, '경찰관'이 그 사람을 '심판'에게 데려가 그를 '감옥'에 보낼지 결정하게 한다. 우리의 '범죄자' 중 절반은 자신만이 '진짜' 사람이라며 집에 가고 싶다고 계속 주장하는 사람들이다. 이런 역할은 많은 작업실과 놀이방에 부적절하기 때문에, 그들은 반드시 감옥에 가두거나 주사위 치료의 힘든 노동을 감수하게 해야 한다. 그들이 다중인격을 더 잘 수행하게 될 때까지. 우리 범죄자 중 나머지 절반은 무법자 역할을 해야 하는 제자들이다. 설사 그들이 어겨야 하는 법이 우리 주사위센터의 이상한 법이라 해도 상관없다.

[구조화된 무정부 상태에 들어온 뒤 제자들은 이 방 저 방을 돌아다니며, 이 역할과 저 역할, 이 일과 저 일을 전전한다. 칵테일파티에서 창의력 방으로, 구덩이의 난교파티에서 하느님 방으로, 정신병원에서 사랑의 방으로 작은 프랑스 식당으로 세탁실 작업으로 간수로 남창으로 미국 대통령으로 돌아다니는 식이다. 주사위님과 상상력의 변덕에 따라서.]

……구덩이의 악명이 높은 것은 당연한 일이지만, 이 방은 주로 센터에 들어온 지 열흘이 되지 않은 제자들이 사용한다. 마음속 깊숙한 곳에 성욕이나 성행동과 관련된 금기의식을 지닌 사람에게 유용한 방이다. 절대적인 어둠과 익명성 때문에 제자들은 다른 곳에서는 결코 따를 수 없는 주사위의 결정들을 따르게 된다.

구덩이는 또한 동성과의 성적인 접촉에 대한 정상적인 금기의식을 깨뜨리는 데도 유용하다. 완전히 어두운 방에서는 누가 누구에게 무엇을 하는지 모호한 경우가 많기 때문에, 누군가의 애무에 흠뻑 빠졌다가 알고 보니 그 사람이 동성인 경우가 있다. 구덩이에서는 '무슨 일이든 일어날 수' 있으므로,

성적인 행동을 꺼리는 참가자는 처음에는 경악하며 역겨워할지라도, 자신의 행동을 누구에게도 들킬 염려가 없다는 사실을 깨닫고 나면 경악하지도 역겨워하지도 않는 경우가 많다.

[구덩이에서 제자들은 밀턴이 눈 먼 아내에게 바친 위대한 소네트를 통해 남긴 불멸의 말처럼, "그들은 또한 가만히 누워 기다리기만 하는 사람들을 섬긴다"라는 사실을 알게 된다.]

처음에는 우리의 CETRE 중 어느 곳에도 돈이 없었지만, 우리는 돈이 섹스보다 더 우리 사회에서 충족되지 못한 자아를 만들어내는 기본 원인임을 다시 깨닫게 되었다. 이제는 제자들이 센터에 들어오자마자 가지고 놀 수 있는 진짜 돈을 일정액 받게 된다. 액수는 주사위님이 제자가 설정한 여섯 가지 선택지 중 하나를 고르는 식으로 결정된다. 제자는 0달러에서부터 3천 달러까지 쓸 수 있으며, 중간값은 500달러쯤 된다. 센터를 나설 때 제자는 자신이 들어올 때 쓴 여섯 가지 선택지를 놓고 다시 주사위를 던져 자신의 한 달 치 숙박비가 얼마나 될지 결정한다. 그는 센터를 나갈 때 자신이 저축하거나 벌거나 훔친 돈을 가져갈 수 있다. 물론 무작위로 결정된 숙박비를 제한 돈을…….

제자들은 센터에 있는 동안 한 일에 대해 임금을 받는데, 임금 액수는 제자들이 센터에 반드시 필요한 일을 꺼리지 않게 만들기 위해 항상 변화한다.

빈털터리로 시작하는 제자들은 첫 끼니를 위해 구걸을 하거나 돈을 꿔야 한다. 또는 다른 사람을 대신해 역할을 수행하는 대가로 돈을 받고 자신을 팔기도 한다. 성매매, 즉 다른 사람의 쾌감을 위해 자기 몸의 사용권을 판매하는 행위는 모든 센터에 공통적으로 존재한다. 그것이 섹스를 얻는 가장 쉬운 방법이기 때문이 아니다. 섹스는 다양한 방식으로 쉽게 공짜로 손에 넣을 수 있다. 성매매가 존재하는 것은 제자들이 몸을 파는 것과 다른 사람을 살 수 있다는 사실을 즐기기 때문이다. [어쩌면 이것이 자본주의적인 영혼의 정수인지도 모른다.]

삼십 일의 숙박기간 중 마지막 열흘 동안 제자는 마음대로 밖에 나가서 중도 거점에서 지낼 수 있다. 중도 거점이란 CETRE 근처의 모텔로, 직원 중 일부가 CETRE 직원으로 채워져 있지만 보통 주인은 센터의 취지에 공감하는 평범한 사람이다. 반드시 주사위족일 필요는 없다. 제자 한 명이 이런 중도 거점 아이디어를 내기 전에는 제자들이 센터 내의 자유로운 환경에서 주위의 기대가 압박이 되는 사회로 돌아가는 데 어려움을 겪곤 했다.

모두 맡은 역할을 연기하고 있음을 아는 세계에서 그 사실을 아는 사람이 소수에 지나지 않는 세계로 나가야 하기 때문이다. 제자들은 정상적인 세계의 엄격한 기준에 맞춰야 할 때보다, 주위에 자신을 이해해줄 다른 제자가 몇 명이라도 있다는[있을지도 모른다는] 사실을 알 때 훨씬 더 자유롭게 실험하며 주사위 인생을 발전시킬 수 있다.


우리는 제자들이 모텔에 머무르는 동안 두 가지 심오한 깨달음을 얻게 되기를 바란다. 첫째, 자신이 사실은 '정상적인' 모텔에 있으며, 주위에 주사위족이 한 명도 없을 수도 있다는 갑작스러운 깨달음. 이것을 깨달은 제자들은 웃고 또 웃어댄다. 둘째, 다른 사람들이 모두 자기도 모르는 사이에 운이 좌우하는 다중 인생을 살고 있으며 언제나 그런 현실과 맞서 싸우려 한다는 깨달음. 이번에도 제자들은 웃고 또 웃어댄다. 그리고 자신의 주사위를 한데비벼대며 다시 대로로 나간다. 철저한 무작위 환경이라는 환상을벗어났음을 제대로 인식하지 못한 채로.

**63**

정상적이고 신경증이 있는 인간으로서 나는 뼛속 깊이 살생의의지를 느끼고 있었다. 어른이 된 뒤 나는 자유로이 떠다니는 공격성을 즉시 부풀어 오르는 풍선처럼 가지고 돌아다닐 때가 많았다. 살기 힘들다고 느껴질 때마다 상상 속에서 살인, 전쟁, 역병이줄줄이 떠올랐다. 택시기사가 내게 바가지를 씌우려고 할 때, 릴이 나를 비난할 때, 제이크가 또 뛰어난 논문을 발표했을 때가 바로 그런 순간이었다. 주사위를 발견하기 전 일 년 동안 나는 증기롤러, 비행기 추락사고, 희귀한 세균, 후두암, 침대의 갑작스러운발화, 렉싱턴 애비뉴 급행열차, 부주의로 섭취한 비소 등으로 인해 릴이 죽는 상상을 했다. 또 다른 상상 속에서 제이크는 택시를타고 가다 이스트 강에 빠지기도 하고, 뇌종양에 걸리기도 하고,주식시장 붕괴로 자살하기도 하고, 그가 완치 판정을 내린 환자가갑자기 미쳐 날뛰며 휘두른 사무라이 칼에 맞아 쓰러지기도 했다.만 박사는 심장발작, 맹장염, 급성 소화불량, 검둥이 강간마 앞에무릎을 꿇었다. 이 세상은 적어도 십여 번의 전면적인 핵전쟁, 원인은 알 수 없지만 온 세상에 영향을 미치는 전염병 세 번, 우리보다 우월한 외계 생명체의 침략 한 번을 겪었다. 이 외계인들은 소수의 천재를 제외한 모든 인간을 투명인간으로 만들어버렸다. 물론 나도 상상 속에서 닉슨 대통령, 택시기사 여섯 명, 행인 네 명, 라이벌 정신과의사 여섯 명, 잡다한 여자 여러 명에게 곤죽이 되도록 얻어맞았다. 어머니는 눈사태에 묻혔는데, 모르긴 몰라도 아직 살아 있을 가능성이 있었다.

따라서 자존감이 있는 주사위맨이라면 날마다 정직한 마음으로 선택지를 쓸 때 살인이나 진짜 강간을 포함시킬 수밖에 없다. 사실 나는 희박한 가능성 중 하나로, 무작위로 고른 여자를 강간한다는 선택지를 포함시키기 시작했지만 주사위는 그 선택지를 무시했다. 나는 오랜 친구인 두려움이 다시 태어나 배 속에서 소용돌이치는 상태에서 마지못해, 소심하게, '누군가를 살해한다'라는, 가능성이 희박한 선택지도 적어 넣었다. 내가 이 선택지에 부여한 확률은 36분의 1(주사위 두 개 모두 1이 나오는 경우)에 불과했다. 주사위님은 일 년 동안 서너 번에 걸쳐 이 선택지를 무시했지만, 늦더위로 화창하던 어느 가을날 내가 캣스킬에서 새로 빌린 농가 밖의 덤불에서 새들이 짹짹거리고 낙엽이 햇빛 속에서 이리저리 날리며 반짝거리고 얼마 전에 누군가에게서 받은 비글 강아지가 내 발치에서 꼬리를 흔들고 있을 때, 다양한 확률의 열 가지 선택지 앞에서 1을 두 개 내놓았다. "사람을 죽이려고 시도해봐야겠네."

나는 강한 불안과 흥분을 동시에 느끼면서도 내가 그 일을 할 것이라는 점은 추호도 의심하지 않았다. 릴과 헤어지는 것은 힘든 일이었지만(나는 지금 내 불안에 조소하고 있다), 사람을 죽이는 일은 잡화점의 영업을 방해하거나 은행을 터는 일보다 어려울 것 같지 않았다. 내가 약간의 불안을 느끼는 것은 내 인생이 위험해지기 때문이었다. 하지만 추적의 짜릿함과 호기심도 느껴졌다. 어떤 사람을 죽일까?

폭력적인 문화 속에서 자란 사람에게는 커다란 이점이 하나 있다. 내가 죽이는 상대가 검둥이이든 베트남인이든 친어머니든 별로 중요하지 않다는 것. 그럴듯한 이유만 만들어낼 수 있다면, 살인은 기분 좋은 일이 될 것이다. 하지만 주사위맨으로서 나는 주사위님에게 대상의 선택을 맡겨야 한다는 의무감을 느꼈다. 나는 아는 사람을 죽인다에 "홀수," 낯선 사람을 죽인다에 "짝수"를 외치며 주사위를 던졌다. 이유는 잘 모르겠지만 주사위님이 낯선 사람을 선호할 것 같았는데, 주사위 눈은 1이었다. 홀수, 즉 아는 사람을 죽여야 한다는 뜻이었다.

나는 죽일 수 있는 사람 중에 나도 포함시키는 것이 공평하다는 결론을 내렸다. 내가 '아는' 사람은 수백 명이나 되었지만, 내 친구 중 누구도 피살당한다는 선택지에서 소외되지 않도록 그 수많은 이름을 모두 기억해내느라 며칠을 보내는 것은 주사위님의 뜻이 아닐 것 같았다. 나는 내가 아는 사람들의 이름이 여섯 개씩 들어가는 명단 여섯 개를 만들었다. 그리고 각 명단의 맨 위에 릴, 래리, 이비, 제이크, 어머니, 나를 적어 넣었다. 두 번째 칸에는 알린, 프레드 보이드, 테리 트레이시, 조지프 파인먼, 일레인 라이트 (그 시기에 새로 사귄 친구), 만 박사의 이름을 적었다. 세 번째 칸에는 린다 라이크먼, 보글스 교수, 크룸 박사, 미스 레인골드, 짐 프리스비(캣스킬 농가의 주인), 프랭크 오스터플러드의 이름이 들어갔다. 이런 식으로 칸이 메워졌다. 여기서 서른여섯 명의 이름을 모두 열거할 생각은 없지만, 최대한 모든 사람을 포함시키려고 애썼다는 사실을 증명하기 위해 명단의 맨 마지막 칸에 이름 대신 여섯 가지 카테고리를 적어 넣었음을 밝힌다. 업무상 지인, 파티에서 처음 만난 사람, 편지나 글을 통해서만 아는 사람(즉 유명한 사람), 적어도 지난 오 년 동안 만난 적이 없는 사람, 아직 명단에 포함되지 않은 CETRE 제자나 직원, 강도와 살인이 정당화될 만큼 부유한 사람이 그 여섯 가지 카테고리였다.

나는 여섯 개 명단 중 피살 대상을 고르기 위해 주사위를 던졌다. 주사위는 2번 명단을 선택했다. 래리, 프레드 보이드, 프랭크 오스터플러드, 미스 웰리시, H. J. 위플(주사위센터에 돈을 기부한 자선사업가), 파티에서 처음 만난 사람이 적혀 있는 명단이었다.

불안이 독처럼 내 몸을 휩쓸었다. 아들이 거기에 포함되어 있다는 사실이 가장 큰 이유였다. 십오 개월 전 갑작스레 집을 나온 뒤 래리를 만난 적은 딱 한 번뿐인데, 래리는 처음에 진정한 애정을 품고 내 품에 뛰어든 이후로 데면데면하고 곤혹스러운 표정을 지었다. 래리는 또한 역사상 최초의 주사위 소년이기도 했으니 안타까운…… 아냐, 아냐, 래리는 안 돼. 적어도 래리는 아니기를 바라자. 프레드 보이드, 내 오른팔로서 주사위 치료를 앞장서서 실행하며 옹호하는 사람이자 내가 아주 좋아하는 사람. 그가 릴과 들쭉날쭉한 관계를 맺고 있기 때문에 그나 래리를 죽이는 것이 유난히 마음에 들지 않았다. 내가 그런 사정으로 프레드를 죽인 것처럼 보일 것을 생각하니 불쾌감이 배가되었다.

불안감은 묘사하기 어려운 감정이다. 다채롭게 물든 창밖의 이파리들에서 더 이상 생기를 느낄 수 없었다. 노출이 과도한 총천연색 영화의 한 장면처럼 모양만 그럴듯하게 보였다. 새들이 지저귀는 소리도 라디오 광고 같았다. 비글 강아지는 타락하고 늙은 암캐처럼 구석에서 코를 골고 있었다. 식당의 하얀 식탁보에 반사되는 햇빛에 눈이 부시는데도, 하늘에 구름이 잔뜩 낀 것 같았다.

그래도 나는 주사위님을 섬겨야 했다. 그래서 기도를 드렸다.

"오, 거룩하신 주사위님,

당신이 손을 드셨습니다. 저는 당신의 검이니 저를 휘두르소서. 당신의 길은 저희의 이해 밖에 있습니다. 당신의 이름으로 아들을 희생해야 한다면, 아들은 죽을 것입니다. 당신보다 못한 신들도 신도에게 그러한 요구를 했습니다. 당신의 우연한 힘이 지닌 위대성을 증명하기 위해 제가 오른팔을 잘라야 한다면, 그 팔이 떨어질 것입니다. 당신은 당신의 명령으로 저를 훌륭하게 만드시고, 즐겁고 자유롭게 만드셨습니다. 당신이 제게 살인을 선택해주셨으니, 저는 살인할 것입니다. 위대한 창조주 주사위님이시여, 살인하는 저를 도우소서. 제가 공격할 상대를 골라주소서. 당신의 검인 제가 들어갈 길을 가리켜주소서. 선택된 자는 당신의 변덕을 충족시키기 위해 웃으며 죽을 것입니다. 아멘."

나는 재빨리 바닥에 주사위 한 개를 떨어뜨렸다. 마치 뱀을 던지듯이. 3이 나왔다. 프랭크 오스터플러드를 죽이려고 노력하는 것이 나의 의무가 되었다.

# 64

《바가바드 기타》에서

아르주나, 연민에 잠겨 눈에 눈물이 글썽거리고 고뇌와 우울에 잠긴 그에게 크리슈나님이 말씀하셨다.

이 위기의 때에 어찌하여 낙담하고 있는가? 그것은 고귀한 정신이 경험하지 못하는 것이며, 천국과 이어져 있지 않다. 지상에서 그것은 불명예를 부를 뿐이라, 오, 아르주나여.

그런 나약함에 굴복하지 마라. 그대답지 않은 일이니. 그 하찮은 나약함을 던져버리고 일어서라, 오, 적을 억누르는 자여.

아르주나가 말했다.

제가 어떻게 공격할 수 있겠습니까, 오, 크리슈나시여? 타인을 죽이느니 구걸하며 이 세상에 사는 편이 낫습니다…… 저의 존재 자체가 연민에 어쩔 줄 모릅니다. 제 임무에 대해 당혹한 심정으로 부탁하노니, 무엇을 해야 하는지 제게 일러주소서.

크리슈나님에게 이렇게 말한 뒤, 위대한 아르주나는 "저는 죽이지 않을 것입니다" 하고 말하고는 입을 다물었다.

두 길의 중간에서 이렇게 낙담한 그에게 크리슈나, 축복받은 신이 말씀하셨다.

그대는 슬퍼하지 말아야 할 자를 위해 슬퍼하는구나. 그러나 또한 지혜의 말을 하는도다. 현명한 자들은 죽은 자나 산 자를 위해 슬퍼하지 않는다.
나나 그대나 인간의 군주들이 없었던 적은 한 번도 없으며, 앞으로도 우리의 존재가 멈출 일은 없을 것이다.

이 몸속의 영혼이 유년기, 청년기, 노년기를 거치는 동안, 그것이 다른 몸을 취하는 일 또한 그러하도다. 현자는 이런 일에 당황하지 않는다.

　존재하지 않는 것에서 존재가 나오지는 않는다. 존재하는 것에서 존재가 멈추는 일은 없다. 이 모든 것이 배어든 것은 난공불락임을 그대도 알라. 이 불변의 존재에게서 어느 누구도 파괴를 이끌어낼 수 없다. 그러니, 오, 아르주나여, 그대의 의무를 행하라.

　살해한다고 생각하는 자와 살해당한다고 생각하는 자, 이 둘 모두 진리를 알지 못한다. 살해하는 자도, 살해당하는 자도 없다. 그러니, 오, 아르주나여, 그대의 의무를 행하라.

　그는 태어난 적도 없고, 언제든 죽지도 않고, 한번 존재하게 된 뒤에는 다시 존재를 멈추지도 않는다. 그는 태어나지 않은 영원한 자이며, 태고의 존재다. 몸이 살해당해도 그는 살해당하지 않는다. 그러니, 그가 이러하다는 것을 알고, 그대는 슬퍼하지 말며 그대의 의무를 행하라.

　그대의 주사위를 들어라, 오, 아르주나여, 그리고 살해하라.

《주사위의 서》 삽입을 위해 편집)

# 65

　나는 거의 일 년 동안 프랭크 오스터플러드의 소식을 들은 적이 없었으므로, 그를 다시 만나는 일을 진심으로 고대했다. 그는 주사위 치료에 한동안 아주 좋은 반응을 보였다. 그는 처음에 내게 주사위 치료를 받다가 나중에 프레드 보이드가 이끄는 집단치료로 옮겨갔다. 주사위의 임의적인 결정으로 누군가(소년 또는 소녀)를 강간하고 싶다는 욕구를 경험할 때면, 보통 그런 행위에 동반되어 그 행위를 과장하던 죄책감의 무게에서 벗어날 수 있었다. 이렇게 죄책감이 사라지자 그는 강간 욕구가 많이 사라진 것을 알게 되었다. 물론 나는 내키지 않더라도 주사위가 지시한 강간을 수행하기 위해 노력해야 한다고 강력히 주장했다. 그는 강간에 성공했으나, 역겹다고 생각했다. 나는 주사위님의 뜻을 따른 그를 칭찬했다. 그 뒤 그는 선택지에서 강간의 비중을 급격히 줄이더니 나중에는 완전히 없애버렸다.

　그는 무작위적인 방식으로 돈을 쓰면서 즐거워했다. 그러다 놀랍게도 주사위의 결정으로 어떤 여자와 결혼했다. 결혼은 결국 재앙으로 변했다. 나는 당시 세상에서 사라진 상태였지만, 프랭크가 아내와 주사위 인생을 모두 포기하고 다시 이 직장 저 직장을 전전하고 있다는 소식을 프레드 보이드에게서 들었다. 그가 옛날처럼 공격성을 표출하는지는 알 수 없었다.

　감옥살이 때문에 내 주사위 인생이 제한되는 것을 바라지 않았으므로, 미리 계획을 짤 필요가 있었다. 나는 캣스킬 CETRE의 내 자리를 일주일 동안 비우고, 뉴욕으로 '출장'을 갔다. 알고 보니 오스터플러드는 이스트사이드에 있는 옛 아파트에서 그대로 살고 있었다. 내가 살던 곳에서 네 블록쯤 떨어진 곳이었다. 아, 기억이란. 그는 월스트리트의 증권회사에 다니는지 매일 아홉 시간씩 집을 비웠다. 내가 그를 미행한 첫날, 그는 밖에 나가 저녁식사를 하고 영화를 보고 디스코텍에 갔다가 혼자 집으로 돌아왔다. 그러고는 책을 읽거나 텔레비전을 보다가 잠들었을 것이다.

다음 날 죽일 계획인 남자를 미행하며 저녁시간을 보내는 것은 다소 흥미로운 경험이었다. 나는 그가 하품하는 모습, 신문을 살 때 주머니에 동전이 없어서 짜증을 내는 모습, 뭔가 생각을 하면서 빙그레 웃는 모습을 지켜보았다. 전체적으로 오스터플러드는 다소 불안해하는 것 같았다. 마치 누군가가 그를 살해하려 한다는 사실을 알기라도 하는 것처럼 긴장된 모습이었다.

나는 살인이 생각만큼 쉽지 않다는 사실을 점점 깨달았다. 이틀 연속 어두운 밤에 오스터플러드의 아파트 앞을 어슬렁거릴 수는 없었다. 나의 거대한 몸은 너무나 눈에 띄기 쉬웠다. 언제 어디서 그를 죽여야 할까? 그는 덩치 큰 근육질 남자였다. 처음 명단에 적은 서른여섯 명 중, 내가 쏜 총이 빗나간 뒤 어두운 골목에서 다시 만나고 싶지 않은 유일한 남자라고 해도 좋을 정도였다. 나는 주사위를 발견하기 전, 자살을 생각하던 시절부터 가지고 있던 38구경 권총을 가져왔다. 그리고 나는 3미터 이하의 거리에서는 꽤 정확한 총 솜씨를 발휘했다. 덩치 큰 프랭크라도 머리에 한 방만 맞으면 쓰러질 것이다. 하지만 혹시 기회가 생기면 도움이 될까 싶어서 스트리크닌도 가져왔다.

가장 커다란 문제는, 만약 그의 아파트에서 그를 죽인다면 몰래 도망치기 힘들 것이라는 점이었다. 월세가 400달러인 이스트사이드의 아파트에서 총성이 들리는 일은 그리 흔하지 않다. 오스터플러드의 아파트에는 도어맨과 엘리베이터맨이 있었으며, 어쩌면 경비원도 있을 가능성이 있었다. 계단은 십중팔구 없을 터였다. 대로나 골목에서 오스터플러드를 쏘는 것 역시 위험했다. 그런 곳에서는 총성을 훨씬 자주 들을 수 있다 해도, 사람들은 보통 호기심 때문에 무슨 일인가 하고 와보기 때문이었다. 나는 익명의 존재로 파묻히기에는 덩치가 너무 컸다.

그러다 문득 프랭크 오스터플러드는 뉴욕시민이므로 다른 뉴욕시민과 마찬가지로 다른 사람들과 6미터 이상 떨어지는 일이 단 한 번도 없다는 생각이 들었다. 보통 그의 주위 반경 3미터 안에는 십여 명이 있었다. 그의 삶은 결코 고립되어 있지 않았으므로, 그가 철저히 혼자서 살아가며 혼자서 명상하고 생각하고 살해당하는 일은 불가능했다. 나는 깊이 분개했다.

더 이상 주위를 맴돌며 기다릴 수는 없었다. 빨리 캣스킬로 돌아가 캣스킬 주사위센터를 계속 발전시키고 싶었다. 사람들을 다시 행복하고 기쁘고 자유롭게 만들어주고 싶었다.

그러니 토끼굴 같은 맨해튼에서 그를 어떻게든 꾀어내야 했다. 하지만 어떻게? 그가 요즘도 사내아이들에게 관심이 있던가? 아니면 여자아이들? 아니면 남자? 아니면 여자? 아니면 돈? 도대체 뭐지? 이 변소 같은 도시에서 아름답고 고독한 가을 숲으로 그를 끌어낼 수 있는 열쇠가 뭘까? 그가 나를 다시 만났으며, 나와 함께 어디에 가기로 했다는 말을 다른 사람들에게 하지 못하도록 막으려면 어떻게 해야 할까? 어렴풋이 떠올릴 수 있는 유일한 방법은 퇴근하는 그에게 다가가 함께 저녁식사를 하자고 말한 뒤, 즉석에서 만들어낸 구실로 그를 시외로 꾀어내는 것이었다. 그와 관계를 맺고 있는 다른 사람들에게서 몇 킬로미터 떨어진, 인적 드문 시골길까지 가서 그를 쏘면 될 터였다. 몹시 번잡하고 너절한 계획 같았지만 나는 깔끔하고 멋진 범죄를 저지르기로 다짐했다. 메스꺼워하거나 법석을 피우지 않고 품위 있고 우아하게 미학적으로 최고의 범죄를 저지를 것이다. 나는 애거서 크리스티조차 화를 내기보다 기뻐할 살인을 저지르고 싶었다. 누구도, 그러니까 피살자도, 경찰도, 심지어 나도 전혀 의심하지 않을 완벽한 범죄를 저지르고 싶었다.

물론 그런 범죄는 불가능하므로, 나는 한 발 물러나 조금 전에 생각했던 것처럼 법석을 피우지 않고, 감정을 드러내거나 폭력을 휘두르지도 않고, 품위 있고 우아하게 미학적으로 최고의 범죄를 저지르기로 했다. 피살자에게 적어도 그 정도는 해줘야 했다.

하지만 어떻게? 그건 주사위님만 아신다. 확실히 나는 방법을 알 수 없었다. 믿음을 가져야 한다. 주사위님은 내게 일단 오스터플러드와 어울리면서 기회를 보라고 말했다. 애거서 크리스티의 살인범이 이런 식으로 일을 진행하는 건 본 적이 없지만, 내가 뭐라고 주사위님께…….

"프랭크, 어이." 다음 날 저녁 나는 택시에서 내리는 그에게 말을 걸었다. "오랜만이야. 나야, 오랜 친구 루 스미스. 기억하지? 다시 만나 반갑다."

나는 그의 손을 잡고 흔들어댔다. 그가 도어맨에게 들릴 만한 거리에서 내 이름을 말하는 걸 막고 싶었기 때문에 그의 어깨에 한 팔을 두르고, 우리가 미행당하고 있다고 귓속말을 하고는 그를 끌며 움직이기 시작했다.

"하지만 박사……."

"놈들이 자네를 잡으려 해서 만나러 온 거야." 나는 걸으면서 속삭였다.

"놈들이라니 누구⋯⋯."

"저녁식사를 하면서 자세히 이야기해주지."

그는 아파트에서 10미터쯤 멀어진 뒤 걸음을 멈췄다.

"저기, 라인하트 박사님, 내가⋯⋯ 내가 오늘 저녁에 중요한⋯⋯ 약속이 있어요. 죄송하지만⋯⋯."

나는 이미 택시를 향해 손짓한 뒤였다. 택시가 이스트사이드에 사는 우리의 돈을 갈망하며 휙 다가왔다.

"저녁식사부터. 먼저 이야기를 해야 돼. 누가 자네를 죽이려 한다고."

"뭐라고요?"

"타, 얼른."

택시 안에서 나는 마침내 프랭크 오스터플러드를 제대로 볼 수 있었다. 전보다 턱에 살이 더 붙었고, 더 긴장한 것처럼 보였다. 하지만 어쩌면 죽을지 모른다는 걱정 때문일 수도 있었다. 머리는 깔끔하게 다듬어서 빗질이 되어 있었으며, 값비싼 정장은 흠 잡을 데 없는 맵시를 자랑했다. 몸에서는 영웅들이 바를 것 같은 애프터셰이브 로션의 기분 좋은 향기가 났다. 그는 대단히 출세해서 돈도 잘 벌고 사회적 지위도 있는 놈처럼 보였다.

"날 죽이려 한다고요?" 그가 장난스러운 웃음기를 찾으려는 것처럼 내 얼굴을 빤히 바라보았다. 시계를 흘깃 확인해보니 6시 37분이었다.

"그런 것 같아." 내가 말했다." 우리 주사위족 몇 명한테 들은 이야기인데, 놈들이 자네를 죽일 계획이라는 거야." 나는 진지한 표정으로 그의 얼굴을 바라보았다." 심지어 그게 오늘 밤일 수도 있어."

"뭐가 어떻게 된 건지." 그가 고개를 돌렸다. "지금 어디로 가는 거예요?"

"퀸스의 식당. 전채요리가 아주 좋아."

"도대체 왜요? 누가? 내가 무슨 짓을 했다고."

나는 천천히 고개를 가로저었다. 오스터플러드는 지나가는 차들을 불안하게 바라보았다. 옆으로 차가 가까이 다가올 때마다 움찔거리는 것 같았다.

"아, 프랭크, 나한테는 아무것도 숨길 필요 없어. 자네가 저지른 일 중에…… 뭐, 어떤 사람들의 분노를 살 만한 일이 있는 건 자네도 알 거야. 그중 누군가가 자네를 찾아낸 거지. 그러고는 자네를 죽일 계획을 짰어. 난 도우려고 온 거야."

그가 불안한 얼굴로 나를 흘깃 돌아보았다.

"도움은 필요 없어요. 나는 갈 곳이 있습니다. 8…… 8시 30분에. 도움은 필요 없어요." 그는 턱에 힘을 주고 똑바로 앞만 바라보았다. 택시기사인 안토니오 로스코 펠리니의 예술적이지 못한 사진이 거기에 있었다.

"아니, 도움이 필요할 거야, 프랭크. 8시 30분의 그 약속이 어쩌면 죽음과의 조우일 수도 있으니까. 날 데리고 가는 게 나을걸."

"이해가 안 갑니다." 그가 말했다. "박사님과 보이드 박사님에게 주사위 치료를 받은 뒤로 나는, 나는…… 돈이 따라오지 않는 일은 하나도 안 했어요."

"아아아." 나는 모호한 소리를 내며, 다음에 할 말을 고심했다.

"아내만 빼고."

"어디로 가신다고요?" 안토니오 로스코 펠리니가 소리쳤다. 나는 그에게 목적지를 말해주었다.

"아내는 집을 나가서 내게 소송을 걸었습니다. 내가 죽으면, 아내는 한 푼도 건지지 못할 거예요."

"하지만 옛날 할렘에서 있었던 일을 생각해봐, 프랭크. 놈들이 그걸 알지도 모르지."

우리는 차 안에 한동안 조용히 앉아 있었다. 오스터플러드는 미행이 있는지 보려고 두 번이나 뒤를 돌아보았다. 그러고는 미행자가 있다고 보고했다.

"오늘 밤 약속이라는 건 뭐지, 프랭크?"

"박사님과는 상관없는 일입니다." 그가 재빨리 대답했다.

"프랭크, 자네를 도우려고 이러는 거야. 오늘 밤 누가 자네를 죽이려고 할지도 모른다니까."

그가 확신할 수 없다는 듯이 나를 바라보았다.

"나는…… 나는 데이트가 있어요." 그가 말했다.

"아아아." 내가 말했다.

"그 여자는 내가…… 그러니까…… 그 여자는 돈을 좋아해요."

"어디서 만나기로 했는데?"

"어…… 할렘에서." 그의 눈이 기대감을 담고 우리 옆에 멈춘 버스를 흘깃 보았다. 거기에 사복형사나 CIA 요원이나 FBI 요원이 타고 있기라도 한 것 같았다. 물론 그들이 각각 몇 명씩 있기야 하겠지만, 그가 손을 뻗을 수 있는 사람들은 아니었다.

"혼자 사는 여자야?" 내가 물었다. 6시 48분이었다.

"어…… 그게, 그래요."

"어떤 여자인데?"

"역겨운 여자!" 그가 강하게 뱉듯이 말했다. "살덩이, 살덩이,

살덩이…… 여자란." 그가 말을 덧붙였다.

"아아." 나는 실망했다. "그 여자가 음모에 연관되었을 가능성이 조금이라도 있을 것 같아?"

"그 여자를 만난 지 석 달이에요. 그 여자는 날 프로 레슬러로 알고 있죠. 끔찍한 여자이긴 해도, 아뇨, 아뇨, 그건 아니에요. 그 여자는 아니에요."

"프랭크." 내가 충동적으로 말했다. "오늘 밤 자네는 자네 아파트와 공공장소에 가지 말아야 돼. 내가 아는 외진 식당에서 저녁을 먹고 자네의 그 여자친구와 거리를 두자고."

"확실해요……?"

"만약 오늘 밤 누가 당신을 죽이려 하더라도 날 믿으면 돼."


# 66

## CETRE의 보글스 교수


친애하는 루크,

나는 합리적이고, 단선적이고, 구두적이고, 종잡을 수 없고, 문예적인 사람일세. 자네가 이전에 보여준 터무니없는 행동들조차 캣스킬 CETRE의 첫 주 동안 받은 충격에 비하면 아무것도 아니더군. 나는 본분대로 분노를 표시하고, 햄릿을 연기하고, 바보 행세를 하고, 분노한 호랑이처럼 굴었네. 주사위님이 여자가 되라고 명령했을 때는 심지어 상당히 큰 내 엉덩이를 실룩거리기도 했어. 이 모든 것은 아무도 없는 곳에서 진실된 감정 없이 행해졌네.

어떤 중년 여자가 나더러 자기를 유혹하라고 끈덕지게 졸라대고, 주사위님도 거기에 호의적인 반응을 보여야 한다고 지시했을 때, 나는 나도 모르게 그 여자의 목을 침으로 적시고 커다란 가슴을 움켜쥐었지만 완전히 초연한 기분이었어. 내 남근은 수축한 상태였네. 오 분 뒤 여자가 골을 내며 다른 사람에게 가버렸지.

내가 깨달음에 이른 것은 닷새째, 창의력 방에서일세. 주사위님이 나를 위해 새로운 언어를 사용해서 4페이지 길이의 글을 쓰라는 과제를 선택해주었지. 이미 알려진 어휘를 주로 쓰되, 새로운 문법, 구문, 어법으로 구성하라는 거였어. 그 글을 통해 나는 진실된 감정을 표현해야 했네. 하지만 한 시간을 앉아 있었어도 고작해야 낙서 수준을 벗어나지 못했어. 그러다 마침내 문장 하나를 썼지.

"쓰레기나 펑퐁 시를 낭비하다."

이 문장을 읽는 소리는 좋았지만, 구문이 너무 평범했어. 그래서 두 번째 문장을 썼네.

"가죽이 벗겨진. 비쩍 마른, 구워진. 막대기."

이게 더 나은 것 같긴 했는데, 동사가 없는 거야.

"소극아저씨 미드우프 소페의 잡동사니 뭉에서 바크닝 스트레이너즈."

나는 혼자 빙긋 웃었네. 진실에 점점 가까워지는 것 같았거든.

"미시-이드 클랭커 렛캐치즈 가르룽 가르룽 잡동사니 미드우프 플러시팅. 나는 사탕을 웡했다. 너 노 캔디, 아바 만족. 너 다시 매듭, 아바 줄껍게 대답. 플러킷 선싯. 핫뱀 마스터."

하지만 원래 진실된 감정을 표현하는 것이 내 임무였지. 어떻게 하면 터무니없이 명쾌하고 하찮게 보이지 않으면서 그렇게 할 수 있을까? 계속 앞으로 나아가야 한다는 생각이 들었네.

"의식자 흉내. 의식자는 의식하는 자. 단어, 당어, 최악…… 뭐가 역시 만기? 플러스족쇄 생각, 붉은컵 행복비즈 프로노션 게임, 베이비 갔다. 내가 상 달 가망 별로. 거룩한 어멍니, 하느님의 즐거움…… 아아.

남은 구원자여, 어디로 가시나?
소용돌이의 꼬임, 당신은 나를 그렇게 묶어
나는 항 수 없어. 성급한 항문애 젠장 내게서
모든 힝을 없애. 간청하노니 자삐를 보여주소서.

머리를 서, 너의 버리, 너의 되! 너의 항리성! 리선적으로 굴어!(결산팀이 우리 모두를 파괴할 것이다) 기억, 반족 인간은 인생을 인생을 즐기고, 많은 즐거움을 찾아내는 사람. 암껏도 보르는 사람. 항리적으로 굴면서 병病학을 이용해. 하지만 쓰고, 서고, 써!

하느님은 우주의 꼬임
(얼음은 우리의 죄를 위해 죽었다!)
하느님은 소용돌이의 꼬임
(넓고 자유로운 것에 줄줄 못을 박는다)
하느님은 살을 발라낼 수 있는 것을 닥닥하게
(많이 카진 자에게 쌓일 것이다)
일곱 가지 대죄를 그가 이름 붙이고,
우리가 한 일, 우리가 반드시 회개해야 할 일
(샤랑은, 크가 말하기를, 기름이다)
하느님은 꼬임을 워낙 샤랑하사 요상하게 낳은 아들을 묻었다

그가 최를 대신해 죽은 핏는 자들 은 지옥 같은 삶을 살
기를."

아, 루크, 나는 쓰고 또 썼네. 두 시간 반 동안 찬란한 허튼소리
를 썼어. 어찌나 많은 의미가 흠뻑 배어 있는지, 대학원의 내 제자
들이 그걸 전부 해석하는 데는 수십 년이 걸릴 걸세. 아름다운 일
이지. 어찌나 기분이 좋았는지 뚱뚱한 여자가 또 가슴을 부풀려
보글스는 당장 서버렸네. 친애하는 루크, 자네는 완전히 미쳤고,
난 자네의 충실명청한 해독解讀약이야.

자네의
고블스

## 67

프랭크 오스터플러드와 퀸스의 궁벽한 식당에서 이렇다 할 일
없이 저녁을 먹은 뒤 차를 타고 할렘으로 가는 도중에, 나는 가로
등이 희미한 외딴곳으로 그를 데려가면 어떨까 하는 생각을 떠올
렸다. 폭력배들이 자기보다 못한 폭력배를 처리할 때 이용하는 곳
말이다. 하지만 나는 가로등이 희미한 외딴곳을 알지 못했다. 게
다가 오스터플러드가 그 편집증 성향을 내게 돌려 나를 공격할지
도 모른다는 생각이 들기 시작했다.

우리는 오스터플러드의 '데이트 상대'가 사는 아파트에 8시
34분 조금 지나서 도착했다. 레녹스 애비뷰 근처, 143번가나

145번가 어디쯤인 것 같았다. 둘 중 어느 쪽인지는 끝내 알아내지 못했다. 내 피살자가 택시비를 냈다. 기사는 힐튼이나 파크 애비뉴에 있을 시간에 인적 없는 곳에 와버려 화가 난 것 같았다. 우리가 인도에서 우아하지만 무너질 것 같은 아파트까지 10미터를 걸어가는 동안 아무도 다가오지 않았다. 짙은 어둠 속에서 수십 개의 검은 얼굴이 우리를 노려보는 것이 느껴지는데도 그랬다.

우리는 사람과 그림자처럼 딱 붙어서 계단으로 3층을 쿵쿵 올라갔다. 나는 총을 만지작거렸고, 오스터플러드는 발밑을 조심하라고 내게 말했다. 말이 뛰는 소리와 고함소리가 1층 아파트에서 새어나왔다. 2층에서는 히스테리 환자처럼 높은 소리로 웃어대는 여자의 목소리가 들렸지만, 3층에는 침묵뿐이었다. 오스터플러드가 문을 두드릴 때, 나는 내 이름이 루 스미스임을 그에게 단단히 되새겨주었다. 나는 프랭크의 동료 레슬링 선수였다. 두 프로레슬링 선수가 한 여자에게 구애하려고 나타나는 것은 이상한 일이었다. 심지어 둘 중 한 명은 흠 잡을 데 없이 옷을 차려입었는데 다른 하나는 노숙자 같은 꼴이었다. 하지만 당시 나는 우리 모습이 이상하다는 사실을 알아차리지 못했다.

문을 열어준 사람은 뚱뚱한 중년 여자였다. 머리카락은 끈적거리고, 턱은 두 겹이고, 미소는 유쾌했다. 검둥이 여자 같은 모습은 거의 없었다.

"나는 루 스미스입니다. 프로레슬링 선수죠." 내가 재빨리 말하며 한 손을 내밀었다.

"훌륭하네요." 그녀는 이렇게 말하고는 우리를 지나쳐 어기적어기적 계단을 내려갔다.

"지나 있습니까?" 오스터플러드가 소리쳤지만, 그 여자는 알은

척도 하지 않고 쿵쿵 계단을 내려갈 뿐이었다.

나는 그 뒤를 따라 안으로 들어갔다. 작은 현관을 지나니 상당히 큰 거실이 나왔다. 한쪽 벽에 버티고 선 커다란 텔레비전이 거실을 장악했고, 그 맞은편에는 데니시모던 양식의 긴 소파가 있었다. 바닥에는 두툼하면서도 부드러운, 예쁜 황갈색 카펫이 벽에서 벽까지 깔려 있었지만, 텔레비전과 소파 앞에는 심한 얼룩이 있었다. 오른쪽 방에서 수돗물 소리가 들려왔다. 뭔가 하얀 것이 잔뜩 있는 것을 보니 주방인 모양이었다. 오스터플러드가 그쪽을 향해 소리쳤다.

"지나?"

"으으응." 높은 여자 목소리가 들려왔다.

나는 한쪽 벽에 걸린 인물사진 두 개를 눈을 가늘게 뜨고 살펴보았다. 맹세코 슈거 레이 로빈슨*과 알 카포네를 닮은 사진이었다. 여자가 거실로 나와 우리 앞에 섰다. 젊고 풍만한 검은 머리 여자였다. 얼굴은 아이 같았다. 커다란 갈색 눈에서는 순진무구함이 흘러나오고, 가무잡잡한 얼굴은 잡티 하나 없이 매끈했다.

"이게 뭐야?" 그녀가 날카롭고 차갑게 말했다. 아이처럼 높은 목소리인데도, 자신의 이득을 따지는 냉소가 배어 있었다. 아이 같은 얼굴과는 전혀 어울리지 않았다.

"아, 이쪽은 루크 라이……."

"스미스!" 내가 소리쳤다. "루 스미스, 프로레슬링 선수입니다." 내가 앞으로 나서서 한 손을 내밀었다.

"지나예요." 그녀가 차갑게 말했다. 내 손을 잡은 그녀의 손에는 생기가 없었다.

---

*  미국의 권투 선수.

그녀가 우리 옆을 지나 거실로 들어가면서 어깨 너머로 말했다.

"한잔할래요?"

우리 둘 다 스카치를 청했다. 여자는 텔레비전 왼쪽 구석에 있는 장식장 앞에서 무릎을 꿇었다가 일어섰다. 장식장 안에는 술이 아주 많이 들어 있었다. 오스터플러드와 나는 소파의 양쪽 끝에 앉았다. 오스터플러드는 꺼진 텔레비전의 회색 화면을 빤히 바라보았고, 나는 지나의 갈색 가죽 미니스커트와 황갈색 크림 같은 다리를 바라보았다.

그녀가 다가와 우리에게 얼음을 섞은 훌륭한 스카치를 건네며, 그 이상하게 순진무구한 아이 같은 얼굴로 나를 바라보았다. 그리고 차갑게 입을 열었다.

"당신도 이 사람이랑 같은 걸 원해요?"

나는 오스터플러드를 바라보았다. 그는 카펫을 내려다보고 있었다. 뚱한 표정이었다.

"무슨 뜻이에요?" 나는 다시 여자에게 고개를 돌리고 물었다. 그녀는 앞에서 단추를 잠그게 되어 있는 황갈색 브이넥 스웨터 차림이었는데, 풍선처럼 부풀어 있는 젖가슴이 내 마음을 산란하게 만들었다.

"여기 왜 왔어요?" 그녀가 내게서 눈을 떼지 않은 채 물었다.

"그냥 오랜 친구라서 구경하러 왔어요." 내가 말했다.

"아, 그런 타입." 그녀가 말했다. "50달러예요."

"50달러?"

"뭘 또 묻고 그래요?"

"그렇군요. 굉장한 쇼인가 봐요." 나는 오스터플러드를 바라보았다. 그는 여전히 존재하지도 않는 카펫 쇼만 내려다보고 있었다. "좀 생각을 해봐야겠어요."

"난 술 한 잔 더 할래요." 오스터플러드는 이렇게 말하고 나서 고개를 숙인 채, 훌륭한 맵시를 자랑하는 긴 팔을 뻗었다. 얼음 두 개가 들어 있는 잔이 그 손에 쥐어져 있었다.

"돈." 여자는 움직이지 않았다.

그가 지갑을 꺼내 액수를 알 수 없는 지폐 네 장을 꺼냈다. 여자는 느릿느릿 걸어가 지폐를 받아서 꼼꼼하게 한 장 한 장 손가락으로 만져보고는 그의 잔을 들고 다시 주방으로 사라졌다. 나른한 암표범처럼 움직이는 여자였다.

오스터플러드가 여전히 나를 외면한 채로 말했다.

"밖에서 망을 봐주실래요?"

"괜한 위험을 무릅쓸 수는 없지. 살인자가 벌써 이 건물 안에 들어와 있는지도 몰라."

그가 눈을 들어 불안하게 두리번거렸다.

"데이트 상대가 역겹다고 했던 것 같은데?" 내가 말했다.

"역겹죠." 그는 이렇게 말하고 나서 부르르 떨었다.

역겨운 살덩이 살덩이 살덩이가 되돌아와 오스터플러드에게 두 번째 잔을 주고, 자신의 잔에도 술을 새로 따랐다. 나는 깔끔하고 미학적인 진실의 순간을 위해 긴장을 놓지 말자고 결심하고서, 술을 조금씩 홀짝거리기만 했다. 내 시계로는 8시 48분이었다.

"이봐요, 아저씨." 지나가 내 앞에서 다시 입을 열었다. "50달러 낼 거 아니면 나가요. 여긴 대기실이 아니에요." 그 목소리라니! 저 여자가 아예 한 마디도 하지 않는다면 얼마나 좋을까.

"그렇군요." 나는 내 친구에게 시선을 돌렸다. "50달러를 주는 게 좋겠어, 프랭크."

그는 다시 지갑을 꺼내 지폐 한 장을 빼 건넸다. 여자는 그것을 만져보고는 자그마한 가죽 스커트의 자그마한 주머니에 쑤셔 넣었다.

"좋아요." 그녀가 말했다. "갑시다."

그녀는 텔레비전으로 걸어가서 스위치를 켜고, 둥근 다이얼을 세심하게 조절해서 소리를 상당히 크게 키웠다. 그녀가 텔레비전에서 떨어졌을 때 보인 것은 세 청년이 움찔거리며 어떤 곡조를 크게 연주하는 모습이었다. 세계적으로 유명한 노래라서 나도 거의 알 것 같았다.

내가 이런 걸 보자고 50달러를 냈다고? 아니, 돈을 낸 사람은 오스터플러드였다. 나는 마음을 놓았다.

"대마초도 필요해요?" 여자가 오스터플러드에게 물었다. 그는 골난 표정으로 반쯤 마신 잔을 들여다보고 있었다.

"그래요." 그가 말했다.

이번에는 지나가 주방에서 작은 담배파이프를 가져왔다. 오스터플러드가 건네받자마자 불을 붙인 것으로 보아, 속이 이미 꽉 채워져 있는 것 같았다.

그가 파이프를 여자에게 건네자, 여자는 길게 한 모금을 빨아들인 뒤 우리 둘 사이에 앉아 등받이에 등을 기대며 한쪽 팔을 뻗어 내게 파이프를 건넸다. 나는 미국 해병들이 임무를 수행하는 데 대마초가 대단한 도움이 된다는 말을 어디선가 읽은 적이 있기 때문에 힘차게 파이프를 빨아들인 뒤 다시 그녀에게 건네주었다.

우리가 각자 고작 서너 번밖에 빨지 않았는데, 벌써 불이 꺼진 것 같았다. 하지만 몇 분 뒤, 텔레비전에서 성실하고 잘생긴 미국인이 느끼한 라틴아메리카인을 때려눕히는 모습을 보고 있는데,

내 코앞에 훌륭하게 불이 붙은 파이프가 다시 나타났다. 나는 연기를 허파에 품고 지나에게 파이프를 도로 넘겨주면서 빙긋 웃어 보였다. 그녀의 아기 같은 부드러운 얼굴과 커다란 갈색 눈이 슬프고 무구하게 내 눈을 바라보았다. 저 여자가 말만 하지 않으면 다 좋은데. 그나저나 흑인인가 이탈리아인인가?

두 번째 대마초를 네 번째로 빨아들였을 무렵, 나는 연기를 깊숙이 빨아들이는 리듬을 즐기고 있었다. 성실한 미국인이 이야기하고, 미간을 찌푸리고, 제트엔진 지프를 모는 모습도 즐거웠다. 그러고 나니 내 코앞에서 보석이 박힌 파이프가 꽃을 피우고, 연기를 들이마시고…… 파이프를 다시 건네면서 나는 다시 웃어주고 싶었다. 그녀도 쇼를 즐겼으면 해서. 나는 그녀가 파이프를 입에 무는 모습을 흥미롭게 지켜보았다. 오스터플러드의 손이 그녀의 턱 바로 아래에서 꽃이 피듯 시야에 들어오더니 V자 모양으로 파인 지나의 스웨터 목선 한쪽을 낙지처럼 꽉 붙들었다. 곧 이어 그 손이 슬로모션으로 허공을 날자 스웨터 단추가 기관총 총탄처럼 거실 카펫 위로 펑펑 튀어나갔다. 지나는 계속 대마초를 들이마시고는 파이프를 다시 내게 건넸다. 눈은 천장을 바라보고 있었다. 나는 기쁜 마음으로 파이프를 바라보며, 담배를 담는 그릇 바깥 면에 레이스 모양으로 박힌 가짜 보석을 살펴보았다. 그 그릇 안의 검은색 숯처럼 보이는 작은 덩어리도 보았다. 그러고는 기분 좋게 한참 동안 연기를 빨아들였다. 이제 보니 ABC에서 새로운 모험 시리즈인 〈CIA 작전중〉을 방송하고 있었다. 존슨즈 베이비 파우더 광고가 끝난 뒤, 성실하게 생긴 두 미국인(둘 중 한 명을 아까 본 기억이 났다)이 땀 흘리며 일하는 농민들을 배경으로 빨갱이의 음모에 대해 이야기하기 시작했다.

지나에게 파이프를 건네려고 나른하게 고개를 돌려 보니, 그녀는 조금 전과 정확히 똑같이 고개를 소파에 기대고 천장을 바라보며 앉아 있었다. 하지만 상반신이 알몸이 되어 있는 것이 달랐다. 가슴에 솟은 두 젖가슴은 둔덕 모양으로 다듬어놓은 꿀 같았고, 그 둥근 꿀 언덕의 정점에는 흑설탕을 깎아 만든 깔끔하고 둥근 왕관이 있었다.

지나는 파이프를 입에 물지 않고 곧바로 오스터플러드에게 넘겼다. 그리고 곧 파이프가 거실 바닥으로 날아가 단추와 스웨터와 브래지어 위에 떨어졌다. 그가 그녀의 손을 후려갈긴 것이다.

"일어나." 오스터플러드가 말했다.

그녀가 배부른 암표범처럼 천천히 일어섰다. 이제 오스터플러드가 눈에 들어왔다. 그는 무표정한 얼굴에 충혈된 눈으로 그녀를 노려보고 있었다. 부드러운 회색 정장이 깔끔했다.

"이 더러운 년." 그가 어눌하게 말했다. "이 보지 같은 년."

나는 아무 생각 없이 혼자 빙그레 웃으면서 소파에 등을 기대고, 지나의 오른쪽 젖가슴이 그리는 곡선을 감상하며 최고의 미학적인 기쁨을 느꼈다. 그녀의 젖가슴은 절벽 뒤에서 코를 내민 뱃머리처럼 오른팔 앞으로 우아하게 솟아 있었다. 성실한 미국인이 그 짤막한 제1사장* 끝에서 느끼한 라틴아메리카인과 공격적으로 수다를 떨어댔다.

"이 헤픈 년." 오스터플러드가 약간 더 큰 목소리로 말했다. "질 척거리는 하수구. 똥구덩이 보지. 더러운 걸 질질 흘리는 창녀."

지나는 가죽 스커트의 허리띠와 한쪽 솔기를 만지작거렸다. 그

---

* 뱃머리에서 앞으로 튀어나온 돛대 모양의 둥근 나무.

러자 곧 치마가 기요틴처럼 발치의 바닥으로 뚝 떨어졌다. 이제 그녀는 완전히 알몸이었다. 길고 사랑스러운 흉터가 한쪽 허벅지 뒤쪽에 나 있었다.

"더러운 년!" 오스터플러드가 비명처럼 고함을 지르고는 멍하니 일어서서 몇 초 동안 휘청거렸다. 텔레비전에서 비명이 들려서 한가롭게 흘깃 보았더니, 미국인 한 명이 농민 한 명을 들어 거름 더미로 던져 넣는 모습이 보였다. 거름 더미 안에서는 이미 다른 농민 한 명이 헛되이 몸부림치고 있었다.

내가 다시 시선을 돌리자 마침 오스터플러드가 지나의 구불구불한 검은 머리채를 휘어잡고 그녀를 소파로 내던지는 참이었다. 그녀는 관절이 따로 놀듯이 한 번 출렁 튀어올랐다가 조용히 내려앉았다. 커다란 갈색 눈이 공허하게 천장을 바라보았다.

"똥!" 오스터플러드가 소리쳤다. "똥 같은 년!"

나는 그녀에게 다정한 미소를 지어주었다.

"훌륭한 저녁시간이 될 것 같네요." 내가 기분 좋게 말했다.


## 68


나는 수백 번이나 여자가 되어보았다. 주사위 인생을 살면서, 집단 주사위 치료에서, 우리 주사위센터에서. 보통 나는 여자가 된 시간을 철저히 즐겼다. 사람들이 나를 남자로 생각했을 때만 빼고. 예를 들어, 클리블랜드 브라운스의 수비수(그는 예전에 굿유머 아이스크림의 트럭을 모는 운전기사였다)를 만났을 때 처음에는 보람을 느낄 수 없었다. 그가 내게 남자가 되라고 했고, 나도 그를 남자로 생각했기 때문이다. 역할이 혼란해지면 항상 힘들다.

나는 육체적으로 여자가 되는 것이 사회적으로나 심리적으로 여자가 되는 것보다 더 힘들다는 사실을 알게 되었다. 성적으로는 극히 실망스러웠다. 남자에게 깔리는 것을 즐길 수 있는 기관이 내게 없기 때문이었다. 침대에서 진짜 남자와 어울리는 것보다는 공격적이고 '남성적인' 여자를 상대로 수동적이고 '여성적인' 역할을 하는 편이 훨씬 더 즐거웠다. 항문에 음경을 넣고 펌프질을 하는 것은, 정확히 말해서, 똥구멍이 아픈 일이었다. 훌륭하고 뜨거운 좆이 입안에서 소용돌이치는 느낌은 확실히 모두들 한 번쯤 경험해볼 만한 일이지만, 내게는 성적으로 사소한 쾌감을 안겨주는 행위에 지나지 않는다. 뜨거운 정액이 입안으로 흘러들 때는 즐겁다. 그 일에 자부심을 느끼기만 한다면. 하지만 그것은 육체적인 쾌감이라기보다는 기껏해야 심리적인 쾌감일 뿐이다. 지나치게 짠 수프에 목이 막혀 사레가 들리는 것은 내가 생각하는 관능적인 희열이 아니다. 물론 내게도 한계가 있음은 인정한다.

여자가 되는 것의 매력은, 적어도 내 경우에는, 신선한 일과 수동성을 경험할 수 있다는 점에 있다. 피학적인 수동성이라고까지 말해도 될 것 같다. 남자가 됐든 주사위님이 됐든 우월한 존재에게 지배당하고 싶다는 욕구에는 확실히 뭔가 기본적인 요소가 숨어 있다. 남자들에게 공손하고 수동적으로 반응하는 것은 결코 나의 지배적인 본성이 아니지만, 주사위님이 내게 여자 역할을 하라고 명령하신 덕분에 잠재되어 있던 노예 기질이 밖으로 드러났다.

여자가 되는 것은 확실히 우리 사회 모든 남자들에게 기본이 되어야 한다. 여자들에게는 그 반대의 경우가 적용된다. 인간은 흉내 내는 생물이며, 모든 남자들은 수천 가지 여성적인 몸짓, 말투, 태도, 행동을 속에 저장해두고 있다. 겉으로 드러나 표현되기를 갈망하지만 남성성이라는 명목하에 파묻힌 정보들이다. 참으로 비극적인 일이다. 주사위센터가 가장 크게 기여한 바를 하나만 꼽는다면, 아마도 모든 역할의 표현을 장려하는 환경을 만들어낸 것을 꼽을 수 있을 것이다. 다시 말해서, 주사위센터의 환경은 양성애를 장려한다. 아니, 좀 더 솔직하게 말하자면, 그러니까 정직이 우리의 미덕에 포함된다면, '모든' 성애를 장려한다고 할 수 있을 것이다.

나는 수백 번이나 여자가 되어보았다. 붉은 피가 흐르는 건강한 미국 남자들 모두에게도 권하고 싶다.


## 69


제이크 엑스타인은 어느 날 주사위센터 안을 걷다가 두 사람의 대화를 우연히 듣게 되었다.

"당신이 갖고 있는 최고의 역할을 보여줘요."

"내 역할들은 모두 최고예요. 내 안에 최고가 아닌 행동은 하나도 없어요."

"자만심이 대단하네요."

"자만심이 아니라 주사위 생활이에요."

제이크 엑스타인은 이 대화를 듣고 깨달음을 얻었다.

《주사위의 서》에서

# 70

지나는 바닥에 무릎을 꿇고 있었다. 그녀의 양손은 브래지어로 등 뒤에 묶여 있고, 오스터플러드는 바지와 팬티는 발목에 뭉쳐 있지만 상반신에는 여전히 하얀 셔츠와 넥타이와 재킷을 갖춰 입은 모습으로 발기한 분홍색 무기를 그녀의 입에 찔러대며 한 번 찌를 때마다 욕설을 퍼부었다. 거대한 피스톤이 움직이는 모습을 슬로모션으로 찍은 영화를 보는 것 같은 기분이었다. 하지만 기계에 모종의 결함이 있어서, 피스톤 막대가 활짝 벌어진 입을 자주 놓치는 것 같았다. 지나는 무표정한 얼굴에 눈을 커다랗게 뜬 채 입을 벌리고 있었다. 여자라는 인종을 향해 오스터플러드가 휘두르는 분노의 칼은 자꾸 빗나가서 그녀의 뺨이나 목으로 미끄러지고, 눈을 찔러댔다. 그녀의 입이 가득 찬 것 같으면(그녀는 그때마다 눈을 감았다), 오스터플러드는 분노로 날뛰면서 뒤로 물러났다가 간헐적으로 다시 찔러대며 욕설을 두 배로 퍼부었다. 그녀가 그를 빨아들일 때와 그가 목표를 놓치고 그녀의 이마에 고통스럽게 부딪힐 때 중 언제 그가 그녀를 더 미워하는지는 확실히 알 수 없었다. 두 경우 모두 그는 여배우인 그녀가 대사를 제대로 읊지 못했다는 이유로 머리끝까지 화가 난 영화감독처럼 보였다.

"아아악! 내가 널 얼마나 증오하는지 알아?" 그는 이렇게 고함을 지르고는 내 옆의 소파를 향해 비틀비틀 앞으로 쓰러졌다. 나는 그에게 미소를 지어 보였다.

그는 힘들게 몸을 옆으로 돌려 일어나 앉았다.

"내 옷을 벗겨, 이 구역질나고 더러운 구멍아." 그가 큰 소리로 말했다.

귀여운 농촌 처녀가 겁에 질린 얼굴로 성실한 미국인 옆에 와서 자신이 기르는 옥수수에 대해 열심히 간청하고 있었다. 지나는 별로 힘든 기색 없이 묶인 손을 자유롭게 풀어 브래지어를 치마와 스웨터와 단추와 파이프 옆 카펫에 다시 떨어뜨리고 오스터플러드의 옷을 벗기려고 소파로 다가왔다.

"술 가져와." 지나가 바지를 구두 위로 벗기려고 애쓰는 동안 그가 아무렇게나 소리쳤다. 지나가 일어서서 말했다.

"물론이죠, 허니. LSD도 좀 가져올까요?"

"네년 엉덩이만 있으면 돼, 이 수챗구멍아!" 그가 그녀의 뒤통수를 향해 소리쳤다.

"이건 조국을 위한 일이야." 텔레비전에서 단호한 목소리가 말했다.

오스터플러드의 검은 이제 녹아서 둥글게 호를 그리는 중이었지만 내 것은 아니었다. 온몸이 기분 좋게 찌릿찌릿해서 나는 그 느낌을 기분 좋게 유지하기 위해 38구경 권총과 또 다른 막대기(반자동)를 조정했다. 오스터플러드가 어떻게 저 젖가슴과 엉덩이에 손을 대지 않는지 알 수 없었다. 그가 떠들어대는 말과 그의 혐오스러운 목적에 나는 몹시 분개했다.

그는 지나가 가져온 술을 꿀꺽꿀꺽 마셨다. 그동안 그녀는 그의 구두를 한 짝씩 끈을 풀어 벗겼다. 텔레비전 속의 CIA는 트랙터를 몰았다. 지나는 오스터플러드 앞에 무릎으로 서서 넥타이를 벗기고, 셔츠 단추를 하나씩 차례로 풀었다. 나는 슬로모션 영화 같은 그 모습을 구세주의 재림을 알리는 신실한 뉴스화면이라도 되는 것처럼 지켜보았다. 그녀가 막 그의 셔츠에서 왼팔을 살살 빼내고 있을 때(농민들의 환성이 들려서 잠깐 화면에 눈길을 주었더니, 하얀 이를 드러내며 환하게 웃는 사람들이 숲처럼 빽빽이 서 있었다), 오스터플러드의 거대한 근육질 양팔이 불쑥 튀어나와 그녀를 감싸고, 그의 얼굴이 그녀의 얼굴을 파고들고, 그의 입이 그녀의 입속으로 가라앉았다.

지나가 날카로운 신음 소리를 냈다. 몸을 비트는 것을 보니, 그의 움직임 때문에 어딘가가 아픈 모양이었다.

"이 나쁜 자식!" 입이 자유로워지자 그녀가 날카롭게 쏘아붙였다. 그러고는 그렇게 가까이 다가앉은 상태에서 최대한 힘을 실어 그의 뺨을 때렸다. 그는 히죽 웃으며 그녀의 어깨에 이를 박아 넣었다. 그녀가 그의 등을 할퀴자, 그가 그녀를 뒤로 밀어버리는 바람에 그녀가 엄청난 소리를 내며 카펫 위로 우당탕 쓰러졌다. 그가 몸을 떼고 그 역겨운 변소에 자신의 무기를 넣으려고 하자 그녀는 그의 얼굴을 몇 차례 때렸다. 그러고 나서 마침내 그가 그 안으로 들어가 움직이기 시작했다.

볼 것이 별로 없었다. 오스터플러드의 커다란 엉덩이가 위아래로 약 10센티미터씩 움직이면서 지나의 풍요로운 밭을 갈았고, 쫙 펴진 채로 그의 등을 붙잡은 지나의 손가락들은 가끔 위치를 바꿨다. 마치 그녀가 악기를 연주하는 것 같았다. 지나가 신음하고, 오스터플러드는 갑자기 벌떡 무릎으로 일어서서 농부가 밀 자루를 뒤집듯이 그녀를 홱 뒤집어, 그녀의 다른 동굴 속에 있는 적과 다시 교전하기 위해 자신의 무기를 만지작거렸다. 그가 그녀의 안으로 찌르고 들어가며 앞으로 쓰러지자 지나는 무시무시한 비명을 내질렀다. 그 소리가 화면에서 나는 총소리와 너무나 완벽하게 맞아떨어져서 나는 재빨리 그쪽을 바라보았다. 겁에 질린 아름다운 농촌 처녀가 찢어진 블라우스 차림으로 성실한 미국인의 팔을 움켜쥐고 있었고, 닭장 뒤에서는 농민 스파이들이 맹공을 퍼붓고 있었다.

지나는 오스터플러드를 떨쳐버리기 위해 오른팔로 몸을 일으키려고 몸부림쳤다. 하지만 오스터플러드는 한 손으로 그녀의 머리채를 휘어잡고, 다른 손으로 그녀의 오른팔을 억압한 채 계속 박아댔다. 프로레슬링 선수라는 그의 역할이 이제 빛을 발하는 듯싶었다.

"더러운년더러운년더러운년." 그가 헉헉거리며 말했다. 성실한 미국인은 아름다운 농촌 처녀를 옥수수 밭으로 끌고 들어가는 중이었다. 총알이 사방에서 옥수수 속대를 박살내고 오스터플러드는 지나의 머리를 카펫에 쾅쾅 찧어대고 미국인이 수류탄을 던지자 쾅! 짱꼴라 농민들이 옥수수 밭 위에 비료처럼 흩뿌려지고 오스터플러드는 이를 악문 채 "주사위주사위주사위더러운년더러운년"을 외쳐대며 엄청난 힘으로 그녀의 항문을 쑤셔대고 둘 다 비명을 질렀다.

이 세상의 것 같지 않은 침묵이 방을 가득 채웠다. 아름다운 농촌 처녀는 조각난 농민의 시신을 보다가 겁먹은 눈에 촉촉이 물기를 머금고 성실한 미국인을 바라보았다. "오, 하느님." 그녀가 말했다.

"진정해." 묵직한 목소리가 대답했다. "이번에는 우리가 이겼지만, 이런 놈들은 언제나 있어."

오스터플러드는 끙 하는 소리를 내며 자신이 정복한 적에게서 몸을 떼고 바닥으로 몸을 굴렸다. 그의 무기는 여전히 서 있었지만, 아마도 충전된 동력을 다 쓴 모양이었다.

지나는 낮은 둔덕처럼 조용히 누워 있다가 곧 무릎으로, 발로 일어섰다. 여전히 우리를 등진 채 텔레비전 쪽을 향하고 있었지만, 나는 그녀의 오른쪽 입가에서 피가 작은 개울처럼 흐르는 것을 볼 수 있었다. 한쪽 허벅지 안쪽에도 뭔가 묻어 있었다. 그녀는 천천히 왼쪽으로 움직여 아마도 욕실인 듯싶은 곳으로 사라졌다.

나는 땀을 뻘뻘 흘리고 있었다. 어떤 부인이 빨래를 들어 올리며 행복에 겨운 미소를 지었고 나는 나도 모르게 술이 들어 있는 장식장으로 한들한들 다가가서 녹은 얼음을 많이 섞어 술을 세 잔 만들었다.

다시 한들한들 돌아와 보니 오스터플러드는 바닥에 누워 있다가 내가 내민 잔을 받으려고 일어나 앉았다. 그가 흉흉한 눈빛으로 나를 바라보았다.

"난 살해당할 거예요." 그가 말했다.

난 그것을 까맣게 잊고 있었다.

그가 내 바지 자락을 붙잡는 바람에 그의 술이 카펫에 조금 쏟아졌다.

"난 죽을 거예요. 확실해요. 당신이 어떻게 좀 해줘요."

"걱정할 것 없어." 내가 말했다.

"아니, 아니, 그렇지 않아요. 강하게 느낌이 와요. 난 죽어 마땅한 놈이에요."

"주방으로 가자." 내가 말했다.

그가 흉흉한 눈으로 나를 빤히 바라보았다.

"보여주고 싶은 것이 있어." 내가 말을 덧붙였다.

"아." 그는 아주 힘겹게 몸을 움직여 네 발로 엎드렸다가 휘청휘청 일어섰다.

나는 고래 같은 그의 뒤를 따라 주방으로 흐르듯이 움직였다. 그가 내 앞에서 문을 통과할 때 나는 주머니에서 총을 꺼내 길게 호를 그리며 머리 위로 들어 올렸다가 있는 힘껏 오스터플러드의 거대한 정수리 위로 내리쳤다.

"뭐예요?" 오스터플러드는 걸음을 멈추고 몸을 돌리며 천천히 한 손을 머리로 들어 올렸다.

나는 똑바로 서서 흔들리는 그의 커다란 덩치를 보며 입을 쩍 벌렸다.

"내…… 내 총이야." 내가 말했다.

그는 내 주먹에 힘없이 매달려 있는 작은 검은색 권총을 내려다보았다.

"왜 나를 때렸어요?" 그가 잠시 후에 말했다.

"내 총을 보여주려고." 나는 곤혹스러워하는 그의 공허하고 충혈된 눈을 향해 여전히 입을 쩍 벌리고 있었다.

"날 때렸잖아요." 그가 말했다.

우리는 서로를 바라보았다. 둘 다 전두엽 절제술을 받은 나무늘보처럼 머리가 느릿느릿 돌아갔다.

"그냥 살짝 친 거야. 내 총을 보여주려고." 내가 말했다.

우리는 서로를 바라보았다.

"그게 살짝 친 거라니." 그가 말했다.

우리는 서로를 바라보았다.

"이걸로 몸을 지켜. 지나한테는 말하지 말고."

그는 뒤통수를 문지르던 손을 멈추고, 바다에 닻을 내리듯이 아래로 떨어뜨렸다.

"고마워요." 그가 어눌하게 말하고는 나를 지나쳐 다시 거실로 갔다.

뱀눈을 한 농부 두 명이 화면에서 음모를 꾸미고 있었다. 나는 장식장으로 대충 걸어가서 알 카포네의 커다란 사진을 물끄러미 바라보았다. 정말로 알 카포네인가? 정말로 알 카포네였다. 나는 깔끔하게 쌓여 있는 잔 중에서 세 개를 로봇처럼 뽑아내 그릇에 남아 있던 얼음 찌꺼기를 쏟아 넣고 스카치와 물을 조금 부었다. 그리고 손가락으로 멍하니 휘저은 뒤 손가락을 핥았다. 몽롱하게 꿈을 꾸는 상태에서 뒤늦게 떠오른 것이 있어서 재킷 주머니에서 스트리크닌 봉투를 꺼내 한쪽 잔에 절반(50밀리그램)을 쏟아 넣었다. 그리고 다시 손가락으로 저은 뒤 손가락을 핥으려다가 마음을 바꿨다. 나머지 독약은 빈 잔에 쏟고 물을 채워 다시 손가락으로 저었다.

"난 죽을 거야, 날 채찍질해!" 오스터플러드가 바닥에 누워 말했다. "날 때려. 죽여줘."

지나가 돌아와 오스터플러드를 내려다보며 서 있었다. 그녀의 가슴과 이마에서 땀이 밝게 반짝였다. 그녀는 아이 같은 얼굴로, 흥미로운 두꺼비를 보듯이 그를 내려다보았다. 오스터플러드는 신음하며 가볍게 몸부림치다가 갑자기 뚝 멈추고는 조용히 말했다.

"날 채찍질해."

지나는 왼쪽으로 몸을 기울여 가죽 스커트를 들고 발을 끼워 넣어 엉덩이 언저리에서 아무렇게나 단추를 채웠다. 그리고 가죽 허리띠를 빼냈다.

"둘 다 먼저 한 잔씩 할래?" 나는 쟁반에 담아온 스카치 잔 세 개를 앞으로 내밀었다.

오스터플러드는 내 말을 듣지 못했는지, 계속 자신의 내면에 열중하고 있었다. 지나가 자유로운 손을 뻗어 독약이 없는 두 잔 중 하나를 가져가 길게 한 모금 마셨다.

"프랭크, 술을……" 내가 입을 열었다.

철썩!

허리띠가 오스터플러드의 허벅지를 대포알처럼 후려쳤다. 그는 신음하며 몸을 돌려 엎드렸다.

철썩! 이번에는 엉덩이였다. 철썩! 이번에는 허벅지. 그의 튼튼한 몸이 통증으로 곱아들었다. 지나가 잠시 채찍질을 멈추자 그는 부들부들 떨며 무너졌다.

지나의 어깨에 찢어진 상처가 이제 눈에 들어왔다. 그녀의 아랫입술에서도 피와 침이 섞인 액체가 여전히 흘러내리고 있었다. 그녀는 오스터플러드를 내려다보더니, 무시무시하게 손을 놀려 단번에 허리띠로 등을 후려쳤다. 벌건 채찍 자국 서너 개가 그의 몸에 또렷하게 새겨져 있었다.

"아." 내가 말했다. "이것도 정규적인 쇼의 일부인가?"

지나는 아무 말 없이 서서 깊이 숨을 몰아쉬었다. 목 옆선을 따라 양 가슴 사이로 땀 한 줄기가 흘러내렸다. 양쪽 젖가슴이 땀에 젖어 오르락내리락했다.

"난 죽을 거야. 난 죽을 거야." 오스터플러드가 신음했다. "때려 줘. 제발 때려줘."

"이 희멀건 돼지." 그녀가 낮은 목소리로 말했다. "뚱보 돼지 놈." 철썩!

나는 술잔 하나를 들어 아무 생각 없이 한 모금 마셨다가 카펫 위로 뱉었다. 틀린 잔이었다.

박수갈채 소리가 밀려들었다. 흘깃 보니 거만한 독재자가 강당 통로를 사열하듯 내려오고 있고, 정복을 차려 입은 스페인놈인지 짱꼴라인지 노랑둥이인지 기름덩이인지 모를 놈들이 갈채를 보내고 있었다.

"마셔." 어떤 목소리가 말했다.

오스터플러드는 이제 무릎으로 일어서서 내 쟁반을 향해 한 팔을 뻗고 있었다. 초점 없는 눈이 반짝였다.

나는 자유로운 손을 들어 올렸고, 지나가 쟁반에서 잔을 하나 들어 오스터플러드에게 건넸다. 그는 단번에 잔을 비웠다.

나는 나머지 한 잔을 손에 들고 한숨을 내쉬었다. 오스터플러드가 틀린 잔을 가져갔다.

지나가 다시 자기 잔으로 손을 뻗는 동안 나는 슈거 레이와 알 카포네에게 돌아가 두 잔을 더 만들었다. 그리고 다시 세 잔이 올려진 쟁반을 들고 지나 바로 옆 뒤편에 섰다.

"당신은 날 죽이려고 해." 오스터플러드가 무릎으로 서서 우리를 바라보며 말했다. "이 똥자루 괴물, 날 죽이려고 해." 그가 흐리멍덩한 눈으로 우리를 바라보았다.

지나가 그를 내려다보았다. 커다란 갈색 눈에서 호기심이 반짝였다. 그녀가 처음으로 살짝 미소를 지었다.

"약 때문에 무서운 거라도 봤어?" 그녀가 조용히 물었다.

"이제 전부 알겠어." 오스터플러드가 우리에게 소리쳤다. "당신이 살인자야!" 그는 고개를 저으며 몸을 떨었다. "이제 알겠어, 알겠다고! 당신이야."

그의 얼굴을 가로지른 '철썩!' 소리에 그와 내가 모두 깜짝 놀랐다. 그가 쿵 소리를 내며 앞으로 쓰러졌다.

"그래, 그래, 날 채찍질해. 난 그래도 싼 놈이야." 그가 신음했다. "또 때려줘."

지나는 그를 내려다보았다. 여전히 옅은 미소를 띠고 있었다.

이마와 턱, 들썩이는 양 가슴에서 땀이 흘러내렸다.

그녀는 허리띠를 든 팔을 머리 위로 수직이 될 때까지 천천히 들어 올렸다가 나른한 호를 그리며 겨우 절반의 힘으로 오스터플러드의 등을 후려쳤다. 그래도 그는 몸부림쳤고, 지나의 엷은 미소는 조소로 변했다.

나는 술잔을 담은 쟁반을 소파에 내려놓고 지나의 뒤쪽으로 다가가서 팔을 뻗어 마침내 그 놀라운 두 개의 언덕을 손으로 감쌌다. 뜨겁고 단단하며 땀에 젖어 있었다. 나는 기뻐서 신음을 흘렸다. 내가 가슴을 꽉 쥐고 꼬집으며, 그녀의 목에 흐른 짭짤한 땀을 빨아들이는데 지나가 다시 뒤로 몸을 기울이는 것이 느껴지더니 오스터플러드의 엉덩이에서 '찰싹!' 소리가 났다. 그리고 잠시 후 지나의 몸이 다시 들썩이며 '찰싹!' 오스터플러드뿐만 아니라 나까지 신음을 흘렸다. 아마도 우리 둘의 이유는 달랐겠지만. 지나가 내게 고개를 돌렸다. 곧 우리 둘의 뜨거운 입이 상대의 축축한 자궁, 뱀이 터질 듯이 가득 들어 있는 자궁을 한없이 탐험하기 시작했다. 내 손은 지나의 가죽 스커트를 없애버리고 풍만한 엉덩이를 감싼 채 무엇이든 닿는 대로 파고들었다. 하지만 나의 세계는 곧 입으로 가득해졌다. 거대한 동굴 같은 입속에서 혀가 얽히면서 흐르듯이 계속 이어지는 동작을 따라 서로 찌르고 찔리고, 깨물고 깨물리고, 솟아오르고 가라앉고, 채우고 비웠다. 그때 뭔가가 내 다리를 긁는 것이 느껴졌다.

"술." 오스터플러드가 말했다. "술 가져와, 이 시팔 살인자야. 마지막 한 잔이야."

나는 마지못해 지나에게서 손을 떼고 몽롱하게 소파로 걸어가 그가 원하는 대로 술을 가져다주었다.

## 71

친애하는 라인하트 박사님,

사랑합니다. 주사위님이 제게 박사님을 사랑하라고 말하셨으니 저는 사랑합니다. 주사위님이 저를 박사님께 내어놓으라고 말하셨으니 저는 그렇게 할 겁니다. 저는 당신 것입니다.

일레인 심슨(8세) 올림

친애하는 박사님,

주사위님이 저더러 박사님께 편지를 쓰라고 말했습니다. 할 말이 별로 없네요.

주사위님의 축복이 있길.
프레드 위드멀러
텍사스 주 포크스나우트

## 72

현대에는 주사위 스승과 주사위 사도에 대해 많은 헛소리가 오간다. 주사위 스승의 가르침을 그가 가장 아끼던 주사위 제자가 이어받아 다른 사람들에게 주사위 생활을 전할 자격을 얻는 것에 대해서도 그렇다. 물론 주사위 생활은 이렇게 변덕에서 변덕으로 전달되어야 한다. 많은 경우 실제로 이렇게 전달된다. 운과 허튼소리가 신앙고백과 단호한 주장보다 강한 힘을 발휘한다. 이런 진정한 가르침을 받은 사람이 열두 달이 지난 뒤에도 그 점을 감출 때가 있다. 다른 누군가가 자신의 필요에 의해 진정한 주사위 생활자가 가까이에 있음을 발견한 뒤에야 비로소 가르침이 전달되었음이 드러난다. 게다가 그런 경우에도 기회가 상당히 무작위적으로 생겨나기 때문에 가르침은 순전히 운에 의해 길을 나아간다. 이런 가르침을 전하는 스승들은 아주 가끔씩만 "내가 아무개의 주사위 사도"라고 외칠 뿐이다. 이런 주장이 일관되게 이루어지는 경우에는, 사실과는 반대임이 증명되곤 한다.

주사위 스승 제이크 엑스타인의 주사위 사도는 한 명뿐이었다. 이름은 핍스였다. 핍스가 주사위 생활 연구를 마친 뒤, 제이크 엑스타인이 그를 자신의 넓은 사무실로 불렀다. "난 이제 늙었다." 그가 말했다. "핍스, 내가 아는 한, 주사위 스승으로서 나의 뒤를 이을 사람은 너뿐이야. 여기 주사위 스승들 사이에서 칠 개월 동안 전해지던 복사물이 있다. 내가 귀한 각주를 엉망진창으로 덧붙였고, 참고서적 목록도 아는 대로 주석을 붙여놓았다. 이건 아주 의미 있는 자료야. 네가 주사위 스승임을 보여줄 수 있도록 이것을 네게 주마."

"그토록 귀중한 자료라면 그냥 갖고 계시는 게 낫지 않을까요?" 핍스가 말했다. "저는 자료를 별로 읽지 않은 상태에서 주사위 생활에 입문했고, 지금 이대로가 좋습니다."

"그건 나도 알아." 제이크가 말했다. "그래도 이 자료는 칠 개월 동안 주사위 스승들 사이에서 전해지던 것이니, 네가 가르침을 받은 상징으로 갖고 있어라. 자."

두 사람은 공교롭게도 불 앞에서 이야기를 나누고 있었다. 핍스는 자료를 손에 쥐는 순간 모두 불타는 장작 위로 던져버렸다.

평생 한 번도 화를 내본 적이 없는 제이크가 주사위 하나를 던지고는 소리를 질렀다.

"무슨 짓이냐!"

핍스도 주사위 하나를 던지고는 마주 고함을 질렀다.

"무슨 말입니까!"

제이크는 다시 주사위의 의견을 구한 뒤 한숨을 내쉬고는 조용히 말했다.

"적어도 다음 불꽃을 위해 몇 장 정도는 아껴둘 수도 있지 않았느냐."

《주사위의 서》에서


## 73

오스터플러드는 네 발로 기면서 몸부림쳤다. 그가 배를 움켜쥔 채로 알아들을 수 없는 신음을 뱉는 동안에도 허리띠는 그의 등을 두 번 더 찰싹! 때렸다.

텔레비전에서 통조림 같은 웃음소리가 웃기게 방을 가로질렀다. 오스터플러드의 뒤틀린 몸통을 웃기게 부글거리면서 타고 올라가 땀과 정액이 묻은 지나의 긴 다리로, 땀이 뚝뚝 떨어지는 탄탄한 가슴으로, 그녀의 목에 침을 뚝뚝 흘리다 못해 내 가슴과 배에도 축축한 줄무늬를 만들고 있는 내 축축한 입으로 카펫을 따라 움직였다. 그러고는 마침내 웃기게 부글부글 울려 퍼지며 나의 기름지고 강한 살덩이가 관능적으로 푸들거리고 꼬이게 했다. 꿀을 바른 것 같고, 거룩하게 움직이며 천천히 날뛰는 지나의 거룩한 그릇의 주름들 안에서. 그녀는 허리띠를 허벅지 옆에 힘없이 들고 신음을 내뱉고 있었다. 나는 점점 커져서 그 거룩한 창조의 동작으로 흘러 들어갔다. 펼쳐진 내 손은 그녀의 지친 팔을 감싸고 미끄러져 축축하고 둥글고 고무처럼 탄력 있고 끝이 빳빳하게 서 있는 그녀의 두 언덕을 다시 덮었다.

멍청하게 보이는 미남이 말했다.

"난 섹스가 싫어!" 그러자 웃음소리가 당나귀 웃음소리처럼 우렁우렁 울려 퍼졌다. 오스터플러드는 다시는 이런 짓을 안 한다느니, 더러운 년이 어떻다느니, 남자애들만이 어떻다느니, 때려달라느니 하는 말을 중얼거렸다. 그는 스트리크닌이 든 스카치를 3분의 2쯤 마시고서 나머지는 독이라며 뱉어냈다.

지나의 손이 내 고환을 쥐고, 지나의 몸이 바짝 다가오는 것이 느껴지더니, 그녀가 갑자기 내게서 떨어져 오스터플러드의 몸을 넘어갔다. 마치 카펫에 고인 토사물을 피하는 것 같았다. 그녀는 등받이가 똑바른 의자를 가져와서 오스터플러드에게서 1미터 남짓 떨어진 카펫 한복판에 놓았다. 나는 최대한 빨리 마지막 남은 옷을 벗으려 했지만, 내가 있는 영화 속은 항상 슬로모션으로 움직이는 것 같았다. 내가 옷을 다 벗기도 전에, 의자에 앉기도 전에, 지나가 그 신성한 도구를 다시 자신의 안으로 이끌고 두 다리를 내게 감았다. 그러고는 아이처럼 만족스러운 한숨을 내쉬며, 펄펄 끓어오르는 살을 내 빳빳한 뼈에 대고 움직이기 시작했다.

아주 짧은 일 초 동안 그녀가 휘둥그렇게 뜬 눈으로 내 눈을 바라보더니 그녀의 입술이 나를 공격했다. 우리는 물처럼 흐르는 두 세계에 걸쳐 있었다. 나의 커다란 손이 크고 둥근 고무 그릇 같은 그녀의 엉덩이에서 꼬마 낙지처럼 힘차게 움직였다. 내가 손에 힘을 주자 그녀는 허리를 휘저었고 내가 잡아당기자 그녀는 몸을 바짝 붙였고 질 안의 주름들이 나와 맞닿아 파도처럼 요동쳤다. 내가 그녀의 목덜미를 혀로 핥자 그녀의 몸이 원을 그렸고 내가 직선으로 움직이자 그녀는 내 입에서 자기 입을 떼더니 몸을 둥글게 휘며 고개를 내게서 먼 곳으로 젖혔다. 그리고 날카로운 목소리로 말했다.

"빨아줘, 빨아줘." 그녀가 오목한 손으로 자신의 젖가슴을 잡아 내게 내밀었다.

나는 입을 벌리고 한쪽 젖가슴을 향해 고개를 숙였다. 내가 혀를 움직이고 빨고 잘근거리자 그녀는 신음했다.

"난 여자야! 난 여자야!"

"알아, 알아." 나는 뜨겁고 짭짤한 꿀 같은 한쪽 가슴에서 다른 쪽 가슴으로 옮겨갔다. 그녀가 내 머리를 꼭 잡고 끌어안았다.

"세게, 더 세게." 그녀가 신음했다.

나는 입을 어찌나 크게 벌렸는지 다시는 다물지 못할 것 같다는 생각이 들 정도였다. 앞으로 평생 입을 쩍 벌린 물고기처럼 살아가는 초현실적인 환상이 보였다. 나는 한쪽 젖가슴 전체를 최대한 입속으로 빨아들이면서, 다른 쪽 가슴은 손으로 꼭 쥐고 젖꼭지를 세게 꼬집었다. 그녀는 신음하며 내게 더욱 달라붙어 부르르 떨더니 골반을 내게 강하게 펌프질하기 시작했다. 마침내 그것이 내게서 흘러나왔다. 자궁을 적시는 하얀 거품. 그녀의 주름이 벌름거리며 꿀을 바른 혀로 그것을 삼키고, 그녀의 황금 그릇이 나와 함께 요동쳤다. 내가 솟은 곳을 채우고, 내가 돌진하는 곳에서 멀어졌다. 광란에 빠져 몸부림치고 신음하는 일이 끝났다.

거의 끝났다. 나는 삼켰던 젖가슴을 뱉어내고, 입을 절반쯤 닫는 데 성공했다. 그녀의 따뜻하고 부드러운 몸을 내게 끌어당긴 채, 절반의 속도로 함께 몸을 휘저으며 계속 그 느낌을 즐겼다. 이제 내 턱은 그녀의 머리카락에 닿아 있고, 그녀의 입술과 혀가 내 가슴의 땀을 한가로이 맛보았다. 오스터플러드는 죽는다 죽는다 죽는다고 지껄였다. 그리고 누군가가 포드를 타면 더 빨리 갈 수 있다고 말했다.

우리는 이삼 분 동안 그렇게 앉아 있었다. 오스터플러드는 신음하며 가끔 얼굴을 찌푸려 무시무시하게 웃는 표정을 만들었다. 통조림 같은 웃음소리가 텔레비전에서 터져 나오는 것이 셋집 창밖으로 내던진 구정물 같았다.

나는 지나를 들어 내게서 떨어뜨리고 소파로 걸어가 널브러지듯 주저앉았다. 지금이 몇 시인지 애거서 크리스티 시간인지 궁금했다. 소란도 감정도 폭력도 없이 깔끔하고 우아하고 위대한 살인을 어떻게 하면 품위 있고 우아하고 미학적으로 즐겁게 끝낼 수 있는지도 궁금했다. 멍청한 미남 남편은 십대 딸에게 인생을 있는 그대로 말해주는 것이 왜 필요한지 멍청하고 예쁜 아내에게 설명하려고 애쓰고 있었다.

"내가 이걸 꿀벌이라고 생각했다면, 그 애도 이걸 꿀벌이라고 생각할 수 있을 거야." 여자가 말한 뒤 배우들은 잠시 말을 멈추고 기계가 거품처럼 부글거리는 웃음을 와글와글 쏟아내게 했다.

지나가 다시 오스터플러드를 내려다보며 섰다. 손에는 여전히 허리띠를 들고 있었다. 이십 분 전 처음으로 그걸 휘둘렀을 때부터 한 번도 손에서 놓은 적이 없었다. 오스터플러드는 누워서 살짝 몸을 둥글게 휘었다. 발이 소파를 향하고 있었다. 얼굴은 멍청하게 히죽거리고, 눈은 튀어나올 것 같고, 좆은 빳빳했다.

"난 결코 그럴 생각이······" 그가 중얼거렸다. "착한 사내애들과 착한 여자애들······ 실수······ 난 환자야, 환자야······ 죽을 거야······ 이제 알겠어······ **다시**는 ······ 착한 아이가 될게요, 엄마, 때려줘요 **때려줘요.**"

지나가 한쪽 다리를 들어 그의 몸을 넘어가서 그의 발을 바라보는 자세로 머리와 어깨를 타고 앉았다. 그리고 앞으로 몸을 조금 숙여 그의 배에 침 한 덩어리를 떨어뜨렸다.

"자, 조니, 오늘 밤 너한테 꼭 할 말이 있어." 남편이 말했다.

"알았어요, 아빠. 하지만 빨리 끝내세요. 잭이 오토바이를 가지고 온다고 했어요."

지나는 아이처럼 부드러운 미소를 지으며 팔을 들어 올렸다가 허리띠로 그의 허벅지를 찰싹! 때렸다. 그리고 다시 들어 올렸다. 그녀의 젖은 살이 꿈틀거리는 모습이 매혹적이었다. 벌어진 허벅지 안쪽에는 정액이 줄무늬를 그리고 있고, 그녀가 팔을 높이 든 채 머뭇거리는 동안 젖가슴이 파르르 떨렸다. 그리고 그의 배와 길어진 막대기에서 찰싹! 소리가 났다. 그는 비명을 지르며 허리를 둥글게 휘었지만 히죽거리는 얼굴은 여전했다. 텔레비전에서 나온 웃음소리가 미친개의 입에서 나오는 거품처럼 여기저기로 쪼개졌다.

오스터플러드의 신음 소리와 중얼거리는 소리는 이제 거의 무슨 말인지 알 수 없었다. 지나는 일어서서 있는 힘껏 두 번 더 때렸다. 이제 그는 그 쉭쉭거리는 허리띠를 끌어안기 위해 배와 허벅지를 들어 올리려는 것처럼 허리를 완전히 둥글게 들어 올린 상태였다.

"요즘 십대들은 너무 폭력적이에요." 멍청한 여자가 멍청한 여자 친구와 함께 개를 산책시키며 말했다.

지나는 커다란 눈으로 내게 미소를 지으며 소파로 돌아와, 이제 뼈가 없어진 내 살덩이를 따뜻한 입에 물고 맛있다는 듯 빨고 씹었다. 나는 빙긋 웃으며 화면에 나타난 두 남자를 멍청하게 바라보았다. 성실하지 못하고 멍청한 남자들이 자기 집 성실한 차의 힘에 대해 성실하게 이야기하고 있었다. 아들의 성실한 오토바이를 상대로 경주를 벌이는 얘기도 했다.

고개를 뒤로 젖힌 지나가 젖가슴을 파르르 떨면서 내 고환과 엉덩이를 손으로 쥐고 있었다. 그러고는 이제 잔뜩 부풀어서 미끌미끌하고 끝부분이 뜨거운 내 좆을 입속으로 더 깊숙이 억지로 집어넣으며 손으로 나를 눌러 더욱더 깊숙이 돌진하게 했다. 검을 삼키는 여자가 신음하며 목구멍 깊숙이 더욱더 깊게 나를 삼켰다가 내놓았다. 헉헉 숨을 내뱉고 입을 벌린 채 핥고 아래로 아래로 다시 전체를 삼켰다. 아주 사랑받는 적의 크고 낡은 무기 전체를. 환상적이었다. 내 몸 전체도 진공청소기에 빨려 들어가는 만화 속 유령처럼 저 여자에게 빨려 들어갈까? 이제 그녀의 손가락이 내 항문 속에 있었다. 그녀가 나를 입에서 빼내고 내게로 숨을 내쉬고 혀로 나를 핥고 기둥을 따라 길고 강하게 입을 맞추며 내려가다가 다시 더 깊이 깊이…… 숨을 쉬려고 위로.

그녀는 몸을 비틀어 소파에 나와 나란히 누워서 다리를 벌리고

461

다시 고개를 뒤로 젖히더니 나더러 다시 자신의 입으로, 목구멍 뿌리까지 들어오라고 지시했다. 그녀의 미끌미끌한 허벅지가 내 귀를 감싸기 전에 내가 마지막으로 들은 것은 화면에서 터져 나온 오토바이의 부르릉 소리였다.

지나는 정액과 땀과 자신의 애액으로 범벅이 돼 있었다. 그녀는 내 머리를 거대한 음경처럼 사용해서 자신의 구멍에 대고 누르면서 허벅지로 압박했다. 뭔가가 안으로 들어오기를 바라는 듯 몸부림치며 나를 그 부드럽고 끈적거리는 보지 안에 묻어버렸다. 결국 나는 그대로 익사할 것 같아 억지로 떨어져 나왔다.

"우리가 해냈어, 해냈다고!" 어떤 남자가 텔레비전 화면 속에서 외치더니, 다른 오토바이 소리가 그의 목소리를 가려버렸다. 나는 그녀의 클리토리스만을 향해 입술을 내리면서 엉덩이를 잡은 손에서 힘을 빼지 않은 채 그녀의 풍요로운 구멍 속으로 손가락을 슬그머니 집어넣었다. 그녀의 보지는 최고급 윤활제가 깊이 고인 실크 웅덩이 같았다. 크기가 꼭 맞고 매끄러운 또 다른 장갑이었다. 내 좆의 뿌리를 잡은 지나의 손이 느껴졌다. 그 손은 가끔 내 고환을 감싸기도 했다. 다른 한 손은 내 엉덩이를 쥐고 갈라진 틈으로 들어왔고, 또 다른 손은 내 등과 어깨를 심하게 할퀴었다. 나는 저 세 번째 손이 어디서 났는지 궁금했는데, 내 눈에서 15센티미터쯤 떨어진 곳에 무시무시하게 히죽거리며 눈을 부릅뜬 오스터플러드의 일그러진 얼굴이 갑자기 나타났다.

"마셔, 마셔." 그가 이렇게 말하고는 내 어깨를 할퀴었다.

나는 지나에게서 일어나 하반신을 그녀의 입에서 억지로 떼어내고 물잔을 가지러 장식장으로 척척 걸어갔다. 내가 다시 척척 돌아와보니 지나가 오스터플러드 옆에 서 있고, 그는 다시 소파에 늘어져 있었다. 내가 다가가자 지나가 허리띠를 내밀었다.

"몇 대 때려볼래?" 그녀가 말했다.

"아니, 아니, 난 평화주의자야." 내가 말했다. "어쨌든 고마워."

그녀는 오스터플러드의 등으로 다가가 다시 허리띠를 들어 올렸지만 내가 물을 한 잔 먹일 때까지 기다리라고 말했다. 그가 내게 고개를 돌리고 떨리는 손을 뻗어 잔을 가져가서 입술에 대고 꿀꺽꿀꺽 마시기 시작했다. 쉬익 찰싹! 허리띠가 손과 잔을 후려치자 물이 바닥에 쏟아졌다.

"너무하잖아." 내가 말했다. 혹시 오스터플러드는 불사의 몸이 아닌가 하는 생각이 들었다.

그녀가 눈을 밝게 빛내며 내게 미소를 지었다. 방금 줄넘기로 아주 훌륭한 재주를 부리는 데 성공한 여학생 같았다.

"구해줘요, 라인하트, 구해줘." 오스터플러드가 중얼거리며 내 무릎을 할퀴었다. 지나가 다시 때리지 않았는데도 그는 갑자기 바닥으로 몸을 굴리고는 허리를 둥글게 휘었다. 지나는 그를 내려다보며 빙긋 웃었다. 그래도 그의 자세는 바뀌지 않았다. 그는 또 발작하는 중이었다. 허리띠가 내 머리카락을 가볍게 스치며 어깨로 떨어졌다. 지나가 그것을 둥글게 말아 내 목을 올가미처럼 감고는 나를 의자로 데려가 억지로 앉혔다.

그녀가 말을 타듯 내 무릎에 앉아 뻣뻣한 좆을 향해 조금씩 조금씩 몸을 내렸다. 처음에는 그것 주위에서 몸을 놀리더니 곧 한쪽 구멍에 살짝, 그다음에는 다른 구멍에 살짝, 그러고는 내 위로 미끄러지듯 내려오며 좆을 몸속 깊숙이 묻었다. 우리는 몸을 비비고, 서로 깨물고, 할퀴고, 움켜쥐고, 꼬집고, 빨았다. 웃음소리가 우리에게 쏟아지고 오스터플러드는 숨이 막혀 꼴딱거리고 누군가의 목소리가 말했다. "그러니까 이건 꿀벌이 아니네요." 나는 지나의 엉덩이를 단단히 붙잡고 일어섰다가 카펫 위에 무릎을 대고 앉아 점점 그녀를 뒤로 눕혔다. 벌써 절정에 이른 그녀의 골반이 미친 듯이 박동하는 와중에 그녀는 내 어깨를 빨고 깨물었다. 나는 박아대고 오스터플러드는 꼴딱거리고 나는 박고 박고 박고 박고 내 입은 젖가슴으로 가득하고 웃음소리가 우리 위로 흐르고 박고 박고 아 그것이 뜨겁게 흘러나오고 아 뜨겁게 녹은 용암이 그녀의 안으로 쏟아져 들어가고 아 아 한 번 더 박고 **좋았어 아** 아 아 좋아 좋아 좋아 오스터플러드가 내 왼편에서 아름답게 히죽거리며 모로 누워 있고 무릎을 배로 끌어당기고 얼굴이 아름답게 일그러져 무시무시하게 히죽거리고 그의 좆이 배에 빳빳하고 정액이 흘러넘쳐 카펫에 웅덩이를 이루고 그의 눈이 흐리멍덩하게 고정된 채 한곳만 빤히 움직이지 않았다. 죽어서.

# 74

친애하는 라인하트 씨와 여러분,

주사위 생활에 대한 여러분의 이론이 우리의 매출과 이윤에, 우리의 삶에 촉매효과를 발휘한 것에 여기 페델스의 모두가 여러분께 커다란 신세를 졌습니다. 지난 몇 년 동안 저는 일에서 점점 더 만족을 느끼지 못했습니다. 남들처럼 궤양에 시달리고, 애인도 있고, 아내와 이혼도 하고, LSD니 뭐니 하는 것도 한번 해보고, 디스코텍에도 가봤지만 그 무엇도 소용이 없었습니다. 저의 사업과 무심한 태도는 그대로였습니다. 그러다가 평소에는 몹시 싫어해서 절대 읽지 않는 〈뉴요커〉에서 여러분에 대한 기사를 읽었습니다. 그러고는 여기 콜럼버스에서 여러분의 추종자를 찾아냈지요. 그 뒤로는 저와 저의 사업체가 모두 변했습니다.

주사위가 제게 가장 먼저 지시한 것은 모든 직원의 임금을 30퍼센트 올려주고, 모두에게 칭찬편지를 쓰라는 것이었습니다. 그달에 효율이 43퍼센트 뛰어올랐습니다(그다음 달에는 다시 28퍼센트 떨어졌습니다). 그다음에 주사위는 전통적인 모자 제조(육십칠 년 동안 가업으로 하던 일)를 그만두고, 실험적인 모자를 만들라고 지시했습니다. 우리 회사의 디자이너들은 좋아서 제정신이 아니었죠. 그렇게 처음 만들어낸 모자(어쩌면 여러분도 〈레이디스웨어〉에서 관련 기사를 읽었는지도 모르겠습니다)는 대단한 성공을 거뒀습니다. '보트 솜브레로'라고 명명한 그 모자는 카우보이모자를 기본형으로, 양옆의 챙이 정수리를 향해 기운차게 올라가고, 앞뒤의 챙은 10센티미터쯤 밖으로 흘러나온 모양이었습니다.

우리 회사의 이윤은 15퍼센트 감소했지만, 매출은 20퍼센트 뛰어올랐고, 저는 더 이상 권태에 시달리지 않았습니다. 두 번째 디자인은 KKK단의 두건과 비슷하게 생긴 레인해트였습니다. 남녀 모두에게 어울리는 밝은색 플라스틱으로 만든 모자였죠. 하지만 전혀 잘 팔리지 않았습니다(남부만 빼고요). 그래도 저와 페델스의 직원들은 모두 그 모자가 굉장하다고 생각합니다. 현재 우리 회사의 장부는 손실로 돌아섰지만, 주사위님의 뜻이 이루어질 것입니다.

주사위님은 그다음으로, 우리에게 돈을 가장 많이 벌어주는 싸구려 남성들의 값비싼 모자 생산을 중단하라고 강력히 주장했습니다. 소매점들은 경악했지만, 우리는 세 번째 실험적 디자인(디자이너는 주사위님이 핵심적인 결정을 내렸다고 주장합니다)에 흠뻑 빠진 나머지 신경 쓰지 않았습니다. '팬케이크' 또는 '후광'(주사위님께 아직 이름을 의논해보지 않았습니다)은 원반 모양으로, 대학의 사각모를 기반으로 삼았지만, 색깔과 소재와 모양이 다양합니다. 그래도 대개는 타원형 또는 원형입니다. 우리와 거래하는 소매점들은 몹시 회의적인 태도를 보이면서도, '보트 솜브레로'의 성공을 기반으로 대량주문을 했습니다. 그 덕분에 주문이 몇 달씩 밀려 있는 상태입니다.

빚이 아주 많습니다만, 최고 디자이너들과 경영진은 모두 자발적으로 임금을 50퍼센트 깎는 대신 '후광'의 이윤을 나눠 받기로 했습니다. 그러니 우리는 살아남을 겁니다. 지난주 주사위님은 우리 디자이너 한 명에게 온몸을 덮는 모자를 디자인하라고 지시했습니다. 우리 중에도 미심쩍어 하는 사람들이 있긴 하지만, 그 디자이너는 열정적으로 일을 추진하고 있습니다.

예전에는 매년 똑같은 타입의 모자만 디자인해서 팔던 걸 생각하면! 여러분의 간행물을 전부 보내주세요. 도움에 감사드립니다.

조지프 페델 사장 올림
페델스 모자
오하이오 주, 콜럼버스

# 75

퍼트 경감이 자기 책상 뒤에 뻣뻣하게 서 있는데, 형사가 라인 하트의 팔꿈치를 붙들고 사무실 안으로 들어왔다. 경감은 라인하 트에게 소파에 앉으라고 손짓했고, 형사는 밖으로 나가 조용히 문 을 닫았다. 한동안 두 사람 모두 한 마디도 하지 않았다.

"당신을 왜 불렀는지 압니까?" 마침내 경감이 물었다.

"아뇨, 모르겠습니다. 또 정신병환자들이 도망쳤나요?" 라인하 트가 경감을 향해 어색하게 웃어 보였다.

"프랭크 오스터플러드라는 사람을 압니까?"

"네, 압니다. 그 사람은……."

"마지막으로 만난 것이 언제죠?"

"일주일쯤 전입니다."

"그때 어땠는지 설명해봐요."

"내가…… 어, 그 친구 아파트 근처 길거리에서 순전히 우연하 게 마주쳤습니다. 그래서 함께 저녁을 먹기로 했죠."

"계속해요."

"저녁을 먹고 나서 그 친구가 할렘에 있는 자기 여자친구를 만 나러 가자고 하기에 같이 갔습니다."

"계속해요."

"거기서 오스터플러드랑 그 여자친구와 두어 시간쯤 함께 있다 가 나왔습니다."

"그 여자친구의 집에서 무슨 일이 있었습니까?"

"텔레비전을 봤습니다. 그리고, 음, 오스터플러드가 그 여자와 성적인 관계를 맺었고, 나도 성적인 관계를 맺었죠. 공동 회합이라고 해도 될 겁니다."

"오스터플러드도 당신과 함께 나왔습니까?"

"아뇨. 혼자 나왔습니다."

"당신이 나올 때 오스터플러드는 뭘 하고 있었죠?"

"거실 카펫에 누워 자고 있었습니다."

"오스터플러드와 그 아가씨의 관계는?"

"기본적으로 피학적인 관계라고 할 수 있겠군요. 가학적인 요소도 있고요."

"당신이 나올 때 오스터플러드는 자고 있었다고요?"

"네."

"몸은 이상이 없었나요?"

"아, 음. 아뇨. 오스터플러드는 과체중이었습니다. 그날 밤 너무많이 먹었거든요. 소화에 문제가 있었어요. 속죄의 행위로 기운을빼고 있었죠."

퍼트 경감은 차가운 눈으로 라인하트 박사를 쏘아보다가 불쑥물었다.

"그날 밤 누가 술을 준비해서 모두에게 나눠주었습니까?"

라인하트의 오른쪽 얼굴이 움찔했다.

"술요?"

"네, 술."

"오스터플러드 씨가 술을 준비했습니다."

"당신은 한 잔도 만들지 않았습니까?"

라인하트는 머뭇거렸다.

"네." 그가 말했다.

경감은 계속 차가운 눈으로 라인하트를 쏘아보았다.

"주사위가 당신에게 그날 밤 프랭클린 오스터플러드를 살해하라고 말했습니까?"

라인하트는 목구멍으로 자그마한 소리를 내더니 얼굴을 천천히 돌려 오른편의 텅 빈 벽을 빤히 바라보았다. 얼마 뒤 그가 조용히 말했다. "아뇨." 한참 침묵이 흐른 뒤에야 그는 다시 퍼트 경감에게 시선을 돌렸다. 경감의 눈에는 감정이 전혀 드러나지 않았다. 결국 경감이 책상 옆 단추를 눌러 형사를 부른 뒤, "그 여자를 데려와"라고 말했다.

지나가 무릎까지 오는 치마와 두툼하고 펑퍼짐한 블라우스에 몸에 잘 맞지 않는 재킷을 걸친 얌전한 차림새로 들어왔다.

"저 사람이에요." 그녀가 말했다.

"앉아요." 경감이 말했다.

"저 사람이라니까요."

"어, 안녕." 라인하트가 말했다.

"저 사람도 인정하잖아요. 보세요, 인정했어요."

"앉아요, 지나." 형사가 말했다.

"미스 포트렐리라고 불러요, 턱수염 아저씨."

"오스터플러드와 함께 있었던 그날 저녁의 일을 간단히 다시 얘기해봐요." 경감이 말했다.

"이 사람이랑 프랭크가 내 아파트로 왔어요. 나는 두 사람에게 모두 섹스를 해줬고요. 이 사람이 술을 만들어줬어요. 오스터플러드가 약에 취한 사람처럼 굴면서 점점 얼빠진 짓을 했는데, 이 사람이 오스터플러드를 끌어냈어요."

"라인하트 박사?" 퍼트 경감이 차갑게 말했다.

라인하트는 미스 포트렐리를 불안하게 바라본 뒤 낮은 목소리로 머뭇머뭇 말했다. "오스터플러드 씨와 내가 미스 포트렐리를 방문한 것은 사교적인 일이었습니다. 우리가 텔레비전을 보는 동안 오스터플러드가 술을 여러 잔 만들어줬고, 성적인…… 성적인 관계를 맺었습니다. 내가 거기서 나올 때…… 오스터플러드는 황홀한 미소를 띤 얼굴로 바닥에 누워 있었어요. 오스터플러드 씨는 지금 어디 있습니까?"

"죽었어, 이 자식아." 지나가 말했다.

"조용." 경감이 이렇게 말하고 나서 조용히 말을 이었다. "프랭크 오스터플러드는 11월 18일 트라이버러 다리 밑 이스트 강에서 시체로 발견되었습니다. 부검 결과 죽은 지 이틀이 지난 것으로 밝혀졌어요. 스트리크닌에 중독된 상태였습니다." 그는 라인하트만 바라보았다. "당신 아니면 여기 지나, 둘 중 한 사람이 살아 있는 오스터플러드를 마지막으로 본 사람입니다."

"오스터플러드가 이스트 강에서 한밤중에 수영을 즐기다가 사고로 이상한 물을 먹은 건지도 모르죠." 라인하트가 불안한 미소를 지으며 의견을 내놓았다.

"이스트 강의 스트리크닌 함량은……" 퍼트 경감이 대꾸했다. "아직 허용 가능치 수준입니다."

"그럼 어떻게 된 걸까요?" 라인하트 박사가 물었다.

"지나의 집 장식장 위 선반과 텔레비전 앞 카펫에서 스트리크닌의 흔적이 발견되었습니다."

"아아."

"당신이 술을 만들었어!" 지나가 날카롭게 소리쳤다.

"아냐! 내가 아냐! 오스터플러드가 만들었어요."

퍼트의 얼굴에 미소가 나타났다. 라인하트는 인상을 구겼다.

"어쩌면 주사위의 결정으로 오스터플러드가 자살한 건지도 모르죠. 자기가 지은 죄의 응보로. 확실히 피학적인 성향이 있는 사람이었으니까요."

"당신이 술을 만들었고, 오스터플러드와 함께 나갔어." 지나가 다시 날카롭게 말했다.

"내 기억은 달라, 미스 포트렐리. 나는……."

"거짓말쟁이." 그녀가 말했다.

"당신이 오스터플러드와 함께 아파트를 나서는 모습을 보았다고 주장하는 목격자가 벌써 네 명이나 됩니다, 라인하트." 형사가 말했다.

라인하트는 소파에 웅크리고 있다가 멍한 눈으로 경감을 올려다보았다. 그렇게 한참 침묵이 흐른 뒤 그가 말했다.

"내가 오스터플러드와 함께 나왔습니다, 경감님."

"좋습니다. 어디로 갔습니까?"

"택시를 타……" 지나가 입을 열었다.

"시끄러워요! 저 여자 데려가게."

형사가 지나를 데리고 나갔다.

"우리는 택시를 탔습니다. 나는 125번가에 있는 렉싱턴 애비뉴 지하철역에서 내렸죠. 화장실에 가야 했거든요. 오스터플러드는 그대로 차를 타고 갔습니다. 상당히 취한 상태라 그를 택시기사에게 맡기는 게 미안하긴 했지만, 나도 취해 있었으니까요. 나는 화장실을 찾아……."

"처음에 왜 거짓말을 했습니까?"

라인하트는 대답하지 않았다.

"지나의 증인들이 당신의 거짓말을 밝혀냈어요."

"맞습니다. 나는⋯⋯."

"지금도 당신은 거짓말을 하고 있습니다. 이 도시의 어떤 택시 기사도 그날 저녁 할렘에서 덩치 큰 백인 남자 두 명을 태운 기억이 없답니다. 당신은 의사니까 스트리크닌 중독 증상과 단순히 취한 상태를 구별할 수 있었을 겁니다. 의사니까 스트리크닌을 정확히 얼마나 먹여야 하는지도 알고 있을 테고요. 지나와 다른 증인 네 명의 말이 거짓말이라는 건 우리도 압니다. 당신의 말이 거짓말이라는 것도 알고. 오스터플러드가 지나의 집에서 살해당했으며, 살아서 그곳을 나오지 못했다는 것도 분명히 압니다."

경감은 라인하트의 수그린 고개를 벌레 보듯 내려다보았다. 라인하트는 바닥만 보고 있는 것 같았다. 들리는 소리라고는 사무실 밖에서 누군가가 타자기를 치는 소리뿐이었다. 라인하트가 천천히 고개를 들고 경감을 올려다보았다.

"내가 오스터플러드를 죽였습니다." 그가 작은 목소리로 말하고는 다시 느릿느릿 고개를 움직여 손에 얼굴을 묻었다.

잠시 더 침묵이 흐른 뒤 퍼트가 조용히 말했다.

"계속해요."

"내가 독을 먹였습니다. 주사위가 그러라고 했기 때문에 독을 먹였어요." 그가 불쑥 퍼트를 올려다보았다. "오스터플러드는 도덕적인 괴물이었습니다. 죽어도 싼 놈이에요." 그러고 나서 그는 다시 손에 얼굴을 묻었다. "내가 스트리크닌 50밀리그램을 스카치에 타서 오스터플러드에게 주었습니다. 그는 내가 지나와 섹스하는 동안 죽었어요. 끔찍했습니다."

라인하트가 입을 다물자 퍼트가 조용히 말했다. "그다음에는?"

"나는 지나의 채찍질 때문에 그가 죽은 것처럼 지나를 몰아붙여서 지나가 친구들과 함께 시체를 처리하게 했습니다."

경감은 문으로 걸어가 형사에게 녹음기를 가져오라고 소리쳤다. 그리고 자기 책상으로 돌아가 아무 말 없이 의자에 앉았다. 라인하트는 계속 얼굴을 손에 묻고 있었다. 어깨가 가끔 부르르 떨렸다. 형사가 녹음기를 가져와 퍼트의 책상 위에 놓고 플러그를 꽂았다.

"다시 경위입니다, 시험중, 시험중."

다시는 자신의 목소리를 재생해보았다. 녹음기에서 흘러나오는 목소리가 인상적이었다.

"준비가 되면 그날 일을 전부 이야기하세요, 라인하트 박사. 녹음기 틀게, 경위." 찰칵 하는 소리가 났다. "이름이 뭡니까, 라인하트 박사?"

"내 이름은 루셔스 라인하트 박사입니다."

"11월 15일 저녁에 무슨 일이 있었죠?"

라인하트가 손에 얼굴을 묻은 채 천천히 낮은 목소리로 말하기 시작했다.

"11월 15일 저녁에 나는 프랭클린 델라노 오스터플러드 씨와 함께 저녁을 먹었습니다. 그다음에 할렘의 한 아파트로 가서 그곳의 아가씨와 정사를 나눴습니다. 오스터플러드는 여자에게 잔인하게 굴었습니다. 학대했어요. 나는 그가 과거에 어린 소녀들을 강간했으며, 어쩌면 죽였을 수도 있다는 것을 알고 있었습니다. 오스터플러드는 순진한 소녀들을 유혹한 적도 있습니다…… 나는 아들이 있습니다. 오스터플러드는 도덕적인…… 괴물이었습니다…… 주사위족뿐만 아니라 모든 인류의 수치였어요. 내가 보기에는 죽어 마땅한 인간 같았습니다." 라인하트가 잠시 말을 멈첬다가 다시 시작했다. "오스터플러드는 술을 좋아했습니다. 아주 많이 마셨죠. 그날 밤 술을 만들면서 그는 내 술에 자꾸 물을 탔습니다. 나는 그가 싫었습니다. 지나도 그를 싫어했습니다. 지나가 오스터플러드를 채찍으로 치고 또 쳤는데, 그는 그걸 즐기는 것 같더군요. 그 모든 게 역겨워져서 10시 30분쯤 그곳을 나섰습니다. 오스터플러드는 술에 취해 거실 카펫 위에서 행복하게 자고 있었어요. 그가 어쩌다 독을 먹었는지는 전혀 짐작도……."

"녹음기 꺼!" 퍼트가 소리쳤다. "대체 무슨 소리를 하는 거야?"

라인하트가 슬픈 얼굴로 그를 올려다보았다.

"그날 밤에 있었던 일이죠."

"오 분 전에는 당신이 오스터플러드를 살해했다고 말했잖아."

라인하트는 슬픔에 잠긴 표정으로 경감을 빤히 올려다보았다.

"난 그런 말 한 적 없습니다."

"지금 하는 이야기는 진실인가?" 퍼트가 쏘아붙였다.

라인하트는 머뭇거리다가 대답했다. "아뇨."

경감은 한 손을 자기 얼굴로 들어 올렸다. 손이 가늘게 떨리고 있었다.

"라인하트." 그가 입을 열었다. "나는…… 11월 15일 밤에…… 무슨 일이 있었는지 알고 싶소."

라인하트는 고개를 갸우뚱하게 기울이고 눈을 가늘게 떴다.

"좋습니다." 그가 말했다. "말씀드리죠." 그는 헛기침을 하고는 생각에 잠긴 얼굴로 퍼트 경감을 바라보았다.

"11월 15일 밤 프랭크 오스터플러드와 나는 할렘의 어떤 아파트로 가서 브리지 게임을 했습니다. 프랭크가 카드를 나눠주고 내가 카드를 섞는 동안 그 자리에 있던 두 여자 중 지나 포트렐리가 우리를 채찍으로 때리고 술을 만들어……."


# 76


　제이크 엑스타인은 라인하트의 주사위 사도였다. 그는 공허함의 위력과 운의 신성을, 모든 것이 무작위로 존재한다는 관점을 온전히 이해하게 되었다.

　어느 날, 최고의 공허함과 무작위를 느끼는 상태로 제이크는 자신의 상담실에 앉아 있었다. 사방에서 꽃이 보슬비처럼 떨어지기 시작했다.

　"우리는 공허함과 무작위에 관한 너의 담화에 찬사를 보낸다." 신들이 그에게 속삭였다.

　"하지만 저는 공허함과 무작위에 대해 글을 쓴 적도, 말을 한 적도 없는데요." 제이크가 말했다.

　"네가 공허함이나 무작위에 대해 말하거나 글을 쓴 적은 없지만 네가 거기 앉아 있는 것이 바로 그것들의 표현이야." 신들이 대답했다. "이것이 진정한 공허함과 무작위다." 그리고 꽃들이 제이크와 그의 상담실 주위 사방에서 훨씬 더 빠르게 소낙비처럼 쏟아져 내렸다.

　하지만 제이크 엑스타인은 미간을 찌푸렸다.

　"그 모든 것이 진실일 수도 있겠지만, 이 난장판을 누가 청소합니까?"


《주사위의 서》에서

나를 만나고 일주일 뒤, 퍼트 경감은 누구든 관심을 보이는 사람에게, 새로운 증거(미공개)에 따라 오스터플러드는 자살했을 가능성이 높다는 결론이 내려졌다고 선언했다. 개인적으로는 친구들과 정보원들에게 지나나 나에 대한 유죄판결을 얻어내기가 힘들 것 같다고 알렸다. 지나는 자기 아파트에 다른 백인 남자가 함께 있는 상태에서 그토록 치밀하게 계획을 세워 오스터플러드를 죽일 사람이 아니었다. 또한 스트리크닌은 "학대당한 할렘 창녀들"이 흔히 사용하는 살해도구가 아니었다. 게다가 그녀가 내세운 목격자 네 명은 거짓말을 하고 있음이 분명한데도 배심원 중 급진적 자유주의를 신봉하는 소수의 마음에 의심의 그림자를 드리울 터였다.

라인하트 박사에게 유죄판결이 내려지는 것도 불가능한 일이었다. 급진적 자유주의자든 아니면 110퍼센트 완벽한 미국인이든 상관없이 그 어떤 배심원도 라인하트의 살해동기를 이해하지 못할 것으로 예상되기 때문이었다. 경감은 자신도 그의 살해동기를 제대로 이해한 것 같지 않다고 인정했다. "주사위가 시켰다는 이유로 그 일을 저질렀답니다." 검사가 이렇게 주장하면, 변호사는 청중에게서 웃음을 이끌어낼 터였다. 아무리 전형적인 미국인이라도 일반적인 배심원이 따라잡기에는 세상이 변하는 속도가 너무 빨랐다. 게다가 퍼트 경감까지도 라인하트가 정말로 범인인지 슬슬 의심하고 있었다. 비록 라인하트는 만약 주사위님이 명령한다면 얼마든지 살인을 저지를 수 있는 사람이었지만, 그렇게 방탕하고 혼란스럽고 지저분하고 미학적이지 못하고 무능한 방법으로 일을 처리하지는 않았을 터였다.

그래도 퍼트 경감은 마지막으로 한 번 더 나를 불러서 긴 잔소리를 늘어놓은 뒤, 마음을 울리는 말로 끝을 맺었다.

"라인하트, 언젠가 법이 당신을 따라잡을 거요. 언젠가 복수의 여신들이 자신의 자리를 찾을 거야. 당신이 주사위 놀이라는 명목으로 저지르는 죄들이 정산되는 날이 언젠가 올 거요. 그러면 아무리 미국이라 해도, 범죄에 보상이 따르지 않는다는 사실을 당신도 알게 되겠지."

"당신이 옳을지도 모르죠." 내가 말했다. "하지만 서두를 필요 있습니까?"


그렇게 나의 주사위 인생은 계속되었다. 나는 오스터플러드를 다시 살려내기 위해 내가 할 수 있는 모든 일을 다한다는 선택지를 놓고 주사위님에게 6분의 1의 확률을 주었지만, 이 선택지는 역시 6분의 1의 확률을 받은 다른 선택지, 즉 프랭크의 죽음을 애도하는 기간을 사흘로 정하고 그 기간 동안 사용할 기도문과 우화를 짓는다는 선택지에 밀려나고 말았다.

1971년 1월 1일은 일 년 동안 지속될 나의 장기적인 역할을 정하는, 세 번째 연례 운명의 날이었다. 내가 주사위님에게 내민 선택지는 다음과 같았다. (1) 일 년 중 어느 시점에 린다 라이크먼, 테리 트레이시, 미스 레인골드, 무작위로 고른 여자 중 한 명과 결혼한다(만약 내가 누군가와 주사위 결혼생활에 성공하지 못한다면 핵가족이 위험에 처할지도 모른다는 생각이 들었다). (2) 일 년 동안 주사위를 포기하고 완전히 새로운 일을 시작한다(이제는 무서울 것이 없는 이 선택지에 영감을 제공한 것은 그날 읽은 푸이기 아리시의 글 '시들어가는 주사위'였다). (3) "멍청한 놈들의 기성체제에 맞서 혁명 활동을 시작한다. 내 목적은 위선과 불의를 폭로하고, 불의한 자들에게 창피를 주고, 억압받은 자들을 일깨워 일으켜 세우고, 전체적으로는 범죄와 끝없는 전쟁을 벌이는 것이다. 다시 말해서 내 안의 사회를 부수려고 애쓸 때처럼 과격하게 사회를 부수는 것이다"(한 달 전 에릭 캐넌과 아르투로 존스가 이끄는 지하 혁명집단에 관한 기사를 읽은 기억이 떠올라서 나는 그날 과격해졌다. 내가 하겠다고 적은 말들이 무슨 뜻인지는 잘 알 수 없었지만, 그 느낌이 좋아서 나는 주사위를 던지려고 준비중이던 거실 러그 위에 자랑스럽게 앉아 있었다). (4) 무엇이든 주사위님이 지시하는 것에 대한 책, 기사, 소설, 이야기를 집필해서 적어도 두 권 분량을 마무리한다(나는 우리 주사위센터와 **주사위 인생** 재단에 대한 빈약한 홍보활동에 화가 나서 내가 구원에 나서는 모습을 어렴풋이 그려보았다). (5) 전세계에서 주사위 생활을 선전하기 위한 여러 가지 활동을 계속한다. 활동의 성격은 주사위님이 결정할 것이다(가장 마음이 끌리는 선택지였다. 린다와 제이크와 프레드와 릴이 모두 가끔씩 우리 주사위팀의 일원으로 활동했는데, 다른 주사위족 없는 주사위 인생은 외로울 때가 많다). (6) 일 년 내내 선택지의 적용기간을 딱 하루로 제한해서, (1971년 운명의 날에 내가 영감을 받아 한 말을 인용하자면) "남들은 무시하고 점점 늙어가지만, 나는 매일 날이 밝을 때마다 새로이 탄생"하게 한다(이 마지막 선택지가 매혹적이었다. 보통 장기적인 선택지는 설사 주사위님의 패턴이라 해도 어쨌든 지나치게 패턴을 만들어내는 경향이 있기 때문이다).

하지만 주사위님은 나를 시험하려는지 바닥을 굴러서 4라는 답을 내놓았다. 일 년 동안 다양한 글을 써야 한다는 선택지였다. 그 뒤로 두 번 더 이어진 주사위의 결정으로 나는 일 년 동안 "정확히 십육 만 단어 분량의 자서전"을 완성하고(거의 일 년 내내 날마다 이 웃기지도 않는 일이 내 삶에 불쑥 끼어들게 되었다), 적절한 시기(즉 주사위님과 내가 마음이 내킬 때)에 주사위님이 선택한 다른 작업을 하게 되었다.

물론 글쓰기는 본격적인 직업이 될 수 없으므로, 나는 계속 무작위로 친구들을 만나고, 주사위센터와 주사위집단에서 간헐적으로 일하고, 가끔 강연을 하고, 변덕스럽게 새로운 역할을 하고, 가끔 나의 주사위 놀이를 실행하면서 전체적으로 아주 즐겁고 반복적이고 일관되게 일관성이 없고 무작위적이고 간헐적이고 예측할 수 없는 주사위 인생을 이어갔다.

그러던 중, 당연하게도 운이 개입했다.


## 78


라인하트의 여러 가지 미친 계획에 거금을 기부한, 정신이 몽롱하고 망상에 빠진 금융가 H. J. 위플의 아파트에 IRS, FBI, SS, AAPP 요원들이 숨겨둔 도청장치의 테이프를 통해 우리는 1971년 3월 24일 **주사위 인생** 재단 이사회 회의에서 무슨 일이 있었는지 정확히 알고 있다. 그날의 일 중 많은 부분은 라인하트가 그 뒤 법망을 피하기 위해 기울인 필사적인 노력과 상관없지만, 그와 그의 추종자들이 발전시키던 병든 구조와 가치관을 보여주는 자료로서 그 보고서는 가치를 지닌다.

우리가 알기로, 이사회 회의는 보통 전세계에서 무작위로 선택된 적절한 장소나 부적절한 장소에서 매달 열린다. 그날의 회의는 무엇보다 그다음 주로 예정된 라인하트의 PANY 실행위원회 출석을 대비하기 위한 것이었다. PANY는 그를 징계하기에 앞서 청문회를 열 예정이었다. 혐의는 간단했다. 그의 주사위 치료 이론이 우스꽝스럽고, 치료방법은 무능하고 비윤리적이며, "의학적인 가치가 의심스럽다"라는 것이 하나. 그의 주사위센터는 훌륭한 클리닉들의 질 나쁜 패러디이며 모든 윤리 원칙과 심리치료 원칙을 위반하고 있다는 것이 또 하나. 그의 개인생활이 대중의 수치가 되었다는 것이 또 하나. PANY는 그와 관계를 끊고, 그가 상징하게 된 모든 것을 공개적으로 비난해야 했다. 따라서 그를 PANY에서 축출하고, 미국 의학협회와 뉴욕 주 의학협회에 서한을 보내 그가 미국 내에서 의술이나 심리치료를 시행하는 것을 금지해달라고 촉구할 예정이었다. 그의 방법을 사용하는 다른 사람의 시술도 마찬가지였다.

**주사위 인생** 재단 이사회는 위플의 거실에서 열렸다. 속이 빵빵하게 찬 빅토리아 양식 소파, 동양풍 책상과 프로방스식 의자, 데니시모던 의자 두 개, 덮개를 씌운 해군 보조 구명정, 커다란 바위, 초기 아메리카식 벽난로 한편에 3미터 너비로 펼쳐진 하얀 모래가 있는 곳이다. 즉, 초기 신석기시대 양식부터 J. E.가 영원한 파이어아일랜드 양식이라고 농담 삼아 부른 양식까지 다양한 스타일의 가구로 채워진 거실이다. 위플은 이 방의 모든 것을 주사위님이 고르셨다고 주장한다고 한다. 그럴듯한 말인 것 같다.

그날 오후 그 거실에 모인 사람은 다음과 같았다. 기본적으로 보수적이며, 예리한 자본주의 정신을 갖고 있었으나 주사위족의 분위기에 중독된 위플. 다지선다 문항에서 여러 번 주사위를 던져 답을 골랐다고 하는데도 어쨌든 얼마 전 뉴욕 주 변호사 시험에 합격한 릴리언 라인하트 부인. 라인하트의 많은 모험에 동참하면서 깊이 위태로워졌으며, 점점 괴팍하고 무책임한 행동을 하고 있다고 알려진 제이컵 엑스타인 박사(그는 AAPP의 특별 징계대상으로 올라와 있다). 라인하트와 간헐적으로 내연관계를 맺고 있으며 구제 불능의 매춘부인 린다 라이크먼. 그리고 둘 다 히피이자 주사위 이론가로 활발히 활동하는 조지프 파인먼과 페이 파인먼 부부. 이런 회의의 참석자는 그때그때 달라진다. 아무래도 이사들이 참석 여부를 주사위와 의논해서 결정하기 때문인 듯하다.

이 사람들이 모두 오후 2시에 위플의 집에 모여 거실 여기저기에 저마다 다양하게 흐트러진 자세로 널브러져 있었다. 파인먼 부인과 미스 라이크먼과 라인하트는 소파 위에, 엑스타인과 조 파인먼은 모래 위에 앉아 있었고, 라인하트 부인은 바위에 등을 기대고 있었으며, 위플 씨는 동양풍 책상의 프로방스식 의자에 앉아 있었다. 토론을 연 것은 위플 씨의 긴 연설이었다. 그는 모두에게 다음 주 협회에 출석할 라인하트 박사의 변호를 도와주라고 촉구했다. 그는 만약 라인하트 박사가 PANY의 징계를 받고 축출된다면, 주사위센터에 대한 폐쇄 압력이 배가될 가능성이 높다고 말했다. 주사위 치료를 시행하는 젊은 의사들도 주사위를 버리지 않으면 비슷한 방식으로 축출될 것이라는 압력을 받을 것이고, 새 치료사들을 이 분야로 끌어들이기가 더욱 힘들어질 것이라는 말도 이어졌다. 라인하트가 '우리 시대의 종교 프로그램'에 출연하기로 한 것도 취소될 가능성이 높았다. 라인하트가 PANY에서 징계를 받고 축출된다면, 그것이 주사위 생활의 종말을 알리는 신호탄이 될 수 있으며, 따라서 전세계 사람들의 희망이 어두워질 수 있었다.

위플은 라인하트가 한때 주사위 제자였던 이의 지저분한 죽음과 연관된 일이 미칠 영향에 대해 걱정을 표하고, 경찰과 언론이 이 우연한 사건을 인위적으로 이용해서 라인하트를 헐뜯고 있다고 지적했다. 그는 라인하트에게 행동을 조절해보라고 직접적으로 호소했으며, 가진 기술을 모두 동원해서 PANY에서 자기 변호를 하라고 말했다.

하지만 현저히 분별 있어 보이는 이 연설이 끝난 뒤, 다른 사람들이 위플을 지지하지 않는다는 사실이 분명해졌다. 그들은 **주사위 인생** 재단과 주사위족 전체의 이미지를 다른 것과 마찬가지로 운에 맡겨야 한다고 생각하는 듯했다. 라인하트가 만약 자신이 PANY에서 축출된다면 재단 또한 그를 비난하는 성명을 발표해서 이름을 지키라고 촉구하자, 엑스타인은 재단이 지구 전역은 물론 이웃 행성의 모든 주사위족들이 저지르는 모든 종류의 사악한 행동과 관계가 없다는 성명을 발표하면 더 간단히 일을 해결할 수 있고, "이틀에 한 번 꼴로" 새로운 성명을 발표해야 하는 귀찮은 상황을 피할 수 있다고 제안했다.

젊은 히피 조 파인먼은 뉴저지의 육군 탄약고 폭파 현장 근처의 눈에 띄는 장소에서 초록색 주사위 두 개가 발견되고 이스터먼 상원의원이 상원에서 주사위센터와 주사위족을 공격한 이래로 무능한 주사위 치료사가 주사위 제자들에게 멍청하고 위험한 선택지를 만들어주는 경우가 갑작스레 홍수처럼 늘어났다고 지적했다. 그는 FBI가 주사위족 틈에 침투해서 주사위 운동의 평판을 떨어뜨리려 하는 건지도 모른다는 의견을 내놓았다. 엑스타인 박사는 주사위족이 외부의 도움 없이도 스스로 평판을 떨어뜨리는 데 아무런 문제가 없다는 말로 이 위험한 추측을 짓밟아버렸다.

그다음에 위플 씨가 국세청IRS이 주사위교가 일반적으로 인정받는 종교의 연속선에 속하지 않고, **주사위 인생** 재단의 교육 프로그램이 일반적으로 받아들여지는 지식의 제거를 목표로 하는 듯하며, 재단의 과학 연구에는 허구적인 자료와 허구적인 연구가 증거로 제시되는 경우가 많은 듯하고(엑스타인은 여기서 "뭐, 세상에 완벽한 사람은 없는 법이지" 하고 말했다), 영리를 추구하지 않는 주사위센터가 성공적으로 치료했다고 주장하는 주사위 제자들이 종종 사회에 적응하지 못하고 사회를 타도하려 들기 때문에 이 센터들을 전통적인 의미의 치료시설로 볼 수 없다는 이유를 들어 예전과 달리 **주사위 인생** 재단에 면세혜택을 주지 않으려 한다고 불평을 제기하자 의논의 방향이 순간적으로 바뀌었다. 라인하트 부인과 엑스타인은 IRS가 무엇을 하든 관심이 없다는 뜻을 표현했지만, 위플은 자신이 재단에 후한 기부금을 내는 데 힘입어 소득에서 연간 30만 달러를 공제받았다고 밝혔다. 그는 이어 주사위 덕분에 정확해진 믿을 만한 주사위 회계사가 작성한 최신 회계 보고서에 따르면, 재단이 주사위센터 출석과 집단 주사위 치료, 어린이 주사위 게임, 엑스타인의 책 《정육면체가 된 정사각형의 사례》와 자신들이 발행하는 잡지 〈변덕의 성좌〉에 적절한 값을 매기지 못했기 때문에 한 달에 10만 달러가 넘는 순손실을 기록하고 있다는 말을 덧붙였다(여러 사람이 "브라보" "잘한다!" 하고 외치는 목소리가 끼어들었다).

[여기서부터 당시 오간 말을 그대로 옮겼다(HJW behboulivrm: 4.17.7.1-7:22-7:39)]

(위플의 목소리) "조만간 수입을 좀 더 올려야 합니다. 전국의 다른 사업체들이 주사위 소년과 주사위 소녀 티셔츠, 초록 주사위 스포츠 셔츠, 커프스단추, 목걸이, 넥타이핀, 팔찌, 비키니, 귀걸이,

옷핀, 사랑과 평화의 염주, 초코바 등으로 엄청난 액수의 현금을 거둬들이고 있는 걸 모릅니까? 주사위 제조사들의 매출이 작년에 네 배로 뛰었다는 사실은요?"

"그래서 뭐!" 제이크 엑스타인이 말했다.

"우리는 어떻습니까?" 위플이 외쳤다. "다른 주사위 인생 게임들은 우리 것보다 네 배나 비싼 가격에 팔립니다. 아니, 당신들 말대로 하자면, 주사위 생활의 의미를 완전히 놓쳐버리고도 수백만 달러를 벌어들이고 있죠. 우리는 우리 물건을 원가보다 싸게 팔고 있는데 말이죠. 입장료가 5달러인 디스코텍과 술집에서는 무작위로 옷을 벗는 주사위-주사위 아가씨들을 광고하고 있는데, 우리 주사위센터의 소돔과 고모라는 사실상 공짜입니다. 우리만 빼고 모두들 주사위로 돈을 벌고 있다고요!"

"원래 주사위가 그런 거예요." 엑스타인이 말했다.

"우리는 이윤을 좀 거둘 수 있는 선택지를 계속 내미는데, 주사위님이 계속 거절하고 있잖아요." 라인하트 부인이 말했다.

"그렇다고 내가 계속 손실을 메울 수는 없어요."

"누가 그렇게 해달라고 부탁하던가요?"

"주사위님이 계속 나한테 시킨단 말입니다!"

[웃음소리]

"지금까지 우리는 세계 역사상 유일하게 돈을 억수로 잃는 종교예요." 엑스타인이 말했다. "이유는 모르겠지만, 나는 기분이 좋습니다."

"이봐요, H. J." 미스 라이크먼이 말했다. "돈, 권력, 주사위 소년 티셔츠, 초록 주사위 평화의 염주, 주사위 교회, 그 밖에 사람들이 주사위로 하는 모든 일은 중요하지 않아요. 주사위 생활은 순전히 다중 게임을 장려하기 위한 게임일 뿐이에요. 다중 연극을 장려하는 연극이라고요. 이윤은 우리 연극의 일부가 아니에요."

"성자 역할을 하고 있군, 린다." 엑스타인이 말했다. "만약 우리가 빈곤에 자부심을 품기 시작한다면, 나는 대중을 약탈하는 쪽을 지지하겠어."

"IRS 문제를 어떻게 하지 않으면 나는 손을 털겠습니다." 위플이 말했다. "이 나라 최고의 변호사들을 고용해서 이 판정에 맞서 싸워야 돼요. 필요하다면 대법원까지 가는 한이 있더라도."

"그건 돈 낭비예요, H. J."

"그래도……" 라인하트 부인이 말했다. "그 문제를 법정에서 다투는 게 교육적인 가치가 있을지도 몰라요. 종교란 무엇인가? 치료란 무엇인가? 교육이란 무엇인가? IRS가 이런 이슈에 답을 내놓을 수 있는 기관이 아니라고 나는 강력히 주장할 수 있어요."

"당신을 변호사로 고용해서 IRS 결정에 항소하면 되겠군요." 엑스타인이 말했다.

"우리한테는 돈으로 살 수 있는 최고의 변호사가 필요해요." 위플이 말했다.

"우리한테 필요한 건 주사위 변호사예요." 엑스타인이 말했다. "그가 뭘 변호하려고 하는지 남들은 전혀 모를 테니."

"주사위족은 미덥지 않아요." 위플이 말했다.

[다시 웃음소리. 위플의 신경질적인 웃음소리도 들린다.]

"그건 그렇고, 조." 라인하트 박사가 말했다. "에릭 캐넌이랑 개 친구들이 내 팬이 됐어. 다음 일요일 텔레비전 녹화 때 방청권을 얻어달라고 하더라고."

"아마 야유하려고 가는 거겠죠." 파인먼이 말했다.

"다들 철 좀 들어요." 위플이 날카롭게 소리쳤다. "루크는 청문회에서 훌륭한 변호사가 필요해요. 그러지 않으면 우리 모두 하수구로 빨려 들어갈 겁니다."

"그건 그렇고, 루크." 라인하트 부인이 말했다. "당신 어떻게 변호할 계획이야?"

"생각해보지 않았어, 릴."

"이제 우리 모두 생각을 좀 해야 할 때입니다." 위플이 말했다.

"선택지를 만들고 주사위를 흔들어." 엑스타인이 모래밭에서 말했다. "왜 이런 이야기를 하고 있는 건지 모르겠네."

"하지만 루크의 이론은 중요해요." 위플이 말했다. "반드시 변호해야 합니다."

"선택지 중 하나는 루크가 청문회 내내 키득거린다, 어때요?" 조 파인먼이 말했다.

"난 당신들이 좋아." 라인하트가 말했다. "우리 재단과 센터와 주사위 생활이 부서지는 건 별로인데."

"그거 참 곤란하군, 우리 루크." 엑스타인이 말했다. "그럼 싸워야지."

"그럼 냉정하고 이성적으로 군다에 좋은 확률을 줘." 라인하트 부인이 말했다. "아니면 나를 변호사로 데려간다에 좋은 확률을 주든지. 그러면 당신은 벗어날 수 있을 거야."

"루크의 이미지도 생각해야죠." 위플이 말했다. "다음 주말 PANY에 출석했을 때와 그다음 일요일 텔레비전에 출연했을 때 모두. 주사위 생활의 아버지는 항상 진실되게 흔들어댈 의무가 있어요."

"주사위 똥 같은 소리." 엑스타인이 말했다. "자기 이미지를 걱정한다면, 그건 루크가 아니라 다른 사람이에요."

"루크는 남들을 도와야 해요."

"주사위 개 같은 소리. 루크가 남들을 도와야 한다고 생각한다면, 그건 루크가 아니라 다른 사람이에요."

"아냐, 나도 가끔은 남들을 돕고 싶어." 라인하트가 말했다.

"주사위 먼지 같은 소리." 엑스타인이 말했다. "자네가 뭐든 원한다면, 그건 자네가 아니라 다른 사람이야."

"이 신선한 욕설은 뭐죠?" 미스 라이크먼이 물었다.

"내가 알면 주사위지."

"다들 멍청하게 굴지 말아요." 위플이 말했다.

"멍청하기로는 당신의 절반도 되지 않아요." 엑스타인이 대꾸했다. "선택지를 만들고 주사위를 흔들자. 다른 건 전부 헛소리."


# 79


주사위가 지배하는 이 세상에서 확실한 것이 있다면, PANY의 실행위원회가 라인하트 박사에게 유죄를 선고할 것이라는 점이었다. 다섯 명의 위원 중 단 한 명이라도 공감해줄 가능성이 희박했다. 위원장인 와인버거 박사는 야망이 크고, 사회적으로 출세한 전통적인 천재 타입으로, '죽음을 앞둔 건강염려증 연구소'에서 계속 찬란한 영광을 빚어낼 시간을 빼앗는 것이라면 무엇이든 증오했다. 그는 크룸의 파티에서 잠시 스치듯 만나기 전에는 라인하트 박사의 이름을 들어본 적이 없었다. 앞으로도 틀림없이 그의 소식을 다시 듣고 싶지 않을 것이다.

나이 많은 코블스톤 박사는 공정하고, 합리적이고, 개방적이고, 정의로운 사람이었으므로, 당연히 라인하트 박사에게 반대표를 던질 터였다. 만 박사는 라인하트에게서 자진 탈퇴서를 받자고 동료 위원들을 설득해보았지만 그 노력이 실패로 돌아가자 그 역시 자신이 극도로 싫어하는 모든 것을 비난하는 쪽으로 당연히 돌아섰다. 즉, 라인하트 박사에게 반대할 것이라는 뜻이었다.

네 번째 위원인 피어먼 박사는 자신의 휘하에서 일하던 뛰어난 정신과 인턴 조 파인먼과 푸이기 아리시가 갑자기 그를 버리고 라인하트의 무작위 지도하에서 주사위 치료를 시행하기 시작하자 라인하트에 대한 징계안을 제출한 장본인이었다. 그는 조금 창백하고 목소리가 높은 중년 남자였으며, 마리화나를 피우는 십대가 그렇지 않은 십대에 비해 LSD를 시도할 가능성이 높다는 사실을 증명한 연구로 널리 찬사를 받으며 명성을 군혔다. 그가 라인하트에게 유리한 표를 던질 가능성은 없을 것 같았다.

마지막 위원인 문 박사는 뉴욕 정신분석학계라는 천국의 오랜 구성원으로, 프로이트와 개인적인 친분이 있었으며, 1920년대에 어린이들의 자연스럽고 돌이킬 수 없는 타락에 관한 이론을 창시해서 많은 논란을 일으켰다. 그는 또한 PANY가 처음 설립된 1923년부터 실행위원이었다. 나이가 일흔일곱 살이라서 와인버거 박사의 '죽음을 앞둔 건강염려증 연구소'의 저명한 연구대상 중 한 명인 그는 여전히 청문 절차에 활발히 참여하려고 애쓰고 있었다. 하지만 안타깝게도 그의 행동이 때로 너무나 변덕스러워서 어쩌면 숨겨진 주사위족인 것 같기도 했다. 그러나 동료들은 그의 "약간 괴팍한 행동"을 "초기 노인성 치매" 탓으로 돌렸다. 그는 PANY의 구성원 중 가장 반동적인 인물이라는 평판이 있었으나, 최근의 미덥지 못한 행동 탓에 라인하트 박사에게 반대표를 던질 가능성이 확실시되지 않는 유일한 위원이기도 했다.

실행위원회 회의는 1971년 3월 31일 오후 일찍 열렸다. 장소는 와인버거 박사의 '죽음을 앞둔 건강염려증 연구소' 내 대형 세미나실이었다. 그날 오후, 머리카락이 텁수룩하고 몸집이 땅딸막한 오십대 후반의 와인버거 박사는 피어먼 박사, 코블스톤 박사, 문 박사, 만 박사를 양쪽에 둘씩 거느리고 긴 탁자에 초조하게 앉아 있었다. 문 박사만 빼고 모두 심각한 표정이었다. 와인버거 위원장과 만 박사 사이에서 잠들어 있는 문 박사는 옆에 앉은 사람의 어깨를 향해 천천히 몸을 기울여서 기름칠을 한 지 한참된 시계추처럼 머뭇거리다가 다시 왔던 길을 되짚어 가서 반대편 옆 사람의 어깨에 몸을 기댔다.

다섯 사람이 앉은 탁자가 워낙 긴 탓에, 그들은 판관이라기보다 서로 몸을 지키기 위해 옹기종기 모여 앉은 도망자들처럼 보였다. 라인하트 박사는 친구 겸 개인 주치의로 참석한 엑스타인 박사와 함께 세미나실 한복판의 딱딱한 나무의자에 앉아 있었다. 엑스타인 박사는 늘어지듯 앉아서 눈을 가늘게 뜨고 있었지만, 라인하트 박사는 정신을 바짝 차리고 꼿꼿이 앉았다. 완벽하게 몸에 맞춘 회색 양복에 넥타이를 맨 차림 덕분에 지극히 전문가처럼 보였다.

"네, 위원장님." 아무도 입을 열지 않았는데 라인하트 박사가 말했다.

"잠시만, 라인하트 박사." 와인버거 박사가 날카롭게 말하고는 자기 앞의 서류를 내려다보았다. "라인하트 박사는 자신의 혐의가 무엇인지 압니까?"

"네." 라인하트 박사와 엑스타인 박사가 동시에 대답했다.

"주사위 운운하는 소리가 다 뭔가, 자네?" 코블스톤 박사가 물었다. 그의 지팡이가 청문회와 관련된 증거처럼 그의 앞 탁자 위에 놓여 있었다.

"제가 개발한 새로운 치료법입니다." 라인하트 박사가 곧바로 대답했다.

"그건 우리도 아네." 그가 말했다. "내 말은, 자네가 설명해보라는 거야."

"주사위 치료에서 우리는 환자에게 주사위를 던져 결정을 내리는 방법을 권고합니다. 목적은 성격을 파괴하는 것입니다. 우리는 성격이 파괴된 자리에 다중인격을 만들어내려고 합니다. 일관성이 없고, 미덥지 못하며, 조현병이 점차 진행되는 사람 말입니다."

라인하트 박사는 또렷하고 단호하며 이성적인 목소리로 말했다. 하지만 무슨 이유에서인지 위원들은 침묵으로 답했다. 문 박사의 거칠고 고르지 못한 숨소리만 들려올 뿐이었다. 코블스톤 박사의 엄격한 아래턱이 더욱 엄격해졌다.

"계속하세요." 와인버거 박사가 말했다.

"우리 모두 정상적인 성격에 억눌려서 아주 드물게만 자유로이 행동에 나서는 비주류 충동들을 갖고 있다는 것이 제 이론입니다. 이 비주류 충동들은 성격의 검둥이라고 할 수 있습니다. 성격이 확립된 뒤로는 자유를 경험하지 못한 이 충동들은 투명인간이 되었습니다. 우리는 이 충동이 잠재적인 온전한 인간이라는 점을 인정하지 않습니다. 주도적이고 전통적인 자아만큼 발달 기회를 얻지 못한다면, 우리의 성격이 분열되어 긴장에 휩싸이고, 이것이 주기적인 폭발과 난동으로 이어진다는 점도 인정하지 않습니다."

"검둥이가 제자리를 벗어나게 두면 안 되지." 문 박사가 말했다. 그의 주름진 둥근 얼굴에 붉게 충혈된 사나운 눈 두 개가 나타나자, 황폐한 풍경이 갑자기 살아났다. 그는 강렬한 표정으로 앞을 향해 몸을 기울이고 있었다. 짧은 말을 끝낸 입은 헤 벌어진 모습이었다.

"계속하세요." 와인버거 박사가 말했다.

라인하트 박사는 문 박사를 향해 진지하게 고개를 끄덕이고는 말을 이었다.

"모든 성격은 비주류 성격들의 억압이 축적된 결과입니다. 사람이 일관된 충동 조절 패턴을 만들어내지 않는다면, 명확하게 규정할 수 있는 성격이 확립되지 않습니다. 그러면 그 사람은 예측이 불가능하고 무정부적인 사람이 되죠. 어쩌면 '자유롭다'고까지 말해도 될 것입니다."

"그건 미친 거지." 피어먼 박사의 높은 목소리가 들려왔다. 마르고 창백한 얼굴에는 표정이 없었다.

"저 친구 말을 끝까지 들어보세." 코블스톤 박사가 말했다.

"계속하세요." 와인버거 박사가 말했다.

"안정되고, 통일되고, 일관성 있는 사회에서는 폭 좁은 성격이 가치가 있습니다. 사람들은 단 하나의 자아로 자신을 충족시킬 수 있죠. 하지만 오늘날은 그렇지 않습니다. 이 다원적인 사회에서는 다중인격만이 충족을 가져다줄 수 있습니다. 우리는 모두 억압된 잠재적 자아를 수백 개 갖고 있습니다. 우리의 성격이라는 좁은 길을 따라 아무리 열심히 걸어도 가장 깊은 곳의 욕망은 다중적이라는 사실을 결코 잊을 수 없게 해주죠. 즉, 여러 역할을 하고 싶어 한다는 뜻입니다.

여러분이 허락해주신다면, 제 주사위 환자 한 명과의 상담을 녹

음한 녹취록에서 그의 말을 인용하고 싶습니다." 라인하트 박사
는 의자 옆 서류가방에서 문서를 꺼내 뒤적이다가 고개를 들고 말
을 이었다.

"여기서 O. B. 교수가 하는 말이 제가 보기에는 모든 사람이 지
닌 문제의 핵심을 극적으로 보여주는 것 같습니다. 읽겠습니다."

"위대한 소설 한 편을 쓰고, 수많은 편지를 쓰고, 내 주위의
홍미로운 사람들과 더 친하게 지내고, 파티를 더 열고, 지식
추구에 더 많은 시간을 쏟고, 아이들과 놀아주고, 아내와 사랑
을 나누고, 더 자주 등산을 하고, 콩고에 가고, 사회를 혁명적
으로 변화시키려 애쓰는 급진주의자가 되고, 동화를 쓰고, 더
큰 배를 사고, 더 많은 항해를 하고, 일광욕과 수영을 하고, 미
국 피카레스크 소설에 대한 책을 쓰고, 집에서 아이들을 교육
하고, 대학에서 더 훌륭한 선생이 되고, 충실한 친구가 되고,
돈을 더 후하게 쓰고, 경제적으로 더 절약하고, 나 외의 바깥
세상에서 더 충만한 삶을 살고, 소로*처럼 살면서 물질에 넘어
가지 않고, 테니스를 더 많이 치고, 요가와 명상을 하고, 매일
그 망할 RCAF 연습을 하고, 아내의 집안일을 돕고, 부동산으
로 돈을 벌고 등등을 해야 할 것 같은 기분이 든다.

이 모든 일을 진지하게, 장난스럽게, 극적으로, 금욕적으로,
즐겁게, 차분하게, 도덕적으로, 무심하게 하는 것이다. D. H.
로런스처럼, 폴 뉴먼처럼, 소크라테스처럼, 찰리 브라운처럼,
슈퍼맨처럼, 포고처럼 하는 것이다.

---

• 미국의 사상가 겸 문학가.

하지만 웃기는 소리다. 내가 이 일들 중 뭐든 하나를 한다면, 이 역할들 중 뭐든 하나를 수행한다면, 다른 자아들이 만족하지 못할 것이다. 내가 그런 식으로 한 자아를 만족시키면서 다른 자아들에게도 어떻게든 배려한다는 인상을 줄 수 있게 도와달라. 그들이 입을 닥치게 해달라. 내가 자신을 추슬러서, 사실은 아무것도 하지 않은 채로 이 망할 우주 사방에 나를 쏟아내는 짓을 그만두게 도와달라."

라인하트 박사는 시선을 들고 빙긋 웃었다. "우리 서구의 심리학 이론은 O. B.에게 타고난 다중성을 억압하고 하나의 지배적인 자아를 구축해서 다른 자아들을 통제하라고 촉구하는 식으로 그의 문제를 해결하려고 합니다. 이런 전체주의적인 해법은 권력을 잡으려는 소수 자아들의 노력을 압살하기 위해 많은 에너지 부대를 상시 유지해야 함을 의미합니다. 정상적인 성격은 지속적인 반란 와중에 존재하는 겁니다."

"이 중 일부는 확실히 일리가 있습니다." 엑스타인 박사가 친절하게 덧붙였다.

"주사위 치료에서는 전체주의적인 성격을 타도하고⋯⋯."

"대중에게는 강력한 지도자가 필요해." 문 박사가 끼어들었다.

그 뒤로 이어진 침묵을 깨는 것은 그의 고르지 못한 숨소리뿐이었다.

"계속하세요." 와인버거 박사가 말했다.

"지금 내가 할 수 있는 말은 이것이 전부요." 문 박사가 새빨간 화덕 같은 두 눈의 셔터를 내리면서 대답했다. 그리고는 만 박사의 어깨를 향해 천천히 호를 그리며 기울어지기 시작했다.

"계속하세요, 라인하트 박사." 와인버거 박사가 말했다. 그의 얼굴은 무표정했지만, 손은 낙지가 오징어를 박살내듯이 자기 앞의 서류를 꾸깃꾸깃 움켜쥐고 있었다.

라인하트 박사는 손목시계를 흘깃 본 뒤 말을 이었다.

"감사합니다. 우리의 은유, 그러니까 초자아, 자아, 이드에 관한 프로이트의 유명한 우화만큼이나 과학적 정밀성과 엄격성을 갖춘 우리의 은유에서, 운의 인도를 받는 무정부적 인간은 사실 선한 독재자인 주사위님의 지배를 받습니다. 치료 초기 단계에서는 겨우 몇 가지 자아만이 주사위님 앞에 선택지로서 자신을 바칠 수 있지요. 하지만 제자가 점점 발전해나갈수록 점점 더 많은 자아들, 욕망, 가치관, 역할들이 존재의 가능성 영역으로 들어옵니다. 그러면 그 인간은 성장하고, 넓어져서 더 유연하고 더 다양해지죠. 주요 자아들이 주사위님을 타도하는 능력은 점차 쇠퇴해서 사라집니다. 성격이 파괴되는 겁니다. 그러면 그 사람은 자유로워집니다. 그 사람……."

"라인하트 박사의 발언을 계속 들을 필요가 없을 것 같습니다." 와인버거 박사가 불쑥 일어나며 말했다. "엑스타인 박사가 친절하게 알려주었듯이, 일리가 있는 부분이 있기는 하지만, 성격의 파괴가 정신적 건강으로 이어진다는 주장은 선험적인 근거로 각하할 수 있을 것입니다. 비정상 심리에 대한 만 박사의 뛰어난 교과서 첫 문장을 여러분에게 일깨워드리는 것으로 충분할 듯싶습니다. '정체감, 사물의 영속성, 확립된 자아를 강하게 인식하는 사람은 안정될 것이다.'" 그는 만 박사를 향해 미소를 지어 보였다. "따라서 다음으로……."

"바로 그겁니다." 라인하트 박사가 말했다. "바로 그겁니다, 박사님. 제 이론은 항상 경험적인 근거가 아니라 선험적인 근거로 거부됩니다. 우리는 강한 사람이 자신의 성격을 파괴해서 그전보다 더 다양하고 행복하고 창의적인 인간이 될 수 있다는 가능성을 실험해본 적이 없습니다. 우리가 교과서를 쓴다면 첫 문장은 다음과 같을 것입니다. '자신이 일관성 없고 미덥지 못한 사람이라고 강하게 자신할 수 있는 사람, 사물의 덧없음과 패턴 없이 혼란하고 확립되지 않은 자아에 대해 긍정적인 생각을 지닌 사람은 다원적인 사회에서 집에 온 듯한 편안함을 느낄 것이다. 그는 즐거워할 것이며…….'"

"성격의 파괴에 대한 경험적 증거는 아주 많네." 코블스톤 박사가 조용히 말했다. "정신병원에는 패턴 없이 혼란하고 확립되지 않은 자아 인식을 지닌 사람들이 넘쳐흐르지."

"네, 맞습니다." 라인하트 박사가 차분히 대답했다. "그런데 그 사람들이 왜 거기 있는 겁니까?"

아무도 대답하지 않았다. 라인하트 박사는 와인버거 박사가 다시 자리에 앉기를 기다린 뒤 말을 이었다.

"여러분의 치료법은 환자들에게 확립된 자아의식을 심어주려고 노력했지만 실패했습니다. 혹시 통합되기 싫다는 욕망, 하나가 되기 싫다는 욕망, 성격이 하나가 되는 것이 싫다는 욕망이 이 다원적인 사회에서 자연스럽고 기본적인 인간의 욕망일 가능성은 없을까요?"

다시 침묵이 흘렀다. 문 박사가 숨을 내쉬는 소리, 와인버거 박사가 성마르게 헛기침을 하는 소리뿐이었다.

"지난 백 년 동안 나온 서구의 심리 치료법을 볼 때마다……" 라인하트 박사가 말을 이었다. "그 치료법들이 인간의 불행을 치료하는 데 거의 총체적인 실패를 기록했다는 점을 아무도 인정하지 않는다는 사실을 믿을 수가 없습니다. 레이먼드 펠트 박사는 이렇게 말했습니다. '증상의 자연스러운 소실 속도와 다양한 학파의 심리 치료법들이 시행하는 이른바 "치료"의 속도는 20세기 내내 기본적으로 똑같은 수준이었다.'

신경증을 치료하려는 우리의 노력이 왜 한결같이 성공하지 못했을까요? 불행의 기원과 대책에 대한 새로운 이론이 만들어지는 속도보다 문명이 불행을 퍼뜨리는 속도가 더 빠른 이유는 무엇일까요? 우리의 실수가 점점 분명해지고 있습니다. 우리는 통일되고 단순하고 안정적이었던 과거의 사회에서 이상적인 규범의 이미지를 가져왔습니다만, 그 규범은 복잡하고 다원적인 오늘날의 문명에는 전혀 맞지 않습니다. 우리는 '정직'과 '솔직함'이 건전한 인간관계에서 가장 중요하다고 생각합니다. 시대착오적인 우리 시대의 윤리에 따르면, 거짓과 가장은 사악하다고 여겨지죠."

"아, 라인하트 박사, 설마……" 코블스톤 박사가 말했다.

"죄송하지만, 저는 지금 진지합니다. 모든 사회는 거짓말을 기반으로 하고 있습니다. 우리 사회의 기반도 상충하는 거짓말들입니다. 단순하고 안정되었으며 거짓말이 하나뿐인 사회에서 살던 사람이 그 시스템을 흡수해서 통일된 자아로 옮겨놓고, 평생 그것을 도도하게 내뿜었습니다. 그의 친구들과 이웃들도 반박하지 않았고요. 그는 자신이 지닌 신념의 98퍼센트가 환상이라는 것, 자신의 가치관은 인위적이고 임의적이라는 것, 자신의 욕망이 대부분 우스울 정도로 잘못된 대상을 향하고 있다는 것을 알아차리지 못했습니다.

여러 거짓말을 기반으로 한 우리 사회의 사람들은 상충하는 거짓말들의 혼란을 흡수합니다. 친구와 이웃, 텔레비전은 그들의 신념이 보편적이지 않다는 것, 그의 가치관은 개인적이고 임의적이라는 것, 그의 욕망은 잘못된 대상을 향한 경우가 많다는 것을 날마다 일깨워주죠. 우리는 이런 사람들에게 스스로 정직하고 진실하라고 요구하는 행위가 그들을 광기로 몰아가는 안전하고 경제적인 방법임을 깨달아야 합니다. 그의 모순된 자아들이 대부분의 의문에 대해 다양하고 모순된 답변을 내놓을 테니까요.

한편, 그들을 끝없는 갈등에서 해방시키기 위해 우리는 반드시 모든 것을 놓아버리라고 촉구해야 합니다. 가장하고 거짓말하라고 촉구해야 합니다. 이런 능력을 개발할 수 있는 수단을 주어야 합니다. 그들은 반드시 주사위족이 되어야 합니다."

"보세요! 보세요!" 피어먼 박사가 끼어들었다. "거짓말을 조장하는 치료법을 옹호한다고 방금 자백했습니다. 들으셨죠?"

"우리 모두 라인하트 박사의 말에 귀를 기울이고 있었습니다, 피어먼 박사님. 감사합니다." 와인버거 박사가 앞에 놓인 서류를 또 마구 구기면서 말했다. "라인하트 박사, 계속해도 좋습니다."

라인하트 박사는 손목시계를 흘깃 보고 말을 이었다.

"다중 거짓말 사회에서 모든 사람이 자신의 존재 그 자체로 거짓말을 할 때 정직해지려고 노력하는 사람은 환자뿐입니다. 타인에게 정직성을 요구하는 사람은 아주 심하게 병든 환자뿐입니다. 물론 심리학자는 환자에게 진정성과 정직을 요구하지만 그런 방법은……."

"우리 방법이 그토록 형편없다면……." 와인버거 박사가 냉혹하게 말했다. "우리 환자들이 호전되는 건 어찌 된 일입니까?"

"그건 우리가 그들에게 새로운 역할을 연기하라고 장려했기 때문입니다." 라인하트 박사가 즉시 대답했다. "가장 중요하게 요구하는 것이 바로 '정직한' 역할이지만, 죄책감을 느끼는 역할, 죄인역할, 억압당하는 역할, 깨달음을 얻은 역할, 성적으로 해방된 역할 등도 있습니다. 물론 환자와 치료사는 자신들이 진정한 욕망에다가가고 있다는 환상에 빠져 있죠. 사실은 새롭고 다양한 자아들을 해방시켜 발전시키고 있을 뿐인데 말입니다."

"좋은 지적이야, 루크." 엑스타인 박사가 말했다.

"이 새로운 역할 놀이에 부과된 한계가 재앙을 낳습니다. 환자는 자신의 '진정한' 감정에 다가가라는 압박을 받습니다. 다시 말해서, 하나의 통일된 감정을 찾으라는 겁니다. 환자는 '진정한 자아'를 찾는 과정에서 자신이 경험해보지 못한 역할들을 발견하고 잠시 해방감을 경험할 수도 있겠지만, 새로운 자아를 진정한 자아의 자리에 앉히라는 압박이 들어오는 순간, 환자는 다시 감금되고 분열된 느낌을 받게 될 겁니다. 오로지 주사위 치료만이 우리 모두 알면서도 일부러 잊어버린 사실, 즉 인간은 다중적이라는 사실을 인정합니다."

"물론입니다. 인간은 다중적이죠." 와인버거 박사가 갑자기 탁자를 주먹으로 쾅 내려치며 말했다. "하지만 문명은 강간범, 살인자, 거짓말쟁이, 사기꾼을 감금하고 억압하는 역할을 하기 때문에 의미가 있습니다. 박사는 우리가 철창을 열어 살인자들을 자유로이 풀어줘야 한다고 주장하는 것 같군요." 와인버거 박사가 왼쪽 어깨를 성마르게 으쓱하자, 늘어져 있던 문 박사의 몸이 나름의 궤적을 따라 느릿느릿 움직여 와인버거 박사보다는 부드럽지만 성마르기는 매한가지인 만 박사의 어깨에 안착했다.

"맞네, 루크." 만 박사가 라인하트 박사를 차갑게 바라보며 말했다. "우리 내면에 바보가 하나 있다는 이유만으로, 그 바보를 겉으로 드러내야 한다고 생각할 이유는 없어."

라인하트 박사는 손목시계를 흘깃 보고 한숨을 내쉬더니 주사위를 꺼내 오른손으로 왼손 손바닥에 떨어뜨리고는 결과를 살폈다.

"젠장." 그가 말했다.

"뭐라고?" 코블스톤 박사가 물었다.

"강간범, 살인자, 바보를 자유롭게 풀어주자는 말이 미친 소리로 들리겠지." 라인하트 박사가 말을 이었다. "정상적이고 합리적인 성격이라는 이름의 간수에게는 말이야. 그렇게 따지면, 평화주의자를 풀어주자는 말도 살인자의 성격이라는 간수에게는 미친 소리로 들려. 하지만 요즘 정상적인 성격은 좌절감, 권태, 절망의 표본이야. 주사위 치료는 모든 연구와 노력을 날려버리자고 제안하는 유일한 이론이지."

"하지만 사회적인 결과가……" 코블스톤 박사가 입을 열었다.

"주사위족의 사회적 결과는 당연히 예측 불가능하지. 정상적인 성격의 사회적 결과는 뻔하고. 불행, 갈등, 폭력, 전쟁, 전반적인 쓸쓸함이잖아."

"자네가 왜 정직성에 반대하는지 아직 잘 모르겠네." 코블스톤 박사가 말했다.

"정직과 솔직함?" 라인하트 박사가 말했다. "세상에! 정상적인 인간관계에서 그것만큼 나쁜 게 없어. '정말로 날 사랑해요?' 이런 멍청한 질문, 우리의 병든 머리에서 나오는 이 전형적인 질문에는 항상 '세상에, 절대 아냐'라거나 '내가 이 하찮은 현실을 사랑하는 것보다는 더 사랑하지. 그런 건 다 환상이야'라고 대답해야 돼. 사람이 진정성 있고 정직해지려고 노력하면 할수록, 점점 더 꽉 막히고 금기의식에 사로잡힌 사람이 되지. '나에 대해 진심으로 어떻게 생각해요?'라는 질문에는 항상 대답 대신 허리띠로 입을 후려쳐줘야 돼. 하지만 '당신이 나에 대해 어떻게 생각하는지 환상과 상상을 동원해서 말해봐요'라고 말한다면, 상대는 통일성과 진실에 대한 신경증적인 요구에서 자유로워지겠지. 그러면 상충하는 자아들 중 아무거나 골라서 표현할 수 있어. 물론 한 번에 한 자아씩이지만. 각각의 역할을 최대한 수행할 수 있을 거야. 조현병과 하나가 되는 거라고."

라인하트 박사가 일어섰다.

"내가 좀 서성거려도 되나?" 그가 물었다.

"얼마든지." 와인버거가 말했다. 라인하트 박사는 긴 탁자 앞에서 오락가락하기 시작했다. 그의 발걸음이 두 동료의 어깨 사이를 오가는 문 박사와 한동안 같은 리듬을 유지했다.

"자, 이 모든 게 실제 치료에서 어떤 효과를 발휘하느냐고?" 그가 다시 입을 열었다. "환자와 처음 주사위 치료를 시작하는 건 쉬운 일이 아니야. 운에 맡기고 싶지 않다는 저항감이 칠십 년 전 프로이트의 성적인 신화에 대한 저항감만큼이나 강하거든. 불행에 빠져 있는 전형적인 미국인에게 주사위에 결정을 맡기라고 말하면, 그걸 일시적인 놀이라고 생각한 사람만이 우리에게 장단을 맞춰줘. 그러다가 중요한 결정을 운에 맡기라는 내 말이 진심이라는 걸 알고 나서는 필연적으로 바지에 오줌을 지리지.

비유하자면 그렇다는 얘기야. 대부분의 경우 이 초기 저항감, 우리는 이걸 '오줌 지리기'라고 부르는데, 어쨌든 이 저항감을 극복해야 치료가 시작돼. 우리는 먼저 정상적인 성격에 별로 위협이 되지 않는 곳에서부터 시작하지. 환자가 기본 규칙을 익히고 게임을 즐기기 시작하면, 주사위의 결정을 다른 분야로까지 확대하는 거야."

"자네 환자들이 주사위로 정확히 무엇을 하던가?" 코블스톤 박사가 물었다.

"뭐, 처음에는 환자가 갈등을 겪는 일에 대해 주사위의 결정을 구하게 하지. '숲 속에 두 갈래 길이 있습니다. 나는 주사위님이 가리킨 길로 갔고, 그것이 모든 것을 바꿔놓았습니다.'《빨간 모자》가 이렇게 썼잖아. 우리도 모두 그대로 따라야 하고. 환자들은 주사위를 이렇게 사용하는 것에 곧바로 흥분하며 달려들어.

주사위를 거부권으로 이용하는 방법도 있지. 환자들이 뭔가를 할 때마다 우리는 주사위를 던지라고 말해. 6이 나오면 그들이 하려던 일을 할 수 없게 된다는 조건으로. 그리고 그 일 말고 다른 것을 골라달라고 주사위에게 다시 묻는 거지. 거부권은 훌륭한 방법이지만 어려워. 대부분의 사람들은 생각 없이 기계적으로 살아가니까. 죄다 습관적인 패턴에 따라 공부하고, 글 쓰고, 먹고, 이성에게 작업을 걸고, 불륜을 저지르고, 섹스를 하지. 이때 주사위 거부권이 '짠' 하고 등장해서 우리를 깨우는 거야. 이론적으로, 우리는 완전한 무작위 인간을 향해 나아가고 있어. 습관도 패턴도 없어서 하루에 식사를 아예 안 하거나 예닐곱 끼니를 먹고, 아무렇게나 자고, 남녀는 물론이고 개, 코끼리, 나무, 수박, 달팽이 등 무작위대상에게도 성적인 반응을 보이는 사람. 물론 실제로는 목표를 이렇게나 높이 잡지 않지만.

대신 처음에는 환자들에게 주사위를 어떻게 사용할지 판단하게 하지. 물론 조만간 환자는 자신이 주사위의 개입을 기꺼이 허용할 수 있는 작은 부분에만 고정되게 돼 있어. 누가 밀어주지 않으면, 영원히 거기에 발이 묶여 있을걸."

"주사위 사용 확대를 꺼리는 환자의 저항을 어떻게 극복하나?"
코블스톤 박사가 물었다. 흥미를 느끼는 모양이었다.

라인하트 박사는 그의 앞에 멈춰 서서 빙긋 웃었다.

"이차 저항감, 우리는 이걸 '변비'라고 부르는데, 주로 겁을 주는 방법을 이용하지. 환자들에게 가장 엄청난 문제에 대해 주사위를 던져보라고 말해. '당신 어머니와 함께 침대에 들어서 몸을 더듬는다는 선택지를 제시해요.' '아버지에게 "염병"이라고 말할지 주사위에게 선택을 맡겨요.' '일기장을 없앨 건지 주사위를 던져서 물어봐요.' 이런 식으로."

"그래서?"

"환자들은 보통 허세를 떨거나 기절해." 라인하트 박사는 바닥을 향해 인상을 구긴 채 다시 서성거리기 시작했다. "환자가 다시 깨어나면 우리는 조금 덜 위협적이면서도 환자가 예전에 주사위 생활을 경험하던 분야를 벗어나는 제안을 내놓지. 그러면 환자는 엄청 고마워하면서 따라온다고." 라인하트 박사의 얼굴이 밝아지더니, 그가 서성거리면서 지나치는 박사들 한 사람 한 사람에게 미소를 지어주었다.

"그러면 궤도에 올라서는 거야. 한 달도 안 돼서 주사위 치료의 황홀한 해방과 방종, 또는 정신병을 성취하게 될 가능성이 생겨. 정신병이 생기는 건 자신이 행동할 수 있고 변할 수 있으며, 자신의 고민거리에 대해 뭔가 조치를 취할 수 있다는 사실을 인정하지 않으려 하기 때문이야. 환상 속에 빠져 있을 때 생각하던 것과 달리, 이제는 자신이 무기력하고 가엾은 대상이 아니라 자유롭다는 사실을 마주 보지 못해서 생기는 거라고.

환자는 자신의 끔찍한 문제들을 더 이상 걱정할 필요가 없다는 걸 깨달았을 때 해방감을 느껴. 그 문제가 이제는 주사위의 각진 어깨로 옮겨갔거든. 그래서 환자는 좋아 죽지. 환상 속 자아에게서 주사위로 통제권이 옮겨가는 것이 환자에게는 개종 또는 구원으로 보이는 거야. 마치 그리스도나 하느님에게 영혼을 바치고 새로 태어난 기독교인 같아. 도에 자신을 바친 도교 신자나 선불교 수도자와도 비슷하고. 이 사람들도 모두 자아를 통제하는 게임을 버리고 자신의 외면에 있다고 인식되는 힘에 무릎을 꿇으니까.

우리 주사위 제자 한 명이 자신의 경험에 대해 직접 쓴 글을 인용해주지." 라인하트 박사는 자기 의자로 돌아와 서류가방에서 문서를 꺼내서는 그중 한 장을 읽기 시작했다.

굉장했다. 정말로 종교적인 느낌, 영적인 경험이었다. 나는 어린 소년소녀를 강간한 것에 대한 모든 고민에서 갑자기 자유로워졌다. 나는 저항을 포기하고 모든 괴로운 일을 주사위의 손에 맡겼다. 주사위가 강간을 지시하면, 나는 강간했다. 주사위가 금욕을 지시하면, 나는 금욕했다. 아무런 문제가 없었다. 주사위가 내게 페루로 날아가라고 말하면, 나는 페루로 날아간다. 마치 한 번도 본 적이 없는 영화의 한복판에 들어와 있는 것 같다. 엄청나게 흥미로운 그 영화에서 내가 주연이다. 지난 두어 달 동안 나는 주사위에게 아예 어린 소녀나 소년에 관한 선택지를 제시하지 않았다. 잘은 모르겠지만, 다른 것들이 워낙 매혹적이어서 옛날 같은 패기가 생기지 않는 것 같다.

라인하트 박사는 문서를 다시 의자 위에 놓고 또 서성거리기 시작했다.

"물론 우리 제자들이 이만큼 자유로운 수준에 도달하는 데는 시간이 좀 걸리지. 항상 이런 수준에 오르는 것도 아니고. 처음에는 대개 주사위를 던지고 나서 이런 생각을 해. '이걸 해낼 의지력이 있어야 하는데.' 이건 좋지 않아. 자아가 통제권을 쥐고 있다든가 '의지력'이 있다든가 하는 환상을 반드시 버려야 돼. 제자들은 처음에 주사위와 자신의 관계를 범람한 강에서 고무 구명정에 탄 아기와 같다고 봐. 아기는 강물이 한 번 출렁일 때마다 즐거워하기만 하고, 구명정이 어디로 가는지, 언제 목적지에 도착하는지 몰라도 되잖아. 구명정의 출렁이는 움직임이 전부지."

라인하트 박사는 잠시 가만히 서서 청중을 강렬하게 바라보았다. 그는 말을 하면서 점점 흥분한 상태였다. 탁자에 앉은 다섯 의사들도 점점 커지는 경외심을 안고 그를 바라보았다. 문 박사만이 계속 입을 헤 벌린 채 만 박사의 어깨에 기대어 자고 있었다.

"당신들한테 내 말이 너무 빠른 건지도 모르겠네." 라인하트 박사가 다시 입을 열었다. "우리가 시행하는 주사위 놀이들을 몇 가지 말해주는 게 나을지도. 예를 들면, 감정 룰렛 같은 것 말이지. 제자들은 자신이 느낄 수 있는 여섯 가지 감정의 목록을 만든 뒤 주사위를 던져 하나를 선택해. 그리고 적어도 이 분 동안 그 감정을 최대한 극적으로 표현하는 거야. 아마 주사위 놀이 중에서 가장 유용할걸. 오랫동안 억압해서 자신에게 있는 줄도 몰랐던 온갖 감정을 표현할 수 있으니까. 로저 미터스는 자신의 주사위 제자 한 명이 주사위의 명령으로 십 분 동안 어떤 사람에 대한 사랑을 표현한 뒤 자신이 아직도 그 사람을 사랑한다는 걸 깨달았다고 보고했어. 그 제자는 그 뒤에 그 여자와 결혼했지."

라인하트 박사는 걸음을 멈추고 와인버거 박사에게 자애롭게 웃어 보였다.

"러시안 룰렛도 있어. 두 가지 종류가 있는데, 하나는 제자들이 세 개에서 여섯 개까지 불쾌한 선택지들을 만든 다음에, 그중 하나를 선택해야 한다면 무엇이 걸리는지 주사위를 던져 알아보는 거야. 다른 하나는 지극히 힘든 선택지, 예를 들면 직장을 그만둔다든가 어머니나 남편을 모욕한다든가 은행을 턴다든가 사람을 죽인다든가 하는 선택지를 만든 다음에 희박한 확률을 부여하는 거지.

이 두 번째 형태의 러시안 룰렛이 우리가 개발한 최고의 주사위 놀이야. 라인홀트 버드위어 박사는 이 방법으로 가망 없던 죽음 불안을 치료했어. 매일 아침 총알이 하나만 장전된 권총을 꺼내 탄창을 돌린 다음 관자놀이에 총구를 대고 주사위 두 개를 던지는 방법을 쓴 거야. 두 개 모두 1이 나오면, 방아쇠를 당기게 되어 있었어. 그러니까 매일 아침 그가 죽을 확률이 216 대 1이었던 거지.

버드위어 박사가 이 주사위 놀이를 알게 된 순간부터 죽음 불안 증세가 사라졌어. 유년기 초기 이후로 처음으로 마음이 가벼워진 거야. 지난주 그가 스물아홉 살의 나이로 갑자기 죽은 건 참 비극적인 일이야."

라인하트 박사는 안경 속에서 눈을 반짝이며 의사들을 한 사람씩 바라본 다음, 말을 이었다.

"K 놀이도 있어. 유명한 독일계 미국인 학자 에이브러햄 크룸 박사의 이름을 딴 거야." 라인하트 박사는 만 박사를 향해 빙긋 웃었다. "제자는 몇 분에서 일주일까지, 또는 그 이상의 간격으로 자신이 바뀌서 수행하고 싶은 역할이나 자아의 여섯 가지 목록을 만들어. 이 K 놀이는 성공적인 주사위 인생의 열쇠야. 이걸 매일 한

두 시간씩, 또는 일주일에 하루씩 실천하는 제자는 완전한 주사위 족을 향해 착착 나아가고 있는 거야."

"라인하트 박사, 나는……."

"물론 식구들과 친구들은 그 제자가 광기를 향해 나아가고 있다고 생각하지. 이미 미쳐버린 치료사를 만난 탓이라고. 하지만 주사위족이 되려면 반드시 의심과 조롱을 무시해야 해. 펌 박사가 그러는데, 자기 제자 한 명이 K 놀이를 하는 시간을 하루에 한 시간에서 점점 한 시간씩 늘려가다가 나중에는 스물세 시간이 되었대. 일요일만 빼고 매일 자기 역할을 바꾸게 된 거지. 일요일은 휴식을 위해 남겨둔 거야. 처음에는 친구들과 식구들이 두려움과 분노로 난리를 피웠지만, 그 제자가 잘 설명했더니 그들도 점차 적응하기 시작했어. 몇 달 뒤에는 아내와 아이들이 매일 아침 식탁에서 오늘은 누구 역할이냐고 묻고는 거기에 맞게 행동하는 수준에 이르렀지. 그 제자가 수행한 많은 역할 중에는 성 시메온 스타일라이티스*, 그레타 가르보**, 세 살짜리 아이, 잭더리퍼도 포함되어 있었으니, 그 가족의 심리적 성숙도는 정말 인정해줄 만해. 그들이 평화로이 안식하길." 라인하트 박사는 걸음을 멈추고, 엄숙하고 진지한 표정으로 만 박사를 똑바로 바라보았다.

만 박사는 멍하니 그를 마주 보다가 얼굴을 붉혔다. 라인하트 박사는 바닥을 향해 순간적으로 인상을 구기고는 다시 서성거리기 시작했다.

"당신들도 알 수 있겠지만, 주사위 치료는 강력한 약과 마찬가

---

•      기둥 위에서 살았다고 전해지는 시리아의 고행자.

••     스웨덴 출신의 미국 배우.

지로, 그리 반갑지 않은 부작용이 있어." 그가 말했다.

"예를 들어, 제자들은 대개 자기가 이 치료를 계속 받아야 하는지 그만둬야 하는지를 주사위가 결정해줘야 한다고 생각하지. 그러고는 여기에 아주 높은 확률을 부여하기 때문에, 주사위는 오래지 않아 치료를 그만두라는 지시를 내려. 어떤 때는 치료를 그만둔 제자들에게 돌아가라고 지시했다가, 다시 그만두라고 지시하기도 하고. 치료비를 지불하라고 할 때도 있고, 하지 말라고 할 때도 있어. 주사위 제자들이 환자로서 조금 미덥지 못하다는 사실은 인정할 수밖에 없어. 하지만 환자가 점점 미덥지 못하게 변해갈수록 완벽한 치유에 가까워진다는 게 다행이지.

두 번째 부작용은 제자들이 어릿광대 같은 짓을 해서 자신은 물론 치료사까지도 불가피하게 시선을 끌게 된다는 거야.

또 하나는 삼차 저항기 때 제자가 치료사를 죽이려고 할 가능성이 높다는 거지."

라인하트 박사는 피어먼 박사 앞에서 걸음을 멈추고, 자신을 외면한 그의 눈을 자애롭게 바라보며 말했다.

"보통 이런 일은 반드시 피해야 해."

그가 다시 서성거리기 시작했다.

"네 번째 부작용은 제자가 치료사 또한 주사위로 결정을 내려야 한다고 고집을 피우는 거야. 치료사가 정직하게 선택지를 작성한다면, 의학윤리에 어긋나는 일을 하게 될 가능성이 높아. 하지만 치료사가 의학윤리를 짓밟으면 짓밟을수록, 환자의 치료에 진전이 있다는 사실을 인정할 수밖에 없어."

라인하트 박사는 세미나실 한쪽 끝에서 걸음을 멈추고 손목시계를 확인하더니, 책상 옆을 따라 척척 걸어오며 지나치는 위원들의 얼굴을 차례로 엄숙하게 바라보았다.

"예후." 그가 말을 이었다. "십중팔구 예후에 대해 알고 싶겠지. 주사위 치료를 시작하거나 주사위센터에 들어온 제자들은 대개 정상적이고 일상적이고 불행한 미국인이야. 다섯 명 중 한 명은 오줌 지리기 단계를 벗어나지 못하고 이 주 안에 치료를 그만두거나, 아무런 변화 없이 센터를 나가. 또 다른 5분의 1은 두 달 안에 주기적으로 나타나는 변비 단계에 무릎을 꿇지. 이 사람들에 대해서는 확고한 판단을 내리기가 힘든 게, 그들 중 일부가 사실은 이미 자아를 해방해서 치료사들의 도움 없이도 주사위 생활을 계속할 수 있는 단계에 이르렀을 가능성이 있거든.

두 달 이상 주사위와 함께했고, 우리가 실시한 특별조사에 응답한 이백삼십삼 명의 제자 중에서 열여섯 명은 지금 정신병원에 있어. 거기서 풀려날 가망은 거의 희박한 상태로."

"세상에." 코블스톤 박사가 이렇게 소리치며, 자신을 방어하려는 듯이 탁자 위에서 지팡이를 집어 들었다.

"하지만 그 열여섯 명 중 한 명이 육 주 동안 마비 상태였는데도 내년 1월 13일에 완전히 치유될지도 모른다는 게 다행이야. 육 주 전에 마지막으로 기록된 주사위 던지기에서 마비 상태로 일 년을 보내라는 결과가 나왔거든."

라인하트 박사는 코블스톤 박사 앞에 걸음을 멈추고, 기가 막히다는 표정의 늙은 의사에게 따뜻한 미소를 지어주었다.

"일 년이 지나면, 그 제자의 증상이 '저절로 완화'될 것이고, 몇십 년 뒤에는 그 제자가 퇴원하게 될 것이라는 게 나의 개인적인 예언이야."

탁자에 앉은 의사들은 이제 입을 벌린 채 라인하트 박사를 빤히 바라보고 있었다.

"나머지 열다섯 명은 정신병 발작을 겪은 것 같아. 제자를 그의 삶에서 민감한 부분으로 너무 서둘러 밀어 넣으면 확실히 그런 위험이 있지. 하지만 치료사는 그들 중 대다수의 성격이 정신병 발작 이후 상당히 개선되었다고 믿고 있어."

라인하트 박사는 다시 손목시계를 흘깃 보고 서둘러 말을 이어 갔다.

"조사대상 중 주사위 치료를 두 달 이상 지속한 나머지 이백십칠 명의 환자들 중 백이십사 명은 아직도 최고의 행복과 발작 사이를 오가고 있어. 아흔 명은 커다란 기쁨을 안정적으로 느끼는 상태에 이른 것 같고, 세 명은 순직했어. 말하자면 그렇다는 얘기야."

라인하트 박사는 엑스타인 박사를 등지고 다섯 위원을 마주 보는 자세로 세미나실 한복판에 멈춰 섰다. 부드럽고 차분한 미소를 띠고 있었다.

"이런 결과만 있는 건 아니야." 그는 또 잠시 가만히 있다가 말을 이었다. "하지만 우리의 방법이 사회에 잘 적응한 불행한 사람을 만들어내지는 않았다는 점을 주목해야 돼. 살아남아서 우리 조사에 응한 주사위 제자들은 모두 이 미친 사회의 완전한 부적응자들이야. 그러니까 희망이 있어." 라인하트 박사가 환하게 웃었다.

"계속 저 말을 들을 이유가 없을 것 같군." 만 박사가 조용히 말하면서 문 박사를 떨쳐버리기 위해 오른쪽 어깨를 으쓱했다.

"맞는 말씀 같습니다." 와인버거 박사가 구겨진 서류를 깔끔하게 펴면서 말했다.

"주사위 치료와 돈." 라인하트 박사는 또 열심히 서성거리기 시작했다. "프로이트의 선구적인 연구 이래로, 돈 문제에 대해서는 그리 많은 변화가 없었지. 당신들도 알겠지만, 프로이트는 돈을 배설물과 연관 지으면서 '긴장'은 배설물을 억누르려는 노력, 그의 불멸의 표현을 빌리자면 '오점 없는 항문'을 유지하려는 노력이라는 약삭빠른 주장을 펼쳤어."

"라인하트 박사." 와인버거 박사가 끼어들었다. "괜찮다면 내 생각에는……."

"이 분만 더." 라인하트 박사가 손목시계를 확인하며 말했다. "프로이트는 신경증 환자의 눈에는 돈, 배설물, 시간, 에너지의 유출이 손실로 보일 것이라고 가정했어. 영혼의 훼손, 아니 더 정확히 말하자면 항문의 훼손으로 보일 거라고. 확실히 유출을 막으려는 모든 시도는 실패할 수밖에 없어. 에리히 프롬이 아주 날카로운 말을 했지. '인간이 똥을 싸는 것은 인간의 운명 속에 내재된 비극이다.'" 라인하트 박사의 엄숙한 얼굴에서 눈이 반짝였다.

"과거의 치료법들은 확실히 이 딜레마를 해결하지 못했어. 전통적인 정신분석학은 오점 없는 항문을 향한 욕망을 신경증적이고 비생산적인 것으로 보는 반면, 우리는 그 욕망도 다른 모든 욕망과 마찬가지로 좋은 것이며 우리가 그 욕망을 지나치게 일관되게 추구할 때만 문제가 발생한다고 주장하지. 요컨대 개인은 오점 없는 항문과 배설된 똥 덩어리를 모두 끌어안게 돼야 하는 거야."

그는 코블스톤 박사 앞에 서 있다가, 흠 잡을 데 없는 양복을 빼입은 양팔로 탁자를 짚었다. "우리는 적절한 배설 기능뿐만 아니라 즐거운 다양성도 추구해. 말하자면, 변비와 설사가 무작위적으로 나타나는 것. 뭐, 가끔은 정해진 리듬이 폭발적으로 등장할 수도 있고."

"라인하트 박사, 미안하네만……" 코블스톤 박사가 말했다.

"물론 비유적으로 말하자면 그렇다는 거야. 돈에 대해 강박적으로 걱정하는 사람을 치료할 때 우리는 먼저 간단한 주사위 놀이를 제시해. 주사위님의 변덕에 따라 소액의 돈을 쓸 것인지 말 것인지 결정하는 놀이지. 돈을 어떻게 쓸 건지도 주사위님의 결정에 맡겨야 돼. 그 놀이를 하면서 우리는 천천히, 하지만 확실하게 판돈을 높여."

"됐습니다." 와인버거 박사가 일어서서 라인하트 박사를 똑바로 바라보았다. 라인하트 박사가 다가와 와인버거 박사 앞에 섰다. "박사도 충분히 발언했고, 우리도 충분히 들었습니다."

라인하트 박사는 손목시계를 확인하더니 주머니에서 주사위 하나를 꺼내 흘깃 보았다.

"무슨 수를 써도 저 친구 말을 막을 수 없을걸." 만 박사가 조용히 말했다.

"난 끝난 것 같습니다." 라인하트 박사는 이렇게 말하고 나서 자신의 자리로 돌아가 앉았다. 엑스타인 박사는 바닥을 향해 싱글거리고 있었다.

와인버거 박사가 다시 구겨진 서류를 펴는 시늉을 하며 시끄럽게 헛기침을 했다.

"자, 여러분." 그가 말했다. "라인하트 박사가 아직 계시니까 반드시 여러분에게 이걸 여쭤봐야겠습니다. 표결에 들어가기 전에 라인하트 박사에게 질문하실 분 있습니까?" 그는 먼저 오른쪽을 불안하게 바라보았다. 피어먼 박사가 정신이 이상한 사람처럼 히죽거리고, 코블스톤 박사는 다리 사이에 세워둔 지팡이 머리를 엄격한 얼굴로 빤히 바라보고 있었다. 두 사람 모두 아무런 반응이 없었다. 와인버거 박사는 불안한 시선으로 왼쪽을 바라보았다. 문 박사는 조금 전보다 훨씬 더 거칠고 고르지 못한 숨소리를 내면서 만 박사에게서 와인버거 박사에게로 느리게 호를 그리고 있었다.

만 박사가 아주 조용하게 말했다.

"저자는 비인간이야."

"뭐라고요?" 와인버거 박사가 말했다.

"저자는 더 이상 인간이 아니라고."

"아, 그렇군요." 와인버거 박사는 일어섰다. "더 질문하실 분이 없으면, 라인하트 박사는 밖에서 기다려주시기 바랍니다. 우리가 의제를 표결에 부쳐야 하니까요."

"내가 비인간이라고요?" 라인하트 박사는 엑스타인 박사와 나란히 앉은 자리에서 일어서지 않은 채 조용히 물었다. "굉장하군요. 내가 비인간이라니. 하지만 요즘 인간들의 패턴을 생각하면, 과연 '비인간'이라는 말이 모욕이 될까요? 정상적이고 일상적이고 식물 품종만큼 다양한 잔혹성이 시장에, 게토에, 가정 내에, 전쟁터에 나와 있는 것을 감안하면, 당신의 '비인간'은 단지 내 행동이 비정상적이라는 의미일 뿐, 도덕적 타락 수준을 가리키는 말은 아닐 텐데요."

"라인하트 박사." 와인버거 박사가 여전히 선 채로 끼어들었다. "다시 말씀드리지만……."

"이봐요, 난 한 시간 동안 허튼소리만 늘어놨습니다. 그러니 기회를 한 번 줘요."

그가 아무 말 없이 와인버거 박사를 노려보자, 박사는 천천히 자리에 앉았다.

"주사위의 지시에 따른 우리 행동이 초래하는 고통은 합리적이고 문명화된 인간들이 저지르는 짓과 인간 대 인간으로 비교하면 확실히 아무것도 아닙니다. 주사위족은 악마적인 측면에서 아마추어예요. 당신들이 마땅찮게 생각하는 부분은, 다른 사람을 가끔 조종하거나 상처 입히는 것이 자아의 힘으로 움직이는 내가 아니라 주사위의 결정으로 움직이는 나라는 점인 것 같습니다. 우리가 때때로 초래하는 고통이 선물처럼 보인다는 점이 충격인 거예요. 당신들은 목적이 있고, 일관되고, 구조가 탄탄한 고통을 선호하죠. 우리가 주사위의 명령으로 사랑을 만들어내고, 순전히 우연의 결과로 사랑을 표현하고 느낀다는 것이 인간의 본성에 대한 당신들의 환상을 박살내고 있어요."

와인버거 박사가 다시 의자에서 일어서려고 하자, 라인하트 박사는 커다란 오른손을 들어 올리는 것만으로 그를 막고는 차분하게 말을 이었다.

"그런데 당신들이 그토록 열심히 옹호하는 인간의 본성이라는 게 뭡니까? 당신들 자신을 봐요. 내면에 있던 진정한 창의력이 어떻게 되었습니까? 사랑은? 모험심은? 성스러운 부분은? 여성적인 부분은? 모두 당신들에게 죽임을 당했습니다. 스스로 돌아보면서 자문해봐요. '이것이 인간을 창조할 때 본이 되었다는 하느님의 이미지인가?' 하고." 라인하트 박사는 피어먼, 코블스톤, 와인버거, 문, 만을 차례로 바라보았다. "신성모독이죠. 하느님은 창조하고, 실험하고, 바람에 몸을 맡깁니다. 과거부터 지금까지 쌓인 배설물 속에서 뒹굴지 않아요."

라인하트 박사는 문서 두 장을 서류가방에 다시 넣고 일어섰다.

"이제 나갈 테니 투표하십시오. 하지만 잊지 마세요. 당신들 모두 영적인 카멜레온이 될 잠재력을 갖고 있습니다. 그러니 '성격'이니 '개성'이니 하는, 바위처럼 단단하고 무거운 껍데기를 사람의 '가장 위대한' 발전이라고 보는 시각이 사람들에게서 신성을 강탈하는 모든 환상 중에서 가장 잔인한 거예요. 그건 마치 닻이 훌륭하다고 배를 칭찬하는 것과 같습니다."

라인하트 박사는 혼자서 문으로 걸어갔다.

"진짜 바보들." 그가 말했다. "소수의 진짜 바보들. 세대마다, 나라마다 고작 몇 명. 주사위님을 우리가 발견하기 전까지는 지나친 소망이었죠." 그는 엑스타인 박사에게 마지막으로 한 번 웃어준 뒤 밖으로 나갔다.


# 80


헌신적인 주사위 제자가 라인하트 박사에게 물었다. "주사위 생활의 요체가 무엇입니까?"

라인하트 박사가 그에게 대답했다. "주사위 생활은 쓸모없는 헛소리의 집합이야."

《주사위의 서》에서


# 81


[녹취록과 제이컵 엑스타인 박사의 증언을 기반으로, PANY 실행위원회의 심리를 주사위의 지시에 따라 특별히 재연했다.]

다섯 명의 위원들은 한동안 침묵 속에 앉아 있었다. 잠든 문 박사의 거칠고 고르지 못한 숨소리만이 침묵을 깨뜨렸다. 와인버거 박사, 코블스톤 박사, 만 박사는 모두 라인하트 박사가 닫고 나간 문을 빤히 바라보고 있었다. 피어먼 박사가 침묵을 깼다.

"이제 결론을 내려야 할 것 같습니다."

"아. 아. 아, 그렇죠." 와인버거 박사가 말했다. "표결. 표결을 해야 합니다." 하지만 그는 계속 문만 바라볼 뿐이었다. "천만다행입니다. 저자는 미쳤어요." 그가 말을 덧붙였다.

"표결." 피어먼 박사가 날카로운 목소리로 말했다.

"네, 물론이죠. 제시된 이유들을 근거로 라인하트 박사를 축출하고, 미국 의학협회에도 그에 대한 조치를 고려해달라고 요청하자는 피어먼 박사의 발의에 대한 표결을 실시합니다. 피어먼 박사?"

"나는 내 발의에 찬성표를 던지겠습니다." 그가 위원장에게 엄숙하게 말했다.

"코블스톤 박사님?"

노의사는 다리 사이에 세워둔 지팡이를 불안하게 만지작거리며, 라인하트 박사가 앉아 있던 의자를 멍하니 바라보았다.

"나도 찬성일세." 그가 무표정한 얼굴로 말했다.

"징계 찬성이 두 표입니다." 와인버거 박사가 말했다. "만 박사님?"

만 박사가 오른쪽 어깨를 격하게 으쓱하자, 문 박사가 그럭저럭 똑바로 앉은 자세가 되었다. 문 박사의 벌건 눈이 잠깐 변덕스럽게 떠졌다.

"난 아직도 라인하트 박사에게 자진 탈퇴를 조용히 요청했어야 한다고 생각하네." 만 박사가 말했다. "형식적으로는 반대표를 던지는 게 되겠지."

"이해합니다, 팀." 와인버거 박사가 공감한다는 표정으로 말했다. "그럼 문 박사님은요?"

문 박사는 똑바로 균형을 잡고 앉아 있었다. 눈꺼풀이 천천히 열리자, 벌건 석탄 같은 그의 죽은 눈이 드러났다. 얼굴은 지금까지 지상에 살았던 모든 인간의 불행을 전부 겪은 사람 같았다.

"문 박사님, 방금 우리 앞에서 발언한 남자를 축출하자는 안에 대해 찬성하십니까? 아니면 반대하십니까?"

문 박사의 주름지고 황폐해진 얼굴에서 살아 있는 것은 그 사나운 빨간 눈뿐인 것 같았다. 하지만 그 눈은 아무것도 보고 있지 않았다. 어쩌면 과거를 보는 것 같기도 하고, 모든 것을 보는 것 같기도 했다. 그가 입을 벌리자 침이 흘렀다.

"문 박사님?" 와인버거 박사가 세 번째로 그의 이름을 불렀다.

문 박사가 두 팔을 머리 위로 올려 힘없이 손을 구부려서 반쯤 주먹 쥔 것 같은 모양을 만들었다. 그 동작이 어찌나 느린지 삼사십 초는 걸린 것 같았다. 그는 여전히 입을 벌린 채 양손으로 자기 앞 탁자를 쾅 내리쳤다.

"안 돼!" 그가 천둥처럼 소리쳤다.

충격에 휩싸인 침묵 속에서, 이제 완전히 리듬이 흐트러진 문 박사의 숨소리만이 헉헉 폭발하듯 들려왔다.

"찬성인지 반대인지 설명해주시겠습니까?" 와인버거 박사가 얼마 뒤 부드럽게 물었다.

문 박사의 몸이 점점 늘어지면서 다시 만 박사의 어깨 쪽으로 미끄러지기 시작했다. 모든 것을 보는 것 같던 사나운 눈은 이제 반쯤 감겨 있었다.

"뻔하지 않나." 그가 힘없이 말했다. "얼른 해치워."

와인버거 박사가 품위 있는 미소를 지으며 일어섰다.

"라인하트 박사를 축출하자는 안에 대한 표결 결과는 2 대 2로 동수를 이뤘습니다. 따라서 위원장인 제 표가 찬반을 결정할 것입니다." 그는 잠시 말을 멈추고 구겨진 서류를 딱딱하게 격식을 갖춰 찔러댔다. "저는 찬성입니다. 따라서 3 대 2로 라인하트 박사를 PANY에서 축출합니다. 서한을 작성해서……."

"의사진행 규칙." 문 박사의 힘없는 목소리가 들렸다. 그의 눈은 이제 가느다란 틈에 불과해서, 마치 사람들에게 그 붉은 지옥을 최대한 조금만 보여주려는 것 같았다.

"네?" 와인버거 박사가 놀란 목소리로 물었다.

"세칙에 따르면…… 동료에게 불리한 주장을 내놓은 사람은…… 그 혐의를…… 인정하는 안건에…… 투표할…… 수 없다."

"무슨 말씀이신지 잘……."

"1931년에 내가 직접 만든 세칙이야." 문 박사가 숨을 몰아쉬며 말을 이었다. 만 박사의 어깨에서 몸을 일으키려고 애쓰는 것 같았지만, 힘이 모자랐다. "피어먼이 혐의를 제기했으니, 투표할 수 없네."

아무도 입을 열지 않았다. 문 박사의 거칠고 폭발적인 숨소리만 불규칙하게 들려올 뿐이었다.

마침내 만 박사가 아주 조용한 목소리로 말했다.

"그럼 표결결과는 2 대 2로군."

"2 대 1로 무죄야." 문 박사가 가래 끓는 소리를 내며 필사적으로 숨을 들이마신 뒤 말을 맺었다.

"위원장은 표결이 동수를 이뤘을 때가 아니면 투표할 수 없어."

"문 박사님." 와인버거 박사가 기절할 것 같은 몸을 탁자에 기대 지탱하면서 힘없이 말했다. "박사님의 표를 변경해주시거나, 아니면 최소한 왜 반대표를 던지셨는지 설명이라도 해주시겠습니까?"

벌건 석탄 같은 문 박사의 죽은 눈이 마지막으로 한 번 더 불을 뿜었다. 그의 얼굴은 지금껏 지상에서 살았던 모든 사람의 불행을 전부 겪은 것 같았다.

"설명이 없어도 알 수 있지." 그가 말했다.

와인버거 박사는 기껏 깔끔하게 펴놓은 서류를 다시 구기기 시작했다.

"문 박사님." 그가 다시 힘없이 말했다. "표를 변경해주시면 안 되겠습니까. 그러니까…… 일을 단순하게…… 단순하게 정리하려면…… 문 박사님…… 문 박사님!"

하지만 세미나실 안의 침묵은 절대적이었다.

절대적이었다.

## 82

주사위님은 나의 목자시니 내가 부족함이 없으리로다
그가 나를 푸른 초장에 누이시면, 나는 눕는다
그가 나를 쉴 만한 물가로 인도하시면, 나는 헤엄친다
내 영혼을 파괴하시고
무작위를 위하여

의의 길로 인도하시는도다

내가 사망의 음침한 골짜기로 다닐지라도

악을 두려워하지 않을 것은 운께서 나와 함께 하심이라

신성한 두 정육면체가 나를 안위하시나이다

운께서 내 원수의 목전에서

내게 상을 베푸시고

기름으로 내 머리에 바르셨으니

내 잔이 넘치나이다

나의 평생에

선하심과 인자하심과 악함과 잔혹함이 정녕 나를 따르리니

내가 운의 집에 영원히 거하리로다\*

《주사위의 서》에서


# 83

문 박사의 순직에 정신의학계는 엇갈린 반응을 보였다. 협회에서 쫓겨나야 마땅한 내가 그런 운명에서 순간적으로 벗어난 것도 마찬가지였다. 나는 조용히 PANY에서 탈퇴했지만(이미 징계를 피했으므로), 와인버거 박사는 미국 의학협회 회장에게 편지를 보냈다. 그래서 그 황공한 단체가 명성 높은 의학윤리 위원회에 나를 소환했다. 이렇게 해서 나를 문명의 엘리트 부문에서 제거하려는

---

\* 〈시편〉 23편의 변형.

움직임이 서서히 합리적이고 관료적인 길을 다시 밟기 시작했다.

위플 씨는 나의 눈부신 자기 변호에 축하를 보내고, 우리와 당국의 불화가 이제 끝났다는 확신을 피력했다.

"당신도 절제를 배웠을 겁니다, 루크. 이성적이고 종잡을 수 없는 논설의 필요성과 이득을 배웠을 거예요. 당신의 지도하에 우리는 미국인들이 다중성을 상식적으로 표현할 수 있도록 해방시킬 겁니다."

"고마워요, H. J. 고마워요."

"일요일에, 미국인들에게 지금이 어떤 상황인지 말해주세요."

"두고 보죠, H. J. 두고 봅시다."


## 84

### 우리 시대의 종교

### 제공

[카메라가 오십여 명의 청중 앞, 살짝 높은 단 위에 앉은 다섯 사람을 한 명씩 차례로 비추며 돌아간다.]

포덤 대학교 신학과 조교수 존 울프 신부, '더 통일된 사회를 위한 종교센터'의 소장인 엘리 피시먼 랍비, 프린스턴 대학 심리학 교수이자 유명한 무신론자인 엘리엇 다트 박사, 정신과의사이자 주사위교의 창시자로서 논란에 휩싸여 있는 루셔스 M. 라인하트 박사.

"우리 시대의 종교 시리즈의 자유롭고 개방적이고 자발적이고 전혀 사전 연습이 되지 않은 생방송 토론회에 오신 것을 환영합니다. 오늘의 주제는 '주사위교는 비겁한 구실인가?'입니다."

[카메라 위플턴 부인의 얼굴로.]

"오늘의 사회자 슬론 위플턴 부인입니다. 영화계와 텔레비전에서 활동한 전직 여배우이며, 금융가 겸 사교계 인사인 그렉 위플턴의 아내이고, 사랑스러운 네 아이의 어머니인 위플턴 부인은 '종교적 관용을 위한 제1장로교 위원회' 위원장이기도 합니다. 위플턴 부인."

[부인이 활짝 미소 지으며 열정적으로 발언을 시작한다.]

"감사합니다. 안녕하세요, 여러분. 오늘 이렇게 흥미로운 주제를 토론하기 위해 모인 우리는 행운아들입니다. 여러분 모두 주사위교라는 오늘의 주제에 대해 더 자세히 알아보고 싶으실 테죠. 오늘 토론자로 아주 저명한 분을 모셨습니다. 라인하트 박사님 [화면에 잠깐 라인하트 박사가 나타난다. 묵직한 검은색 터틀넥 스웨터와 양복으로 온몸을 검게 감싼 모습이 어렴풋이 목사 같은 느낌을 풍긴다. 그는 내내 커다란 파이프를 피우지는 않고 질겅질겅 씹어댄다]은 작년에 가장 커다란 논란을 몰고 온 분이죠. 주사위 이론과 주사위 치료에 대한 박사님의 논문과 저서는 정신의학계에 엄청난 파란을 일으켰고,《주사위의 서》는 종교계에 엄청난 파란을 일으켰습니다. 미국 정신과임상의협회는 박사님께 특수 징계를 내리기도 했고요. 그래도 많은 사람들이 라인하트 박사님과 주사위교 주위에 모여들었습니다. 개중에는 정신병원 환자가 아닌 사람들도 있었어요. 작년에 라인하트 박사는 추종자들과 함께 '완전한 무작위 환경 실험센터'라는 주사위센터를 열기 시작했습니다. 이 센터를 거쳐간 수천 명의 사람 중 일부는 심오한 종교적 경험을 했다고 보고했지만, 심한 정신붕괴를 겪은 사람들도 있어요. 모두 의견이 엇갈리는 중에도, 라인하트 박사가 논란의 인물이라는 사실에는 이견이 없습니다.

라인하트 박사님, 토론을 시작하기 위해 먼저 오늘의 핵심 질문을 드린 다음, 다른 출연자들께 같은 질문에 대한 논평을 부탁드리겠습니다. 오늘의 질문은 이겁니다. '주사위교는 비겁한 구실인가?'"

"물론입니다." 라인하트 박사가 만족스러운 얼굴로 파이프를 씹으며 이렇게 말하고는 입을 다물어버린다. W 부인은 처음에는 기대에 찬 표정이다가 곧 불안한 표정으로 바뀐다.

"어째서 비겁한 구실이죠?"

"세 가지 이유가 있습니다." R은 또다시 차분하고 만족스러운 표정으로 파이프만 씹으며 더 이상 아무 말도 하지 않는다.

"세 가지 이유가 뭐죠?"

R이 고개를 숙이자, 카메라도 아래로 내려가 그가 양손으로 뭔가 비비다가 자기 앞의 작은 탁자에 던지는 모습을 보여준다. 6이 위로 나온 주사위다. 카메라가 다시 그의 얼굴로 올라가자, R이 화면에서 시청자들을 똑바로 바라보고 있다. 그는 자애롭게 얼굴을 빛내며, 연기가 나지 않는 파이프를 단단히 붙잡고 시청자들을 바라본다. 오 초가 흐르고 십 초가 흐른다. 십오 초가 흐른다.

"라인하트 박사님?" 화면 밖에서 여자의 목소리가 들린다. [카메라가 심각한 표정의 W 부인을 비췄다가 다시 R에게로, 다시 미간을 찌푸린 W 부인에게로, 다시 R에게로 오간다. R은 입을 벌리고 연기 없는 숨을 내뱉는다. 곧 화면에 울프 신부의 얼굴이 나타난다. 그는 앞으로 자신이 할 말에 정신을 집중하는 것 같다.]

"피시먼 랍비님. 랍비님이 오늘의 첫 테이프를 끊어주시면 어떨까요?" 화면 밖에서 여자의 목소리가 말한다.

키가 작고 가무잡잡한 사십대 남자인 피시먼 랍비가 처음에는 W 부인을 향해, 그다음에는 R을 향해 강한 어조로 말한다.

"감사합니다, 위플턴 부인. 오늘 라인하트 박사의 모든 말씀이 대단히 흥미롭습니다만, 가장 중요한 부분이 빠져 있는 것 같습니다. 주사위교는 인간의 지위에서 물러나는 것입니다. 운을 숭배하는 종교이므로, 항상 인간의 적이었던 것을 숭배하는 종교라고 해야겠죠. 인간은 무엇보다도 조직과 정돈 능력이 뛰어납니다. 반면 주사위 인생은, 제가 알기로는, 균형과 통일을 파괴합니다. 인간의 생활을 버리는 비겁한 구실입니다. 그렇다고 해서 라인하트 박사를 비판하는 사람들 중 일부의 주장처럼 무작위적인 생활을 하게 해주는 것도 아닙니다. 자연 또한 조직과 정돈 능력이 있습니다만, 주사위교는 어떤 의미에서 해체와 죽음을 숭배합니다. 생명에 반反하는 종교예요. 나는 이것이 우리 시대가 병들었음을 보여주는 또 하나의 증거라고 생각합니다."

[카메라가 매끄럽게 W 부인에게 돌아간다.]

"그것 참 흥미로운 말씀이군요, 피시먼 랍비님. 정말 생각의 여지가 많은 말씀이었습니다. 라인하트 박사님, 한 말씀 하시겠습니까?"

"물론입니다."

R은 또다시 차분한 표정으로 청중을 빤히 바라보며 자애롭게 파이프를 씹는다. 오 초, 십 초, 십이 초가 흐른다.

"울프 신부님." W 부인의 목소리가 높게 울린다.

"내 차례입니까?"

[둥글고 불그스름한 얼굴의 금발 남자인 울프 신부가 화면에 나타난다. 그는 먼저 확신이 없는 얼굴로 W 부인을 보다가 검사처럼 카메라를 똑바로 바라본다.]

"감사합니다. 라인하트 박사님이 오늘 아무리 꼼수를 써서 빠져나가려 애쓴다 해도, 주사위교는 적그리스도를 숭배하는 종교입니다. 하느님이 창조하신 우주에는 도덕 법칙, 어, 도덕 질서가 있습니다. 그런데 주사위의 결정 앞에서 인간의 자유의지를 포기하는 것은 아 하느님에 대한 그 무엇보다 무도하고 완전한 범죄입니다. 그것은 주먹 한 번 들어보지 않고 죄에 굴복하는 것과 같습니다. 아 비겁한 행동이에요.

'비겁한 구실'이라는 말로는 부족합니다. 주사위교는 아 하느님에 대한 범죄이며, 아 하느님의 모습을 본떠 창조된 인간의 품위와 장엄함에 대한 범죄입니다. 우리를 어 하느님의 다른 피조물과 구분해주는 것이 바로 자유의지입니다. 하느님의 그 선물을 포기하는 것은, 용서를 모르는 성령에 대한 죄라고 해도 될 겁니다. 라인하트 박사가 많은 교육을 받은 의학박사인지는 몰라도, 그의 이른바 어 주사위교라는 것은 지금까지 내가 들어본 것 중에서 아 무엇보다도 음 유독하고 음 불쾌하고 악마적입니다."

"거기에 한 말씀 해도 될까요?" 화면 밖에서 R의 목소리가 들리더니 그의 얼굴이 화면에 나타난다. 그는 아무 말 없이 느긋하게 앉아서 빤히 앞만 바라보고 있다. 더 이상 한 마디도 할 생각이 없음이 분명하다. 그의 얼굴이 화면에 나타날 때마다 마치 채널이 바뀐 것 같다. 오 초, 칠 초, 팔 초, 십 초가 흐른다.

"다트 박사님." 여자의 가라앉은 목소리가 들린다.

다트 박사가 화면에 나타난다. 젊고, 역동적이고, 잘생긴 그가 불안하고 강렬하고 빛나는 얼굴로 담배를 피우고 있다.

"오늘 라인하트 박사님의 연기는 좀 재미있군요. 제가 박사를 아는 사람들과 의견을 나누고 박사의 글을 읽으면서 정리한 임상적인 의견과 완벽하게 들어맞아요. 주사위교의 창시자와 추종자들의 '병리적인 특징'을 이해하지 못한다면, 주사위교와 그것이 비겁한 구실이 되는 독특한 방식을 이해할 수 없을 겁니다. 라인하트 박사님 본인이 인정했듯이, 박사님은 기본적으로 조현병 환자입니다. [화면이 라인하트 박사의 얼굴로 바뀐다. 다트 박사의 분석이 이어지는 동안, 자애롭게 시청자를 바라보는 라인하트 박사의 얼굴이 계속 화면에 나온다.] 라인하트 박사의 착란증세와 아노미 현상은 확실히 상당히 진전돼서 박사가 하나의 정체감을 잃어버리고 다중인격이 되는 지경에 이르렀습니다. 이런 유형의 조현병에 대한 사례연구가 많은 문헌에 나와 있는데, 라인하트 박사가 전형적인 사례와 다른 점은, 아주 많은 인격을 꺼내 쓸 수 있는 것처럼 보인다는 점뿐입니다. 이런 역할 놀이가 강박적으로 이루어진다는 사실을 감추기 위해 박사는 주사위를 이용하고, 그것을 중심으로 주사위교라는 미신 같은 종교를 만들어냈습니다. 착란과 아노미의 병리적 패턴은 우리 사회에서 흔하게 발견됩니다. 상당히 많은 사람들이 주사위교의 영향으로 일어난 심리적 해체를 감추고 지지하기 위해, 구두로 항의의 뜻을 표명합니다. [다트 박사의 얼굴이 다시 화면에 나타난다.]

주사위교는 비겁한 구실이라기보다는, 모든 종교와 마찬가지로 위안과 확신을 주는 역할을 합니다. 이 종교를 받아들이는 사람들의 심리적인 연약함을 고양시킨다고 말할 수도 있을 겁니다. 가톨릭이나 유대교의 완고한 하느님 앞에서 사람들이 수동적으로 구는 것도 일종의 비겁한 변명이고, 유연하고 예측 불가능한 운의 하느님 앞에서 수동적으로 구는 것 역시 또 다른 형태의 비겁한 변명입니다. 두 경우 모두 개인과 집단 병리의 관점에서만 이해할 수 있습니다."

다트 박사가 위플턴 부인에게 시선을 돌린다. 진지하고 성실한 부인의 얼굴이 화면에 나타난다.

"유대교의 완고한 하느님이라니, 그런 헛소리가 어디 있습니까?" 화면 밖에서 피시먼 랍비의 목소리가 들린다.

"저는 다만 널리 받아들여지는 심리학 이론에 대해 말했을 뿐입니다." 다트가 대답한다.

"만약 병리적인 증상을 보이는 사람이 있다면……" 피시먼 랍비가 다시 화면에 나타나 어두운 얼굴로 말한다. "영적인 인간을 이해하는 척하면서 객관성을 흉내 내는, 생각이 빈곤하고 신경증에 걸린 심리학자들이 바로 그렇습니다."

"여러분." 위플턴 부인이 최고의 미소를 지어 보이며 끼어든다.

"가톨릭은 사람의 연약함을 고양시키는 것이 아니라 [울프 신부의 목소리가 먼저 들리고 곧 얼굴이 나타난다] 영적인 장엄함을 고양시킵니다. 심리학자들의 머리가 곤충 수준이라서……."

"여러분……."

"그 방어적인 태도가 흥미롭군요." 다트 박사가 말한다.

"오늘 우리의 주제는……" 위플턴 부인이 환하게 웃으며 끼어든다. "주사위교입니다. 저만 해도, 라인하트 박사님이 주사위교가 병리적이고 정신분열적이라는 비판에 뭐라고 답변하실지 궁금해 죽겠습니다."

라인하트 박사의 얼굴이 나타난다. 상냥하게 얼굴을 빛내며 느굿하게 앉아 있다. 오 초, 육 초가 흐른다.

"침묵을 이해할 수가 없군요, 라인하트 박사님." 위플턴 부인이
화면 밖에서 말한다. R은 눈 하나 깜짝하지 않는다.

"이것은 전형적인 증상입니다, 위플턴 부인." 다트 박사의 목소
리가 들린다. "마비 상태에 들어선 조현병이에요. 라인하트 박사
는 확실히 이 상태에 거의 자의로 들락날락할 수 있는 것 같습니
다. 참으로 보기 드문 능력이에요. 몇 분만 지나면, 박사는 말을 끊
기가 불가능할 정도로 떠들어댈지도 모릅니다."

라인하트 박사는 입에서 파이프를 떼어내고 허파 가득 차 있던
신선한 공기를 내쉰다.

"제가 다트 박사님 말씀을 제대로 이해했는지 모르겠지만……"
W 부인이 말한다. "라인하트 박사님이 보통은 병원에 입원시켜
야 되는 정신병을 앓고 있다는 뜻인가요?"

"아뇨, 꼭 그렇지는 않습니다." 다트 박사가 열심히 말한다. "라
인하트 박사는, 제가 새로운 말을 하나 만들어내자면, 일종의 되
다 만 조현병 환자입니다. 자신이 창시한 종교 덕분에 박사는 대
부분의 조현병 환자가 못 하는 일을 할 수 있어요. 종교가 그의 쪼
개진 성격을 정당화해주고 통합해주니까요. 주사위교가 없다면,
박사는 손을 쓸 수도 없을 만큼 횡설수설 떠들어대는 미치광이가
되었을 겁니다. 주사위교 덕분에 박사는 나름대로 기능할 수 있는
겁니다. 물론 되다 만, 통합된 조현병 환자로서 기능하는 거지만
요. 그래도 기능하는 건 기능하는 거죠."

"오늘 박사의 침묵은 무의미하고 무례하며, 비겁한 구실 같습
니다." 피시먼 랍비가 말한다.

"박사는 음 엄청난 죄를 지은 몸으로 어 미국 국민 앞에 서는

527

것이 무서운 겁니다." 울프 신부가 말한다. "진리에 답할 수 없는 거예요."

"라인하트 박사님, 이런 공격에 답변해주시겠습니까?" 위플턴 부인이 묻는다.

[화면에서 R은 계속 시청자들을 바라보며 천천히 파이프를 입술에서 떼어낸다.]

"네." 그가 말한다.

[오 초, 십 초, 십오 초 동안 침묵이 흐른다.]

"그게 전부인가요?"

라인하트 박사는 다시 앞으로 몸을 기울이고 양손을 비비다가, 손도 대지 않은 갈색 액체고세 잔 옆으로 주사위를 던진다. 그 결과가 클로즈업으로 화면에 나타난다. 2다. 박사는 표정 하나 변하지 않고, 전세계 시청자들을 자애롭고 차분하게 바라보는 자세로 되돌아간다.

피시먼 랍비가 발언을 시작하자 그의 얼굴이 화면에 나타난다.

"이런 천치 같은 행동으로 수천 명을 끌어들였다고요? 도무지 이해가 안 가는군. 인도에서는 사람들이 굶어죽고, 베트남에도 고통받는 사람들이 있고, 우리 흑인 동포들의 불만은 아직도 해결되지 않는데, 이 사람은, 그것도 의사라는 사람이, 불을 붙이지도 않은 파이프를 뻐끔거리며 앉아서 주사위 장난이나 치고 있다니. 로마가 불타는 동안 악기를 연주한 네로와 같은 인간입니다."

"그보다 아 아 훨씬 더 나쁘죠, 랍비님." 울프 신부가 말한다. "네로는 나중에 로마를 재건했습니다. 그런데 이 사람은 파괴밖에 몰라요."

다트 박사가 말한다.

"착란 상태의 조현병 환자는 자신과 타인을 모두 대상으로 여기기 때문에 자신의 환상 세계를 통하지 않으면 타인과 관계를 맺지 못합니다."

"그럼 우리는 지금 박사의 환상 세계에 속하지 않는 건가요?" W 부인이 묻는다.

"아뇨, 속합니다. 박사는 지금 자신이 침묵으로 우리를 조종한다고 생각해요."

"어떻게 박사를 저지할 수 있죠?"

"침묵하면 됩니다."

"아."

피시먼 랍비가 말한다.

"다른 주제에 대해 이야기하면 어떨까요, 위플턴 부인. 당신의 멋진 프로그램이 미친놈 때문에 망가지는 꼴은 보기 싫군요."

라인하트 박사의 얼굴이 화면에 나타난다. 그는 프로그램이 진행되는 동안 내내 눈과 파이프로 시청자를 겨냥한 채 그대로 방치되어 있다.

"아, 감사합니다, 피시먼 랍비님. 정말 사려 깊은 분이시네요. 하지만 제 생각에는 라인하트 박사의 종교를 한번 분석해봐야 할 것 같습니다. 이 방송 스폰서의 요구가 그것이니까요."

"박사에게 틱 증세가 없습니다." [D 박사]

"그게 무슨 의미죠?" [F 랍비]

"불안 증세가 없다는 겁니다."

"아."

"이제 위플턴 부인의 두 번째 질문에 대답하고 싶습니다." [W 신부]

"어, 그게 뭐였죠?"

"당신은 두 번째 질문으로 이렇게 말할 작정이었습니다. '어머, 세상에, 주사위교가 왜 몇몇 사람들에게 매력을 지니는지 토론해 보는 게 어떨까요?'"

"아, 맞아요."

"이제 대답해도 되겠습니까?"

"네, 그럼요. 말씀하세요."

울프 신부의 검사 같은 목소리가 라인하트를 담고 있는 바로 그 화면에서 튀어나온다.

"악마는 항상 번지르르한 변장으로, 아 빵과 서커스로, 아 자신이 지킬 수도 없는 약속으로, 음 사람들을 유혹합니다. 나는……."

"박사가 저 상태에 영원히 머물러 있으면 흥미롭지 않을까요?" 피시먼 랍비의 목소리가 끼어든다.

"죄송합니다만, 제가 발언중이었습니다." [울프 신부]

"아, 영원히 저렇지는 않을 겁니다." 다트 박사가 말한다. "영구적인 마비 증세는 저보다 긴장된 것처럼 보이지만, 정신은 덜 깨어 있어요. 라인하트는 분명히 그저 연기를 하는 중입니다."

"사람들이 어떻게 저런 정신병자에게 흥미를 느끼는 거죠?" 피시먼 랍비가 묻는다.

"아마 항상 저런 상태는 아닐 거예요, 그렇죠?" 위플턴 부인이 묻는다.

울프 신부가 말한다.

"방송 전에 박사는 나와 상당히 유쾌하게 이야기를 나눴습니다만, 나는 속지 않았습니다. 그것이 단순히 아 술수라는 걸 알고 있었어요."

"다트 박사님, 주사위교가 추종자들을 만들어낼 수 있는 이유에 대해 한 말씀 해주시겠습니까?" W 부인이 말한다.

"봐요, 저자가 다시 숨을 내쉬고 있습니다." 피시먼 랍비가 말한다.

"그 사람은 무시하세요." 다트 박사가 말한다. "우린 지금 저자의 놀이에 말려들고 있습니다."

울프 신부가 말한다.

"위플턴 부인, 이것만은 꼭 지적해야겠습니다. 부인이 내게 먼저 질문하고 답을 요청했는데, 내 말이 끝나기도 전에 다트 박사가 무례하게 끼어들었어요."

[침묵. 화면이 위플턴 부인의 모습으로 바뀐다. 부인은 눈을 휘둥그렇게 뜨고 입을 벌린 채 앉아서 오른쪽을 바라보고 있다.]

"세상에." 그녀가 말했다.

"맙소사." 화면 밖에서 패널 중 누군가의 목소리가 들려온다.

[커다랗게 우지끈 하는 소리에 이어, 관객석에서 여자 두세 명의 비명이 들린다.]

"이게 도대체 어떻게 된 일이에요?"

[탕.]

**"놈들을 막아!"**

위플턴 부인은 여전히 입을 다물지 못하고 일어서서 목에 건 마이크를 만지작거리고 있다. 그녀가 미소를 지으려고 애쓰면서 말한다.

"관객 여러분, 부디……."

"아아아아악." 길게 비명이 울린다.

"저 여자 입을 막아!"

[카메라가 관객석 쪽으로 휙 돌아가서 무장한 남자 두 명을 찾아낸다. 백인 한 명과 흑인 한 명이 관객석 뒤쪽 문앞에 서 있다. 한 명은 망을 보고, 다른 한 명은 관객들을 이글이글 노려보는 중이다. 그때 정확히 알 수 없는 이유로 화면에 다시 라인하트 박사가 나타난다. 그는 파이프를 떼어내고 숨을 내쉰 뒤, 다시 파이프를 물고 씹는다.]

"바비가 엘리베이터 확보했어?"

"시작하는 거야?"

[탕, 탕.]

"그대로 앉아 있어! 그대로 앉아 있으라고! 움직이면 쏜다!"

"시작하는 거야?"

[탕탕탕핑.]

"에릭한테 가서 물어······."

**"조심해!!"**

또 총소리가 연달아 들려오더니 라인하트의 얼굴이 사라지고, 대신 배를 움켜쥐고 쓰러지는 무장한 남자의 모습이 화면에 비친다. 권총을 든 두 남자가 관객들 너머의 뭔가를 향해 총을 발사한다. 한 명이 신음하며 앞으로 쓰러진다. 다른 한 명은 발사를 멈추고, 뭔가를 열심히 바라본다.

"시작하는 거야?" 남자 목소리가 다시 들려온다.

[라인하트 박사의 자애로운 얼굴이 다시 화면에 나타나지만, 이번에는 중앙이 아니다. 그를 비추는 카메라가 카메라맨에게 버림받았기 때문이다. 카메라맨은 관객석에 조용히 앉아서 자연스러운 표정을 지으려고 애쓰고 있다. 하지만 다른 관객이 모두 겁에 질린 표정이라서 그가 오히려 장례식에 알몸으로 나타난 사람처럼 도드라지게 눈에 띈다.]

"좋아, 찰리. 카메라를 이쪽으로 돌려. 통제실을 장악한 녀석들이 나머지는 알아서 할 거야."

"말콤은 어디 있어? 아르투로를 소개하기로 했잖아."

"말콤은…… 말콤은……."

"아, 그렇지."

"신사숙녀 여러분, 아르투로 X입니다."

화면에서는 라인하트 박사가 조금 전과 마찬가지로 계속 시청자를 바라본다.

"이제 시작해도 돼?" 누군가가 말한다.

"시작해도 돼?"

라인하트 박사가 숨을 내쉰다.

"에릭은 어디 있어?"

"이 자식들, 거기서 도대체 뭘 하는 거야?" 누군가가 소리친다.

화면이 바뀌어 피시면 랍비의 발을 비춘다. 그의 양발이 포개져 있다. 그다음으로 화면에 나타난 아르투로 X는 카메라를 등진 채 긴장한 모습으로 서서 통제실을 바라보고 있다.

"됐어." 억눌린 목소리가 소리친다.

아르투로가 몸을 돌려 카메라를 바라본다.

"세상의 검은 형제들과 하얀 새끼들아……."

회색 플란넬로 감싸인 팔과 하얀 손이 그의 목을 감는다. 다트 박사의 긴장한 얼굴이 아르투로의 얼굴 뒤편, 살짝 옆에 보인다.

"총 내려놔. 안 그러면 이놈을 쏘겠다." 다트 박사가 오른쪽을 향해 소리친다.

아르투로의 얼굴이 고통스럽게 일그러진다. 그는 숨이 막혀서 헐떡거리고 있다. 화면 밖 오른쪽에서 뭔가가 바닥에 떨어지는 소리가 들린다.

"거기 통제실에 있는 놈들!" 다트 박사가 소리친다. "거기! 총 버리고, 손 들고 나와."

아르투로의 얼굴이 조금 펴지고, 시청자들은 다트 박사의 얼굴에 목을 졸린 듯한 표정이 나타나는 것을 알아차린다. 검은 양복을 입은 긴 팔과 커다란 흰 손이 그의 목을 단단히 감고 있는 것이 이제 눈에 들어온다. 여전히 입에 파이프를 물고 자애로운 표정을 짓고 있는 라인하트 박사의 얼굴이 다트 박사의 얼굴 옆에 나타난다. 아르투로가 다트의 손에서 빠져나오자, 라인하트 박사가 다른 손에 권총을 쥐고 다트 박사의 옆구리에 대고 있는 모습이 드러난다.

"이제 뭘 쏠까?" 화면 밖에서 누군가가 말한다.

"날 쏴." 아르투로의 목소리가 들린다.

카메라가 천천히 돌면서 제압된 레슬링 선수 같은 자세를 한 두 심리학자, 겁먹고 당황한 위플턴 부인과 피시먼 랍비, 울프 신부가 앉아 있던 빈 의자, 여전히 숨을 몰아쉬고 있지만 카메라를 강렬하고 진지하게 바라보는 아르투로를 차례로 보여준다.

"세상의 검은 새끼들과 하얀 형제들……" 아르투로가 입을 연다. 고통스럽고 조롱하는 듯한 표정이 얼굴을 스치더니 그가 다시 말한다.

"세상의 검은 형제들과 하얀 새끼들아, 오늘 우리는 너희에게 진실을 알리기 위해 이 프로그램을 장악했다. 총을 들이대지 않는 한 어느 프로그램에서도 말해주지 않을 진실이다. 흑인은……."

스튜디오 뒤편에서 엄청난 폭발음이 들려와 아르투로의 말을 자른다. 비명 소리. '쾅' 하는 소리 한 번.

"불이야!"

[또 비명 소리. 여러 명이 '불이야' 하고 외치기 시작한다.]

아르투로가 오른쪽을 노려보며 고함을 지른다.

"에릭은 어디 있어?"

"여기서 나가야 돼!" 누군가가 소리친다.

아르투로는 불안한 얼굴로 다시 카메라를 바라보며 백인 사회에서 흑인으로 살아가는 어려움, 백인 압제자들에게 자신의 불만을 전달하면서 겪는 어려움을 이야기하기 시작한다. 연기가 그의 앞으로 솔솔 날아오고, 화면 밖에서는 조금 전까지만 해도 가끔씩 따로따로 들리던 기침소리가 이제는 기관총 소리처럼 일정한 간격으로 들려온다.

"최루탄이야." 누군가가 소리친다.

"안 돼." 어떤 여자가 소리를 지르고는 울기 시작한다.

[쾅. 쾅쾅.]

[또 비명 소리]

"가자!"

아르투로는 오른쪽을 계속 흘깃거리고 가끔 멈추기도 하면서 어떻게든 발언을 이어가려고 애쓴다. 기회가 생길 때마다 진지한 표정으로 카메라를 바라보는 것도 잊지 않는다.

"……억압이 워낙 깊게 퍼져 있어서 흑인이라면 누구나 숨을 쉴 때마다 백인 열 명에게…… 가슴을 짓밟히지. 우리는 더 이상 하얀 돼지들 앞에 쓰러지지 않을 것이다! 우리는 더 이상 백인의 불의한 법에 복종하지 않을 것이다! 우리는 더 이상 어디서도 백인에게 억지웃음을 지으며 아첨하지…… 거기 조심해, 레이!…… 거기!…… 않을…… 아…… 않을 것이다. 우리의 비굴한 시절은 끝났다. 어떤 백인도, 어떤 백인도…… 레이! 거기!" [화면 밖에서 총격전이 벌어지고 있다. 아르투로는 몸을 웅크린다. 두려움과 증오가 얼

굴에 뒤엉켜 있는데도 그는 어떻게든 발언을 이어나가려고 한다.]

"……어떤 백인도 다시는 우리의 발언권을, **우리가 여전히 존재한다고 말할 권리를**, 우리를 노예로 만들려는 너희의 노력이 계속된다 해도 **우리가 다시 너희에게 굴복하는 일은 없을 것이라고 말할 권리를** 부정하지 못할 것이다! 아아아."

마지막의 '아아아'는 부드러웠다. 그가 바닥으로 쓰러지는 순간, 일요일 오후의 텔레비전 시청자들이 마지막으로 본 그의 얼굴에는 두려움이나 증오가 아니라 당혹스러운 놀라움이 드러나 있었다.

고함 소리, 신음 소리, 총성이 간헐적으로 계속되고, 연기인지 최루가스인지 모를 것이 텔레비전 화면 속 라인하트 박사 앞을 떠다녔다. 작은 탁자에 앉은 박사의 입에는 여전히 파이프가 영원히 발기한 그것처럼 튀어나와 있고, 눈에는 눈물이 고여 있었다. 조금 전의 소란에 비하면 지금 들려오는 소리들은 조용하고 반복적인 것 같아서 수백 명의 시청자들은 채널을 바꾸려고 했다. 그런데 그때 파이프를 문 남자 앞에 소년이 나타났다. 긴 머리의 잘생긴 소년의 푸른 눈에서는 눈물이 반짝였고, 청바지에 받쳐 입은 검은 셔츠는 목 부분이 열려 있었다.

그는 흔들림 없고 차분한 증오가 담긴 눈으로 약 오 초 동안 카메라를 바라보다가 딱 한 번 살짝 숨이 막히는 것 같은 소리를 낸 뒤 조용히 입을 열었다.

"난 돌아올 거야. 다음 일요일은 아닐지라도, 반드시 돌아올 거야. 지금 사람들에게 강요되는 삶에는 우리 모두에게 독이 되는 썩은 부분이 있어. 우리를 비틀고 고문하는 기계를 만들고 다루는 사람들과 그 기계를 부수고 싶어 하는 사람들 사이에서 세계적인 전쟁이 벌어지고 있지. 세계적인 전쟁이 벌어지고 있다고. 당신들은 누구 편이야?"

그는 증발하듯 화면에서 사라져버린다. 남은 것은 연기에 흐려진 채 울고 있는 라인하트 박사의 모습뿐이다. 그가 일어서서 카메라를 향해 세 걸음 다가온다. 그의 머리가 잘려서 시청자들이 볼 수 있는 것은 검은 스웨터와 양복뿐이다. 짧은 기침소리 뒤에 들려온 그의 목소리는 조용하고 단호하다.

"이 프로그램은 정상적이고 성실한 인간들이 제공한 것입니다. 그들의 노력이 없었다면 이 프로그램은 존재하지 않았을 겁니다."

그의 검은 몸이 사라지고 화면에는 빈 의자와 작은 탁자만 남는다. 손도 대지 않은 탁자 위 컵 옆에는 흐릿한 하얀 점이 하나 있다. 천사의 날개를 압축해놓은 것 같다.


# 85


태초에 운運이 있었다. 운은 신과 함께였고, 운이 곧 신이었다. 태초에 운은 신과 함께였다. 운이 만물을 만들었으며, 운이 없으면 그 무엇도 만들어지지 못했다. 운 속에 생명이 있었고, 생명은 인류의 빛이었다.

운이 보낸 남자가 있었다. 그의 이름은 루크. 변덕의 증인이 되기 위해 온 그를 통해 모든 인류가 믿게 될 것이다. 그는 운이 아니라 운을 증거하기 위해 파견된 자였다. 그것이 진정한 우연이었다. 세상에 태어난 모든 사람에게 무작위로 작용하는 우연. 그는 이 세상에 있었고 이 세상은 그의 손에 만들어졌으나, 세상은 그를 몰랐다. 그는 자신의 피조물들을 찾아왔으나, 피조물들은 그를 받아들이지 않았다. 그는 자신을 받아들인 자들에게 운의 아들이 될 수 있는 힘을 주었다. 심지어 우연히 믿게 된 자들에게도. 그들은 혈연도 아니고, 육체의 의지나 인간의 의지로 태어난 것도 아닌, 운의 자식이었다. 그리하여 육체를 얻은 운(우리는 그의 영광, 위대한 변덕쟁이 아버지가 낳은 유일한 아들인 그의 영광을 보았다)은 혼돈과 거짓과 변덕으로 가득 찬 채 우리 가운데에서 살았다.

## 86

　의미 있는 대화, 액션, 관객 참여가 있는 흥미로운 프로그램이자, 우리 시대의 핵심적인 이슈 일부를 사려 깊게 극적으로 보여준 프로그램이었다. 스폰서들도 기뻐했을 것이다.

　내가 숨이 막혀 콜록거리며 통제실 맞은편 문으로 비틀비틀 나오면서 생각한 것은 이런 것이 아니었다. 나는 조금 전 에릭이 바로 이 문으로 아르투로를 끌고 나가는 것을 보았다. 복도에서 나는 십오 분 만에 처음으로 다시 숨을 쉬려고 해보았지만 눈과 코와 목이 정성들여 보살핀 모닥불을 지탱하고 있는 것 같은 느낌이었다. 에릭은 아르투로를 향해 몸을 웅크리고 있었다. 나는 상처를 살펴보려고 그 옆에 무릎을 대고 앉았지만, 그가 죽었음을 알 수 있었다.

　"옥상으로." 에릭이 일어서면서 조용히 말했다. 그는 어두운 눈에서 눈물을 줄줄 흘리면서 나를 보지 못하는 것 같았다. 나는 머뭇거리며 주사위를 흘깃 보았다. 그리고 내가 그를 따라갈 수 없음을 알았다. 나는 나만의 길을 추구해야 했다. 밖에서 사이렌 소리가 웽웽 들려왔다.

"난 내려간다." 내가 말했다.

에릭은 부들부들 떨면서 내게 눈의 초점을 맞추려고 애쓰는 것 같았다.

"그래, 가서 당신 마음대로 놀아봐." 그가 말했다. "당신이 승리에 관심이 없다니 유감이네." 그가 다시 부르르 떨었다. "날 찾고 싶으면, 브루클린 하이츠에 있는 피터 토머스에게 연락해."

"그래." 내가 말했다.

"작별 키스도 없어?" 그가 이렇게 묻고는 몸을 돌려 비상구를 향해 복도를 뛰었다.

그가 복도 끝의 창문을 열기 시작하는 순간, 나는 아르투로 옆에 주저앉아 한 번 더 맥을 확인했다. 내 옆에서 문이 열리고, 얼굴이 일그러진 경찰관 한 명이 괴상하게 폴짝 뛰어들어와서는 복도 저편으로 총을 세 발 쏘았다. 에릭은 창밖으로 사라져 비상계단을 올라갔다.

"살인하지 말라!" 내가 뻣뻣하게 일어서며 소리쳤다. 또 다른 경찰관이 들어와서 처음 경찰관과 함께 나를 빤히 바라보았다. 처음 경찰관은 에릭을 쫓으려고 조심스레 복도를 걸어갔다.

"당신 누구야?" 내 옆의 남자가 물었다.

"나는 거룩한 방랑의 가톨릭교회 폼스 신부요." 나는 자격이 취소된 PANY 카드를 꺼내 그에게 휙 보여주었다.

"사제복 칼라는 어쩌고?" 그가 물었다.

"주머니에 있소." 나는 이렇게 대답하고 나서, 성직자의 하얀 칼라를 품위 있게 꺼냈다. 원래 토론 쇼에서 목에 걸칠 생각이었지만, 주사위님이 마지막 순간에 거부권을 행사하는 바람에 그냥 가지고 있던 칼라였다. 나는 검은 터틀넥 스웨터 목 부위에 그것을 붙이기 시작했다.

"뭐, 여기서 나가세요, 신부님." 남자가 말했다.

"축복이 있기를, 아마도." 나는 불안한 얼굴로 그의 옆을 지나쳐 연기가 자욱한 스튜디오로 다시 들어가서, 숨을 한 번도 쉬지 않은 채 뒤편 중앙 출입구까지 쿵쿵 뛰어갔다. 그리고 비틀비틀 계단까지 가서 내려가기 시작했다. 첫 번째 층계참 양편에 경찰관 두 명이 총을 빼들고 주저앉아 있었다. 다른 한 명은 거대한 경찰견 세 마리를 붙들고 있었다. 개들은 다가오는 나를 보고 사납게 짖어댔다. 나는 성호를 긋고는 그들 옆을 지나쳐 계속 계단을 내려갔다.

악당을 쫓아 땀을 뻘뻘 흘리며 후다닥 뛰어올라가는 경찰관들을 축복하고, 영웅을 쫓아 땀을 뻘뻘 흘리며 후다닥 뛰어올라가는 기자들을 축복하며 나는 내려갔다. 건물 밖에서는 주위에 몰려든 차가운 군중을 축복하고, 손가락으로 축복을 내릴 수 있는 거리 안의 모두에게도 축복을 내려주었다. 특히 내게 축복이 가장 필요한 것 같아서, 내게도 축복을 내려주었다.

밖에는 눈이 내리고 있었다. 서쪽에서 해가 밝게 빛나고, 남동쪽에서는 눈송이들이 눈보라의 속도로 소용돌이치며 내려와 이마와 뺨을 찔러댔다. 그 덕분에 머리에서 모닥불이 균일하게 타오르는 것 같았다. 인도에는 꼼짝 않고 서서 9층 창문에서 굵게 새어나오는 연기를 멍청하게 바라보는 사람들이 길을 꽉 막고 있었다. 그들은 햇빛을 막기 위해 선글라스를 쓰고, 눈발 속에서 눈을 깜박이며 도로를 꽉 막고 움직이지 않는 자동차들의 시끄러운 경적소리에 신경을 껐다. 그러다가 마침내 헬리콥터 한 대가 일제사격 소리를 반주 삼아 옥상 위로 높이 떠오르자 모두들 손가락질을 하며 아아 탄성을 질렀다. 맨해튼의 평범한 4월 하루가 또 그렇게 가고 있었다.

　나는 사방에 빽빽이 서 있는 사람들의 머리 위를 바라본 뒤, 여기서 어떻게 움직일지 주사위에게 물어볼 때가 되었다는 판단을 내렸다. 북쪽 아니면 남쪽? 나는

## 에필로그

    어느 날 루크는 45구경 권총을 든 FBI 요원 두 명에게 쫓기다가 절벽에 이르러 뛰어내렸다. 다행히 20미터쯤 아래에서 야생 덩굴 뿌리를 붙잡고 매달린 그는, 15미터 아래에 기관총, 철퇴, 최루탄을 든 경찰관 여섯 명이 장갑차 두 대와 함께 있는 것을 보았다. 바로 머리 위에는 생쥐 두 마리가 보였다. 하얀 것 한 마리, 검은 것 한 마리. 놈들은 그가 매달려 있는 덩굴을 갉아먹기 시작했다. 갑자기 그의 앞에 감미롭게 잘 익은 딸기 한 덩어리가 나타났다.

    "아." 그가 말했다. "새로운 선택지로군."

# 다이스맨

**1판 1쇄 인쇄** 2018년 1월 22일  **1판 1쇄 발행** 2018년 2월 2일

**지은이** 루크 라인하트  **옮긴이** 김승욱
**펴낸이** 고세규
**편집** 박정선  **디자인** 이은혜

**발행처** 김영사
**주소** 경기도 파주시 문발로 197(문발동) 우편번호 10881
**등록** 1979년 5월 17일 (제406-2003-036호)
**구입 문의 전화** 031)955-3100 **팩스** 031)955-3111
**편집부 전화** 02)3668-3291 **팩스** 02)745-4827 **전자우편** literature@gimmyoung.com
**비채 카페** cafe.naver.com/vichebooks **인스타그램** @drviche
**트위터** @vichebook **페이스북** facebook.com/vichebook
**ISBN** 978-89-349-7877-0 03840  책값은 뒤표지에 있습니다.

비채는 김영사의 문학 브랜드입니다.
이 도서의 국립중앙도서관 출판시도서목록(CIP)은 서지정보유통지원시스템 홈페이지(http://seoji.
nl.go.kr)와 국가자료공동목록시스템(http://www.nl.go.kr/kolisnet)에서 이용하실 수 있습니다.
(CIP제어번호: CIP2018001753)